AMIGO IMAGINÁRIO

Stephen Chbosky

AMIGO IMAGINÁRIO

Tradução de
José Roberto O'Shea

Revisão de
Diogo Sinésio

7ª edição

2022

EDITORA-EXECUTIVA
Renata Pettengill

SUBGERENTE EDITORIAL
Mariana Ferreira

ASSISTENTE EDITORIAL
Pedro de Lima

AUXILIAR EDITORIAL
Juliana Brandt

COPIDESQUE
João Pedroso

REVISÃO
Renato Carvalho
Marcos Aurelio de Souza

DIAGRAMAÇÃO
Juliana Brandt

CAPA
Layout adaptado do original de gray318

IMAGEM DE CAPA
Silhueta de homem na floresta de MarioGuti

TÍTULO ORIGINAL
Imaginary Friend

CIP-BRASIL. CATALOGAÇÃO NA PUBLICAÇÃO
SINDICATO NACIONAL DOS EDITORES DE LIVROS, RJ

C439a
7ª ed.

Chbosky, Stephen, 1970-
  Amigo imaginário / Stephen Chbosky; tradução de José Roberto O'Shea. – 7ª ed. – Rio de Janeiro: Record, 2022.

  Tradução de: Imaginary Friend
  ISBN 978-85-01-11889-9

  1. Ficção americana. I. O'Shea, José Roberto. II. Título.

19-61920

CDD: 813
CDU: 82-3(73)

Vanessa Mafra Xavier Salgado – Bibliotecária – CRB-7/6644

Copyright © 2019 by Stephen Chbosky

Texto revisado segundo o novo Acordo Ortográfico da Língua Portuguesa.

Todos os direitos reservados. Proibida a reprodução, no todo ou em parte, através de quaisquer meios. Os direitos morais do autor foram assegurados.

Direitos exclusivos de publicação em língua portuguesa somente para o Brasil adquiridos pela
EDITORA RECORD LTDA.
Rua Argentina, 171 – Rio de Janeiro, RJ – 20921-380 – Tel.: (21) 2585-2000,
que se reserva a propriedade literária desta tradução.

Impresso no Brasil

ISBN 978-85-01-11889-9

Seja um leitor preferencial Record.
Cadastre-se no site www.record.com.br
e receba informações sobre nossos
lançamentos e nossas promoções.

Atendimento e venda direta ao leitor:
sac@record.com.br

Para Liz
e mães em todo e qualquer lugar

AGRADECIMENTOS

Eu só gostaria de dizer a todos listados abaixo que não haveria livro sem eles e de agradecer a todos, do fundo do coração.

Liz, Maccie e Theo Chbosky
Wes Miller
Karen Kosztolnyik
Ben Sevier
Emad Akhtar
Luria Rittenberg
Laura Jorstad
Laura Cherkas
Eric Simonoff
Jeff Gorin
Laura Bonner
Kelsey Nicolle Scott
Ava Dellaira
Randy Ludensky
Jill Blotevogel
Robbie Thompson
Stacy, John e Drew Dowdle
Fred e Lea Chbosky

E, por último...
Emma Watson, que inspirou o fim deste livro no set de *As vantagens de ser invisível*, e Stephen King, que inspirou tudo o mais.

50 anos antes...

*N*ão sai da rua. eleS não conseguem te pegar se você ficar na rua.

O pequeno David Olson sabia que estava encrencado. Quando sua mãe e seu pai voltassem, a coisa ia ficar feia para o lado dele. Sua única esperança era o travesseiro enfiado debaixo do cobertor, que fazia parecer que ele ainda estava na cama. Era assim que se fazia nas séries de TV, embora nada disso importasse mais. Ele tinha saído de fininho do quarto, descido pela hera, escorregado e machucado o pé. Mas não foi nada sério. Não foi como o que acontecia com seu irmão mais velho no futebol americano. Nada muito sério.

O pequeno David Olson desceu mancando a Hays Road. A névoa no rosto. A neblina se assentando na ladeira. Ele olhou para a lua. Era a segunda noite seguida de lua cheia. Uma lua azul. Foi o que o seu irmão mais velho disse. Como a música "Blue Moon" que a mãe e o pai dançavam às vezes. Na época em que eram felizes. Antes de passarem a ter medo de David.

Blue Moon.
I saw you standing alone.

O pequeno David Olson ouviu alguma coisa no meio dos arbustos. Por um segundo, achou que fosse mais um daqueles sonhos. Mas não era. Sabia que não era. Ele se forçou a ficar acordado. Mesmo com as dores de cabeça. Ele precisava chegar lá essa noite.

Um carro passou, banhando o nevoeiro com o farol. O pequeno David Olson se escondeu atrás de uma caixa de correio enquanto rock'n'roll jorrava do velho Ford Mustang. Dois adolescentes davam risadas. Muitos jovens vinham sendo recrutados para o Exército, e dirigir bêbado estava entrando na moda. Pelo menos, foi isso que seu pai disse.

— David? — sussurrou uma voz. Um sussurro sibilado. Sssss.

Alguém disse isso? Ou ele imaginou ter ouvido?

— Quem tá aí? — perguntou David.

Silêncio.

Deve ter sido a sua imaginação. Tudo bem. Pelo menos não era a mulher sibilante. Pelo menos ele não estava sonhando.

Ou estava?

David olhou para a esquina mais abaixo na ladeira, com o grande poste de luz na Monterey Drive. Os adolescentes passaram por lá, levando o som com eles. Foi então que David viu a sombra de uma pessoa. Havia uma figura no meio da luz do poste. Esperando e assobiando. Assobiando e esperando. Uma música que soava um pouco como

"Blue Moon".

Os pelos da nuca de David se arrepiaram.

Não se aproxima daquela esquina.

Fica longe daquela pessoa.

O pequeno David Olson preferiu cortar caminho pelo quintal das casas.

Foi na ponta dos pés até uma cerca velha. *Não deixa eles ouvirem você. Nem verem. Você não está na rua. É perigoso.* Ele olhou para uma janela no alto onde uma babá dava uns amassos no namorado enquanto o bebê choramingava. Mas soava como um gato. Ele ainda tinha certeza de que não estava sonhando, mas era cada vez mais difícil saber. Então passou por baixo da cerca e ficou com manchas de grama molhada na calça do pijama. Sabia que seria impossível esconder isso da mãe. Ele mesmo teria que lavá-la. Como com a roupa de cama, que ele tinha voltado a molhar enquanto dormia. Ele lavava o lençol todas as manhãs. Não podia deixar a mãe saber. Ela ia fazer perguntas. Perguntas que ele não teria como responder.

Não em voz alta.

Ele avançou pelo pequeno bosque nos fundos da casa da família Maruca. Passou pelo balanço que o sr. Maruca tinha montado com a ajuda dos filhos. Depois de um dia de trabalho árduo, sempre havia dois Oreos e um copo de leite à espera. O pequeno David Olson os ajudou uma ou duas vezes. Adorava aqueles Oreos. Principalmente quando ficavam meio moles e velhos.

— David?

O sussurro foi mais alto agora. Ele olhou para trás. Não havia ninguém por perto. Ele espreitou pelas casas, olhando para o poste da rua. A pessoa-sombra tinha desaparecido. A figura poderia estar em qualquer lugar. Poderia estar bem atrás dele. *Ai, por favor, que não seja a mulher sibilante. Por favor, que eu não esteja dormindo.*

Crec.

Um galho estalou atrás dele. O pequeno David Olson esqueceu o pé machucado e correu. Cortou caminho pelo gramado da família Pruzan, desceu pela Carmell Drive e virou à esquerda. Ouvia o ruído de cães ofegantes. Chegando mais perto. Mas não havia cães. Eram apenas barulhos. Como nos sonhos. Como o bebê-gato choramingando. Eles o estavam perseguindo. Então ele correu mais rápido. Suas botinhas chapinhavam no asfalto molhado. Chuac-chuac-chuac, como os beijos de uma avó.

Quando finalmente chegou à esquina da Monterey Drive, ele virou à direita. Correu pelo meio da rua. Feito um bote num rio. *Não sai da rua. Eles não conseguem te pegar se você estiver na rua.* O menino ouvia os barulhos dos dois lados. Leves assobios. Cães ofegantes. E salivando. E bebês-gato. E aqueles sussurros.

— David? Sai da rua. Você vai se machucar. Vem pro gramado que é seguro.

Era a voz da mulher sibilante. Ele sabia. A voz dela era sempre agradável no início. Como uma professora substituta que faz o máximo para ser simpática. Mas, quando se olhava para ela, a simpatia ia embora. Ela se transformava em dentes e numa boca sussurrante. Pior que a Bruxa Malvada do Oeste. Pior que qualquer coisa. Quatro patas feito um cão. Ou um pescoço longo como o de uma girafa. Ssssss.

— David? Sua mãe machucou os pés. Eles estão cheios de cortes. Vem me ajudar.

A mulher sibilante estava usando a voz da mãe dele. Golpe baixo. Mas fez isso mesmo assim. Ela conseguia até parecer a mãe dele. Na primeira vez, tinha funcionado. Ele chegou a ir até ela no gramado. E ela o agarrou. Ele passou dois dias em claro depois daquilo. Quando ela o levou para aquela casa com o porão. E com aquele forno.

— Ajuda a sua mãe, seu merdinha.

Agora era a voz da sua avó. Mas não era sua avó. David sentia os dentes brancos da mulher sibilante. *Não olha pra eles. Continua olhando pra frente. Continua correndo. Corre até o balão de retorno da rua sem saída. Você pode fazer com que ela vá embora pra sempre. Corre até o último poste de luz.*

— Ssssssssss.

David Olson olhou para a frente, para o último poste de luz no balão de retorno da rua sem saída. E, então, parou.

A pessoa-sombra tinha voltado.

A figura estava no meio da luz do poste. Esperando e assobiando. Assobiando e esperando. Sonhando ou acordado, aquilo era ruim. Mas David não podia parar agora. Tudo dependia dele. Ele precisava passar pela pessoa-sombra para chegar ao lugar combinado.

— Sssssssssssss.

A mulher sibilante estava mais perto. Logo atrás dele. De repente, David Olson sentiu frio. Seu pijama estava molhado. Nem o sobretudo ajudava. Continue andando. Era tudo que ele podia fazer. Ser corajoso feito o irmão mais velho. Ser corajoso feito os adolescentes que estavam sendo recrutados. Ser corajoso e continuar andando. Um pequeno passo. Dois pequenos passos.

— Oi? — disse o pequeno David Olson.

A figura não falou nada. A figura não se mexeu. Apenas inspirou e expirou, a respiração formando

Nuvens.

— Oi? Quem é você? — perguntou David.

Silêncio. Era como se o mundo tivesse prendido a respiração. O pequeno David Olson pôs um dedo do pé na luz. A figura se mexeu.

— Desculpa, mas eu preciso passar, tá bom?

O silêncio continuou. David avançou o dedo do pé na luz. A figura começou a se virar. David pensou em voltar para casa, mas tinha que seguir adiante. Era a única forma de detê-la. Ele colocou o pé inteiro na luz. A figura se virou de novo. Uma estátua acordando. A perna inteira. Por fim, David não aguentou mais e entrou por inteiro na luz. A figura correu para ele. Gemendo. Estendendo o braço. David atravessou o facho de luz correndo. Com a figura atrás dele. Salivando. Gritando. David sentiu as unhas compridas dela se aproximando e, quando a figura estava prestes a agarrar seu cabelo, ele escorregou pela calçada áspera, como numa jogada de beisebol. Arranhou feio o joelho, mas não importava. Ele havia conseguido sair da luz. A figura parou de se mexer. David estava no fim da rua. No balão de retorno da rua sem saída com a cabana de madeira e o casal recém-casado.

O pequeno David Olson olhou para além da rua. A noite estava silenciosa. Alguns grilos. Uma leve neblina iluminava o caminho até as árvores. David estava apavorado, mas não podia parar. Tudo dependia dele. Ele precisava ir até o fim ou a mulher sibilante escaparia. E seu irmão mais velho seria o primeiro a morrer.

O pequeno David Olson saiu da rua e caminhou.

Passou pela cerca.

Atravessou o campo.

E entrou no bosque da Mission Street.

PARTE I
Hoje

CAPÍTULO 1

*E*stou sonhando?

Foi o que o menino pensou quando a velha caminhonete Ford passou por um quebra-molas e o acordou de súbito. Ele teve aquela sensação de estar aconchegado na cama e, de repente, precisar ir ao banheiro. Seus olhos se estreitaram por causa do sol e ele contemplou a Ohio Turnpike. O vapor do calor de agosto evaporava da rodovia como as ondas da piscina para onde a mãe o levou depois de economizar dinheiro deixando de almoçar por um tempo. "Perdi um quilo e meio", disse ela na época, dando uma piscadela. Aquele dia foi um dos bons.

O menino esfregou os olhos cansados e se endireitou no banco do carona. Ele adorava viajar no banco da frente quando a mãe dirigia. Tinha a sensação de ser sócio de um clube. Um clube especial em que só ele e aquela moça magricela e charmosa podiam entrar. Olhou para ela, emoldurada pelo sol da manhã. A pele dela ficava grudando no banco de vinil quente. Os ombros queimados de sol ladeando a blusa frente única. A pele clara logo abaixo da bainha do short. Ela segurava o cigarro numa das mãos e tinha uma aparência elegante. Como as estrelas de cinema dos filmes que eles viam juntos nas noites de sexta. Ele adorava que a guimba dos cigarros dela tinham batom vermelho. As professoras em Denver diziam que cigarro fazia mal à saúde. Quando ele contou isso para a mãe, ela fez piada, dizendo que as professoras é que faziam mal à saúde, e continuou fumando.

— Na verdade, professoras são importantes, sim, então esquece o que eu disse.
— Tá bom.

Ele a viu apagar o cigarro e acender outro imediatamente. Ela só fazia isso quando estava preocupada. Sempre ficava preocupada quando eles se mudavam. Talvez fosse ser diferente dessa vez. Era o que ela sempre dizia desde a morte do pai dele. Dessa vez vai ser diferente. Embora nunca fosse.

E, dessa vez, eles estavam fugindo.

Ela tragou, e a fumaça passou pelas gotas do suor de agosto em seu lábio superior. Ela contemplava a estrada, acima do volante, perdida em pensamentos. Levou mais de um minuto para perceber que ele tinha acordado. E, então, sorriu.

— Não está uma linda manhã? — sussurrou ela.

O menino não se importava nem um pouco com as manhãs. Mas sua mãe, sim. Então ele assentiu.

— É, mãe. Tá mesmo.

Agora ele sempre a chamava de mãe. Há três anos, ela pediu que parasse de chamá-la de mamãe. Disse que isso o infantilizava, e ela não queria que o filho fosse infantilizado. Às vezes, pedia que ele exibisse os músculos. E ele contraía os bracinhos ossudos fazendo os bíceps saltarem um tantinho. Forte como o pai naquela foto de Natal. A única foto que ele tinha.

— Está com fome, carinha? — perguntou ela.

O menino fez que sim.

— Tem uma parada pra descanso aqui na estrada mesmo, logo depois da divisa do estado. Tenho certeza de que tem uma lanchonete lá.

— Será que lá tem panqueca com gotas de chocolate?

O menino se lembrou das panquecas com gotas de chocolate que tinha comido em Portland. Fazia dois anos. Havia uma lanchonete embaixo do apartamento deles na cidade. E o cozinheiro sempre fazia panqueca com gotas de chocolate. Depois, ainda teve Denver e Michigan. Mas ele nunca se esqueceu daquelas panquecas nem do sujeito bonzinho que as preparava. Até conhecer aquele homem, ele não sabia que, além do seu pai, outros homens pudessem ser bonzinhos.

— Se não tiver, a gente coloca uns M&Ms' no meio da pilha de panquecas. Que tal?

O menino ficou preocupado. Nunca tinha ouvido a mãe dizer algo parecido. Nem quando estavam de mudança. Ela sempre se sentia culpada quando se mudavam. Mas, mesmo nos dias em que a culpa falava mais alto, ela dizia que chocolate não era comida de café da manhã. Dizia isso até quando tomava o shake de emagrecimento sabor chocolate como café da manhã. Não, aqueles shakes não contavam como chocolate. Ele já havia perguntado isso a ela.

— Tá bom — aceitou ele, e sorriu, na esperança de que essa bondade toda não fosse um fato isolado.

Ele voltou a olhar para a estrada. O trânsito ficou mais lento quando avistaram uma ambulância e uma caminhonete. Socorristas enfaixavam com gaze a cabeça ensanguentada de um homem. Pelo jeito, ele tinha um corte na testa e talvez tivesse perdido alguns dentes. Depois de avançarem mais um pouco, viram um cervo no teto da caminhonete. A galhada ainda pendia sobre o para-brisa. Os olhos do animal estavam abertos. E ele se agitava e se contorcia, como se não soubesse que estava morrendo.

— Não olha pra ele — pediu a mãe.

— Foi mal — respondeu, então desviou o olhar.

Ela não gostava que o filho visse cenas ruins. Ele já tinha visto muita coisa ruim na vida. Principalmente desde a morte do pai. Então desviou o olhar e observou o cabelo dela por baixo do lenço. Aquele lenço que ela chamava de "bandana", mas que ele gostava de pensar que era um lenço mesmo, como aqueles dos filmes antigos que costumavam ver nas sextas. Ele olhou para o cabelo dela e para o próprio cabelo castanho, como o do pai naquela única foto que tinha, do Natal. Não se lembrava muito dele. Nem da voz. Apenas dos cheiros de tabaco na camisa e de creme de barbear da Noxzema. Era só isso. Não sabia nada sobre o pai, a não ser que ele deve ter sido um homem bom, porque era isso que todos os pais eram. Homens bons.

— Mãe? — chamou o menino. — Você tá bem?

Ela exibiu seu melhor sorriso. Mas o rosto expressava medo. Como se ainda fosse oito horas atrás, quando ela o acordou no meio da noite e mandou que arrumasse suas coisas.

— Rápido — havia sussurrado ela.

O menino fez o que lhe foi dito. Jogou dentro do saco de dormir tudo o que tinha. Quando foi para a sala de estar, andando na ponta dos pés, viu Jerry meio apagado no sofá. Jerry estava esfregando os olhos com os dedos. Os dedos tatuados. Por um instante, quase acordou. Mas não acordou. E, enquanto Jerry estava apagado, eles entraram no carro. Com aquele dinheiro no porta-luvas, que Jerry desconhecia. Jerry tinha acabado com todo o resto. Na calada da noite, foram embora. Durante a primeira hora, ela olhou mais para o espelho retrovisor que para a estrada.

— Mãe? Ele vai encontrar a gente? — perguntou o menininho.

— Não — respondeu ela, então acendeu outro cigarro.

O menininho olhou para a mãe. E, na luz da manhã, finalmente viu que a bochecha vermelha não era maquiagem. E foi tomado por um sentimento. Disse para si mesmo.

Você não pode falhar.

Era sua promessa. Olhou para a mãe e pensou: *eu vou te proteger.* Não como na época em que era pequeno e não podia fazer nada. Agora estava maior. E seus braços não seriam fracos e ossudos para sempre. Ele faria flexões. Ficaria forte pelo bem dela. Ele a protegeria. Faria isso pelo pai.

Você não pode falhar.

Você tem que proteger a sua mãe.

Você é o homem da casa.

Ele olhou pela janela e viu um velho outdoor no formato de um vaso de plantas. O outdoor surrado dizia VOCÊ TEM UM AMIGO NA PENSILVÂNIA. E talvez a mãe tivesse razão. Talvez agora fosse ser diferente. Era o terceiro estado em dois anos. Quem sabe dessa vez fosse dar certo. De qualquer forma, ele sabia que não poderia decepcioná-la.

Christopher tinha 7 anos e meio.

CAPÍTULO 2

Estavam na Pensilvânia havia uma semana quando a coisa aconteceu.

A mãe de Christopher disse que escolheu a cidadezinha de Mill Grove porque era pequena e segura e tinha uma ótima escola de ensino fundamental. Mas, no fundo, Christopher achava que ela havia escolhido aquele lugar porque parecia estar escondido do resto do mundo. Uma estrada de acesso. Uma estrada de saída. Tudo cercado de árvores. Eles não conheciam ninguém ali. E, se ninguém os conhecia, Jerry não conseguiria encontrá-los.

Mill Grove era um excelente esconderijo.

Ela só precisava de um emprego. Toda manhã, Christopher via a mãe passar batom e pentear o cabelo com capricho. Ele a via colocar os óculos que a deixavam com cara de inteligente, e também a via ficar preocupada com o rasgo debaixo do braço direito do único blazer que tinha para ir a entrevistas. O rasgo era no tecido, não na costura. Portanto, não havia nada a fazer, exceto prender um alfinete de segurança e rezar.

Depois que ele comia uma tigela de Froot Loops, ela o levava até a biblioteca pública, onde ele selecionava o livro do dia, enquanto ela examinava os classificados do jornal. O livro do dia era a "taxa" que ele pagava para comer Froot Loops. Se lesse um livro para treinar a leitura, conquistava o direito de comer Froot Loops. Caso contrário, teria que comer Cream of Wheat (ou coisa pior). Por isso ele fazia questão de ler o livro.

Depois que a mãe anotava algumas possibilidades de emprego, eles voltavam para o carro e saíam para as várias entrevistas. Ela dizia a Christopher que queria que ele fosse junto, que seria uma aventura. Só os dois. Dizia que o velho Ford era um tubarão terrestre e que estavam em busca de presas. A verdade é que não havia dinheiro para uma babá, mas ele não se importava porque estava com a mãe.

Então saíam "caçando presas" e, enquanto dirigia, ela o sabatinava. Nomes das capitais dos estados. Problemas de matemática. E vocabulário.

— A Escola de Ensino Fundamental de Mill Grove é muito legal. Eles têm laboratório de informática e tudo. Você vai adorar o segundo ano.

Onde quer que morassem, a mãe de Christopher sempre procurava ótimas escolas públicas, assim como outras mães procuravam promoções de refrigerante. E, dessa vez, disse ela, ele entraria na melhor de todas as escolas. O hotel ficava perto de um excelente distrito escolar. A mãe prometeu levá-lo de carro todos os dias para ele não ser chamado de "menino do hotel" até que ela economizasse o suficiente para alugar um apartamento. Dizia que queria que ele tivesse o estudo que ela nunca teve. E tudo bem se não fosse fácil para ele. Naquele ano, ele se sairia melhor em matemática. Nesse ano, todo o esforço dele seria recompensado e ele deixaria de embaralhar as letras quando lia. E ele sorria e acreditava, porque ela confiava nele.

Então, antes de cada entrevista, ela tirava um momento para si mesma e repetia algumas palavras que havia lido nos livros de autoajuda, porque também estava tentando acreditar em si mesma.

"Eles querem gostar de você."

"Você decide que esse emprego é seu. Não eles."

Quando finalmente se sentia confiante, os dois entravam no prédio. Christopher ficava sentado na sala de espera e lia o livro, do jeito que ela queria, mas as letras se misturavam, a mente viajava e ele pensava nos velhos amigos. Sentia saudade de Michigan. Se não fosse por Jerry, teria adorado ficar lá para sempre. Os meninos eram legais. E todo mundo era pobre, então ninguém percebia que era. E seu melhor amigo, Lenny Cordisco, o Malucão, era engraçado e quase sempre baixava a calça na frente das freiras no CIC. Christopher se perguntou o que o Lenny Cordisco estaria fazendo naquele momento. Provavelmente, levando mais uma bronca da irmã Jacqueline.

Depois de cada entrevista, a mãe de Christopher vinha com um olhar desanimado que admitia que, no fim das contas, a decisão de contratá-la cabia a eles. Não a ela. Mas não havia nada que pudesse fazer a não ser voltar para o carro e tentar novamente. Ela dizia que o mundo pode tentar tirar tudo de você.

Mas seu orgulho ninguém, ninguém tira.

No sexto dia, a mãe estacionou no centro da cidade, em frente a um parquímetro, e tirou da bolsa seu fiel saco de papel. Aquele em que estava escrito EM

MANUTENÇÃO. Ela cobriu o parquímetro com o saco e disse a Christopher que roubar era feio, mas que cobrar por estacionamento era pior ainda. Ela acertaria as contas com o mundo quando conseguisse dar a volta por cima.

Normalmente, Christopher tinha que ficar na sala de espera, lendo seu livro. Mas, no sexto dia, um delegado de polícia e o subdelegado estavam comendo do outro lado da rua, numa lanchonete. Ela os chamou e perguntou se eles ficariam ali por algum tempo. Eles a cumprimentaram e disseram que podiam ficar de olho no menino. Então, como recompensa pela leitura, ela deixou Christopher no parquinho e se dirigiu a um lar de idosos para mais uma entrevista de emprego. Aos olhos de Christopher, o nome do lar de idosos era algo como...

Sahdy Pnies

— Shady Pines — corrigiu ela. — Se você precisar de alguma coisa, chama o delegado.

Christopher foi para os balanços. Havia uma lagartinha no banco do balanço. Ele sabia que o Lenny Cordisco a teria esmagado. Mas Christopher não gostava quando as pessoas matavam criaturas pequenas. Então ele pegou uma folha e colocou a lagarta debaixo de uma árvore onde seria mais fresco e seguro. Depois, voltou para os balanços. Talvez ainda não fosse tão musculoso, mas, minha nossa, como ele era bom em pegar impulso.

Quando começou a balançar, olhou para as nuvens. Havia dezenas. Cada uma tinha um formato. Uma parecia um urso. Outra parecia um cachorro. Viu formas de pássaros. E de árvores. Mas havia uma nuvem que era mais bonita que todas as outras.

Aquela que parecia um rosto.

Nem de homem. Nem de mulher. Apenas um belo rosto feito de nuvens.

E sorria para ele.

Ele se soltou e pulou do balanço.

Fingiu ter caído na lateral do campo de beisebol. Fim do nono *inning*. Dois eliminados. Interceptação espetacular. Os Tigers vencem! Mas Christopher estava agora perto de Pittsburgh, na Pensilvânia. Seria bom mudar de time para que as crianças gostassem dele. Vai, Pirates!

Depois de dez minutos no balanço, sua mãe apareceu. Dessa vez, nada de olhar desanimado. Apenas um grande sorriso.

— Conseguiu o emprego? — indagou Christopher.

— Hoje vai ter comida chinesa pro jantar.

Depois de agradecer ao delegado pela ajuda e de ser advertida sobre o saco EM MANUTENÇÃO, ela levou o filho de volta ao tubarão terrestre e em seguida para a noite de filme. Sexta-feira era a noite deles. Ela não deixava passar. De jeito nenhum. E aquela seria a melhor de todas em muito tempo. Sem Jerry. Só o clube especial com apenas dois sócios. Junk food. E filmes antigos emprestados da biblioteca.

Então foram de carro até o 7-Eleven para jogar na loteria, como faziam toda sexta. Depois de comprar cerveja, voltaram à biblioteca para pegar os dois livros que Christopher teria de ler no fim de semana e alguns filmes para a noite deles. Por que as pessoas pagam por coisas que podem conseguir de graça? Foram para o China Gate, por sugestão do delegado, afinal, policiais sabem melhor que ninguém onde tem comida boa, e ela ficou espantada quando viu os preços, mas fez o máximo para não demonstrar o espanto para o filho. Então sorriu. Disse que ainda tinha um pouco de dinheiro no Visa que Jerry desconhecia e, em uma semana, ela receberia o primeiro pagamento. E, no caminho de volta ao hotel, em meio ao cheiro de rolinhos primavera, frango com laranja e, o favorito de Christopher, lo mein (espaguete chinês do jeito que você gosta!, dizia o menu), planejaram o que fazer com o dinheiro da loteria, como faziam todas as sextas antes de descobrir que tinham perdido.

Christopher dizia que ia comprar uma casa para ela. Fez até uma planta em papel milimetrado. Os planos dele incluíam videogames e um cômodo só para balas e doces. Uma quadra de basquete e um zoológico de animais de estimação, bem na saída da cozinha. Tudo cuidadosamente planejado. Mas o melhor quarto era o da mãe. O maior da casa. Tinha uma varanda com um trampolim acima de uma piscina só para ela. E tinha o maior closet, cheio de roupas bonitas sem rasgos debaixo do braço.

— O que você faria com o dinheiro, mãe?

— Eu arrumaria um professor particular pra você e te daria todos os livros do mundo.

— O meu plano é melhor.

Quando chegaram ao hotel, o frigobar do quarto não estava funcionando muito bem, por isso a cerveja não gelou a tempo do banquete. Então, enquanto ela acompanhava o sorteio da loteria na televisãozinha, Christopher foi até a máquina de gelo no corredor. E fez algo que tinha aprendido nos filmes antigos

que costumavam ver: pegou um pouco de gelo e derramou cerveja por cima para ficar bem gelada para ela.
— Pronto, mãe. Com gelo.
Ele não entendeu por que ela riu tanto, mas ficou feliz por vê-la tão contente.

*

A mãe de Christopher tomou um gole de cerveja com gelo e fez *hummm* até o filho sorrir com orgulho de sua inteligente — embora um tanto equivocada — solução para o problema da cerveja quente. Depois que seus números de loteria não foram sorteados... DE NOVO... ela rasgou o bilhete e colocou um DVD no velho aparelho comprado numa venda de garagem em Michigan. O primeiro filme começou. Um antigo musical que ela adorava quando pequena. Uma das suas poucas boas lembranças. Agora, também era uma boa lembrança do filho. Quando o banquete terminou e a família von Trapp estava em segurança na Suíça, eles quebraram seus biscoitos da sorte.
— O que diz aí no seu, mãe?
— Você terá sorte em tudo o que colocar as mãos.
... *na cama*, pensou ela, mas não disse.
— E o seu, carinha? — perguntou ela.
— O meu está em branco.
Ela examinou. O papelzinho estava, de fato, em branco, exceto por uma série de números. Ele pareceu ficar bastante decepcionado. Aqueles biscoitos já não eram dos mais saborosos. E sem uma mensagem de sorte?
— Na verdade, isso significa boa sorte — declarou ela.
— É mesmo?
— Uma mensagem de sorte em branco é a melhor mensagem de sorte. Agora você pode criar a sua própria mensagem. Quer trocar?
Ele pensou bem e disse:
— Não.
Concluída a negociação, era hora do segundo filme. Antes de ele terminar e de os mocinhos vencerem a luta, Christopher tinha caído no sono no colo da mãe. Ela ficou sentada por um bom tempo olhando para ele dormindo. Lembrou-se de outra sessão de sexta à noite, em que viram *Drácula* e ele fingiu que não estava com medo, embora só tenha usado suéteres de gola alta por um mês inteiro.

Há um momento em que a infância acaba, pensou. E ela queria que o momento dele demorasse muito a chegar. Queria que o filho fosse inteligente o suficiente para sair daquele pesadelo, mas não inteligente o bastante para saber que estava vivendo um.

Ela pegou o menino adormecido e o levou para o saco de dormir. Deu um beijo na testa dele e, por instinto, verificou se não estava com febre. Então voltou para a pequena cozinha. E, quando terminou a cerveja com gelo, serviu outra exatamente igual. Porque percebeu que jamais esqueceria essa noite.

A noite em que parou de fugir.

Foram quatro anos.

Quatro anos desde que encontrou o marido morto numa banheira cheia de sangue sem nenhum bilhete. Quatro anos de dor, raiva e um comportamento despropositado. Mas tudo tem limite. Para de fugir. Para de fumar. Para de se matar. Seu filho merece coisa melhor. Você também. Chega de dívidas. Chega de homens que não prestam. Nada além da paz de uma vida de trabalho e prosperidade. Um pai ou uma mãe com emprego já é o herói de alguém. Mesmo que o emprego seja limpar a sujeira de idosos num asilo.

Ela saiu com a cerveja gelada e foi para a escada de incêndio. Sentiu a brisa fresca. E lamentou que fosse tão tarde, caso contrário, ouviria sua música favorita de Springsteen e fingiria que era uma heroína.

Quando acabou a bebida e o último cigarro que acenderia na vida, ela se sentiu feliz, contemplando a fumaça que subia e desaparecia na noite de agosto e as belas estrelas por trás daquela nuvem imensa.

A nuvem que parecia um rosto sorridente.

CAPÍTULO 3

A semana depois que a mãe conseguiu o emprego foi a melhor que Christopher teve em muito tempo. Todas as manhãs, ele olhava pela janela e via a lavanderia do outro lado da rua. E o poste de linha telefônica. E o poste de luz com a pequena árvore.

E as nuvens.

Elas estavam sempre lá. Havia algo prazeroso nelas. Como o cheiro de luvas de beisebol de couro. Ou como aquela vez que sua mãe fez sopa Lipton em vez de Campbell, porque Christopher gostava do macarrãozinho. As nuvens o faziam se sentir seguro. Não importava se estivessem comprando material escolar ou roupas, borrachas ou folhas, as nuvens estavam sempre lá. E sua mãe estava feliz. E não havia escola.

Até segunda.

No minuto em que acordou na segunda-feira, Christopher viu que a nuvem em formato de rosto havia desaparecido. Não sabia aonde o rosto tinha ido, mas ficou triste. Porque aquele era o dia. O dia em que realmente precisava das nuvens para reconfortá-lo.

O primeiro dia de aula.

Christopher jamais poderia dizer a verdade à mãe. Ela trabalhava tanto para mantê-lo naquelas boas escolas, que ele se sentia culpado só de pensar nisso. Mas a verdade era que odiava escola. Ele não se importava com o fato de não conhecer ninguém. Já estava acostumado. Mas havia algo que o deixava nervoso quando era transferido para uma nova escola. Para simplificar,

Ele era burro.

Podia ser um bom menino, mas era um péssimo aluno. Acharia até melhor que a mãe gritasse com ele por ser burro, como a mãe do Lenny Cordisco. Mas ela não fazia isso. Mesmo quando ele trazia para casa as provas de matemática com notas baixas, ela sempre dizia a mesma coisa.

— Não se preocupa. Continua se esforçando. Você vai conseguir.

Mas ele se preocupava. Porque não entendia a matéria. E sabia que nunca entenderia. Ainda mais numa escola puxada feito a Escola de Ensino Fundamental de Mill Grove.

— Ei! A gente vai se atrasar pro seu primeiro dia de aula. Termina logo esse café da manhã.

Quando terminou a tigela de Froot Loops, Christopher tentou praticar a leitura com o verso da caixa. Tinha uma tirinha do Gato Mau. O Gato Mau era o desenho animado mais divertido das manhãs de sábado. Mesmo naquela versão na caixa de cereal, ele era hilário. O Gato Mau foi até um canteiro de obras e roubou o sanduíche de um operário. E comeu tudo. E, quando o pegaram, ele disse seu bordão:

— Desculpa. Você ia comer isso?

Porém, naquela manhã, Christopher estava nervoso demais para rir da tirinha. Então, imediatamente, procurou outras coisas que o distraíssem. Seus olhos encontraram a caixa de leite. Havia a foto de uma menina desaparecida. Ela sorria sem os dois dentes da frente. Seu nome era Emily Bertovich. Foi isso que sua mãe lhe disse. Para ele, o nome era...

Eimyl Bretvocih.

— A gente está atrasado. Bora, carinha — chamou a mãe.

Christopher bebeu o restinho de leite açucarado do fundo da tigela para ganhar coragem, então fechou o zíper do moletom vermelho com capuz. Enquanto seguiam de carro até a escola, Christopher ouviu a mãe explicar que eles "tecnicamente" não "moram" no distrito da escola dele e que ela meio que "mentiu" que seu endereço de trabalho era onde eles moravam.

— Então não conta pra ninguém que a gente mora no hotel, tá bom?

— Tá bom.

Enquanto o carro percorria as ladeiras, Christopher contemplava as diferentes áreas da cidade. Carros estacionados em cima dos gramados. Casas com pintura descascando e telhas faltando. Uma picape na calçada com o trailer usado em viagens de caça. Parecido com Michigan. Então passaram por uma área mais bonita. Grandes casas de pedra. Gramados bem-cuidados. Carros reluzentes nas garagens. Precisava acrescentar isso ao esboço da planta da casa de sua mãe.

Enquanto avançavam, Christopher procurou as nuvens no céu. Tinham ido embora, mas ele viu algo que o agradou. Por todos os bairros que passavam, ele estava sempre lá. Grande e bonito, cheio de árvores. Tudo verde e lindo. Por um segundo, ele pensou ter visto algo correr lá para dentro. Rápido feito um raio. Não sabia ao certo o que era. Talvez um cervo.

— Mãe, o que é aquilo?
— É o bosque da Mission Street.

Quando chegaram à escola, a mãe de Christopher quis dar um beijo melado nele na frente de todos os novos colegas. Mas ele precisava manter a dignidade, então ela lhe entregou um saco de papel marrom com o lanche e 50 centavos para comprar leite.

— Espera por mim na saída da escola. Nada de falar com estranhos. Se precisar de mim, é só ligar pra Shady Pines. O número está numa etiqueta costurada na sua roupa. Te amo, querido.
— Mãe? — Ele estava com medo.
— Você vai conseguir. Você já fez isso antes. Certo?
— Mamãe...
— Pode me chamar de mãe. Você não é mais um menininho.
— Mas eles vão ser mais inteligentes que eu...
— Notas e inteligência não são a mesma coisa. Continua se esforçando. Você vai conseguir.

Ele fez que sim e deu um beijo nela.

Christopher saiu do carro e se aproximou da escola. Dezenas de crianças já estavam por lá, batendo papo depois das férias de verão. Dois gêmeos trocavam empurrões, rindo. O menorzinho usava um tapa-olho para olho preguiçoso. Algumas meninas se coçavam com a roupa nova que pinicava. Uma delas usava maria-chiquinha. Quando o viram, as crianças pararam e ficaram olhando para ele, como sempre faziam quando chegava um estranho. Ele era a novidade na vitrine da loja.

— Oi — cumprimentou. E elas menearam a cabeça, do jeito que as crianças sempre fazem. Caladas e desconfiadas no início. Como qualquer bando de animais.

Christopher entrou rapidamente na sala de aula e se sentou perto do fundo. Sabia que se sentar na frente não seria bom, porque é sinal de fraqueza. A mãe costumava dizer: "Nunca confunda ser bom com ser fraco." Christopher achava que talvez isso funcionasse no mundo dos adultos.

Não no mundo das crianças.

— Esse lugar é meu, Lesma.

Christopher ergueu o olhar e viu um aluno do segundo ano com suéter de menino rico e o cabelo bem-cortado. Logo conheceria Brady Collins pelo nome. Mas, por enquanto, ele era só o menino que ficou zangado porque Christopher não conhecia as regras.

— Como?

— Você está no meu lugar, Lesma.

— Ah. Tá bom. Foi mal.

Christopher conhecia essa dinâmica. Então simplesmente se levantou.

— Nem reagiu. Que Lesma — comentou Brady Collins.

— E olha só a calça dele. É tão curta que dá pra ver as meias. Nem vai molhar a barra se pegar uma enchente, hein — acrescentou uma menina.

Quando, mais tarde, a professora fez a chamada, Christopher ouviria o nome dela, Jenny Hertzog. Mas, por enquanto, ela era só uma garota magricela, dentuça e com um Band-Aid no joelho, dizendo:

— Olha o dilúvio! Olha o dilúvio!

As orelhas de Christopher ficaram vermelhas. Rapidamente, ele foi para a única carteira disponível. Bem na frente da mesa da professora. Olhou para a bainha da própria calça e presumiu que devia ter crescido, porque parecia até a calça do Alfalfa, dos Batutinhas. Tentou puxá-la um pouco mais para baixo, mas o jeans não se mexeu.

— Desculpem o atraso, meninos e meninas — disse a professora, entrando às pressas na sala de aula.

A srta. Lasko era mais velha, com idade de mãe, mas se vestia como se ainda fosse adolescente. Usava saia curta, tinha cabelo loiro, estilo *A noviça rebelde*, e a maquiagem dos olhos era a mais carregada que Christopher já havia visto fora de um circo. Com um gesto rápido, ela botou a garrafa térmica em cima da mesa, com um baque, e escreveu seu nome no quadro-negro com uma caligrafia perfeita:

Srta. Lasko

— Ei! — sussurrou uma voz.

Christopher se virou e viu um menino gordo. Por alguma razão que Christopher não conseguiu entender, o menino estava comendo bacon.

— Oi? — sussurrou Christopher em resposta.
— Não liga pro Brady e pra Jenny. Eles são dois idiotas. Beleza?
— Valeu.
— Quer um pedaço de bacon?
— Acho que não na hora da aula.
— Você que sabe — disse o menino, e continuou mastigando.

Como acontece no mundo das crianças, foi assim que Christopher substituiu o Lenny Cordisco por um novo melhor amigo. Edward Charles Anderson acabou ficando na mesma turma de reforço de leitura e nos mesmos horários de almoço e de educação física que Christopher. Com o tempo, ele demonstrou ser tão ruim na leitura quanto no futebol americano. Christopher o chamava de Eddie. Mas todo mundo na escola o conhecia pelo apelido.

Ed "Especial".

CAPÍTULO 4

Nas duas semanas seguintes, Christopher e Ed Especial se tornaram inseparáveis. Almoçaram todos os dias no refeitório (eu troco a minha mortadela com você). Fizeram reforço de leitura com a querida e idosa bibliotecária, a sra. Henderson, e seu fantoche, Dewey, o Golfinho. Se deram mal juntos nas provas de matemática. Até frequentaram o mesmo CIC duas noites por semana.

Ed Especial disse que as crianças católicas têm que ir para o CIC por uma razão: se preparar para enfrentar o Inferno. Marc Pierce era judeu e perguntou o que significava CIC.

— Conferência para o Inferno Cristão — foi a resposta hilária de Ed Especial.

Christopher não sabia o que CIC significava, mas tinha aprendido, muito tempo atrás, a não reclamar. Certa vez, em Michigan, Christopher se escondeu no mato para não ter que ir a essas aulas. A mãe chamou seu nome várias vezes, mas ele não respondeu. Então, por fim, ela ficou muito irritada e disse:

— Christopher Michael Reese, é melhor você aparecer... AGORA.

Ela usou o nome todo. E, quando fazia isso, não tinha jeito. Era preciso responder. Pronto. Fim de jogo. Com o semblante impassível, ela disse a Christopher que seu pai era católico. E que tinha prometido a si mesma que o filho dele seria criado como católico para ter alguma ligação com o pai, além de uma foto tirada no Natal.

Na ocasião, Christopher quis se enfiar num buraco.

Naquela noite, enquanto voltavam de carro para casa, ele pensou no pai lendo a Bíblia. Provavelmente, seu pai não embaralhava as letras como ele. Provavelmente, era bem mais inteligente, porque é assim que os pais são. Bem mais inteligentes. Então Christopher jurou que aprenderia a ler e entender o significado das palavras da Bíblia para ter mais um jeito de pensar no pai, além da lembrança do cheiro de tabaco na camisa dele.

*

Quanto à escolha da igreja, a mãe de Christopher sempre seguia a estratégia da Guerra Fria, adotada pelo presidente favorito de sua avó, Ronald Reagan. Confie, mas verifique. Foi assim que ela chegou à Igreja de Saint Joseph, em Mill Grove. O sacerdote, padre Tom, tinha acabado de ser ordenado. Nada de escândalos. Nada de paróquia antiga. Era um bom homem. E Christopher precisava de homens bons em sua vida.

No entanto, no que dizia respeito à sua própria fé, não importava quem fosse o padre. Ou se a missa fosse bonita. Ou a música. Sua fé morreu na banheira junto com o marido. É claro que, quando olhava para o filho, ela entendia por que as pessoas acreditavam em Deus. Mas, quando se sentava na igreja, não ouvia a palavra d'Ele. Tudo o que ouvia eram os cochichos e as fofocas das boas católicas que se referiam a ela como "aquela mãe que precisa trabalhar" (vulgo "gentinha").

Principalmente a sra. Collins.

Tudo de Kathleen Collins era perfeito. Do cabelo castanho, sempre preso, ao terninho elegante, ao desprezo esnobe por "aquela gente" que, para falar a verdade, Jesus teria amado. A família Collins sempre se sentava na frente. Eles eram os primeiros na fila da comunhão. E, se o cabelo do marido ficasse despenteado, o dedo dela agia imediatamente, feito a garra de um corvo de unhas feitas, devolvendo a mecha ao devido lugar.

Quanto a Brady, filho do casal, era farinha do mesmo saco.

Se a mãe de Christopher só tivesse de lidar com a sra. Collins aos domingos, seria tolerável. Mas o sr. Collins investia no mercado imobiliário e era dono de metade de Mill Grove, incluindo Shady Pines, o lar de idosos onde ela trabalhava. Ele tinha colocado a esposa no comando do estabelecimento. A sra. Collins afirmava que havia assumido o posto para "fazer algo pelo bem da comunidade". A verdade, porém, era que a função permitia à sra. Collins gritar com funcionários e voluntários, exigindo que sua própria mãe idosa, que sofria de Alzheimer, tivesse o melhor cuidado possível. O melhor quarto. A melhor comida. O melhor de tudo. A mãe de Christopher tinha viajado o suficiente para saber que Mill Grove não passava de uma pocinha. Mas, para a família Collins, era como se fosse o oceano Pacífico.

— Mãe, no que você tá pensando? — sussurrou Christopher.

— Em nada, querido. Presta atenção.

Pouco antes de transformar o vinho em sangue com algumas palavras bem escolhidas, padre Tom disse ao rebanho que Jesus amava a todos, a começar por Adão e Eva. O que levou Ed Especial a cantar o jingle do Chili's.

— *I want my baby back baby back baby back! Adam's baby back ribs!*

A tirada foi recebida com risadas exageradas, sobretudo pelos pais de Ed Especial.

— Essa foi boa, Eddie. Meu menino é tão inteligente! — comentou a mãe, balançando os braços roliços.

Padre Tom e a professora de CIC, a sra. Radcliffe, suspiraram, como se percebessem que disciplinar Ed Especial agora competia apenas a eles dois.

— A primeira comunhão vai ser incrível — disse Ed Especial no estacionamento, depois da missa. — A gente ganha dinheiro. E até deixam a gente beber vinho.

— É mesmo? — questionou Christopher. — É verdade, mãe?

— Faz parte da comunhão. Mas vai ser suco de uva — explicou ela.

— Tudo bem. Eu bebo vinho em casa. Tchau, sra. Reese — despediu-se Ed Especial, antes de se dirigir à mesa de venda de bolos com os pais.

*

Na volta para casa, Christopher pensou na missa. Jesus amava a todos. Até as pessoas más. Como Jenny Hertzog e Brady Collins. E Jerry. Christopher pensou que isso era incrível, porque jamais conseguiria amar alguém como Jerry. Mas tentaria, porque é isso que se deve fazer.

Quando chegaram ao hotel, Christopher segurou a porta aberta para a mãe, ela sorriu e o chamou de cavalheiro. E, quando olhou para cima, antes de entrar, ele a viu. Pairando no ar. Uma estrela cadente parecendo um brilho em seu olhar.

A nuvem em formato de rosto.

Normalmente, Christopher não teria pensado muito no assunto. Nuvens eram algo corriqueiro. Mas todos os dias, quando sua mãe o levava para a escola, todas as vezes que passavam pelo bosque da Mission Street, todos os fins de tarde, quando seguiam de carro até o CIC, a nuvem em formato de rosto estava lá.

E era sempre o mesmo rosto.

Às vezes, grande. Às vezes, pequeno. Uma vez, ficou até escondido atrás de outras formas nas nuvens. Um martelo ou um cachorro, ou uma mancha de tinta, como as que o homem lhe mostrou depois que seu pai se afogou por acidente na banheira. Estava sempre lá. Não era de homem. Não era de mulher. Apenas um belo rosto feito de nuvens.

E Christopher podia jurar que o rosto o vigiava.

Teria comentado isso com a mãe, mas ela já se preocupava demais com ele. Christopher conseguia lidar com o fato de ela achar que ele era burro. Mas não arriscaria que pensasse que era louco.

Não como o pai dele.

CAPÍTULO 5

As chuvas começaram na sexta.

O trovão acordou Christopher de um pesadelo. O sonho foi tão assustador que ele o esqueceu imediatamente. Mas não esqueceu a sensação que causou. Como se alguém estivesse bem atrás da sua orelha. Fazendo cosquinha. Ele observou o quarto do hotel. O neon da lavanderia lá fora fazia com que as cortinas piscassem.

Mas não havia ninguém lá.

Olhou para o relógio, ao lado da mãe, que dormia na outra cama de solteiro. O visor exibia 2:17. Tentou voltar a dormir. Mas, por algum motivo, não conseguia. Então ficou deitado, de olhos fechados e com a mente a mil.

E escutando a chuva torrencial.

Era tanta chuva, que ele não conseguia saber de onde estava vindo. Pensou que secaria os oceanos.

"Olha o dilúvio! Olha só a calça dele! Olha o dilúvio! Cuidado com o dilúvio, hein!"

As palavras voltaram à mente dele e seu estômago ficou embrulhado. Iria para a escola dentro de poucas horas. Escola significava sala de aula. E sala de aula significava...

Jenny Hertzog e Brady Collins.

Todas as manhãs, eles o esperavam. Jenny, para xingá-lo. Brady, para brigar com ele. Christopher sabia que sua mãe não queria que ele brigasse com ninguém. Ela sempre dizia que ele não se tornaria um valentão briguento, feito os homens da família dela. Sequer permitia que ele tivesse arminhas de brinquedo.

— Por que não? — perguntou Ed Especial, na hora do almoço.

— Porque a minha mãe é paficista.

— Você quis dizer pacifista? — corrigiu Ed Especial.
— É. Isso mesmo. Pacifista. Como é que você sabe essa palavra?
— Meu pai odeia esse tipo de gente.

Então Christopher ofereceu a outra face, e lá estava Jenny Hertzog, esperando para debochar dele e das outras crianças do grupo dos burros. Não diga burro, sua mãe costumava adverti-lo. Jamais diga burro. Mas, no fim das contas, não importava. Ele estava no grupo dos burros, e Jenny era especialmente cruel com os alunos burros. Ela chamava Eddie de "Ed Especial". Matt recebeu o nome de "Papagaio de Pirata", por causa do tapa-olho. O gêmeo dele, Mike, era o melhor atleta da escola, mas Jenny gostava de chamá-lo de "Mike Duas Mães" ou "Mike Sapatão", dependendo do seu humor, visto que ele e o irmão Matt tinham duas mães e não tinham pai. Mas Christopher era o novato, então levava a pior. Toda aula começava com Jenny Hertzog apontando para a calça curta de Christopher e cantarolando:

— Olha o dilúvio! Olha o dilúvio!

A situação ficou tão ruim que Christopher pediu à mãe que lhe comprasse uma calça nova, mas, quando viu em seu rosto que ela não tinha como pagar, fingiu que estava brincando. Então, na hora do almoço, ele disse à moça do refeitório que não queria leite; assim, poderia economizar cinquenta centavos por dia e comprar a calça com o próprio dinheiro. Christopher já havia poupado US$ 3,50.

Só não sabia ao certo quanto custava uma calça.

Resolveu perguntar à srta. Lasko, mas os olhos dela estavam um pouco vermelhos e o hálito parecido com o de Jerry depois de uma noite no bar. Por isso ele esperou até o fim do dia e foi procurar a adorável sra. Henderson.

A sra. Henderson era muito calada. Mesmo para uma bibliotecária. Era casada com o professor de ciências, o sr. Henderson. O nome dele era Henry. Christopher achava muito estranho que professores tivessem nome além do sobrenome, mas tudo bem. Henry Henderson.

Eram tantos és.

Quando Christopher perguntou à sra. Henderson quanto custava uma calça, ela disse que eles poderiam procurar no computador. A mãe de Christopher não tinha computador, então a experiência foi especial. Pesquisaram on-line a palavra "calça". Buscaram em diversas lojas. E ele viu que as coisas custavam muito dinheiro. Uma calça na JCPenney custava US$ 18,15.

— Quantos cinquenta centavos é isso? — perguntou à sra. Henderson.
— Eu não sei. Quantos? — devolveu ela.

Christopher era quase tão fraco em matemática quanto em leitura. Mas, como boa professora, em vez de dar a resposta, a sra. Henderson lhe deu um lápis e uma folha e mandou que descobrisse. Ela voltaria dali a pouco para conferir. Então ele se sentou, somando 50 centavos com 50 centavos. Dois dias são 100 centavos. Isso é um dólar. Três dias são 150 centavos. Isso é um dólar e cinquenta centavos. Com os sete dólares que tinha em seu cofrinho, isso significava que ele podia...

oi

Christopher olhou para o computador. A máquina emitiu um barulhinho. E apareceu uma janelinha no canto esquerdo. Dizia MESNAGME INTSATNÂNEA. Mas Christopher sabia que isso significava mensagem instantânea. Alguém estava escrevendo para ele.

oi

Christopher se virou para procurar a sra. Henderson, mas ela não estava por lá. Ele estava sozinho. Voltou a olhar para a tela. O cursor não parava de piscar. Ele sabia que não deveria falar com estranhos. Mas, na verdade, aquilo não era falar. Assim, teclou com o indicador da mão direita. Tec-tec.

"Oi", digitou Christopher em resposta.

quem é?

"Christopher."

oi, christopher. é muito bom te conhecer. onde você está agora?

"Eu tô an blibioteca."

você tem dificuldade com as letras, né? qual biblioteca?

"Na ecsola."

qual é a sua escola? deixa eu adivinhar. escola de ensino fundamental de mill grove, né?

"Como é qeu voêc saeb?"

chute. você está gostando da escola?

"É bao."

a que horas você vai sair da escola?

Christopher parou. Algo parecia errado. Ele digitou.

"Qeum é?"

Silêncio. O cursor piscou.

"Qeum é voêc?", digitou Christopher novamente.

Silêncio outra vez. Christopher observou o cursor piscar e piscar. O ambiente estava calmo e silencioso. Mas ele sentia alguma coisa. Um ar meio abafado. Como quando se fica debaixo das cobertas por muito tempo.

— Oi? — chamou Christopher na biblioteca vazia.

Christopher olhou para as prateleiras em volta. Achou que alguém poderia estar se escondendo. Começou a ter uma sensação de pânico. Como em Michigan, quando Jerry voltava para casa de mau humor, vindo do bar.

— Oi? — chamou de novo. — Quem tá aí?

Sentiu um arrepio na nuca. Como acontecia quando a mãe lhe dava um beijo de boa-noite. Um sussurro sem palavras. Ouviu o bipe do computador. Olhou. E viu a resposta da pessoa.

um amigo

Quando a sra. Henderson voltou, a tela ficou em branco. Ela olhou para os cálculos e disse que ele devia pedir ajuda à srta. Lasko. Nesse meio-tempo, ela lhe deu três livros para o fim de semana para ajudá-lo com a leitura. Um livro era velho e tinha muitas palavras. Mas os outros dois eram divertidos. *O Gato Mau come a letra Z* e *Snoopy*. *Snoopy* não era tão bom quanto *O Gato Mau*. Mas até que *Snoopy* era bom. Principalmente seu irmão Spike, que mora em Needles. Que palavra. Needles.

Tantos és.

Quando o sinal tocou, a sra. Henderson acompanhou Christopher até o estacionamento. Christopher acenou em despedida, quando ela e o marido entraram no velho utilitário. A srta. Lasko entrou em seu carro esporte vermelho-cereja, que deve ter custado um milhão de caixinhas de leite de cinquenta centavos. Um por um, os professores foram embora. E os alunos também. Os gêmeos — "Papagaio de Pirata" e "Mike Duas Mães" — trocavam passes com sua bolinha de futebol americano de plástico enquanto embarcavam no ônibus escolar. Ed Especial mostrou a língua ao subir no ônibus, fazendo Christopher sorrir. Então os últimos ônibus partiram. E, quando todo mundo foi embora, Christopher procurou o segurança.

Mas ele não estava lá.

E Christopher estava sozinho.

Ele se sentou num banco e esperou no estacionamento pela mãe, que viria buscá-lo para o filme de sexta. Tentou pensar no filme e não naquele mau pressentimento. Na sensação de que algo poderia pegá-lo. Estava nervoso, esperando do lado de fora. E só queria que a mãe chegasse logo.

Onde ela estava?

Um trovão retumbou. Christopher olhou para a prova de matemática. Foram 4 acertos em 10. Precisava se esforçar mais. Ele pegou o primeiro livro. *O jardim de versos de uma criança*. Estava velho. Meio empoeirado. Christopher sentiu a lombada do livro estalar um pouco. A capa de couro tinha cheiro de luvas de beisebol. Havia um nome na primeira página. Escrito a lápis.

D. Olson

Christopher virou as páginas até encontrar uma ilustração de que gostasse. Então se concentrou e começou a ler. As letras estavam embaralhadas.

No atlo da cejereira,
Subo e não faço bestiera

De repente, uma sombra cruzou a página. Christopher olhou para cima. E viu algo pairando no alto, bloqueando a luz.

Era a nuvem em formato de rosto.

Do tamanho do céu.

Christopher fechou o livro. Os pássaros se calaram. O ar ficou frio. Mesmo para setembro. Olhou em volta para ver se alguém o observava. Mas o segurança ainda não estava por lá. Então Christopher voltou a atenção para a nuvem em formato de rosto.

— Oi? Você consegue me ouvir? — perguntou ele.

Um estrondo abafado ecoou ao longe. Um trovão.

Christopher sabia que podia ser coincidência. Ele podia até ser um mau aluno, mas era um menino inteligente.

— Se você consegue me ouvir, pisca o olho esquerdo.

Lentamente, a nuvem piscou o olho esquerdo.

Christopher ficou em silêncio. Assustado por um segundo. Ele sabia que isso não estava certo, que não era normal. Mas era incrível. Passou um avião, deslocando a nuvem em formato de rosto e fazendo com que ela sorrisse feito o gato da Alice.

— Você pode fazer chover se eu te pedir?

Antes que ele pronunciasse a última palavra, uma chuva desabou sobre o estacionamento.

— E fazer parar?

A chuva parou. Christopher sorriu. Achou engraçado. A nuvem em formato de rosto deve ter entendido que ele estava rindo, porque começou a chover. E depois parou. E choveu. Então parou. Christopher deu uma risada igual à do Gato Mau.

— Para com isso! Você vai ensopar a minha roupa da escola!

A chuva parou. Mas, quando Christopher olhou para cima, a nuvem começou a se afastar, deixando-o mais uma vez sozinho.

— Espera! — gritou. — Volta aqui!

A nuvem pairou sobre a parte mais alta do terreno. Christopher sabia que não devia fazer isso, mas foi incapaz de se conter. Começou a segui-la.

— Espera! Pra onde você tá indo?

Não havia som. Apenas uma cortina de chuva. Porém, de alguma forma, a água não encostava em Christopher. Ele estava protegido, no olho da tempestade. Mesmo que seus tênis estivessem encharcados na rua molhada, o moletom vermelho com capuz continuava seco.

— Por favor, não vai embora!

Mas a nuvem em formato de rosto continuava se afastando. Descendo a rua. Em direção ao campo de beisebol. A chuva escorria pelo solo coberto de lama. Poeira em forma de lágrimas. Seguindo pela estrada onde carros buzinavam e derrapavam. Por outro bairro com ruas e casas que ele não reconhecia. Hays Road. Casa. Monterey.

A nuvem em formato de rosto passou sobre uma cerca e um gramado. Christopher acabou parando diante de uma grande placa de metal, acima da cerca, perto de um poste de luz. Ele demorou um bom tempo para decifrar as palavras, mas, por fim, descobriu que diziam...

CONSTRUTORA COLLINS
PROJETO DO BOSQUE DA MISSION STREET
ENTRADA PROIBIDA

— Eu não posso mais ir atrás de você. Vão brigar comigo! — gritou Christopher.

A nuvem em formato de rosto pairou por um instante, depois se afastou. Para longe da rua. Atravessando a cerca.

Christopher não sabia o que fazer. Ele olhou ao redor. Viu que não tinha ninguém olhando. Ele sabia que era errado. Sabia que não devia fazer isso. Mas passou por baixo da cerca do canteiro de obras. O capuz vermelho ficou preso. Depois de soltá-lo, parou no campo coberto de relva molhada, lama e chuva. Então olhou para cima, espantado.

A nuvem era ENORME.

O sorriso era cheio de DENTES.

Um sorriso FELIZ.

Christopher sorriu quando o trovão soou.

E seguiu a nuvem em formato de rosto

Saindo do balão de retorno.

Percorrendo a trilha.

E entrando no bosque da Mission Street.

CAPÍTULO 6

Christopher olhou para cima. Não conseguia mais ver a nuvem em formato de rosto de tão espessas que eram as copas das árvores. Ainda ouvia a chuva, mas nenhuma gota caía na terra. O solo estava seco. Rachado feito pele envelhecida. Era como se as árvores fossem um grande guarda-chuva. Um guarda-chuva que mantinha alguma coisa protegida.

Christopher

Christopher se virou. Os pelos da sua nuca ficaram arrepiados.

— Quem tá aí? — perguntou ele.

Houve apenas silêncio. Uma respiração curta e leve. Talvez fosse o vento. Mas havia algo ali. Christopher sentia. É como quando se sabe que se está sendo observado. Assim como ele sabia que Jerry era um cara mau bem antes que sua mãe soubesse.

Ele ouviu um passo.

Christopher se virou e viu que foi apenas uma pinha caindo de uma árvore. Tec. Tec. Tec. A pinha rolou pelo chão e foi parar

Na trilha.

A trilha estava coberta de agulhas de pinheiro. E de alguns galhos retorcidos. Mas era evidente. Uma trilha aberta na terra por anos de bicicletas e rampas e corridas. Por crianças que seguiam atalhos para o outro lado da cidade. Mas agora parecia abandonada. Assim como a cerca da construtora, que mantinha as crianças longe dali havia meses. Talvez até anos. Não havia pegadas recentes naquela trilha.

Exceto uma.

Christopher viu uma marca de sapato no solo. Aproximou-se e colocou seu tenisinho ao lado da pegada. Eram praticamente do mesmo tamanho.

Eram pegadas de uma criancinha.

Foi então que ele ouviu uma criancinha chorando.

Christopher olhou pela trilha e viu que as pegadas da criancinha iam até bem longe. O som vinha daquela direção. De longe. A distância.

— Oi! Você tá bem? — gritou Christopher.

O choro ficou mais alto.

Christopher sentiu um aperto no peito e uma voz interior disse para ele dar meia-volta, retornar à escola e esperar a mãe. Mas a criança precisava de ajuda. Por isso ele ignorou o medo e seguiu as pegadas. Lentamente no começo. Com todo o cuidado. Caminhou até um velho riacho, com uma pontezinha parecida com a da história dos três cabritinhos. As pegadas sumiam na água e apareciam do outro lado. Agora estavam enlameadas. A criança devia estar por perto.

Me ajuda.

Seria uma voz? Seria o vento? Christopher apertou o passo. As pegadas da criança o fizeram passar por um velho tronco oco, entalhado como se fosse uma grande canoa. Christopher olhou adiante, mas não viu ninguém. Deve ter sido o vento. Não fazia sentido. Mas não havia outra explicação, porque ele não via mais nada.

Exceto uma luz.

Uma luz mais adiante na trilha, lá longe. Brilhante e azul. No local de onde vinha o choro. Christopher começou a andar até lá. Para socorrer a criancinha. A cada passo, a luz ficava maior. E o espaço livre sob a copa das árvores aumentava. Logo já não havia copas acima de sua cabeça.

Christopher tinha chegado a uma clareira.

Ficava no meio do bosque. Um círculo perfeito de campo coberto de relva. As árvores tinham desaparecido. E ele conseguia ver o céu. Mas havia algo de errado. Ele tinha entrado no bosque poucos minutos atrás, quando ainda era dia. Mas agora era noite. O céu estava escuro e havia muito mais estrelas cadentes que o normal. Quase como fogos de artifício. A lua estava tão grande que iluminava a clareira. Uma lua azul.

— Oi? — gritou Christopher.

Houve apenas silêncio. Sem choro. Sem vento. Sem voz. Christopher observou a clareira ao redor e não viu nada, exceto as pegadas, que iam até

A árvore.

Ela ficava bem no meio da clareira. Torta feito a mão artrítica de um velho. Saindo da terra, como se quisesse segurar e puxar um pássaro do céu. Christopher não conseguiu se conter. Seguiu as pegadas. Foi até a árvore e tocou nela. Mas não parecia casca de árvore. Não parecia nem madeira.

Parecia carne humana.

Christopher deu um pulo para trás. Foi invadido de repente por uma sensação horrível de que algo estava errado. Estava tudo errado. Ele não deveria estar ali. Olhou para baixo, tentando encontrar a trilha novamente. Precisava sair dali. Sua mãe ficaria muito preocupada. Encontrou a trilha e viu as pegadas da criança. Mas havia algo diferente nelas agora.

Havia marcas de mãos ao lado das pegadas.

Como se a criancinha estivesse engatinhando.

Crec!

Christopher se virou. Algo havia pisado num galho. Ele ouviu criaturas despertando ao seu redor. Cercando a clareira. Christopher não hesitou. Começou a correr. Voltando pela mesma trilha. Alcançou a borda da clareira. Entrou de novo no bosque. Mas, no minuto em que colocou o pé embaixo das árvores, parou.

A trilha havia desaparecido.

Olhou em volta, procurando o caminho, mas o céu estava ainda mais escuro. As nuvens cobriam as estrelas. A lua brilhava através da nuvem em formato de rosto, feito o olho bom de um pirata.

— Me ajuda! — gritou Christopher para a nuvem em formato de rosto.

Mas o vento soprou e a nuvem cobriu a lua como um cobertor. Christopher não conseguia enxergar nada. *Ai, meu Deus. Por favor, meu Deus.* Christopher caiu de joelhos e começou a vasculhar no meio das agulhas de pinheiro. Frenético. Procurando a trilha. As agulhas grudavam na palma das suas mãos.

Agora ele ouvia a criança.

Mas ela não estava chorando.

Estava rindo.

Christopher encontrou a trilha tateando o chão e começou a engatinhar. *Preciso sair daqui! Mais rápido!* Era só o que ele pensava. *Mais rápido!*

A risada estava mais perto agora.

Christopher começou a correr. Avançou tão rápido que perdeu a trilha. Correu na escuridão. Passando pelas árvores. Suas pernas se dobraram quando ele tropeçou no riacho. Passou pela ponte dos três cabritinhos. Caiu e ralou o joelho. Mas não se importou. Continuou correndo. A toda a velocidade. Viu a luz à frente. Era ela mesma. Ele tinha certeza. A luz do poste de rua. Ele tinha conseguido reencontrar a rua.

A risada estava logo atrás dele.

Christopher correu para a rua. Para a luz. Correu por baixo da copa da última árvore. E parou quando percebeu que não estava na rua.

Estava de volta à clareira.

A luz não era do poste.

Era da lua.

Christopher olhou em volta e sentiu coisas o encarando. Criaturas e animais. Com olhos cintilantes. Cercando a clareira. A risada estava mais perto. Mais alta. Christopher estava cercado. Precisava sair dali. Precisava encontrar alguma saída. Encontrar qualquer saída.

Correu para a árvore.

E começou a escalar. A árvore parecia carne humana sob suas mãos. Era como subir em braços, em vez de galhos. Mas ele ignorou a sensação. Precisava ficar num lugar alto para enxergar uma saída. Quando chegou à metade da árvore, as nuvens se abriram. A lua fez a clareira brilhar.

E foi aí que Christopher viu.

Do outro lado da clareira, escondido atrás de folhas e arbustos. Parecia a entrada de uma caverna. Mas não era uma caverna. Era um túnel. Feito por mãos humanas. Com vigas de madeira. Com velhos trilhos de trem que corriam pelo solo. Christopher percebeu a oportunidade. Trilhos de trem levavam a estações, que levavam a cidades.

Ele poderia sair dali!

Desceu pelos braços da árvore. Chegou ao solo. Sentiu uma presença no bosque. Olhos cravados nele. Esperando que ele se deslocasse.

Christopher correu.

Com toda a energia que tinha. A toda a velocidade. Sentia criaturas atrás dele. Mas não conseguia enxergá-las. Alcançou a entrada e olhou para dentro do túnel. Os trilhos de trem atravessavam o túnel, feito uma coluna dorsal enferrujada. Ele avistou o reflexo do luar do outro lado. Uma saída!

Christopher correu para dentro do túnel. As vigas de madeira sustentavam as paredes e o teto, como as costelas de uma baleia. Mas a madeira era velha e podre. E o túnel não era largo o suficiente para um trem. O que era aquele lugar? Uma ponte coberta? Um esgoto? Uma caverna?

Uma mina.

Aquela palavra o atingiu feito água. Uma mina de carvão da Pensilvânia. Ele viu um filme sobre aquelas minas na escola. Mineradores usando carrinhos de mão e trilhos para trazer minério para ser forjado. Ele correu mais para o fundo. Em direção ao luar do outro lado. Baixou os olhos, focando nos trilhos, para não pisar em falso. Foi então que viu que as pegadas da criança tinham ressurgido. E a risada também. Logo atrás dele.

O luar desapareceu à frente como se as nuvens brincassem de esconde-esconde. O mundo escureceu. Ele tateou na escuridão. Tentando encontrar as paredes para guiar sua saída. Seus pés raspavam os trilhos enquanto ele estendia os braços, tateando feito um cego. Até que finalmente encontrou algo. Finalmente tocou em alguma coisa no escuro.

A mão de uma criancinha.

Christopher

não

foi

visto

nem

dele

se

teve

notícia

durante

seis

dias.

PARTE II

Sonhos se realizam

CAPÍTULO 7

Mary Katherine se sentia culpada. Isso não era novidade. O sentimento de culpa a perseguia desde a primeira aula de CIC, com a sra. Radcliffe, mais de dez anos atrás. Mas agora estava pior. Ela quase não conseguia acreditar que havia deixado a situação ficar tão fora de controle. A lei dizia claramente que menores não podiam dirigir sozinhos depois da meia-noite. Eram 23:53 e ela estava a pelo menos dez minutos de casa. Como foi deixar isso acontecer?

— Você acabou de tirar a carteira de motorista! Sua idiota! — repreendeu a si mesma.

Quanto tempo levou para conseguir tirar essa carteira? Lembra?! Ela precisou implorar à mãe que tocasse no assunto com o pai. Então, mesmo depois de a mãe, enfim, ter reunido coragem para tomar (duas caixas inteiras de) vinho branco e ter a conversa, ela e a mãe ainda passaram semanas tentando convencer o pai a permitir que ela tirasse uma carteira de habilitação temporária, de aprendiz. Enquanto os outros jovens faziam um curso apenas na autoescola, Mary Katherine teve de fazer dois. Enquanto os outros pais deixavam que os filhos dirigissem pela McLaughlin Run Road, ou até pela rota 19, pelo amor de Deus, Mary Katherine ainda estava restrita ao estacionamento da igreja. Mas não ao estacionamento grande da Igreja da Sagrada Ascensão. Estava restrita à Igreja de Saint Joseph! Deus do céu!

Quando a piranha da Debbie Dunham e aquela pinguça da Michele Gorman já dirigiam até o centro de Pittsburgh, Mary Katherine só entrava e saía da própria garagem.

"Ei, Virgem Maria", dizia Debbie no vestiário. "Você pode me dar uma carona da rua até a minha garagem?"

Mary Katherine estava acostumada com o deboche dos colegas. "Quanto mais devota a criança, mais devoto o insulto", gostava de dizer sua mãe quando Mary Katherine não conseguia conter as lágrimas, mesmo depois do rotineiro "o que vem de baixo não me atinge". Mas Debbie Dunham era a pior. Quando se tratava de cristãos, ela torcia pelos leões. Então, depois que Mary Katherine concluiu o ensino fundamental na escola católica e foi transferida para uma escola pública de ensino médio, a transição foi das mais difíceis. Afinal, ser uma devota não era um caminho fácil num mundo com tantas opções.

Mas o bom da culpa católica é que ela funciona para o bem ou para o mal. A frequência impecável de Mary Katherine na escola, as intermináveis notas A, os pontos extras que ganhava mesmo quando sua média já era 99 e um 2.020 no Teste Nacional de Aptidão Acadêmica acabaram vencendo a resistência do pai. Por fim, até ele foi obrigado a admitir que tinha a filha mais responsável que um homem poderia querer. Ele permitiu que ela fizesse a prova de direção. E ela passou de primeira! Obrigada, Jesus. E, quando a carteira definitiva chegou pelo correio, a foto dela estava linda de morrer. Mary Katherine se sentiu culpada, porque vaidade é pecado. Mas o sentimento logo passou. Porque tinha 17 anos. Havia conseguido tirar a carteira de motorista. Estava no último ano do ensino médio. E ia se candidatar à Universidade de Notre Dame. A vida era infinita com suas possibilidades de liberdade.

Ela precisava estar em casa até a meia-noite.

Caso contrário, estragaria tudo.

O relógio marcava 23:54.

— Meu Deus do céu, que merda! — exclamou e, imediatamente, fez o sinal da cruz. — Que bosta — corrigiu-se, esperando que fosse o suficiente.

Mary Katherine refez o caminho que a levou a esse erro. Tinha encontrado o Doug no cinema às 21:30. O gerente do cinema disse que o filme durava duas horas. Ou seja, acabaria às 23:30; 23:27, se ela saísse antes do fim dos créditos, ideia que a fez se sentir culpada, porque aquelas pessoas dão um duro danado. De qualquer forma, teria bastante tempo, certo? Mas teve muita propaganda antes da sessão. E mais um trailer da versão de *O Gato Mau* em 3-D (como se precisássemos de mais um!). Quando, enfim, o filme começou, já havia esquecido o que iam ver. Ela queria ver a nova comédia romântica da Disney. Mas não, claro que não, o Doug precisava do seu filme de catástrofe.

O idiota do Doug.

Por que os caras mais inteligentes gostam dos filmes mais idiotas? Doug só tirava A desde o jardim de infância. Seria orador da turma e entraria em toda e qualquer universidade para a qual se candidatasse — até as seculares. Mas, claro, ele precisava ver o mundo quase destruído mais uma vez.

— E não, Doug — disse em voz alta para si mesma no carro, treinando para uma briga que ela jamais começaria —, eu não gosto quando você coloca balinhas de menta com cobertura de chocolate na pipoca. Eu não acho que fica mais gostoso, não mesmo!

O relógio marcava 23:55.

Meu Deus do céu, que merda!

Mary Katherine considerou as opções. Poderia exceder o limite de velocidade, mas, se fosse multada, ficaria de castigo por mais tempo ainda. Poderia ignorar uma ou duas placas de PARE, mas isso seria ainda pior. O único plano que fazia sentido era pegar a rota 19, mas o pai a proibiu de dirigir em estradas. "Honra teu pai e tua mãe" funcionava na maior parte dos dias, mas isso era uma emergência. Era pegar a rota 19 por dois minutos ou perder a hora.

Ela pegou a estrada.

O tráfego fluía em alta velocidade. Seu coração batia acelerado com todos aqueles carros correndo na pista da esquerda, enquanto ela obedecia ao limite estabelecido por lei de oitenta quilômetros por hora na pista da direita. Não podia arriscar receber uma multa. De jeito nenhum. Muito menos na rota 19. O pai confiscaria sua carteira de motorista. E ela jamais voltaria a dirigir o Volvo da mãe

— Deus, se o Senhor fizer com que eu chegue em casa até meia-noite, eu prometo dar mais dinheiro na coleta da missa domingo que vem.

Depois que disse isso, algo se apoderou dela. Uma culpa antiga. Um medo antigo. A primeira vez tinha acontecido depois que Doug e ela estacionaram perto da Escola de Ensino Fundamental de Mill Grove, no Natal passado. Estavam dando um beijo de língua e, sem mais nem menos, Doug tocou seu seio esquerdo por cima do suéter felpudo que a avó lhe dera de presente. Foi por apenas um segundo e ele alegou que tinha sido sem querer. Mas ela não acreditou. Ficou bastante chateada com ele. Mas a verdade era que tinha ficado ainda mais chateada consigo mesma.

Porque gostou daquilo.

Jamais diria isso a Doug. Mas, quando voltou para casa naquela noite, não conseguia parar de pensar naquele momento. Imaginava as mãos dele por baixo da sua blusa, por cima do sutiã. E por baixo do sutiã. E ela nua. Sentiu-se tão culpada que chegou a pensar que poderia engravidar pela mão de Doug por cima do suéter felpudo. Sabia que isso era loucura. Sabia que só se pode engravidar por meio de relações sexuais. Tinha frequentado aulas de saúde e bem-estar. Seus pais eram católicos, mas não eram <u>tão</u> loucos assim. De qualquer forma, não conseguia deixar o medo de lado. Por isso prometeu a Deus que, se Ele a poupasse da humilhação de estar grávida, ela confessaria seus pecados e entregaria na coleta da missa todo o dinheiro extra que recebesse como babá. No dia seguinte, ficou menstruada. O alívio foi tão grande que ela chorou. Naquela semana, confessou seus pecados ao padre Tom e entregou a Deus todo o dinheiro que ganhou cuidando de crianças.

Mas a experiência a deixou abalada. Afinal, pensar em pecado é cometer pecado. Era isso que a sra. Radcliffe ensinava no CIC. O que teria acontecido se ela tivesse morrido antes de poder se confessar e se redimir? Sabia a resposta, e isso a aterrorizava.

Portanto, era preciso criar um sistema de alerta. Algo que pudesse fazê-la saber que o ato praticado era tão pecaminoso que Deus a mandaria para o Inferno. Ao longo de semanas, não conseguiu pensar em nada. E, então, quando começou a dirigir sozinha, ela passou por um cervo na estrada e teve uma ideia.

Atropelar um cervo.

— Deus, se for para eu ir pro Inferno, me faz atropelar um cervo.

Sabia que parecia loucura, mas o acordo imediatamente acabou com o seu medo. Prometeu que jamais mencionaria isso a qualquer pessoa. Nem à mãe. Nem à sra. Radcliffe. Nem ao padre Tom. Nem mesmo ao Doug. Era um acordo privado entre ela e seu Criador.

— Deus, se eu atropelar um cervo, vou saber que o meu pecado contra o Senhor foi tão grave que o Senhor desistiu de mim. Isso me dará tempo para me redimir diante de Vós. Me desculpe por ter gostado que ele encostasse no meu suéter (ele não chegou a tocar no meu seio!). Me perdoe.

23:57

Ela não parava de repetir isso. Tanto que a repetição se tornou uma espécie de ruído de fundo. Como os jogos de beisebol que o pai ouvia no rádio do escritório enquanto montava miniaturas de navios ou o aspirador da mãe, que mantinha os tapetes impecáveis. Sempre que avistava um cervo no acostamento de uma via, ela desacelerava e rezava para que o animal ficasse onde estava.

23:58

Ela saiu da estrada e seguiu pela McLaughlin Run Road. A lua estava opaca e escura. Mary Katherine mantinha os olhos atentos. Havia muitos cervos nas redondezas. Ainda mais depois que o sr. Collins começou a desmatar o bosque da Mission Street para construir mais um condomínio. Precisava tomar muito cuidado.

23:59

O coração disparou e o estômago se contraiu. Estava a dois minutos de casa. Se não acelerasse, chegaria atrasada. Mas, se acelerasse, talvez um cervo passasse correndo na frente do carro. A única opção seria ignorar a última placa de PARE, no alto da ladeira. De lá conseguiria avistar cervos uns cinquenta metros à frente. O bosque ficava afastado da rua. Então poderia ignorar a placa, sem problema.

00:00

Era isso. Precisava escolher. Ignorar a placa de PARE e chegar no horário ou obedecer às regras, se atrasar e ser punida.
— Deus, por favor, me diz o que fazer — pediu ela, com sua voz mais humilde e sincera.
O sentimento a atingiu como um raio.
Ela pisou no freio.
E parou por completo.
Se não tivesse feito aquilo, não teria olhado por cima da ladeira. E não teria visto o menininho saindo do bosque. Todo sujo e desnutrido. Aquele rostinho que estava nos cartazes de criança desaparecida espalhados pela cidade. Se tivesse ignorado a placa de PARE, não teria visto o menor sinal do menino.
E sem dúvida o teria atropelado e matado.

CAPÍTULO 8

— Christopher? — chamou uma voz. — Christopher?

O menino estava gelado. Havia um cobertor em cima dele. Fino e áspero, feito os de hospital.

— Christopher? Você consegue ouvir a gente? — continuou a voz.

O menino abriu os olhos. Mas os olhos doíam, como quando se sai de um cinema à tarde. De olhos semicerrados, ele viu que estava cercado de silhuetas de adultos. Havia um médico. Ele não conseguia ver o rosto direito, mas o estetoscópio parecia gelo em seu peito.

— A cor dele está voltando — comentou o médico. — Você consegue me ouvir, Christopher?

O menino estreitou os olhos e localizou a mãe. Tudo nebuloso na luz ofuscante. Sentiu na testa a mão sedosa e morna dela. Como quando ele ficava doente.

— Eu estou aqui, querido — disse a mãe, com a voz um tanto embargada.

Christopher tentou falar, mas as palavras ficaram presas na garganta seca. Engolir era tipo comer uma lixa.

— Querido, se você consegue ouvir a gente, mexe o dedo do pé — pediu sua mãe.

Christopher não sabia se havia conseguido mexer ou não. Não sentia os dedos dos pés muito bem. Ainda estava com muito frio. Mas achou que tinha conseguido.

— Excelente — disse o médico. — Você consegue mexer as mãos?

Ele mexeu. As mãos pareciam um pouco dormentes. Como aquela sensação que se tem depois de bater o cotovelo em algum lugar.

— Christopher — disse a voz de outro homem —, você consegue falar?

Christopher olhou para cima e viu o delegado. Lembrava-se dele, daquele dia no parque, quando sua mãe conseguiu o emprego em Shady Pines. O delegado era um homem forte. Tão alto quanto o poste de espirobol da escola.

— Você consegue falar? — repetiu o delegado.

A garganta de Christopher estava tão seca. Ele se lembrou de quando teve uma inflamação na garganta, do remédio que tinha um gosto estranho de cereja. Engoliu em seco e tentou forçar uma palavra. Mas a garganta doía demais. Christopher balançou a cabeça, dizendo que não.

— Tudo bem, filho — disse o delegado. — Mas eu preciso fazer algumas perguntas pra você. É só você fazer que sim ou que não com a cabeça, tá bom?

Christopher fez que sim.

— Ótimo. Você foi encontrado no extremo norte do bosque da Mission Street. Alguém te levou até lá?

Todos os adultos estavam ansiosos. Esperando a resposta dele. Christopher vasculhou a mente em busca de alguma lembrança, mas não havia nada além de vazio. Não conseguia se lembrar de nada. Ainda assim, achava que ninguém o tinha levado até o bosque. Ele se lembraria, se fosse o caso. Depois de alguns instantes, balançou a cabeça. Não. E sentiu que as pessoas dentro do quarto voltaram a respirar.

— Você se perdeu, então? — indagou o delegado.

Christopher se concentrou bastante, como fazia quando treinava leitura. Se ninguém o tinha levado, então ele deve ter se perdido. Isso fazia sentido.

Ele concordou. Sim, ele se perdeu.

O médico trocou o estetoscópio frio por mãos ásperas e carnudas. Verificou os membros e as articulações de Christopher; em seguida, pôs o aparelho que media pressão arterial em seu braço magro e ajustou o velcro. Christopher ficou apreensivo ao pensar que mais tarde teria que fazer xixi num potinho de plástico. Ele sentia muita vergonha quando tinha que fazer isso.

— Lá no bosque... alguém te machucou? — prosseguiu o delegado.

Christopher balançou a cabeça. Não. O médico apertou o botão e o medidor de pressão fez um barulho de alguma coisa rangendo enquanto apertava seu braço. Quando o procedimento acabou, o médico soltou o velcro, com um som de algo rasgando, e fez algumas anotações. Christopher ouviu o barulho da caneta.

Risc. Risc. Risc.

— Você ouviu o barulho dos carros? Foi assim que encontrou o caminho pra fora do bosque?

Christopher olhou para o bloco de anotações do médico. Começou a sentir um desconforto. Uma pressão na cabeça. Uma dorzinha que normalmente desaparecia quando a mãe lhe dava aquela aspirina que tinha gosto de giz cor de laranja. Mas essa dor era um pouco diferente. Como se fosse uma dor suficiente para ele e para a mãe.

— Lá no bosque... você ouvia o barulho dos carros? Foi assim que achou o caminho pra fora?

Christopher se desligou da dor. Balançou a cabeça. Não.

— Então você encontrou sozinho o caminho pra sair de lá?

Christopher meneou a cabeça. Não. O quarto ficou em silêncio.

— Você não descobriu o caminho de volta? Alguém te ajudou a sair do bosque?

Christopher assentiu. Sim.

— Quem te ajudou, Christopher? — perguntou o delegado.

Ele entregou a Christopher um bloco de papel e um lápis para que escrevesse o nome. Christopher engoliu em seco. E sussurrou. Quase não dando para ouvir.

— O moço bonzinho.

CAPÍTULO 9

Dra. Karen Shelton: Onde você viu o moço bonzinho, Christopher?
Christopher: Depois da trilha da clareira. Ele tava longe.
Dra. Karen Shelton: Quando você viu esse homem... o que aconteceu?
Christopher: Eu gritei e pedi ajuda.
Dra. Karen Shelton: Ele ouviu você?
Christopher: Não, não. Ele continuou andando.
Dra. Karen Shelton: E você foi atrás dele?
Christopher: Fui.
Dra. Karen Shelton: Você disse antes que achava que estava de dia?
Christopher: Disse. Ele tava saindo do bosque. E a luz tava forte. Por isso achei que era de dia.
Dra. Karen Shelton: Mas acabou que eram os faróis do carro de Mary Katherine.
Christopher: Isso.
Dra. Karen Shelton: E o que aconteceu com o moço bonzinho, depois que você saiu do bosque?
Christopher: Não sei. Ele deve ter fugido.

O delegado pausou a fita e olhou fixamente para o bosque da Mission Street. Ele estava desde o começo da tarde estacionado do lado de fora do bosque. Observando através do para-brisa. Ouvindo a gravação. Repetidamente. Ele nem sabia mais o que esperava descobrir. Algo mais. Algo que ele mesmo não sabia o que seria.

Ele tinha dobrado o plantão. Não sabia se o orçamento comportava mais horas extras para ele ou seus homens (e duas mulheres). Sobretudo considerando que não havia verba nem para substituir o velho sistema de gravação em fita. Mas isso não importava. Eles precisavam encontrar o tal "moço bonzinho".

Isso se ele existisse, claro.

O delegado desconfiava do relato. Não era difícil se colocar no lugar de um menino de 7 anos, desidratado, com fome, com medo. Precisando de alguém que o abraçasse e se convencendo de que galhos de árvores pareciam braços.

Mas ele precisava se certificar de que não havia moço bonzinho nenhum. Não que quisesse agradecer a esse bom samaritano.

Mas para descobrir se ele havia sequestrado Christopher.

Dra. Karen Shelton: Como era o moço bonzinho, Christopher?
Christopher: Não sei. Eu não vi o rosto dele.
Dra. Karen Shelton: Você se lembra de alguma coisa dele?
Christopher: Ele tinha cabelo branco. Feito uma nuvem.

O delegado já tinha visto muita coisa em seu antigo posto. Nos piores bairros do distrito de Hill. Viu atrocidades feitas com crianças. Viu crianças mentirem para proteger os culpados, por medo. Ou, pior ainda... por lealdade. Mas o médico disse que Christopher parecia estar bem de saúde. Não tinha acontecido nada com o menino que pudesse ter deixado qualquer marca física.

Mas o delegado sabia, por experiência, que nem todas as feridas deixam marcas.

Dra. Karen Shelton: Você consegue se lembrar de mais alguma coisa?
Christopher: Ele andava mancando. Como se estivesse com a perna quebrada.

O delegado pausou a fita e olhou para o esboço do retrato falado. A dra. Shelton fez de tudo, mas Christopher não se lembrou do rosto do moço bonzinho. O restante da descrição era consistente. Alto. Manco. E cabelos brancos.

Feito uma nuvem.

O delegado bebeu da velha caneca da Dunkin' Donuts e deixou o café frio e amargo lavar seus dentes. Examinou o esboço por mais um minuto. Tinha alguma coisa errada. Ele sabia disso, seu instinto não se enganava.

O delegado abriu a porta.

Saiu do carro.

E entrou no bosque da Mission Street.

Não conhecia muito bem o bosque. Ele não era dali. Depois do último caso em que trabalhou, no distrito de Hill, solicitou transferência. Escolheu Mill Grove porque era tranquilo. E, tirando um pequeno laboratório de metanfetamina administrado por dois jurados de um concurso de ciências, ele conseguiu o que queria. Nada de crimes, exceto menores ingerindo bebida alcoólica e um ou outro adolescente pelado no banco de trás do carro esportivo do papai. Sem armas. Sem mortes. Sem gangues.

Era o paraíso.

Um paraíso que não durou nem um ano. Foi quando recebeu a ligação dizendo que um menino chamado Christopher Reese tinha desaparecido e que a mãe queria falar com o delegado imediatamente. Então ele se levantou da cama e requentou o café velho no micro-ondas. Acrescentou três pitadas de sal para cortar o amargor e bebeu tudo no caminho para a delegacia. Quando chegou, já estava totalmente preparado para tomar o depoimento da mãe, mobilizar a delegacia e oferecer a ela um ombro treinado e fardado para chorar.

Mas não houve lágrimas com a mãe de Christopher.

Ela estava totalmente preparada, com uma foto recente. Uma lista de amigos. De atividades. E a rotina diária dele. Quando o delegado perguntou se havia alguém que pudesse querer fazer mal à mãe ou à criança, ela mencionou um nome. Um ex-namorado chamado Jerry Davis, de Michigan.

O delegado só precisou de um clique do mouse para constatar que Jerry era um suspeito em potencial. A ficha dele era das boas. Com bastante violência. Brigas em bares. Uma ex-mulher com escoriações. Embriagado, agrediu a mãe de Christopher. E depois apagou. Ela o deixou naquela mesma noite. O delegado a admirou por não querer esperar para confirmar se "isso nunca mais vai acontecer". A maioria das mulheres que ele conhecia só resolvia tomar uma atitude quando já era tarde demais.

— A senhora acha que Jerry poderia ter sequestrado Christopher, sra. Reese?

— Não. Eu não deixei nenhuma pista. Ele nunca vai encontrar a gente.

Mas o delegado queria ter certeza. Usou o telefone fixo que bloqueava a origem da ligação. Ele falou com o encarregado do setor em que Jerry trabalhava e o sujeito disse que Jerry tinha passado a semana toda na fábrica. E, se ele não acreditasse, poderia verificar as gravações das câmeras de segurança. O encarregado perguntou do que se tratava, mas o delegado achou melhor não dar a Jerry nenhuma pista que pudesse levá-lo a Christopher ou à sra. Reese. Por isso mentiu e disse que estava ligando da Califórnia. Em seguida, agradeceu e desligou.

Depois que Jerry Davis foi descartado como suspeito, o delegado seguiu o protocolo. Interrogou professores e colegas de turma, enquanto seus policiais examinavam todas as gravações de câmeras de segurança e de trânsito num raio de quinze quilômetros. Nenhum sinal de sequestro. Nem mesmo uma pegada deixada na chuva.

O único fato que ele conseguiu estabelecer foi que Christopher estava do lado de fora, esperando que o buscassem na escola. A mãe dele disse que a chuva estava fortíssima. A visibilidade estava péssima. Vários carros batidos. Comentou que parecia até que o tempo estava tentando impedi-la de buscar o filho.

Dra. Karen Shelton: Por que você saiu da escola, Christopher?
Christopher: Não sei.
Dra. Karen Shelton: Mas você sabia que a sua mãe estava indo te buscar. Por que você saiu da escola?
Christopher: Não lembro.
Dra. Karen Shelton: Tenta se lembrar.
Christopher: Eu tô com dor de cabeça.

No fim do sexto dia, o delegado sentiu um frio na barriga, algo que lhe dizia que alguém num carro tinha simplesmente levado o menino. Ele continuaria procurando, é claro, mas, sem pistas nem possíveis suspeitos, o caso corria o risco de ser arquivado. E a última coisa que ele queria fazer era dar uma má notícia a uma boa mulher.

Então, quando chegou a informação de que Mary Katherine MacNeil havia encontrado Christopher no lado norte do bosque da Mission Street, ninguém na delegacia conseguiu acreditar. Como era possível uma criança de 7 anos andar desde a Escola de Ensino Fundamental de Mill Grove até o lado oposto daquele bosque fechado sem ser vista? O delegado era cria da cidade grande e não sabia avaliar a real extensão de quatrocentos e noventa hectares, mas bastava dizer que o bosque fazia o shopping de South Hills Village parecer uma carrocinha de cachorro-quente. Os moradores costumavam brincar, dizendo que o bosque era como o Central Park de Nova York (se o Central Park fosse grande). Parecia impossível. Mas, de alguma forma, foi isso que aconteceu.

Foi um milagre.

Quando o delegado correu ao hospital para interrogar o menino, viu Mary Katherine MacNeil com os pais na recepção. Ela estava chorando.

— Pai, eu juro por Deus que eu ia chegar em casa cedo, mas aí eu vi o menino. Eu jamais ia dirigir depois da meia-noite! Não confisca a minha carteira! Por favor!

A tia do delegado, que o criou depois que sua mãe faleceu, também era cristã fervorosa. Ele sentiu um pouco de pena da jovem e se aproximou com um efusivo sorriso e um ainda mais efusivo aperto de mão.

— Sr. e sra. MacNeil, eu sou o delegado Thompson. Não consigo nem imaginar o orgulho que os senhores devem sentir da sua filha.

Ele olhou sua prancheta para dar um tom bastante oficial ao que ia dizer em seguida.

— Os meus homens me informaram que Mary Katherine ligou para a delegacia às cinco para a meia-noite. Foi uma sorte isso ter acontecido nessa hora. Pouco antes da mudança de turno. Então, quando o senhor e a senhora receberem a próxima multa por estacionar em local não permitido, é só trazer pra mim que eu mesmo rasgo. Sua filha é uma heroína. A cidade está em dívida com os senhores.

O delegado não soube se foi a prancheta, o aperto de mão ou a multa perdoada, que sempre parecia custar bem mais que os trinta e cinco dólares. Mas funcionou. A mãe sorriu com orgulho e o pai deu um tapinha no ombro da filha, como faria com o filho que ele preferia ter tido. Mary Katherine baixou o olhar, em vez de parecer aliviada, o que fez o delegado perceber na hora que a jovem estava mentindo sobre chegar cedo. Porém, depois de salvar o menino, ela merecia ficar com a carteira de motorista.

— Obrigado, Mary Katherine — disse ele e, em seguida, acrescentou algo para aliviar o sentimento de culpa da moça. — Você fez uma coisa muito boa. Deus sabe disso.

Depois que deixou a família MacNeil, o delegado seguiu pelo corredor para falar com Christopher e sua mãe. Quando a viu abraçada ao menino dormindo, um pensamento estranho lhe ocorreu. Na fração de segundo antes de seu profissionalismo começar a atuar, ele se deu conta de que nunca tinha visto uma pessoa amar alguém mais do que aquela mulher amava aquele menininho. Ele se perguntou como seria ser abraçado daquele jeito, em vez de ouvir a tia se queixar do atraso de vida que ele era. Perguntou-se como seria se sentir amado. Mesmo que só um pouquinho. Por ela.

Dra. Karen Shelton: O que fez você entrar no bosque, Christopher?
Christopher: Não sei.
Dra. Karen Shelton: Você se lembra de alguma coisa que aconteceu nesses seis dias?
Christopher: Não.

O delegado caminhou sob uma cobertura formada por galhos, seguindo para a clareira. Os galhos espessos bloqueavam a luz. Mesmo durante o dia, ele precisava da lanterna. Os gravetos estalavam sob seus pés, feito os ossinhos da sorte da ceia de Ação de Graças que sua mãe costumava oferecer. Que Deus a tenha.
crec.
O delegado se virou e viu um cervo, observando-o de longe. Por um instante, o delegado não se mexeu. Apenas contemplou a pacata criatura. Ele deu um passo, e o animal correu na direção oposta. O delegado sorriu e continuou andando.
Por fim, chegou à clareira.
O delegado olhou para cima e viu o lindo sol de outono. Percorreu o local lentamente, procurando qualquer evidência que comprovasse o relato de Christopher. Mas não havia nenhum graveto quebrado. Não havia pegadas exceto as de Christopher.
O delegado pisoteou o solo.
Procurando alçapões.
Procurando passagens escondidas dentro da mina de carvão.
Mas não havia nada.
Apenas uma única árvore e muitas perguntas.

Dra. Karen Shelton: Sinto muito que a sua cabeça esteja doendo, Christopher. Eu tenho só mais uma pergunta, e então a gente pode parar, tá bom?
Christopher: Tá.
Dra. Karen Shelton: Se você não viu o rosto dele... por que você diz que ele era bonzinho?
Christopher: Porque ele salvou a minha vida.

O delegado pausou a fita. Deixou o bosque e dirigiu de volta para o hospital. Estacionou na vaga reservada para a polícia, ao lado da ambulância. Então seguiu pelo corredor com o qual já estava familiarizado até o quarto de Christopher Reese. Viu a mãe de Christopher ao lado do filho. Mas a aparência dela não era mais a da mulher que ele conhecera cerca de uma semana atrás que não dormia havia dias. O cabelo não estava mais preso num rabo de cavalo. A calça e o moletom com capuz foram substituídos por jeans e blazer. Se ele não estivesse tão focado no trabalho, ela poderia tê-lo deixado de queixo caído.

— Com licença, sra. Reese — pediu o delegado, depois de uma leve batida à porta. — Eu acabei de voltar do bosque. A senhora tem um minuto?

Ela se levantou em silêncio e o levou até a sala de espera para não perturbar o sono de Christopher.

— O que o senhor descobriu, delegado?

— Nada. Olha, eu vou mandar meus homens vasculharem o bosque de novo, mas tenho quase certeza de que eles vão confirmar o que o meu instinto está me dizendo.

— E o que ele está te dizendo?

— Talvez tenha sido uma combinação de desnutrição e desidratação. Seja como for, senhora, na minha opinião profissional, não existe nenhum moço bonzinho. Só um menino assustado que se perdeu e, no desespero, viu alguma coisa que se transformou numa espécie de amigo imaginário. De que outro jeito a gente poderia explicar não ter outras pegadas além das de Christopher? O lado positivo disso é que a dra. Shelton disse que uma imaginação como a dele é sinal de grande inteligência — comentou, tentando ser gentil.

— Diz isso pras professoras dele — brincou ela.

— Eu vou fazer isso — brincou ele, em resposta.

— Mas o senhor vai ficar de olho — disse ela, buscando confirmação.

— Claro. Vou manter aquele bosque patrulhado todos os dias. Se a gente encontrar alguma coisa, a senhora vai ser a primeira a receber a minha ligação.
— Obrigada, delegado. Por tudo.
— Pois não, senhora.
Com isso, Kate Reese sorriu e voltou ao papel de mãe de Christopher. Enquanto a observava retornar para o quarto do filho, o delegado se lembrou da primeira vez que a viu, em agosto. Ele estava almoçando com o subdelegado quando ela levou Christopher para brincar no balanço do parquinho e pediu a eles que vigiassem o menino. O que mais o deixou impressionado foi que ela só fez o pedido depois de olhar rapidamente para os sanduíches que eles comiam, perceber que tinham dado apenas uma mordida cada e concluir que contaria com pelo menos meia hora dos excelentes serviços de dois policiais. Nada mais seguro que isso. Então, independentemente do nível de instrução dela, o delegado soube que era inteligente. E não precisou vê-la com outro tipo de roupa para saber que era linda. O delegado prometeu a si mesmo que esperaria o tempo necessário até que o caso fosse devidamente encerrado, e aí convidaria Kate Reese para jantar. E esperava que ela usasse aquele belo blazer. Aquele com um rasgo debaixo do braço que ela tanto tentava esconder.

CAPÍTULO 10

Christopher estava olhando pela janela quando Kate entrou no quarto. Ela vira o pai dele fazer a mesma coisa muitas luas atrás. E, por um instante, esqueceu o hospital e pensou no futuro dele. O filho ficaria mais parecido com o pai com o tempo. E, um dia, sua voz mudaria. E, um dia, ele ficaria mais alto que ela. Era incrível pensar que Christopher começaria a fazer a barba dali a seis anos. Mas começaria. Como acontece com todos os meninos. A missão dela era cuidar para que se tornasse um homem tão bom quanto o menino que era.

Além de protegê-lo.

Ele se virou e sorriu para ela. A mão dela encontrou a dele e ela sussurrou. Como se fosse um segredo.

— Oi, querido. Eu tenho uma surpresa pra você.

Quando ela enfiou a mão na bolsa, viu os olhos dele brilharem. Conhecia o filho o suficiente para saber que ele já estava fazendo uma breve oração a Jesus e Maria, pedindo que ela estivesse prestes a lhe mostrar uma caixa de Froot Loops. Foram dias de comida de hospital. Dias de embate com seu segundo pior inimigo. Aveia.

— É da escola — continuou ela, e viu o coração dele murchar.

Em vez de Froot Loops, a mãe de Christopher mostrou um grande envelope branco e entregou a ele. Eles abriram juntos e viram o Gato Mau devorando as palavras "Melhoras" da frente de um cartão enorme.

— A turma toda assinou. Não é legal?

Christopher não comentou nada, mas algo em seu olhar disse à mãe que ele sabia que as crianças tinham sido obrigadas a assinar o cartão da mesma forma que eram obrigadas a dar cartões a todos no Valentine's Day para que ninguém se sentisse excluído. Mas ainda assim ele sorriu.

— Padre Tom pediu pra congregação fazer uma prece por você no domingo. Não foi legal da parte dele?

O menino assentiu.

— Ah, eu já ia esquecendo — disse ela. — Eu também tenho uma coisinha pra você.

Então ela enfiou a mão na bolsa e tirou um potinho de Froot Loops.

— Valeu, mãe!

Era um daqueles potinhos que já servia para comer nele mesmo. Christopher o abriu sofregamente enquanto ela pegava uma colher de plástico e leite na cantina. Quando o filho começou a comer, a sensação que ela teve foi de que ele estava se deliciando com uma lagosta do Maine.

— Os médicos disseram que você pode ir pra casa amanhã — avisou ela.

— Que dia é amanhã? Não lembro. É quarta ou quinta?

— É sexta, noite de filme — respondeu ele.

A expressão no rosto do filho quase acabou com ela. Ele estava tão feliz. Jamais saberia que a conta do hospital tinha dado quarenta e cinco mil dólares, que o plano de saúde havia negado a cobertura porque ela trabalhava em Shady Pines havia pouco tempo, que ela tinha perdido o salário de uma semana de trabalho enquanto cuidava dele e que agora eles estavam falidos.

— O que você quer fazer amanhã? — perguntou ela.

— Pegar filmes na biblioteca.

— Isso é meio chato — comentou ela. — Você não quer fazer alguma coisa diferente?

— Tipo o quê?

— Fiquei sabendo que *O Gato Mau 3-D* estreia amanhã.

Silêncio. Ele parou de comer e olhou para ela. Eles nunca iam ver filmes na estreia. Nunca.

— Eu falei com a mãe do Eddie. A gente vai amanhã à noite.

Ele a abraçou com tanta força que ela sentiu uma pressão na coluna. Os médicos tinham dito a ela que não havia sinal de trauma. Nenhum sinal de abuso sexual ou de outro tipo. Fisicamente, ele estava bem. E daí que seu filho precisasse de alguma figura paterna ou amigo imaginário para fazê-lo se sentir seguro? Considerando que tinha gente que via o rosto de Jesus num queijo-quente, seu menino de 7 anos poderia acreditar no que precisasse acreditar. Seu filho estava vivo. Isso era tudo o que importava.

— Christopher, foi uma chuvarada fortíssima. Teve um monte de acidente. E a caminhonete na minha frente atropelou um cervo. Eu nunca ia te deixar esperando na frente da escola. Eu nunca faria uma coisa dessas. Você sabe disso.

— Eu sei.

— Christopher, agora somos só você e eu. Não tem médico nenhum. Aconteceu alguma coisa com você? Alguém te machucou?

— Não, mãe. Ninguém. Eu juro — respondeu ele.

— Eu devia ter chegado na hora. Me desculpa.

E, então, ela o abraçou com tanta força que ele quase sufocou.

*

Mais tarde naquela noite, Christopher e sua mãe se deitaram lado a lado, como costumavam fazer antes do dia em que ela disse que ele já era grande o suficiente para enfrentar os monstros sozinho. Quando ela adormeceu, ele ficou ouvindo o sopro de vida que ela lhe dera. E notou que mesmo ali, naquele quarto de hospital, ela cheirava a lar.

Christopher se virou para a janela, esperando que suas pálpebras ficassem pesadas. Olhou para o céu sem nuvens e se perguntou o que teria acontecido com ele durante os seis dias. Sabia que os adultos não acreditavam que o moço bonzinho existia. Talvez estivessem certos. Talvez fosse "Fruittella da sua imaginação", como Ed Especial costumava dizer.

Ou talvez não.

Tudo o que ele sabia era que tinha acordado no meio do bosque. Numa clareira gigantesca. Com uma árvore. Ele não tinha ideia de como havia chegado lá nem de como conseguiria sair. Foi então que viu algo que pensava ser o moço bonzinho, ao longe, e o seguiu até sair do bosque.

O sol se transformou nos faróis da moça boazinha.

E ela gritou: "Obrigada, meu Deus!"

E correu com ele para o hospital.

Pouco antes de suas pálpebras se fecharem, Christopher olhou para fora pela janela e viu as nuvens passarem, bloqueando a lua. Havia algo familiar nas nuvens, mas ele não conseguia lembrar o quê. No silêncio, notou que estava com um pouco de dor de cabeça. E mergulhou num sono tranquilo.

CAPÍTULO 11

— Não! — gritou ele, e acordou de repente de um sonho.

Foi preciso um instante para seus olhos se acostumarem com a escuridão. Ele viu a caixinha de leite com a foto de Emily Bertovich. Viu a velha televisão aparafusada no alto da parede do quarto. E sua mãe dormindo na poltrona ao lado dele. Então lembrou.

Estava no hospital.

O silêncio era total. A única luz vinha do relógio. Brilhava verde e marcava 23:25. Christopher quase nunca acordava no meio da noite.

Mas o sonho tinha sido apavorante.

O coração batia forte no peito. Ele o escutava como se um baterista batesse com as baquetas dentro de seu corpo. Tentou se lembrar do pesadelo, mas não havia jeito: não conseguia se recordar de nada. A única evidência era uma ligeira dor de cabeça, como se dedos ossudos pressionassem suas têmporas. Ele se encolheu debaixo das cobertas para se sentir seguro, mas, no minuto em que seu corpo relaxou sob o cobertor fino e áspero, ele sentiu uma pressão familiar sob a camisola fria do hospital.

Christopher precisava fazer xixi.

A sola dos seus pés tocou o piso frio ao lado da cama, e ele caminhou na ponta dos pés até o banheiro. Estava prestes a abrir a porta quando teve uma sensação estranha. Por um segundo, pensou que, se abrisse a porta do banheiro, haveria alguém lá dentro. Encostou a cabeça na madeira da porta e apurou o ouvido.

Pinga pinga pinga, pingava a torneira.

Ele teria gritado, mas não queria acordar a mãe. Então bateu levemente à porta. Esperou, mas não havia som nenhum. Christopher segurou a maçaneta e começou a abrir a porta. Parou. Tinha algo errado. Parecia que havia um monstro lá dentro. Ou alguma outra coisa. Algo que chiava. O chiado lembrava um chocalho de bebê. Mas não de um bebê. De uma cascavel.

Ele foi para o corredor em vez de entrar no banheiro.

Christopher andou pela escuridão ao som do leve zumbido das máquinas. Espreitou a mesa do pessoal de plantão, onde havia duas enfermeiras sentadas. Uma delas estava ao telefone. Era a enfermeira Tammy, que era sempre muito boazinha e lhe trazia porções duplas de sobremesa.

— Sim, pai. Eu vou pegar o vinho na loja pro aniversário da minha mãe. MerLOTE, já entendi. Boa noite — concluiu a enfermeira Tammy e desligou.

— Seu pai sabe que a pronúncia certa é mer-LÔ? — indagou a outra enfermeira.

— Não, mas ele pagou minha faculdade de enfermagem — respondeu ela com um sorriso. — Então eu nunca vou corrigir meu pai.

Christopher abriu a porta do banheiro masculino.

Estava escuro e vazio. Christopher foi até o mictório. O infantil. Foi preciso algum tempo para ele se entender com a camisola do hospital. Enquanto fazia xixi, se lembrou de como Ed Especial sempre ia ao banheiro logo depois da aula de reforço de leitura. Ele ficava a mais ou menos um metro e meio do mictório e tentava acertar no "tiro ao alvo". Christopher sentia falta de Ed Especial. Não via a hora de reencontrá-lo na estreia de *O Gato Mau 3-D* amanhã!

Christopher estava tão empolgado pensando no filme que não ouviu a porta ser aberta atrás dele.

Ele foi até a pia para lavar as mãos. Não conseguia alcançar direito, então tentou se esticar o suficiente para pegar o sabonete líquido. A saboneteira automática rangeu e soltou uma pequena quantidade de sabão em seu pulso. Ele cobriu as mãos com aquela gosma e se esticou para acionar a torneira automática. Mas não era alto o suficiente. Esticou-se e fez o que pôde, mas não adiantava.

E, então, uma mão enrugada surgiu detrás dele para acionar a água.

— Ela está vindo — disse a voz.

Christopher gritou e se virou.

E viu uma velha. O rosto dela era encarquilhado, as costas encurvadas feito um ponto de interrogação.

— Eu consigo ver. Ela está vindo pegar a gente.

Ela acendeu um cigarro e, na centelha de luz, ele viu a dentadura manchada. Perfeitamente reta e amarela. Uma bengala numa das mãos. O cigarro tremendo com a idade e com a artrite na outra. A mão comandando a bengala. Tec-tec-tec.

— Menininhos precisam lavar as mãos pra chegada dela.

Christopher se afastou da velha, que bufava feito um dragão.

— Pra onde esse menininho está indo? — perguntou ela e andou até ele.

— Menininhos precisam lavar as mãos!

As costas dele bateram no cubículo para pessoas com deficiência. A porta se abriu como um portão enferrujado.

— Você não vai conseguir se esconder dela! Menininhos precisam ficar limpos pra chegada dela! A morte está chegando! A morte está aqui! A gente vai morrer no Natal!

Christopher recuou e encostou na parede. Não tinha para onde ir. Podia sentir o hálito de cigarro da velha no rosto. Ele começou a chorar. As palavras queriam sair. Socorro! Para! Socorro! Mas estavam congeladas na sua garganta. Como os pesadelos que ele teve depois que o pai morreu.

— A MORTE ESTÁ CHEGANDO! A MORTE ESTÁ AQUI! A GENTE VAI MORRER NO NATAL!

Por fim, soltou a voz e gritou:

— SOCORRO!

Em segundos, a luz do teto piscou. Christopher viu um velho usando óculos fundo de garrafa abrir a porta do banheiro e surgir na luz.

— Sra. Keizer, que merda é essa que a senhora está fazendo? Para de fumar escondido e de assustar esse pobre menino e volta pra porra da sua cama.

A velha arregalou os olhos para o velho.

— Isso não é da sua conta. Cai fora! — gritou ela.

— É da minha conta, sim, se a senhora está fazendo uma criança se borrar de medo na frente do meu quarto enquanto eu estou tentando ver o *Tonight Show* — retrucou ele, entre os dentes.

Ele arrancou o cigarro da mão artrítica da velha e o jogou no vaso sanitário. A guimba atingiu a água e emitiu um chiado raivoso.

— Agora chega de maluquice e volta pro seu quarto. — Ele apontou para a porta.

A velha olhou para a água, que ficou turva com as cinzas do cigarro. Então se virou para Christopher. Seu olhar era sombrio e irritado.

— Não existe essa coisa de pessoa maluca, menininho. É só alguém que está de olho em <u>você</u>.

Por um instante, seus olhos pareceram tremular. Feito uma vela quando alguém abre a porta.

— Ah, vai se foder, sua velha tenebrosa — disse o idoso, enquanto conduzia a velha para fora do banheiro.

Christopher ficou parado por alguns segundos, esperando o coração voltar para dentro do peito. Quando se convenceu de que ninguém retornaria, foi até a pia e, de algum jeito, acionou a água. Rapidamente, enxaguou as mãos e saiu do banheiro.

Olhou para o corredor, longo e escuro. A única luz vinha de um único quarto, na outra ponta. O único som era a televisão transmitindo o *Tonight Show*. O apresentador fez uma piada sobre a demora da reação do presidente à crise no Oriente Médio. E os adultos na plateia riram e aplaudiram.

— É isso aí. — O velho riu de seu leito hospitalar. — Vamos botar esse vagabundo pra fora.

— Baixa esse volume, Ambrose — disse uma voz masculina atrás da cortina ao lado do leito do velho. — Tem gente querendo dormir.

— Não. Tem gente querendo é morrer. Por que você não vai se fo...

De repente, os olhos do velho se fixaram em Christopher, de pé no vão da porta.

— ... ferrar.

O velho não esperou pela resposta do vizinho.

— Como você está, filho? — perguntou ele. — A velha sra. Keizer fez você se mijar de medo?

Christopher fez que sim.

— Ela tem Alzheimer. Só isso. Ela mora no mesmo corredor que eu lá no lar de idosos. Bons tempos. Mas é inofensiva. Não precisa ficar com muito medo, tá bom?

— Sim, senhor.

— Para de me chamar de "senhor" e começa a me chamar de Ambrose, combinado?

— Combinado.

— Bom. Então senta aí ou volta pro seu quarto. E bico calado. Eu estou perdendo o monólogo — avisou o velho.

Christopher nunca pôde ficar acordado até tarde para assistir ao *Tonight Show*. Ele sorriu e se sentou na cadeira de acompanhante. Olhou para a bandeja do velho. A sobremesa ainda estava lá. Um cookie de chocolate enorme.

— Você gosta de cookie de chocolate? — perguntou o velho.
— Gosto, sim, senhor — respondeu Christopher.
— Eu também. E esse é meu. Por isso fica longe dele — vociferou o velho.

Christopher assentiu e observou o velho pegar o cookie. Sem uma palavra, Ambrose quebrou o cookie em dois e lhe deu o pedaço maior. Christopher sorriu e comeu o cookie, vendo TV com o velho. A maior parte do tempo, Christopher não entendia a piada, mas queria se entrosar, portanto ria mesmo assim. Em determinado momento, Christopher olhou para o velho e viu em sua pele áspera a tatuagem desbotada de uma águia.

— Quando o senhor fez essa tatuagem? — perguntou Christopher.
— Quando eu estava no Exército. Agora cala a boca. Eu te dei esse cookie pra você parar de falar.
— O senhor já foi pra alguma guerra? — indagou Christopher, destemido.
— Algumas — grunhiu o velho.
— Quais?
— As boas.

O apresentador do *Tonight Show* disse algo sobre a economia decadente, e o sr. Ambrose riu tanto que teve um acesso de tosse. Christopher olhou para o rosto dele.

— O que o senhor tem nos olhos?
— Catarata — respondeu o velho. — Eu tenho catarata.
— Catarata? O senhor pegou isso no Niágara?

O velho resmungou.

— No Niágara?! Pelo amor de Deus. Isso não tem nada a ver com cachoeira. Eu não enxergo muito bem. É como se os meus olhos estivessem cheios de nuvens.

Christopher congelou.

— Como assim, nuvens?
— Eu enxergo formas. Mas elas estão cobertas de nuvens. É por isso que estou aqui. Eu atropelei um cervo. Eu nem vi o maldito bicho. Bati com a

cabeça no painel. Eles vão confiscar a minha carteira dessa vez. Eu sei disso. Agora eu não vou mais conseguir sair daquele asilo nem por cinco minutos. Filhos da puta.

Christopher sorriu com aqueles palavrões todos. Adorou. Era como desobedecer à lei. Então se calou e ficou ouvindo o quadro do programa, enquanto observava as luzes da televisão dançando no rosto do velho. Depois de um tempo, o sr. Ambrose "descansou" os olhos, como qualquer velho mal-humorado, e por fim começou a roncar. Christopher desligou a TV, usando o controle remoto de plástico lascado que estava nas mãos do sr. Ambrose.

— Obrigado, filhote — disse ele. Depois se virou e voltou a roncar.

Nenhum homem jamais havia chamado Christopher de filhote. E isso o fez sorrir. Ele voltou ao corredor. Porém, por algum motivo, o lugar não era mais assustador. Ele passou pelo posto de enfermagem. A enfermeira Tammy estava ao telefone de novo. Ela não o viu.

— Pai, por favor, para de ligar. Eu tenho que fazer a minha ronda. Eu prometo levar o merLOTE — disse ela, exasperada.

Pouco antes de entrar em seu quarto para voltar a dormir, Christopher olhou para o corredor e viu o padre Tom. Ele nunca tinha visto um padre fora da igreja, por isso ficou curioso. Ele andou pelo corredor na ponta dos pés e viu o padre Tom fazer o sinal da cruz diante de um velho. A família do velho estava lá. A esposa. Duas filhas de meia-idade. Seus maridos. E alguns netos que pareciam estar nos últimos anos do ensino fundamental. Todos choravam, enquanto o padre Tom lhe dava a extrema-unção.

— Christopher — sussurrou a enfermeira Tammy —, volta pra sua cama. Isso não é coisa pra um menino ver.

Ela o conduziu pelo corredor de volta ao quarto. Mas, antes de entrar, eles passaram pelo quarto da sra. Keizer. A velha senhora estava sentada na cama, assistindo à estática na televisão. A dentadura amarela estava mergulhada num pote de vidro na mesa de cabeceira. Ela se virou para Christopher e abriu um sorriso desdentado e doentio.

— Ela levou mais um. Ela vai matar todos nós antes do fim.

— Não presta atenção nela, Christopher. Ela não sabe o que está dizendo.

CAPÍTULO 12

Quando Christopher acordou na manhã seguinte, não se lembrava de quando tinha pegado no sono. Mas viu a claridade que entrava pelas persianas. E isso queria dizer que era sexta. E isso queria dizer que chega de hospital. E isso queria dizer *O Gato Mau 3-D*!

Ele se virou para o banheiro. A porta estava aberta.

Sua mãe estava lavando as mãos.

E a sensação de chiado tinha desaparecido.

— Acorda, seu preguiçoso. — Ela sorriu. — Pronto pra voltar pra casa?

Quando a enfermeira o empurrou na cadeira de rodas até a saída do hospital, ele fingiu que era o rival do Gato Mau, Ás, o esquilo voador com enjoo de movimento. Os bancos de vinil do velho carro deles nunca pareceram tão confortáveis. Foram à lanchonete que ficava ao lado do hotel e ele pediu panquecas com gotas de chocolate. Normalmente, esse seria o ponto alto do dia.

Mas aquele não era um dia normal.

Era dia de *O Gato Mau 3-D*. Durante toda a manhã e aquela tarde inteira, Christopher pensou no Gato Mau e na sua melhor amiga, a Vaca Sorveteira, que fazia um sorvete delicioso. Olhou para o relógio na parede e usou as aulas da srta. Lasko sobre como ver as horas. Ver os segundos passando para chegar à sessão das quatro e meia foi pior que a espera na véspera de Natal.

— Por que o Natal não pode ser um dia antes? — costumava perguntar à mãe.

— Porque você ia começar a reclamar no dia 23 de dezembro — respondia ela.

Às três, eles foram para o cinema que ficava próximo de South Hills Village, para entrar na fila. Perto das quatro, a fila dava a volta no quarteirão. Ed

Especial chegou com a mãe, ambos vestidos como personagens de *O Gato Mau*. A mãe de Christopher pensou que Ed Especial provavelmente tinha obrigado a mãe dele a pagar esse mico. Pelo menos, ela esperava que fosse o caso. O menino já teria dificuldades suficientes na vida e não precisava de uma mãe que, de livre e espontânea vontade, se vestisse como um burro chamado Manhoso.

Quando o funcionário do cinema enfim abriu as portas, Christopher ficou em êxtase. Ele pegou os óculos 3-D de armação grossa. "Tipo um menino rico!", comentou ele. Encontraram os lugares perfeitos, bem no meio. A mãe de Christopher saiu para pegar um lanche e voltou com todo tipo de guloseima que Christopher adorava.

Ele já havia comido metade do lanche quando acabaram os trailers. Mas, a cada trailer e a cada punhado de pipoca, sua empolgação só crescia. E, quando o filme finalmente começou, as crianças irromperam em aplausos.

*

Isso seria para sempre a infância deles, pensou a mãe de Christopher.

Ela se lembrou dos filmes que adorava quando menina. Quando acreditava que talvez fosse uma princesa perdida que pertencia a uma família bem melhor que a dela. Não era verdade, mas, de certa forma, ela deu à luz um príncipe.

— Eu te amo, Christopher — disse ela.

— Eu também te amo, mãe — sussurrou Christopher, distraído com o filme.

Ela olhou para a tela e sorriu quando o Gato Mau foi falar com o vizinho, o caranguejo Leonardo di Garrito, que estava pintando o retrato da namorada, Dona Lisa.

O Gato Mau disse:

— Bela pintura, Leonardo. Você ia terminar isso?

E a criançada aplaudiu.

Quando o filme acabou, a mãe de Ed Especial insistiu que, "pelo amor de Deus", os quatro fossem jantar no TGI Fridays. Ela pagaria a conta.

— Aí os meninos podem comer asinhas de frango e a gente pode tomar o nosso "suquinho" — sugeriu ela, com uma piscadela.

Durante todo o jantar, a mãe de Christopher ouviu a mãe de Ed Especial dizer "pelo amor de Deus, me chama de Betty", enquanto fazia seu relato (regado a margaritas) de como quase concluiu a faculdade, mas se casou com o pai de Ed Especial, que tinha acabado de abrir a sexta — "pode contar, a sexta!" — loja de ferragens na região da tríplice fronteira.

Ela se inclinou e cochichou, meio embriagada:

— Sabe aquela mulher de vida fácil, a sra. Collins? Bem, o marido dela, aquele F.D.P., não para de construir condomínios, e as pessoas não param de pegar dinheiro emprestado só pra fazer obras nas casas, então que Deus as abençoe. É só isso que tenho a dizer. Que se danem as Home Depots! Meu marido está rico! Garçonete, o meu copo secou e eu ainda consigo me lembrar dos meus problemas!

A mãe de Christopher pensou que talvez Betty Anderson pudesse ser uma boa amiga. Algumas pessoas nascem para falar. Outras nascem para ouvir. E é maravilhoso quando esses dois tipos se encontram.

— Eu gosto de você, Kate — disse Betty, enquanto andavam até o estacionamento. — Você é uma ótima ouvinte.

Na volta para casa, Christopher, de barriga cheia, caiu no sono. A mãe o carregou pela escada até o quarto do hotel e o colocou na cama.

— Mãe? — chamou, meio adormecido.

— Sim, querido?

— A gente pode ver o Gato Mau de novo?

— Claro, querido. Quando você quiser.

Ela beijou a testa do filho e o deixou sonhar. Preparou uma cerveja com gelo e aproveitou a noite. Porque sabia que no dia seguinte a conta venceria, e ela não tinha como pagar.

CAPÍTULO 14

Quando Christopher acordou na manhã de segunda, suas "férias" tinham acabado. Ele precisava voltar para a escola. Voltar para Brady Collins e para Jenny Hertzog dizendo: "Olha o dilúvio!" Porém, o mais importante: ele voltaria depois de perder duas semanas inteiras de aula.

Até Ed Especial vai estar mais inteligente que eu agora, pensou. Ele baixou o olhar. Um pequeno Froot Loop flutuava sozinho no leite, como uma boia salva-vidas.

— Eu venho te buscar às três — disse a mãe de Christopher, quando o deixou. — NÃO SAI da escola.

— Tá, mãe.

A mãe deu um abraço exageradamente demorado nele, e então ele foi para a entrada da escola. Normalmente, era ignorado até chegar à sala de aula, mas naquela manhã ele era o menino "desaparecido". Quando as meninas de rabo de cavalo o viram, pararam de pular corda e olharam. Algumas crianças disseram "Oi". Então os irmãos gêmeos correram e entraram na escola. Assim que o viram, algo incrível aconteceu.

— Ei, Christopher. Pega! — exclamou Mike, então arremessou a bola de futebol americano de plástico.

Christopher quase não conseguiu acreditar. Matt e Mike queriam brincar com ele. Christopher olhou e viu a bola descendo na sua direção. Ele era fraco nos esportes, mas rezou para não errar a recepção. Ela desceu, e um segundo antes que atingisse o seu nariz...

Ele a pegou!

— Ei, Chris. Lança pra mim — pediu Matt com o tapa-olho cobrindo o olho preguiçoso. E começou a correr.

Christopher sabia que não conseguia fazer lançamentos, então, rapidamente, pensou num jeito de se manter na brincadeira.

— Passe curto! — exclamou, e jogou a bola para Mike.

Funcionou! Mike agarrou a bola e a lançou para o irmão, vinte metros calçada à frente. Uma espiral perfeita.

Eles passaram os três minutos seguintes trocando passes. Mas, para Christopher, foi tão divertido quanto um sábado inteiro. Ele acabou se saindo muito bem nas recepções.

Mike e Matt, que gostavam de ser chamados de M&M's, disseram que até que ele era bem rápido, também. Mike era três minutos mais velho e cinco centímetros mais alto que Matt. E nunca perdia a oportunidade de chamar atenção para isso. Mas ai de quem zombasse de Matt! Principalmente do tapa-olho que Matt usava. Jenny Hertzog era a única que conseguia mexer com ele, chamando-o de "Papagaio de Pirata". Mas, se qualquer outra criança dissesse isso, Mike simplesmente lhe daria uma surra.

Até mesmo nos alunos do quinto ano.

Quando Christopher chegou à sala de aula, o falatório parou, e todos os olhos se voltaram para ele. Christopher se sentou ao lado de Ed Especial, tentando desaparecer na carteira. Mas os M&M's se aproximaram, perguntando o que tinha acontecido com Christopher quando ele desapareceu.

Normalmente, Christopher era bastante tímido quando as crianças falavam com ele, mas os irmãos eram muito legais. Então, enquanto a turma esperava pela srta. Lasko, sempre cinco minutos atrasada, ele contou a história. Enquanto falava, notou que ninguém mais na sala abria a boca. Todos os ouvidos prestavam atenção nele.

De repente, Christopher se sentiu um pouco mais confiante. Começou a acrescentar detalhes sobre o hospital, sobre a ocasião em que ficou acordado até tarde e assistiu ao *Tonight Show*, o que deixou todo mundo muito impressionado.

— Você ficou acordado até depois da meia-noite? Puta merda! — comentou Mike.

— Puta merda — ecoou Matt, tentando soar tão firme quanto o irmão.

Christopher estava no meio da história da velha no banheiro masculino quando, de repente, ouviu uma voz.

— Cala essa boca, seu mentiroso.

Christopher ergueu o olhar e viu Brady Collins. Ele havia cortado o cabelo durante as duas semanas em que Christopher tinha faltado à aula. Parecia ainda mais malvado sem a franja.

— Você fingiu que se perdeu. Eu sei que você foi encontrar o seu namoradinho lá no bosque, seu mentiroso. Agora cala a boca.

O rosto de Christopher ficou vermelho. Imediatamente, ele se calou.

— Ele está contando a história pra gente, Brady — interveio Mike.

— É... ele está contando a história pra gente — repetiu Matt.

— Então cala a boca — mandou Ed Especial, com uma bravata recém-descoberta, sabendo que Mike estava lá para defendê-lo.

O clima ficou tenso, e não se ouvia uma mosca voando na sala.

Christopher imediatamente tentou manter a paz.

— Tá tudo bem, pessoal. Eu vou parar.

— Não vai, não, Chris. Ele que se dane — disse Mike.

— É... ele que se dane — repetiu Ed Especial, antecipando-se a Matt.

Mike, então, sorriu e sussurrou:

— Senta e cala a boca, Brady, antes que eu te dê mais uma surra.

Os olhos de Brady se estreitaram. Ele parecia furioso. Até que a menina sardenta riu. E, então, o nerd de óculos riu. E, logo em seguida, todo mundo estava rindo. Exceto Brady. Ele parecia irritado, envergonhado, e subitamente se sentiu diminuído. Mas ainda era tão perigoso quanto uma criança de trinta e cinco quilos poderia ser. Christopher já havia visto esse tipo de agressividade nos olhos de alguém. Só que Jerry era muito maior.

— O que aconteceu depois da velha? — perguntou Mike.

Christopher voltou a contar a história, e ficou tão feliz por ter novos amigos que fez algo ousado. Parodiou Leonardo di Garrito, em *O Gato Mau 3-D*.

— Você ia terminar essa história? — concluiu, mudando para o Gato Mau.

Todas as crianças riram. O momento de contar história acabou quando a srta. Lasko enfim entrou na sala de aula, com a garrafa térmica e os olhos vermelhos. Ela pegou algumas aspirinas de uma latinha em sua mesa, então disse as duas piores palavras que existem.

— Teste surpresa.

A turma toda gemeu. O coração de Christopher afundou no peito. A primeira aula era de matemática. A temida matemática.

— Vamos lá. A gente passou as duas últimas semanas trabalhando com adição. Vocês estão prontos pra isso, meninos e meninas — disse ela, enquanto entregava uma pequena pilha de provas para cada criança na primeira fileira. Os testes avançaram para trás, feito uma ola num estádio de futebol. Christopher afundou na cadeira. Ele sentiu as unhas da srta. Lasko em seu ombro.
— Christopher, eu não espero que você saiba resolver essas contas. Apenas dê o seu melhor. Você vai poder refazer o teste, tá bom?

Christopher assentiu, mas não estava nada bom. Sempre foi péssimo em matemática e agora tinha perdido duas semanas de aula. Ele ia tirar nota baixa e sua mãe teria que dizer: "Não se preocupa. Continua se esforçando. Você vai conseguir."

Ele escreveu seu nome no canto superior direito, com um grande lápis verde. Então olhou para o relógio. O ponteiro vermelho dos segundos passou pelo doze, e eram exatamente oito da manhã.

Christopher leu o primeiro problema.

$2 + 7 =$ _____

A srta. Lasko sempre começava com uma questão bem fácil para deixar as crianças confiantes.

$2 + 7 = 9$

Ele tinha certeza de que estava certo. Christopher olhou para o teste. Só mais seis problemas. Estava determinado a acertar pelo menos mais um. Pelo menos mais um.

$24 + 9 =$ _____

Christopher parou. Normalmente noves eram complicados porque nunca se chegava até dez. Se fosse vinte e quatro mais dez, seria bem fácil. Trinta e quatro. Tranquilo. Mas então Christopher descobriu uma coisa. Bastava somar dez e tirar um. Isso fazia sentido. Era fácil. O grande lápis verde anotou a resposta.

24 + 9 = 33

Ele mal pôde acreditar. Tinha acertado as duas primeiras questões. Se conseguisse acertar só mais uma, já seriam três em sete. Três mais sete são dez. Dez menos sete são três. Ele olhou para a questão seguinte. Era sobre dinheiro.

Se você tivesse duas moedas de cinco centavos, uma moeda de dez centavos e uma moeda de vinte e cinco centavos, quanto dinheiro você teria? _____ centavos.

A srta. Lasko adorava colocar um desafio na terceira questão. E, geralmente, era nessa hora que Christopher se sentia burro. Mas não dessa vez. Christopher percebeu que o dinheiro era feito de números. E, se ele conseguia somar dois números, conseguiria somar quatro.

45 centavos!

Christopher ficou tão empolgado que quase pulou da cadeira. Ele nunca tinha acertado as três primeiras questões num teste surpresa. Nunca.

36 – 17 = _____

A srta. Lasko estava sendo esperta de novo, mas ele sabia o que fazer agora. Trinta e seis menos dezesseis, menos um.

36 – 17 = 19

Aos poucos, ele começou a sentir uma coisa, uma leve e serena esperança de que talvez, apenas talvez, ele conseguisse gabaritar o teste para sua mãe. Ele nunca tinha gabaritado um teste. Em matéria nenhuma. Nunca na vida. Sua mãe iria comprar um estoque de Froot Loops para um ano inteiro.

Se você permanecesse num jogo de beisebol por 1 hora e 6 minutos, quantos minutos seriam?

Agora a srta. Lasko estava sendo boazinha de novo. Qualquer criança poderia olhar para o relógio e contar, se quisesse. Mas Christopher não precisava fazer isso. Sessenta tique-taques. Com mais seis.

66 minutos

Só mais duas questões. Ele queria muito gabaritar o teste. Queria que sua mãe se orgulhasse dele. Já nem se importava com o Froot Loops. Olhou para o problema seguinte, batendo com o lápis verde na mesa.

Há 91 pessoas num barco, mas apenas 85 coletes salva-vidas. Quantos coletes salva-vidas a mais são necessários?

Christopher retirou os números da frase e viu noventa e um menos oitenta e cinco. E, dessa vez, ele nem precisou fazer noventa e um menos dez e somar quatro. Ele não precisou fazer nada. Simplesmente entendeu.

6 coletes salva-vidas

A última questão. Christopher quase não conseguiu olhar para ela. Só precisava de mais uma resposta certa para gabaritar. Brady Collins sempre gabaritava. Assim como Dominic Chiccinelli. Kevin Dorwart. Até mesmo Jenny Hertzog. Mas essa era a vez dele.

Questão extra:
12 × 4 =

O coração de Christopher parou. Ele mal tinha começado a aprender multiplicação antes de ir para o bosque. Não havia como resolver isso. Então ele parou e pensou no número doze. E que havia doze pessoas no tribunal de júri nos filmes antigos que ele via com a mãe nas noites de sexta. E que, se houvesse quatro filmes, seriam quatro grupos de doze jurados. E que isso somaria quarenta e oito jurados.

Christopher parou de respirar.

A resposta era quarenta e oito.

Ele sabia. Como no momento em que aprendeu a amarrar o sapato ou distinguir a mão esquerda da direita (a mão esquerda é a que forma um L). A mente dele deu um CLIQUE. Tudo em seu cérebro que estava nublado clareou.

Questão extra:
12 × 4 = 48

Christopher precisava ter certeza de que conseguiria gabaritar um teste pela primeira vez; por isso, antes de largar o lápis, ele revisou tudo. Refez cada problema. E, quando chegou ao número três, ele parou.

Se você tivesse duas moedas de cinco centavos, uma moeda de dez centavos e uma moeda de vinte e cinco centavos, quanto dinheiro você teria?

Na primeira vez, o fato sequer tinha ocorrido a Christopher. Afinal, era um teste de matemática, não de leitura. Mas havia tantas letras. E ele percebeu que não estava trocando nenhuma delas. Nem uma vez. Ele leu a frase sem pensar. Achou que tivesse lido algo errado, então releu.

Se você tivesse duas moedas de cinco centavos, uma moeda de dez centavos e uma moeda de vinte e cinco centavos, quanto dinheiro você teria?

45. Ou quarenta e cinco. Havia tantos és. Dezenove, para ser exato. Mas isso não o atrapalhou. E moedas não parecia...
modeas
Eram moedas. E centavo era centavo, não...
Cetnavo
Seu coração batia forte agora. Ele olhou para os cartazes pela sala. Os mesmos que lhe causaram tantos problemas ao longo do mês inteiro.

LRE É FUDNAMETNLA

Ele nem precisou pensar. Fez tudo automaticamente.

LER É FUNDAMENTAL

Todos os sons do ambiente silenciaram.

MATNEHNA AS CRAINÇAS LOGNE DAS DORGAS

Havia apenas a sala de aula e o som da mente de Christopher trabalhando.

MANTENHA AS CRIANÇAS LONGE DAS DROGAS

Christopher conseguia ler!
Ele encostou a cabeça na carteira e tentou disfarçar a empolgação. Não era mais burro. E a mãe dele não precisaria mais fingir. Ela nunca mais precisaria dizer: "Não se preocupa. Continua se esforçando. Você vai conseguir." Ele finalmente <u>conseguiu</u>. Encheria a mãe de orgulho com aquele teste.

Não um orgulho só porque era mãe. Um orgulho de verdade.

Christopher estava prestes a colocar o lápis verde sobre a carteira e levantar a mão para chamar a srta. Lasko, quando se deteve. Ele olhou em volta e percebeu que todas as outras crianças ainda estavam fazendo o teste. Todas de cabeça baixa. E os lápis verdes não paravam de fazer risc-risc, feito a caneta do médico no hospital. A maioria das crianças ainda estava na questão dois, inclusive Brady Collins.

Foi então que Christopher olhou para o relógio. O teste tinha começado às oito da manhã. Christopher nem precisou fazer as contas de cabeça. Ele já sabia.

Tinha feito o teste em quarenta e dois segundos.

Ele se sentiu tão orgulhoso que nem percebeu o começo de uma dor de cabeça.

CAPÍTULO 15

No fim do dia, a dor de cabeça de Christopher havia piorado muito. Mas ele estava tão empolgado para mostrar à mãe suas novas habilidades de leitura que nem se importou. Foi até a biblioteca escolher alguns livros para treinar. A sra. Henderson estava lá para ajudá-lo, como sempre. Ele escolheu *O Gato Mau rouba a letra E*, que ela reservou especialmente para ele. A sra. Henderson estava prestes a lhe dar outro *Snoopy* quando ele a interrompeu.

— Sra. Henderson, tem algum livro mais difícil que eu possa tentar ler?

— Deixe-me ver o que eu consigo encontrar — disse ela, com um sorriso.

A sra. Henderson voltou com *A ilha do tesouro*, de Robert Louis Stevenson. Christopher ficou espantado com a grossura do livro. Por um instante, pensou que deveria escolher algo um pouco menos avançado. Mas, quando abriu o velho livro, as letras ficaram paradas por tempo suficiente, e ele conseguiu ler.

"Quinze homens no baú do finado...
Io-ho-ho, e uma garrafa de rum!"

Nada mau. Além disso, a capa parecia promissora. Piratas e tesouros? Tudo de bom.

— Você quer algo mais fácil? — indagou a sra. Henderson.

— Não. Esse aqui parece divertido.

Christopher agradeceu e jogou os livros na mochila. O relógio finalmente deu três horas e o sinal tocou. Os alunos encheram os corredores como formigas num formigueiro. Christopher pegou o corta-vento no armário e se despediu de Ed Especial e dos M&M's.

E, quando saiu, o céu estava cheio de nuvens.

Quando sua mãe encostou, ele entrou no carro, ansioso para mostrar a ela seu primeiro livro de gente grande. Até que percebeu que ela estava triste.

— O que aconteceu, mãe?

— Nada, querido.

Mas Christopher não se deixou enganar. Ela parecia cansada e preocupada. Como na semana antes de fugirem do Jerry. Tinha algo errado. Mas ele conhecia a mãe o suficiente para saber que ela jamais diria o que era. Não queria deixá-lo preocupado.

E isso sempre o deixava preocupado.

Ao longo do dia, ele quis contar sobre suas leituras, mas nunca parecia ser a hora certa. Ela quase não falou no trajeto até a casa. Falou ainda menos durante o jantar. E estava de mau humor, reclamando da bagunça no quarto, dizendo que "não é possível que só eu arrume esse lugar". Quando a reportagem principal do noticiário noturno acabou, sobre o Oriente Médio, ela pediu desculpa pelo mau humor e pegou no sono na cama de solteiro dela.

Então Christopher deixou a mãe dormir e deu um jeitinho no quarto. Achava que, se ela acordasse e visse o quarto arrumado, passaria a semana mais calma. Assim eles poderiam ter uma ótima noite de sexta juntos. Ele tinha tudo planejado. Esperaria até a noite de sexta para fazer a surpresa especial. Não mostraria a ela só sua capacidade de leitura como o teste surpresa já teria sido devolvido aos alunos e ele poderia exibir sua nota máxima em matemática. Ela ficaria tão orgulhosa que faria questão de rever *O Gato Mau 3-D*. Talvez ele conseguisse até uma ida ao McDonald's. Provavelmente, não, mas quem sabe?

Christopher desligou todas as luzes e baixou lentamente o volume da TV, para não acordá-la enquanto "descansava os olhos". Em seguida, foi até a mesa para ler *A ilha do tesouro* à luz da janela. Queria terminar um capítulo antes de sexta, por ela. Talvez até dois. A mesa estava bagunçada com pilhas de papel. Primeiro, recolheu apenas a xícara de café, que deixou um círculo no tampo. Mas então olhou mais de perto e percebeu o que eram os papéis.

Eram contas.

Christopher já havia visto a mãe lidar com contas. Ela as odiava mais que qualquer coisa, exceto, talvez, multas de estacionamento. No entanto, sempre que perguntava qual era o problema, ela sorria e dizia a mesma coisa.

— Nada, querido.

Christopher pegou a primeira fatura. Era da empresa de telefonia. Antes, ele nem teria tentado ler palavras adultas como aquelas. Mas agora as enxergava com clareza.

TERCEIRO AVISO
PAGAMENTO PENDENTE

Ele manuseou as contas. Uma de cada vez. Até que a marca de café se transformou de um ponto molhado numa pequena circunferência. Em todas as faturas, ele viu os pagamentos, as multas e os avisos de pagamentos pendentes.

Se você tivesse duas moedas de cinco centavos, uma moeda de dez centavos e uma moeda de vinte e cinco centavos, quanto dinheiro você teria?

Não o suficiente.

Christopher não conseguiu somar todos os números. Eram grandes demais. Mas percebeu que, não importava quanto tirasse em matemática, a mãe não poderia se dar ao luxo de levá-lo para ver *O Gato Mau 3-D* de novo. Ela provavelmente não poderia nem tê-lo levado na semana passada também.

De repente, ele se sentiu constrangido de ter tantos gastos, como os Froot Loops, por exemplo. E o hospital e os médicos. Ele custava muito dinheiro a ela. Assim como o pai. A mãe tinha pagado o enterro do pai com um cartão de crédito para que ele pudesse ser sepultado com alguma dignidade. E nunca mais conseguiu se recuperar. Ele a ouviu falar disso com uma vizinha simpática em Michigan, depois de algumas cervejas. E, mais tarde, quando perguntou qual era o problema, ela sorriu e disse:

— Nada, querido.

Assim como fez hoje.

Por isso ele prometeu a si mesmo que, quando ela visse seu teste de matemática com a nota máxima e quisesse levá-lo ao McDonald's, diria que não. E, se eles fossem a algum restaurante com a mãe de Ed Especial outra vez, ele só pediria coisas que estivessem marcadas como "a preço de mercado" no menu, porque, se o restaurante cobrasse o mesmo preço do supermercado, seria um bom valor para sua mãe pagar. Mas, acima de tudo, ele nunca mais iria a uma sessão cara de um filme 3-D. Pegaria um filme antigo na biblioteca. E leria um livro em voz alta para ela saber que todo o seu esforço valia a pena.

Com isso em mente, Christopher foi na ponta dos pés até o saco de dormir. Pegou uma das suas meias velhas e a virou pelo avesso.

O dinheiro da calça.

Então, ainda na ponta dos pés, ele deu a volta na mãe e pôs o dinheiro no fundo de sua bolsa. Jenny Hertzog poderia dizer "Olha o dilúvio!" para ele pelo resto da vida, ele não ligava.

CAPÍTULO 16

— Olha o dilúvio! — gritou Jenny Hertzog no corredor.

Mas dessa vez Christopher não se incomodou. Só ficou triste por Jenny, da mesma forma que ficava pela sua mãe. Isso não fazia sentido. Mas foi assim que ele se sentiu. Ele apenas pensou que Jenny devia ouvir coisas muito piores que piadinhas a respeito das calças dela. Ou talvez o pai dela tivesse muitas contas e ficasse o tempo todo de mau humor. Qualquer que fosse o motivo, ele estava feliz por ter dado o dinheiro à mãe. E mal podia esperar até que a srta. Lasko entregasse os testes hoje, para que ele pudesse mostrar sua primeira nota máxima.

No começo da aula de matemática, a srta. Lasko entregou todos os testes. Christopher observou a sala. Viu que Kevin Dorwart tinha acertado sete de sete. Brady Collins, seis de sete. Ed Especial, dois de sete. Matt e Mike, cinco cada. Mas o teste de Christopher não foi devolvido. Ele não entendeu por quê. Quando o sinal tocou e todas as crianças saíram para o recreio, a srta. Lasko pediu a Christopher que ficasse na sala.

— Christopher — começou, a voz séria —, eu sei que você faltou duas semanas e que não queria ficar para trás. Então você... você olhou as respostas de alguém quando fez a prova de matemática?

Christopher engoliu em seco. E balançou a cabeça negativamente.

— Eu não vou ficar brava. Mas eu não quero que você trapaceie e não aprenda a fazer as atividades sozinho. Por isso eu pergunto mais uma vez: você olhou as respostas de alguém na hora de fazer o teste surpresa? Talvez o teste do Kevin Dorwart...

— Não, srta. Lasko.

A srta. Lasko olhou no fundo dos olhos dele. Christopher se sentiu como um sapo numa mesa de dissecação.

— Sabe, eu já vi alunos que sentem tanta pressão para se sair bem nas provas que acabam sempre se saindo mal. E, quando alguém diz que eles não precisam se preocupar, eles acabam se saindo muito bem.

Ela sorriu e lhe devolveu o teste.

— Eu estou orgulhosa de você. Continue assim.

Havia um grande 7/7 assinalado com caneta vermelha. E uma estrela dourada. E um adesivo do Gato Mau dizendo: "Miaaaulhor impossível!"

— Obrigado, srta. Lasko!

Christopher não se conteve e abriu um sorriso enorme. Ele sequer conseguiu esperar até o filme de sexta. Quando sua mãe entrou no estacionamento, ela acenou. E Christopher acenou também, com o teste na mão.

— O que foi? — perguntou ela. — Que sorrisinho convencido é esse?

E foi aí que Christopher entregou o teste a ela.

— O que é isso?

Ele não disse nada. Ela pegou o teste. E o examinou. E parou. Em silêncio. Era a primeira nota máxima dele. Sete de sete. Ela examinou o teste de novo por mais um tempinho, então se virou para Christopher. Os olhos dela estavam cheios de orgulho em vez de preocupação.

— Viu só? Eu falei que você ia conseguir!

Foi quando ele mostrou para ela o exemplar de *A ilha do tesouro*.

— Eu tô no capítulo três.

Ela ficou tão orgulhosa que deu um grito e o abraçou.

— Isso é o que acontece com gente que não desiste — comentou ela.

Como previa, ela se ofereceu para levá-lo para ver *O Gato Mau 3-D* de novo.

— Não, brigado. A gente pode pegar filmes na biblioteca — sugeriu ele.

De início, ela pareceu confusa, mas, depois, aliviada. Sobretudo quando ele disse que não estava com vontade de ir ao McDonald's e que não queria comida de restaurante, na verdade. Ele preferia o queijo-quente que ela fazia. Então eles foram à biblioteca e tiveram a sorte de pegar *O Gato Mau 2* e *Uma aventura na África* para ela.

Depois, foram fazer compras no Giant Eagle e pegaram os ingredientes para o banquete de queijo-quente. Christopher viu a mãe mexer na bolsa. Tinha chegado a hora! Ele a viu retirar o dinheiro escondido. Confusa, ela franziu a testa. Não sabia de onde aquilo tinha vindo. Mas ficou feliz com a descoberta. Estava prestes a repor o dinheiro na bolsa para ser usado numa hora de necessidade, quando Christopher a interpelou.

— Mãe, pega alguma coisa pra você.

— Não, tá tudo bem — respondeu ela.

— Não, mãe, pega alguma coisa — insistiu.

Ele apertou levemente a mão dela. Como a mãe fazia com os tomates, antes de comprá-los. Ela se surpreendeu. Christopher não era de insistir muito. Ela parou por um instante, depois deu de ombros.

— Então tá bom! — disse ela à mulher do caixa. — Eu quero um pretzel e um bilhete de loteria.

A funcionária adolescente entregou a ela um delicioso pretzel de chocolate e um bilhete. Para homenagear o filho, a mãe de Christopher decidiu fazer um jogo com as respostas do primeiro teste que ele havia gabaritado na vida. E entregou cinco dólares à menina. Recebeu dezessete centavos de troco. Ele não viu mais nada dentro da carteira da mãe. Ela olhou para uma latinha de doações para caridade. Uma criança olhava para ela, de algum campo de refugiados no Oriente Médio. Ela enfiou os dezessete centavos na latinha, e os dois deixaram o mercadinho com a carteira da mãe vazia.

Na volta para casa, Christopher viu a mãe olhando para o tanque de gasolina. Restava apenas um quarto de combustível. Ele ficou aliviado porque seria a vez da mãe de Ed Especial levá-los ao CIC; caso contrário, eles não teriam mais nenhum centavo até o dia do pagamento da mãe.

Quando chegaram ao hotel, a noite foi tranquila e agradável. Ficaram lado a lado no quarto. Christopher ficou observando a mãe colocar o queijo-quente no cooktop, e sorriu quando a manteiga chiou. Ouviu os cubos de gelo que batiam no copo, enquanto ele servia à mãe sua cerveja. E, como sempre, planejaram o que fazer com suas riquezas incalculáveis. Christopher acrescentou um carro esportivo na garagem da casa dos sonhos para a mãe, parecido com o carro da srta. Lasko. Por sua vez, a mãe de Christopher ficou tão impressionada com a escolha de *A ilha do tesouro* que lhe prometeu uma estante para guardar sua própria biblioteca.

Christopher ligou a televisão, que encheu o quarto do hotel com sons do noticiário noturno. A mãe de Christopher estava virando os queijos-quentes quando a cobertura esportiva terminou e o sorteio da loteria começou. Estava tão focada fazendo o lanche que quase não ouviu o primeiro número ser anunciado.

Era um 9.

Christopher abriu as bandejas que eles tinham comprado numa venda de garagem e as levou até as camas. Ele olhou para o teste de matemática preso no frigobar do hotel com dois ímãs de letras.

— Mãe, você quer...

Ela ergueu a mão para silenciá-lo. Ele se calou e olhou para a mãe. Ela pegou o teste de matemática no frigobar e se aproximou da televisão. As bolinhas do sorteio da loteria dançaram na caixa de vidro. Christopher não estava prestando atenção.

O segundo número foi 33.

— Mãe — chamou ele.

— Shhh.

E caiu de joelhos. Olhando para o apresentador. Christopher já a havia visto acertar dois números. Tinha acontecido de verdade. Mas agora ela esfregava as mãos. A terceira bolinha foi sugada para o tubo.

45

— Ai, meu Deus — sussurrou ela.

Christopher nunca tinha visto a mãe rezar na igreja. Mas naquele momento ela entrelaçou os dedos com tamanha força que as articulações ficaram brancas. O quarto número foi sugado. E o apresentador anunciou:

19

— Ai, Jesus, por favor.

Christopher olhou para o teste gabaritado, tremendo nas mãos dela. A resposta seguinte era 66. A mãe prendeu a respiração, aguardando o sorteio do próximo número.

— Sessenta e seis! — anunciou o apresentador.

A mãe de Christopher nem percebia, mas ela se balançava para a frente e para trás. Ela o abraçou com tanta força que ele quase sufocou. Mas ele não disse nada. Não se atreveu. Ela estava tensa feito uma corda de violão. Ele olhou a resposta seguinte no teste. Era 6. O número seguinte foi sorteado.

Era 9.

— Não! — Ela engasgou.

Pareceu uma eternidade até que o apresentador virasse a bolinha de cabeça para baixo e o traço ficasse do lado certo.

— Seis! — exclamou o apresentador.

— Ai, meu Deus.

Faltava um número. Um único número. As bolinhas dançaram na caixa de vidro. Christopher olhou para a última resposta no seu teste gabaritado. Era 48. A mãe de Christopher fechou os olhos. Como se não suportasse olhar. Como se não pudesse suportar mais uma perda depois de tantas.

— Me fala — pediu ela.

— Mãe, você ganhou.

Ele não viu. Mas sentiu as lágrimas dela em seu pescoço. O abraço foi tão forte que ele pensou que sua coluna fosse quebrar. Teriam passado a noite inteira ali, se o alarme de incêndio não tivesse começado a apitar. Correram de volta ao cooktop e viram que os queijos-quentes estavam pretos feito uvas-passas. A mãe dele desligou o cooktop e abriu a janela, deixando a fumaça sair.

— Tá tudo bem. Ainda dá pra comer. O queijo-quente não tá tão queimado assim — comentou Christopher.

— Deixa essa merda aí — retrucou a mãe. — Pega o casaco. A gente vai sair pra comer carne.

Eles foram ao Ruth's Chris, no centro. E, embora a mãe tivesse dito que ele podia pedir o que bem quisesse, ele escolheu lagosta, porque estava listada como "a preço de mercado".

CAPÍTULO 17

— Essa é a melhor casa que vimos até agora — comentou a sra. Soroka, enquanto manobravam na entrada da garagem.

Ela era uma senhora distinta. De aparência elegante. Mas não havia nascido assim. Kate sabia disso. Da mesma forma que algumas pessoas são capazes de usar um vocabulário mais extenso que os pais e fingir que têm outra origem. A falsidade em algumas pessoas é mais honesta que a sinceridade em outras. A sra. Soroka podia falar rápido, mas cada palavra era sincera.

— A entrada da garagem está meio irregular, mas vocês ainda têm alguns anos até precisar renovar a pavimentação. E eu conheço gente que pode fazer o serviço por um bom preço. Nós, mulheres, temos que nos unir.

Ela disse isso com uma piscadela e abriu a porta do carro. Era a terceira casa naquele dia. A primeira era grande demais. A segunda, muito pequena. E, assim como Cachinhos Dourados, eles esperavam que a terceira fosse perfeita.

— A porta está um pouco emperrada — continuou a sra. Soroka, balançando as chaves e enfiando uma delas na fechadura. — Mas podemos acrescentar isso à lista de inspeção, e eles pagam pelo conserto.

Com um clique na fechadura, a sra. Soroka abriu a porta, empurrando-a com o ombro. Kate ficou para trás com Christopher por um instante, olhando a paisagem outonal da rua. Todas as casas no balão de retorno pareciam decentes e de famílias ricas. Tão bonitas quanto as folhas que caíam. Havia até uma cabana de madeira no topo da pequena ladeira, do outro lado da rua, que fazia com que ela se lembrasse das cabanas que Christopher montava com os velhos Lincoln Logs. Havia uma idosa sentada no sótão, olhando pela janela. Mesmo de longe, Kate ouvia o rangido da cadeira de balanço.

— Christopher? Terra chamando Christopher — disse Kate. — Vamos lá.

Christopher desviou o olhar da cabana e seguiu a mãe, porta adentro.

A casa era linda. O que a sra. Soroka chamava de um <u>verdadeiro</u> achado. A sala de estar tinha estantes embutidas, uma lareira e espaço suficiente para uma ótima televisão. O lugar todo cheirava a cookie de chocolate, servidos nos vários eventos de venda da imobiliária que já aconteceram ali. A sra. Soroka disse que os cookies eram um truque que os agentes imobiliários usavam para fazer as pessoas se sentirem em casa.

— Bem, está funcionando — brincou Kate.

— Nem me fala. Eu era magrinha antes de entrar nesse ramo.

A sra. Soroka avançou pela casa, acendendo as luzes. O entusiasmo de Kate aumentava a cada cômodo. A sala de jantar era perfeita para quatro pessoas, mas comportaria facilmente oito. Ela poderia até receber convidados para uma ceia de Natal.

E a cozinha.

Ai, meu Deus, que cozinha.

Aquilo não era só um micro-ondas e um cooktop num quarto de hotel. Era o paraíso. Eletrodomésticos novinhos feitos de aço inox. Um lava-louça que não vazava. Uma geladeira com uma máquina de fazer gelo, em vez de um balde e uma ida ao corredor do hotel. A cozinha tinha até uma ilha. Uma ilha de cozinha!

— O que você tá achando, mãe? — perguntou Christopher.

— Nada mau — respondeu ela, tentando parecer blasé.

A sra. Soroka continuou falando de ligações da lavadora/secadora e manutenção, mas Kate tinha parado de ouvir. O que começou como uma atração na sala de estar, cresceu e se transformou num tórrido caso de amor, quando subiram a escada de acesso aos quartos. Ela nunca tinha morado numa casa com escada. Só em prédios sem elevador ou apartamentos com saídas de incêndio.

Kate poderia, finalmente, dizer ao filho que não corresse na escada.

— Vamos ver o quarto principal primeiro — disse ela.

— A senhora é quem manda — concordou a sra. Soroka, com um sorriso.

Kate adorou a linda cama e os janelões. Mas o closet acabou com ela. Seu rosto se abriu num sorriso como o do gato da Alice e suas mãos começaram a suar só de pensar em ter que preencher tanto espaço no armário. Seu sentimento de culpa não suportaria tantas idas ao shopping. Mesmo que fossem lojas de ponta de estoque. Mas talvez ela pudesse comprar em alguma loja que fizesse trabalho beneficente.

Para com isso, Kate. Você merece. Respira.

— Agora, o segundo quarto é bem aconchegante. Esse é o código para "pequeno" — brincou a sra. Soroka. — Então talvez possa servir de quarto de hóspedes pros parentes.

Não havia nenhum parente. Nunca haveria hóspedes. Mas a sra. Soroka não precisava saber disso. O quarto de hóspedes seria um escritório perfeito, quando Kate enfim voltasse a estudar. Ficava logo acima da garagem para dois carros. Não haveria mais multas por estacionamento em local proibido nos dias de limpeza da rua. Não haveria mais sacos de papel em parquímetros. O novo tubarão terrestre deles teria o próprio cais.

— E esse seria o quarto do Christopher — disse a sra. Soroka, ao abrir a porta.

Era perfeito.

Uma pequena cama e uma mesa. Uma grande janela saliente, com espaço para uma criança se sentar, olhar e pensar. Um ótimo closet para roupas. Um segundo closet para guardar brinquedos. Um carpete bonito e limpo. O quarto inteiro cheirava a primavera. Como limões, mas sem o azedo.

— Gostou, querido? — perguntou ela.

— Adorei, mãe.

— Eu também adorei.

— Então todo mundo feliz? — indagou a sra. Soroka.

— Estamos muito felizes — respondeu Kate.

— Vocês estão prontos pra fazer uma oferta?

Kate ficou em silêncio. Seu coração bateu forte, quando ela pensou em pegar a caneta e assinar o contrato. Mas já havia recebido o prêmio da loteria, e, depois que tudo foi contabilizado e os impostos descontados, não restou nenhuma dívida. Ela quitou a despesa de Christopher no hospital. Quitou os gastos do velório do falecido marido. Depois, quitou todas as dívidas com os cartões de crédito, como aconselhavam nos programas de finanças na TV. Abriu uma poupança para a faculdade (de ambos). E, depois de tudo isso, ainda tinha sobrado dinheiro suficiente para dar de entrada numa compra que Christopher sempre lhe prometeu.

A casa própria.

Era o fim das fugas. O fim das mudanças. O menino dela teria uma casa.
Devagar, Kate. Faz as perguntas.

— É um bom negócio? Seja sincera comigo. Nós, mulheres, temos que nos unir, certo?

— Certo. E é um ótimo negócio. A única razão pela qual eles estão vendendo é terem comprado um apartamento num condomínio em Palm Springs pra fugir do inverno e do genro. Essa região está prestes a bombar. Mesmo se vocês fizessem uma oferta acima do preço pedido, é uma barganha.

Kate sabia que ela estava dizendo a verdade. Tinha feito o dever de casa.

— O que você acha? — perguntou a Christopher.

— É a casa mais legal que eu já vi — respondeu ele.

— Então vamos fazer uma oferta.

A sra. Soroka juntou as mãos.

— Vocês estão fazendo a coisa certa! E querem saber de uma coisa? Eu ainda não mostrei a melhor parte!

A sra. Soroka atravessou o quarto de Christopher e foi até a grande janela saliente. Ela abriu a cortina e exibiu a vista. Bem debaixo do quarto de Christopher havia um grande quintal, com uma árvore e um balanço de pneu, um trepa-trepa e uma caixa de areia. Era o sonho de todo menino. Tudo plano e bem-cuidado. Perfeito para futebol americano. Perfeito para qualquer coisa.

— Pensem bem — disse a sra. Soroka. — Vocês têm esse quintal, e agora deem uma olhada além dele.

Era o bosque da Mission Street.

Christopher podia ter esquecido os seis dias em que ficou perdido naquele bosque, mas Kate jamais esqueceria.

— Eu não quero morar perto desse bosque — avisou ela.

A sra. Soroka assentiu, como se estivesse se lembrando da foto de Christopher no jornal, quando ele desapareceu.

— Olha, que só fique entre nós... O sr. Collins está planejando um novo empreendimento habitacional a poucos metros daqui.

— Eu sei.

A sra. Soroka fez que sim, depois baixou a voz, num sussurro conspiratório.

— Sim, mas você sabia que ele contratou o meu chefe pra vender as casas? E que ele vai construir uma via pra ligar os dois lados do município? Em seis meses, você vai ter uma casa no bairro mais nobre de Mill Grove, que vai valer

cem mil dólares além do que você pagou por ela. Eu simpatizei com você, Kate. E também sou mãe. Por isso não quero que você perca essa oportunidade. Três palavras: dinheiro no bolso.
— Tem certeza?
— Confia em mim. No Natal esse bosque já vai ter sumido.

CAPÍTULO 18

Eles se mudaram um dia depois do Halloween.

Ajoelhados, Christopher e sua mãe encaixotavam suas vidas. Já estavam acostumados com mudanças. Michigan tinha ficado para trás havia poucos meses. Mas a situação agora não era uma fuga no meio da noite para ficar longe de Jerry. Não era a fuga de uma cidade onde cada placa fazia com que ela se lembrasse do falecido marido.

Agora era uma casa própria.

Agora era uma vida nova.

Kate empacotou o velho cooktop e a louça. Estava tão animada pensando na cozinha nova que quase embrulhou as tigelas de cereal com o jornal que estampava a foto de Christopher.

O *Pittsburgh Post-Gazette* tinha publicado uma reportagem sobre o menino. Kate não queria a própria foto no jornal, mas queria que o filho tivesse seu momento de glória. Então, durante o recreio, ele foi até o trepa-trepa, para a foto, acompanhado da professora, a srta. Lasko. O fotógrafo, aspirante a cineasta, tirou o instantâneo. E no domingo, toda orgulhosa, Kate comprou todos os exemplares à venda no Giant Eagle, onde fez o jogo da loteria.

Teste de menino ganha a loteria

Ela ficou observando o filho de 7 anos enfiar o saco de dormir do Gato Mau no meio de uma pequena pilha de caixas perto da porta. Não havia muito da vida antiga. Só umas poucas coisas que ela conseguiu esconder no porta--malas do velho tubarão terrestre, enquanto se preparava para fugir de Jerry. E algumas coisas novas para marcar o começo daquela nova era.

A ajuda chegou logo depois. Kate estava satisfeita, de verdade, por terem conseguido fazer tantos amigos em tão pouco tempo. Ed Especial apareceu com a mãe, Betty, que trouxe o marido para ajudá-los na mudança. Eddie Pai tinha um coração quase tão grande quanto seus peitinhos masculinos. Ele passou a tarde entretendo a todos com histórias sobre como tinha custeado a própria faculdade trabalhando para uma empresa de mudanças.

— Naquela época, eu era forte e musculoso — repetia ele.

— Você é forte e musculoso agora, querido — comentava Betty, cega de amor.

Os M&M's também participaram, com a ajuda das duas mães. Uma mulher tranquila chamada Sage. E uma mulher não tão tranquila assim, chamada Virginia. Uma era vegana, de Connecticut. A outra era carnívora, do Texas. Foram feitas uma para a outra.

Aos poucos, a gangue, suando, colocou todos os pertences numa caminhonete, generosamente cedida pela loja de ferragens de Eddie Pai.

Quando tudo estava empacotado, Christopher e sua mãe voltaram para procurar algo que pudesse ter ficado para trás. Quando se deram conta de que as únicas coisas deixadas no quarto do hotel eram as lembranças, deram tchau para a antiga vida.

— Nunca mais vou pagar aluguel — comentou Kate, e fechou a porta.

Quando o novo tubarão terrestre encostou em frente ao número 295 da Monterey Drive, no balão de retorno, Kate e o filho tiveram uma grata surpresa. A mãe e o pai de Ed Especial ("Eu já disse pra você chamar a gente de Betty e Eddie, pelo amor de Deus!") tinham subornado a sra. Soroka com uma garrafa de chardonnay para que ela lhes entregasse a chave da garagem. Dois dos melhores funcionários de Eddie Pai tinham instalado um portão automático na garagem. E, quando a mãe de Christopher estava prestes a sair do carro para abrir o portão manualmente, Betty apertou o botão do controle remoto. Eddie fingiu que era um fantasma, para a diversão de todos, então eles entraram e começaram a desempacotar as coisas.

Não demorou muito, considerando o pouco que possuíam. Fizeram ainda menos viagens até a caminhonete depois que o delegado chegou para ajudar após o fim de seu plantão. Ele e Kate mantiveram contato desde que Christopher saiu do hospital. Quando os policiais concluíram que não havia nada no bosque, o delegado ligou para ela. E, antes de formalizar a oferta pela casa, ela fez questão de ligar para ele. A segurança de Christopher vinha em primeiro lugar. O delegado fez sua pesquisa e, depois de analisar uma década de relatórios policiais, assegurou-lhe de que não havia nada de errado com a casa. O bairro era muito seguro. Mas, se ela quisesse, ele percorreria a área com ela para confirmar a informação.

— Não precisa — disse ela, para a decepção dele. — Mas, se você quiser aparecer no dia da mudança, eu vou comprar umas pizzas.

Combinado.

O dia todo, Kate viu Christopher e seus amigos tentarem agir como adultos. Quando o delegado a ajudou a carregar a mobília nova (comprada na ponta de estoque), os quatro meninos se apresentaram para dar uma força. Quando Eddie Pai fez uma pausa para tomar uma cerveja, eles pararam para tomar limonada. E, quando a mudança foi concluída e Eddie Pai acendeu o fogo da grelha para assar seus famosos "enroladinhos de salsicha" para acompanhar a pizza, os meninos estudaram a técnica, com atenção, escutando a conversa dele com o delegado e assentindo com a cabeça, fingindo serem adultos.

Afinal, pelos últimos anos, Eddie foi a única figura paterna com quem eles tiveram contato.

E o delegado era o delegado.

Quando o banquete terminou, aquele grupo de amigos já íntimos se despediu dando boa-noite. Sage e Virginia prometeram aparecer naquele fim de semana para ajudar Kate na limpeza. Betty prometeu aparecer para ajudá-la a beber e vê-las limpar a casa. Eddie Pai disse que, se ela precisasse de qualquer item da loja de ferragens para consertar um daqueles típicos problemas que só se descobre depois da mudança, podia contar com ele. E Christopher disse aos amigos que os veria na segunda.

O delegado foi o último a ir embora.

— Foi legal da sua parte vir ajudar, delegado — disse ela, cumprimentando-o com um aperto de mão.

O delegado fez que sim, então baixou o olhar. Arrastou os pés no chão, feito um menininho desconcertado, e suas palavras soaram como se seu peito estivesse quicando feito uma bola numa quadra de basquete.

— Pois é... Eu sei o que é se mudar prum lugar novo e não ter ninguém pra ajudar. Só faz um ano que eu me mudei do distrito de Hill.

Ela assentiu. E ele engoliu em seco. E arriscou.

— Sra. Reese... A senhora já foi no Primanti Brothers? É uma verdadeira instituição em Pittsburgh.
— Não.
— Posso te levar lá?
Talvez não tenha sido tão elegante quanto havia planejado, mas estava dito.
Kate olhou para ele. O homem, grande feito um urso, de repente, parecia pequeno. Ela havia conhecido uma quantidade suficiente de maus elementos na vida, e sabia reconhecer um bom sujeito. Mas não se sentia pronta. De jeito nenhum. Não depois de Jerry.
— Eu preciso de um tempo, delegado.
A resposta bastou para ele.
— Eu tenho muito tempo, sra. Reese — disse ele, sorrindo. — Boa noite.
Com isso, ele foi até o carro. Kate ficou no pórtico, observando o delegado se afastar em meio às primeiras gotas de chuva. Em seguida, ela entrou na sua primeira casa própria e trancou a porta.
Enquanto ouvia a chuva bater no telhado, ela subiu a escada e foi até o quarto do filho. Christopher já estava de pijama, enfiado na cama, lendo *Robinson Crusoé*. A sra. Henderson recomendou o livro depois de Christopher gostar tanto de *A ilha do tesouro*.
Kate mal podia acreditar no quanto ele tinha melhorado na leitura no último mês. Em matemática, também. Christopher começou a pré-escola logo após a morte do pai. Depois de um período longo e bastante complicado, ele finalmente estava se saindo bem. Talvez os problemas iniciais com aprendizado tivessem a ver tanto com estresse quanto com outras questões. O que quer que fosse, ela prometeu a si mesma dar belos presentes à sra. Henderson e à srta. Lasko no Natal.
Eram mulheres milagrosas.
Ela se sentou ao lado dele e leu algumas linhas por cima do ombro do filho, enfiando o cabelo do menino atrás da orelha. Então olhou em volta do quarto para as duas coisas que havia prometido lhe dar com o dinheiro da loteria.
A primeira era uma estante de livros.
A estante não veio de uma ponta de estoque nem de uma IKEA. Nada disso. Para comprar a primeira estante do filho, ela percorreu a cidade inteira até encontrar uma linda loja de antiguidades. Ela disse que ele podia pedir a estante que quisesse. Havia estantes lindas. De carvalho. Pinho. Cedro. Mas,

em vez dessas, Christopher escolheu uma estante velha, forrada com um papel de parede ridículo de patinhos. A estante era esquisita como a árvore de Natal do Charlie Brown.

— Você pode pedir a estante que quiser. Por que você quer essa, querido? — perguntou ela.

— Porque tem cheiro de luva de beisebol.

A segunda era um porta-retratos de prata para a foto do pai dele. Cheio de orgulho, Christopher colocou o porta-retratos no alto da estante, como a peça central do quarto. Ela olhou fixamente para a foto. Um momento congelado em preto e branco. O pai de Christopher sorrindo ao lado da árvore de Natal. Aquele dia foi um dos bons.

Kate continuou lá por vinte minutos, ouvindo o filho ler o livro, com uma voz tão suave quanto a chuva lá fora. Quando terminaram, ela deu um beijo na bochecha dele e o cobriu para dormir.

— Christopher... você comprou uma casa pra sua mãe. Você sabe quem faz isso?

— Não.

— Só os vencedores.

Dito isso, ela apagou a luz, dizendo "um, dois, três e...". Em seguida, desceu e foi até a cozinha. Depois de alguns goles de cerveja *on the rocks*, ela começou a dar um jeito no quarto. Seu próprio quarto. Fora alguns poucos anos ao lado do marido, ela nunca tinha tido um lar seguro, em toda a sua vida.

E agora estava dando um lar seguro ao filho.

Quando, por fim, desempacotou a última peça de roupa, percebeu que só havia enchido um terço do closet. Normalmente, Kate Reese ficaria meio ressabiada. Mas aquilo era o paraíso. O Reino dos Céus. Ela relembrou cada decisão, cada momento que a levou a se ver morando na sua casa própria, escutando as nuvens verterem chuva em seu telhado.

Ela sentiu que tudo saiu melhor que a encomenda.

CAPÍTULO 19

Christopher estava encolhido no saco de dormir do Gato Mau. Ouvia o barulhinho da chuva e se sentia quente e aconchegado. O luar piscava através dos rastros deixados pela chuva na janela saliente, lançando pequenas sombras na estante nova e na foto do pai. A mãe disse que ele poderia pintar as paredes do quarto da cor que quisesse, porque nunca mais teriam que se preocupar com a caução do aluguel. Ele disse que queria tudo azul, com nuvens. Como o céu. Ou como os olhos do sr. Ambrose.

Sem fazer barulho, Christopher saiu do saco de dormir.

Foi até a janela saliente. Ele se sentou, de pernas cruzadas, olhando para o quintal. Com o balanço de pneu. E para o campo, perfeito para jogar beisebol.

E para o bosque da Mission Street.

Um relâmpago iluminou o céu. A chuva deixava marcas no vidro feito lágrimas escorrendo num para-brisa. No CIC, alguém falou que a chuva são as lágrimas de Deus. Ele se perguntava se a Arca de Noé teria sido a consequência de um ataque de fúria.

Ou se havia sido Deus chorando de soluçar.

Christopher abriu a janela. Olhou para cima e viu as nuvens. Gotas de chuva caíam do beiral. Batiam geladas nas suas bochechas rosadas e mornas. Ele ficou sentado ali por meia hora, apenas olhando e ouvindo, se sentindo especial e feliz. Havia algo familiar nas nuvens. Ele só não conseguia lembrar o que era. Mas elas pareciam estar sorrindo. E Christopher sorriu para elas também.

Não era uma voz. Era o vento. Era um sussurro. Não como uma voz. Mais como a impressão de uma voz. Não era como se Christopher estivesse ouvindo, era mais como se ele pudesse se lembrar de alguém dizendo alguma coisa. Mas estava lá. Vindo do bosque.

Chamando por ele.

Christopher pegou do chão as botas e o moletom vermelho. Olhou de relance para o pai no porta-retratos de prata. Então abriu a porta do quarto. Espiou o corredor. O quarto da mãe estava escuro. Ele desceu a escada na ponta dos pés e atravessou a cozinha. Não havia mais cheiro de cookies.

Christopher abriu a porta de correr de vidro que dava acesso ao quintal. A neblina estava mais densa agora, mas ele ainda conseguia enxergar as árvores balançando na brisa. Isso era reconfortante para ele. Como uma canção de ninar, ou o lado fresquinho do travesseiro.

Seus pés tocaram a grama molhada e fria. Ele atravessou a neblina, passando pelo balanço de pneu e chegando ao fim do quintal. Olhou para trás, para a casa. Viu a cabana de madeira do outro lado da rua. Todas as janelas estavam escuras. Então voltou o olhar para as árvores. E lá estava. A menos de meio metro.

O bosque da Mission Street.

Christopher observou o bosque. As árvores balançando, todas bonitas, sem folhas, serenas, como braços erguidos numa igreja. Para lá e para cá. Para lá e para cá. Ele não via ninguém, mas sentia presenças. E sentia cheiro de luva de beisebol, embora sua luva estivesse empacotada dentro de uma caixa na sala de estar.

— Você tá aí? — sussurrou Christopher, por fim.

As árvores roçavam umas nas outras. Ele ouviu o som de gravetos estalando. As orelhas de Christopher ficaram vermelhas. Ele sabia que deveria sentir medo, mas não sentia. Inspirou, aliviado. Porque sabia que havia algo ali. Que o observava.

— Brigado por ter dado uma casa pra minha mãe — sussurrou Christopher.

Silêncio. Mas não era silêncio. Era uma escuta. Christopher pensou que talvez fosse algo que estava logo atrás dele. Sentiu cócegas na nuca.

— Você quer falar comigo? — indagou Christopher.

A brisa lutava com as folhas. Christopher sentiu uma voz ao vento. A voz não falou. Mas ele sentia palavras em sua nuca. Como se o vento açoitasse as árvores de um jeito que quase dava para entender.

Christopher entrou no bosque.

A chuva batia nas folhas e descia pelos troncos formando riachos. Christopher não sabia aonde estava indo, mas, de alguma forma, seus pés sabiam.

Era como andar de bicicleta. O cérebro pode esquecer, mas o corpo nunca esquece.

Seus pés o conduziam para a voz.

O coração de Christopher batia forte no peito. Ele não via ninguém, mas sentia alguma coisa. Como a estática que dá choque quando mãos se tocam. Ele seguiu essa coisa pelo bosque, e a luz na trilha ficou mais forte. Sentiu um cheiro. Um cheiro delicioso de outono. Como quando se brinca de abocanhar maçãs numa bacia com água. Ele viu nomes entalhados nas árvores. Iniciais de adolescentes apaixonados de cem anos atrás. Pessoas que agora estavam idosas.

Ou mortas.

Christopher chegou à clareira. Parou e ficou em silêncio, olhando para a árvore gigante que parecia uma mão artrítica. Ele viu uma sacola de plástico no chão, coberta de terra. Ele pegou a sacola e a lavou carinhosamente na chuva fria. Esfregou a sacola no casaco vermelho até que a terra desapareceu e a superfície branca surgiu. Então foi até a árvore e pendurou a sacola de plástico branca num galho baixo. Christopher olhou para a sacola, dançando feito uma pipa na linha. Ele não conseguia se lembrar, mas havia algo ali. Algo seguro e reconfortante. Como um velho amigo.

— Oi — disse Christopher à sacola de plástico branca.

você consegue me ouvir?

A sacola de plástico branca parecia bastante aliviada.

— Sim, eu consigo te ouvir.

não acredito. finalmente, alguém me ouve.

O rosto de Christopher enrubesceu. Ele engoliu em seco.

— Você é de verdade mesmo? — perguntou Christopher à sacola de plástico branca.

sou.

— Você não é Fruittella da minha imaginação?

não.

— Então eu não sou louco? — perguntou Christopher.

não. eu tenho tentado falar com todo mundo. mas você foi o único que ouviu.

Christopher ficou bastante aliviado também.

— Por que eu consigo te ouvir agora?

porque estamos sozinhos no bosque. foi por isso que eu te dei aquela casa. você gostou?

— É a melhor casa que eu já vi.

fico muito feliz com isso.

— Quando eu vou poder te ver?

em breve. mas primeiro eu preciso que você faça uma coisa pra mim, certo?

— Certo — respondeu Christopher.

Então o menino se ajoelhou ao pé da árvore e olhou para a sacola de plástico branca, que dançava como cabelos ao vento. Christopher ficou lá por horas. Alheio ao frio. Falando de tudo. Com seu novo melhor amigo.

O moço bonzinho.

PARTE III
Amigos para sempre

CAPÍTULO 20

— Vocês querem construir uma casa na árvore?

— Uma casa na árvore? — perguntou Ed Especial, tomando um gole de achocolatado Yoo-hoo para ajudar a engolir o bacon. — Uma vez, o meu pai construiu uma pra mim. Ele encheu a cara e quebrou a casa.

Eles estavam no refeitório. Dia de bife Salisbury. Christopher não sabia exatamente o que era bife Salisbury, mas a mãe tinha lhe dado dinheiro para uma refeição de verdade, em vez da habitual pasta de amendoim e aipo, lanche que ele costumava trazer de casa dentro de um saco de papel marrom. Principalmente porque já estava ficando um pouco mais frio em novembro. Os enfeites de Halloween foram trocados pelos do Dia de Ação de Graças.

— Não esse tipo de casa na árvore, Ed — explicou Christopher.

Christopher abriu seu caderno e, com muito cuidado, exibiu a planta para os amigos. Os M&M's analisaram o projeto, tudo muito bem desenhado, em papel milimetrado, com todos os detalhes. O telhado. As telhas pretas. As dobradiças. A porta vermelha. E os pequenos degraus subindo pela árvore, como uma escada feita de dentes de leite.

— Nossa! É que nem uma casa de verdade! — exclamou Matt, com seu tapa-olho.

— Foi você que desenhou tudo? — perguntou Mike, impressionado.

Christopher assentiu. Ele acordou com a planta na cabeça no domingo de manhã. Uma imagem em seu cérebro que ele quase podia tocar. Passou o fim de semana inteiro desenhando com lápis de cor e papel milimetrado, do mesmo jeito que costumava planejar a casa dos sonhos da mãe. Mas dessa vez não havia um quarto de videogame nem um canto dos doces, nem zoológico de animais de estimação logo na saída da cozinha.

Dessa vez era de verdade.

— A gente teria uma porta que tranca e tudo mais? — perguntou Mike.

— Uhum. E persianas. E janelas de vidro de verdade. E um alçapão secreto, com uma escada de corda — completou Christopher, empolgado.

— Mas por que a gente ia precisar de uma porta secreta? — perguntou Matt.

— Porque é legal, bobalhão — respondeu Mike.

— Deixa eu dar uma olhada — pediu Ed Especial, pegando o caderno das mãos de Matt.

Ele analisou os desenhos meio desconfiado, como se fosse um supervisor de obras, entre goles de achocolatado. Christopher viu que Ed Especial estava sujando os cantos dos desenhos com gordura de bacon. Ficou um pouco irritado com isso, mas não disse nada. Ele precisava da ajuda do amigo. Depois de um tempo, Ed Especial devolveu o caderno a Christopher.

— Impossível. A gente nunca vai conseguir construir uma coisa dessa sem ajuda — concluiu ele.

— A gente vai conseguir, sim — retrucou Matt. — O nosso tio George é um...

— ... faz-tudo — completou Mike, roubando a conclusão do irmão caçula. — A gente ajudou ele no verão passado. A gente dá um jeito.

— Mas já é novembro. Tá frio pra caramba — advertiu Ed Especial.

— Você é uma garota? — perguntou Mike.

— Sei lá. Você é? — respondeu Ed Especial, de pronto.

— Vamos, Eddie. Vai ser o nosso clube — interveio Christopher.

— Qual é a graça de ir pro seu quintal e construir uma casa na árvore, a dez metros da sua sala de estar quentinha e com uma TV de verdade?

— Mas a gente não vai construir no meu quintal — cochichou Christopher. — A gente vai construir no bosque da Mission Street.

Daria para ouvir uma mosca voando no refeitório. De repente, o peso do plano foi revelado. Aquilo não seria uma brincadeira no quintal. Seria uma aventura das grandes. Regras seriam desobedecidas. Aquilo seria...

— Demais! — cochichou Ed Especial.

— ... mas seria invasão de propriedade — disse Matt.

— Ora, ora, temos um Sherlock Holmes aqui. É por isso que é tão legal — rebateu Ed Especial.

— Eu não sei se vai dar certo — disse Mike. — A Construtora Collins tem cerca por tudo que é lado.

— Você é uma garota? — perguntou Ed Especial, devolvendo a provocação. O *"touché"* não foi verbalizado.

— Por tudo que é lado, não — corrigiu Christopher. — Tem uma trilha pro bosque lá no meu quintal. A gente não tem que pular cerca nenhuma. Mas a gente vai precisar de ferramentas.

— Isso é mole — disse Ed Especial, agora o maior defensor do plano. — O meu pai tem uma garagem cheia de ferramentas. E nunca usa.

— E a madeira? — perguntou Christopher, embora soubesse a resposta.

— A Construtora Collins tem pilhas de madeira descartada em tudo que é canto — avisou Mike.

— E o nosso tio tem um montão de prego — acrescentou Matt, tentando contribuir.

O planejamento continuou assim durante o almoço. Os meninos concluíram que poderiam pedir, pegar emprestado ou furtar quase tudo de que precisavam, exceto as telhas, uma maçaneta e janelas. Mas o pai de Ed Especial tinha uma coleção de edições antigas da *Playboy*, uma fotocopiadora colorida e um bairro cheio de meninos mais velhos.

Então dinheiro não seria problema.

É claro que a Construtora Collins adotava políticas rígidas contra invasão de propriedade. E, por intermédio do pai, Ed Especial sabia que o sr. Collins estava derrubando trechos do bosque para construir lotes. Portanto, o plano deles era ilegal. Mas, de certa forma, isso só tornava a ideia ainda mais convidativa.

— *Breaking the law! Breaking the law!* — exclamou Ed Especial, cantando o refrão de uma das músicas favoritas da sua mãe da época da faculdade.

— Mas e os nossos pais? — questionou Matt.

Ah, pois é. Os pais. Hummm.

Não havia a menor chance de eles permitirem que os meninos perambulassem pelo bosque desacompanhados. Ainda mais depois que Christopher desapareceu lá. Talvez fosse possível enganar o pai de Ed Especial, mas as mães? Nunca.

Os amigos ficaram empacados nisso, mas o problema até causava uma sensação agradável no cérebro de Christopher. Como a combinação de uma boa espreguiçada de manhã e uma massagem nas costas. Enquanto pensava em soluções, ele percebeu que nos últimos dois minutos sua cabeça tinha parado de doer. E teve uma ideia.

Uma festa do pijama.

Claro.

Poderiam levar sacos de dormir e passar a noite na casa da árvore. Se cada um dissesse aos pais que estava na casa do outro, poderiam trabalhar a noite inteira no sábado e o dia todo no domingo. Era um risco. As mães ligariam para conferir se estava tudo certo. Mas, com celulares, talvez eles pudessem se safar. De um jeito ou de outro, poderiam trabalhar durante dois dias sem interrupção.

Mike adorou a ideia. Matt parecia estar com medo de ficar no bosque, mas não se atreveu a dizer nada na frente do irmão. Por isso concordou.

— Eu posso ficar encarregado da comida? — perguntou Ed Especial.

— Claro, Eddie.

Com o plano resolvido, Christopher relaxou e olhou para os amigos, todos meio zonzos de tanta empolgação. Mas, para Christopher, era como se o recinto estivesse quase silencioso, pois a dor havia voltado, sorrateiramente, à sua cabeça. Ele já nem ligava para a dor de cabeça. Estava se acostumando. Só estava aliviado porque os amigos o ajudariam a construir a casa na árvore, porque, sem eles, sabia que não terminaria a tempo.

— Ei, Chris! — chamou Ed Especial.

Christopher voltou a si e percebeu que estavam esperando por ele, com as bebidas erguidas e prontas para um brinde. Christopher ergueu sua bebida, e o achocolatado de Ed Especial se juntou às três caixinhas de leite para um brinde à glória da casa na árvore. Enquanto bebia o leite gelado, Christopher olhou para a foto da menina desaparecida na caixa.

Emily Bertovich.

O nome era tão fácil de ler agora.

Christopher estava tão animado com a casa na árvore que não prestou atenção quando entrou no ônibus da escola que o levaria para casa. Ele não conhecia as crianças naquela nova rota de ônibus, nem no bairro. Exceto uma.

Jenny Hertzog.

— Olha o dilúvio! Olha o dilúvio! — provocou ela, mesmo que a mãe de Christopher tivesse comprado uma calça nova e mais comprida numa ponta de estoque.

O ponto deles ficava no fim de uma rua, perto de uma velha casa de esquina. Jenny correu para sua casa, bem ao lado, com paredes revestidas de alumínio corrugado. Christopher caminhou até o balão de retorno, onde morava. Ele olhou para a cabana de madeira, do outro lado da rua, e para o bosque da Mission Street, que os cercava.

O bosque onde construiriam a casa na árvore.

Christopher estava chateado por não ter contado tudo aos amigos. Mas não queria que eles achassem que era maluco. Feito o pai. Também não queria assustá-los. Mas havia outras coisas que o moço bonzinho tinha dito a Christopher quando passaram aquela noite toda conversando. A maioria delas era confusa. Algumas eram aterrorizantes.

Mas Christopher confiava no moço bonzinho. Havia algo em sua voz. Uma bondade. Uma ternura. E, apesar da desconfiança de Christopher, tudo que o moço bonzinho disse era verdade. Como se confirmou, o pai de Ed Especial tinha, mesmo, uma garagem cheia de ferramentas. Mike e Matt, de fato, ajudavam seu tio George a construir coisas. Christopher saiu do reforço de leitura da sra. Henderson naquele dia. Jenny Hertzog estava no mesmo ponto de ônibus que ele.

E ele tinha que terminar a casa na árvore antes do Natal.

— Mas pra que a pressa? O que a casa na árvore faz? — perguntou ele.

você jamais acreditaria em mim. vai ter que ver com os seus próprios olhos.

CAPÍTULO 21

Eles começaram num sábado.

Fazia um frio congelante, era fim de novembro, e as árvores bloqueavam o pouco de sol que as nuvens haviam deixado passar. Mas os meninos estavam animados demais para se importar com isso. A semana não podia ter sido melhor. Os M&M's encontraram o local onde a Construtora Collins armazenava materiais de construção. E a equipe descobriu um jeito de transportar tudo até a clareira.

— Você já ouviu falar em caminho de mão? — perguntou Ed Especial, durante o CIC.

— Você quis dizer *carrinho* de mão? — corrigiu Christopher.

— Eu sei o que eu quis dizer — retrucou Ed Especial, irritado.

O que faltava em vocabulário, Ed Especial compensava em empreendedorismo. Ele tinha assaltado as caixas de ferramentas do pai e encontrado duas revistas pornôs (ótimo valor para revender!).

Na manhã de sábado, Christopher acordou cedo e pegou sua mochila predileta. Aquela que tem o Gato Mau perguntando: "Tem comida aqui dentro?" Ele desceu e se sentou no sofá, ao lado da mãe. Ela estava tão quentinha quanto o café e seu cheiro era ainda melhor.

— Pra onde você vai tão cedo? — perguntou ela.

Desde que Christopher tinha desaparecido por uma semana, sua mãe redobrava a atenção quando ele saía.

— Eu vou encontrar o Eddie e os M&M's. A gente vai ficar na casa do Eddie. Pra brincar o dia todo. Talvez tenha uma festa do pijama.

— A mãe dele sabe disso? — indagou ela, com uma sobrancelha arqueada.

E, bem naquele instante, chegou uma mensagem de texto.

Kate. Eddie está me enchendo a paciência, querendo uma festa do pijama. A Virginia e a Sage já concordaram. Tudo bem por você?

A mãe de Christopher não fazia ideia de que era Ed Especial quem estava digitando e, logo em seguida, apagando as mensagens, precisamente às oito e meia. E nem suspeitava de que os M&M's, por sua vez, já tinham feito o mesmo para liberar Ed Especial aquela noite. Os meninos não sabiam como as crianças conseguiam armar esse tipo de coisa na época em que as pessoas conversavam pessoalmente. Mas o plano das mensagens funcionou feito mágica. A mãe de Christopher respondeu.

Claro, Betty. Vou poder fazer umas horas extras no trabalho, então. Obrigada.

Ufa.
— Deixa o celular ligado — pediu ela, quando o levou até a casa de Ed Especial. — Eu venho te buscar amanhã de manhã, às dez em ponto.
— Mãe, por favor...
— Tá bom então. Nove e meia.
— Tá bom. Dez. Tudo bem! — disse ele, para não piorar a situação.
— Toma cuidado. Nada de sair da casa do Eddie. Nada de perambular por aí. É sério.
— Tá, mãe.
Ela se despediu dele com um abraço.
Christopher encontrou os meninos na garagem onde o pai de Ed Especial guardava todos os apetrechos de acampamento que a família tinha usado um total de zero vez. Cheio de orgulho, Eddie estava mostrando para os M&M's as janelas financiadas pela *Playboy*, empilhadas no carrinho de mão.
— Eu falei pra vocês que o meu pai tinha um caminho de mão.
Com isso, eles começaram a trabalhar.
Pegaram lanternas, lamparinas e sacos de dormir velhos que a mãe de Ed Especial, por preguiça, tinha se esquecido de mandar a faxineira jogar fora. Encheram um dos sacos com pão, pasta de amendoim e presunto fatiado. Por cima, jogaram pratos de papel e colheres de plástico, além de caixinhas de leite e Froot Loops. E, claro, dois pacotes de Oreo. O saco de dormir parecia um charuto cheio de caroços.

Quase não sobrou espaço nas mochilas para as ferramentas.

Então, enquanto a mãe de Ed Especial botava em dia o sono perdido na "noite de *bridge*", os meninos foram até a entrada da área privativa da Construtora Collins, no bosque da Mission Street. Por sorte, o segurança estava fazendo a ronda e os operários estavam ocupados escavando um local próximo; portanto, os meninos puderam escolher a madeira que quisessem. Pegaram a maior quantidade de tábuas possível e foram até a cerca. Empurraram o carrinho de mão por baixo do arame e atravessaram para o outro lado, abrindo uma pequena trilha pela relva. E passaram da placa da CONSTRUTORA COLLINS.

Direto até o fim do bosque da Mission Street.

Pararam. Cautelosos e calados. Feito João e Maria nas histórias de ninar antigas. Quando acreditavam em coisas como bruxas e o lobo mau.

— Pessoal, talvez a gente devesse ter falado pros nossos pais pra onde a gente tava indo — comentou Matt.

— Você tá de brincadeira? As nossas mães nunca que iam deixar a gente ir — retrucou Mike.

— Mas, se a gente se perder, ninguém vai conseguir encontrar a gente.

— O Christopher ficou perdido aqui seis dias. Ele conhece esse lugar — disse Ed Especial.

Matt olhou para Christopher, em busca de apoio moral, mas Christopher estava contemplando as grandes folhas de diversos tons. O vento dançava lentamente em torno delas. Parecia que o bosque estava respirando.

— Pois é. Deixa de ser frouxo — disse Mike ao irmão três minutos mais novo.

— Eu não sou frouxo.

— Então prova. Vai na frente.

— Tá bom. Eu vou — aceitou Matt, sem se mexer.

— Bora. O que você tá esperando? Árvores não mordem.

— Eu já disse que eu vou!

Mas Matt não dava um passo. Ele estava com muito medo.

— Vamos lá, pessoal. Podem me seguir — disse Christopher, por fim.

Christopher entrou primeiro, acabando com o impasse e preservando a dignidade de Matt. Os meninos o seguiram sob a copa das árvores e foram engolidos pelo bosque da Mission Street.

Christopher seguiu por uma trilha, tentando encontrar o caminho entre o canteiro de obras da Construtora Collins e a clareira. Mas tudo que viu foi que seus pés não deixavam pegadas. Talvez o terreno estivesse seco demais. Caso se perdessem, não haveria como encontrá-los. Com a clareira escondida atrás de hectares de árvores, ninguém sequer saberia que estavam ali.

Por um instante, ele teve a sensação de já ter estado naquele lugar. Pegadas de criança. Dispostas no solo como um rastro de migalhas de pão. Em sua mente, Christopher se via caminhando por uma trilha. Seguindo rastros. Ele não sabia se era sonho ou não. Tudo que sabia era que não deveria falar sobre isso, porque eles pensariam que estava louco. Alguma coisa estalou adiante. Galhos, feito ossos.

— Olha lá, Chris — sussurrou Matt.

Matt apontou para algo adiante na trilha.

Um cervo olhava para eles.

Estava no meio do caminho, imóvel feito uma estátua de jardim. Olhou nos olhos de Christopher, e então, lentamente, embrenhou-se pelas profundezas do bosque. Numa direção que Christopher nunca tinha ido.

— Pra onde ele tá indo? — murmurou Matt.

Christopher não respondeu. Apenas seguiu. Passo a passo. A dor de cabeça subia da base da nuca, chegando às têmporas. Empurrando-o para a frente. Seguindo um caminho estreito. Christopher olhou para a esquerda e viu...

.. uma geladeira abandonada.

Jazia no chão feito um esqueleto enferrujado. Estava cheia de gravetos e folhas. O ninho de alguma coisa. Ou de alguém.

— Chris? — chamou Ed Especial, apontando para a frente. Ele parecia assustado. — O que é aquilo?

Christopher olhou adiante e viu o cervo entrar num grande túnel. Parecia a boca de uma caverna. Com vigas de madeira apodrecendo. Christopher se aproximou da velha mina de carvão. Havia alguma coisa tão familiar ali.

— A gente não devia entrar nisso aí — disse Matt.

Mas Christopher não deu ouvidos. Sentia-se compelido a seguir em frente. Entrou no túnel sem luz. Os meninos o seguiram. O mundo ficou escuro. Sob seus pés, o solo, com os trilhos do velho carrinho da mina, era irregular. O lugar todo cheirava a mijo de um banheiro imundo.

Ed Especial acendeu a lanterna. Christopher a pegou e a apagou.

— Não. Você vai assustar ele — sussurrou Christopher.
— Eu vou assustar ele? — perguntou Ed Especial.

Os meninos seguiram o cervo, que saiu do outro lado do túnel da mina. Christopher olhou para baixo e viu pegadas que pareciam ser de centenas de cervos. E de outras criaturas que viveram e morreram naquele bosque por várias gerações, sem jamais saber da existência dos seres humanos. Então ele olhou para cima.

Os quatro meninos haviam chegado à clareira.

Não tinham percebido como era escuro o caminho, pois seus olhos precisaram de tempo para se ajustar à luz. Eles piscaram e cobriram os olhos por um instante.

Foi então que viram a árvore.

Era a única árvore em um raio de cem metros. Ficava bem no meio da clareira. Uma mão torta irrompendo da bochecha da terra feito uma espinha.

Os meninos ficaram em silêncio. Tinham esquecido o cervo, que ficou imóvel olhando para eles. E começaram a andar. Lentamente. Movendo-se em silêncio até a árvore. Os braços de Mike, tão pesados com o carrinho de mão, de repente pareciam leves. Matt, com a garganta seca e arranhando desde o último suspiro de uma amigdalite tratada com antibióticos, engoliu em seco e não sentiu nenhum incômodo. Ed Especial, que nos últimos cinco minutos vinha pensando num jeito de não compartilhar os dois pacotes de Oreo, de repente sequer se importaria se nunca mais comesse na vida. E a dor de cabeça constante de Christopher, que não podia ser aplacada nem com Tylenol nem com Advil infantis misturados com purê de maçã, finalmente deixou o local onde estivera alojada atrás dos olhos, e ele sentiu alívio. Não havia mais dor. Nem medo. Não mais.

Christopher foi o primeiro a chegar à árvore. Estendeu a mão, em parte esperando que tocar a casca fosse gerar uma sensação semelhante a tocar carne humana. Mas não. Era uma casca forte e envelhecida, com sulcos feito rugas. Christopher se lembrou de Ambrose, aquele velho bonzinho do hospital.

— Vamos construir aqui — avisou Christopher.

— É tão sinistra — comentou Ed Especial, e acrescentou, rapidamente: — Demais!

Christopher desenrolou a planta que havia desenhado, e os meninos começaram a trabalhar. Enquanto descarregavam os suprimentos, Christopher tirou dos ombros a mochila do Gato Mau e deixou as ferramentas caírem no chão com um ruído metálico. Ele pegou um martelo e um prego.

— Matt. Você tem direito ao primeiro prego — ofereceu Christopher.

— Não — recusou Matt. — O direito é seu, Chris. Vai lá!

Christopher olhou para os amigos. Todos fizeram que sim. Mike e Matt apoiaram no tronco da árvore a primeira tábua que serviria de degrau. Bem ao lado de um século de iniciais que adolescentes entalharam a caminho da vida adulta. WT + JT. AH + JV. Nomes em fileiras, como casas idênticas. Johnny e Barbara. Michael e Laurie. Pouco antes de cravar o primeiro prego na árvore, Christopher viu a inicial entalhada mais recentemente. Uma única letra.

D.

Depois que o primeiro prego perfurou a árvore, os meninos começaram a martelar as outras tábuas. Uma acima da outra. Uma escadinha subindo pela árvore, como uma fileira de dentes de leite. Eles logo teriam ficado sem madeira, mas Christopher havia previsto esse problema. Os meninos não perguntaram de onde a grande pilha de madeira tinha vindo. Talvez nem sequer tenham notado.

Ou talvez tenham presumido que ele já havia começado a construir.

Na verdade, ele vinha trabalhando nisso havia três semanas. Conversando com o moço bonzinho. Fazendo várias viagens até a pilha de madeira no canteiro da Collins. Preparando e planejando. Estocando para aquele momento com os amigos. O moço bonzinho tinha dito que era melhor não falar nada a respeito de tudo isso até chegar a hora de fazer barulho.

Por sorte, o segurança estava sempre no trailer do mestre de obras, vendo algum jogo numa televisãozinha portátil. Ele ficava tão concentrado, gritando "Isso", "Não" e "Isso foi uma falta pra você, seu cego imbecil?!", que nunca via o menininho saqueando a pilha de madeira do patrão.

Christopher queria falar com o moço bonzinho agora, mas não pretendia assustar os amigos. Eles não faziam ideia de que ele estava ali, observando-os. Houve um momento em que Mike estendeu a mão e pegou a sacola de plástico branca para enchê-la de pregos.

— Não encosta nisso — disse Christopher.

Prontamente, Mike colocou a sacola de volta no galho baixo e voltou a trabalhar. Nunca foi dito que Christopher estava no comando. Mas ninguém o questionava. Nem Mike, que era o mais forte.

De alguma forma, as crianças sempre sabem quem é o líder.

Enquanto trabalhavam, o vento ficou tão forte que as árvores balançavam para a frente e para trás, como braços de adolescentes num show. Mas, apesar do vento, sempre que Christopher olhava para o céu, a nuvem em formato de rosto estava lá.

Parecia apenas observá-los construindo.

CAPÍTULO 22

Depois que deixou o filho na casa de Ed Especial, a mãe de Christopher tinha um pouco de tempo livre, então resolveu pegar o caminho mais bonito até o trabalho. Ela olhou para o céu. As nuvens estavam magníficas, como se fossem marshmallows grandes e macios, aquecidos no micro-ondas o máximo possível sem queimar. Mas elas não eram tão bonitas quanto o bosque da Mission Street. As folhas já haviam começado a mudar de cor e as árvores pareciam a paleta de um artista, lambuzada e limpa ao mesmo tempo. Ela abriu a janela do carro e respirou fundo. O ar frio de outono estava tão fresco. O céu estava tão azul. As árvores estavam tão lindas. Era um momento perfeito.

Então por que ela parecia tão ansiosa?

Ao longo dos anos, ela aprendera a considerar sua intuição materna uma bênção. A despeito das circunstâncias, acreditava que a voz calma em sua mente era responsável por manter o filho em segurança, por mantê-la lúcida, por garantir a sobrevivência de ambos.

E, naquele momento, a voz zumbia feito um apito.

É claro que ela era superprotetora. Que mãe não é? Depois daquela semana infernal em que Christopher ficou desaparecido, ela poderia tê-lo deixado trancado a quatro chaves pelo resto da juventude que ninguém a culparia. Mas a voz que mantinha as coisas no rumo certo lhe dizia que era preciso deixá-lo viver a vida dele, e não os medos da mãe. Afinal, "mãe" fica a uma letra da mão que sufoca. Nesse exato instante, seu filho estava em segurança na casa de Eddie, comendo besteira e jogando videogame. Ele passaria o resto da noite lá. Então por que ela se sentia tão mal?

Talvez porque você não tenha vida, Kate.

Sim. Talvez fosse por isso.

Ela chegou ao Shady Pines, bateu o ponto e se pôs a trabalhar. Sempre que a mãe de Christopher ficava preocupada, a Super Kate entrava em ação. Ela arrumou as camas. Limpou os banheiros. Ajudou as enfermeiras com o sr. Ruskovich, que se aproveitava de sua distrofia muscular para apalpar as mulheres "acidentalmente" o dia todo.

— Mil perdões — dizia ele, em seu inglês sofrível, simulando uma mesura com um chapéu invisível.

Depois do café da manhã, Super Kate tinha concluído todas as suas tarefas e restava pouco a fazer, exceto se preocupar com o filho. Felizmente, aquele era o "Dia do Novo Voluntário". Era assim que as enfermeiras o chamavam. Um sábado por mês, Shady Pines recebia novos voluntários para trabalhar com a equipe médica, ajudar na cozinha ou em qualquer outra tarefa espinhosa que a sra. Collins imaginasse e que pudesse ser feita em troca de míseros créditos para a faculdade (ou horas de serviço comunitário).

Os voluntários eram geralmente de safras parecidas. Alunos do ensino médio que percebiam que seus currículos estavam um pouco fracos, já que suas atividades "extracurriculares" como "troca de mensagens", "maconha" e "masturbação compulsiva" não impressionavam Harvard. Os alunos trabalhavam algumas tardes durante um mês. Então recebiam um certificado para ser apresentado à universidade. E, depois disso, nunca mais apareciam. Isto é, com exceção de alguns católicos que se sentiam culpados e trabalhavam dois meses. O recorde era quatro.

Era um ótimo negócio.

O proprietário de Shady Pines, o sr. Collins, conseguia mão de obra gratuita. Sua esposa, a sra. Collins, conseguia novos jovens para atormentar por não cuidar direito da sra. Keizer, também conhecida como sua mãe demente de 78 anos, e ainda podia dizer às "amigas" do country club que só queria "fazer algo pelo bem da comunidade". E os alunos conseguiam incrementar os currículos e garantir um futuro brilhante pensando que seriam jovens para sempre.

Todo mundo saía ganhando.

O Pai, o Filho e o Espírito Santo.

Como as inscrições para as faculdades precisavam ser encaminhadas até o Ano-Novo, as festas de fim de ano eram o santo graal dos voluntários. Antes que alguém pudesse dizer "Ivy League", Shady Pines era inundado de rostos jovens e diligentes, ávidos por enganar as faculdades, convencendo-as de que eram indivíduos conscientes. Kate contou cerca de vinte rostos. Dez vezes mais que o normal.

Geralmente, a mãe de Christopher teria pulado a sessão de orientação, mas tinha um interesse especial naquele "Dia do Novo Voluntário". Porque bem na frente da turma, de saia longa, suéter felpudo e sorriso nervoso, estava a bela jovem que havia encontrado Christopher na estrada depois de ele ter passado seis dias desaparecido.

Mary Katherine MacNeil.

Ela estava de pé perto do namorado, um pobre coitado chamado Doug. Eles eram tão bonzinhos. Tão saudáveis. E tão católicos e tementes a Deus que não faziam ideia do que a sra. Collins havia lhes reservado. A mãe de Christopher queria garantir que eles receberiam as tarefas menos pesadas; portanto, discretamente, aproximou-se deles.

— Oi, sra. Reese — disse Mary Katherine. — Como vai o seu filho?

— Muito bem — sussurrou a mãe de Christopher. — Agora, vão pro fundo da sala. Não interrompam a fala dela durante a orientação. Peçam pra trabalhar na cozinha.

Com isso, a mãe de Christopher deu uma piscadela, entrou no quarto ao lado e fingiu arrumar a cama, enquanto observava a sra. Collins fingir que sorria.

— Bem-vindos à orientação — disse a sra. Collins.

E assim começou o discurso que a mãe de Christopher já ouvira duas vezes. Que Shady Pines é uma instituição carregada de afeto. Que uma sociedade é julgada pela maneira como cuida de seus idosos. Que a família dela comprou aquela instituição de cuidados a idosos porque eles merecem dignidade (mesmo que os funcionários não mereçam). Conversa fiada, conversa fiada. Blá-blá-blá, blá-blá-blá. Country club, country club. A mãe de Christopher esperou para ver o primeiro jovem cometer o erro terrível de interromper o discurso. O que, como previsto, aconteceu...

— Com licença, sra. Collins, quando é que a gente recebe o certificado? — perguntou um rapaz.

A mãe de Christopher constatou que a voz pertencia a ninguém menos que...

Doug.

Doug, o idiota.

A sra. Collins sorriu.

— Vocês recebem o certificado no fim do mês.

Doug sorriu.

— Ah, beleza. Eu vou me inscrever no processo seletivo das faculdades em dezembro.

— Que maravilha! Você está tão ansioso para ajudar. Que rapaz bonzinho. Essa é a sua namorada? — indagou ela, apontando para Mary Katherine.

— Sou, sra. Collins. Oi — disse Mary Katherine.

Eles estavam perdidos.

— Vocês dois não gostariam de realizar uma tarefa especial? — perguntou ela.

Perdidos.

Mary Katherine parecia um cervo diante dos faróis de um carro. Ela se virou para a mãe de Christopher, que, discretamente, balançou a cabeça: não. Em seguida, ela se voltou para a sra. Collins.

— Bem, é... Eu gosto de trabalhar na cozinha. Eu adoraria ser voluntária lá — disse ela, docemente.

— Tem certeza? Seria uma tarefa muito especial. Você cuidaria da minha própria mãe.

Completamente perdidos.

— Bem, é... Seria uma honra — respondeu Mary Katherine. Então se virou para Doug, para ver se ele pensava em algo. Em alguma saída. Qualquer coisa. Mas ele se manteve calado.

E, então, um milagre.

— Sim, é uma honra, moçada — disse uma voz em tom sarcástico. — A mãe dela é uma piranha velha e maluca que nem ela.

Todos se espantaram, riram de nervoso, e cabeças se viraram para a voz. Todos olharam para o dono dos óculos fundo de garrafa.

Era Ambrose.

O velho do hospital.

O velho com catarata.

As nuvens em seus olhos.

A sra. Collins se virou para ele.

— Como o senhor se atreve!

— Como eu me atrevo? Sra. Collins, essa garotada tem que ouvir a sua conversa fiada porque eles querem entrar na faculdade. Eu não. Então vai se foder, sua abusada de meia-tigela.

Os jovens caíram na gargalhada.

— Senhor, é melhor moderar o seu linguajar na frente deles, ou o senhor vai ter que sair de Shady Pines.

— A senhora promete? — perguntou ele com sarcasmo.

Em seguida, ele se virou para o grupo.

— Ei, moçada. Vocês estão aqui por causa do seu futuro, certo? Bem, olhem pra essa velharada aqui. Esse é o futuro de vocês. Por isso não fiquem fazendo merda e perdendo tempo. Entrem numa faculdade. Transem. Ganhem dinheiro. Façam viagens. Depois, casem e não criem filhos pra serem como a sra. Collins ou o marido dela. Sacaram?

Sem esperar por uma resposta, o velho saiu mancando com o joelho fraco e voltou ao salão, deixando para trás um recinto agora repleto de fãs. É claro que o incidente não fez nada para impedir que Mary Katherine e Doug ficassem com a pior tarefa. Não impediu a sra. Collins de ser ainda mais abusiva com os jovens e com os funcionários, já que não podia colocar suas garras pintadas em Ambrose. Mas o incidente iluminou a todos com um pequeno raio de sol para ajudar a passar o tempo.

Como música para o trabalho forçado de prisioneiros.

Logo depois do almoço, a mãe de Christopher entrou no quarto de Ambrose para fazer a limpeza. Ele estava assistindo a *Jeopardy!* em sua TV. Ele sabia todas as respostas e teria ganhado o prêmio. Na hora do intervalo, ele se virou para ela.

— Eu vi você querendo ajudar aquela coitada — comentou ele.

— Pois é. Eu ouvi o senhor ajudando ela também — respondeu Kate.

A mãe de Christopher sabia muito a respeito de Ambrose por relatos das enfermeiras. Além da catarata, do glaucoma e da idade, ela ouviu que os olhos dele não estavam melhorando. O oftalmologista disse a ele que logo estaria cego. Provavelmente antes do Natal. Ele recebeu a notícia com um resmungo: "Foda-se. Eu não tenho ninguém pra ver, mesmo." Ele não tinha parentes. Nem recebia visitas. Ninguém para cuidar dele. Nenhum lugar para ir no Natal.

E, no entanto, de alguma forma, ele era a luz mais brilhante daquele lugar.

— Sra. Reese... Isso aqui é o seu futuro também, sabe? A senhora é uma boa mulher e o seu filho é muito gente fina. Então não faz merda.

Ela sorriu para ele e assentiu com a cabeça. Depois saiu do quarto, levando consigo o sorriso de Ambrose.

*

Ambrose desligou a televisão e tomou um gole de água. Colocou o copo de plástico ao lado da cama. Perto da foto da bela senhora de pele enrugada. Ela continuava bonita depois de quarenta anos de casamento.

Fazia dois anos.

Ela se foi. Como o irmão de Ambrose, quando ele próprio era criança. Como seus pais, quando ele era um homem de meia-idade. Como os homens com quem tinha servido no Exército. A única pessoa que ele ousou amar na vida adulta se foi. E, agora, suas únicas companhias estavam confinadas em Shady Pines. Aqueles velhos, feito crianças deixadas na creche, sem mamãe e papai para vir buscá-las. Aquelas enfermeiras e aqueles médicos que faziam o máximo para dar aos idosos alguma qualidade de vida. E aquela simpática sra. Reese, com o grande sorriso.

Sua esposa tinha partido.

Àquela altura, de um jeito ou de outro, todos lhe disseram que ele precisava seguir em frente. "Seguir em frente pra onde?", era sua resposta. Ele sabia que estavam certos. Mas seu coração não colaborava. Todas as manhãs, ele acordava se lembrando do som da respiração dela. De como ela nunca jogava nada fora (exceto as coisas dele, é claro). E, agora, ele daria tudo por mais uma briguinha matinal com ela, acompanhada de bacon com ovos. Para poder ver a musculatura dela enfraquecer assim como aconteceu com a dele. Para poder mentir para ela (assim como ela fazia com ele) sobre como os corpos deles continuavam lindos. Mas também queria falar que, na verdade, para ele, seus corpos ainda eram lindos.

Esse é o tipo de coisa que Anne diria. Uma mistura de autoajuda e "aguenta o tranco" típica do proletariado irlandês. Agora, todas as manhãs, ele acordava e se virava na cama. E, em vez do rosto dela, via um copo de plástico com água. Os idosos não podiam ter vidro em Shady Pines. Não depois que a mãe da sra. Collins se cortou durante um surto de demência.

O velho mantinha a lucidez pensando em fugir dali, como Clint Eastwood em Alcatraz. Ele poderia fugir de Shady Pines, mas não havia como fugir da idade. Não com os quadris ruins, dois olhos piores ainda e artrite suficiente para fazer um homem de 30 anos chorar. Sem falar em traumas de guerra, internos e externos. Envelhecer não era mesmo para os fracos. E a dor física era o de menos. Ele aguentava ver seus heróis da infância se tornarem notas de rodapé. Aguentava até ver suas memórias coloridas se tornarem filmes em preto e branco. Mas sabia que jamais conseguiria superar a morte da esposa, não importava o quanto vivesse.

Ambrose foi criado como católico, mas, desde a morte do irmão quando eram garotos, decidiu que nenhum Deus teria deixado aquilo acontecer. Vendo o quarto do irmão vazio. Vendo a mãe chorar. Até mesmo o pai. Daquele dia em diante, nunca mais pensou em Deus. Ficou apenas a firme convicção de que somos carbono, eletricidade e só isso. Quando se morre, se morre. E sua Anne estava num belo túmulo, que ele visitava quando o ônibus podia levá-lo. E, quando ele estivesse estirado debaixo da terra ao lado dela, as fotos de Anne seriam jogadas no lixo, porque seu rosto não significaria mais nada para ninguém. Ele era a última pessoa viva que a conhecera e a amara. Como seu irmão caçula. Como sua mãe e seu pai. Como sua esposa, que dizia: "Não se preocupa. A morte é só um sono do qual a gente não acorda." A esposa que o fez prometer dar a ela um velório tradicional irlandês, com uma piadinha: "Não se pode ter um bom descanso sem um bom velório."

Pouco antes de fechar os olhos para o cochilo da tarde, ele ficou deitado na cama, como Clint Eastwood em Alcatraz, tentando descobrir um jeito de fugir da velhice. Ele semicerrou os olhos e, através das nuvens que via, rezou com fervor, como fazia antes de cada cochilo e cada sono, pedindo para não acordar. Murmurou: "Deus, se Você estiver aí em cima, por favor, me deixa rever a minha família. Eu Te imploro." Ele não percebia o momento em que pegava no sono. Depois, simplesmente voltava a abrir os olhos e percebia que Deus o mantinha vivo por uma razão que só Ele poderia dizer. Por algum propósito ou alguma punição. Ou ambos. Então ele se virava...

E via um copo de plástico no lado em que sua esposa costumava ficar.

*

Enquanto andava por Shady Pines, Kate pensava em como Ambrose era um homem bom. Ela olhou para os idosos que estavam no salão. Alguns jogando damas. Outros, xadrez. Um pouco de televisão na tarde de sábado. Alguns conversando. Alguns tricotando. A maioria sentada. Alguns apressadinhos já formando fila para almoçar cedo e ter prioridade na gelatina.

Sra. Reese... Isso aqui é o seu futuro também, sabe? A senhora é uma boa mulher e o seu filho é muito gente fina. Então não faz merda.

Aquele pensamento não era deprimente. Era realista e sensato. Ela sentiu um tique-taque no peito. E se lembrou de uma frase num livro de autoajuda. Um dos primeiros, que a tinha tirado de sua cidadezinha horrível com sua familiazinha horrível.

Tudo que nós temos é o nosso tempo.

Ela sabia que as noites de sexta seriam sempre do filho Christopher.

Mas talvez as noites de sábado pudessem ser dela.

Ela se levantou e foi até o telefone. Depois de um instante, ligou.

— Olá. Gabinete do delegado — disse a voz.

— Eu poderia falar com o delegado, por favor? É Kate Reese.

— Um segundo, senhora.

Ela ficou ouvindo a musiquinha de espera. A melodia de "Blue Moon". Depois de alguns instantes, houve um clique no telefone.

— Oi — disse o delegado. — Está tudo bem, sra. Reese?

— Está, tudo bem.

Ela conseguiu ouvi-lo perceber que a ligação não era por motivo de trabalho policial. A voz dele mudou.

— Ah, bom. Que bom — disse ele.

Ele esperou.

— Pois é. Então, sabe... Eu não vou trabalhar hoje à noite — começou ela.

— Nem eu.

Ela esperou. Seja homem. Tome uma atitude.

Ele tomou.

CAPÍTULO 23

"Você está com cheiro de quando vai sair."

Era o que Christopher costumava dizer quando era pequenininho. Ela passava batom vermelho e aparecia com o vestidinho preto. Borrifava uma nuvem de perfume nos pulsos e os esfregava um no outro, fazendo a nuvem desaparecer. O filho a seguia pelo apartamento, caminhando com seus pezinhos, e dizia:

"Você está com cheiro de quando vai sair."

Mas agora ele não estava lá.

Ela abriu a porta do closet e olhou para o vestido novo a ser usado em sua vida nova. Naquela tarde, ela decidiu que nenhuma das suas roupas antigas servia mais. Nem ao corpo. Nem ao estilo de vida. As calças cortadas que viraram shorts. O vestido apertado. A saia jeans desbotada. Tudo aquilo pertencia à antiga Kate Reese. A nova Kate Reese merecia algo um pouco melhor.

Ainda havia restado algum dinheiro do prêmio da loteria. Teria que continuar no emprego por um tempo ainda, mas a entrada do financiamento da casa já havia sido paga. A previdência privada e a poupança para a universidade estavam garantidas. Claro, ainda se sentia culpada e perdulária, como sempre acontecia quando gastava dinheiro consigo mesma. Mas, dessa vez, tinha resolvido arriscar e ver como era esbanjar dinheiro. Só um pouquinho.

Então, logo depois do trabalho, foi até o shopping Grove City Outlet.

Depois de dez lojas, um pretzel quentinho e um chá gelado, ela finalmente encontrou algo. Um vestido de marca. Numa arara de liquidação. Preço original de US$ 600, por apenas US$ 72,50. Kate mal pôde acreditar. Entrou no provador. Tinha um espelho que dá uma afinada na silhueta, graças a Deus. Ela tirou o uniforme branco e provou o vestido. Em seguida, quando se viu, ficou paralisada.

Ai, meu Deus. Essa aí sou eu.

Estava linda. Parecia nunca ter sido maltratada na vida. O tipo de mulher para quem os homens sempre retornavam a ligação. E com quem eram sempre gentis. E com quem o marido não teria desistido de ter uma vida. E que nunca teria conhecido Jerry.

Ela comprou o vestido e encontrou um par de sapatos sensacional, na prateleira com itens em promoção, por US$ 12,50.

Isso mesmo. Por apenas US$ 12,50.

Ela comemorou na praça de alimentação com seu frozen yogurt favorito, o de morango do TCBY. Em seguida, foi para casa e passou o restante do dia sentindo que tudo era possível. Às sete e meia, colocou o vestido e calçou os sapatos. Examinou seu reflexo no espelho de corpo inteiro. E, embora aquele espelho não fosse como o da loja, ela foi sincera e admitiu para si mesma:

Estava bonita.

Enquanto dirigia até o restaurante para se encontrar com o delegado (ideia sua ir no próprio carro — é sempre bom ter um, caso precise fugir), Kate decidiu que não ia dizer nada sobre Jerry. Quantos primeiros encontros ela teve desde que o marido morreu em que o assunto foi o último filho da mãe que ela havia namorado... Nessas ocasiões, Kate pensava que estava diante de um ouvinte solidário. Na verdade, estava oferecendo ao próximo filho da mãe uma trilha de migalhas de pão que indicava quanta merda ela estava disposta a aturar em troca de algo que o sofrimento a convencia de que era amor.

Mas não com o delegado. Ela não deixaria nenhuma trilha de migalhas de pão. Nenhuma dica sobre como maltratá-la. Sim, ele sabia de alguns fatos sobre Jerry, coletados quando Christopher desapareceu. Mas era tudo que sabia. Para ele, Kate era apenas uma viúva. Seu falecido marido era um cara bom e honesto e a tratava como as mulheres são tratadas nos filmes. O delegado não precisava ouvir a palavra suicídio. E, mais importante, ela não precisava pronunciá-la.

Ela entrou no estacionamento. Conseguiu uma ótima vaga, bem ao lado da vaga para deficientes. O "filé mignon" das vagas de estacionamento. Bom sinal. Ela entrou no restaurante dez minutos antes do combinado para ter certeza de que seria a primeira a chegar. Mas o delegado já estava sentado a uma ótima mesa perto da janela. Ela presumiu que ele tinha chegado vinte minutos adiantado e oferecido ao sr. Wong alguns dólares extras pelo melhor lugar da casa.

O delegado não a viu. Não de início. Então ela pôde estudá-lo por alguns segundos. Kate Reese sabia que as pessoas eram mais autênticas quando não tinham noção de que estavam sendo observadas. Como o marido, quando ela voltava para casa e o encontrava falando com a parede. Ou como Jerry, quando ela voltava para casa e o encontrava com seis latas de cerveja vazias. Kate já havia sofrido tanto que não podia desperdiçar aqueles trinta segundos de estudo do homem com quem se encontraria, como quem revê a matéria antes de uma prova final.

O delegado não olhava para o celular. Tampouco lia o menu. Em vez disso, corria os olhos pelo recinto. Repetidas vezes. Como se fosse um hábito. Vendo se havia alguma ameaça. Vendo se havia alguém suspeito. Talvez fossem apenas ossos do ofício, mas ela achou que devia ser mais que isso. Algum tipo de reação instintiva a um mundo que ele sabia ser perigoso. Um mundo que ela também conhecia. Ele era um homem de verdade. Confiável. Um belo espécime do proletariado. Sexy do jeito que um homem trabalhador sabe ser.

E aquelas mãos.

Kate Reese não se deixava dobrar por qualquer coisa, exceto pelo filho. Mas tudo mudava quando o assunto eram mãos. Chame do que quiser. Era disso que ela gostava. Ela gostava de homens de verdade, com mãos fortes que pudessem fazer com que se sentisse segura.

O delegado tinha mãos bonitas.

E as estava soprando.

As mãos dele estão suando. Ele está nervoso.

— Oi, delegado. — Ela acenou.

— Ah, oi — respondeu ele, um pouco ansioso, e se levantou.

Instintivamente, ele secou as mãos na calça e a cumprimentou. As mãos eram macias, secas e fortes.

— Eu consegui uma mesa perto da janela. Espero que você goste.

— Ótimo.

Ele se levantou e puxou a cadeira para ela. Kate mal podia acreditar. Seu marido costumava fazer isso também, o que nunca mais tinha acontecido.

— Obrigada.

Ela tirou o casaco, revelando o vestido de marca, e se sentou.

— Seja bem-vinda. Você está linda. Isso é que é um vestido.

— Setenta e dois e cinquenta na ponta de estoque.

Merda. Eu tinha que dizer isso?

— Arara de itens em promoção. Os sapatos também — acrescentou.

Cala essa boca, Kate.

O comentário ficou suspenso no ar por um instante. Então o delegado sorriu.

— Onde? Grove City? — perguntou ele.

Ela assentiu.

— É o melhor que tem. Eu compro todas as minhas roupas lá — continuou ele, com naturalidade.

E, com isso, Kate Reese embarcou no melhor primeiro encontro romântico que havia tido desde que conhecera o pai de Christopher. Ela não mencionou Jerry. Nem pensou nele. A velha Kate Reese que aturava Jerry usava aquele blazer com um furo embaixo do braço. A nova Kate Reese usava um lindo vestido de marca na companhia de um homem com belas mãos, que soprava durante todo o jantar, porque, pela primeira vez na vida dela, um homem estava ansioso por impressioná-la. Em vez de o contrário.

CAPÍTULO 24

Quando ligou para a mãe, Christopher ficou confuso. Ela não tinha atendido o telefone fixo. Ela atendeu o celular novo. E a música ao fundo não parecia ser da televisão em casa. Parecia música de restaurante.

— Oi, mãe?
— Oi, querido.
— Onde você tá? — perguntou Christopher.
— No China Gate.
— Você tá sozinha? — indagou, já suspeitando da resposta.
— Não. Estou aqui com um amigo.

Christopher sabia o que isso significava. Ela sempre chamava de "amigo" um cara com quem começava a sair. Ela fazia questão de não lhe informar o nome até que o relacionamento ficasse mais sério. Ele se lembrava de quando eles estavam em Michigan. Depois de um mês sem tocar no assunto, ela finalmente disse que o nome do amigo era Jerry.

— Ah, que bom — comentou Christopher.
— E você? Está se divertindo? Está gostando da festa do pijama?
— Uhum. Mas tô com saudade de você — disse Christopher.
— Eu também estou com saudade de você, querido.
— Será que amanhã depois da igreja a gente pode fazer alguma coisa legal? — perguntou ele.
— Claro, querido. O que você quiser. A gente pode até ir no Dave & Buster.
— Tá bom, mãe. Eu te amo.
— Eu também te amo, querido. Te vejo amanhã.

Com isso, eles desligaram. E houve silêncio.

Christopher entregou o telefone para Ed Especial e voltou ao trabalho. Com o canto do olho, ele viu Mike e Matt enviando uma mensagem para as mães, usando o celular da mãe de Ed (que Eddie, esperto que era, "perdeu" naquele fim de semana). E ele também ouviu Ed Especial ligar para o pai, usando o telefone de Mike e Matt, e dizer que eles estavam se divertindo muito na casa de Mike e Matt. E... ah, não... ele não tinha visto o celular da mãe. Talvez ela tenha deixado no salão de beleza quando foi fazer pé e mão.

Mas Christopher não prestou muita atenção nisso. Ele só queria que esse novo "amigo" fosse bom para sua mãe. Diferentemente dos outros. Ele pensou em todos os gritos que tinha ouvido através das paredes. Em todas as vezes que ela foi xingada, palavras que ele era novo demais para entender. Alguns meses depois, ele ouviu um menino mais velho dizer "piranha" no parquinho. Talvez dois meses depois, a palavra "porcaria" se tornou "merda". E "idiota" se tornou "babaca". E as palavras deixaram todos mais velhos e mais feios. Se ele pudesse fazer as paredes da casa na árvore grossas o suficiente, ninguém ouviria aqueles palavrões através delas. Se pudesse torná-las sólidas o suficiente, ninguém ouviria "Vai se foder, sua piranha" nunca mais. Então ele fitava a sacola de plástico branca enquanto martelava e martelava, prego após prego após prego após...

— Vamos lá, gente. Acabou o descanso — avisou.

Ninguém questionou. Os meninos fizeram fila e voltaram à árvore. Tinham trabalhado o dia todo, parando apenas para tomar um gole de Kool-Aid sabor cereja ou comer um pouco de presunto fatiado. No fim da manhã, as tábuas do piso já estavam fixadas. A porta secreta com a escada de corda ficou pronta na hora do almoço. No meio da tarde, as vigas das quatro paredes estavam erguidas. Mesmo quando a temperatura caiu uns dez graus, eles continuaram construindo com um fervor quase religioso. O frio do outono os gelava enquanto eles deixavam suas mentes vagarem pelos grandes pensamentos de pequenos meninos.

Ed Especial falou de cheeseburgers. Ele se perguntava por que os do McDonald's eram tão melhores que os do refeitório da escola. Mas implicava com as tortas de maçã. "Vocês nunca ouviram falar de caramelo? Presta atenção!" Sua reclamação logo se transformou em devaneios sobre o jantar de Ação de Graças, com a famosa torta de maçã da sua avó. Faltavam apenas cinco dias. Hummmmmm.

Matt se perguntou quando seu olho deixaria de ser preguiçoso para que ele tirasse o tapa-olho. Esperava que não demorasse, porque aí Jenny Hertzog ia parar de gritar: "Papagaio de Pirata! Papagaio de Pirata!"

Mike não falou nada sobre ser chamado de "Mike Sapatão". Estava focado na construção da casa na árvore. Ele disse que os pregos eram perfeitos. Entravam na madeira sem o menor problema. Normalmente, pregos causavam algum transtorno. Eles entortavam, e era preciso retirá-los e endireitá-los. Mas não aqueles. Eles sempre penetravam a árvore. Mike olhou para o irmão caçula, que sorriu para ele. Por alguma razão que só os dois entendiam, ele retribuiu o sorriso.

— Lembra aquela vez que você pisou num prego enferrujado e precisou de antitetânica? — perguntou Mike ao irmão mais novo.

— Você quer dizer antitretânica — corrigiu Ed Especial.

— Isso. E doeu — comentou Matt.

— Mas você não chorou — disse Mike.

— Não. Não chorei.

A conversa logo se transformou num debate acalorado sobre qual era o melhor Vingador. Ed Especial era o Hulk em pessoa. Matt gostava do Homem de Ferro, até o irmão mais velho gostar do Thor, aí Matt concordou que Thor era o melhor. Ninguém conseguia imaginar como seria o Hulk fazendo cocô. Mas todos concordaram que seria a coisa mais engraçada do mundo.

Decidiram que cada um deveria ser seu próprio personagem. Ed Especial ficou com seu querido Hulk, depois de convencer o grupo de que Mike era o Thor perfeito, já que ele era o melhor com o martelo. Matt tinha que ser o Capitão América, porque era um fracote que havia se tornado grande e forte. O grupo disse que havia apenas um Homem de Ferro: Christopher. Ele era o líder. O mais esperto. O mentor.

— A votação é anônima, então — disse Ed Especial.

E ponto final. Os meninos não disseram mais nada pelo restante da tarde. A árvore era como uma mãe com bebês nos braços. Segura e aconchegante. Foi só quando deixaram a árvore que o frio os pegou de jeito e que perceberam que estava mesmo um gelo. Eles perderam a noção do tempo. A clareira era o mundinho particular dos meninos. Um grande círculo protegido por árvores e nuvens. Uma ilha no meio do oceano.

A única pessoa que não se sentia segura era Christopher. Conforme escurecia, ele se viu vigiando a clareira feito um cervo, com um olho de cada lado da cabeça para enxergar a aproximação dos predadores. O predador não era visível, mas ele conseguia senti-lo. A cada batida do martelo, ele sentia um sussurro no fundo da mente. As mesmas palavras ecoando repetidas vezes, como a congregação rezando o pai-nosso com o padre Tom e a sra. Radcliffe aos domingos.

A gente não está trabalhando rápido o suficiente.

Christopher pediu aos amigos que acelerassem o trabalho. E eles assim o fizeram. As mãos ficaram esfoladas. Os rostos ficaram corados, apesar do frio de novembro. Todos pareciam exaustos, embora jamais fossem admitir isso. Sobretudo Matt, que nunca queria parecer fraco diante do irmão mais velho. Até Mike parecia cansado. Ainda assim, continuaram trabalhando. Cantarolando uma música em seus corações. "Blue Moon". Até que, por volta das onze da noite, seus corpos começaram a ceder, e a improvável voz da razão falou.

— Isso é maluquice. Eu tô com fome! — exclamou Ed Especial.

— A gente não pode parar — disse Christopher.

— Pelo amor de Deus, Chris. Abaixa esse chicote. É a primeira noite — interveio Mike.

— É mesmo — acrescentou Matt.

— A gente precisa terminar antes do Natal — retrucou Christopher.

— Por quê? — perguntou Ed Especial, com um resmungo. — Por que essa correria toda?

Christopher olhou para a sacola de plástico branca. Deu de ombros.

— Nada não. Vocês têm razão. Vamos comer.

Os quatro meninos se sentaram no galho mais comprido, lado a lado, como os homens que construíram o Rockefeller Center. Christopher tinha visto essa foto na biblioteca com sua mãe. Aqueles homens pairando acima da cidade, sentados numa viga. Um movimento em falso e todos morreriam.

No jantar, eles passaram a garrafa térmica cheia de Kool-Aid e comeram sanduíches de pasta de amendoim com geleia de uva. De sobremesa, Oreo com leite mantido gelado no riacho perto da ponte dos três cabritinhos. Após um dia inteiro de trabalho, aqueles eram os biscoitos mais deliciosos que comeram na vida. Passaram a hora seguinte rindo por causa do maior arroto ou do maior peido até então.

O tempo todo contando histórias de terror.

Matt contou a história do cara com o gancho, que todos já haviam ouvido um milhão de vezes. E, sem Matt fingindo ser o cara (já que ninguém tinha um gancho), não foi muito assustador. Mas Christopher fez o máximo para aparentar medo para que Matt não se sentisse muito mal pelo fracasso da história.

Christopher, em seguida, contou a trama do filme *O iluminado*, que passou na TV num dia em que Jerry tinha caído no sono no sofá. Sua mãe estava trabalhando no turno da noite do restaurante, e era para Jerry cuidar dele. Christopher gostou do cozinheiro negro, mas não entendeu por que ele, se podia prever o futuro, correu diretamente para o machado. Mas, fora isso, o filme era muito bom.

A história de Mike também foi muito boa. Ele começou com a lanterna embaixo do queixo.

— Vocês sabem por que os cadáveres são enterrados a sete palmos do chão? — começou ele, como aqueles caras assustadores que apresentam noites de terror na televisão.

— Porque os cadáveres começam a feder — respondeu Ed Especial. — Eu vi na TV.

— Não — retrucou Mike. — Eles são enterrados a sete palmos pra que não possam sair. Eles estão todos acordados lá embaixo. E ficam rastejando, que nem vermes, querendo sair. E devorar o cérebro de vocês!

Mike começou a contar a história de um zumbi que acordou embaixo da terra e saiu da cova para se vingar do cara que tinha atirado nele e em sua namorada. A história acabava com o zumbi comendo o cérebro do cara com garfo e faca. Todo mundo adorou!

Menos um deles.

— Eu tenho uma história melhor — declarou Ed Especial, confiante.

— Duvido muito — retrucou Mike.

— Eu também — acrescentou Matt, tentando falar grosso.

— Mas eu tenho. Eu ouvi do meu pai — garantiu Ed Especial.

Mike assentiu, provocando Ed Especial com um "Manda ver então". Ed Especial pegou a lanterna e a posicionou sob o queixo.

— Muito tempo atrás. Nessa cidade. Havia uma casa. A casa da família Olson — começou Ed Especial.

Mike e Matt ficaram imediatamente em silêncio. Eles já tinham ouvido essa história.

— O sr. e a sra. Olson saíram pra jantar e deixaram o filho mais velho deles cuidando do irmão caçula, o David, que era maluco. O David passou a noite toda falando coisas estranhas e descendo a escada toda hora, enquanto o irmão mais velho tentava dar uns amassos na namorada. "Tem uma bruxa na minha janela." "Ela tem um gato que chora que nem bebê." "Tem alguém dentro do meu armário."

"Toda vez que ele descia, o irmão mais velho mandava ele voltar pra cima pra poder continuar se agarrando com a namorada. Até quando o David, de tão assustado, desceu com o pijama mijado, o irmão mais velho achou que ele estava fingindo, querendo atenção, já que, nos últimos tempos, o David vinha fazendo um monte de bizarrices. Então ele levou o irmãozinho de volta lá pra cima e trocou o pijama dele. Depois, ele andou com o David por todo o segundo andar e mostrou que não tinha nada de assustador lá. Mas isso não acalmou o David. Ele continuou gritando. A coisa ficou tão ruim que o irmão mais velho trancou ele no quarto. Por mais que ele gritasse e chutasse a porta, o irmão mais velho não deixou ele sair. Então os chutes e os gritos pararam. E o irmão mais velho desceu pra ficar com a namorada.

"Foi aí que eles ouviram um bebê chorando.

"Parecia que tava na varanda da frente. Mas eles não faziam ideia de quem ia colocar um bebê lá àquela hora da noite. Ou por quê. Aí foram até a porta da casa.

"'Oi?', chamou o irmão mais velho.

"Ele olhou pelo olho mágico. Mas não conseguiu ver nada. Tudo o que ele ouvia era o choro do bebê. Ele tava quase abrindo a porta quando a namorada agarrou ele pelo braço.

"'Para!', disse ela.

"'O que deu em você?', perguntou ele. 'Tem um bebê aí fora.'

"'Não abre essa porta', pediu ela.

"'Como assim?! E se ele estiver sozinho? Ele pode ir parar no meio da rua', disse ele.

"'Não é um bebê', disse ela. O rosto dela tava pálido. Ela tava apavorada.

"'Você tá louca', disse o irmão mais velho.

"Ela começou a subir as escadas, em direção ao quarto de David.

"'Pra onde você tá indo?', gritou ele.

"'Seu irmão tá falando a verdade!', disse ela.

'O irmão mais velho abriu a porta da casa. Tinha uma cestinha num carrinho de bebê na varanda da frente. Ele chegou perto, tirou a mantinha, e viu...

"... um pequeno gravador reproduzindo um choro de bebê. O irmão mais velho correu até o andar de cima e encontrou a namorada no quarto do David, gritando. A janela tava quebrada. Tinha marcas de mãos sujas de lama no vidro e nas paredes. O irmão caçula tinha desaparecido. E nunca foi encontrado."

Os meninos ficaram em silêncio. Christopher engoliu em seco.

— Isso aconteceu de verdade? — indagou ele.

Os três meninos fizeram que sim.

— É uma lenda daqui — explicou Ed Especial. — Os nossos pais contam essa história pra fazer a gente ir pra cama à noite.

— É, mas na versão do nosso tio tinha um assassino na varanda da frente da casa, com a gravação do bebê — disse Mike.

— É mesmo — concordou Matt. — E não tinha namorada.

De qualquer forma, isso não importava. Ed Especial foi coroado o rei das histórias de terror. Àquela altura já era mais de meia-noite. O dia de trabalho e a barriga cheia deixaram todos sonolentos. Como estavam todos assustados com as histórias, foi decidido que um deles deveria ficar de guarda enquanto os demais dormissem. Como um bom líder, Christopher pegou o primeiro turno para deixar sua equipe ter uma boa noite de descanso.

E para ter a chance de ficar a sós com o moço bonzinho.

Christopher ficou observando enquanto os três amigos desenrolavam os sacos de dormir no chão de terra frio, entravam neles e se amontoavam para preservar o calor. Em minutos, a conversa morreu. As lanternas foram apagadas. E houve escuridão. E houve silêncio.

Christopher se sentou dentro da casa na árvore. Olhou para a clareira ao redor, em busca de quaisquer sinais de bebês, gatos ou bruxas. Mas tudo que viu foi aquele cervo. O animal o encarou por um instante, depois voltou a farejar o solo, à procura de alimento.

Christopher se embrulhou um pouco mais no saco de dormir e mordeu um Oreo gelado, a língua encontrando o recheio branco e grudento. Ele contemplou o bosque ao luar. As folhas já vermelhas e alaranjadas, como uma fogueira. No minuto em que as viu, sentiu cheiro de luvas de beisebol de couro, de tabaco na camisa do pai, de grama cortada e folhas molhadas, de panquecas com gotas de chocolate e tudo mais que tivesse um cheiro que lhe agradava.

Ele ergueu o olhar e viu que as nuvens tinham se dividido, deixando entrar o luar. Além da lua havia milhares de estrelas.

Ele nunca tinha visto tantas. Tão brilhantes e lindas. Christopher viu uma estrela cadente. Depois, outra. E outra. Certa vez, no CIC, a sra. Radcliffe disse que uma estrela cadente era a alma de alguém subindo ao Céu. Ele também viu um programa de ciência na TV que dizia que uma estrela cadente era um meteoro em combustão na atmosfera terrestre. Mas sua teoria favorita vinha de um parquinho em Michigan. Christopher tinha ouvido que uma estrela cadente não era nada além do último suspiro de um astro agonizante, e que demora seis milhões de anos para a luz viajar até a Terra e sabermos que a estrela morreu. Ele se perguntou o que de fato seria uma estrela cadente. Uma alma ou um astro? E se todas as estrelas já tivessem morrido e só estivesse levando seis milhões de anos para a Terra ficar sabendo? E se amanhã fizesse seis milhões de anos? E se estivéssemos completamente sozinhos? E se não houvesse mais nenhuma estrela, a não ser o sol? E o que aconteceria se ele se apagasse? E se nossa estrela cadente fosse vista daqui a milhões de anos? Por um menino construindo uma casa na árvore com os amigos. E comendo Oreo gelado, ou o que quer que fosse que as pessoas no outro universo comessem. Será que todas as estrelas e todas as almas vão para o mesmo lugar no fim das contas?

O fim do mundo seria assim?

Esse pensamento fez sua cabeça doer um pouco, o que era estranho, já que ele nunca sentia dor de cabeça quando estava na árvore. Mas esse pensamento era diferente. E conduziu a outros, mais agradáveis. Fogueiras crepitantes, por exemplo. E sua cama quentinha em casa. E sobre como era bom sentir a mão de sua mãe quando ela acariciava seu cabelo enquanto ele caía no sono. Havia mais de vinte dias que ele quase não dormia, já que tinha ficado acordado até tarde todas as noites, levando madeira até a árvore para se preparar para a construção. Mas não conseguia se lembrar de ter sentido mais sono que naquele momento.

Quando seus olhos se fecharam sem querer, Christopher teve a sensação de já ter visto aquela árvore. Como se já tivesse dormido ali. Achou que podia sentir a mão da mãe tocando seu cabelo, como ela fazia quando ele estava com febre. Mas a mãe dele não estava ali. Havia apenas os galhos das árvores. E galhos de árvores não se moviam o suficiente para tocar o cabelo das pessoas.

E, com certeza, o toque de galhos de árvores não se parecia nada com carne humana.

CAPÍTULO 25

christopher. acorda.

Christopher abriu os olhos. Ele olhou para a sacola de plástico branca ondulando na brisa.

oi.

Ele ficou muito feliz porque o moço bonzinho tinha voltado, mas não ousou dizer nada. Não queria que os amigos pensassem que estava louco.

não se preocupa. os seus amigos estão dormindo. eles não podem ouvir a gente.

Christopher olhou para a clareira. Viu os amigos encolhidos no chão.

— Por onde você esteve? — sussurrou Christopher.

eu estive por aqui mesmo, observando vocês. você está fazendo um ótimo trabalho.

— Obrigado — disse Christopher.

você está cansado ou dá pra continuar construindo?

Christopher olhou para o celular. Tinha dormido apenas dez minutos, mas de alguma forma sentia como se tivesse acordado tarde num domingo. Seus músculos estavam doloridos e fortes. Mas por alguma razão estranha ele não se sentia cansado.

— Dá pra continuar — respondeu Christopher, com satisfação.

ótimo. vamos até a pilha de madeira. estocar para amanhã.

Christopher desceu a escada de tábuas de madeira, que pareciam dentes de leite. Pegou um graveto e içou a sacola de plástico branca.

Christopher e o moço bonzinho saíram juntos da clareira.

Christopher já havia feito esse trajeto até a pilha de madeira dezenas de vezes. Mas havia algo diferente. Havia algo errado. Ele sentia olhos o observando. O branco dos olhos dos cervos. E pequenas criaturas. Os galhos estalavam sob seus pés como ossos frágeis e ele pensou ter ouvido uma respiração atrás de si.

Como quando brincava de esconde-esconde e tentava respirar baixinho. Achou que havia alguém perto dele. Uma respiração contida. De uma criancinha.

Ele se lembrou da mão de uma criancinha.

Uma criancinha rindo.

Seria um sonho? Ou seria realidade?

encontrei um atalho. vira aqui.

Christopher seguiu a sacola de plástico branca. Passou por cima de troncos e tropeçou num galho. Em seguida, apontou o foco da lanterna para o meio do bosque e teve a sensação de que os ramos eram dois braços vindo estrangulá-lo. Quis gritar, mas não se atreveu. O moço bonzinho o havia alertado sobre essa sensação. Quando o vento não parecia vento, era preciso redobrar o cuidado.

principalmente quando parece ser a respiração de alguém.

— Chrissssstopher? — assobiava o vento atrás dele.

A sensação era na nuca. Ele queria se virar. Mas sabia que não podia. Tinha medo de virar um pilar de sal se olhasse para trás. Ou de pedra. Ou uma daquelas coisas ruins que o padre Tom e a sra. Radcliffe costumavam falar na igreja e no CIC. Uma serpente. Uma criancinha.

— Ssssss — assobiava o vento atrás dele.

Christopher saiu correndo para o canteiro de obras da Construtora Collins. Viu o poste de iluminação pública à frente. Alto e azul. Ele correu a toda a velocidade e, no exato instante em que o assobio parecia roçar em sua nuca, conseguiu sair do bosque...

... e alcançar a rua.

Olhou para trás. Não viu nada além de árvores. Sem olhos. Sem corpos. Devia ser uma brincadeira da sua mente. Ou não.

— O que foi isso? — perguntou ele ao moço bonzinho.

a gente tem que correr.

Christopher foi até a pilha de madeira. Por sorte, o segurança estava dormindo no trailer do mestre de obras. Christopher pegou a tábua mais comprida que encontrou e a arrastou de cima da pilha. A tábua caiu no chão com um tremendo barulho. Christopher viu o segurança mudar de posição na cadeira, mas ele não acordou. Estava só falando enquanto dormia, como Jerry costumava fazer depois de beber demais.

— Christopher? — chamou o homem, dormindo.

Os pelos da nuca de Christopher ficaram arrepiados. Ele viu os olhos do homem tremendo sob as pálpebras, como quem está sonhando.

— O que você está fazendo com essa madeira? — sussurrou o segurança.
Christopher começou a recuar.
— O que você está fazendo? — murmurou o segurança, dormindo.
Christopher voltou para o bosque na ponta dos pés. Ele pegou a tábua comprida e a arrastou sob a cobertura da escuridão.
— Você não devia estar aqui — sussurrou o segurança. — Senão você vai acabar que nem ele.
Christopher sentiu o coração na garganta.

ai, deus.

O moço bonzinho parecia aterrorizado.

fica parado. não se mexe.

O segurança se levantou e começou a andar, sonâmbulo.
— Que nem ele, Chrissstopher — disse o segurança, meio que assobiando.

não fala nada. vai acabar logo.

O segurança caminhou até Christopher. Farejando. Ele parou bem na frente de Christopher e caiu de joelhos. Abriu as pálpebras, mas seus olhos estavam revirados. Não havia pupilas, apenas o branco dos olhos, como a bola branca numa mesa de sinuca.
Ou como uma nuvem.
— QUE NEM O BEBÊ! — gritou o segurança. — BUÁÁÁÁÁÁÁÁÁ!
Com isso, o segurança fechou os olhos e voltou para o trailer.

pega a madeira. rápido.

Christopher disparou feito um potro. Arrastou a tábua comprida sob a sombra das árvores até o fim da trilha. Quando enfim estavam em segurança na clareira, ele perguntou à sacola de plástico branca.
— O que foi aquilo?
O moço bonzinho ficou calado.
— O que ele quis dizer quando falou "você vai acabar que nem ele"?

eu não sei.

— Sabe, sim. Eu vou acabar que nem o bebê. O que isso tudo quer dizer?

por favor, christopher. não me faz essa pergunta.

— Me diz — pediu Christopher. — Senão eu paro de trabalhar.
A sacola de plástico branca se agitava, pendurada no graveto que Christopher segurava. Houve um longo silêncio, então se ouviu uma voz triste e resignada.

eu não posso te contar. mas posso te mostrar. só não esquece...

a gente pode engolir o medo ou deixar que o medo engula a gente

CAPÍTULO 26

Que barulho foi esse?
	Matt se sentou. E se virou. Estava no saco de dormir. Enrolado feito um homem num tronco oco. Instintivamente, levou a mão à testa coberta de suor.
	Por causa do pesadelo.
	Ele estava preso ao chão, como numa fita para pegar mosca. A rua tinha se transformado em areia movediça. Ele não conseguia se levantar nem correr. E afundava. Seus pulmões ficando impregnados de areia.
	Gritando enquanto seu irmão morria.
	Matt colocou a cabeça para fora do saco de dormir e olhou para as estrelas. A lua azul iluminava a clareira feito uma lanterna. Tão brilhante quanto um sol morrendo no céu. Um cervo olhava para ele. Matt se sobressaltou. O cervo se assustou e correu para o velho túnel da mina, que parecia a boca de um gigante, engolindo o animal.
	Matt saiu do saco de dormir, e o ar gelado de novembro atingiu seu pijama. Foi então que ele sentiu. Tudo molhado. Tinha mijado enquanto dormia de novo. E, dessa vez, não havia sido em casa. Havia sido fora de casa, na frente dos amigos. Que nem um bebê, pensou. Que nem um bebê idiota.
	Mike ia rir dele para sempre.
	Em pânico, ele olhou para o carrinho de mão perto da árvore. Pensou que, se fosse até a mochila, poderia vestir a calça térmica extra antes que Mike acordasse. Foi até a árvore, evitando cada galho que poderia estalar. Na ponta dos pés, passou pelo irmão, que dormia profundamente, e pegou a mochila. Foi para longe de Mike. Em direção ao túnel. Aproximava-se mais a cada passo até que seus olhos captaram algo ao luar. Uma figura encolhida nas sombras. Cavando a terra.

Era Christopher.

E ele estava falando sozinho.

— Uhum, dá pra ouvir o bebê — sussurrou ele.

Matt esqueceu completamente a roupa seca. Seguiu na ponta dos pés para perto de Christopher, que cavava a terra feito um cachorro querendo enterrar um osso. Quando chegou mais perto, Matt notou o graveto com a sacola de plástico branca pendurada.

— Eu não quero ver. Dá muito medo — sussurrou Christopher.

— Christopher? Você tá bem? — indagou Matt.

Christopher se virou rapidamente. Parecia assustado.

— Há quanto tempo você tá aí? — perguntou ele.

— Eu acabei de chegar. O que aconteceu com os seus olhos?

— Como assim?

— Eles tão muito vermelhos.

— Nada não. Não se preocupa, tá bom?

Matt fez que sim, mas ficou preocupado. Christopher esfregou os olhos exaustos. Então fez contato visual com a calça de Matt e viu a mancha azul-escura de urina no jeans. O rosto de Matt corou de vergonha.

— Não conta pra ninguém. Por favor — pediu Matt.

— Não vou contar — sussurrou Christopher.

— Não, eu tô falando sério. O meu irmão vai rir pra semp...

Sem uma palavra, Christopher apontou para baixo, revelando a mancha de urina na própria calça.

— Você também teve um pesadelo? — quis saber Matt.

— Tive. Por isso que eu disse: não se preocupa.

Christopher sorriu para ele. E, de certa forma, Matt se sentiu melhor.

— O que você tava fazendo? — perguntou Matt.

Christopher fez uma pausa.

— Procurando um tesouro — respondeu, por fim.

— Posso ajudar?

— Claro. Pega uma pá.

— Será que dá pra gente trocar de calça primeiro? Eu não quero que o Mike veja que eu me mijei, sabe?

Christopher sorriu e os dois vasculharam as mochilas rapidamente e pegaram cuecas e calças limpas e secas. Tiraram a cueca como quem descasca uma banana. O ar frio atingiu seus pipis (palavra de Matt), que se recolheram nos corpos deles feito tartarugas assustadas. Então, às pressas, vestiram as roupas limpas, que estavam quentinhas, macias e secas. Christopher abriu o saco de ferramentas e entregou uma pequena pá para Matt. E começaram a procurar o tesouro. Lado a lado.

— Com quem você tava falando? — perguntou Matt.

— Comigo mesmo. Agora, rápido aí. Você não quer que alguém ache o tesouro antes da gente, né?

Passaram meia hora cavando. Não falaram muito. Matt notou que Christopher ficava olhando para a sacola de plástico branca, mas não deu muita bola para isso. Matt sabia que Ed Especial era o melhor amigo de Christopher, mas, lá no fundo, considerava Christopher seu melhor amigo. Matt não ligava para ser o segundo em importância. Estava acostumado. Tinha passado a vida inteira vindo depois de Mike. A única coisa que o incomodava era uma pergunta que não saía da sua cabeça. O que o teria acordado naquela noite.

Que barulho foi aquele?

A resposta estava na ponta da língua.

— O que vocês tão fazendo aí? — perguntou Ed Especial, antes que Matt pudesse encontrar a resposta que procurava.

Matt e Christopher se viraram e viram Ed Especial e Mike se aproximarem, morrendo de sono, esfregando os olhos. A expiração deles formava nuvens.

— Procurando um tesouro — respondeu Matt.

— A gente pode ajudar? — perguntou Mike a Christopher.

— Claro, Mike.

— Vou preparar o café da manhã — prontificou-se Ed Especial, encontrando sua especialidade.

Mike pegou a pá e usou os braços fortes para escavar o solo congelado. Matt olhou para Christopher, conferindo se ele contaria a Mike sobre o xixi nas calças. Christopher sorriu, como se dissesse: "Seu segredo está seguro comigo."

*

Mais tarde, os meninos tomaram o café da manhã: Froot Loops com leite, que tinha ficado gelando dentro do riacho. Christopher não disse nada sobre o terror. Nada sobre o segurança sussurrando seu nome. Nem sobre o barulho do bebê chorando, que tinha acordado Matt. Ele sabia que a verdade deixaria Matt apavorado. E não queria que ninguém além dele ficasse com medo. Por isso Christopher não falou nada sobre o moço bonzinho ter explicado o que aconteceria com ele se não terminasse a casa na árvore a tempo. Quanto menos eles soubessem, melhor. E mais seguro seria para todos. Christopher sabia que, se contasse, eles poderiam ficar com medo e fugir. E ele precisava de ajuda.

Quando terminaram o Froot Loops, Christopher deu o restinho do açúcar para Mike e o brinde para Matt. Então agradeceu a Ed Especial pelo ótimo café da manhã.

Era importante manter o moral da tropa.

Quando a manhã chegou, o sol aqueceu seus ossos frios. Trabalharam em turnos. Dois meninos construindo a casa na árvore. Os outros dois cavando. Após um lanche que consistia em Oreo gelado e o restinho do leite, Ed Especial se juntou a Christopher, golpeando o solo congelado à procura do tesouro.

Não havia tesouro nenhum.

Mas às 7:06 da manhã eles encontraram a ossada de uma criança.

CAPÍTULO 27

A ligação chegou às 7:30.
E a notícia logo se espalhou.
O delegado do plantão noturno foi à igreja naquela manhã de domingo para rezar. Ele passou a informação ao padre Tom, que mudou sua homilia para falar sobre os restos mortais de uma criança encontrados no bosque da Mission Street. Ele disse que a criança agora estava no Reino dos Céus e que, por mais triste que a cidade ficasse, era preciso se alegrar com o poder do perdão de Cristo.
A homilia foi tão poderosa que a sra. Radcliffe não conseguiu se conter. Ficou secando o canto dos olhos o tempo todo até a comunhão. Quantas vezes ela e o sr. Radcliffe rezaram para ter um filho? Quantos abortos involuntários ela sofreu? E quantas vezes o sr. Radcliffe a abraçou e disse que não havia nada errado com o corpo dela? Foi lindo.
Mary Katherine rezou pela criança, mas em poucos minutos sua mente de 17 anos viajou. Pobre criança. Deveria ter tido a chance de crescer como ela e entrar para uma faculdade. Como a Notre Dame. Ela se censurou por pensar em si mesma. Mas estava com medo de não conseguir entrar para a universidade que queria. O pai ficaria extremamente decepcionado. Ela prometeu a Deus rezar pela criança e focar no trabalho do lar de idosos. Mas a sra. Collins era tão cruel, e a mãe dela, tão louca. A velha gritou com ela o fim de semana inteiro, dizendo que "eles" estavam vendo tudo. Como ela aguentaria ouvir aquilo durante um mês? Principalmente depois que Doug desistiu, dizendo que nada valia tanto tormento. Nem mesmo o ingresso em Cornell. Mary Katherine rapidamente se repreendeu para deixar de ser tão narcisista e pensar na criança.
Você não quer atropelar um cervo, não é?

Quando a missa terminou, as pessoas ligaram para seus parentes e para os filhos que faziam faculdade fora da cidade. Mães abraçaram os filhos um pouco mais forte que o normal e pensaram que seria uma boa ideia incluir umas guloseimas especiais no Dia de Ação de Graças. Pais decidiram limitar os jogos de futebol americano a uma vez por semana (em vez de três) para passar mais tempo com a família em vez de com a liga de *fantasy football*. E as crianças se surpreenderam ganhando todas as balas e todos os doces que queriam, o dia todo. Alguns se sentiram culpados por tudo aquilo ser feito pelas razões erradas, mas, ei... doce é doce.

A única pessoa que não parecia abalada era a sra. Collins.

Durante a missa, Kathleen Collins tinha ocupado o primeiro banco, ao lado do filho Brady. Claro, já estava a par da notícia. Como era o proprietário do terreno, seu marido foi a primeira pessoa a saber depois do delegado. Imediatamente, ele saiu de casa e foi até a cena. Tinha dinheiro demais investido no bosque da Mission Street, e não deixaria o futuro do projeto nas mãos dos burocratas. A sra. Collins estava muito mais preocupada com a eventual ruína financeira de sua família do que com a situação da família da criança encontrada no bosque. Afinal, esse tipo de coisa sempre acontecia por um motivo.

Irresponsabilidade dos pais.

Simples. Pais responsáveis cuidam dos filhos. Sabem mantê-los em segurança. Se a pessoa falha na sua função, ela não deve culpar mais ninguém. Tem que se encarar no espelho e assumir a responsabilidade. Esse é o problema do mundo. Ninguém assume responsabilidade nenhuma. Algum dia, a polícia pegaria o psicopata que cometeu esse crime horrível. E ela sabia que, quando fosse pego, o monstro choraria lágrimas de crocodilo e diria que sofreu violência por parte dos pais. Enfim, isso não passa de um monte de bobagem. Existe loucura e existe maldade.

Embora não fosse chegada à discussão sobre quem nasceu primeiro — o ovo ou a galinha —, a sra. Collins se perguntava se em algum lugar do mundo haveria algum progenitor que tratou os filhos com violência sem ter sofrido violência antes. Ela apostaria um milhão de dólares que sim. E, se alguém pudesse encontrar apenas uma dessas mães ou pais para provar de uma vez por todas seu argumento, ela morreria feliz.

Quanto ao marido dela, o sr. Collins, ele passou o domingo discutindo com o delegado. O projeto do bosque da Mission Street estava se transformando de seu maior sonho em seu pior pesadelo. Primeiro, aquele menininho, Christopher Reese, desapareceu no bosque. E agora uma ossada? Porra. Em todo lugar que colocava o pé naquele bosque, ele pisava em merda de cachorro ou em armadilha para urso. Grupos ambientalistas esbravejavam sobre a destruição do habitat natural dos cervos. Sociedades históricas reclamavam que a cidade perderia sua "peça central". Até as sociedades de preservação de patrimônio esbravejavam, querendo que se transformasse aquele velho túnel de merda num museu de mina de carvão. Sim, que maravilha. Todo mundo ama esse tipo de coisa. Que se fodam todos eles. Ele sabia que tinha de começar a construir antes do Natal, porque o prazo de quitação dos empréstimos ia chegar. Mas o delegado (leia-se "funcionário público") entendia alguma coisa sobre essas questões? Claro que não. O delegado insistia que precisava isolar o bosque por se tratar de uma cena de crime.

— Quando você vai me deixar cavar? Quando eu estiver enterrado debaixo de meio metro de neve?! Bom, muito obrigado por nada, delegado! Parece que você e o restante do universo não querem que eu termine essa maldita obra!

Quanto à mãe da sra. Collins, ela continuava sentada no salão do lar de idosos. Não conseguia se lembrar de como chegou lá, nem de quem era, nem de quem sua filha era, nem de seu genro rico. Ela ficou com a impressão de que a mulher do jornal na TV tinha dito que uma criança tinha morrido, mas não havia nenhum outro detalhe por enquanto. Então um homem que falava alto chamado Ambrose entrou no salão e falou que aquilo não tinha nada a ver com a filha dela. Disse que sua filha estava viva e bem, e ansiosa para atormentar jovens voluntários no fim daquela tarde. Agora, ela que calasse a boca. Ele estava tentando ouvir o noticiário.

A mãe da sra. Collins não gostava de Ambrose. Ela pouco se importava que ele estivesse perdendo a visão. Gentinha era gentinha. Ela se virou para a televisão e tentou se lembrar de uma coisa. Algo importante. Mas não conseguia. E então, assim que o jornal acabou e o futebol começou, ela lembrou.

Todos iam morrer em breve.
Sim. Era isso.
Todos eles iam morrer.
A morte estava chegando.
A morte estava aqui.
Vamos morrer no Natal.

CAPÍTULO 28

O estacionamento estava repleto de vans de reportagem quando os meninos chegaram à delegacia. Fazia apenas quarenta e cinco minutos desde que eles correram até o segurança da Construtora Collins para chamar a polícia, mas a ossada já havia se tornado a grande notícia do momento. Ed Especial sorriu quando viu as vans dos jornais.

— Caramba! A gente vai ficar famoso!

Em seguida, ele se virou para o policial que estava ao volante.

— Posso ver a sua espingarda? — perguntou ele.

— Não.

— O senhor sabia que em inglês a gente diz que quer ir de "*shotgun*" quando quer se sentar no banco do carona porque na época das carroças cobertas o cara que ia do lado do condutor carregava uma espingarda pra proteger a carroça?

— Não, eu não sabia. — O policial suspirou, como se quisesse que qualquer um dos outros três meninos estivesse falando com ele, menos Ed.

— Posso usar o seu rádio, então? O meu pai tem um rastreador no Hummer, que ele usa pra localizar os radares. Eu conheço todos os códigos que vocês usam. Dez-meia quer dizer que vocês vão ao banheiro, né?

Os meninos foram levados para dentro da delegacia sem dar entrevista para a imprensa. Bem, exceto Ed Especial, que, feliz da vida, gritou para os repórteres: "A gente encontrou um esqueleto!" Alguns dos jornais locais — notadamente, o *Post-Gazette* — conseguiram obter algumas fotos para a capa. As vans de reportagem levaram seu material para o jornal das cinco. Quatro meninos encontram uma ossada no bosque. Era mesmo uma grande notícia.

— Se tem sangue, tem audiência — disse Ed Especial, pensativo. — A minha mãe sempre diz isso.

Os meninos entraram no gabinete do delegado e encontraram os pais esperando por eles. Quando viram a expressão no semblante deles, perceberam que a farsa da festa do pijama tinha sido descoberta. Provavelmente, não levou muito tempo para os adultos se darem conta de que tinham sido enganados pelas mensagens e que seus filhos tinham passado uma noite inteira sozinhos por aí.

— A gente tá tão ferrado... — comentou Mike.

Mas Ed Especial provou ter mais talento do que só atrair a atenção da imprensa. Na mesma hora, ele começou a chorar e correu para a mãe.

— Mamãe, a gente encontrou um esqueleto! Deu muito medo!

Ele chorou e a abraçou. Toda a raiva que ela sentia por ele ter mentido se derreteu, rapidamente, feito o chocolate que ela trazia na bolsa.

— Onde você se meteu, Eddie? A gente ficou tão preocupado.

— Pois é! — completou o Eddie Pai, verificando o placar do jogo no celular.

— A gente ouviu falar que tinha um tesouro lá no bosque. A gente queria achar anéis de ouro pra dar pras nossas mães no Natal.

— Ai, meu querido — disse ela, abraçando-o com força. — Você é tão carinhoso.

Mike e Matt pegaram a deixa do amigo e correram para suas duas mães. Pediram desculpas por mentir e disseram que realmente queriam encontrar o tesouro e fazer uma surpresa. As mães dos M&M's não foram tão compreensivas quanto Betty, mas ainda assim abraçaram os meninos e disseram que estava tudo bem.

Restava a mãe de Christopher.

Christopher esperava que ela fosse gritar com ele. Ou que o abraçasse. Ou que ficasse zangada. Ou triste. Mas ela fez a pior coisa que poderia ter feito.

Nada.

— Me desculpa, mãe — pediu ele, baixinho.

Ela assentiu e olhou para ele como se fosse algo que não reconhecia. Christopher queria abraçá-la e acabar com aquela sensação horrível de estar encrencado. Mas o sentimento não ia embora. Porque sua mãe não estava só zangada. Ela estava magoada. Seu menininho mentiu para ela. Quando isso começou? O que ela fez de tão errado para ele decidir que não poderia mais lhe contar a verdade? Quando percebeu que ela se sentia mais decepcionada consigo mesma que com ele, o sentimento de culpa por ter mentido se tornou quase insuportável.

— Rapazes, eu preciso fazer algumas perguntas pra vocês — disse o delegado, impondo um fim ao impasse, felizmente.

Eles passaram os quinze minutos seguintes sendo "interrogados", como Ed Especial contou a todos na escola, naquela segunda. Na verdade, o delegado fez apenas algumas perguntas a cada menino. Ele não pretendia punir meninos de 7 anos por invasão de propriedade, nem por furto de algumas sobras de madeira. A repreensão ficaria a cargo dos pais.

Ele só queria saber da ossada.

Sobre isso, os meninos tinham pouquíssima informação. O delegado conversou com um menino de cada vez para ter certeza de que todos estavam contando a mesma história. Quando descobriu que a versão era sempre a mesma, ele concluiu que se tratava apenas de um bando de crianças que foi ao bosque para construir uma casa na árvore e, em vez disso, encontrou os restos mortais de um cadáver. Só uma coisa o intrigava.

— Christopher — perguntou ele por fim —, o que te fez cavar exatamente naquele lugar?

Christopher sentiu todos os olhares do gabinete voltados para ele. Principalmente o olhar de sua mãe.

— Eu não sei. A gente só tava procurando o tesouro. Mãe, a gente pode ir embora? Eu tô com muita dor de cabeça.

— Tudo bem, filho — disse o delegado, dando um tapinha em seu ombro.

Foi então que Christopher sentiu. O cheiro do delegado era igual ao de sua mãe quando ela "ia sair". Havia um toque do perfume de sua mãe no casaco dele. Talvez por causa de um abraço ou de um beijo. De qualquer maneira, Christopher percebeu que o delegado era o novo "amigo" dela. Em breve, sua mãe mencionaria o nome dele. E, então, ele apareceria em casa. Não para o jantar de Ação de Graças, provavelmente. Mas talvez para o Natal. Ele esperava que o delegado fosse um cara legal, que fosse legal com sua mãe. Mas dessa vez Christopher prometeu a si mesmo que, se o delegado fosse malvado como Jerry, ele tomaria uma atitude.

*

Naquela noite, os amigos de Christopher ficaram no aconchego do lar. Quentinhos em suas cozinhas, feito cookies num prato. Estavam de castigo, é claro.

Era preciso manter as aparências. Mas o alívio de não serem os próprios filhos debaixo da terra era tamanho que as mães acabaram aliviando.

Ainda mais considerando que seus filhos estavam sendo tão bonzinhos.

As duas mães dos M&M's fizeram a lasanha favorita dos meninos e ficaram abismadas quando eles lavaram os próprios pratos. Os pais de Ed Especial não conseguiam se lembrar da última vez que o filho não fez questão de repetir a sobremesa — e era a torta de chocolate especial da mamãe.

Durante todo o jantar e na hora de dormir, as famílias conversaram, do jeito que famílias costumam conversar. Sobre um monte de nada que, de algum modo, somado significa tudo. Os pais ficaram surpresos quando seus filhos escolheram ler um livro em vez de ver televisão. E a noite foi agradável. E, depois que os livros foram lidos e os filhos foram para a cama, os pais tiveram o mesmo pensamento, que jamais expressariam em voz alta...

Meu menino está crescendo. É quase como se tivesse ficado mais inteligente da noite para o dia.

Isto é, com exceção da mãe de Christopher.

*

Kate estava orgulhosa, é claro, tanto quanto os outros pais. Desde aquela nota máxima na prova de matemática, ela percebeu o quanto ele estava feliz. Christopher nunca foi muito bom nos esportes. Nunca foi muito bom na escola. E se diminuía por isso. Mas ela sabia que seu filho era uma pessoa especial. Se concedessem medalhas de ouro a pessoas boas (e deviam conceder), Christopher cantaria o hino nacional no pódio a cada quatro anos. E agora ele era o mesmo menininho que ela sempre conhecera e sempre amara.

Mas estava diferente.

Não, ele não estava possuído nem era um alienígena nem um sósia. Ela conhecia o filho. E aquele menino era seu filho. Mas quantas vezes ela presenciou o esforço de Christopher com os livros nas atividades de reforço de leitura? Quanto tempo ela passou ajudando-o nos exercícios de matemática? Quantos anos viu o filho chorar por não saber por que as letras se embaralhavam diante dele? Christopher se sentia um fracassado. Um burro. Então, de repente, quase que do dia para a noite, tudo mudou. Mas, na verdade, as coisas não mudaram do dia para a noite.

Mudaram em seis dias.

Ela se perdoou por não ter percebido num primeiro momento, pois acabou se deixando envolver em tudo o que aconteceu. Estava tão feliz por tê-lo de volta. Tão feliz por vê-lo em segurança. Tão orgulhosa de sua súbita melhora na escola. A leitura. A prova de matemática perfeita. A loteria. A casa nova. As roupas novas. A estante de livros forrada com papel de parede estampado com patinhos e cheia de livros que Christopher de repente não parava de ler. Mas, no fundo do coração, algo não parava de incomodá-la a respeito de tudo aquilo.

Quando a esmola é muita, o santo desconfia.

E era isso. Era mais que a leitura. Mais que as notas. Era o jeito como ele olhava para o mundo. O jeito como observava as pessoas interagindo. Um jeito que a fazia pensar em adultos soletrando palavras para enganar as crianças: "Querido, a gente vai levar ela na l-o-j-a d-e b-r-i-n-q-u-e-d-o?"; "Vamos levar ele pra tomar s-o-r-v-e-t-e?". E, quando as crianças aprendem a soletrar, os adultos precisam descobrir outras maneiras de enganá-las. Pecados, e doces, e balas, e sexo e violência são escondidos por meio de olhares, gestos e prestidigitação, como no truque de um mágico.

Christopher nunca notava essas coisas.

Mas, agora, notava.

De repente, o filho dela só tirava nota máxima, quando antes só tirava notas medianas. Estava devorando *A ilha do tesouro* em vez de gaguejar com Dr. Seuss. Christopher observava o mundo com um olhar sábio, algo que simplesmente não existira em Michigan. Havia algo de frenético em sua inteligência agora.

Assim como com o pai dele.

E agora ele estava mentindo para ela.

Quando saíram do gabinete do delegado, tiveram que abrir caminho através dos jornalistas e das câmeras. Por fim, a mãe de Christopher conseguiu acomodá-lo no carro. Ela permaneceu imóvel por um instante, enquanto dava a partida e deixava o desembaçador realizar sua magia invisível, apagando nuvens do para-brisa.

Voltaram para casa em silêncio.

Ao longo do trajeto, Christopher pediu desculpa mais de uma vez. Mas ela não disse nada. Não para castigá-lo, mas para voltar a ficar por cima nessa relação. Seu filho estava crescendo rápido demais, e ela precisava saber o porquê. Já havia perdido um marido em consequência de uma mente hiperativa. Não queria perder um filho. Quando chegaram à garagem de casa e enfim estavam a sós, ela parou o carro.

— Christopher — começou, de mansinho —, eu preciso te perguntar uma coisa.

— Tá bom — respondeu ele, parecendo aliviado por ouvi-la falar outra vez.
— Por que você mentiu pra mim?
— Eu não sei.
— Sabe, sim. Está tudo bem. Pode me contar.

Ela viu os olhos dele tremerem um pouco. Percebeu a resposta sendo avaliada.

— Eu, hum... Eu sabia que você não ia me deixar ir pro bosque.
— Por quê?
— Porque eu podia ter me perdido lá de novo. Eu podia ter morrido todo congelado.
— Mas você foi mesmo assim. Por quê?
— A minha cabeça tá doendo.
— Pode me contar, Christopher.
— Pra construir uma casa na árvore.
— Por quê? O que tem de tão importante numa casa na árvore?
— Nada, eu acho — respondeu ele.
— Então você arriscou a vida pra construir uma casa na árvore que não tem importância nenhuma?

De repente, ele ficou em silêncio. Depois, fez a melhor imitação de um sorriso que ela já havia visto.

— Agora que você falou, eu acho que parece meio bobo — comentou ele.
— Que bom que você chegou a essa conclusão. Porque você está proibido de voltar àquele bosque.
— Mas, mãe...
— Você está de castigo até o Natal.
— Mas, mãe!
— Christopher. Os seus amigos podem mentir pros pais deles. Toda criança na face da Terra pode mentir pros pais. Mas você não vai mentir pra mim. Fim de papo. Não tem nada de abraço. Nada de "eu entendo". Eu que mando aqui, porra. E a minha única função é zelar pela sua segurança. POR

ISSO VOCÊ ESTÁ DE CASTIGO. VOCÊ NUNCA MAIS VAI COLOCAR OS PÉS NAQUELE BOSQUE. Entendeu?!
— Me desculpa — pediu ele, em desespero.
— Não adianta pedir desculpa. Não pra mim.
Os olhos dele se encheram de lágrimas.
— Me desculpa.
— JÁ PRO QUARTO!

Christopher foi para o quarto sem saber que, depois que a porta foi fechada, sua mãe se sentiu muito pior que ele. Ela odiava ser tão dura assim, mas, como não estava disposta a educá-lo recorrendo ao cinto de couro, como ela própria havia sido educada, o castigo era a melhor medida disciplinar que tinha disponível. Não podia deixar que ele mentisse. As regras dela eram preto no branco. Ela não podia deixar que ele ficasse num terreno cinza. E não podia deixar que ele fosse a um bosque onde a ossada de uma criança foi encontrada.

Ela o manteve de castigo o dia todo. Fora o breve alento de um queijo-quente e um Tylenol infantil, por causa da dor de cabeça, ele passou o dia no quarto. Sem TV. Sem livros. Christopher ficou deitado na cama, olhando para a foto do pai no porta-retratos de prata. Ela se perguntou se ele gostaria que o pai estivesse ali. Talvez o pai soubesse explicar o que estava acontecendo com ele. Talvez ele contasse a verdade ao pai. Pouco antes de dormir, ela entrou no quarto do filho.

— Olha — começou ela —, eu ainda estou brava, mas me desculpa por ter gritado.
— Tudo bem.
— Não, não está tudo bem. Não pode ter nenhum segredo entre a gente. E isso só vai dar certo se a gente não gritar um com o outro. Tá bom?
Christopher fez que sim.
— Você pode me contar qualquer coisa, Christopher. Não esquece isso nunca. Tá bom?
— Eu sei.
Ela esperou para ver se ele contaria. Mas tudo a seu tempo.
— Eu te amo — disse ele, por fim.
— Eu também te amo.

Com isso, ela deu um beijo na testa dele, fechou a porta e seguiu pelo corredor. Ligou a TV e começou a assistir ao *Tonight Show* para se distrair. O apresentador contou piadas engraçadas, mas Kate Reese não riu de nenhuma delas. Tudo que fez foi olhar para a tela, imaginando uma discussão com o filho.

— Você mentiu pra mim. Você ainda não me contou tudo. Eu sei. Você sabe que eu sei. Então o que diabos está se passando nessa sua cabecinha, Christopher?

E, quando ela fechou os olhos para dormir, era como se pudesse ouvir a resposta dele.

Isso quem tem que saber sou eu, e quem tem que descobrir é você.

CAPÍTULO 29

O delegado entrou no bosque sozinho. Era noite de quinta. O ar não parecia o de um típico Dia de Ação de Graças. Agradável demais, seco demais, tudo perfeito demais. Os únicos sinais do outono eram as folhas. Amarelo e vermelho-sangue. As trilhas estavam fofas sob seus sapatos de couro. Tudo quieto.

Havia algo errado.

Fazia cinco dias desde que a ossada havia sido descoberta e ele não conseguia entender o que tinha acontecido. Pensou no cachorro de seu antigo capitão, no distrito de Hill. Como, de vez em quando, Shane se sentava e começava a latir, sem motivo aparente. O capitão sempre dizia: "Silêncio, garoto. Não tem nada aí." Mas talvez houvesse alguma coisa. Os apitos para cães têm uma frequência que só os cachorros conseguem ouvir.

Talvez exista alguma coisa que só os cães possam ver, também.

O delegado não entendia por que estava pensando nisso. Ele era um homem prático. Para ele, aquela se tratava de uma investigação como outra qualquer. Sim, uma criança morreu, e isso era uma tragédia terrível. Mas nenhuma novidade para ele. Na cidade, morre gente toda semana. Inclusive crianças. Em seu antigo posto, ele tinha visto crianças vivendo em total imundície, em armários e porões. Vira coisas tão ruins que foram necessárias algumas sessões obrigatórias com o psiquiatra do departamento para lavar aquelas lembranças de seu cérebro.

Exceto aquela menininha de unhas pintadas.

Ele jamais a esqueceria.

Mas por que estava pensando tanto nela essa semana?

Isso ele não sabia explicar.

Assim como não sabia explicar a voz dentro de si. Algo que dizia que aquele caso era importante. Essa é uma coisa que as pessoas não entendem sobre o trabalho policial. Todo mundo vê na televisão um crime e realmente acredita que há força policial suficiente para que sejam designados dez detetives, em tempo integral, para cada homicídio. No mundo real, escolhas são feitas. Recursos, alocados. O delegado era bom nisso. Às vezes, bom até demais. Mas, dessa vez, algo nele dizia para apostar todas as fichas. Portanto, depois que a ossada foi descoberta, o delegado pediu um favor.

Seu velho amigo Carl era tão bom em perícia como ruim em exercícios físicos. E, como estavam investigando uma criança, o delegado pediu a Carl que se dirigisse imediatamente à cena do crime, mesmo sendo um domingo. Que se danem as horas extras. Ele queria saber o máximo possível sobre a ossada. Se havia alguém que podia esclarecer a questão, esse alguém era Carl. Os agentes federais em Langley tentaram roubá-lo várias vezes ao longo dos anos, mas a esposa de Carl era mais assustadora que o próprio FBI.

— O governo que se dane, Carl. Não vou deixar minha mãe em Homestead! Caso encerrado.

Quando Carl chegou, os dois percorreram a cena do crime e trocaram ideias. Ambos acreditavam se tratar de uma criança de 7 ou 8 anos, a julgar pelas falhas na dentição frontal. E os dois acreditavam que o corpo tinha sido enterrado muito tempo atrás.

De que outra forma se explicariam as raízes enroladas nos ossos, feito uma serpente?

No fim da noite, Carl e sua equipe levaram o esqueleto para fazer o que fosse possível em termos de necropsia. Carl disse que estava com a agenda cheia nos feriados, ainda mais com a sogra precisando ser levada à missa três vezes na semana, mas ele tentaria encaixar o trabalho e dar um retorno ao delegado até sexta.

O delegado passou o restante da semana lidando com as consequências do caso. Numa cidade grande, as pessoas não param quando ouvem a notícia de um cadáver. Mas aquela cidade era pequena. E, numa cidade pequena, as pessoas ficam com medo.

Com medo que nem a menininha de unhas pintadas.

O delegado afastou o pensamento e olhou para a frente, seguindo a trilha. Havia um cervo pastando na relva, perto de uma pontezinha, parecida com a dos três cabritinhos. Deus, ele não pensava nessa história havia anos. Como costumava sentir medo daquele troll quando era pequeno. Um medo parecido com o de João e Maria.

Um medo parecido com o da menininha de unhas...

— Para com isso. Mantém o foco — disse para si mesmo, em voz alta.

O delegado não sabia exatamente o que estava procurando. Afinal, ele e seus homens percorreram quase cada centímetro daquele bosque naquela semana, apesar da fúria do sr. Collins. Não encontraram nada. Nenhum entalhe. Nenhum símbolo estranho. Nada que indicasse que aquele bosque fosse o lar de algum culto ou de algum assassino chegado a rituais.

Apenas um monte de árvores.

E alguns cervos.

E um monte de latas de cerveja.

Ele já esperava isso, é claro. Assim que a notícia da ossada começou a se espalhar, curiosos mórbidos (leia-se "adolescentes") começaram a usar o bosque para beber cerveja e passar o tempo. Como urubus em volta da carniça. Deixavam latas por todo lado. Ele disse aos seus homens que começassem a coletá-las para compensar o custo das horas extras. Eles riram quando o delegado disse isso. E, quando ele não riu junto, eles começaram a recolher as latas.

O delegado chegou à clareira.

Olhou para as nuvens pairando no céu. Uma noite muito agradável para novembro. Era incrível pensar que faltava menos de um mês para o Natal. O delegado encarou a árvore que ficava no centro da clareira. Parecia a mão de uma pessoa tentando alcançar o céu. Alguns galhos eram fortes. Outros eram retorcidos como dedos paralisados pela artrite.

O delegado foi até a casa na árvore construída por Christopher. Ainda não conseguia acreditar que uma criança de 7 anos fosse capaz de construir algo tão sofisticado. A escada. A base. A estrutura. O filho de Kate Reese era um gênio. Era como uma casa de verdade.

Porém, agora, a casa na árvore tinha uma aparência diferente.

Como se alguém tivesse trabalhado nela a semana toda.

Mas, quando olhou para baixo, não viu pegadas.

Nenhuma pista.

Apenas uma sacola de plástico branca pendurada num galho baixo.

O delegado tocou a árvore. A casca era fria e áspera. Como as árvores em que subia quando criança. Ele deu seu primeiro beijo à sombra de uma árvore como aquela. Justine Cobb usava aparelho e um vestido florido e tinha lindos cabelos loiros.

Igual à menininha de unhas pintadas.

Papai.

O delegado afastou a mão da árvore. Sacudiu as lembranças e tentou recuperar o foco. Então pegou a sacola de plástico branca para enfiá-la no bolso e descartá-la como lixo. Mas, por algum motivo, viu-se passando a sacola de uma mão à outra, como uma criança tentando amaciar uma luva nova de beisebol feita de couro. Para lá e para cá, para lá e para cá e

Crec.

Ele se virou. Viu um cervo encarando-o. O delegado olhou para a sacola de plástico branca. De repente, ele queria cair fora daquele bosque. Uma voz lhe dizia que devia sair dali. Imediatamente. Não era uma ameaça.

Era um aviso.

Ele devolveu a sacola ao galho e se afastou, depressa. Atravessou rapidamente o túnel da mina que escondia a clareira do restante do bosque. Ele ligou a lanterna e viu iniciais gravadas nos trilhos de metal. Nomes antigos pichados nas vigas de madeira, como hieróglifos. Ao sair da mina, ele viu algo perturbador.

Uma geladeira abandonada.

Não sabia como seus homens podiam ter deixado isso passar, e eles seriam repreendidos por essa falha. Uma criança poderia resolver brincar ali dentro, ficar presa e acabar sufocada.

O delegado se aproximou da geladeira. Era grande, branca e velha, com ferrugem nas bordas, como têmporas grisalhas. Como as quatro têmporas da Igreja católica. Como a missa frequentada pela mãe da esposa de Carl. Estava ocupada por um ninho. Não dava para saber se era de um pássaro ou de um guaxinim. Mas não havia sinal nem de um nem de outro. O delegado colocou a mão na porta da geladeira para fechá-la.

Foi então que uma cobra pulou para fora.

Era uma cascavel. Enrolada. Sibilando. Sssss. Sssss.

O delegado recuou. A cobra serpenteou na direção dele. Fazendo um barulho igual ao de um chocalho de bebê. O delegado tropeçou num tronco e caiu. A cascavel avançou sobre ele. Exibindo as presas. Pronta para o bote. O delegado sacou o revólver no instante em que a cobra pulou em seu rosto.

Bangue.

A cabeça da cobra explodiu com a bala.

O delegado se levantou e olhou para a cobra se contorcendo no chão. Enrolada feito as raízes na ossada da criança. Depois de um rápido disparo final contra o corpo da cobra, o delegado foi fechar a porta da geladeira. Nesse momento ele olhou para o ninho e viu filhotes de cascavel em meio às cascas de ovos. Fechou a porta, trancando-os lá dentro, e então examinou seu pescoço para ver se havia algo se enroscando ali.

Ele se afastou rápido, pensando em ligar para o controle de animais peçonhentos e pedir que enviassem uma equipe para o local. Não sabia como era possível haver filhotes de cobra em novembro. Fazia tempo que a primavera tinha terminado. Nada nascia no inverno.

Havia algo errado ali.

Não conseguia ver, mas podia sentir, como o velho cachorro de seu capitão quando ouvia o apito. Soava como o vento. Mas não era exatamente isso. O som era mais como uma serpente enrolada nos galhos das árvores. Como... Como...

Um sibilo invisível.

O delegado desceu depressa a ladeira até o canteiro de obras. Havia tocos por todo lado. Carcaças de árvores. Raízes gigantes arrancadas da terra congelada. Havia vários tratores estacionados na estrada. Cada um tinha uma placa da CONSTRUTORA COLLINS fixada na porta. Os tratores ficaram lá, sem vida, depois que o delegado interditou o bosque para a investigação. O sr. Collins já havia contratado advogados e, se o delegado sabia alguma coisa sobre poder e política (e ele sabia), a construção seria logo retomada. Muito em breve, o sr. Collins transformaria as árvores em tábuas para a construção de casas. A serragem iria para outra empresa, onde seria misturada com cola inflamável e utilizada na fabricação de lenha falsa para o Natal. Era como se o sr. Collins estivesse fazendo o bosque da Mission Street cavar a própria cova. Por mais robusto que fosse, o bosque não tinha como resistir.

O delegado passou pela fita de isolamento. Pelo campo de tocos de árvores já cortadas pelo sr. Collins em setembro. Pareciam pequenas lápides que eventualmente ninguém jamais visitaria.

Como a menininha de unhas pintadas.
Enquanto dirigia de volta para a delegacia, o delegado contemplava as gotículas de chuva que caíam das nuvens em seu para-brisa. Pensou nos momentos maravilhosos que desfrutara com Kate Reese apenas cinco dias antes. Deus, parecia um ano atrás. Ele queria revê-la, mas era o Dia de Ação de Graças e ela estava com o filho. E amanhã era sexta, o dia em que os dois viam filmes juntos. Então precisaria aguardar até sábado, quando talvez ela conseguisse uma babá e pudesse apagar com duas horas de sua companhia o pesadelo que aquela semana tinha sido para ele. Ela estava tão bonita sábado passado. Com aquele vestido novo, do shopping de pontas de estoque de Grove City. E aquele batom.
Como a menininha de unhas pintadas.
Papai.
Quando o telefone tocou, o delegado quase deu um pulo.
Era Carl.
— Ei, Carl. Você ligou um dia antes. Estou surpreso em ter notícias suas no Dia de Ação de Graças.
— Você não ficaria, se conhecesse a minha sogra.
O delegado não riu. A piada era tão velha quanto a amizade deles.
— O que você tem pra mim? — perguntou o delegado.
Carl começou a expor seu típico jargão técnico. O delegado sempre se perguntava por que os gênios não falavam como pessoas normais. Mas talvez fosse isso que fizesse deles gênios. Depois de enfrentar dez minutos de factoides relacionados a dados biológicos, DNA e datação por carbono, o delegado pôde entender os fatos acerca do esqueleto.
A criança tinha cerca de 8 anos.
A criança era um menino.
A criança estivera enterrada por cerca de cinquenta anos.
E, o mais impressionante, Carl conseguiu descobrir a causa da morte.
O delegado ficou perplexo quando ouviu isso. A tecnologia havia avançado muito nas duas décadas em que ele vinha trabalhando como policial. Mas, ainda assim, ele nunca tinha ouvido falar na identificação da causa da morte com base num esqueleto de cinquenta anos, quando não havia nada para examinar além de ossos.
Mas esse era o ponto. Havia.

Carl imaginou que devia haver algo no solo. Sob pressão suficiente, carvão se torna diamante. Então talvez o caso tivesse a ver com a mina de carvão. Ou com as raízes das árvores. Ou com alguma regulação de temperatura que ele ainda não conseguia entender. Um mistério médico que algum dia seria tão corriqueiro quanto impressões digitais ou DNA. Fosse o que fosse, o cérebro se manteve suficientemente preservado. A necropsia foi conclusiva.

O delegado estava preparado para qualquer coisa. Facada. Tiro. Já havia visto coisa pior. Muito pior. Mas, quando Carl lhe disse a verdadeira causa da morte, a informação o deixou tão chocado que ele parou por um instante. Então olhou para o celular em sua mão.

— Carl, acho que não ouvi direito — disse o delegado. — Repete, por favor.
— A vítima foi enterrada viva.

CAPÍTULO 30

Do outro lado do bosque, Christopher estava sentado à mesa da sala de jantar com sua mãe para o primeiro Dia de Ação de Graças dos dois na casa nova. Não foi a noite festiva que eles esperavam que fosse.

E tudo por culpa dele.

Christopher quase não tocou na comida. Ele disse à mãe que estava sem apetite por causa de uma dor de cabeça, mas a verdade era que ele não queria ficar com sono. Assim, depois de comer uma quantidade de torta de maçã suficiente para evitar suspeitas, eles assistiram em silêncio ao especial de Dia de Ação de Graças do Charlie Brown e foram dormir.

Depois de levar o filho até a cama, beijá-lo e tentar iniciar uma conversa que não progrediu, ela finalmente foi para o quarto. Christopher ouviu a televisão da mãe sendo ligada. E esperou horas até a TV ser desligada. E ela adormecer. E a barra ficar limpa. Então Christopher saiu da cama.

Como havia feito a semana inteira.

Ele foi até a cômoda para pegar roupas quentes. Colocou-as por cima do pijama, em camadas, para garantir que ficaria confortável para trabalhar. Arrumou o travesseiro embaixo das cobertas para parecer que ainda estava na cama.

Em seguida, desceu na ponta dos pés.

Uma vez livre dos rangidos da escada, calçou as botas e saiu pela porta de correr de vidro. Olhou para o céu preto. Uma estrela cadente rasgou as nuvens. Christopher foi até o outro lado do gramado, no limite do bosque da Mission Street. O bosque que o delegado havia interditado por causa da investigação, o que impossibilitou o sr. Collins de continuar destruindo-o. Isso daria a Christopher o tempo necessário para concluir a casa na árvore antes do Natal.

foi por isso que eu te mostrei a ossada
eu não teria feito aquilo se não fosse necessário
eu não quero te assustar, christopher

Christopher podia ter ajudado na investigação do delegado. Ele sabia como tinha encontrado o esqueleto. Sabia que os ossos estavam lá havia muito tempo. Achava até que sabia o nome do menino que tinha morrido. Mas não podia contar nada disso para os adultos. Porque, em algum momento, eles perguntariam como ele sabia isso tudo. E ele só teria uma resposta verdadeira.
"O meu amigo imaginário me contou."
Em alguns momentos, a certeza de Christopher oscilava entre fato e fantasia. Ele estava ficando inteligente demais para não entender que ou o moço bonzinho existia ou ele era um garoto maluco vagando sozinho pelo bosque.
Mas Christopher continuou construindo a casa na árvore.
Ele tinha a sensação de que sua cabeça explodiria se não o fizesse.
Às vezes, as dores de cabeça eram fracas. Às vezes, intensas. E, outras vezes, ele podia tomar Tylenol infantil o dia todo e não adiantava nada. As dores de cabeça agora faziam parte da rotina de Christopher. Como a escola, ou Froot Loops, ou desenhos do Gato Mau nas manhãs de sábado. A única coisa que tornava a vida suportável era trabalhar na casa na árvore.
Então ele continuou trabalhando. Na noite de Ação de Graças. E na noite seguinte. E na outra.
Ele nunca sentia dor de cabeça na casa na árvore.
Ele nunca sentia dor de cabeça perto do moço bonzinho.
Na semana seguinte, todas as noites, Christopher esperava para ouvir a televisão da mãe ficar em silêncio. Então enfiava o travesseiro debaixo das cobertas, pegava o casaco e as luvas e corria até a casa na árvore para pregar mais um prego ou pintar mais uma parede. O tempo inteiro conversando com a sacola de plástico branca. Ele continuava lá até suas mãos ficarem dormentes demais para pintar. Doloridas demais para martelar. Então, ao amanhecer, ele corria de volta para casa, certificando-se de estar na cama quando a mãe acordasse. O cansaço era tão grande que, por fim, ele teve que passar um pouco da base da mãe nas olheiras para que ela pensasse que ele vinha dormindo normalmente.
Mas ele continuou construindo.

Não ousava parar.

A fadiga enfim o venceu depois de uma noite de sexta com filme. A mãe lhe serviu um pratão de espaguete com almôndegas, pãezinhos amanteigados e um sundae de sobremesa. Quando ele chegou à casa na árvore, seus olhos já estavam se fechando sozinhos.

Christopher tentou lutar contra o sono. Precisava ficar acordado. Precisava arrastar as janelas até a casa na árvore. Precisava terminar o telhado. Precisava... dormir. Eu não posso. Mas você está tão cansado. Não, não tô. Talvez você devesse apenas descansar os olhos, então. Sim. Só isso. Basta deitar aqui perto da árvore. Faça a dor de cabeça ir embora descansando seus olhozzzzzzzzzzz.

Quando finalmente acordou no sábado de manhã, ele estava de volta em sua cama. Não sabia como tinha chegado lá. Christopher ficou chateado por ter perdido uma noite inteira. Mas não havia o que fazer. A mãe passaria o sábado todo com ele. Então não poderia fugir para o bosque. Não poderia conversar com o moço bonzinho. Seria obrigado a suportar a dor de cabeça até a noite chegar.

Christopher desceu a escada. Foi até o armário da cozinha e pegou o frasco de Excedrin da mãe. Tomou quatro aspirinas, mastigando-as como se fossem Smarties. O gosto de giz era horrível. Depois pegou a caixa de Froot Loops. Era uma caixa nova. Sem o pó fino de açúcar. Mas, quando Christopher serviu o cereal, um brinde caiu da caixa. Uma estatueta do Gato Mau feita de plástico. Christopher a colocou no balcão e sorriu. Um raro momento de alegria antes que a dor de cabeça voltasse a bater à porta. Ele pegou a caixa de leite, derramou-o sobre o cereal e olhou para a foto de Emily Bertovich. Pensou em perguntar ao moço bonzinho por que a foto da menina parecia mudar um pouco sempre que compravam uma caixa nova.

Christopher devolveu o leite à geladeira e se sentou para ver os desenhos da manhã de sábado. Ele lembrou que, quando era mais novo, costumava desligar a TV e pensar que, quando voltasse a ligá-la, a imagem seria a mesma do ponto em que a deixara. Levou um tempo até descobrir que o Gato Mau e o restante da programação da TV prosseguiam sem ele. Isso o deixava triste, mas a mãe o animava dizendo que, durante aquele tempo, ele também fazia coisas e o restante do mundo é que tinha que alcançá-lo.

Christopher ligou a televisão. O aparelho aqueceu e começou a exibir seu desenho animado preferido das manhãs de sábado.
Gato Mau.
Christopher ficou muito contente. *Os Vingadores* talvez fosse seu filme preferido, mas *Gato Mau* seria sempre seu programa de TV preferido. Ele ligou a TV a tempo de ver os créditos de abertura. Um grande desfile de todos os personagens marchando pela Broadway, cantando:

Quem é o maior maioral?
Quem é que nunca fica mal?
Quem sempre se sente o tal?
É o Gato, o Gato Mau!
Quem daqui é o malandrão?
Quem é o gato mais gatão?
Quem é um grande comilão?
É o Gato, o Gato Mau!
É o Gato, o Gato Mau!
É o Gato, o Gato Mau!

Então, o Gato Mau corria para a frente do desfile e gritava: "Você ia terminar essa música? Eu tô tentando comer!"
Christopher sempre ria, porque era engraçado demais. Ele até riu um pouco mais dessa vez, porque precisava liberar um pouco do estresse da semana, feito o vapor que fazia a chaleira da sua mãe apitar.
O episódio começou. Christopher ficou um pouco decepcionado, porque era uma reprise em que o Gato Mau roubava peixe do mordomo de uma gata rica por quem ele estava apaixonado. Christopher já havia visto o episódio uma dezena de vezes, mas tinha uma sequência engraçada, em que o mordomo perseguia o Gato Mau, gritando: "Volta aqui, Gato!" E o Gato Mau dizia: "É sr. Gato pra você, Raul." Por isso ele se dispôs a assistir ao episódio de qualquer forma.
Mas dessa vez foi diferente.
O Gato Mau não disse a fala de sempre. Em vez disso, enquanto Christopher assistia, o Gato Mau olhava para a câmera. Por fim, o Gato Mau parou e olhou para a tela.

— Ah... oi, Christopher. Tá curtindo o desenho?

Christopher olhou para a casa vazia em volta. Sua mãe continuava dormindo no andar de cima. Ele estava sozinho.

— Não precisa se preocupar com a sua mãe. Somos só eu e você. Não precisa ter medo. Como é que você tá, carinha? — perguntou o Gato Mau.

— Como você sabe o meu nome? — sussurrou Christopher, por fim.

— Tá de brincadeira? Você é o meu fã número um. Como é que eu não ia saber o seu nome? Ouvi dizer que o meu programa de TV é o seu favorito. Puxa, isso é tão legal. Valeu! — berrou o Gato Mau.

— Shhh. Você vai acordar a minha mãe.

— Não me venha com gaiatices. A sua mãe conversou com o delegado pelo telefone por duas horas ontem à noite, depois que você pegou no sono. Puxa, ele é tão bonzinho. Bem melhor que o Jerry, né?

Os pelos da nuca de Christopher se arrepiaram.

— Como você sabe do Jerry?

— Eu sei tudo sobre você, amigão. Eu sei que o Jerry tá procurando a sua mãe. Puxa, ele vai machucar ela se descobrir onde ela tá. A gente não pode deixar isso acontecer, né?

— Não — disse Christopher.

— Puxa, como você é corajoso! A sua mãe te educou bem. Ela deve ter muito orgulho de você. Por isso não tenha medo. Eu prometo que a gente vai manter a sua mãe em segurança. Sem confusão. Sem agitação.

— Como? — quis saber Christopher.

O Gato Mau olhou para a esquerda e para a direita. Tentando ver fora dos limites da televisão, como quem tenta enxergar o que há além de uma curva que não oferece visão do outro lado.

— Ah, puxa, Christopher! O nosso tempo tá quase acabando. Eu vou te dizer como manter a sua mãe em segurança, mas antes eu preciso fazer uma pergunta, tá bom?

Christopher assentiu. O Gato Mau semicerrou os olhos.

— Como foi que você encontrou o esqueleto, amigão?

O coração de Christopher bateu mais forte.

— O quê?

— Alguém te mostrou onde o esqueleto tava, certo? Quem tá te ajudando? Ah, puxa! A gente precisa saber.

— Ninguém — mentiu Christopher.

— Eu acho que isso não é verdade. Eu acho que alguém te contou sobre aquele velho esqueleto. Eu preciso saber quem te contou, carinha. Ah, puxa! Eu preciso saber. Porque a coisa tá ficando feia aqui dentro. Ela tá tão brava agora. Nossa! Como ela tá brava!

— Ela quem?

— Desculpa. A gente não pode te contar, carinha, ou a gente vai se meter numa encrenca. Ela fica assustando um monte de gente pra descobrir quem tá te ajudando. Os meus ouvidos ficam doendo com toda aquela gritaria. Então as coisas aqui dentro iam ficar bem melhores se você contasse como achou o esqueleto. Pode contar pro Gato Mau. Vai ser o nosso segredinho.

— Ninguém me disse nada. Eu tava procurando um tesouro.

— Ora bolas! Estou decepcionado pra caralho, carinha. Essa foi a mesma mentira que você contou pro delegado e pra sua mãe. Você não quer ser como o Pinóquio, né? A mentira fez o nariz dele crescer. Você quer saber o que as suas mentiras vão fazer?

— O quê?

— Se você não me contar quem tá te ajudando, uma coisa ruim vai acontecer com a sua mãe.

A garganta de Christopher se fechou, como na vez em que ele tentou engolir uma bola de gude e quase engasgou. Seu rosto ficou vermelho.

— O que vai acontecer com ela?

— Eu não posso te dizer, mas, se você aumentar o volume da TV, posso te mostrar. Você se importa de aumentar o volume na TV?

Christopher pegou o controle remoto e aumentou o volume.

— Puxa! Não, Christopher. Não no controle remoto. Na TV. Se não a coisa não funciona.

Christopher hesitou, mas precisava saber o que aconteceria com a mãe. Lentamente, aproximou-se da televisão.

— Isso aí, carinha. Tá tudo bem. Eu não vou te morder.

Christopher estendeu a mão para o botão de volume. Os olhos do Gato Mau cintilaram. Ele lambeu os beiços.

— Puxa! A gente tá ansioso pra te encontrar, amigão. Ela vai te mostrar tudo.

O Gato Mau começou a estender a pata através da tela. Mais perto do botão de volume. Mais perto de Christopher.

— É só você tocar na tela que a gente salva a sua mãe. Eu juro de pés juntos. Pela minha viiiiida.

Christopher estendeu a mão, enquanto o Gato Mau estendia a pata. Ficaram a poucos centímetros de distância. Os dedos quase se tocando. A dor de cabeça começou a desaparecer. E Christopher sentia o Zzzz.

— Christopher! — gritou sua mãe. — O que eu falei sobre sentar tão perto da TV?

Christopher arregalou os olhos e se virou. Era sua mãe. De roupão. Ela parecia perplexa. O nariz dele estava a poucos centímetros da televisão.

— Desculpa, mãe.

— Tudo bem. Mas termina o café da manhã na mesa, como uma pessoa normal. Eu não criei um selvagem.

Christopher fez que sim, e então se voltou para a TV. O Gato Mau já não o encarava. Estava sendo perseguido pelo mordomo.

— Volta aqui, Gato!

— É sr. Gato pra você, Raul — disse o Gato Mau. Então ele correu para dentro do bueiro, levando consigo o delicioso peixe.

Christopher se sentou à mesa da cozinha e comeu o cereal, enquanto a mãe preparava ovos mexidos para si. Ele olhou para ela, apavorado com o que poderia acontecer. Ele teria dito alguma coisa, mas agora sabia que algo o vigiava.

Ou isso ou ele estava louco de vez.

Christopher queria acreditar que tudo isso não passava de fruto — e não Fruittella — da sua imaginação. Principalmente no que dizia respeito ao Gato Mau. Ele esperava que fosse apenas um doido como o pai. E que a dor de cabeça lancinante fosse apenas a centelha que costumava fazer o "papai dançar engraçado". Era assim que sua mãe costumava chamar as convulsões do pai dele. Seu pai tomava remédios por causa das convulsões, e às vezes as pílulas o faziam passar semanas na cama. Sua mãe cuidava dele, mas precisava trabalhar até tarde no restaurante.

Foi quando ele morreu na banheira.

Mais tarde naquela noite, quando sua mãe desligou a TV, depois de assistir ao *Saturday Night Live*, Christopher saiu de fininho de casa e foi ao bosque da Mission Street. Ele ignorou a brisa que brincava de esconde-esconde com o vento e correu até a árvore.

— Você tá aí? — perguntou ele à sacola de plástico branca.

Não houve resposta.

— Por favor, responde. Eu tô com medo. O que foi aquilo? Quem é ela? O que o Gato Mau vai fazer com a minha mãe?

Naquele momento, Christopher saiu de si e viu a cena como um espectador. O que ele viu foi um menininho ajoelhado, implorando a uma sacola de plástico branca por explicações a respeito de coisas que ninguém poderia explicar. Se pudesse escolher entre isso tudo ser loucura ou realidade, Christopher escolheria a loucura. Porque, mesmo que sua mãe ficasse triste por ter um filho louco, como seu falecido marido, pelo menos nada de ruim aconteceria com ela.

— Eu fiquei maluco? — perguntou ele à sacola de plástico branca.

Nada.

— Por favor, me diz que eu fiquei maluco.

Silêncio.

Christopher permaneceu ali a noite inteira, implorando à sacola de plástico branca que lhe desse uma resposta que não vinha. O moço bonzinho parecia ter sumido. Christopher não sabia aonde ele poderia ter ido. Talvez estivesse escondido. Talvez estivesse fugindo do Gato Mau. Ou talvez aquilo fosse apenas uma sacola de plástico branca.

O que quer que fosse, Christopher estava sozinho.

Quando o alvorecer riscou o céu, ele correu de volta para a cama, deitou-se debaixo das cobertas e ficou olhando para a foto do pai no porta-retratos de prata. Quanto mais olhava para o pai sorrindo perto da árvore de Natal, mais a pergunta reverberava em sua mente, como um velho disco arranhado. Eu estou louco? Eu estou louco? Eu estou louco? Vinte minutos antes de o despertador de sua mãe os acordar para irem à igreja, Christopher enfim fechou os olhos. E, pouco antes de adormecer, achou ter ouvido um leve sussurro. Pode ter sido um pensamento. Pode ter sido uma voz. Pode não ter sido nem uma coisa nem outra. Tudo o que o som disse foi...

Termine a casa na árvore e você vai saber.

CAPÍTULO 31

— Você tá maluco? O meu pai quase tirou a HBO do meu quarto — sussurrou Ed Especial.

Christopher seguiu Ed Especial pelo estacionamento da igreja, enquanto sua mãe cumprimentava os pais dele.

— Você não tá entendendo. A gente tem que terminar a casa na árvore — reforçou Christopher.

— Você tem dinheiro pra pagar a minha HBO? — indagou Ed Especial.

— Não.

— Então termina você sozinho.

Entraram na igreja e, depois de ficarem de castigo durante o fim de semana de Ação de Graças (e no outro, como medida extra), os meninos se sentaram para assistir a uma missa das longas. O padre Tom discorreu sobre o quanto Jesus ama os refugiados no Oriente Médio. Mas tudo que Christopher reparava era nas pessoas encarando-o. E em seus cochichos.

— Aquele é o menininho que encontrou a ossada.

— Aqueles são os meninos que apareceram no noticiário.

— Eles apareceram no jornal.

— Ele ganhou na loteria uns meses atrás.

A cabeça de Christopher doía com aquelas vozes. Cada minuto que ele ficava longe da casa na árvore só piorava sua dor de cabeça. Houve um momento em que o padre Tom passou a falar em latim. O idioma girou na cabeça de Christopher. E "*diem*" virou "dia". E as palavras fizeram sentido. Mas trouxeram consigo um espasmo de dor.

O Deus, ego amo Te

Ó Deus, eu Te amo, entendeu Christopher.

Quando a missa acabou, a mãe de Ed Especial foi até o estacionamento e acendeu um cigarro. Ela tragou e exalou uma nuvem de fumaça.

— Jesus Cristo, que missa longa! — exclamou ela. — O padre Tom não sabe que a gente tem compras de Natal pra fazer?

Ela disse isso sem nenhuma pitada de ironia, o que, a mãe de Christopher tinha que admitir, tornava sua Betty ainda mais querida. Então, depois que Betty acabou com os biscoitos amanteigados que estavam à venda no bazar da igreja, ela se ofereceu a levar todo mundo para comer pizza e comemorar a boa notícia.

— Qual é a boa notícia? — perguntou a mãe de Christopher.

— O Eddie foi promovido da turma dos burros! — respondeu ela.

— Ei! — reclamou Ed Especial.

— Me desculpa, querido. Mas é verdade. Você estava na turma dos burros — disse ela, acariciando-lhe o cabelo. — Mas aquela sra. Henderson é um gênio, porque você agora está lendo como um aluno do quarto ano. A gente está muito orgulhoso, né, Eddie?

— Muito orgulhoso. Muito orgulhoso — repetiu o pai de Ed Especial, atento aos melhores momentos dos Steelers no celular.

Christopher percebeu que sua mãe guardou na mente a informação sobre o desempenho de Ed Especial. Então as duas famílias se juntaram a Matt, Mike e suas duas mães, que tinham acabado de fazer o que Betty qualificava como "seja lá o que for que os luteranos fazem" em sua igreja próxima a uma saída da rota 19.

Talvez tivessem suas diferenças religiosas, mas, ei!, o mesmo Deus, a mesma pizza.

Enquanto os adultos bebiam cerveja, os meninos jogavam videogame.

— Eu só preciso de ajuda com as janelas e o teto — disse Christopher. — O restante eu faço sozinho.

— Foi mal, Chris, mas as nossas mães colocaram a gente de castigo — explicou Matt.

— É — reforçou Mike, querendo recuperar seu direito a sobremesa.

Mas Christopher não desistiria. A dor de cabeça não o deixava desistir. Naquela mesma noite, depois que sua mãe foi dormir, ele tentou levar as janelas até a escada sozinho. Mas eram muito pesadas. Então as escondeu e tentou fixar o telhado. Mas era impossível fazer isso sozinho. Ele tinha chegado ao limite do que uma criança poderia fazer sem ajuda. No instante em que parou de construir, a dor de cabeça voltou como vingança.

E o moço bonzinho não estava por lá.

No dia seguinte, na escola, Christopher encontrou os amigos na sala de aula.

— O telhado é trabalho pra quatro pessoas. Eu não consigo terminar sozinho — implorou ele.

— Cara, a gente já te falou. A gente tá de castigo — disse Mike, irritado.

— É, Chris. Deixa a gente em paz. Você tá maluco — reclamou Ed Especial. — E tá com uma cara horrível. Vai dormir!

Christopher olhou para Matt, a única pessoa com quem sabia que podia contar. Matt, com toda serenidade, baixou o olhar.

— Matt — chamou ele.

— Deixa o meu irmão em paz — interveio Mike.

— Deixa ele responder por ele mesmo — pediu Christopher, dirigindo-se a Mike.

Mike era quase dez quilos mais pesado que ele, mas Christopher não se importava. Os dois se encararam. Matt não queria ver nenhuma briga.

— Calma, pessoal. A gente já tá todo encrencado — ponderou Matt

Christopher se virou para Matt. Olho no olho.

— Você vai me ajudar ou não?

Matt ficou calado. E olhou para o irmão.

— Não, Chris. Foi mal.

A dor de cabeça forçou as palavras a saírem de sua boca, antes mesmo que ele pudesse pensar.

— Vai se foder então — vociferou Christopher.

No instante em que disse isso, sentiu-se envergonhado. Já não sabia o que estava fazendo. No fim do dia, a cabeça de Christopher estava explodindo. Não adiantou nada ter levado o Excedrin da mãe para a escola e ter passado o dia todo ingerido aspirinas como se fossem balas. Não fez a menor diferença o fato de a última aula ter sido cancelada para as crianças irem ao parquinho para o evento especial. A cabeça de Christopher não parava de doer.

Nem mesmo para a Corrida de Balões.

Ele olhou ao redor do parquinho e viu a criançada com seus casacos e gorros de inverno. Cada criança segurava um balão de uma cor com um pequeno cartão preso à ponta de um barbante. A sra. Henderson disse a todos que escrevessem seus respectivos nomes no cartão, com informações de contato da escola. O balão que fosse parar mais longe renderia um prêmio ao dono. As crianças saberiam o resultado no último dia de aula, antes do recesso de Natal. De repente, Christopher se lembrou da sra. Keizer indo para cima dele no hospital e berrando: "A morte está chegando. A morte está aqui. A gente vai morrer no Natal!"

Não chora.

A dor de cabeça era absurda. Ele jamais seria capaz de terminar a casa na árvore. Então, ou o Gato Mau faria algo com sua mãe, ou ele estava completamente louco.

Não chora.

Christopher tentou se livrar da dor para poder escrever seu nome. Mas a primeira lágrima atingiu o cartão e borrou o traço feito a lápis.

Para de chorar, seu bebezinho.

Mas ele não conseguia parar. Ele se escondeu atrás do escorrega, segurou a cabeça latejante entre as mãos e começou a chorar de soluçar. Pouco depois, sentiu uma sombra cruzar suas pálpebras. Olhou para cima e viu Matt tocando seu ombro.

— Qual é o problema, Chris?

Christopher não conseguia falar. Apenas chorava. Mike e Ed Especial chegaram correndo.

— O que aconteceu? — perguntou Mike. — Foi o Brady? Eu vou matar ele.

Christopher balançou a cabeça. Não, não tinha sido Brady. Ed Especial olhou ao redor. Um tanto paranoico.

— Então levanta daí. Você não quer que o Brady te veja chorando, né?

Os meninos o ajudaram a ficar de pé. Então ele enxugou os olhos na manga do casaco.

— Foi mal — pediu Christopher. — Eu não queria te xingar. Eu não quis criar problema pra vocês.

— Ei! Não se preocupa com isso — disse Matt.

— É. As nossas mães nem estão mais tão bravas — acrescentou Mike.

— É. A minha mãe agora acha que eu sou um gênio! — exclamou Ed Especial. — Além disso, a gente ganhou uma noite inteira acampando sozinhos. A gente se deu bem.

— Então vocês vão me ajudar a terminar?

— Por que essa coisa é tão importante pra você? — indagou Matt.

— Porque é o nosso quartel-general. Porque nós somos os Vingadores — disse Christopher, sabendo que eles jamais acreditariam na verdade.

Silêncio. Os meninos pensaram um minuto.

— Tudo bem, Chris — aceitou Ed Especial. — A gente vai te ajudar.

— Claro — concordou Matt. — Mas a gente tem que descobrir como. A gente ainda tá de castigo.

— E se a gente matasse aula? — propôs Mike.

— Eu não posso — disse Ed Especial, agarrando-se ao seu recente sucesso acadêmico. — Se eu tirar nota máxima em alguma prova esse ano, o meu pai disse que vai liberar o Showtime no meu quarto. E o Showtime tem muita mulher pelada.

— E se a gente fingir que tá doente? — sugeriu Matt.

— Eles vão desconfiar — argumentou Ed Especial.

Quanto mais os meninos pensavam, mais percebiam que não havia nenhum plano que funcionasse. Christopher era o único que morava perto do bosque e podia sair de fininho de casa à noite. As mães estavam com eles todos os dias depois escola e nos fins de semana, e elas jamais permitiriam outra festa do pijama.

— Meninos e meninas, preparem todos os seus balões! — exclamou a sra. Henderson.

— Vamos lá, pessoal — chamou Ed Especial. — A gente tem que ganhar a Corrida de Balões.

Os meninos seguraram os balões para Christopher. Ele amarrou o próprio balão no deles. Os quatro olharam para Brady Collins e Jenny Hertzog, cujos amigos tinham tantos balões amarrados juntos que mais parecia o filme *Up: altas aventuras*. Mas Christopher e os Vingadores não se importaram. Tinham voltado a ser grandes amigos.

— Um. Dois. Três! Vai! — gritou a sra. Henderson.

As crianças soltaram os balões. O céu claro ficou cheio de pequenos pontos coloridos, feito uma pintura. O céu estava lindo, vasto e sereno como uma oração. Christopher olhou para a nuvem que pairava no ar. Branca como a sacola de plástico. As palavras surgiram em sua mente na mesma hora.

Um dia de neve.

Com a resposta, a dor de cabeça parou. Christopher só se deu conta da verdadeira intensidade da dor depois que ela se foi.

— E se a gente tivesse um dia de neve, pessoal? — indagou Christopher.

— Isso funcionaria! — respondeu Ed Especial. — Uma pena que você não controla o clima, Chris.

Naquela noite, depois que sua mãe pegou no sono, Christopher se dirigiu ao bosque. Foi diretamente até a sacola de plástico branca.

— Eu não sei se você é real ou não. Mas, se você existe, tem que me ajudar a terminar essa casa na árvore. E, se você não existe, então eu vou parar a construção. Eu não me importo se a minha cabeça explodir. Porque eu não vou mais fazer isso sozinho. Eu preciso de uma prova. Então fala comigo. Por favor, fala comigo.

No silêncio que se seguiu, ele encarou a sacola de plástico branca, balançando silenciosamente no galho baixo. A voz de Christopher se elevou.

— Essa é a sua última chance. Eu preciso de um dia de neve pra terminar a casa na árvore. Então é melhor você fazer nevar, ou eu juro que nunca mais vou acreditar em você.

CAPÍTULO 32

Uma nevasca.

Que droga, pensou o delegado. *A última coisa que eu preciso agora é de uma nevasca.*

O meteorologista previu cinco centímetros de neve. Errou por quase trinta. As escolas não abriram. A Escola de Ensino Fundamental de Mill Grove. As duas de ensino fundamental dois. A de ensino médio. A neve era tanta que até o Distrito Escolar de Mt. Lebanon suspendeu as atividades, em vez de impor aos jovens um de seus lendários "atrasos de três horas (com o jardim de infância do turno da manhã suspenso)".

A criançada foi para a rua brincar com seus trenós e fazer bonecos de neve. O delegado teria preferido ser uma criança correndo com um trenó a ser um adulto tentando descobrir se o município disporia de verba suficiente no orçamento para espalhar mais sal nas vias públicas. Quando era criança, ele odiava o sal que derretia a neve. Agora ele odiava o sal ainda mais.

Porque o sal o afastava do caso.

Talvez fosse o fato de o caso envolver o filho de Kate Reese. Talvez fosse o fato de o delegado ter se acostumado ao ritmo de cidade grande e querer voltar a realizar um trabalho policial pra valer, mesmo que inicialmente tivesse desejado a vida pacata de cidade pequena.

Qualquer que fosse o motivo, parecia que, quanto mais tempo ele passava naquele bosque, trabalhando na cena do crime e procurando pistas, mais engajado, mais focado e obstinado ele se sentia. Se não se conhecesse tão bem, diria até que estava se tornando mais inteligente. Porque, apesar de todos os contratempos, ele foi capaz de obter quatro dados básicos...

Um menino.

Oito anos.

Cinquenta anos atrás.
Enterrado vivo.
... uma identificação quase positiva da criança. Seria necessário um teste de DNA para a confirmação. Mas tinha quase certeza do nome da vítima.

David Olson

O delegado se sentou à sua mesa. Ele abriu a pasta do arquivo e desdobrou o cartaz encardido e desbotado de "Desaparecido". David Olson era um menino tão bonitinho. Bochechas grandes. Sorriso largo. Mesmo com os dentes da frente faltando.

As mesmas falhas dentárias encontradas na ossada.

O delegado separou o cartaz e examinou as cópias de todos os recortes de jornal, tanto do *Pittsburgh Post-Gazette* quanto do antigo *Pittsburgh Press*, que havia falido. Havia até uma menção no *Pennysaver*, o jornal local.

De acordo com os jornais, David Olson se encontrava em casa com o irmão mais velho e a namorada do irmão. Seus pais estavam no centro da cidade, curtindo um show no Heinz Hall, depois de um jantar no Duquesne Club. Segundo o primeiro relatório policial, o irmão mais velho declarou que alguém havia colocado um carrinho de bebê na varanda da frente da casa, com um gravador dentro da cestinha que reproduzia um choro de bebê. O criminoso (ou criminosos) deve ter usado isso como distração para tirar David Olson do quarto.

Na ocasião, a polícia não mediu esforços (e gastou a maior parte do orçamento municipal, disso o delegado sabia) para fechar estradas e rodovias. Oficiais e voluntários fizeram uma varredura por toda a cidade, inclusive pelo bosque da Mission Street. Mas, no fim das contas, não conseguiram encontrar uma pegada sequer.

Era como se David tivesse sido levado por um fantasma.

Como não conseguiram encontrar nenhum suspeito, a desconfiança recaiu sobre a família. Com a intenção de vender jornais, alguns repórteres sensacionalistas acusaram o pai de David Olson de matar o próprio filho. A história do "Pai Louco" circulou durante algum tempo, principalmente depois que foi descoberto que a família tinha em mãos a apólice de seguro de vida de David. Mas, sem nenhuma prova, a história logo foi esquecida (assim como os jornais que a divulgavam), e os jornalistas se concentraram no irmão mais velho.

O pior deles acusou o irmão mais velho de assassinato. O melhor simplesmente indagou: "Como é, para você, saber que estava lá quando David foi levado?" O irmão mais velho merece o crédito — ou descrédito — de ter sido bastante franco com os jornalistas, mantendo a história viva. Porém, com o tempo, outras notícias passaram a ser mais interessantes, e os membros da família ficaram com o peso de serem os únicos a saber como a história terminava, que o crime nunca foi resolvido, que o criminoso (ou criminosos) nunca foi pego, que lhes coube se contentar em buscar um sentido para tudo aquilo em vez de respostas, que a cidade suspendeu as buscas por falta de pistas e pela necessidade de ter verba para adquirir sal para ser espalhado nas vias públicas e assim garantir a segurança do restante da população.

O delegado pôs a pasta de lado, embaixo do cartaz de "Desaparecido". Em seguida, observou os cartazes semelhantes fixados no quadro de avisos. Rostos de homens, mulheres e crianças. As delegacias policiais trocavam esses cartazes entre si, como meninos trocam figurinhas de beisebol. Tudo na esperança (vã ou real) de que, por algum milagre, uma criança desaparecida em Hershey acabasse sendo localizada na Filadélfia. Ou que, de algum modo, o velho com demência que se perdeu em Harrisburg voltasse para Pittsburgh. Às vezes, os rostos mudavam, quando uma criança era resgatada, um vovô era encontrado ou um adolescente fugitivo decidia que o inferno em casa não se comparava ao inferno nas ruas. Contudo, por mais que os rostos mudassem, o quadro de avisos era sempre o mesmo. Vivia cheio de gente feito a abertura de *A família Sol-Lá-Si-Dó*.

O quadro era algo tão constante que o delegado raramente prestava atenção em algum rosto específico. Mas agora um cartaz de "Desaparecida" se destacava para ele. Talvez fosse a idade dela. Ou o cabelo loiro. Ou o fato de ela lembrar um pouco a menininha de unhas pintadas. Qualquer que fosse o motivo, o delegado nunca se esquecia de uma menina desaparecida.

Emily Bertovich.

Ela estava sumida havia quatro meses, mas era provável que seus pais tivessem algum prestígio (ou muito dinheiro) em Erie, na Pensilvânia, sua cidade natal. Porque o caso ainda era tratado como se tivesse ocorrido havia apenas vinte e quatro horas. Novas fotos. Novos cartazes. Até a velha campanha da caixa de leite tinha voltado por causa dessa menina. O cartaz com a imagem dela parecia novo e recém-impresso, enquanto o de David Olson estava desgastado pelo tempo e desbotado. Um dia, o cartaz de Emily também seria antigo. Ele esperava que, quando chegasse a esse ponto, ela já estivesse em segurança nos braços da mãe. O delegado sentiu a mente vagando mais uma vez de Emily Bertovich para a menininha de unhas pintadas, mas prontamente se conteve.

Tinha trabalho a fazer.

Ele saiu para tirar o carro da neve. Então seguiu pelas vias cobertas de sal, contemplando a criançada brincando no campo de minigolfe, que tinha uma excelente ladeira para se descer de trenó. Viu as crianças com seus casacos coloridos, subindo a encosta nevada.

Feito balões no céu.

Ele abriu um pouco a janela para desembaçar o para-brisa. Um ar puro e frio invadiu o carro. Deu para ouvir as crianças e seus gritos de alegria, enquanto escorregavam ladeira abaixo e subiam correndo, só para descer outra vez. Os sons o fizeram sorrir. Um momento iluminado num dia cinzento.

O delegado enfim chegou ao lar de idosos. A sra. Collins estava na varanda da frente, ao lado da mãe de cadeira de rodas. A mãe dela dizia algo sem sentido sobre o fim do mundo enquanto a sra. Collins repreendia três voluntários adolescentes para que "deixassem de ser preguiçosos" e removessem a neve acumulada diante da varanda. O delegado sentiu muita pena, sobretudo de um deles.

— Não queremos que a minha mãe caia e quebre a bacia, não é, Mary Katherine?

— Não, senhora — disse Mary Katherine, com o rosto vermelho e o nariz entupido por causa do frio.

O delegado não estava ansioso para ter aquela conversa com a sra. Collins. Lembrava-se de que, quando assumiu o posto, a família Collins o convidou para jantar em sua mansão de mil metros quadrados, com uma entrada de carros enorme, piscina, quadra de tênis e uma adega que era um pouco maior que seu apartamento. Apenas um jantar agradável e acolhedor para, educadamente, lembrar-lhe que a primeira palavra de "funcionário público" é "funcionário". E, se ele era funcionário do município, eles eram os patrões. Nada foi dito. Mas ficou subentendido. O delegado suportou bem a demonstração dissimulada de "Somos normais. Não se preocupe". Sobretudo quando Brady derramou sopa na toalha de mesa e ficou tenso feito um cara pego enganando o chefe do tráfico. O delegado sabia que, no minuto em que a porta se fechasse, a coisa não ia acabar bem para Brady. Mas pelo menos ele tinha uma mansão de mil metros quadrados onde ser infeliz. A menininha de unhas pintadas não tinha nada disso.

E a mãe de Brady era uma cozinheira de mão cheia. Ele tinha que admitir.

Tudo correu muito bem entre patrão e funcionário até a ossada ser encontrada e o delegado determinar o fechamento do bosque para que a investigação fosse conduzida.

— Delegado, eu não posso perder mais nem uma semana — dissera o sr. Collins. — Mas posso dispor de uma equipe de advogados.

— Ótimo. Então talvez o senhor possa trazer esses homens até aqui para nos ajudar a descobrir se tem mais ossadas no seu terreno. O senhor está construindo residências para famílias. O senhor não vai querer que aquelas vans de noticiários pensem que o senhor não se importa com uma criança morta, não é mesmo? — questionara o delegado.

Sua resposta não provocou o "fim do mundo", mas foi o suficiente para fazer o sr. Collins pensar em "comprar um novo delegado" na próxima eleição. No entanto, o delegado não se importou. Se resolvesse o caso, a comunidade ficaria do lado dele, e seu emprego estaria garantido. E, se não, tudo bem também. Ele tinha visto coisas piores que ficar em segundo lugar.

— Olá, sra. Collins. Como está o seu marido? — começou o delegado, educadamente.

— Ótimo. Ele está radiante que senhor tenha paralisado a construção... por mais uma semana.

— Eu só estou tentando garantir a segurança da cidade, senhora — disse o delegado, ajeitando o chapéu para disfarçar que lhe mostrava o dedo médio.

— Bem, o senhor está fazendo um trabalho <u>ótimo</u> — comentou ela com um sorriso.

Quando o delegado entrou no lar de idosos, viu Kate Reese no fim do corredor. Ela estava retirando enfeites de Natal de dentro de uma caixa. E estava tão bonita como na noite daquele encontro que tinha começado às 20:00 e terminado quando o sr. Wong, em seu inglês sofrível, disse: "Nós fecha agora." O delegado não sabia como cinco horas haviam se passado, mas passaram, e então tinha chegado o momento de abrir os biscoitos da sorte.

— O que o seu diz? — perguntou ele.

— Um amigo na necessidade é um amigo de verdade. E o seu?

— Você vai encontrar felicidade num novo amor.

Dez minutos depois, eles estavam se pegando dentro do carro dele, no estacionamento, como se fossem adolescentes de 16 anos. Só se beijaram, mas foi até melhor assim.

— O que você está fazendo na rua no meio dessa nevasca? — perguntou Kate Reese.

— Eu sou o delegado. O que você está fazendo?

— Eu tenho que pagar a prestação da casa. E o Christopher vai ficar brincando de trenó com os amigos.

O delegado notou certa mudança nela. Depois que ficou sabendo que o corpo fora enterrado cinquenta anos atrás, ela relaxou com o filho. Um pouco.

— Acabou a prisão domiciliar? — perguntou o delegado.

— Agora é liberdade condicional. Se ele voltar para aquele bosque... vai pra solitária.

O delegado sentiu olhares bisbilhotando a conversa deles de todos os cantos do recinto. Desde as velhas artríticas que jogavam cartas até os empregados que davam uma escapadinha para fumar do lado de fora. Então ele se inclinou e, discretamente, cochichou o motivo que o levou até ali. Ela fez que sim e o conduziu pelo corredor até um dos quartos. Em seguida, deixou que ele cuidasse de suas questões policiais. O delegado viu o velho sentado numa cadeira, com a cabeça e os olhos envolvidos em ataduras após uma cirurgia exploratória.

— Com licença, senhor? Eu sou o delegado Thompson — cumprimentou ele.

— Muito bem... Oi, delegado. Bom saber que o senhor trabalha, considerando que eu votei no senhor — disse Ambrose. — Em que posso ajudar?

O delegado tirou o chapéu, por respeito, mesmo que o velho não pudesse enxergar naquele momento. Em seguida se sentou diante dele.

— Senhor... os meus homens vasculharam o bosque e encontraram a ossada de um menininho.

— É mesmo?

— Eu acredito que seja do seu irmão caçula, David.

O irmão mais velho de David Olson, Ambrose, ficou parado feito uma estátua. O delegado não podia ver seus olhos, mas percebeu que, lentamente, lágrimas começaram a escorrer por baixo das ataduras.

CAPÍTULO 33

Christopher olhou para o céu cheio de nuvens. Não se lembrava de ter visto tantas. Nuvens grandes e belas, derramando neve sobre eles feito confetes num desfile.

Seus amigos não acreditavam na sorte que tiveram.

Um dia de neve!

Um ótimo dia de neve, delicioso.

— Puxa, Chris! Vai ver você consegue mesmo controlar o clima — brincou Ed Especial.

Christopher deu um sorriso forçado. Ele sabia que a neve podia ter sido coincidência, é claro.

Ou não.

A mãe o havia deixado no campo de minigolfe naquela manhã para que ele encontrasse os amigos e brincasse com o trenó, despedindo-se com um abraço, um beijo e um aviso muito sério.

— Nada de bosque. Eu não estou de brincadeira.

— Obrigado, mãe.

— Não tem nada de obrigado. O único motivo para eu deixar você fazer isso é que metade da cidade está aí nesse campo de minigolfe. Não sai daqui até eu voltar.

— Sim, senhora.

As mães disseram aos filhos que viriam buscá-los depois do trabalho (ou de um dia no salão de beleza, no caso da mãe de Ed Especial). De qualquer maneira, isso lhes daria mais de oito horas para voltar à casa na árvore e terminar a construção.

Era a chance deles.

Esperaram que as mães fossem embora, e então voltaram pelo estacionamento, com seus trenós de plástico vermelho. Passaram por pais que resmungavam sobre atrasos para chegar ao trabalho e sobre a condição das estradas, enquanto os filhos faziam planos com os amigos, querendo aproveitar ao máximo o feriado inesperado que Deus lhes havia proporcionado.

Abastecidos pela garrafa térmica de Ed Especial, contendo chocolate quente, e por uma mochila cheia de bobagem para o lanche, os meninos foram andando pela neve até o bosque da Mission Street. Pararam na entrada dele. As árvores envergavam sob o peso da neve. Testemunhas silenciosas da história. Christopher achava que aquelas árvores estavam ali havia centenas de anos. Talvez milhares. Aquelas árvores eram mais velhas que o país. Aquelas árvores ficariam ali muito depois que todos morressem.

A menos que o sr. Collins as derrubasse primeiro.

Christopher levou os meninos ao local onde ele tinha escondido as janelas. Enquanto as desenterravam, a neve grudava em seus punhos e congelava seus braços. Mas Christopher não sentia nada.

Alcançaram a clareira em cinco minutos, arrastando as janelas nos trenós de plástico vermelho. Avançaram através das lufadas de neve. Rasgando o lindo pó branco que parecia esconder a clareira do resto do mundo. Feito uma montanha antes que alguém pensasse em esquiar pela sua encosta.

Chegaram à árvore.

Não falaram nada. Apenas trabalharam em silêncio, ocasionalmente grunhindo uma palavra, enquanto coordenavam a amarração da corda para que as janelas fossem içadas. Ou para alguém pegar a chave de fenda certa. Ou para vedar as janelas com isolante térmico.

Os meninos usaram seus músculos para fixar as tábuas do telhado em seu devido lugar. Os martelos fincaram os pregos na madeira como se fossem facas na manteiga. O vento os açoitava, deixando as faces coradas e umedecidas pelo frio. Ed Especial e Mike terminaram o telhado em duas horas, enquanto Matt e Christopher instalavam persianas pretas nas janelas. Quando a armação do teto foi colocada, os quatro meninos subiram no telhado da casa e começaram a pregar as telhas. Uma por uma. O mais rápido que conseguiam. Tec-tec-tec, como se fossem quatro máquinas de escrever.

Até concluírem o trabalho.

Quando chegou à última telha, Christopher parou. Restava apenas o último prego. Ele perguntou aos caras quem gostaria de dar a última martelada.

— Você mesmo faz as honras — disse Mike.

— Chris! Chris! Chris! — exclamaram os amigos.

Christopher pegou o martelo e bateu no último prego. Então, com todo cuidado, eles desceram do telhado para o chão. E os quatro ficaram contemplando sua criação, com uma reverência silenciosa. Uma casa na árvore, perfeita, com persianas e janelas, e porta com fechadura. O piso com o alçapão secreto e uma escada de corda para ser utilizada em caso de emergência. Ficou linda. Exatamente como Christopher tinha imaginado. Estava melhor que seus esboços em papel milimetrado. Melhor que qualquer casa que ele havia planejado, exceto as que seriam para sua mãe.

A casa na árvore estava pronta.

— Quem quer ir primeiro? — perguntou Matt.

Não houve debate.

Christopher foi.

Os amigos o seguiram.

Os meninos subiram os degraus feitos de pequenas tábuas, semelhantes a dentes de leite. Chegaram à varandinha. Christopher abriu a porta, como se fosse um porteiro, e deixou os amigos entrarem. Um por um. Ed Especial, depois Mike, depois Matt.

Os três se amontoaram na casa na árvore e começaram a falar que pretendiam trazer móveis e iPads para ver filmes. Talvez até um pequeno fogareiro portátil para fazer pipoca da Jiffy Pop.

Enquanto os amigos, entusiasmados, faziam planos, Christopher contemplava a clareira. Ele avistou cervos enfiando a cabeça através dos arbustos. Pastando nos derradeiros resquícios de vegetação antes que o inverno os ameaçasse com a fome. Ele parou para ouvir melhor. Não havia som nenhum. Nem vento. Apenas um constante fluxo de neve caindo das nuvens no céu. Christopher viu que a nuvem com formato de rosto estava de volta. Sorrindo e pairando no ar, enquanto soltava neve sobre ele, como algodão-doce. A neve estava tão espessa que cobriu todas as pegadas.

Como se eles nunca tivessem passado por ali.

— Vamos, Chris. Fecha essa porta. A gente tá congelando — pediu Ed Especial.

Christopher se virou para os amigos. Mas não sem antes fitar a sacola de plástico branca, que tinha ficado o dia inteiro em silêncio. Ele olhou para a sacola, pendurada no galho baixo. Esperando pacientemente. Então passou o pé sobre o batente da porta e entrou na casa na árvore. Christopher sabia que, no instante em que fechasse a porta, teria sua prova. Ou ele estava louco, ou havia algo do outro lado. Ou não havia nenhum moço bonzinho, ou ele estava prestes a encontrá-lo pessoalmente.

"Mas o que a casa na árvore faz?", perguntara ele ao moço bonzinho certa vez.

você jamais acreditaria em mim. vai ter que ver com os seus próprios olhos.

Christopher fechou a porta.

*

No instante seguinte, um passarinho pousou na maçaneta. Olhou em volta para o cervo que avançava em círculos, lentamente, em direção à casa na árvore. Cada passo em uníssono. O passarinho não gostava de coisas que não estava acostumado a ver; portanto, voou para longe. Voou através dos flocos de neve e do ar gelado. Voou acima da copa das árvores e continuou, cada vez mais alto, até chegar às nuvens que pareciam rostos.

Então se virou.

O passarinho olhou para a Terra. Avistou o bosque, a clareira coberta de neve com o cervo e a arvorezinha com a casa na árvore. E, se tivesse palavras para descrever o que via, teria jurado que parecia uma íris branca, com manchas amarronzadas e a pupila preta de...

Um olho gigantesco.

PARTE IV

Ver é crer

CAPÍTULO 34

oi. como você está? está tudo bem? não se preocupa. só respira. você vai se acostumar. é só se lembrar de algumas coisas. você está ouvindo? fica calmo. eu sei que você não está vendo nada. você não está cego. você está passando para o lado imaginário.

seus amigos não estão com você. eles ainda acham que você está com eles, no lado real. mas você não está sozinho. eu estou te esperando. eu nunca vou deixar você vir aqui sozinho. eu vou ser seu amigo para sempre.

ai, deus. você passou. se prepara. você vai conseguir, christopher. eu sei que você consegue. isso. essa é a maçaneta. você está prestes a ver. por favor, não esquece uma coisa. eu vou fazer tudo o que puder para te proteger. mas, se você morrer aqui, vai morrer do lado real também. então, aconteça o que acontecer, nunca venha para cá se eu não estiver aqui para te receber. nunca venha à noite. e, se a gente se separar, não saia da rua.

ela não consegue te pegar se você estiver na rua.

CAPÍTULO 35

Christopher abriu os olhos.

À primeira vista, tudo parecia igual. Ele estava de pé na casa na árvore. Ainda na clareira. A neve estava no solo. Por um momento, pensou que fosse apenas um garoto maluco numa casa na árvore dando ouvidos à sua imaginação.

Exceto por aquele cheiro.

Quando entrou na casa na árvore, o ar estava frio como no inverno. O tipo de frio que fazia suas narinas colarem. Mas, quando abriu os olhos, o ar tinha um aroma adocicado. Feito algodão-doce.

— Ei, pessoal, vocês tão sentindo esse cheiro? — perguntou ele.

Sem resposta.

— Pessoal? — repetiu.

Ele se virou e quase deu um grito. Porque, sentado ali, bem ao lado de Ed Especial, Mike e Matt, estava seu próprio corpo. Christopher observou os quatro meninos sentados de pernas cruzadas esfregando as mãos para se aquecer. Ele os chamou, mas não o ouviam. Acenou com a mão na frente dos olhos dos amigos, mas eles nem piscaram. Estavam concentrados, fazendo planos sobre os móveis que poderiam trazer para a casa na árvore. As vozes pareciam distantes. Como a voz de sua mãe, quando ele afundava a cabeça na água na banheira. Christopher estava tentando ouvi-los. Até que...

toC. toC. toC.

Christopher se virou para a porta. O som vibrou em seus dentes, feito giz num quadro-negro. Christopher voltou a olhar para os amigos. Eles não tinham ouvido as batidas. Apenas continuavam falando sobre como ter energia na casa na árvore para seus brinquedos e aparelhos. Talvez pilhas? Geladeiras funcionam com pilhas?

toC. toC. toC.

Ele avançou em direção à porta. Encostou a orelha na madeira. No início, havia silêncio. Então ouviu uma voz que soava tão clara quanto a de seus amigos soava abafada.

christopher. psiu. aqui fora.

O coração de Christopher bateu forte. Ele foi até a janela. Esticou o pescoço para olhar o lado de fora, mas não viu nada.

toC. toC. toC.

Christopher ficou na ponta dos pés, tentando ver a pessoa, mas só ouvia a voz abafada através da porta.

christopher. está tudo bem. sou eu. abre a porta.

Christopher engoliu em seco e foi até a porta. Não queria abri-la, mas precisava saber se havia realmente alguém lá fora. Ou se seria apenas mais um fruto de sua imaginação. Ele estava mesmo fora do próprio corpo? Ou estava fora de si?

Christopher abriu a porta.

A luz lá fora era ofuscante, mas Christopher pôde ver o rosto. As cicatrizes de uma ponta à outra, causadas por mil talhos. Um jovem de alma velha. Ou um velho de coração jovem. Os olhos eram muito azuis. O rosto era muito bonito.

Era o moço bonzinho.

— Você existe — disse Christopher, espantado.

— Oi, Christopher. É tão bom finalmente te conhecer.

O moço bonzinho estendeu a mão. Christopher o cumprimentou. A pele dele era macia e lisa. Como o lado fresquinho do travesseiro.

— A gente só tem mais uma hora de luz — avisou o moço bonzinho. — Vamos ao trabalho.

Christopher olhou para trás para ver se os amigos haviam notado algo. Será que viam o moço bonzinho? Será que sentiam a porta aberta? Será que sabiam da existência daquele outro lado do bosque e do mundo? Mas a conversa deles continuava a mesma. Eles não viam nada. Apenas uma casa na árvore construída por oito mãozinhas. Christopher seguiu o moço bonzinho para fora da casa na árvore e fechou a porta. Desceu os degraus que pareciam dentes de leite. E seguiu o moço bonzinho pela clareira, rumo ao mundo imaginário.

CAPÍTULO 36

— O que aconteceu com os seus dedos? — perguntou a mãe de Christopher quando foi buscá-lo.

Estavam no estacionamento do campo de minigolfe, ao lado dos amigos e suas respectivas mães. O sol se pôs enfim. O ar estava frio de doer. Feito um dente sensível.

— Nada. Só algumas farpas — respondeu Christopher.
— De um trenó de plástico?
— Um menino da escola deixou a gente usar o dele, que era de madeira.

A mãe de Christopher olhou em silêncio para o filho por um momento. Desconfiança seria uma palavra forte demais para definir seu olhar. Mas era uma prima próxima.

— Que menino? — indagou.
— O Kevin Dorwart. Ele tá na minha turma — respondeu ele de pronto, sem pestanejar.

A resposta pôs um fim às perguntas por enquanto. Como ele sabia que aconteceria. Porque havia outra coisa que ele tinha trazido do mundo imaginário além das farpas e da lembrança da conversa que seu corpo havia tido com seus três amigos na casa na árvore. Sua mente havia passado apenas uma hora no mundo imaginário, mas desde que tinha saído de lá ele sentia essa...

Coceira.

Uma coceira no nariz que ele simplesmente não conseguia coçar, porque não era no nariz. Era no cérebro. Mas nem coceira era a palavra certa. Porque uma coceira não faz cócegas nem sussurra nem arranha. Uma coceira não produz pensamentos. Os pensamentos eram semelhantes aos seus velhos cartões de memorização.

2 + 2 = 4
A capital da Pensilvânia é... Harrisburg.

Mas aqueles cartões de memorização eram diferentes. Enquanto olhava para os amigos e suas mães, a coceira virava os cartões rapidamente, como um sujeito que ele tinha visto na rua fazendo o truque do monte de três cartas.

A mãe do Ed Especial é...
A mãe do Ed Especial é... uma bêbada.

As mães do Mike e do Matt tão...
As mães do Mike e do Matt tão... fazendo terapia de casal.

— Christopher, está tudo bem com você?
Christopher se virou. As mães estavam olhando para ele. Preocupadas. Christopher lhes ofereceu um sorriso tranquilizador.
— Sim, tudo bem. Só tô com um pouco de dor de cabeça. Eu queria brincar mais com o trenó.
— É. A gente pode? — perguntaram os meninos.
— Sinto muito, mas está ficando tarde — disse sua mãe.
— É. Vamos dar boa-noite, meninos. Eu tenho uma garrafa de vinho branco me esperando lá em casa — avisou Betty.
Todos se despediram, e Christopher entrou no carro com a mãe. Ele direcionou a ventilação interna do carro para seu rosto e deixou o ar quente aquecer suas bochechas frias. Virou-se e viu a mãe franzir a testa.
— Ei, mãe. No que você tá pensando? — perguntou ele.
— Em nada.

A minha mãe tá pensando...
A minha mãe tá pensando... nas farpas nos meus dedos.

Quando a mãe entrou na rua onde eles moravam, um arrepio percorreu o corpo de Christopher. Ele se lembrou do que tinha visto no lado imaginário. Como a experiência era semelhante a um espelho transparente de um lado e espelhado do outro, e que permitia espionar as pessoas do lado real.

E descobrir coisas.

Ele tentou parar de pensar no que tinha visto, olhando para as casas, mas a coceira só falava cada vez mais alto. Eles passaram pela velha casa na esquina. Sua mãe lhe disse que um jovem casal tinha acabado de comprar a casa. A esposa estava pintando a porta vermelha.

A casa na esquina é...
A casa na esquina é...

Nada. Sua mente estava em branco. Não havia resposta. Apenas a coceira e o formigamento. Sua mãe parou na entrada da garagem. Ela usou o controle remoto para abrir a porta da garagem e deu um sorriso forçado.

A minha mãe tá...
A minha mãe tá... preocupada comigo.

Christopher ficou observando a mãe colocar sopa no fogão. Frango com macarrãozinho, que ele adorava. E queijos-quentes. Como ela fazia para o falecido marido.

Meu pai ouvia...
Meu pai ouvia... vozes na cabeça. Que nem eu.

A coceira sussurrante persistiu por um tempo, depois sumiu. Christopher estava com um pouco de dor de cabeça e uma febre baixa, mas não se sentia tão mal assim. A cozinha estava aconchegante, sendo, aos poucos, tomada pelo cheiro de sopa e queijo-quente.

Quando sua mãe perguntou se ele queria ver *Os Vingadores* ou *O Gato Mau*, ele disse que não, não queria ver filme nenhum. Televisão também não.

— Então o que você quer fazer? — indagou a mãe.

— A gente pode dar uma olhada no meu livro do bebê?

Sua mãe sorriu, surpresa. Havia anos que não folheavam aquele livro. E talvez aquela fosse a noite perfeita para isso. Com neve no telhado e sopa no fogão.

— Claro. O que te fez lembrar do seu livro do bebê, querido?

— Sei lá.

E, pela primeira vez, ele não sabia mesmo. Não fazia ideia do motivo de seu livro do bebê, de repente, ter se tornado tão interessante. Ele só queria dar uma olhada. Então, quando a sopa ficou pronta, e o queijo-quente perfeitamente dourado e tostado, sua mãe pegou o álbum de fotos.

Minha mãe sabe...
Minha mãe sabe... que eu tô diferente.

Eles se sentaram no sofá novo.

Minha mãe sabe...
Minha mãe sabe... que eu tô mais inteligente.

Com a lareira acesa.

Minha mãe sabe...
Minha mãe sabe... que eu tenho segredos.

— Esse queijo-quente tá mesmo muito bom, mãe — comentou ele para fazê-la sorrir.

— Obrigada, querido — disse ela, fingindo que sorria.

Christopher só queria poder dar à mãe o poder que ele trouxe do lado imaginário. Queria que ela pudesse ver os pensamentos que brincavam de esconde-esconde entre as palavras das pessoas, e ela saberia o que realmente estava se passando dentro da mente dele.

Eu não posso contar...
Eu não posso contar... o que tá acontecendo, mãe.
Você ficaria...
Você ficaria... apavorada.

O moço bonzinho disse que ele precisava tomar cuidado. Quanto mais tempo passasse no lado imaginário, mais sabedoria teria quando estivesse no lado real. Mas o poder teria um preço. No início, dores de cabeça. Depois, febre. E, depois, coisas piores. Ele fez Christopher prometer que ficaria longe da casa na árvore por alguns dias para se recuperar.

Não queria treiná-lo rápido demais.

Então Christopher apoiou a cabeça no ombro da mãe e tentou esquecer as coisas que tinha visto no lado imaginário. O homem com uniforme de bandeirante perto dos arbustos no balão de retorno. Outro homem, enfiado dentro do tronco oco, perto da ponte dos três cabritinhos. Por sorte, era dia e as pessoas imaginárias estavam dormindo. O moço bonzinho disse que à noite é quando o mundo imaginário acorda.

E aí a coisa fica realmente assustadora.

— Por isso nunca venha aqui sem mim. Nunca venha aqui à noite. Eu quero que você me prometa.

— Eu prometo, senhor.

Christopher dirigiu o olhar para o livro do bebê, mas seus pensamentos voltaram para o pôr do sol. Fazia apenas duas horas, mas parecia tão distante quanto Michigan. Quando o sol começou a se pôr, o moço bonzinho levou Christopher de volta à casa na árvore. Ele pediu desculpa por ter passado tanto tempo sem responder, mas disse que não podia se arriscar, porque as pessoas imaginárias estavam começando a desconfiar dele. Ele disse que Christopher precisava tomar muito cuidado com pesadelos, porque pesadelos eram o lado imaginário cutucando para ver se a pessoa sabia da existência dele. Então, se as coisas ficassem assustadoras demais num sonho, Christopher deveria correr para a rua.

Ela não consegue te pegar se você estiver na rua.

— Quem?

— Quanto menos você souber sobre ela, melhor. Eu não quero que ela te encontre.

Christopher, então, pediu ao moço bonzinho que o acompanhasse até o lado real, mas o moço bonzinho disse que não podia. Ele tinha um trabalho a fazer. Portanto, deu uma bagunçada no cabelo de Christopher, brincando, e fechou a porta.

Imediatamente, o cheiro de algodão-doce voltou a ser ar frio. Christopher retornou ao seu corpo no lado real. Ele viu Ed Especial mantendo a porta da casa na árvore aberta.

— Bora, Chris — chamou Ed Especial. — São quase seis horas. A gente vai se atrasar.

— É — reforçou Mike. — A gente tem que voltar pro campo de minigolfe.

— A gente não quer ficar de castigo de novo — concordou Matt.

Christopher seguiu os amigos para fora da casa na árvore. Foi o último a sair. Fechou a porta, selando o mundo imaginário como se fosse um caixão. Em seguida, desceu os degraus que pareciam dentes de leite. Quando chegaram ao chão, Christopher olhou para a sacola de plástico branca, que estava de volta ao galho baixo.

E sorriu.

Porque não estava sozinho.

— Chris, você tá bem? — perguntou Matt.

— Como assim?

— O seu nariz tá sangrando.

Christopher limpou o nariz com a mão. Depois, colocou dois dedos em seu campo de visão, como as orelhas de um coelho, e os viu sujos de sangue.

O poder tem...
O poder tem... um preço.

— Não é nada. Tá tudo bem. Vamos embora.

Ele se ajoelhou para limpar o sangue na neve branca e pura.

— Christopher, você está dormindo? — perguntou sua mãe.

Christopher seguiu a voz da mãe para voltar ao presente. Ele não sabia quanto tempo tinha se passado, mas sua mãe já havia chegado ao fim do livro do bebê.

— Não, eu tô bem acordado.

Ele pediu a ela que voltasse ao início do livro do bebê e revesse as fotos antigas. Era a única coisa que fazia seu cérebro parar de coçar.

Ele não sabia por quê.

CAPÍTULO 37

Ambrose abriu o livro do bebê.
 Era uma da manhã. Seu quarto estava silencioso. Ele abriu a janela e ouviu a neve caindo lá fora. Era quase inaudível. Alguém sem atadura cobrindo os olhos provavelmente não teria ouvido nada. Mas ele ouvia. Gotas pesadas caindo no solo, como penas. David adorava brincar na neve. Meu Deus, como seu irmãozinho caçula gostava de brincar na neve!
 Ambrose segurou o livro do bebê.
 Lembrou-se da vez em que David implorou a ele que o levasse até o campo de minigolfe para brincar com o trenó. "Você não tem idade pra isso, garoto." Mas David sabia ser convincente. E, daquela vez, ele venceu. Eles foram brincar com o trenó. David estava usando seu gorro favorito. Era um gorro de esqui com o logotipo do Pittsburgh Steelers e uma borla amarela no topo. Isso foi na época em que os Steelers ainda eram um péssimo time de futebol americano, antes da histórica Recepção Imaculada de 1972. Mas Ambrose tinha ganhado o gorro no parque de diversões Kennywood e o dera ao irmão. Aquele gorro ainda era o preferido de David. O gorro e a luva de beisebol que Ambrose havia comprado para ele. Ainda se lembrava do cheiro daquela luva de beisebol.
 Ambrose se levantou.
 Lembrou-se de terem descido pelo terreno íngreme do campo de minigolfe. O vento avermelhava suas bochechas, feito a maçã que deixou David com medo quando ele viu o filme da Branca de Neve. Eles brincaram com o trenó o dia todo, a neve entrando nas luvas de David, fazendo seus punhos doerem de frio. Quando enfim voltaram para casa, o nariz dele estava coberto de catarro congelado. A mãe e o pai não estavam em casa, por isso Ambrose

aqueceu dois pratos de comida congelada: ervilhas com purê de batatas. Eles se sentaram e comeram juntos e viram os Steelers perderem para os Bears.

— Steelers de merda — disse Ambrose.

— Steelers de merda — repetiu David.

— Olha essa boca... E tira esse gorro enquanto a gente tá comendo.

David tirou o velho gorro dos Steelers e sorriu quando o irmão mais velho bagunçou seu cabelo.

Ambrose estava envelhecendo e, ao longo dos anos, ficava cada vez mais difícil relembrar detalhes sobre o irmão caçula, mas algumas coisas ele jamais esqueceria.

O cabelo de David.

Ambrose ainda se lembrava da cor. Não era exatamente preto nem castanho. Com uma textura tão perfeita que nenhum corte ficava feio nele. Ambrose se lembrava de que sua mãe tinha cortado uma mecha do caçula para colocar na primeira página do seu livro do bebê. A mecha ficava orgulhosamente ao lado da pulseirinha de hospital com D. OLSON escrito nela. Bem ao lado dos carimbos das mãos e dos pés. O cabelo e a pulseira foram fixados com uma fita adesiva transparente que havia amarelado com o tempo.

Ambrose mal podia acreditar que a mecha de cabelo, antes no livro do bebê de seu irmãozinho, estava agora dentro de um saco plástico a caminho de um laboratório forense em Pittsburgh para confirmar se a ossada encontrada no bosque da Mission Street era realmente de David. Se fosse, Ambrose finalmente seria capaz de enterrar o irmão caçula, depois de cinquenta anos. Sua mãe e seu pai nunca permitiram que houvesse velório.

Eles sempre diziam que David voltaria para casa.

Durante anos, ele tentou realizar esse sonho. Procurou David por toda parte. Durante anos, pensou tê-lo visto, confundindo-o com outras crianças. Às vezes, era obrigado a desviar o olhar para que ninguém achasse que ele era maluco. Com o tempo, porém, lá no fundo, Ambrose soube que David jamais voltaria para casa. Ele sabia que David tinha sido sequestrado, como costuma acontecer com crianças. Não em troca de um resgate. Mas para algo muito pior. Viu sua mãe e seu pai mentirem para si mesmos, dizendo que David tinha sido raptado por alguma família sem filhos. E não por um monstro dirigindo uma van. Ou por algum psicopata fazendo filmes. Ou por algum covarde que precisava destruir algo pequeno para se sentir grande. Por fim, Ambrose foi forçado a trocar a guerra de seus pais em casa por outra guerra no exterior. No Exército, Ambrose viu coisas piores que o desaparecimento de uma criança. Viu aldeias repletas de crianças serem destroçadas por bombas. Viu meninas sendo vendidas em troca de arroz e homens repugnantes o suficiente para comprá-las. E, quando ele voltou da guerra e sua esposa quis ter filhos, ele disse que não poderia passar por tanta dor de novo. Havia falhado com seu irmãozinho. Jamais poderia se perdoar. E não merecia ter o próprio filho.

Ambrose removeu as ataduras dos olhos.

Semicerrou as pálpebras, olhando através da névoa. Contemplou o próprio reflexo na janela de vidro e a neve caindo do outro lado dela. Ambrose examinou sua calvície. E a faixa de cabelo grisalho que rodeava seu couro cabeludo acima das orelhas, como a gola do casaco de pele da sra. Collins. David não chegou a ver o próprio cabelo ficar grisalho. Não chegou a ver os fios caírem e deixarem vestígios, feito agulhas de pinheiro, na fronha, toda manhã. Não chegou a ouvir uma esposa mentir, dizendo que ele ainda estava muito bonito.

Ambrose olhou para o livro do bebê.

Virou as páginas e viu o irmão caçula crescer outra vez. Viu a foto de um bebê sem dentes, que se tornou um menininho que engatinhava e que depois andava e que em certo momento passou a correr e atropelar a mesa de centro tantas vezes que começou a chamar o hospital de "loja de pontos". Viu o irmão caçula chorando no colo do Papai Noel. Um menininho sorrindo encostado à árvore de Natal da família, quando ganhou uma luva de beisebol do irmão mais velho. Aquela que tinha cheiro de couro novo.

— Ambrose, a gente pode brincar com a bola de beisebol?
— Tá nevando.
— Eu não ligo.

Ambrose virou as páginas. De novo e de novo. Esforçando-se ao máximo para enxergar. Seus olhos não estavam melhorando. Ele ficaria cego em breve. O oftalmologista o advertiu de que poderia acontecer já naquele Natal. Mas, enquanto pudesse enxergar, folhearia aquele livro do bebê. E recordaria tudo que pudesse sobre o irmão caçula. Não a maluquice no fim. Não as dores de cabeça. Nem a febre. Nem o jeito como ele falava sozinho. Ou a cama molhada. Ou os pesadelos, que no fim ficaram tão terríveis que ele já não sabia se estava dormindo ou acordado.

Não.

Ele se lembraria do David daquelas fotos. Do menino que adorava aquele gorro velho dos Steelers e que queria jogar beisebol na neve, porque adorava a luva que o irmão mais velho lhe dera. Do menino que implorava ao irmão mais velho que o acompanhasse a todos os lugares e aproveitava cada minuto que passava com ele. Do menino que se sentava ao lado de Ambrose na barbearia e sorria quando o barbeiro fingia barbeá-lo e dizia:

— David... você tem uma baita cabeleira.

Ambrose chegou ao fim do livro do bebê. A última foto era de David aos 8 anos. A partir daquele ponto, havia dezenas de páginas que ficariam em branco para sempre. Cinquenta anos antes, quando fazia pouco tempo que o livro tinha sido comprado, numa Sears, aquelas páginas eram branquinhas. Agora, estavam amareladas e ressequidas, como a pele de suas mãos. Ambrose foi para a cama e se deitou, apoiando a cabeça no travesseiro. Removeu a dentadura e a enfiou no copo ao lado da cama. Em seguida, colocou dentro do copo um tablete de Efferdent para lavar seus pecados. O chiado da água efervescente tinha o mesmo efeito tranquilizante, para ele, que a chuva no telhado durante uma tempestade. Quando o trovão ressoava, e David abria a porta do quarto dele.

— Ambrose, eu posso dormir com você?
— Foi só um trovão.
— Eu tive um pesadelo.
— Outro? Tá bom. Sobe aí.
— Brigado!

Ambrose se lembrou do sorriso no rosto de David. Aqueles dentes da frente faltando. Ele parecia tão aliviado por se deitar na cama com o irmão mais velho. Usava a velha luva de beisebol como travesseiro.

— Ambrose... vamos ao bosque amanhã.
— Dorme logo, David.
— Eu quero te mostrar uma coisa.
— Eu tenho 17 anos. Eu não vou pro bosque feito um menininho.
— Por favor. É uma coisa especial.
— Tá bom. O que é?
— Eu não posso te contar, senão eles vão me ouvir. Você tem que ver com os seus próprios olhos. Por favor!

— Tá bom. Eu vou com você. Agora, vê se dorme logo.

Mas ele nunca foi. Por mais que David implorasse. Porque não queria incentivar aquelas maluquices. Ele não tinha a menor ideia do que David fazia lá. Não tinha a menor ideia do que acontecia naquele bosque. Mas alguém sabia. Alguém deixou uma gravação de um bebê chorando à porta da casa deles e raptou seu irmão caçula.

E alguém enterrou seu irmãozinho vivo.

Uma raiva primitiva se apoderou do velho. Uma raiva jovem e inesgotável voltou a dominá-lo, como uma música antiga ouvida no rádio. Ele viu o rosto dos jornalistas que o acusaram de assassinar o próprio irmão. Os colegas de classe que o rejeitaram. Os exércitos do inimigo que atiraram contra ele. Sua mãe no leito de morte, dizendo que David estava voltando para casa. Seu pai no leito de morte, não dizendo nada, porque o câncer havia dilacerado seu cérebro com mais força que sua própria negação. Viu o médico que disse que sua esposa estava morta. O juiz que disse que ele não tinha mais condições de cuidar de si mesmo. O burocrata mascando chiclete que, por fim, confiscou sua carteira de motorista. O governo que não conseguia resolver o problema dos refugiados no Oriente Médio. E o Deus que deixava tudo isso acontecer por um motivo que só Ele sabia.

Todos assumiram um único rosto.

Da pessoa que enterrou seu irmão vivo.

Ambrose respirou fundo. Expirou e encarou o teto através das nuvens que pairavam em seus olhos. Estava cansado de chorar. Estava cansado de sentir pena de si mesmo. Estava cansado de ser um velho fraco que se limitava a esperar ficar cego e morrer. Ele ainda estava vivo por um motivo. E não iria desperdiçá-lo. Ia descobrir o que aconteceu com o irmão, nem que fosse a última coisa que faria na vida.

E ele tinha quase certeza de que seria.

CAPÍTULO 38

*Q*uem matou David Olson?
 Era nisso que o delegado pensava enquanto dirigia para o túnel Fort Pitt até começar a ter dificuldade de manter o carro na pista por causa da nevasca. Ele nunca tinha visto tanta neve assim na vida. Dois dias sem nenhum sinal de que poderia parar. Era como se a Terra estivesse zangada com eles, ou como se o próprio Deus precisasse de Head & Shoulders para se livrar de toda aquela caspa. Havia seca na África, crise no Oriente Médio, e o oeste da Pensilvânia estava se candidatando a se tornar o próximo polo norte.
 O que diabo estava acontecendo?
 O delegado estacionou na frente da delegacia. Ele olhou para o antigo prédio cinza onde trabalhou da áurea casa dos vinte anos à não tão áurea casa dos trinta. O prédio cinza onde colocou muita gente ruim atrás das grades e onde muitos inocentes jaziam inertes sobre mesas de metal frio na sala do médico-legista.
 Inocentes como David Olson.
 O delegado recebeu a ligação uma hora antes. Seu amigo Carl tinha obtido o resultado do teste de DNA por baixo dos panos, como um favor. O cabelo do livro do bebê batia com o DNA da ossada encontrada no bosque. O esqueleto era de David Olson. O delegado esperava que a prova final trouxesse algum consolo a Ambrose. Ele já havia visto homens chorando, mas algo em Ambrose o deixara com um nó na garganta. Tinha algo a ver com o fato de aquele velho veterano de guerra verter lágrimas através da atadura sobre olhos que nunca seriam curados.
 — Ele sofreu? Algum osso estava quebrado? — perguntou Ambrose.
 — Não, senhor.

— Ele foi ferido... de algum outro jeito?
— Além da causa da morte, não havia sinais de maus-tratos, sr. Olson.
— Como o meu irmãozinho foi assassinado?
De início, o delegado ficou em silêncio.
— Eu sou um soldado, delegado. A única coisa que não consigo suportar é conversa fiada. Eu quero a verdade.
— Ele foi enterrado vivo, senhor.
Mesmo sem poder ver os olhos dele, o delegado jamais esqueceria a expressão estampada no rosto de Ambrose. Começou como uma perplexidade que se espalhou pela testa, então floresceu numa raiva incandescente. O delegado tinha sido portador de más notícias para muitas famílias ao longo dos anos. Palavras como aquelas eram sempre as mais difíceis de se dizer. Ele voltava àquele velho prédio cinza depois de lidar com uma mãe solteira no distrito de Hill. Ou com um casal rico e bem de vida em Squirrel Hill. E a reação era sempre a mesma. Uma mescla de descrença, tristeza, culpa e desespero.
Exceto no caso da menininha de unhas pintadas. A mãe dela estava morta.
O delegado encontrou Carl na cafeteria do saguão do prédio cinza para recolher a mecha do cabelo de David, obter a documentação oficial e providenciar o envio dos restos mortais à funerária. Eles foram para a mesa de sempre. A que ficava embaixo da foto do proprietário cumprimentando a lenda dos Steelers, Terry Bradshaw, com um aperto de mão. Na primeira vez que eles se sentaram lá, Carl passou o almoço inteiro falando de uma garota gostosa e católica que tinha conhecido no Metropol, no distrito de Strip. E eles riram, falando de garotas do jeito que os jovens sempre fazem (e os homens mais velhos nunca). O autógrafo estava desbotado, assim como a cor, e a garota gostosa que ele conheceu no Metropol era agora a católica com sobrepeso que deu a Carl três filhos e transformou sua vida num belíssimo inferno. O delegado sorria enquanto ouvia Carl reclamar de ser obrigado a passar mais um Natal com a sogra em Homestead.
— Mas não dá pra negar que aquela mulher faz uma bela sopa de cogumelo. Você quer ir com a gente? — perguntou Carl.
— Não, obrigado. Eu tenho muita coisa pra fazer.
— Ah, dá um tempo! Você trabalhou até no Dia de Ação de Graças. Não fica sozinho no Natal de novo.

O delegado mentiu e disse que havia sido convidado para a ceia na casa de um de seus subdelegados. Agradeceu ao velho amigo e voltou para o carro, já coberto com quase três centímetros de neve.

De onde vinha tanta neve?

Quando ele ligou o carro e esperou o aquecedor derreter o gelo do para--brisa, sua mente relaxou. Ele olhou para a evidência — a mecha de cabelo — e para o relatório oficial, antes de colocá-los no banco do carona.

Então começou a dirigir.

Ele sabia aonde estava indo. Fazia isso todas as vezes que ia ao centro. Passaria em frente ao hospital aonde tinha levado a menininha de unhas pintadas. Apesar da nevasca e das estradas ruins. Passaria por lá porque prometeu a Deus que o faria. Sua mente racional sabia que não fazia a menor diferença se ele estacionasse em frente ao Hospital Mercy ou olhasse para aquela árvore de Natal que parecia a do Charlie Brown na frente dele. Mas, num raro momento de pesar, ele tinha feito um trato com Deus de que, se fizesse isso, a menininha de unhas pintadas estaria no Reino dos Céus. Portanto ele faria isso para sempre. Se não pôde salvar a vida dela, pelo menos poderia salvar a alma. Devia isso a ela.

Ele estacionou em frente ao Hospital Mercy. Contemplou a árvore durante quase uma hora. O escapamento produzindo nuvens no ar frio. O limpador de para-brisa e o aquecedor transformando grandes flocos de neve em fios de água. Ele estendeu a mão e pegou o relatório sobre David Olson, no banco, ao lado da mecha de cabelo do menino.

Quem deixou o carrinho de bebê na varanda da frente da casa?

A questão ficou na mente do delegado feito uma mosca dentro de um pote. Alguém tinha planejado a coisa toda. Alguém se deu ao trabalho de limpar o carrinho de bebê e deixá-lo sem impressões digitais. Aquilo não tinha sido uma brincadeira de mau gosto feita por adolescentes. Aquilo era o trabalho de uma pessoa (ou pessoas) que raptou David para fazer coisas medonhas com ele.

Ambrose disse que não suspeitava de ninguém. Nem de vizinhos. Nem de professores. Nem de pais de amigos, porque David não tinha amigos. Ele era apenas um garoto estranho e solitário que passava o tempo lendo na biblioteca. Naquela época, as pessoas educadas da vizinhança o chamaram de "desligado" ou "especial", ou, no caso das sulistas, "espiritualizado". Hoje,

David seria diagnosticado de "no espectro" a "esquizofrênico", dependendo do médico. Contudo, qualquer que fosse o diagnóstico, ele não forneceu a única informação que o delegado precisava para resolver o caso.

Um motivo.

David Olson não foi encontrado dentro de uma vala. Não estava no fundo de um riacho. O corpo de David Olson foi encontrado retorcido sob a raiz de uma árvore. Enterrado vivo. Então, se David Olson foi assassinado, quem foi o filho da puta que o enterrou?

Porque as árvores é que não tinham sido.

CAPÍTULO 39

Christopher olhou para as árvores.

Ficou deitado na cama, observando a lua dar suas piscadelas através dos galhos desfolhados. Estava tão apavorado que não queria dormir. Tinha muito medo de sonhar. Ele não queria que as pessoas imaginárias xeretassem seus pesadelos para ver se ele sabia sobre elas.

Por isso ficou acordado, lendo.

Naquela noite, ele recorreu três vezes à estante forrada de papel estampado com figuras de patinhos. As palavras surtiram efeito, acalmando sua mente e distraindo-o da coceira. E do medo.

E da febre.

Começou devagar. Apenas um leve suor na nuca. E aí ficou tão quente que ele teve que tirar a calça do pijama e deitar por cima das cobertas, lendo com as pernas nuas e magras.

De manhãzinha, ele já havia quase terminado *O Senhor dos Anéis*.

A febre de Christopher aumentou assim que ele entrou na escola. Ele olhou para as crianças, todas se sentindo judiadas por terem tido apenas três dias de neve. Ele se lembrou da mãe dizendo a Jerry que "judiar" era uma palavra ruim, porque ofende os judeus. Não é legal dizer "judiar".

Jerry tá...
Jerry tá... procurando a minha mãe.

Christopher sentiu os corredores ficarem quietos. A coceira latejava em seus ouvidos. Virando os cartões de memorização, cada vez mais rápido, como uma bicicleta de dez marchas trocando de engrenagem.

O zelador tá...
O zelador tá... falando com a esposa.
Eu não falo espanhol, mas entendo o que ele diz.
— É pecado se divorciar. Eu não vou abrir mão da guarda do meu filho.

— Oi, Christopher — disse uma voz.
Ele se virou e viu a srta. Lasko com um sorriso agradável.

A srta. Lasko tava...
A srta. Lasko tava... de pé na fila da clínica.

— Está tudo bem com você, Christopher? Você não parece bem — comentou a srta. Lasko.
— Eu tô bem, senhora. Obrigado.

A srta. Lasko se...
A srta. Lasko se... livrou do bebê.

— Então vamos lá. Todos nós vamos ao auditório para a prova de avaliação estadual.

A srta. Lasko foi...
A srta. Lasko foi... direto da clínica pro bar.

Christopher a seguiu até o auditório. Ele ocupou o banco designado por ordem alfabética, enquanto os professores distribuíam a prova elaborada pela Secretaria de Educação do estado. Eles deveriam ter feito a prova na semana anterior, explicou a sra. Henderson, mas os dias de neve atrapalharam toda a programação. Ela disse que eles teriam que concluir todas as pendências naquela última semana de aula antes do recesso. Disse que eles não precisavam se sentir pressionados. Aquela prova tinha, sim, influência na verba do estado, mas a sra. Henderson e os demais professores estavam bastante orgulhosos do progresso dos alunos naquele ano.

A sra. Henderson tá...
A sra. Henderson tá... mentindo.

A escola precisa...
A escola precisa... desse dinheiro.

Quando todas as provas foram distribuídas, Christopher pegou o lápis número 2 e começou a resolver as questões. A coceira foi embora e não havia nada além de respostas. Respostas tranquilas e perfeitas. Christopher preencheu os pequenos círculos, fileira após fileira, e eles pareciam estrelas no céu. Estrelas cadentes que seriam alguma alma ou um sol (ou um filho). Naquele momento, Christopher não conseguia ouvir pensamentos. As crianças estavam todas ocupadas, concentradas na prova. Não havia cartões de memorização. Nem coceira. Apenas a prova e as respostas, o que parecia tão aconchegante quanto um banho morno. A mente era como o lado fresquinho do travesseiro. Christopher terminou a prova e observou a sala. Todas as crianças ainda estavam na página cinco. Christopher era o único que havia terminado.

Até que Ed Especial terminou e largou o lápis.

E Mike largou o lápis.

E Matt largou o lápis.

Os quatro meninos se entreolharam e sorriram. Orgulhosos porque quatro dos alunos mais fracos da escola tinham, de algum jeito, se tornado quatro dos mais inteligentes.

— Quem já acabou a prova deve baixar a cabeça na mesa — avisou a sra. Henderson.

Christopher baixou a cabeça na mesa conforme ordenado. Seus pensamentos se desviaram para a casa na árvore. Para o moço bonzinho. E para o treinamento que fariam. A mente dele vagou para longe, como as nuvens no céu. Como os carneirinhos que ele costumava contar quando não conseguia dormir depois que o pai morreu.

Só descanse os olhos.
Como seu pai fez na banheira.
Como as vozes disseram para ele.
Apenas descanse os olhos e você vai dormir para sempre.

— Christopher! — gritou uma voz. — O que foi que eu te disse?

Christopher levantou a cabeça e olhou para a frente da sala de aula. A srta. Lasko o encarava com uma expressão severa, o que era estranho, porque ela jamais se irritava com as crianças. Nem quando elas derramavam tinta no chão da sala.

— Christopher! Eu já disse: vem até o quadro.

Christopher olhou ao redor do auditório. Todas as crianças estavam olhando para ele. Pareciam querer dizer coisas...

Você ouviu o que ela disse, Christopher.

Vai logo.

A gente não tem o dia todo.

... mas não podiam, porque as bocas estavam costuradas.

Christopher procurou os amigos, mas Ed Especial estava cochilando na mesa. Os M&M's também estavam de cabeça baixa. Christopher viu a srta. Lasko gesticulando com o dedo, chamando-o para a frente da turma. Havia sujeira embaixo das unhas dela. E uma chave de prata pendurada numa corda no pescoço dela. O coração de Christopher disparou. Ele entendeu o que tinha acontecido.

Eu peguei no sono. Ai, meu Deus. Eu estou sonhando.

— Christopher, se você não vier até o quadro imediatamente, ninguém nesse auditório vai ter alternativa a não ser te comer vivo — disse a srta. Lasko, com uma voz calma.

Vai para a rua.

Christopher se virou. Todas as saídas estavam obstruídas por professores. Em pé, com os olhos e a boca costurados. Ele estava encurralado.

— Christopher, vem agora! — sibilou a srta. Lasko.

Christopher não queria se aproximar dela. Ele queria sair dali. Então se afastou do quadro-negro; porém, quanto mais se afastava, de algum jeito, mais se aproximava. Tudo acontecia ao contrário. Ele parou. E respirou, com calma.

Deu um passo para trás, para longe do quadro.

E seus pés deram um passo para a frente.

— Não! — gritou ele.

Ele deu mais dois passos para trás.

E se aproximou dois passos.

Ele parou. E pensou. Certo. É tudo ao contrário. Se eu me aproximar do quadro-negro, vou conseguir me afastar.

Por isso ele deu dois passos em direção ao quadro.

E se moveu quatro passos na direção dele.

Não importava o que fizesse.

Continuava andando até a frente do auditório.

— Socorro! Por favor! — gritou Christopher.

Christopher olhou para todas as crianças em busca de ajuda. As bocas estavam costuradas, mas os olhos sorriam para ele. Christopher seguiu adiante. Por cada fileira que passava, as crianças olhavam para ele e sussurravam.

Não estraga a nossa prova.

Não diminui a nossa média.

Christopher foi até o quadro-negro, onde estava a srta. Lasko, com sua maquiagem carregada nos olhos, na cor certa. Mas, de alguma forma, errada. Tudo estava errado. Ela não tinha o cheiro dos cigarros de sempre. Cheirava a pele carbonizada. A srta. Lasko sorriu e segurou um pedaço perfeito de giz branco. Tinha a forma de um dedo.

— Toma, Christopher — disse ela, esfregando as unhas sujas no cabelo castanho do menino.

E lhe entregou o giz.

— Agora, escreve no quadro, Christopher.

— O que a senhora quer que eu escreva? — perguntou ele.

— Você sabe o que deve escrever.

O giz rangeu no quadro quando Christopher começou a escrever.

EU NÃO VOU DORMIR NA AULA.

Ele se virou para a srta. Lasko, que pegou uma tesoura.

— Não é isso que você deveria escrever, Christopher.

— O que a senhora quer que eu escreva?

— Você sabe o que deve escrever — repetiu ela, calmamente.

Christopher se virou e viu a srta. Lasko caminhar até a primeira fileira de alunos. Ela se ajoelhou diante de Jenny Hertzog, pegou a tesoura e, calada, cortou o fio que selava a boca da menina. Jenny afrouxou o maxilar. E começou a salivar. Como bebês quando os dentes começam a nascer. Dentinhos de leite.

EU SINTO MUITO POR TER DORMIDO NA AULA.

— Não é isso que você deveria escrever, Christopher — disse a srta. Lasko.

— Srta. Lasko, por favor. Eu não sei o que a senhora quer que eu escreva — implorou ele.

— Você sabe, sim. O sinal vai tocar para a hora do almoço. Alguém gostaria de ajudar Christopher no quadro?

As crianças levantaram as mãos e abriram a boca para dizer "Eu! Eu! Eu!", mas nenhuma palavra saiu. Apenas o som de bebês chorando para mamar.

Leite materno é sangue sem os glóbulos vermelhos.

Leite é sangue. Os bebês querem seu sangue.

— Obrigada, crianças. Você. Você de capuz vermelho. Por que você não o ajuda? — disse a srta. Lasko.

A mão erguida se projetava de uma manga vermelha. Christopher não pôde ver o rosto da criança. Tudo o que ele viu foi a srta. Lasko seguindo ao longo da primeira fileira, cortando a linha que costurava a boca das crianças. Rip. Rip. Rip. Os bebês uivando por sangue.

Christopher se voltou para o quadro. Desesperado. O giz tremia em sua mão. Ele sabia que jamais poderia escrever sobre a casa na árvore nem sobre o moço bonzinho nem sobre o treinamento nem sobre o mundo imaginário. Então começou a escrever com avidez. Qualquer coisa que lhe viesse à mente.

EU SINTO MUITO QUE A SENHORA PRECISE BEBER PARA DORMIR, SRTA. LASKO.

— NÃO É ISSO QUE VOCÊ DEVE ESCREVER, CHRISTOPHER! — sibilou ela.

A srta. Lasko se dirigiu a Brady Collins. Rip. Rip. Rip.

EU SINTO MUITO PELO BEBÊ DA SRTA. LASKO. QUE FOI PARA O CÉU.

— Não é lá que o meu bebê está — disse a srta. Lasko, com uma voz de bebê. — AJUDEM O CHRISTOPHER A ESCREVER O QUE ELE TEM QUE ESCREVER!

Christopher viu o menino de capuz vermelho se aproximar dele. Viu sua mãozinha pegar o giz e começar a escrever. Ele seguiu a mão até o braço, e até o rosto do menino. O menininho se virou para Christopher e sorriu. Sem os dentes da frente. Seus olhos brilharam quando ele escreveu, com letras grandes:

QUEM ESTÁ TE AJUDANDO?

— É só isso que a gente precisa saber, Christopher. Basta escrever, como um bom menino, e você vai sair vivo daqui — disse a srta. Lasko, com um sorriso alegre.

Em silêncio, a srta. Lasko foi para a segunda fileira. Cortando todas as linhas com a tesoura. Rip. Rip. Rip.

— Eu não sei do que a senhora tá falando — disse Christopher.

— Você sabe, sim — acusou a srta. Lasko. — Está quase na hora do almoço. Tique-taque.

O menininho de capuz vermelho arrastou o giz pelo quadro-negro, rangendo a cada letra.

QUEM ESTÁ TE AJUDANDO?

— Ninguém! Eu juro! — disse Christopher.

A srta. Lasko chegou à última fileira e cortou as últimas linhas. Rip. Rip. Rip.

— Agora, quem vai querer comer ele primeiro? — gritou ela.

— Ah! Eu! Eu! Eu! — gritaram os porquinhos.

Christopher se virou para o menininho de capuz vermelho. Desesperado.

— Como eu acordo? — sussurrou ele.

O menininho não disse nada. Apenas se virou para Christopher com seus olhos brilhantes e sorriu. Com os dentes da frente faltando. Os mesmos dentes que faltavam no crânio. Christopher sentiu um arrepio nos pelos da nuca.

Aquela coisa era David Olson.

— David, por favor, me ajuda a acordar — implorou Christopher.

David Olson parou, chocado ao ouvir seu nome pronunciado em voz alta.

— Por favor. Eu conheço o seu irmão mais velho, o Ambrose.

O menino pareceu ficar atônito. Por um instante, seus olhos piscaram e pararam de brilhar. Ele não era uma coisa. Era um menininho. Ele abriu a boca, tentando falar, mas sua língua de serpente surgiu na abertura, feito uma cobra. E nada saiu, apenas um sibilo.

— Eu não sei o que você tá tentando dizer — sussurrou Christopher.

David Olson foi até o quadro-negro. Ele escreveu em enormes letras maiúsculas.

TRIIIM.

O sinal tocou. Christopher olhou para trás. E viu a multidão de crianças correndo para cima dele, a toda a velocidade. Com os dentes à mostra. Ele correu para a porta, onde a sra. Henderson estava de guarda, no corredor, segurando uma pilha de livros da biblioteca.

— O sr. Henderson não me ama mais, Christopher. Ele sempre sai à noite.

Ela largou os livros da biblioteca e segurou o braço dele. Seu olhar estava perdido e desesperado.

— Por que ele me acha tão feia? Christopher, me ajuda!

Brady Collins e Jenny Hertzog avançavam sobre eles. Uivando como cachorrinhos querendo mamar. Christopher soltou o braço e saiu correndo do auditório. Mas a sra. Henderson não se mexeu. Apenas ficou lá, olhando o próprio reflexo no vidro da estante repleta de décadas de troféus e fotos de turma.

— Quando foi que o meu cabelo ficou grisalho? Quando foi que eu fiquei tão velha e feia? — disse a sra. Henderson no instante em que o bando de crianças pulou sobre ela. Rangendo os dentes. Sedentas. Famintas.

Christopher correu pelo corredor, procurando uma saída. Algum jeito de chegar à rua. Era só ir para a rua. Ele correu e avistou a saída ao longe. O corredor era ladeado por fileiras e mais fileiras de armários. Olhos espreitavam através das aberturas de ventilação das portas dos armários. Sussurros atrás das grades de metal. Christopher correu para a saída. A tranca dos armários começou a tremer.

Os armários começaram a se abrir.

Como tampas de caixões.

Christopher passou correndo por eles o mais rápido que podia. Disparou pelo corredor. Era só chegar à saída. Só chegar à rua. Ele estava prestes a abrir a porta da saída quando...

Um armário se abriu e uma mão o puxou lá para dentro, para a escuridão.

Christopher começou a gritar. A mão cobriu sua boca.

não. é uma armadilha.

Era o moço bonzinho.

De repente, a porta da frente se escancarou. A srta. Lasko correu de volta para dentro da escola. De algum jeito, ela havia voltado. E espreitou pelos corredores. O rosto melado de sangue.

— Chrissssstopher — sibilava ela. — O seu amigo está aqui agora? Eu acho que ele estááá.

não grita. é assim que ela te encontra.

Christopher espiou pelas aberturas de ventilação. Ele viu a srta. Lasko ir até alguns armários e bater com os nós sangrentos dos dedos.

Plein. Plein. Plein.

— Uni. Duni. Tê.

Plein. Plein. Plein.

— Vou pegar você.

Plein. Plein. Plein.

— Você pode até chorar, mas não vai se esconder.

Plein. Plein. Plein.

— Uni. Duni...

Silêncio.

Christopher prendeu a respiração, esperando que ela abrisse o armário. Mas ela não abriu. Ela seguiu para o ginásio, do outro lado do corredor, e desapareceu atrás de uma porta. O moço bonzinho aguardou um instante. Então soltou Christopher e sussurrou.

precisamos ir pra rua.

Christopher abriu o armário.

O corredor estava apinhado de crianças. Elas eram baixinhas e, por isso, ele não tinha conseguido vê-las através da abertura de ventilação. Todas apontaram e gritaram ao mesmo tempo:

— TÊ!

A porta do ginásio se abriu violentamente. Christopher viu a srta. Lasko surgir no corredor, mas ela estava muito diferente. Seus olhos brilhavam, verdes, como as lentes de contato verdes mais falsas que já se viu. Nem tinham cor de olho. Um verde nojento, cor de vômito. Um verde cor de braço quebrado. Ela olhou para ele e sorriu, exibindo presas de cachorro.

— VOCÊ NÃO ESTÁ NA RUA! — gargalhou ela.

E correu para ele.

Christopher caiu no corredor. Não conseguia se levantar.

A cada passo ele ouvia um estalo perturbador conforme o pescoço dela começava a quebrar. Era como o pescoço de uma girafa, crescendo em cima dos ombros, uma vértebra de cada vez. As crianças abriram caminho feito o mar Vermelho enquanto ela caminhava até ele com um estalo. Perturbador. Outro estalo. Ele sentia o cheiro do hálito dela. Quente e rançoso. Não havia mais uma srta. Lasko. Havia apenas uma mulher em sua verdadeira forma. Coberta de queimaduras. Com o cabelo emaranhado e revolto. Uma chave de prata pendurada numa corda no pescoço.

Ela investiu contra Christopher, cravando as unhas no pescoço dele. De repente, o moço bonzinho saltou de dentro do armário. Os dois se chocaram e caíram no chão.

— Eu sabia que era você! — sibilou ela.

Foi então que Christopher percebeu que se tratava de uma armadilha. Mas a armadilha não era para ele. A mulher estendeu as unhas imundas e agarrou o moço bonzinho. As crianças pulavam de alegria. Uivando. Todas, exceto David Olson, que ficou o mais longe possível, no corredor, então entrou num armário e sumiu. Escondendo-se. O moço bonzinho atacou a mulher. Ela abriu a boca, exibindo as afiadas presas caninas. Ela era mais forte. Mais ágil. Seus olhos brilhavam. Ela berrava e lambia e sibilava. Sss. Sssss!

O moço bonzinho olhou para Christopher.

Ele estava prestes a falar.

— PARA DE AJUDAR ELE! — gritou a mulher sibilante, cravando as presas caninas no pescoço do moço bonzinho.

CAPÍTULO 40

Christopher estava gritando antes mesmo de abrir os olhos.

Ergueu o olhar e viu o rosto da srta. Lasko indo até ele. Não havia tempo a perder. Ele se levantou e a empurrou.

— Fica longe de mim! — gritou ele.

— Christopher, calma! — disse a srta. Lasko.

— Você vai me matar! — berrou, agarrando o braço da professora. A testa de Christopher ficou quente com uma febre que imediatamente desceu pelo braço e chegou aos dedos, que se aqueceram como pequenos fornos no tecido de algodão da blusa da srta. Lasko.

— Christopher, para! Você está me machucando — gritou ela.

— Por favor! Não deixa eles me comerem!

A gargalhada generalizada foi o que o fez enfim voltar a si.

Christopher observou o auditório ao seu redor. As crianças estavam todas sentadas às suas mesas, fazendo a prova. As bocas não estavam mais costuradas. Estavam escancaradas e rindo dele.

— Por favor! Não deixa eles me comerem! — repetiu Brady Collins em tom de deboche.

— Cala essa boca, Brady! — mandou Ed Especial.

— Se eles querem comer alguém, o Ed Especial é o mais suculento — comentou Jenny Hertzog.

As crianças riram ainda mais. Christopher olhou para a srta. Lasko. As unhas dela estavam limpas. Não havia mais sujeira. Não havia mais olhos verde-vômito. Não havia mais mulher sibilante. Era a verdadeira srta. Lasko. E ela estava...

Morta de medo dele.

— Christopher, você teve um pesadelo. Por favor, solta o meu braço.

Christopher soltou. Rapidamente, a srta. Lasko arregaçou a manga da blusa e constatou que pequenas bolhas começavam a se formar. Ela se voltou para Christopher, que parecia ainda mais apavorado que ela.

— Me desculpa, srta. Lasko.

— Não se preocupa. É só uma queimadurazinha leve. Vamos levar você para a enfermaria.

— Eu não preciso ir pra enfermaria — retrucou ele. — Tá tudo bem agora.

— Por causa do seu pescoço — explicou ela.

Christopher não entendeu o que ela quis dizer até notar pequenas manchas de sangue, no formato dos dedos dele, na blusa branca da professora. Christopher olhou para suas próprias unhas, meio esfoladas, parecendo hambúrgueres. Então passou a mão no pescoço. O ponto em que a mulher sibilante o havia arranhado era o mesmo em que, pelo que parecia, ele tinha arranhado o próprio pescoço.

— Vamos lá — disse ela, delicadamente.

No instante em que Christopher se levantou, as risadas recomeçaram. De início, eram risadinhas das crianças ao redor dele. Logo o riso se espalhou pelo auditório inteiro, enquanto as crianças gargalhavam, apontavam e sussurravam. Christopher olhou para a calça e viu.

A mancha de urina.

A mancha havia se espalhado pela calça de veludo, transformando o bege em marrom escuro. Ele tinha se mijado na frente da escola inteira. Olhou para a srta. Lasko, que prontamente desviou a atenção da leve dor que sentia no braço e olhou nos olhos de um menino mortificado. Ela o pegou pela mão e o levou à enfermaria.

A srta. Lasko tá...
A srta. Lasko tá... colocando vodca na garrafa térmica.
A srta. Lasko tá... mascando chiclete pra disfarçar o cheiro.

Na enfermaria, Christopher se deitou na maca de plástico duro. Sua cabeça doía e a testa estava quente de febre. Ele tentou ver o termômetro por cima da ponta do nariz, mas ficou vesgo. Não conseguia ver os números subindo.

37º. 37,5º. 38º.

Ele olhou para a enfermeira, que tratava a queimadura no braço da srta. Lasko. Delicadamente, ela aplicou uma pomada nas bolhas e as cobriu com gaze.

— É bom manter coberto — recomendou a enfermeira. — As bolhas vão desaparecer em um ou dois dias.

O termômetro apitou.

A enfermeira voltou e o retirou da boca de Christopher.

— Trinta e nove graus — avisou ela. — Espera aqui. Vamos ligar pra sua mãe.

A enfermeira acha...
A enfermeira acha... que eu machuquei o meu pescoço de propósito.

A srta. Lasko e a enfermeira entraram na sala ao lado para ligar para a mãe de Christopher. De repente, ele entrou em pânico. Se sua mãe soubesse que ele estava doente, ela nunca o deixaria sair de casa. Nada de escola. Nada de casa na árvore. Não haveria como ajudar o moço bonzinho. Mas não era só a febre. Sua mãe veria a mancha de urina na calça de veludo e os arranhões no pescoço. Ela faria perguntas. Perguntas que ele jamais poderia responder. Porque agora a mulher sibilante o observava de perto.

— Com licença, srta. Lasko? Posso me limpar no banheiro? — perguntou Christopher.

— Claro, Christopher. — Ela sorriu.

A srta. Lasko tá...
A srta. Lasko tá... pensando na bebida dentro da garrafa térmica.
A srta. Lasko tá... bêbada bêbada bêbada o dia todo na escola.

Christopher foi para o corredor e seguiu voando até o banheiro masculino do primeiro andar. Não havia crianças lá dentro. Nenhum menino fazendo "tiro ao alvo" nos mictórios. Christopher finalmente estava sozinho. Ele olhou para o relógio. A prova só terminaria dali a cinco minutos. Daria tempo. Às pressas, ele tirou a calça e deixou a água fria correr. Colocou a calça de veludo na água e começou a esfregar. Jogando um pouco de sabão. Tentando remover a mancha de urina. Mas a mancha não saía. Ele esfregou mais e mais. Desesperadamente, esfregando e enxaguando, esfregando e enxaguando. Mas não adiantava. A calça ficava cada vez mais molhada. E as bochechas dele, cada vez mais vermelhas. Seu rosto enrubescia de vergonha.

Não adianta. Ela vai ver a minha calça.
Ela vai ver o meu pescoço.
Ela não vai me deixar ir para a casa na árvore.

Christopher sabia que precisava voltar à casa na árvore. Apesar da promessa que fez à mãe, precisava encontrar o moço bonzinho antes que a mulher sibilante o matasse. E se ele chegasse tarde demais? E se o moço bonzinho fosse como as folhas de outono do bosque? Quando os galhos ficassem nus, o moço bonzinho desapareceria. E Christopher ficaria sozinho.

Ele olhou para o relógio. Restavam dois minutos. Ele fechou a torneira e torceu a calça. Depois, segurou-a embaixo do ar quente que soprava do secador. Ele pressionou o botão e deixou o ar quente inflar a calça de veludo como balões na Corrida de Balões. Olhou-se no espelho e desenrolou a gola alta do suéter para cobrir o pescoço, como fazia na época em que tinha medo de vampiros. Pressionou o botão do secador novamente e viu a cor amarronzada ficar um pouco mais clara. Mas a calça não secaria a tempo.

Precisa de mais calor.
Onde eu vou conseguir mais calor?

Christopher fechou os olhos e sentiu o calor aumentar em sua testa. Ele visualizou o bosque da Mission Street. Os galhos desfolhados, exceto as sempre-vivas, parecendo árvores de Natal. Árvores de Natal enfileiradas.

E elas estavam queimando.

Christopher olhou para o relógio. Dois minutos haviam se passado num devaneio, e ele estava de pé, só de cueca, segurando a calça embaixo do secador. A calça estava tão seca que chegava a deixar as mãos dele quentes. Brady Collins e seu grupinho de amigos entraram no banheiro quando Christopher ia vestir a calça.

— Não, pode deixar a calça com a gente! — exclamou Brady, arrancando a calça das mãos de Christopher.

— Devolve a minha calça, Brady — pediu Christopher.

— Devolve a minha calça, Brady — debochou Brady Collins.

Os amigos dele se juntaram num coro de zombaria.

— Por favor, não me comam! Por favor, não me matem!
Eles avançaram sobre Christopher e o empurraram para o corredor. Christopher caiu no chão, diante de Jenny Hertzog e um grupo de meninas, que começaram a rir.

— Eu já ouvi falar de calça curta, mas isso é ridículo — zombou ela.

Jenny Hertzog tem medo...
Jenny Hertzog tem medo... do quarto do meio-irmão dela.

— Brady, me dá a calça! — gritou Jenny Hertzog. — Olha o dilúvio! Olha o dilúvio!

Brady jogou a calça para Jenny, que a vestiu por baixo da saia. O rosto de Christopher ficou vermelho de febre. Ele mal teve tempo de pensar antes que a coceira expulsasse as palavras de sua boca.

— Por que você não consegue dormir no seu próprio quarto, Jenny?

Ele falou inocentemente. Feito uma criança que pergunta à mãe por que o céu é azul. Mas Jenny Hertzog parou de rir. Seus olhos se semicerraram. Ela sentiu as crianças desviarem a atenção de Christopher para ela esperando uma resposta. Jenny Hertzog encarou Christopher, os olhos ardendo de ódio.

— Vai se foder — disse ela.

Brady investiu contra ele, empurrando-o de encontro a um armário. A coceira voltou, enfiando palavras na mente de Christopher.

Brady Collins tem medo...
Brady Collins tem medo... da casinha do cachorro.

— O que tem dentro da casinha do cachorro, Brady? — perguntou ele.

Brady Collins parou. Todas as crianças olharam para ele, enquanto seu rosto corou de constrangimento. Christopher olhou para as crianças. Percebeu que estavam com medo. E, de alguma forma, não conseguia ficar com raiva delas. De alguma forma, sabia que estavam com mais medo que ele.

Brady Collins não falou nada. Ele se limitou a olhar feio para Christopher, com olhos assassinos.

— Tá tudo bem, Brady. Tá tudo bem — disse Christopher.

Brady Collins deu um soco na boca de Christopher. Não foi um golpe suave. Não foi um aviso. Foi pra valer. Mas a coisa mais estranha foi que... quando Brady o atingiu, não doeu. Parecia uma cócega. Mas Brady não parou. Estava tão enfurecido que queria matar Christopher. Brady partiu para cima dele com os punhos cerrados, prontos para destruí-lo. Christopher não levantou os braços. Simplesmente ficou parado, esperando receber as pancadas.

Uma estátua aguardando o impacto de uma pena.

Brady preparou um soco e estava prestes a atingir Christopher de novo, com toda a sua força, quando um punho surgiu do nada e acertou a mandíbula dele. Brady se virou e viu Ed Especial.

— Fica longe dele! — exclamou Ed Especial.

Os olhos de Brady expressavam fúria. Mike saiu de trás do grupo, acompanhado do caçula, Matt, dando apoio a Ed Especial.

— Sai fora, Collins! — disse Mike.

E, em segundos, a briga começou.

A gangue de Brady e Jenny era três vezes maior que o grupo de Christopher e seus amigos, mas isso não fez diferença. Ed Especial e os M&M's ficaram de costas uns para os outros, feito os Vingadores. Brady foi para cima de Ed Especial primeiro, dando vários socos. Mike acertou a mochila na barriga de Brady, que caiu no chão, diante de Jenny Hertzog. Jenny pulou em cima de Mike e mordeu a mão dele. Matt agarrou o cabelo dela e a jogou no chão. Todo mundo estava mordendo, chutando e gritando.

Como se fosse uma guerra.

Christopher assistiu a tudo em silêncio, com a cabeça latejando com uma febre tão intensa quanto a raiva que agora dominava o lugar. Depois de alguns instantes, ele se forçou a ficar de pé. Em seguida, calmamente, aproximou-se da luta. Então agarrou o braço de Brady com sua mão febril.

— Vai ficar tudo bem — avisou ele, serenamente.

O calor atravessou o braço de Christopher. Fez cócegas, como se fossem pequenas agulhas, passando pela ponta dos dedos e dando "choque" no cotovelo de Brady.

Até passar a irradiar calor.

— Para! Tá doendo! — disse Brady.

Christopher olhou nos olhos de Brady. O menino estava apavorado. Christopher o largou, e Brady viu pequenas bolhas se formando em seu braço.

Christopher foi até Jenny Hertzog, que arranhava o rosto de Matt. Ela estava com os dedos embaixo do tapa-olho de Matt, quando Christopher agarrou o braço dela.

— Tudo vai melhorar, Jenny. Você vai ver — garantiu ele.

O calor passou pela ponta dos dedos dele e se embrenhou pela manga comprida da blusa dela. A dor a fez segurar o próprio braço. Ela esfregou as pequenas bolhas já surgidas no braço direito, gritando.

Christopher se abaixou e ajudou os amigos a se levantarem.

— Vamos lá, gente — chamou ele.

O calor que emanava das mãos de Christopher desceu pelos braços dos amigos, mas não formou bolhas. Causou alívio, como Vick VapoRub num tórax doente. O calor se espalhou até o rosto deles, corando todas as bochechas. O cérebro de Ed Especial começou a parecer leve e efervescente feito refrigerante. O braço de Mike, de repente, ficou mais forte. O olho preguiçoso de Matt começou a formigar. A testa de Christopher começou a ferver. Era uma dor cegante.

— O que está acontecendo aqui?! — gritou uma voz da porta.

Christopher olhou e viu a sra. Henderson, a bibliotecária, disparando pelo corredor. A coceira fazia desfilar os cartões de memorização pela mente latejante de Christopher, numa velocidade estonteante.

A sra. Henderson tá... triste.
O sr. Henderson... não ama mais ela.
O sr. Henderson... sai toda noite.
O sr. Henderson... só volta na hora do café da manhã.

Christopher se virou para a sra. Henderson e sorriu.

— Vai ficar tudo bem, sra. Henderson. Eu prometo.

A última coisa de que ele se lembra é ter agarrado o braço dela com uma das mãos. Ele fez o possível para reter o calor, mas o calor escapou feito um balão cheio de água todo furado. Em poucos segundos, sentiu o líquido tocando de leve a ponta dos dedos. Ele recuou a mão e viu.

Seu nariz jorrava sangue.

CAPÍTULO 41

Quando a mãe de Christopher chegou à escola, Betty, a mãe de Ed Especial, estava de pé do lado de fora, fumando um cigarro de última hora para aguentar a reunião extraordinária na escola. A sra. Henderson estava impaciente ao lado dela.

— Os outros pais já estão na sala do diretor — avisou.

A indireta pouco sutil passou totalmente despercebida por Betty, que deu uma tragada final e, em seguida, esmagou o Capri com o salto da bota Ugg.

— Você acredita nessa merda? — perguntou ela à mãe de Christopher, com o hálito ainda adocicado pelo chardonnay bebido no almoço. — Eu estava no meio de uma massagem.

— Cadê o meu filho? — perguntou a mãe de Christopher à sra. Henderson.

— Ele está na enfermaria com as outras crianças, sra. Reese. A senhora vai poder vê-lo em breve — disse a sra. Henderson, parecendo grata por ter alguém que pudesse arrebanhar Betty.

As duas mulheres seguiram a sra. Henderson até a sala do diretor e ocuparam seus lugares ao lado das outras mães. As mães de Mike e Matt pareciam cansadas, como se a sra. Collins tivesse gritado com elas pelos últimos quinze minutos. Elas ergueram o olhar e sorriram ao perceber a chegada de reforços.

— ... então como é que o senhor explica a queimadura na porcaria do braço dele? — questionou a sra. Collins.

— Sra. Collins, eu entendo que a senhora esteja aborrecida — disse o diretor, sr. Small.

— O senhor não entende merda nenhuma — retrucou a sra. Collins. — Quando os advogados do meu marido acabarem com essa escola, o senhor vai entender o quanto eu estou aborrecida.

— A senhora vai processar a escola porque o seu filho começou uma briga? — perguntou Betty.

— O meu filho não começou nada. Foi o filho dela — acusou a sra. Collins, apontando para a mãe de Christopher.

— Sra. Collins... — interveio o diretor com firmeza. — Eu já expliquei à senhora. Christopher fez xixi na calça, e Brady provocou o menino, se negando a devolver a calça a Christopher.

— E isso dá ao filho dessa aí o direito de queimar o braço do meu filho? — sibilou a sra. Collins.

— Eu estava lá, sra. Collins — disse a sra. Henderson, educadamente. — Quando Christopher segurou os braços dos meninos, ele estava tentando fazer todo mundo parar de brigar.

— O meu filho não briga, sra. Collins — declarou a mãe de Christopher.

A sala ficou em silêncio. Era possível perceber a sra. Collins considerando suas opções. Por fim, uma voz cortou a tensão.

— Deixa eu explicar com calma a situação, sra. Collins — disse Betty. — O seu filho é um projeto de sociopata que começou uma briga e estragou a minha massagem.

Graças a Deus a mãe de Christopher conseguiu conter a risada, senão perderia o emprego imediatamente. Mas as mães dos M&M's não precisavam se preocupar com isso. Ambas deram uma gargalhada tão alta que contagiou a mãe de Ed Especial, e logo as três mulheres encheram a sala do diretor com suas risadas. O rosto da sra. Collins corou, mas seus olhos contaram a verdadeira história. A família Collins estava habituada a conseguir tudo que queria. Não havia problema grande o bastante que uma pilha de dinheiro ou o amigo certo não pudesse resolver. Mas ter um "filho problemático" era algo completamente diferente. E o silêncio que se seguiu à risada foi ensurdecedor.

— Então eu devo um pedido de desculpa à sra. Reese — disse a sra. Collins. — Vamos conversar sobre isso hoje à noite no trabalho.

— É muito gentil da sua parte, sra. Collins, mas não será necessário.

— Não, é, sim. Vamos conversar depois que o seu plantão acabar — reforçou a sra. Collins, com educação.

— Eu vou trocar o meu plantão hoje. Quero ficar em casa com o meu filho hoje à noite.

— Receio que a minha mãe esteja passando por um momento difícil. Ela realmente precisa da melhor atendente no plantão hoje à noite. E você é a melhor.

— Mas o meu filho está com febre.

— E a minha mãe tem Alzheimer.

O silêncio voltou a imperar na sala enquanto as outras percebiam que suas gargalhadas fizeram a mãe de Christopher pegar o pior trabalho de Shady Pines.

— Ora, Kathleen! Não inferniza a vida dela. Eu fiz a piada. Eu é que mereço o castigo — disse Betty.

— Isso não é castigo. É só que não podemos ser dispensadas do trabalho toda vez que os nossos filhos pegam um resfriadinho — retrucou ela.

A sra. Collins esperou para ver se Kate Reese diria alguma coisa que lhe desse motivo para demiti-la, mas a mãe de Christopher não falou nada. Porque a loteria pagou pelo passado, não pelo futuro. Ela ainda tinha a prestação da casa. Ainda precisava do emprego. Ainda tinha que sustentar o filho.

— Kathleen — disse Betty —, como é que você consegue ocupar a primeira fileira da igreja e não ouvir merda nenhuma?

— Eu ouço mais do que você pensa — disse a sra. Collins.

Depois de outro minuto tenso repleto de "ela disse, ela disse", as mães foram levadas à enfermaria para buscar os filhos e levá-los para casa. Quando viu a sra. Collins arrastar o filho Brady até o estacionamento, Kate sentiu um aperto no coração. Ela estava acostumada a detestar crianças ranhetas que perseguiam Christopher, mas aquele sentimento foi diferente. O que ela viu foi um garoto violento e furioso sendo empurrado para dentro de uma Mercedes por uma mãe descontrolada e furiosa.

— Entra logo aí, que droga! — mandou a sra. Collins.

— Mãe... foram eles que começaram. Eu juro por Deus — explicou-se Brady.

E, por Deus, se Kate não conhecesse o menino, teria acreditado nele. É claro, ela sabia que Brady ainda era pequeno e tinha cara de comportadinho; portanto, ainda era incapaz de causar grandes danos. Mas que Deus ajude a fila de garotas bonitinhas que não hesitaria em ir direto para o banco de trás do carro de Brady Collins no ensino médio! Garotas como Jenny Hertzog na picape do meio-irmão. Garotas que se colocam na posição de tábua de salvação e que jamais se dão conta de que o cara não quer ser salvo. Garotas que jamais reconhecem que alguns caras ficam felizes em tratá-las como lixo, porque elas parecem felizes aceitando ser tratadas assim. Uma vez ela viu a foto de Jerry quando criança. Ele tinha um olhar fofo e inocente. E aquele menino fofinho cresceu e ficou com mania de bater em coisas menores que ele. Kate Reese estremeceu ao constatar a triste verdade: até os monstros são adoráveis quando crianças.

Kate se voltou para Christopher, que cobriu a calça de veludo com o casaco dela e o pescoço enfaixado com a gola alta do suéter, como fazia quando era pequeno e tinha medo de vampiro. Disseram a Kate que ele tinha adormecido depois da prova e teve um pesadelo tão terrível que fez xixi na calça e arranhou o próprio pescoço.

Exatamente como fez depois que o pai morreu.

Naquela época, não foi o pescoço. Foi um hematoma no braço. Um episódio de sonambulismo em que ele se chocou com uma parede e foi parar na emergência. Kate conseguiu juntar dinheiro suficiente para levá-lo a alguns psicólogos. Os especialistas apresentavam diferentes abordagens, mas o ponto comum era que Christopher precisava de tempo para processar o trauma da morte do pai.

Afinal, foi Christopher quem encontrou o cadáver.

Demorou um pouco, mas, no fim das contas, os pesadelos pararam. E, com eles, a automutilação. Ela não fazia ideia por que aquilo estava voltando agora. E toda e qualquer tentativa de obter uma resposta direta dele era recebida com um monossílabo. Ocasionalmente, ela conseguia três monossílabos:

— Eu não sei.

Kate Reese tinha um milhão de perguntas, mas precisava trabalhar. E o filho não parecia pronto para um interrogatório naquele momento. Portanto, ela tomou a decisão estratégica de conceder espaço ao filho e fazer a única pergunta que sabia que ele queria responder.

— Ei... antes de eu voltar pro trabalho... você quer tomar um sorvete?

O sorriso dele quase partiu o coração da mãe.

Christopher não sabia disso, mas a mãe já havia feito muitas coisas para tentar descobrir o que estava acontecendo com ele. Incluindo algumas coisas que tinha prometido a si mesma que jamais faria. Ela havia vasculhado o quarto dele em busca de pistas. Um desenho. Uma carta. Um diário. Qualquer coisa. Mas só encontrou a foto do pai dele na estante forrada com papel estampado de patinhos e os livros que, ao que parecia, o filho já havia lido várias vezes.

Quando nada no quarto dele rendeu frutos, Kate Reese colocou um casaco e saiu. Ela andou pelo quintal e parou na entrada do bosque da Mission Street. Olhou atentamente para as árvores. Vendo a brisa roçar os galhos.

Kate Reese entrou no bosque. E não tropeçou. Ela sabia exatamente aonde estava indo. Não sabia por que havia demorado tanto. Talvez fosse medo. Talvez fosse uma questão de prioridades. Afinal, o delegado havia garantido que o bosque era seguro. Ele disse que o que aconteceu com o irmão de Ambrose foi uma tragédia indescritível, mas algo que aconteceu muito tempo atrás.

Porém, isso não significava que não pudesse acontecer de novo.

Não demorou muito para seus pés encontrarem a trilha. Ela passou pela ponte dos três cabritinhos e pelo tronco oco, e se viu no coração do bosque.

A clareira.

A árvore.

A casa na árvore.

Ela ficou perplexa. Quando o filho disse que construiu uma casa na árvore, ela imaginou um barraco todo torto, com mais falhas que os dentes de seu tio-avô. Mas aquilo era extraordinário. Cada detalhe perfeito. A pintura. O acabamento. Aquilo era o trabalho de uma mente obsessiva.

Assim como a mente do marido dela.

Tudo tinha que estar certo, senão tudo nele ficava errado. Era uma bênção que seu marido fosse naturalmente gentil e que sua energia frenética nunca tivesse se voltado contra ela.

Mas tinha se voltado.

Kate olhou para a casa na árvore. A árvore. A clareira.

— Tem alguém aí? — perguntou ela em voz alta.

Silêncio. Parada e respirando. Ela esperou para ver se algo piscaria.

— Eu não sei se você está aí ou não. Mas, se estiver, deixa ele em paz, porra!

Ela não arredou pé por mais alguns segundos para fazer o que quer que estivesse do outro lado do vento saber que sua raiva era bem maior que o medo. Depois, voltou para casa, sem olhar para trás.

Quando chegou, ela acessou a internet imediatamente. Dois meses antes, teria desistido da ideia da busca por ser uma grande bobagem, mas, depois de juntar a casa na árvore construída por Christopher ao súbito talento dele para matemática e leitura, ela se surpreendeu digitando as palavras.

Genialidade espontânea.

Toda e qualquer hesitação que ela pudesse ter sentido se dissipou rapidamente quando viu os resultados.

A busca gerou quase um milhão de links. Ela estudou alguns casos e quase enlouqueceu quando encontrou algumas possíveis razões para o tal "milagre". Tumores. Cistos. E a razão que a levou a uma crise de ansiedade que durou duas horas...

Psicose.

Depois da pesquisa on-line, ela ligou para todos os pediatras da cidade, mas não havia horário disponível. Era temporada de gripe, todos disseram. Teria que aguardar algumas semanas. Mas, enquanto via o filho devorar uma casquinha de sorvete de baunilha na 31 Flavours, ela voltou ao telefone, exigindo uma consulta numa data mais próxima. Foi deixada esperando na linha, e sua intuição materna gritava em seu ouvido.

Ajuda o seu filho, Kate. Ele não está nada bem.

Enquanto ouvia a gravação de uma versão orquestrada horrível de "Blue Moon", ela se lembrou de algo que o marido lhe disse depois que saiu de uma de suas piores crises.

Quais são os dois tipos de pessoas que veem coisas que ninguém mais vê, Kate?

E um sussurro que mais parecia a conclusão de uma piada.

Visionários e psicopatas.

CAPÍTULO 42

Quando a ligação veio naquela tarde, Mary Katherine estava sentada no quarto, apavorada. Faltava pouco para o recesso de Natal, e ela estava mais que atrasada com a redação que fazia parte do processo seletivo da Universidade de Notre Dame. Não só isso como ela havia sido escalada para o plantão noturno no lar de idosos. Havia cumprido horas suficientes como voluntária para obter o certificado necessário para se candidatar à faculdade. Mas se sentiu culpada por estar se voluntariando apenas para obter o certificado, e, se isso fosse verdade, não contaria como caridade autêntica. E, se não era caridade, Deus iria puni-la, impedindo-a de ingressar na Notre Dame e de seguir os passos do pai, da mãe, da avó, do avô e assim por diante. Por isso estava determinada a continuar como voluntária para ajudar os idosos e provar que não estava ali só para entrar na faculdade, então Deus a ajudaria no processo seletivo. Era um plano perfeitamente razoável, mas havia um problema.

Ela detestava os idosos.

— Não me entenda mal — sussurrou para Jesus em oração. — Alguns são bonzinhos. O sr. Olson é fofo e engraçado. E a sra. Epstein me ensinou a fazer biscoito amanteigado e uma coisa chamada bolinho de matzá. Mas é difícil se concentrar quando a mãe da sra. Collins grita "todos nós vamos morrer" a plenos pulmões durante quatro horas seguidas. Eu aguentava enquanto o Doug tava lá, mas ele desistiu de ser voluntário. Ele já terminou e entregou os formulários pro MIT e pra Universidade de Cornell. Eu perguntei se ele iria pra Notre Dame comigo, e ele disse que ia se inscrever como um "plano B". Eu quis matar ele. Eu sei que é errado pedir isso, Senhor, mas eu tenho que entrar na Notre Dame. Eu vou conseguir entrar na Notre Dame?

Ela esperou, mas não obteve nenhum sinal. Apenas o vento soprando através das árvores do lado de fora da janela do quarto. Mary Katherine pensou um pouco mais sobre o plantão noturno no lar de idosos. Seu estômago se revirava com o sentimento de culpa, porque, na verdade, ela não queria ir. Eles eram tão velhos. E cheiravam mal. E os dementes a deixavam com medo. Às vezes, ela parava, olhava para o corredor e pensava: "Jesus ama cada uma dessas pessoas. Cada uma dessas almas."

— Como é que o Senhor ama a todos, Jesus? — perguntou ela. — Me dá um sinal.

Quando o celular tocou, ela deu um gritinho.

— Alô — atendeu, em parte esperando que Jesus estivesse do outro lado da linha (com boas notícias, de preferência).

— Mary Katherine — disse a sra. Reese. — Você por acaso está disponível pra cuidar do Christopher essa noite?

Mary Katherine avaliou as alternativas. Cuidar do filho bem-educado da sra. Reese ou ouvir a mãe da sra. Collins berrar que a "bruxa" vai matar todos nós no Natal.

— Sinto muito, sra. Reese, mas eu estou escalada pra ser voluntária em Shady Pines — respondeu Mary Katherine, com tristeza.

— Eu cubro o seu plantão. Eu preciso de alguém pra vir pra minha casa agora mesmo. Por favor. Você ia salvar a minha vida.

— Sendo assim, é claro! Eu adoraria tomar conta do filho da senhora! — exclamou Mary Katherine, sorrindo.

Ela anotou o endereço e desligou. Sabia que Jesus levaria em consideração ela ter escolhido o lar de idosos primeiro. O fato de a sra. Reese precisar dela para ficar com o filho estava fora de seu controle. E a sra. Reese conhecia as necessidades do lar de idosos melhor que ela. Portanto, estava tudo certo. Mary Katherine demonstraria respeito pelos idosos cuidando de um menino, em vez de realizar o trabalho voluntário. E, enquanto cuidava do menino, ela poderia dispor de várias horas para trabalhar na documentação do processo seletivo da Notre Dame.

Ela interpretou tudo isso como um ótimo sinal.

Enquanto dirigia até a casa da sra. Reese, manteve os olhos no acostamento da estrada, atenta à presença de cervos. Ela sentiu que havia tomado uma boa decisão ao optar por cuidar do garoto. Afinal, Christopher era o menino desaparecido que ela havia salvado, e o padre Tom disse que, em algumas culturas, quando uma pessoa salva a vida de alguém, se torna responsável por ela. Mesmo assim, não dava para ter cem por cento de certeza.

— Jesus, se eu errei, me faz atropelar um cervo.

Quando nenhum cervo apareceu, Mary Katherine ligou o rádio para relaxar durante o restante do percurso. Queria ouvir um rock cristão, mas Doug tinha deixado o dial na 102,5 WDVE. A estação estava tocando uma música do The Doors, uma banda que ela odiava admitir que amava.

This is the end, my only friend, the end
Of our elaborate plans, the end

Ela chegou a casa antes que a música terminasse, sem ter avistado um cervo sequer.

— Ele está com febre — explicou a sra. Reese. — Por isso ele não pode sair da cama. Entendido?

— Não precisa se preocupar, sra. Reese. Eu fiz um curso de primeiros socorros no grupo de jovens e tenho treinamento de salva-vidas. Ele não vai sair da cama.

— Mas, mãe, ainda tá de dia — implorou Christopher. — Eu não posso sair?

Com um frio "Não" e um cálido "Eu te amo", a mãe de Christopher deu um beijo no filho e saiu do quarto. Mary Katherine foi com ela até a garagem. A sra. Reese mostrou a lista de números de emergência e falou de instruções e regras.

— Eu já dei um Tylenol pra ele. Você pode dar um Advil daqui a duas horas, junto com a janta. Espero que ele durma, mas, se não dormir, a hora de ir pra cama é oito e meia. Não deixa ele te ocupar nem um minuto depois das nove.

— Não precisa se preocupar, sra. Reese. Eu sou durona quanto à hora de dormir. Não vou decepcionar a senhora.

Depois que a mãe de Christopher foi embora, Mary Katherine voltou para dentro da casa quentinha. Ela andou pela cozinha e pela sala de estar, tentando descobrir o melhor lugar para trabalhar em sua inscrição para a Notre Dame. Depois de se acomodar à mesa da cozinha, ela largou os livros e foi até a geladeira.

Enquanto pegava a caixa de leite, pensava na redação que precisava escrever para a Notre Dame. Queriam que escrevesse sobre um herói, mas ela não conseguia decidir qual. Sua mãe e seu pai eram óbvios demais. Escrever sobre políticos seria muito arriscado. Seria ótimo escrever sobre Jesus, mas, como a Notre Dame era uma universidade católica, ela achava que muitos candidatos tomariam essa decisão. Mas, se não escolhesse Jesus, então quem? O papa Francisco? João Paulo II?

A Virgem Maria.

O pensamento surgiu do nada. A mãe de Jesus. Claro. Que escolha inspirada. Seria perfeito!

Ela terminou de servir o leite e fechou a caixa. Olhou para a foto da menina desaparecida, Emily Bertovich. Pobre coitada. Ela se perguntava se Emily Bertovich seria encontrada algum dia. Será que chegaria a se candidatar a alguma universidade? Quem teriam sido as babás de Emily Bertovich?

Pensar nisso lhe deu arrepios.

Mary Katherine parou e deu uma olhada na casa. De repente, algo pareceu errado. Estava silencioso demais. Quente demais. Como se houvesse alguma coisa dentro da casa. O cuco marcava os segundos em sua marcha rumo às quatro da tarde. Tique-taque.

— Oi — chamou ela. — Tem alguém aí?

Mary Katherine esperou uma resposta. Nenhuma veio. Ela olhou de novo para a caixa de leite. A imagem de Emily Bertovich a contemplava. Sorrindo, com aqueles dentes da frente faltando. O coração de Mary Katherine disparou. Ela não sabia o que estava errado, mas sentia alguma coisa. Igual ao joelho do pai dela, que previa uma tempestade uma hora antes do meteorologista.

— Christopher? Se for você, é melhor voltar pra cama.

O silêncio era ensurdecedor. Mary Katherine rapidamente colocou Emily Bertovich de volta na geladeira fria. Então, às pressas, cruzou a cozinha e passou pelas salas de jantar e de estar. Mas não havia nada lá. Apenas aquela sensação. Ela estava prestes a subir para verificar os quartos quando olhou para o quintal através das portas de vidro. E lá estava, de pé na neve, olhando para ela.

Um cervo.

O relógio bateu as quatro. Cuco. Cuco. Cuco. Cuco. Mary Katherine sabia que havia algo muito errado. Ela subiu correndo a escada e foi ao quarto de Christopher.

— Christopher! — chamou. — Christopher! Me responde!

Ela abriu a porta do quarto e viu que Christopher não estava na cama. A janela estava aberta, a cortina tremulando na brisa. Mary Katherine correu até a janela e colocou a cabeça para fora.

— Christopher! Cadê você?! — gritou ela.

Ela olhou para baixo e viu a trilha de pequenas pegadas na neve.

Passando pelo cervo.

Entrando no bosque da Mission Street.

CAPÍTULO 43

Algo o estava observando.
No instante em que Christopher fechou a porta da casa na árvore, ele sentiu. Um grande olho. Sufocante como um cobertor. Apenas observando e pairando. Procurando alguma coisa.
Caçando.
Christopher sabia que era um risco terrível entrar no mundo imaginário sozinho. Ele tinha prometido ao moço bonzinho que nunca faria isso, mas não lhe restava escolha. O moço bonzinho estava preso em algum lugar. Ou já estava morto. Christopher tinha que encontrar alguma informação. Uma prova. Uma pista. Qualquer coisa. Mas não fazia ideia do que esperava por ele do outro lado da porta.
Nunca venha aqui sem mim. Nunca venha aqui à noite.
Christopher se virou para a janela e viu o sol já baixo no céu. Não dispunha de muito tempo antes que a noite caísse. Era agora ou nunca. Ele encostou o ouvido na porta. De início, tudo parecia normal. Então ouviu um leve ruído.
riSc. riSc. riSc.
Havia algo embaixo da árvore.
riSc. riSc. riSc.
Christopher voltou o olhar para a janela. Viu cervos caminhando pela clareira, deixando trilhas na neve. Os cervos se aproximavam da árvore e raspavam os cascos na neve.
riSc. riSc. riSc.
"Christopher, não esquece", dissera o moço bonzinho. "Os cervos trabalham para ela."

Os cervos farejaram a base da árvore em busca de alguma coisa. Talvez comida. Talvez à procura dele. Christopher tinha apenas uma hora de luz do dia. Precisava encontrar um jeito de lidar com eles. Viu um macho com uma galhada de seis pontas mastigando uma folhinha do galho mais baixo. Bem ao lado de algo que atraiu a atenção de Christopher.

A sacola de plástico branca.

Christopher estava tão acostumado a ver a sacola do lado real que não prestou a menor atenção. Mas algo ali parecia diferente no lado imaginário. A sacola estava pendurada mais abaixo no galho que antes. Feito um peixe na ponta de uma vara. A sacola devia estar pesada. Porque... Porque...

Havia algo lá dentro.

O coração de Christopher bateu mais forte. O moço bonzinho deve ter deixado alguma coisa para ele. Tinha certeza. O que seria? Um mapa? Uma pista? Ele precisava saber. Christopher esperou até que os cervos satisfizessem a fome (ou a curiosidade) e se afastassem da clareira.

Então, lentamente, abriu a porta.

Christopher desceu rapidamente a escada de tábuas de madeira. Dentes de leite pregados na árvore. Suas botas pousaram no solo coberto de neve, e ele seguiu na ponta dos pés até a sacola de plástico branca. Enfiou a mão dentro e retirou o que o moço bonzinho tinha deixado lá.

Um cartão de Natal.

Na frente havia uma imagem do Papai Noel gritando com Rudolph, a Rena do Nariz Vermelho, enquanto empurrava seu trenó pela neve.

COMO ASSIM, VOCÊ ESQUECEU OS SEUS ÓCULOS?!

Crec.

Christopher se virou. Os cervos estavam de volta. O macho com o chifre de seis pontas o encarava, mas com as orelhas erguidas, como se ouvisse um predador. O vento passou pelo cabelo de Christopher, então morreu como um pássaro em pleno voo. Christopher prendeu a respiração, esperando que os cervos reagissem. Mas eles não fizeram nada.

Porque eles não podem me ver.

Christopher olhou mais uma vez para o cartão de Natal. Papai Noel gritando com Rudolph.

COMO ASSIM, VOCÊ ESQUECEU OS SEUS ÓCULOS?!

Essa era a pista. Christopher olhou de novo para a casa na árvore e viu que seu corpo ainda estava lá. Para os cervos, parecia que ele ainda estava na casa na árvore, no lado real. Apenas um menino brincando sozinho.

Mas aqui ele estava invisível.

— Quanto mais tempo você passar no mundo imaginário, mais poderoso vai se tornar — dissera o moço bonzinho. — Mas o poder vai ter um preço.

Christopher esperou que os cervos seguissem adiante, depois abriu o cartão. Esperava encontrar um bilhete do moço bonzinho, mas tudo o que viu foram os dizeres impressos no cartão...

QUANDO NÃO CONSEGUIR VER A LUZ... BASTA SEGUIR O SEU NARIZ!

Christopher começou a andar.

Ele saiu da clareira e entrou no bosque. Encontrou a trilha, limpa e lisa. Seguiu-a até chegar ao tronco oco, perto da ponte dos três cabritinhos. Lá, ele viu o homem enfiado no tronco, feito um porco num cobertor. O homem estava dormindo. Seus olhos tremiam. Ele choramingava feito uma criança:

— Por favor, para com isso. Eu não estou ajudando ele.

Christopher olhou em volta para ver se a mulher sibilante estava por ali, mas não viu ninguém. Então, em silêncio, afastou-se do homem no tronco oco e correu. Saiu em disparada do bosque da Mission Street com as botas pisando na trilha lamacenta até chegar ao balão de retorno em frente à sua casa.

Christopher examinou a rua, procurando uma pista. Na luz fraca do fim do dia, a rua lembrava os velhos negativos da foto de seu pai. Era sua vizinhança. Mas a esquerda estava na direita. E a direita, na esquerda. E o sol, quando se fixava o olhar nele, era uma lâmpada que deixava para trás vestígios de si mesma.

Ele estava vendo o mundo do outro lado de um espelho com uma face transparente e a outra espelhada.

Viu Mary Katherine correndo pelo quintal. Ela estava em pânico.

— CHRISTOPHER! — gritou ela. — CADÊ VOCÊ?!

Mary Katherine tá... observando o cervo.
Mary Katherine não sabe que... os cervos tão observando ela.

Mary Katherine correu para o bosque da Mission Street, passando pelo cervo. Christopher se virou para a rua e viu o homem com uniforme de bandeirante. O homem estava sonâmbulo, girando e girando no próprio eixo, como água escoando por um ralo. Seu corpo se contorcia.

— Por favor, para com isso. Eu não estou ajudando ele — choramingava.

Christopher não sabia aonde ir nem o que fazer. A luz do dia estava desaparecendo. Mary Katherine o encontraria. O tempo estava acabando. Ele abriu o cartão de Natal outra vez.

QUANDO NÃO CONSEGUIR VER A LUZ...
BASTA SEGUIR O SEU NARIZ!

Christopher olhou para cima e viu as nuvens pairando. Por um momento, lembrou-se de um belo rosto formado pelas nuvens. Sentiu o vento no cabelo. E, sob o vento, quase indetectável, um cheiro de queijo-quente.

QUANDO NÃO CONSEGUIR VER A LUZ...
BASTA SEGUIR O SEU NARIZ!

O cheiro vinha da cabana de madeira do outro lado da rua.

Christopher se virou para a cabana e viu a velha no sótão. Ele avançou pela entrada da garagem. Cauteloso como um gato. Ele não sabia se encontraria uma pista, uma armadilha ou a mulher sibilante, mas o instinto mantinha seus pés em movimento. Ele abriu a porta. A família estava jantando cedo do lado real. Ele sentiu cheiro de sopa de tomate e de queijo-quente dourando na frigideira.

— Você acha que a mamãe vai querer um pouco? — indagou a esposa.

As palavras inundaram a mente de Christopher. Ele cambaleou. A coceira era muito mais intensa no lado imaginário. Como uma lixa envolta numa broca de dentista.

Ele imediatamente entendeu que o marido odiava a mãe da esposa. O homem queria que ela morresse para que pudessem ter uma vida a sós novamente. Ele não era um homem mau, mas se perguntava o que aconteceria se só fingisse alimentar "a coisa no sótão". Jamais faria isso, é claro. Mas, às vezes, enquanto assistia a uma partida dos Steelers, ele se perguntava quanto tempo levaria para sua sogra morrer de fome e deixá-los viver em paz.

— Você acha que a mamãe vai querer um pouco? — repetiu a esposa, frustrada.

— Aposto que ela está com fome — disse o marido. — Quer que eu leve um prato pra ela?

— Não. Eu mesma levo, já que eu faço tudo nessa casa — bufou a esposa.

Eu ofereci, caralho. O que você quer de mim afinal?, pensou o marido.

Deus, por que ele não me pede pra fazer alguma coisa com ele?, pensou a esposa.

Ela foi para a cozinha. Christopher subiu silenciosamente até o sótão. A velha estava voltada para a janela numa cadeira de vime. Balançando-se, para a frente e para trás, para a frente e para trás. Como um metrônomo num piano. Ela olhava para as nuvens através da janela. Grunhindo de frustração, enquanto manuseava uma pilha de papéis.

Eram cartões de Natal.

Christopher levou um susto, mas não recuou. Era mais uma mensagem do moço bonzinho. Ele estava certo disso. Aproximou-se da velha. O cartão de Natal no alto da pilha estava velho e amarelado. A tinta havia esmaecido.

MUITAS VEZES SUBESTIMAMOS O PODER DE UM TOQUE...

Christopher tocou o ombro da mulher. No instante seguinte, ele fechou os olhos e sentiu o AVC que roubou metade da mente e quase toda a fala da mulher. Ele viu que a senhora foi jovem um dia. E bonita. Christopher olhou para as mãos dela e percebeu os dedos agora deformados pela artrite. Retorcidos feito os galhos da árvore na clareira. Ele pegou as mãos dela. O calor de seu corpo parecia se mover dele para ela.

Christopher se afastou. A velha moveu os dedos como se fossem asas de borboleta acordando de um casulo. De repente, ela se lembrou de que tocava piano e que o belo rapaz que estava na sala de sua mãe elogiou sua escolha de música. "Blue Moon". Mais tarde, na lua de mel, encontraram um piano naquele grande hotel nas cataratas do Niágara, e ela tocou a mesma música para ele. A senhora sorriu. Seus dedos estavam agora relaxados o suficiente para virar a página do cartão de Natal.

UM ABRAÇO, UM SORRISO, UMA PALAVRA GENTIL, TUDO COM O POTENCIAL DE TRANSFORMAR UMA VIDA.

Christopher viu uma mensagem pessoal escrita em tinta preta logo abaixo.

Então vai ver a sua mãe <u>agora mesmo</u>.
Ela precisa de você.

De repente, a filha da senhora entrou no sótão, trazendo um queijo-quente e sopa numa bandeja.

— Lembra quando o seu pai te deu esse cartão? — disse a senhora, e sorriu.

— Sim, mãe. A gente conversou sobre isso ontem. Você não lembra? — perguntou a filha.

— Eu tocava piano para ele. O seu pai era um rapaz tão bonito... A gente nadou no rio Ohio.

Gentilmente, a esposa retirou o cartão de Natal das mãos da mãe.

— Ei, mãe — disse a esposa, expressando uma agradável surpresa. — As suas mãos parecem bem melhores. E as suas palavras estão bem mais claras. Como você está se sentindo?

— Tem alguém aqui no quarto agora — comentou a senhora.

— Tudo bem, mãe. Não precisa ficar nervosa.

— Vai ver a sua mãe agora mesmo! Ela precisa de você! — gritou a senhora.

— Mãe, por favor, fica calma — implorou a esposa.

— Procura a sua mãe! Ela precisa de você! Agora mesmo! Agora mesmo! — berrou a senhora.

— Gary! Me ajuda aqui! — gritou a esposa, dirigindo-se ao andar de baixo.

Se o primeiro cartão apenas instruiu Christopher a seguir seu nariz, o segundo foi evidente. Ele precisava procurar a mãe em Shady Pines. Enquanto o marido corria até o sótão, Christopher se retirou do quarto e rapidamente saiu da casa.

Ele olhou para os arredores e quase gritou diante do que viu. As ruas tinham ficado apinhadas de gente de repente. As pessoas estavam paradas, como caixas de correio enfileiradas. Aglomeradas nos jardins. Uma mulher de vestido azul. Um homem de chapéu amarelo. Um amarelo estranho. Um amarelo doente.

Os olhos de todos estavam selados.

Alguns, fechados com zíperes.

Outros, com linha.

Feito as crianças naquele pesadelo.

As pessoas caixa de correio estavam todas segurando um fio. Um fio que se conectava à pessoa seguinte e à seguinte. Por todo lado. Rua abaixo. Até onde Christopher conseguia enxergar. De onde teriam vindo? Aonde estariam indo?

Nunca venha aqui sem mim. Nunca venha aqui à noite.

Christopher olhou para o céu. O sol estava no horizonte. Pendurado feito a sacola de plástico branca no galho baixo. Restavam cerca de quarenta e cinco minutos para o pôr do sol. Precisava chegar até a mãe, mas não daria tempo de correr até Shady Pines. Ele não sabia dirigir. Precisava de algum tipo de transporte. Ele olhou rapidamente ao redor e seus olhos pousaram em...

Uma bicicleta.

Uma bicicleta de três marchas. Do tipo que costumava vir com uma cestinha na frente. Mas era uma bicicleta velha. Enferrujada. Largada sozinha no meio de uma entrada de carros.

Na casa da esquina.

Christopher correu pela rua até a bicicleta. Passou por um casal de pé no meio do caminho. Os dois estavam dormindo, feito dois manequins, se beijando, enquanto sangue escorria de suas bocas.

— Por favor, para com isso. A gente não está ajudando ele — sussurravam.

Christopher pegou a bicicleta, mas parou quando viu a pequena placa de identificação no guidão.

D. OLSON

A casa na esquina é...
A casa na esquina é...
A casa do David Olson.

Christopher engoliu em seco. Sabia que podia ser uma armadilha. Podia ser um recado. A mulher sibilante poderia estar esperando para emboscá-lo. Mas o instinto gritava para que ele fosse até a mãe em Shady Pines antes de o sol se pôr.

Começou a pedalar. Seguiu rua acima, depressa, usando a primeira marcha. Assim que começou a pedalar ladeira abaixo, engatou a segunda, depois a terceira. Avançava cada vez mais rápido. Ganhando velocidade. Seguindo para a estrada. Suas pernas ficavam cada vez mais fortes, a cada rotação, enquanto ele via uma quantidade sempre crescente de pessoas caixa de correio enfileiradas na rua. Duas meninas gêmeas, um homem asiático mais velho e uma mulher vinda do Oriente Médio que parecia descarnada e faminta.

Todos os olhos e as bocas estavam costurados.

Todos sonâmbulos.

Por enquanto.

À noite, o mundo imaginário acorda. E aí a coisa fica realmente assustadora.

Christopher avançava na bicicleta. Cada vez mais rápido. De início, não se deu conta da velocidade. Pensava apenas na minguante luz do dia e na mãe em Shady Pines precisando dele. Mas, ao constatar que a via passava por ele feito um borrão, Christopher não entendeu o que estava acontecendo. A descida da ladeira não era tão íngreme. A bicicleta não era tão leve. Mas ele nunca tinha se deslocado tão rápido assim na vida. Ele entrou na rota 19. Os carros zuniam pela estrada no lado real.

E ele pedalava bem ao lado deles.

O asfalto passava numa velocidade ofuscante. O ar gelado entrava em seus olhos, fazendo com que lacrimejassem. A força percorria suas pernas. Christopher viu um velho Ford Mustang à frente cheio de adolescentes. Ele pedalou a bicicleta e se aproximou do carro. Em seguida, emparelhou com o carro. Então ultrapassou os adolescentes, pedalando como se todo o sangue de todos eles estivesse em suas veias. Christopher pegou uma saída da estrada e desceu a rua, seguindo em direção a Shady Pines. Ele viu o sol perseguir o horizonte e mais pessoas caixa de correio ao longo da rua.

Como uma mureta.

Eu não tenho muito tempo.

Christopher escondeu a bicicleta na estrada e correu o resto do caminho até Shady Pines. Olhou pela janela para ter certeza de que não estava caindo numa armadilha. Então entrou furtivamente no lar de idosos abrindo a porta com um...

Nheeeeec.

Caminhou na ponta dos pés pelo longo corredor. Entrou no salão. Uma enfermeira tocava piano no canto. A música era "Blue Moon". Vários dos idosos jogavam xadrez e damas.

— Achei, sr. Olson — disse uma voz de mulher.

Christopher conhecia aquela voz. Era sua mãe. Christopher se virou. E viu a mãe saindo do porão com uma caixa.

— Estava guardada bem onde o senhor falou que estaria — disse sua mãe.

Christopher observou a mãe caminhar até Ambrose Olson, sentado numa cadeira de balanço no salão. Ela entregou a caixa de sapatos para ele. O velho tirou a tampa e pegou uma pilha de algo amarrado com barbante branco e velho.

Cartões de Natal.

Uma brisa fria percorreu o asilo. Christopher ouviu algumas das senhoras mais velhas reclamando com as enfermeiras sobre a temperatura e se agasalhando com seus xales. Christopher viu Ambrose Olson retirar o primeiro cartão de Natal de dentro do envelope. A frente do cartão era um desenho do Papai Noel gritando para Rudolph, a Rena de Nariz Vermelho:

COMO ASSIM, VOCÊ ESQUECEU OS SEUS ÓCULOS?!

O salão parou. Christopher observou Ambrose abrir o cartão velho e amarelado. O mesmo cartão que tinha sido deixado na sacola de plástico branca.

QUANDO VOCÊ NÃO CONSEGUE VER A LUZ...
BASTA SEGUIR O SEU NARIZ!

E uma mensagem pessoal escrita com garranchos...

Me desculpa se eu te assusto às vezes.

Nunca foi minha intenção.
Feliz Natal
Com amor,
David
P.S.: Obrigado pela luva de beisebol. E ainda mais pelos livros.

Quem estava oferecendo as pistas não era o moço bonzinho.

QUANDO VOCÊ NÃO CONSEGUIR VER A LUZ... BASTA SEGUIR O SEU NARIZ!

Era David Olson.
— O que foi isso? — perguntou uma voz. — Você ouviu alguma coisa?
Christopher olhou para o corredor no momento em que a mulher sibilante entrou no salão. David Olson estava enrolado nos ombros dela feito a gola de um casaco de pele. Ele era o animal de estimação da mulher. Um demoniozinho com dois dentes da frente faltando. Era tenebroso.

Me desculpa se eu te assusto às vezes.
Nunca foi minha intenção.

— Que letra bonita — elogiou a mãe de Christopher.

Feliz Natal
Com amor,
David
P.S.: Obrigado pela luva de beisebol. E ainda mais pelos livros.

— Obrigado — disse Ambrose, fechando o cartão. — O David adorava ler.
O coração de Christopher bateu forte. Ele mudou o pé de apoio. O piso rangeu de leve. A mulher sibilante se virou.
— O que foi isso? Quem está aí? — sussurrou a mulher sibilante.

Ela olhou diretamente para Christopher, que ficou paralisado feito um cervo diante de um farol.

COMO ASSIM, VOCÊ ESQUECEU OS SEUS ÓCULOS?!

Mas ela não podia vê-lo.

A mulher sibilante observou o salão. Farejando o ar. Sentindo algo.

— Você está aqui? — sussurrou a mulher sibilante. — Você está aqui, Christopher?

Christopher começou a se afastar do salão. Pequenos passos. *Não posso respirar. Não posso deixar que ela me ouça.*

— Só diz alguma coisa. Eu não vou te machucar — murmurou ela.

Christopher olhou para fora. O sol estava se pondo. Ele estava ficando sem a luz do dia. Agora, as pessoas caixa de correio se alinhavam nos dois lados da rua. A mulher sibilante foi até a mãe de Christopher.

— Está vendo isso, Christopher? — perguntou ela, calmamente.

O sangue latejava nas têmporas dele. Sabia que era uma armadilha. E sua mãe, a isca. Ele ficou no corredor, agachado. Pronto para atacar, se ela fizesse qualquer coisa com sua mãe. A mulher sibilante sussurrou no ouvido da mãe de Christopher. Ele viu a mãe coçar a orelha, distraidamente.

— Se você não aparecer, sua mãe vai morrer — sibilou ela.

A mulher sibilante comprimiu os lábios e soprou no pescoço da mãe dele, que instantaneamente sentiu um tremor e estendeu a mão para o termostato. O coração de Christopher batia forte.

— Preparado? Agora, veja isso, Christopher — disse a mulher sibilante.

A sra. Collins entrou no salão, furiosa como uma cobra.

— O seu filho queimou o braço do meu filho, mas isso não foi o suficiente pra você — vociferou a sra. Collins, dirigindo-se à mãe de Christopher.

— Me desculpa, sra. Collins. Eu não sei do que a senhora está falando.

— Você deixou a minha mãe sozinha no quarto. Ela saiu de novo!

— Me desculpa, sra. Collins. Eu precisei ajudar o sr. Olson. Os voluntários já foram embora. Estamos com falta de pessoal hoje à noite — explicou-se ela, cansada.

— Se você recebesse um dólar pra cada uma das suas desculpas, eu é que estaria trabalhando pra você!

— Por que a <u>senhora</u> não estava cuidando dela, sra. Collins? — berrou Ambrose. — Ela é a merda da sua mãe!

Christopher sentia a raiva no salão aumentando cada vez mais.

— Isso é só o começo, Christopher... — A mulher sibilante sorriu. — Vai continuar... e continuar... e continuar... Agora, veja isso!

De repente, a mãe da sra. Collins entrou no salão em sua cadeira de rodas.

— Mãe, graças a Deus — disse a sra. Collins.

A velha se levantou com suas pernas tortas. E olhou diretamente para Christopher.

— Ah, oi! Você está aqui. Você consegue me ver — gritou a velha.

— Quem pode te ver? — perguntou a mulher sibilante.

— O menininho. Ele está parado bem ali. — Ela apontou. — Todos vocês acham que eu estou falando bobagem. Mas ele sabe. Ele sabe.

A mulher sibilante se inclinou e sussurrou no ouvido da velha:

— Vocês todos vão morrer.

— Nós todos vamos morrer — repetiu a velha.

— Tudo bem, senhora — disse a mãe de Christopher. — Fica calma.

— A morte está chegando. A morte está aqui. A gente vai morrer no Natal! — murmurou a mulher sibilante.

— A morte está chegando. A morte está aqui. A gente vai morrer no Natal! — gritou a velha.

— Mãe, volta pro seu quarto! — gritou a sra. Collins. — Sra. Reese, me ajuda aqui!

Mas a velha não parou. Ela entoava repetidamente. Berrando a plenos pulmões.

— A morte está chegando. A morte está aqui. A gente vai morrer no Natal!

A mulher sibilante a deixou e se virou para Christopher. Ela sorriu.

— Estou surpresa por você não ter feito nenhum som. Mas não foi por isso que eu te mostrei essa cena toda. Eu só precisava te distrair até que anoitecesse.

O sol havia mergulhado abaixo do horizonte. David Olson se desenrolou do pescoço dela.

Christopher sentiu a sala esfriar. O cheiro de algodão-doce se transformando em cheiro de sangue. Olhou para trás, para a mulher sibilante, que sorriu.

— Porque a gente pode te ver à noite, carinha. Aí está você. Que belo menino.

A mulher sibilante partiu para cima de Christopher.

— Você não está na ruuuuuuuaaaaaaaa! — gritou ela.

Christopher correu para a entrada do lar de idosos. A mulher sibilante pulou em cima dele no momento em que Christopher abriu a porta e seus olhos foram atingidos pela luz da lanterna.

— CHRISTOPHER! GRAÇAS A DEUS! — exclamou Mary Katherine, enquanto abria a porta da casa na árvore.

A lanterna do celular o cegou. Por um instante, Christopher não sabia onde estava. Ele agarrou o braço dela, pensando que fosse a mulher sibilante. O calor da febre emanava de sua testa e saía pela ponta dos dedos.

— Ai! — gritou Mary Katherine. — Para com isso! Você tá me queimando!

Christopher olhou em volta e percebeu que não estava mais no lar de idosos. Estava de volta na casa da árvore. Não era a mulher sibilante quem o estava agarrando. Era Mary Katherine. Christopher soltou o braço dela. Ela tirou o casaco e arregaçou a manga do suéter. Sua pele estava vermelha. Bolhas minúsculas pipocavam em seu braço.

— Foi mal — disse Christopher.

— Onde foi que você se meteu? — perguntou Mary Katherine, zangada e assustada, esfregando a queimadura no braço.

— Eu não tava conseguindo dormir, aí eu pensei em vir pra cá e brincar um pouco.

— Você podia ter arrumado um problemão pra gente, sabia?

— Me desculpa. Você me perdoa?

— Só Deus pode te perdoar. Mas Ele perdoa. Então, sim, eu te perdoo. Vamos. Vamos voltar pra casa. A gente precisa cuidar do seu nariz.

Christopher levou as mãos ao rosto para limpar o nariz e viu o sangue viscoso e vermelho na ponta dos dedos. Seu rosto estava corado de febre. Suas articulações doíam. E a coceira se transformou numa dor de cabeça insuportável. Ele nunca havia se sentido tão mal na vida. Nem quando ficava gripado.

Christopher pensou na velocidade que tinha atingido na estrada. Na invisibilidade. Na clareza de raciocínio que vinha com a coceira. Se esses poderes o faziam se sentir tão mal assim do lado real, ele achava que não aguentaria muito mais.

Antes que isso o matasse.

Gentilmente, Mary Katherine ajudou Christopher a sair da casa na árvore. As articulações dele rangiam a cada passo. Christopher olhou para o céu. Já não restava nada de luz do dia. Ele viu uma estrela cadente. Mais um sol. Mais uma alma.

Quando chegou ao solo, olhou para a sacola de plástico branca pendurada no galho da árvore. Por instinto, abriu a sacola, mas não havia nada dentro. Nenhum cartão de Natal. Nenhuma mensagem secreta. Só a coceira. Christopher pensou nas pistas que o levaram a Shady Piñes e na última linha do cartão de David.

P.S.: Obrigado pela luva de beisebol.

Christopher se lembrou das vezes em que havia sentido um cheiro de luva de beisebol. Às vezes, estava em seu quarto. Às vezes, no ônibus. Quanto mais pensava, mais se dava conta da presença do cheiro. A temporada de beisebol tinha acabado já fazia tempo. As crianças não carregavam mais suas luvas. Apenas bolas de futebol americano — de borracha ou de plástico. Mas o cheiro de luva de beisebol estava sempre por perto.

Me desculpa se eu te assusto às vezes.
Nunca foi minha intenção.

Christopher fechou os olhos. Deixou a coceira percorrer sua mente. Visualizou as pistas na sua frente. Viu o espaço entre as palavras. Os pensamentos brincando de esconde-esconde. Conduzindo-o pela mão. O primeiro cartão dizendo **SIGA O SEU NARIZ** até a velha no sótão, que, por sua vez, tinha um cartão que lhe disse *vai ver a sua mãe agora mesmo. Ela precisa de você*. E a bicicleta deixada na entrada da garagem de David Olson para dar a Christopher tempo de chegar à sua mãe no momento exato em que ela entregou a Ambrose o cartão de Natal de David que terminava com o *P.S. Valeu pela luva de beisebol* e a pista final do quebra-cabeça...

E ainda mais pelos livros.

A coceira parou. Christopher abriu os olhos. Ele sentiu tanto sangue escorrendo do nariz que chegava a entrar na boca. Mas não se importou. Porque enfim conseguiu pegar o pensamento que brincava de esconde-esconde. David não era um demônio. Era um menininho que distribuía bilhetes. E havia um lugar na cidade onde uma criança poderia deixar um bilhete para outra criança. Mesmo que estivessem separadas por cinco décadas. O lugar onde todos os meninos de Mill Grove pegavam seus livros.

A biblioteca da sra. Henderson.

Mary Katherine apontou a lanterna para a trilha. Ela viu dois cervos paralisados pela luz.

— Ai, meu Deus! Jesus! Eu odeio cervos — comentou Mary Katherine enquanto se benzia. — Agora, como é que a gente sai daqui?

Christopher guiou Mary Katherine para fora da clareira. Ao longe, ele ouvia tratores derrubando árvores. O sr. Collins tinha vencido a batalha judicial. A construção havia recomeçado. Como Christopher achava que aconteceria. Não demoraria muito até que o sr. Collins destruísse a maior parte do bosque em sua marcha até a casa na árvore de Christopher.

"Mas o que exatamente a casa na árvore faz?", perguntara ele ao moço bonzinho.

você construiu um portal pro mundo imaginário.

Christopher não sabia se o moço bonzinho estava preso ou sendo torturado. Ele não sabia se o moço bonzinho estava vivo ou morto.

Tudo o que sabia era que, enquanto o moço bonzinho estivesse desaparecido, não haveria ninguém para proteger o mundo da mulher sibilante.

Exceto ele próprio.

CAPÍTULO 44

Ed Especial acordou. Ele coçou o braço e olhou para a árvore pela janela do quarto. A árvore estava coberta de neve. O peso da neve empurrava os galhos para baixo, fazendo com que parecessem um sorriso doentio.

Sorriso doente, Eddie. Uma cara fechada é isso. É só um sorriso que ficou doentio.

Sua avó costumava lhe dizer isso antes de definhar e morrer. Ele não sabia por que estava pensando nela agora. Era como se estivesse ali no quarto com ele. A velha tinha cheiro de vestido velho. E sussurrava.

Escuta a vovó.

Ed Especial saiu da cama.

Seus pés não sentiram a friagem no piso de madeira. Ele foi até a janela. Abriu-a e olhou para a neve molhada acumulada no peitoril. Pegou um pouco e fez uma bola de neve. Perfeitamente redonda. Perfeitamente lisa. Como a Terra. Por alguma razão, a neve não esfriou suas mãos. Na verdade, a sensação era agradável. Feito o algodão-doce do parque de diversões Kennywood guardado no congelador.

Não come demais, Eddie. Você vai ficar com dor de barriga. Escuta a vovó.

Ed Especial fechou a janela. Não havia percebido o quanto seu rosto tinha começado a ficar frio no ar gelado. Mas agora suas bochechas estavam vermelhas, e ele queria um copo de água. Não água da torneira do banheiro. Água da geladeira. Ed Especial foi para o corredor. Passou pelo pai, que dormia no quarto de hóspedes. A bola de neve derretia em suas mãos, pingando no piso de madeira, deixando gotinhas como um rastro de migalhas de pão. Ed Especial passou pela mãe, que dormia no quarto principal.

— Por que vocês não dormem na mesma cama? — perguntara à mãe certa vez.

— Porque o seu pai ronca, querido — respondera ela, e ele havia acreditado.

Ed Especial desceu a escada. Foi até a cozinha e se serviu de um copo de água. Usou seu copo favorito. *Hulk... bebe!* Ele bebeu tudo em dez segundos. Ainda estava com sede. Bebeu outro copo. E outro. Parecia que estava ficando com febre. Mas não se sentia mal. Só estava com muito calor. Estava muito abafado na cozinha.

Eu não estou conseguindo respirar, Eddie. Vai lá pra fora. Escuta a vovó.

Ed Especial abriu a porta de correr de vidro.

Ficou ali, enchendo os pulmões com ar gelado feito picolé. Por um instante, aquele ar anulou a sensação de abafamento. E ele não se sentiu mais como sua avó, com a cânula de oxigênio no nariz, fazendo-o prometer nunca fumar do jeito que ela havia fumado. Ele se perguntou se sua avó teria sido enterrada viva e não teria conseguido respirar dentro do caixão. Será que ela estaria batendo na tampa do caixão naquele momento? Ele avançou pelo quintal e se sentou no balanço pendurado no velho carvalho, feito um enfeite de Natal. Como era mesmo que sua avó chamava os enfeites? Alguma coisa de uma música antiga de que ela gostava.

"Strange Fruit", Eddie.

Ed Especial ficou sentado no balanço, pensando na avó e acabando de fazer a bola de neve. Ele a depositou ao pé do velho carvalho. E fez outra. E outra. E outra. Pensou que talvez fosse precisar daquelas bolas de neve para defender Christopher e a casa na árvore. Porque as pessoas pegam coisas que não pertencem a elas. Pessoas más, como Brady Collins.

Um homem deve proteger os seus amigos, Eddie. Escuta a vovó.

Quando terminou a última bola, Ed Especial percebeu que havia feito uma pequena clareira ao redor do velho carvalho. A relva estava verde e cristalizada com a geada. E havia uma pequena pilha de bolas de neve que pareciam as balas de canhão que ele tinha visto em uma viagem escolar para uma aula sobre a Revolução Americana.

Os mocinhos vencem as guerras, Eddie.

Ele não conseguia lembrar onde tinha ouvido, mas tinha certeza de que a palavra "infantaria" vinha da palavra "infante", que quer dizer "criança". Assim como a palavra *"kindergarten"* vinha das palavras alemãs *"kinder"*, que significa "criança", e "garten", que significa "jardim". Então todos na infantaria eram apenas infantes de suas respectivas mães.

Até que fazia sentido.

Ed Especial voltou para dentro de casa. Fechou a porta de vidro, trancando o frio lá fora. Olhou para a cozinha e viu a porta do armário ligeiramente aberta. Já estava assim? Ou alguém teria acabado de abri-la? Só uma frestinha. Feito uma tampa de caixão, com um olho espreitando os vivos. Um defunto tentando se lembrar do gosto dos alimentos, porque esqueleto não tem língua. Ele se lembrou de quando precisaram retirar a língua de sua avó por causa do câncer. A avó não conseguiu mais falar. Por isso ela escrevia as coisas em folhas de papel.

Sinto saudade do gosto de torta de maçã, Eddie.

Come torta de maçã por mim, Eddie. Escuta a vovó.

Ed Especial foi até a geladeira. Cortou uma fatia grande de torta de maçã. Olhou para a caixa de leite com a foto da menina desaparecida. Emily Bertovich. Fechou a geladeira e olhou para seu teste de leitura preso na porta com quatro ímãs, como Jesus na cruz. Foi a primeira vez que um teste seu foi bom o suficiente para sair da gaveta de papelada e merecer um lugar na porta da geladeira. Seu primeiro A. Ed Especial sorriu e fechou a porta da geladeira.

Antes de subir de novo para o quarto, Ed Especial foi até o escritório do pai. Abriu a porta e sentiu o cheiro de uísque e de fumo para cachimbo entranhado nas paredes ao longo dos anos. Foi até a escrivaninha de madeira. A segunda gaveta estava trancada; então ele abriu a gaveta de cima e a removeu. Em seguida, enfiou a mão no móvel e retirou um pequeno estojo de couro que cheirava igual a uma luva de beisebol nova. Com todo cuidado, colocou o estojo sobre a escrivaninha e o abriu. Examinou o conteúdo e sorriu.

A arma.

Ed Especial a pegou. A .44 pesou em sua mão. Sem dizer nada, ele a examinou e viu que havia uma bala no tambor. Ed Especial empunhou a arma como os heróis nos filmes. O luar refletia no metal como se fosse um brilho nos olhos.

Leva a arma lá pra cima, Eddie.

Ele subiu a escada e ficou do lado de fora do quarto principal, observando a mãe adormecida. Depois, passou pelo pai, que dormia no quarto de hóspedes. Notou que o pai não estava roncando coisa nenhuma. Não sabia por que tinham mentido para ele.

Ed Especial foi para o quarto dele. Olhou para o velho carvalho lá fora. A árvore com o sorriso doentio. Ele se sentou na cama, comendo a torta de maçã. Quando acabou, limpou as migalhas caídas no cobertor, jogando-as no chão. Em seguida, enfiou a arma embaixo do travesseiro e se deitou. Olhou para o relógio: 2:17. Fechou os olhos e pensou no primeiro filme dos Vingadores. Como os super-heróis se posicionaram em círculo e venceram a guerra. Porque eles eram os mocinhos. E só os mocinhos vencem as guerras.

A guerra está chegando, Eddie. Um homem deve proteger os seus amigos. Escuta a vovó.

CAPÍTULO 45

O relógio marcava 2:17.

Brady Collins se sentou encolhido, encostado na parede de madeira fria. Algo o incomodava. Feito a coceira que sentia no braço. Ele continuava coçando as bolhas causadas por Christopher, mas nada aliviava a comichão. Continuava coçando e pensando naquele dia. Sua mãe o buscou na sala do diretor da escola e o levou para casa. Ela gritou com ele por ter se metido numa briga com gentinha emergente, como Christopher e Ed Especial. Gritou dizendo que ele nunca mais deveria envergonhar a família daquele jeito. Ele era a porra de um Collins! Quando entraram em casa, ela o fez tirar o casaco e ir para a casinha do cachorro no quintal. Não era tão ruim no verão, mas agora era inverno. Ele implorou a ela que não o obrigasse a ir para a casinha do cachorro, mas ela disse que, quando ele resolvesse se comportar como um ser humano, poderia dormir como um ser humano. Ele estivera lá desde então. Tudo por causa de Christopher e de Ed Especial. Aqueles dois merdas fizeram sua mãe odiá-lo novamente. E ele não aguentava mais ser odiado por ela. E não aguentava mais dormir na casinha do cachorro. Precisava fazer alguma coisa para que ela voltasse a amá-lo. Tremendo de frio, ele tirou os braços das mangas e os enfiou por dentro da camisa. O calor do peito começou a aquecê-los, mas não foi capaz de acabar com a coceira. Ele continuou coçando e coçando, e pensando e pensando. O mesmo pensamento. Sem parar. Que aqueles dois merdas iam pagar por terem feito sua mãe odiá-lo tanto.

O relógio marcava 2:17.

Jenny Hertzog acordou em sua cama. Achou que havia alguém no quarto. Ouvia uma respiração. Ou seria o vento? Pensou que seu meio-irmão Scott tivesse entrado escondido, mas uma rápida olhada em volta mostrou que estava sozinha. Ela fixou o olhar na porta, esperando que ele entrasse. Scott tinha buscado Jenny na escola naquele dia, porque a mãe dele estava no trabalho. Jenny implorou a ele que não contasse ao pai que ela havia se metido em mais uma briga. O pai talvez a proibisse de acampar naquele verão se ele contasse. E o acampamento era o único jeito de ela ficar longe de Scott. Então, quando ele disse que ela teria que dançar para ele, senão ele contaria, Jenny não teve alternativa. Scott a fez tirar a roupa. Ela ficou nua, exceto pelo curativo que cobria a queimadura no braço esquerdo. E como coçava! Ela coçava e coçava, mas a coceira não parava. Como se insetos estivessem andando por sua pele. Ela saiu da cama e foi até a porta. Retirou a cadeira que travava a maçaneta. Desceu a escada até a cozinha. Pegou uma faca de dentro de uma gaveta. Coçou-se um pouco com a faca e passou pelo quarto de Scott. Por um segundo, pensou em enfiar a faca no pescoço dele. O pensamento fez a coceira parar por um instante. Ela voltou para o quarto e colocou a faca embaixo do travesseiro. Para o caso de Scott entrar, como tinha feito na noite anterior. Ele falou que o pijama dela era curto demais enquanto o atirava no canto. Disse que ele era apropriado para um "dilúvio, dilúvio".

O relógio marcava 2:17.

Matt se sentou na cama e coçou o braço. Ele deveria ter ficado feliz com a notícia, mas não ficou. Depois da aula, foi ao oftalmologista com as mães. Elas estavam zangadas porque ele e Mike se meteram numa briga, mas, quando Mike explicou que só estavam protegendo Christopher, as mães aliviaram um pouco a barra. Matt foi se consultar com o oftalmologista sobre o olho doente e o médico deu a boa notícia. A expectativa era de que ele usasse o tapa-olho até o verão, mas, de algum jeito, não seria mais necessário. "É um milagre", dissera o médico. Matt devia ter pulado de alegria, sabendo que Jenny Hertzog não poderia mais chamá-lo de "Papagaio de Pirata". Mas alguma coisa estava errada. Matt pensou no momento em que Christopher agarrou seu braço. Em como o calor subiu pelo braço, fazendo cócegas, e chegou até o olho. Ele jamais diria isso aos amigos. Eles achariam que estava louco. Mas, enquanto coçava o braço, ele não pôde evitar pensar que Christopher, de algum modo, curou seu olho. Esse pensamento o assustava. Porque ele sabia que, se alguém descobrisse, poderia tentar matar Christopher. Por isso ele prometeu a si mesmo que continuaria usando o tapa-olho na escola para que ninguém desconfiasse. Ele ouviria Jenny Hertzog chamá-lo de "Papagaio de Pirata" para sempre pela segurança do amigo. Precisava manter Christopher vivo. E tinha a sensação de que o mundo inteiro dependia disso.

O relógio marcava 2:17.

Mike se sentou na cama. A coceira o estava deixando louco. Ele se levantou e foi até o banheiro procurar aquela loção rosa que suas mães usaram quando ele e Matt pegaram catapora. Mas não conseguiu encontrá-la. Tudo o que viu foram as vitaminas que uma de suas mães tomava. As vitaminas que a deixavam feliz. Ele saiu do banheiro e foi até o porão, onde ninguém podia ouvi-lo. Ele ligou a televisão e colocou o DVD do seu filme favorito, *Os Vingadores*. Qualquer coisa que pudesse desviar sua mente daquela coceira. Ele estava se distraindo com o filme e a coceira tinha quase desaparecido, quando algo aconteceu. No meio do filme, Thor parou e se dirigiu a Mike. Os dois ficaram acordados a noite toda. Thor era muito legal. Thor disse que Brady Collins era perigoso e que Jenny Hertzog estava prestes a fazer algo terrível. Thor disse que ele devia proteger Ed Especial e Matt. Mas sobretudo Christopher. Porque Mike era o mais forte. E a guerra estava chegando. E os mocinhos tinham que ganhar a guerra dessa vez. Ou os malvados dominariam o mundo. Mike acordou no sofá. Não sabia dizer se havia sido um sonho.

O relógio marcava 2:17.

A srta. Lasko estava sentada no bar em Mt. Lebanon. O bar fechou às duas, mas a srta. Lasko conhecia bem o dono e implorou a ele que a deixasse ficar. Ela simplesmente não podia ir para casa. Coçou o braço e, por um instante, lembrou-se de sua mãe, quando a família morava na cidade. A mãe costumava se coçar o tempo todo até que o remédio fosse aplicado. A srta. Lasko pensava no medicamento como "remédio pra coceira da mamãe". Porque, no instante em que o aplicava no braço dela, a coceira parava. Fazia anos que não pensava nisso. A srta. Lasko olhou para as garrafas e para os copos vazios diante de si. Contou dezessete, quantidade que, normalmente, resultaria numa viagem de táxi até em casa, com ela totalmente apagada. Mas, naquela noite, não importava o quanto ela bebesse, garrafa após garrafa, dose após dose, não ficava bêbada. Ela continuava coçando e coçando. E pensando e pensando. E se nunca mais conseguisse ficar bêbada? Ai, meu Deus. Por que não conseguia ficar bêbada naquele momento? Ela relembrou os acontecimentos do dia e pensou em Christopher. Sabia que era loucura. Achava impossível um menininho tocar seu braço e torná-la incapaz de se embebedar. Mas o pensamento perseverava, tanto quanto a coceira no braço. E ela precisava encontrar sua própria versão do "remédio pra coceira". Ela precisava ficar bêbada logo antes que a sobriedade a deixasse louca.

O relógio marcava 2:17.

A sra. Henderson estava sentada na cozinha. Sua cozinha perfeita. A cozinha dos sonhos. Ela passara anos criando aquela cozinha. Garimpando cada bugiganga. Cada peça de antiguidade. Não era rica, mas tinha bom gosto. E, ao longo das décadas, todos os domingos, ela frequentava o mundo das vendas de garagem e mercados de pulgas, onde encontrava, por dez dólares, peças que valeriam uma fortuna num leilão como o da Christie's. Pouco a pouco, peça por peça, havia criado o lar perfeito para si e para o marido. Era a obra de uma vida. Durante o dia, ela ensinava as crianças a ler e amar os livros. À noite, desfrutava do lar perfeito que havia criado para o marido. Mas agora o marido nunca estava em casa. Eram 2:17 da madrugada e seu marido ainda estava fora. Por isso a sra. Henderson se sentou na cozinha, encarando a porta de casa. Contemplou a plaquinha de SEJA BEM-VINDO e as cortininhas perfeitas, penduradas na vara de latão. Ela olhava e se coçava e se lembrava do dia em que ficou noiva, no alto da roda-gigante, no parque de diversões Kennywood. Naquele tempo, o sr. Henderson era extremamente atraído por ela. Ela dizia "não" no banco de trás do carro dele, embora seu corpo gritasse "sim". Porque não era uma garota fácil. Homens não se casam com garotas desse tipo, sua mãe lhe disse. Mas sua pele fervilhava sempre que ele a beijava. Sua pele ardia por ele. Como ardia agora. Como tinha ardido ao longo do primeiro ano em que ela deu aula na Escola de Ensino Fundamental de Mill Grove. Ela jamais se esqueceria daquele menininho. Aquele menininho assustado. Como era esperto! Como ela ficou triste quando ele desapareceu! Por que estava pensando nele agora? Não fazia ideia. Mas o ato de pensar nele fez o braço dela parar de coçar. Fez com que ela parasse de se perguntar quando o marido parou de tocá-la. Fez com que se lembrasse de que aquele seria seu último ano de magistério. Ela se aposentaria e teria uma ótima vida com ele. Sim. O marido entraria por aquela porta, em algum momento. Em algum momento, ele ficaria com fome e precisaria daquela cozinha quentinha de novo.

CAPÍTULO 46

O relógio marcava 2:37.
Mary Katherine estava deitada sozinha no quarto. Tinha acordado havia vinte minutos. Ela acordou porque seu braço coçava. Passou um pouco de loção, mas não adiantou. Bebeu um copo de água, porque às vezes coceira na pele significa desidratação. Mas isso também não adiantou. A coceira continuava.
O estranho era que ela estava gostando.
Sua pele estava cálida. Macia e sedosa, feito lençóis de seda. E a coceira causava na pele uma sensação amena. Uma aspereza agradável, como naquela vez em que Doug se esqueceu de fazer a barba e deu um beijo na bochecha dela. A aspereza doeu um pouquinho, mas ela gostou, e até desejou que Doug deixasse a barba crescer. Ele tentou uma vez para uma montagem de *Um violinista no telhado*. Todos os rapazes do elenco deixaram a barba crescer. Os resultados foram tão variados quanto trágicos. Por que garotos são só garotos?, perguntava-se ela.
Por que não podiam simplesmente amadurecer logo e se tornar homens?
Deitada na cama, com sua camisola de algodão, Mary Katherine observou o quarto ao redor. O vento soprava lá fora. Um pouco mais forte que o normal. Mary Katherine imaginou o vento entrando de fininho em seu quarto e espalhando a coceira do braço para o corpo todo. Ela imaginou a coceira descendo pelo antebraço até chegar ao pulso e então aos dedos.
Os cinco dedinhos da mão direita.
Com os dedos, Mary Katherine começou a deslocar a coceira. Centímetro por centímetro. Começou pelo braço; em seguida, moveu lentamente os dedos tomados pela coceira até o ombro, o pescoço e a boca. Parou por ali. Apenas roçando os dedos, de um lado para o outro, sobre os lábios. Estavam secos e

rachados por causa da caminhada pelo bosque frio da Mission Street. Cada vez que ela tocava os lábios, a coceira ficava mais quente, mais suave e mais áspera ao mesmo tempo. Mais ou menos como ela imaginava a sensação de uma barba de verdade em sua pele. Uma barba de verdade, que pertencesse a um homem de verdade. Um homem como o delegado, que mentiu por ela na noite em que ela encontrou Christopher. Mary Katherine colocou a língua para fora e lambeu a ponta dos dedos. Lentamente, enfiou um dos dedos na boca. Depois, enfiou o dedo mais fundo, e colocou outro, e outro. Ela imaginou o delegado beijando-a. Imaginou-se levando o delegado para dentro de sua...

PARA.

Mary Katherine se sentou na cama. A coceira em sua pele se transformou em ardência. Que merda era aquela? Isso não estava certo. Era pecado pensar em Doug naquele sentido, porque eles não eram casados. Mas e o delegado? Seria nojento. Mary Katherine nunca havia tido relações sexuais. Nunca havia se masturbado, porque sabia que isso levaria a pensamentos vexaminosos. Ela conhecia as regras... Pensar é fazer. Foi isso que ela aprendeu com a sra. Radcliffe no CIC por mais de dez anos.

PENSAR É FAZER.

Mary Katherine se ajoelhou ao pé da cama e rezou para que aqueles pensamentos pecaminosos saíssem de sua mente. Ajoelhou-se diante de Deus. Usando a boca para falar as palavras d'Ele. Mas a coceira só piorava. Ela a sentia sob o algodão da camisola. A pele do seio sentia a coceira dos dedos. Nada além de uma fina camada de algodão entre o seio e os dedos. Não era pecado esfregar a camisola, né? Era só algodão. Não era seu corpo. Nesse caso, não teria problema. Não seria pecado. Ela se levantou e esfregou o algodão da camisola. O peito foi tocado por mero acidente. Pelo algodão áspero. Como uma barba. Como a barba por fazer do delegado, quando ele a pegou e a colocou na cama e...

PARA.

ISSO É UM TESTE.

Mary Katherine se levantou. Seu peito agora doía. Seu rosto enrubesceu. Ela disse a si mesma que estava tudo bem. Estava apenas tocando a camisola. Não os seios. Não tinha feito nada de errado. Tinha chegado perto, mas não ido até o fim. Ainda não. Mesmo assim, Mary Katherine continuava apavorada. Precisava sair do quarto, antes que pensasse em algo que a mandasse diretamente para o Inferno. Precisava ir lá para fora. Era isso. Sim. Ela sairia no ar frio e todo esse ardor desapareceria.

Mary Katherine foi até o closet e tirou a camisola. Ficou na frente do closet despida, só de calcinha. A brisa que entrava no quarto corria por sua pele como beijos delicados. O vento soprava em seu pescoço. E causava arrepios onde tocava. Ela não sabia por que o vento tinha permissão para tocá-la, enquanto ela própria não tinha. E não tinha mesmo. Mas ela queria se tocar. De novo e de novo. Ela queria enfiar os dedos que não paravam de coçar dentro da calcinha e...

— Para com isso, Mary Katherine! — repreendeu-se. — Pensar é fazer! Para de pensar!

Ela precisava sair dali. Cobrir seu corpo. Esquecer que tinha corpo. Colocou o suéter branco mais grosso e um macacão jeans azul, então calçou as meias e as botas mais grossas. Mary Katherine saiu de seu quarto e passou pelo dos pais na ponta dos pés, depois desceu a escada. Saiu de casa, mas estava frio demais. Felizmente, sua mãe havia estacionado na entrada da garagem. Mary Katherine não tinha permissão para dirigir depois da meia-noite. Mas não era pecado se sentar dentro de um carro, certo? Certo.

Mary Katherine entrou no carro.

O frio do banco atravessou suas roupas grossas. E fez o arrepio voltar e transformou seus mamilos em pedrinhas sob o macacão. Ela pensou em mãos quentes em seus seios. Em se deitar no banco de trás. Janelas embaçadas.

ISSO É UM TESTE. PARA.

Mas ela não conseguia. Mary Katherine estava pegando fogo. Não aguentava mais. Pegou o celular e ligou.

— Alô? — atendeu Doug, meio adormecido.

— Doug! Você tá em casa? — perguntou ela, desesperada.

— Claro. São quase três da manhã.

— A chave tá debaixo do capacho?

— Uhum.

— Então eu vou até aí.

— Mas eu tenho uma prova final amanh...

Mary Katherine desligou. E deu partida no carro. Ela sabia o tamanho da encrenca se seus pais descobrissem, mas não via alternativa. Precisava se livrar desses pensamentos. Precisava se livrar dessa coceira na pele.

Mary Katherine dirigiu até a casa de Doug, atenta à presença de cervos ao longo de todo o trajeto. Estacionou na frente da casa. Antes que ela saísse do carro, ele apareceu no pórtico. E foi até o carro, com um roupão e botas de neve, o gelo no gramado rangendo a cada passo que ele dava.

— O que você tá fazendo, Mary Katherine?
— Vamos entrar.
— Você ficou maluca? Os meus pais vão ouvir. O que tá acontecendo?
— Eu preciso da sua ajuda, Doug. Reza comigo.
— Pelo quê?
— Só reza comigo. Por favor.
— Tá bom — aceitou ele.

Mary Katherine abriu a porta. Doug entrou, tremendo de frio. Ficaram de mãos dadas e fecharam os olhos numa prece. Mary Katherine queria falar. Queria contar sobre a coceira na pele e todos aqueles pensamentos impuros, mas não conseguiu. Ela sabia que falar é pensar, e pensar é fazer, e fazer seria o mesmo que atropelar um cervo e passar a eternidade no Inferno.

Mas as mãos de Doug estavam tão quentes...

E ele cheirava tão bem.

— O que você tá fazendo, Mary Katherine? — perguntou Doug.

Mary Katherine abriu os olhos e percebeu que tinha empurrado para trás o banco de Doug para abrir espaço para ela na frente dele. Ela ficou de joelhos e abriu o roupão dele. Mary Katherine pegou a cueca dele e a deslizou corpo abaixo. Olhou para baixo e viu. Nunca tinha visto aquilo antes. Não pessoalmente. Apenas desenhos na aula de educação sexual.

Mas ali estava.

— O que você tá fazendo? — perguntou ele, baixinho.

Ela não disse uma palavra porque não tinha palavras. Apenas o ardor no corpo e aquela coceira e a vergonha que provocava uma sensação terrível, mas que era tão gostosa. Lentamente, Mary Katherine moveu uma das mãos em direção a Doug. *Para. Isso é um teste.* Ela tocou. *Pensar é fazer.* Começou a mover seus cinco dedos que formigavam para cima e para baixo. *Então é melhor fazer logo.* Para cima e para baixo. Para cima e para baixo. Mal podia acreditar que isso estava acontecendo. Não sabia o que a estava possuindo. Mas ela queria. Queria que ele a abraçasse. E que agisse como um homem feito. É só agir como a porcaria de um homem feito, Doug. Ele olhou para a casa. As luzes se acenderam.

— Ai, meu Deus! A minha mãe acordou — avisou ele.

Mas Mary Katherine não parou. Enfiou a coisa de Doug na boca. Estava duro feito um diamante. A coceira parou. As vozes pararam. As palavras pararam. Ela não sabia o que fazer além de mantê-lo na boca, mas isso não foi problema. Em três segundos ele tirou e ejaculou no suéter dela.

Os dois ficaram em silêncio.

Ela olhou para Doug, que transbordava de desejo e nojo, vergonha e confusão. O olhar no rosto dele a deixou horrorizada. Ela percebeu que, naquele momento, Doug não fazia ideia de quem ela era. Nem ela própria sabia. Ele puxou a cueca para cima e fechou o roupão.

— Eu tenho que ir — disse ele.

Doug saiu do carro e correu de volta para casa. Mary Katherine não sabia o que fazer. Mal podia acreditar no que havia acabado de acontecer. Sua avó tinha lhe dado aquele suéter branco. De presente de 16 anos. Sua avó estava morta. Sua avó podia ver o que ela havia acabado de fazer. E Jesus também. O suéter estava sujo. Ela estava suja. Como Debbie Dunham ou qualquer outra menina da escola. Seu rosto corou de vergonha. Ela olhou para a casa no momento em que Doug entrou pela porta, sem se virar para acenar um adeus.

Mary Katherine foi embora.

Ela ligou o rádio para se distrair. Estava sintonizado na estação religiosa favorita de sua mãe. O padre dizia a Mary Katherine que Jesus a amava e lavaria seus pecados. Os pecados do sexo. Os pecados do adultério. Ela mudou a estação. Todas as estações falavam de Deus. Deus a observava. Deus podia ver tudo.

Um cervo correu na frente do carro dela.

Mary Katherine pisou no freio e derrapou. O cervo olhou diretamente para os faróis e ficou paralisado. Ela deu um grito. O cervo se aproximava cada vez mais.

— POR FAVOR, DEUS! NÃO! — gritou ela.

O carro parou a um centímetro do cervo.

Mary Katherine olhou pelo para-brisa. O cervo a encarava. Logo em seguida, ele foi acompanhado por uma corça. E um filhote. Era uma pequena família, como Maria e José depois da manjedoura. O coração de Mary Katherine disparou. Se atropelasse um cervo, iria para o Inferno. Aquilo era um aviso de Deus. Ele deu um corpo a ela como receptáculo para Seu espírito. Não o contrário. Era melhor ela parar com aqueles pensamentos pecaminosos. E vá logo para casa, Mary Katherine. Agora.

Mas os cervos bloqueavam a via.

Mary Katherine não teve escolha a não ser dar meia-volta. Lentamente, engatou a marcha a ré. Manobrou na entrada de uma garagem e voltou pelo caminho que tinha vindo. Demoraria um pouco mais para voltar para casa, mas, se pegasse a esquerda na bifurcação seguinte, estaria em casa antes que os pais percebessem que tinha saído.

Entretanto, quando chegou lá, viu mais cervos bloqueando a via.

Mary Katherine colocou o carro em ponto morto na placa de PARE. Ela olhou pelo retrovisor e viu que a família de cervos a tinha seguido. Para cada rua que olhava havia cervos. Bloqueando seu caminho para casa. Deixando-a com apenas uma rua disponível.

A rua que ia para o bosque da Mission Street.

Mary Katherine seguiu por ela. Chegou ao canteiro de obras da Construtora Collins. Manobrou o carro e os avistou. Dezenas de cervos caminhando lentamente em sua direção. Ameaçando arranhar o carro com suas galhadas. Mary Katherine apertou a buzina.

— Vão embora! — gritou.

Os cervos não se dispersaram. Não correram. Apenas se aproximaram cada vez mais. Mary Katherine não teve escolha. Abriu a porta do carro e saiu na noite gelada. Os cervos começaram a correr na direção dela. Mary Katherine escalou a cerca de segurança e pulou no solo lamacento. Os cervos pararam diante da cerca, cutucando a grade de metal com suas galhadas.

Ela entrou no bosque da Mission Street.

Mary Katherine não sabia se isso era sonho ou realidade. Rezou para que fosse um sonho. Rezou para acordar na cama e nunca ter tido aqueles pensamentos. Nunca ter saído de carro depois da meia-noite. Nunca ter tocado em Doug com a boca. Rezou para que tudo isso não passasse de um pesadelo horrível e que ela ainda fosse uma garota que merecia ser amada.

Conseguia ouvir mais cervos no bosque correndo atrás dela. Espalhando-se feito baratas pelo chão recém-lavado de uma cozinha. Ela correu sem rumo, procurando uma trilha que reconhecesse. Passou correndo por uma geladeira abandonada e entrou num túnel.

Deixou cair o celular. O túnel ficou escuro, a água da neve derretida corria sob seus pés. Mary Katherine se abaixou e pescou o celular. E o sacudiu. Nada aconteceu. Ela rezou por luz. Secou o celular no macacão. De repente, o celular renasceu.

Foi então que ela viu os cervos.

Dezenas deles.

Na mina de carvão.

— AAAAAAAA! — gritou ela.

Mary Katherine correu. Iluminando o caminho com o celular até finalmente deparar com o luar já na clareira.

Mary Katherine viu a casa na árvore. Lembrou-se de ter encontrado Christopher lá, mais cedo, naquela mesma noite. Christopher havia agarrado o braço dela, e o calor atravessara os dedos dele e causara aquelas pequenas bolhas. As bolhas eram quentes. Como a casa na árvore seria. Sim. Era para lá que ela precisava ir. A casa na árvore iria mantê-la quentinha e a salvo dos cervos. Mary Katherine correu para a casa na árvore, bem no momento em que os cervos entraram na clareira. Ela subiu os degraus feitos com tábuas de madeira. Abriu a porta e olhou para dentro. A casa na árvore estava vazia. Mary Katherine olhou para trás e viu os cervos circulando, feito tubarões num tanque.

Então começou a rezar.

Enquanto rezava o pai-nosso, olhou para cima e avistou as lindas estrelas para além das nuvens. Uma estrela cadente rasgou o céu. Ela se lembrou de a sra. Radcliffe dizer que cada estrela cadente era uma alma indo para o céu. A lembrança a deixou mais calma. Ela se lembrou de quando era criança, no CIC, com todas aquelas aulas sobre Jesus. Meu Deus! Ela amava Jesus do fundo do coração. Era uma criança, e na época não sabia que existia um corpo capaz de fazer coisas sujas. Não seria maravilhoso ser aquela criança de novo? Ser pura em pensamentos e atos. Ela murmurou o pai-nosso e fez o sinal da cruz após as palavras finais.

— Mas livrai-nos do mal. Amém.

Mary Katherine fechou a porta da casa na árvore.

Assim que a porta se fechou, ela se sentiu melhor. Calma e serena. Percebeu que não era tarde demais. Deus poderia ter feito com que ela atropelasse um cervo, mas não fez. Ele apenas a advertiu e a levou até uma casa na árvore de uma criança. Para fazê-la se lembrar de amar como uma criança sabe amar. Porque crianças não vão para o Inferno.

riSc. riSc. riSc.

Ela ouvia os cervos lá fora, mas eles não conseguiriam pegá-la ali em cima. E ela ainda dispunha de algumas horas antes que sua mãe acordasse. Portanto, poderia programar o despertador do celular e aguardar até que os cervos fossem embora. Desse jeito, poderia voltar para casa em segurança. Sim. Ela faria isso. Dormiria dentro da casa na árvore. E, de manhã, estaria em segurança feito uma criança nos braços da mãe.

riSc. riSc. riSc.

Mary Katherine ignorou os cervos e programou o despertador para tocar dali a duas horas. Deitou com a cabeça no piso da casa na árvore e, de repente, se sentiu tão confortável quanto uma criança com seu pijaminha favorito. Quentinha e segura, como se Jesus a estivesse abraçando. De conchinha, como se vê nos filmes. Dizendo que ela havia sido perdoada. E que era amada. Ela se aconchegou e, quando adormeceu, sonhou que quase podia ouvir Jesus sussurrar em seu ouvido. A voz era suave.

Quase como a de uma mulher.

CAPÍTULO 47

Christopher se sentou na cama. Olhou pela janela e avistou o bosque da Mission Street ao vento. Os galhos desfolhados balançando para a frente e para trás, como braços numa igreja durante um culto religioso. Ele sentia a coceira surgindo na brisa.

Esperando a cidade despertar.

Christopher respirou fundo e tentou acalmar a mente. A última visita ao lado imaginário havia tornado a coceira muito mais intensa. E com ela veio a dor. Christopher tinha se acostumado com as dores de cabeça e as hemorragias nasais.

Mas essa febre era um pouco assustadora.

O calor emanava de sua pele como vapor do asfalto. Sua temperatura não parou de subir até a cidade começar a ir dormir. Christopher achou que podia sentir luzes sendo apagadas. Televisões ficando escuras. E, com o silêncio, sua temperatura baixou um pouco. A coceira diminuiu. E os cartões de memorização desaceleraram porque a maior parte da cidade estava dormindo. Mas ele sabia que, quando a cidade acordasse, os cartões atingiriam sua mente como uma britadeira. E ele não podia deixar isso acontecer. Tinha que se concentrar numa coisa e numa coisa apenas naquele dia.

Precisava encontrar a mensagem que David Olson deixara para ele na escola.

Mas chegar à escola era outra questão.

Christopher não sabia exatamente a gravidade da febre, mas sabia que estava alta o suficiente para fazer sua mãe não querer que ele saísse de casa. Por isso ele se arrastou da cama e caminhou pelo corredor. Passou na ponta dos pés pela mãe adormecida e foi até o banheiro dela. Subiu na pia, abriu o armário de remédios e pegou o frasco de aspirina que ela mantinha na prateleira de cima. Fazia algum tempo que ele tinha consumido o estoque da cozinha. Pegou outros frascos também. Aleve, Advil, Tylenol e qualquer remédio para resfriado que estampasse a indicação "não causa sonolência". Depois de lutar com a tampa à prova de criança, ele retirou alguns comprimidos de cada frasco para evitar a suspeita que um frasco vazio traria. Em seguida, devolveu todos os frascos ao armário e voltou, pelo quarto dela, na ponta dos pés.

— Querido? O que você está fazendo? — perguntou a voz.

Christopher se virou e viu a mãe sonolenta.

— Eu tive um pesadelo — mentiu ele.

— Sobre o quê?

— Eu sonhei que você tinha ido embora. Eu só queria ter certeza de que você ainda tava aqui.

— Eu sempre vou estar aqui — sussurrou ela. — Quer dormir aqui hoje?

Sim.

— Não, brigado. Já tá tudo bem agora.

— Tá bom, eu te amo — disse ela, e rolou na cama, de volta aos sonhos.

Christopher voltou para o quarto e esperou a manhã chegar. Ele teria lido seus livros para passar o tempo, mas a verdade é que já havia memorizado todos eles. Via todos os livros como cartões de memorização em sua mente. Páginas virando feito gerações, do nascimento à morte. Do começo ao fim. Das árvores ao papel.

Quando amanheceu, a coceira voltou. E, com ela, a dor. Christopher sentiu as pessoas da rua despertarem. Cada espreguiçada e cada bocejo. Xícaras de café sendo servidas e cereal matinal sendo mastigado. Ele se perguntava como poderia haver café suficiente para todos beberem ao mesmo tempo. Lembrou-se de que seu pai adorava café e donuts com cobertura de açúcar. Christopher pensou no enterro do pai. Havia lápides brancas a perder de vista. Ele se perguntou sobre todos aqueles túmulos. Se toda alma que já viveu ocupasse uma sepultura, então, em algum momento...

A Terra inteira não ficaria coberta de sepulturas?

Meia hora antes de o alarme de sua mãe disparar, Christopher esmigalhou trinta comprimidos, que viraram um pó fininho, e os ingeriu como se fossem um açúcar de confeiteiro rançoso.

Christopher foi até a cozinha.

Tampou o ralo da pia e deixou a água correr em silêncio. Pegou duas bandejas de gelo no congelador, torceu-as e deixou o gelo cair na água. Em seguida, encheu as bandejas e as devolveu ao freezer para não deixar pistas.

Então tirou a camisa do pijama e enfiou a cabeça, o pescoço e os ombros na água gelada. Queria gritar, mas conseguiu contar até vinte e cinco antes de erguer a cabeça. Então respirou fundo e fez tudo de novo. E de novo. E de novo.

O frio atravessava sua pele como pequenas agulhas, até seu corpo ficar dormente, mas ele não se atrevia a parar. Era isso ou o médico. Não havia plano B. Christopher conhecia muitas crianças que fingiam estar doentes para faltar à aula. Ele se lembrou de quando Ed Especial lhe mostrou como enganar o termômetro com uma lâmpada e uma almofada térmica. Mas nunca pensou que seria a primeira criança na história a fingir estar bem para ir para a escola. Quando o alarme do relógio de sua mãe disparou (graças a Deus ela sempre apertava SONECA), ele rapidamente se secou com um pano de prato, removeu a tampa do ralo, correu de volta para o andar de cima e se enfiou na cama para fingir ser acordado pela mãe.

— Ei, como você está se sentindo? — indagou a mãe.

— Muito melhor — respondeu ele, fingindo abrir os olhos. Não era mentira. Os trinta comprimidos começavam a surtir efeito. Ele estava, de fato, melhor.

— Que bom. Você dormiu bem?

— Muito bem. Eu quero muito ir pra escola. Hoje é terça, dia de tacos no almoço — comentou ele, todo animado.

Então Christopher se preparou para a hora da verdade. Sua mãe instintivamente colocou a mão na testa dele. Sentiu o cabelo do filho ainda ligeiramente molhado. Christopher achou que tinha estragado tudo.

Até que ela sorriu.

— Acho que a sua febre passou — comentou. — Vamos ver.

Ela colocou o termômetro sob a língua dele. Christopher olhou para baixo, quando o leitor digital apitou.

Deu 37º.

— Sinto muito, garoto, mas você vai ter que ir pra escola.

Foi um milagre.

A minha mãe quer...
A minha mãe quer... convidar o delegado pra ceia de Natal.
A minha mãe não vai convidar... por minha causa.

— Mãe — perguntou Christopher —, pra onde as pessoas que não têm família vão no Natal?
— Depende. Algumas visitam amigos. Outras vão pra igreja. Por quê?
— Porque eu quero que gente como o sr. Ambrose e o delegado tenham algum lugar pra ir esse ano.
— Que gentil — elogiou ela. — Você quer convidar eles?
— Quero.
— Tá bom. Agora, é melhor correr. Você vai se atrasar.

A minha mãe tá...
A minha mãe tá... bem feliz agora.

O ônibus escolar abriu as portas.
No instante em que Christopher colocou os pés no ônibus, as vozes se alvoroçaram. Christopher viu os colegas olhando para ele como se fosse um animal no zoológico. Para a turma, ele era apenas o garoto que tinha mijado na calça na frente da escola inteira.
Para ele, eles eram algo totalmente diferente.

O menino de cabelo ruivo... veste as roupas da mãe.
A menina de aparelho... não come tanto quanto deveria.
A menininha de olhos castanhos... fica preocupada com a sua família no Oriente Médio.
Todos estão sofrendo. O mundo inteiro vai sofrer em breve, Christopher.

Você tem que encontrar a mensagem de David Olson.

Christopher passou pelo motorista do ônibus, o sr. Miller. Viu a tatuagem no braço dele. A tatuagem dos fuzileiros navais. Ele conseguia sentir o sr. Miller se preparando psicologicamente para o recesso de Natal. Em todos os recessos de Natal ele pensava nos homens que havia matado num deserto qualquer.

O sr. Miller acha...
O sr. Miller acha... que não merece viver.

— Sr. Miller? — chamou Christopher.
— Senta aí! — rosnou o sr. Miller.
— Foi mal. Eu só queria agradecer ao senhor por cuidar da segurança da gente no caminho pra escola.

Por um segundo, o sr. Miller ficou em silêncio. Christopher sabia que aquelas palavras eram a melhor coisa que alguém tinha dito para ele em cinco anos. Sem dúvida, a melhor coisa que qualquer um daqueles pestinhas já lhe dissera. E ponto final. Ele teria agradecido a Christopher naquele exato momento e lugar, mas tinha medo de explodir em lágrimas e nunca mais recuperar a autoridade com aquelas crianças se abrisse a boca. Por isso disse a única coisa que lhe ocorreu.

— É o meu trabalho. Então para de me distrair e senta aí — vociferou.

Christopher simplesmente assentiu e foi se sentar. O gesto ajudou Christopher. Acalmou sua mente por tempo suficiente para ele chegar à escola sem pensar em cada família, em cada casa. Quando o ônibus parou diante da escola, Christopher sorriu.

— Tenha um bom dia, sr. Miller.
— Você também, garoto — respondeu o homem rude.

O sr. Miller não vai...
O sr. Miller não vai... se matar nesse Natal.

Christopher olhou para a frente e viu as crianças que andavam em direção à escola com seus casacos pesados e gorros. Havia centenas delas. Centenas de bebês que nasceram de centenas de pais. Cada um era o herói da própria história. Todas aquelas vozes e pensamentos secretos. Christopher respirou fundo e baixou a cabeça. Tentou se concentrar em David Olson, mas as vozes coçavam e penetravam em sua mente. Sentiu como se estivesse na gaiola de um rebatedor, enquanto uma metralhadora disparava bolas de beisebol contra ele. A maior parte do falatório era inocente. Rod Freeman estava preocupado com uma prova. Beth Thomas se perguntava qual seria o almoço. Mas, de vez em quando, havia um pensamento violento. Uma lembrança. Um devaneio.

Algumas crianças se perguntavam onde estaria Brady Collins. Por que Jenny Hertzog tinha faltado. Onde estariam Ed Especial e os M&M's. Christopher viu a srta. Lasko andando pelo corredor. Coçava o braço. Estava bastante abatida.

A srta. Lasko... não dormiu ontem à noite.
A srta. Lasko ficou... nua com o barman porque ela não conseguiu ficar bêbada.

— Srta. Lasko, tá tudo bem?
— É claro, Christopher. Só estou um pouquinho indisposta, é só isso — respondeu ela, mas sua voz soou como se estivesse se afogando numa calda açucarada. Muito baixa e melosa.
— Talvez seja melhor a senhora ir pra casa — comentou Christopher.
— Não. É pior lá.
A srta. Lasko deu um tapinha no alto da cabeça de Christopher e seguiu em frente, enquanto os corredores se inundavam (Olha o dilúvio! Olha o dilúvio!) de alunos. O padre Tom disse que Deus ficou zangado e causou um dilúvio no mundo. Christopher viu as crianças nadando contra uma correnteza, suas vozes se misturando feito ruído branco, como as ondas do oceano. Ele se perguntou se foi assim que Deus criou o som dos oceanos. Ele teria reunido bilhões de vozes e as levado ao mar. A energia se movendo através da água parada. A energia se movendo por uma carne antes morta. Todas aquelas pessoas conectadas.
Como as pessoas caixa de correio.
Christopher lutou contra as vozes, o máximo que pôde, mas seu cérebro já não conseguia fazê-las parar. Então ele fez a única coisa que lhe restava. Ele se entregou. Deixou a mente correr livre, e as vozes o levaram como um surfista numa onda. Centenas de vozes levando-o ao mar. Transportando-o pelos corredores da escola como se fosse sangue nas veias. Na aula de ciências, o sr. Henderson disse que nosso corpo é setenta por cento água salgada. Como os oceanos. Estamos todos conectados.
Como as pessoas caixa de correio.
Christopher seguiu as vozes, correndo pelo corredor até a biblioteca, passando pelos armários, um do lado do outro, como pequenos caixões. Não

havia alunos na biblioteca de manhã. A sra. Henderson estava sozinha. Assim que Christopher a viu, ficou preocupado. A sra. Henderson estava de pé, em cima da mesa, ajustando um painel branco no forro do teto. Sua pele estava pálida e macilenta, com uma fina camada de suor. Christopher sabia que ela estava bastante debilitada. Assim como a srta. Lasko.

A sra. Henderson... esperou na cozinha a noite toda.
O sr. Henderson... só chegou em casa pro café da manhã.

— Tá tudo bem, sra. Henderson? — perguntou ele.
Por um momento, ela não falou. Apenas olhou para Christopher e coçou o braço. A pele estava vermelha e esfolada. Como se estivesse faltando uma dezena de camadas. Ela desceu da mesa. Tonta.
— Sim, Christopher. Eu estou bem. Obrigada.
Havia algo errado com a voz dela. Parecia lenta e distante. Ela estava grogue.
— Sra. Henderson, a senhora tem certeza de que tá bem? A senhora parece doente — comentou ele.
Christopher estendeu o braço e lhe tocou a mão.
Imediatamente, ela parou de coçar o braço. A sra. Henderson olhou para o rostinho dele. Por um instante, esqueceu que seu marido não a amava mais. Ela ainda tinha cabelo ruivo. Eles se casaram na sede do corpo de bombeiros. Juntos, ajudaram um ao outro a concluir a faculdade. Naquela época, ela não imaginava quantas crianças um dia seriam suas alunas. Nos últimos cinquenta anos, turma após turma, avançando pelo tempo, como a energia através das ondas do oceano. Ela havia ajudado milhares de crianças a se tornarem pessoas melhores. Cada uma daquelas crianças fez sumir alguns fios de seu cabelo ruivo até que ela ficou grisalha. Elas seguravam aqueles fios de cabelo como os barbantes que prendiam os balões na Corrida de Balões todos os anos. A sra. Henderson não conseguia parar de pensar que tudo começou naquele primeiro ano. Com aquela primeira turma. E aquele primeiro aluno. Ela sorriu, quando pensou naquele menininho. Pedindo outro livro. E outro. E outro. Sempre havia esperança com um menino meigo como aquele.
— Sabe de uma coisa? Você me lembra alguém, Christopher. Como era mesmo o nome dele? Passei a noite toda tentando lembrar.
A sala ficou fria, e a coceira começou a subir pelo pescoço dele.

— David Olson — disse ela, devagar. — Isso mesmo. Meu Deus! Passei a noite toda tentando lembrar esse nome. Estava quase ficando maluca.

A sra. Henderson suspirou. Continuava falando devagar, como se seu corpo estivesse submerso, mas sentiu um grande alívio por ter se recordado do nome.

— Ele adorava ler livros. Igual a você — disse ela.

— Que livros? — quis saber Christopher.

— Ah, puxa! Todos. Ele pegava emprestado um livro atrás do outro — prosseguiu ela, de repente, perdida em lembranças. — "Sra. Henderson, a senhora tem *A ilha do tesouro*? Tem *O Hobbit*?" Ele lia um livro por dia. Aposto que se não tivesse desaparecido ele teria lido todos os livros da biblioteca.

Seu semblante se alterou de repente com a lembrança do desaparecimento de David. Christopher viu as rugas voltarem aos olhos e à boca. Rugas profundas que ela acumulou numa vida inteira tendo que fingir sorrir.

— Sabe que depois que desapareceu ele ainda deixou um livro na caixa de devoluções? Eu nunca tive coragem de dar baixa naquele livro. Eu achava que, se fizesse isso, ele ia desaparecer para sempre. Meu Deus, isso soa tão estranho agora, não é mesmo? Eu mantive o livro na condição de emprestado durante o restante do ano letivo na esperança de que ele voltasse. Mas ele não voltou. E, quando fizemos nosso inventário de fim de ano, fui obrigada a registrar a devolução do livro.

— Que livro foi esse? — perguntou Christopher, a voz presa na garganta.

A sra. Henderson colocou a outra mão na de Christopher. A mão dele parecia tão quentinha e seca. De repente, ela sentiu muita ternura. Muita paz.

— *Frankenstein* — respondeu ela, sorrindo. — Meu Deus! O David pegou esse livro emprestado umas dez vezes. Era o favorito dele. Eu nunca tive coragem de substituir aquele exemplar.

A sra. Henderson parou por um segundo. Lágrimas brotaram em seus olhos.

— Eu fui para casa naquela noite para o início das férias de verão. O sr. Henderson me fez uma surpresa com a nossa primeira TV a cores. Ele guardou dinheiro o ano todo para comprar aquela TV. A gente viu televisão junto no sofá o verão todo. Filmes antigos. Jogos de beisebol. A gente viu até *Frankenstein*. E eu pensei no David e deitei a cabeça no peito do meu marido. E eu sabia que tinha muita sorte por estar viva.

— A senhora ainda tem sorte, sra. Henderson — disse ele, baixinho.

— Obrigada, Christopher. Diz isso para o sr. Henderson.

Com isso, ela soltou as mãos dele. Piscou duas vezes e observou a biblioteca ao redor, como se, de repente, percebesse que estava chorando na frente de um aluno. Envergonhada, a sra. Henderson se desculpou e correu até o banheiro para retocar a maquiagem.

Christopher ficou sozinho.

Ele sabia que não tinha muito tempo. Sentia as vozes presas nas salas de aula girando em torno dele. Centenas de colegas sonhando acordados, ou prestando atenção à aula. Professores com pecados e segredos, ocupados em transmitir seus conhecimentos às crianças. Ele era uma ilha no olho de um furacão.

Como a casa na árvore no meio da clareira.

Christopher se concentrou e foi até o computador, o mais rápido que suas pernas bambas foram capazes de ir. Ele clicou no mecanismo de busca para procurar o livro favorito de David Olson. E digitou rapidamente...

F-R-A-N-K-E-N-S-T-E-I-N

Christopher identificou a seção onde o livro estava. Foi até as estantes e achou o antigo exemplar de capa dura, velho e acabado pelos mesmos anos que levaram os fios ruivos do cabelo da sra. Henderson. Ele abriu o livro e contemplou a folha de rosto. Não havia nada. Nenhuma anotação. Nada escrito. Ele virou a página. E a seguinte. E a seguinte. Não havia nada. Apenas alguns sublinhados. Christopher não entendeu. Tinha certeza de que David Olson havia deixado uma mensagem no livro. Por que mais ele iria à biblioteca? Por que mais ouviria a história da sra. Henderson? Tinha que ter uma mensagem ali, em algum lugar, mas não havia nada além daqueles sublinhados idiotas.

Christopher voltou à folha de rosto. Examinou com atenção, pensando que talvez David pudesse ter escrito algo com tinta invisível. Talvez David tivesse medo de que a mulher sibilante encontrasse suas mensagens, e por isso ele as camuflara de algum jeito. Christopher parou e olhou atentamente para as passagens sublinhadas do livro. Os sublinhados eram estranhos. Não eram frases completas. Eram palavras. Às vezes, letras dentro de uma palavra. Christopher olhou mais uma vez para a folha de rosto.

Frankenstein, pe<u>la</u> autora Mary Shelley.

O trecho sublinhado era... *ela*

Christopher virou as páginas até encontrar o próximo item sublinhado. Viu que a palavra era... *acha*

Sua temperatura subiu. Christopher sentia uma presença no recinto. Olhou para trás para ver se alguém o observava. Mas não havia ninguém. Sem fazer barulho, Christopher voltou para o livro e virou as páginas até encontrar o próximo trecho sublinhado.

Os dois primeiros itens sublinhados eram... *Ela acha*
Os três itens seguintes sublinhados eram... *que você está*
E o próximo... *lendo*
E o próximo... *agora.*
E o próximo... *Não*
E os próximos... *escreva isso,*
E os próximos... *senão ela*
E os próximos... *vai descobrir,*
E uma série de letras... *C-h-r-i-s-t-o-p-h-e-r.*

Christopher ficou em silêncio. E imóvel. Ele sabia que a mulher sibilante o vigiava naquele exato momento do lado imaginário. Então fingiu que lia o livro, enquanto folheava as páginas e não lia nada além do que David Olson havia sublinhado. Que dizia o seguinte.

Ela acha que você está lendo agora. Não escreva isso, senão ela vai descobrir, Christopher. Ela está observando você agora. Ela está sempre atenta. Nunca mencione seus planos em voz alta, senão ela vai matar sua mãe. Não entre em contato com meu irmão mais velho, Ambrose. Ela vai matá-lo na mesma hora se souber que estou ajudando você.

Christopher continuou virando as páginas em grande velocidade.

Eu sei que você tem perguntas, mas não podemos falar diretamente, senão ela vai descobrir que me virei contra ela. Lamento assustar você em pesadelos, mas tenho que provar minha lealdade. Vou deixar pistas sempre que puder, mas, se vamos derrotá-la, ELE tem que ser salvo. Ele é a única pessoa que pode nos ajudar. Eu o chamava de soldado. Você o chama de moço bonzinho. Ele foi colocado aqui para lutar contra a mulher sibilante. Sem ele, seu mundo está perdido.

Christopher pensou no moço bonzinho. No soldado.

Quando você o vir, diga a ele que a mulher sibilante descobriu o caminho. Já começou. Você já viu um pouco como é. Tem coisa que você ainda não viu. Mas está se espalhando além do bosque. Além da cidade. Ela está ficando cada vez mais forte, sem ele para combater os poderes dela. E, na hora certa, ela vai quebrar o espelho que separa o mundo imaginário do seu. E então vai restar apenas um mundo. Ela não sabe que eu sei, mas eu posso dizer para você QUANDO tudo será revelado.

A morte está vindo.
A morte está aqui.
Vocês vão morrer no N-a-t-a-l.

As palavras voaram pela mente de Christopher. Ele olhou para o calendário. Terça-feira, 17 de dezembro. Ele voltou para o livro.

O soldado é nossa última chance. Se conseguirmos tirá-lo do mundo imaginário e devolvê-lo ao mundo real, ele poderá detê-la. Mas, se não conseguirmos, tudo está perdido. Eu farei o que puder para ajudar você, mas você deve resgatá-lo sozinho. Ela o mantém acorrentado na minha casa. Vá até lá durante o dia. Fique em silêncio absoluto. Ela vai testar você para ver se está lá. NÃO SEJA REPROVADO NESSE TESTE. Se ela pegar você, nunca mais vai deixar você sair do mundo imaginário.

Christopher, eu estou aqui há 50 anos. Não quero que você fique preso como eu. Então, por favor, tome cuidado. E, se você encontrar um jeito de tirar ELE daqui, POR FAVOR, ME LEVE JUNTO.

Seu amigo,
David Olson

Christopher virou as páginas e chegou ao fim do livro. Não havia mais nada sublinhado. Não havia mais palavras. Ele devolveu o livro à estante e, com toda naturalidade, saiu da biblioteca. Então foi até o armário, pegou o casaco e entrou no banheiro do "tiro ao alvo", no primeiro andar. Havia uma janela aberta por onde os alunos do quinto ano costumavam sair para matar aula. Ele não sabia se havia ouvido isso ou se havia lido a mente de alguém. Tudo o que sabia com certeza era que ninguém o veria sair e que ele poderia voltar antes que soasse o último sinal. Afinal, era apenas uma caminhada de duas horas até a árvore.

Então mais dez minutos até a casa de David Olson.

CAPÍTULO 48

A casa era menor do que ele se lembrava.

Ambrose não voltava lá desde que havia se mudado para Shady Pines, mas, quando acordou naquela manhã, algo o fez ir. Era mais que um palpite. Era mais que tristeza. Ele simplesmente sabia que tinha que ver a antiga casa antes que sua visão se extinguisse por completo.

E tinha que ser naquele mesmo dia.

Ele teria ido de manhã, não fosse o enterro. Isso era o que mais o atormentava. Ambrose havia passado dias planejando. Sem nenhum herdeiro, não se preocupava com dinheiro. Seu irmão não teve tudo do bom e do melhor na vida, então Ambrose fazia questão de que ele tivesse tudo do bom e do melhor na morte. O caixão e a lápide foram os mais luxuosos que ele pôde comprar, além de serem de muito bom gosto, o que sua mãe considerava o mais importante de tudo.

"Não se pode comprar classe", ela adorava dizer.

— Também não se pode comprar a vida — pensou ele em voz alta.

Kate Reese e o delegado compareceram ao enterro. O delegado tinha sido gentil a ponto de procurar Ambrose pessoalmente e lhe informar o resultado positivo do teste de DNA. Quando o delegado exibiu o envelope de provas com a mecha de cabelo de David, Ambrose olhou para ele e balançou a cabeça. Os dois se entreolharam. Soldado e policial.

— Deixa a mecha no envelope de provas, delegado. A gente vai resolver esse crime.

Só isso. O delegado assentiu e devolveu ao bolso o envelope de provas.

— Delegado — disse Ambrose, por fim —, você iria ao enterro do meu irmão?

— Seria uma honra, senhor.

Ambrose fez o que pôde para se comportar como um bom católico durante o velório. Ouviu o sermão feito pelo padre Tom sobre paz e perdão. Recebeu a hóstia da comunhão, que tinha gosto de copo de isopor velho. Ajudou a carregar o caixão — que se danassem suas costas e os joelhos artríticos. Preferia acabar com as costas a deixar David ser enterrado sem a participação dele. O padre Tom disse umas palavras finais diante da cova. Ambrose colocou uma rosa na lápide.

Mas não havia paz. Não havia lágrimas.

Havia apenas um sentimento angustiante de que aquilo não tinha acabado. Seu irmãozinho não estava em paz.

E Ambrose precisava ir até a antiga casa. Imediatamente.

Ele ainda tinha carro, mas, por causa de seus olhos ruins, o Estado já havia confiscado sua carteira de motorista. Felizmente, Kate Reese se ofereceu para levá-lo, já que ela morava no mesmo bairro. Ambrose ficou grato pela companhia, porque outro sentimento tinha começado a borbulhar dentro dele à medida que se aproximavam da casa.

Era algo próximo ao terror.

Não abre a porta. Não é um bebê! O seu irmão tava falando a verdade!

Ambrose colocou o pé na antiga varanda da frente da casa. E tocou a campainha. Enquanto esperava, olhou para o local exato onde havia encontrado o carrinho de bebê com a cestinha. Ainda conseguia ouvir o choro. Ainda conseguia ouvir a polícia falando com seu pai.

Não encontramos impressões digitais no gravador, senhor. Nem na cestinha nem no carrinho em si.

Então quem colocou aquilo lá?

E a mãe dele falando com ele.

Por que você não cuidou direito do seu irmãozinho?

Ambrose desviou o olhar para a rua, tentando se livrar daquela sensação ruim. Por um segundo, lembrou-se daquele último verão, antes de David começar a ficar doente. Os pais faziam a manutenção de seus carros na entrada das garagens junto com os filhos. Barry Hopkins estava tentando transformar a merda daquele Dodge 1942 velho em alguma coisa. O bairro era seguro. As pessoas cuidavam umas das outras. Os homens ouviam pelo rádio a transmissão do jogo dos Pirates, enquanto as mulheres jogavam bridge nas salas de estar bebendo vinho branco e gim. No verão seguinte, depois que David desapareceu, as pessoas não ficavam tanto tempo na calçada. As crianças quase nunca ficavam do lado de fora. E, quanto às partidas de bridge, se estivessem acontecendo, ninguém convidava a família Olson. Sua mãe ficou profundamente magoada, mas Ambrose compreendia que as pessoas tinham medo de que tragédias fossem contagiosas. Ainda assim, teria sido melhor se sua mãe não tivesse perdido as amigas além de perder o filho.

— Oi? Posso ajudar vocês?

Ambrose se virou e deparou com uma mulher. Devia ter uns 30 anos. Simpática e bonita. Instintivamente, ele tirou o chapéu e sentiu o ar do inverno se alojar na sua calvície.

— Sim, senhora. Desculpe o incômodo. Eu morei nessa casa com a minha família. E...

Ambrose deixou a frase morrer. Pretendia perguntar se podia dar uma olhada, mas agora, estando aqui, não sabia se queria entrar. Sentiu um aperto no peito. Havia alguma coisa errada ali. Kate Reese interveio.

— O sr. Olson queria saber se poderia dar uma olhada. Eu sou Kate Reese. E moro logo ali, descendo a rua — explicou ela, apontando para a ladeira.

— Claro. Por favor, entra, sr. Olson. A casa é sua. Ou, devo dizer, a sua casa é minha — brincou a mulher.

Ambrose forçou um sorriso e a seguiu para dentro. Quando a porta se fechou, ele instintivamente se virou para o canto para pendurar o casaco e o chapéu. Mas, é claro, o cabideiro de sua mãe não estava mais ali. Nem o papel de parede. Nem ela própria.

— O senhor aceita um café? — perguntou a mulher.

Ambrose não queria café, mas queria ficar sozinho para conseguir pensar. Então aceitou uma xícara de café sabor "baunilha com avelã" (se é que dava para chamar essa merda de café) e agradeceu à mulher a gentileza. A sra. Reese foi até a cozinha, seguindo a mulher, que se apresentou como Jill e não parou de falar sobre os valores dos imóveis no bairro.

Ambrose atravessou a sala de estar. A lareira permanecia lá, mas o carpete havia sido retirado, deixando exposta a madeira por baixo. Lembrou-se da época em que um piso todo acarpetado era sinal de status. Que orgulho sua mãe sentiu, quando um aumento salarial de seu pai tornou a instalação do carpete possível. Tinha certeza de que Jill estava igualmente orgulhosa de seu piso, porque ele havia aprendido que o que é velho volta a ser novo. Ele se perguntou se, quando Jill ficasse idosa e vendesse a casa, o sinal de status já não teria mudado de volta para carpetes e o novo casal riria do piso de madeira dos velhos.

Então ouviu o piso ranger atrás dele.

Ambrose se virou rapidamente, esperando ver Jill com o café. Mas não era ninguém. Apenas a casa vazia e o som da própria respiração. Ambrose viu que Jill tinha escolhido o canto oeste para o sofá. Sua mãe preferia o canto leste, por causa da iluminação. No tempo em que o foco de uma sala de estar era "estar". E não a TV. Ele se lembrou de quando o pai trouxe para casa a primeira televisão em preto e branco. Sua mãe pensou que seria o fim do mundo.

Ambrose, a gente pode ver um filme hoje à noite?

Claro, David. Escolhe um que seja bom.

Seu irmãozinho pegava o guia da TV e lia atentamente. Isso foi anos antes que as pessoas pudessem ver o que quisessem na hora que quisessem. As crianças tinham que fazer alguma tarefa em troca de um filme, e os filmes eram mais sagrados, de alguma forma, por causa disso. David lia cada linha do guia da TV, tentando encontrar um filme bom e agradar ao seu irmão mais velho. Foi assim que Ambrose Olson viu *Drácula*, *O lobisomem*, *A múmia* e, claro, o favorito de todos os tempos de David, *Frankenstein*. David via *Frankenstein* sempre que possível. Ele deve ter pegado o livro emprestado da biblioteca cem vezes. Por fim, Ambrose resolveu dar a David um exemplar, como presente de Natal, mas por algum motivo o caçula só queria ler o da biblioteca.

Então Ambrose deu ao irmão uma luva de beisebol.

Quando o filme acabava, David geralmente já estava dormindo. Ambrose o pegava no colo e o levava para a cama, no andar de cima. Isto é, até que David começou a ter pesadelos sobre coisas muito mais assustadoras que o monstro de Frankenstein.

Ambrose ouviu o piso rangendo no andar de cima. Ele não queria subir. Mas tinha que rever o quarto. Seus pés começaram a se mover antes que ele percebesse que estava avançando. Ele agarrou o corrimão e forçou os joelhos a esquecer a idade que tinham.

Começou a subir os degraus da escada.

A foto da família, tirada no estúdio da Sears e paga em parcelas por sua mãe, já não existia. Fotos de Jill e seu marido durante uma viagem de família ocupavam o lugar do velho retrato.

Ambrose, eu tô com medo.

Fica tranquilo. Não tem nada no seu quarto.

Ambrose chegou ao topo da escada e caminhou pelo corredor. Cada passo fazia o piso de madeira ranger. Ambrose chegou ao quarto de David. A porta estava fechada. As lembranças voltaram. David gritando, chutando e berrando atrás daquela porta.

Não me faz ir pra cama! Por favor, não me faz ir pra cama, Ambrose!

David, não tem bruxa nenhuma no seu quarto. Agora para com isso, antes que você assuste a mamãe.

Ambrose abriu a porta do antigo quarto do irmão. Não havia ninguém lá. Silencioso. Já estava decorado como um quarto de criança. Ambrose sentiu o cheiro da tinta nova, amarela. Da madeira e da parede de gesso novas da última reforma. Ambrose olhou para o berço encostado na parede. A parede onde David costumava desenhar. Já não havia papel de parede. Já não se viam os desenhos medonhos dos pesadelos do menino. Já não havia gritos e delírios de uma criança mentalmente doente. Apenas um lindo quarto de criança para a felicidade eterna de Jill e do marido, em vez de um quarto coberto de giz de cera e loucura.

Mãe, ele precisa de um psiquiatra!

Não. Ele só precisa de uma boa noite de sono.

Pai, faz dois dias que ele tá escondido embaixo da cama! Ele tá falando sozinho o tempo todo!

Ele vai aprender a agir feito homem!

Ambrose olhou para o canto onde ficava a estante de livros de David. A estante onde ficavam os exemplares de *Frankenstein* e *A ilha do tesouro*, emprestados da biblioteca. Ele se lembrava da dificuldade que o irmão tinha para ler quando era mais novinho. No tempo em que a palavra "dislexia" ainda não era corrente. Crianças como David eram chamadas de "lerdas". Mas David se esforçou bastante e se tornou um grande leitor.

Quando se mudou daquela casa, Ambrose não teve coragem de levar a velha estante, então a vendeu para um negociante de antiguidades. Agora, ele daria todo o seu dinheiro para tê-la de volta. Ele a instalaria em seu quarto, em Shady Pines, e colocaria na prateleira mais alta o livro do bebê de David.

Nheeeeeec.

Ambrose parou. Tinha ouvido a tábua do assoalho ranger atrás de si. Virou-se rapidamente. A porta tinha sido fechada. Mas não por ele.

— Jill? Sra. Reese?

Não havia ninguém ali. Mas, de repente, Ambrose sentiu algo no quarto. Um sopro na pele. Leves sussurros nos pelos da nuca.

— David? — sussurrou ele. — Você está aqui?

De repente, a temperatura no quarto despencou. Ambrose sentiu o cheiro da velha luva de beisebol. Semicerrou os olhos para ver através das nuvens que encobriam sua visão. A catarata que fazia suas escleras parecerem rachaduras num para-brisa. Agora, era só uma questão de tempo. Ficaria cego e não seria capaz de ver o papel de parede substituído pela pintura. O carpete substituído pelo piso de madeira. A velha estante de livros substituída pelo berço. Sua antiga família substituída pela nova, de Jill. Seu irmãozinho, David, substituído pelo bebê do casal. O bebê estava chorando na varanda.

Deixa eu sair, Ambrose! Deixa eu sair!

Ambrose sentia a presença do irmão no quarto.

— Me desculpa — sussurrou.

Ambrose, por favor!

— David, me desculpa — sussurrou.

Ambrose sentiu uma corrente de ar subindo pelas tábuas do assoalho. O vento uivava do lado de fora da janela por onde David saiu para nunca mais voltar. Ambrose seguiu a corrente de ar pelas frestas do assoalho. Chegou a um canto do quarto. O canto onde ficava a cama de David. O canto onde David lia *Frankenstein* e fazia desenhos medonhos na parede que sua mãe cobriu com papel, repetindo "Está tudo bem com ele. Está tudo bem com ele". Ambrose dobrou os joelhos artríticos e se ajoelhou no canto. E foi então que percebeu...

A tábua do piso estava solta.

Ambrose pegou seu canivete e o enfiou na fresta. Movendo a lâmina de um lado para o outro, abriu mais espaço. Por fim, abriu um espaço suficiente para girar o canivete, feito um pequeno pé de cabra. Ele levantou a tábua e parou. Bem ali. Escondida embaixo da tábua.

A velha luva de beisebol de David.

Ambrose retirou a luva do esconderijo. Apertou-a contra o peito, como se fosse uma criança perdida. Respirou fundo. O cheiro de couro o invadiu, trazendo consigo muitas lembranças. E foi então que notou que a luva estava preenchida com alguma coisa.

Havia algo escondido dentro dela.

Ambrose respirou fundo e abriu a luva, como se fosse a concha de um molusco. Lá dentro ele viu um livrinho, embrulhado cuidadosamente num plástico. Um livrinho com capa de couro. Estava amarrado com uma tira e fechado por uma pequena fechadura. Ambrose jamais tinha visto aquele livrinho, mas estava certo de que sabia do que se tratava, porque seu irmão se referia àquilo. Era o segredo mais bem guardado de David.

Ambrose estava diante do diário de seu irmãozinho.

CAPÍTULO 49

Christopher ficou parado na rua, olhando para a antiga casa da família Olson. O moço bonzinho estava lá dentro em algum lugar. Ele precisava resgatá-lo. Christopher tinha ido direto da escola para o bosque. Quando entrou na casa na árvore, sentiu como se ela fosse a cabine telefônica do Superman dos filmes antigos. Um lugar para trocar de roupa. Depois que fechou a porta e cruzou para o lado imaginário, sentiu-se imediatamente melhor. A febre e as dores de cabeça foram substituídas por lucidez e força.

Mas a mulher sibilante poderia estar em qualquer lugar.

Christopher se agachou e observou Ambrose, de pé, no antigo quarto de David. O velho estava segurando uma luva de beisebol. David Olson estava de pé bem ao lado dele, tentando colocar a mão no ombro de Ambrose. Mas Ambrose não sabia que seu irmão caçula estava lá.

O David tá...
O David tá... ajudando a gente.

Fique em silêncio absoluto. Ela vai testar você para ver se está lá. NÃO SEJA REPROVADO NESSE TESTE.

Christopher foi até a varanda da frente da casa. Em silêncio. Olhou através das janelinhas de vidro de cada lado da porta. O hall de entrada estava vazio. Mas a mulher sibilante poderia estar esperando por ele. Poderia estar agachada do outro lado da porta. Ele tentou conter o medo, lembrando-se de que era invisível à luz do dia depois que atravessava a casa na árvore. Mas ela o havia enxergado no pesadelo da escola, e aquilo tinha acontecido durante o dia. Ele não entendia por quê. Precisava do moço bonzinho para explicar as regras. Precisava resgatar o moço bonzinho. Agora.

Se ela pegar você, nunca mais vai deixar você sair do mundo imaginário.

Christopher tentou apurar os ouvidos por mais um minuto. Então, de repente, abriu a porta, fazendo o mínimo de barulho possível. Em seguida, fechou a porta e ficou parado por um instante para o caso de a mulher sibilante tê-lo ouvido. A sala de estar estava em silêncio. O relógio de pêndulo ocupava o canto da sala. Segundos preciosos passando, tique-taque, tique-taque.

Christopher andou na ponta dos pés pela sala vazia. O piso de madeira rangia sob seus passos. Rapidamente, ele se ajoelhou e tirou os tênis. Pendurou-os no pescoço, como um cachecol, e ficou parado, só de meia. Uma brisa entrava pelas frestas do assoalho. Ele ouvia o vento começando a soprar mais forte lá fora. Algumas pessoas caixa de correio estavam no fim da entrada da garagem.

Eram criancinhas brincando de pular corda.

Com os olhos costurados.

Christopher foi até o pé da escada. Olhou para o piso superior, esperando para ver se ela apareceria. Estava prestes a subir a escada quando um barulho o deteve.

— A escola é excelente — disse a voz.

Christopher parou. Conhecia aquela voz.

— Você escolheu um ótimo lugar pra sua família.

Era a mãe dele.

Christopher se apressou até a cozinha e viu a mãe sentada diante de uma mesinha, ao lado de uma mulher.

O nome dela é... Jill.
Ela comprou a casa com o marido... Clark.
Eles tão tentando ter um bebê.

— Bom, o Clark e eu estamos tentando ter filhos — comentou Jill.

— A tentativa por si só vale a pena se der certo no fim das contas — brincou a mãe de Christopher.
Jill riu e serviu uma xícara de café quentinho para a mãe de Christopher.
— Você quer leite? — indagou ela.
— Sim, por favor.

Jill e Clark... quase tiveram um filho no ano passado.
Ela perdeu o bebê. Mas eles guardaram o berço.
E mudaram a cor das paredes pra servir pra menina ou menino.

Jill levou a caixa de leite até a mesa. Christopher viu a foto da menina desaparecida, Emily Bertovich. A menininha estava congelada numa fotografia. Sorrindo sem os dentes da frente. De repente, os olhos da menina fitaram um ponto acima do ombro dele. E o sorriso dela se transformou numa expressão de pavor. Então, num piscar de olhos, ela deu meia-volta e correu, desaparecendo da moldura da foto.
Christopher ficou paralisado.
Ele olhou para as janelas da cozinha e viu o reflexo estampado nelas.
A mulher sibilante estava atrás dele.
Ela havia subido do porão, com uma tigela de cachorro que cheirava a comida estragada. A mulher sibilante parou com a chave na corda em volta do pescoço, de orelha em pé. Esperando. Ouvindo. Christopher prendeu a respiração.

A mulher sibilante não consegue...
A mulher sibilante não consegue... me ver.

Ela esperou. Procurando com os ouvidos. Depois de um minuto, ficou satisfeita. Ele viu a mulher sibilante ir até a pia e despejar o conteúdo da tigela dentro de uma água podre. A tigela fez um ruído metálico e horrível.
— Que barulho foi esse? — perguntou a mãe de Christopher.
— A casa ainda está se assentando — respondeu Jill.
Jill e a mãe de Christopher continuaram conversando, totalmente alheias ao que estava acontecendo ao redor. A mulher sibilante se sentou bem ao lado de Jill, que colocava uma colherada de açúcar no café. A mulher sibilante tocou o braço de Jill. Imediatamente, Jill sentiu uma coceira e começou a coçar o braço.

— Meu Deus! Esse tempo frio. É letal pra minha pele — comentou ela.
— Nem me fala. Haja hidratante.

A mulher sibilante olhou diretamente para a mãe de Christopher. Lentamente, moveu-se até ela. Christopher queria gritar "MÃE! SAI DAQUI! POR FAVOR!", mas sabia que aquilo podia ser um teste. Então, em silêncio, do lado imaginário, ele pegou a mão esquerda da mãe. Fechou os olhos e pensou, o mais intensamente que pôde.

Mãe. Vai embora desse lugar. Agora.

O calor começou a subir na testa de Christopher. O vento ficou mais forte lá fora. Imediatamente, a mulher sibilante ergueu o olhar. Ela sabia que algo havia mudado, mas não o quê.

MÃE. VAI EMBORA DESSE LUGAR. AGORA.

A cabeça de Christopher começou a ferver. Seus dedos e braços pareciam velas de aniversário derretendo num bolo.

A mulher sibilante bateu na mão direita da mãe de Christopher, a mão que segurava a xícara de café. De repente, a xícara virou, e a mãe de Christopher se queimou com o café.

— AI! — gritou ela.
— Você se queimou? — perguntou Jill, pegando um pano de prato.

A mãe de Christopher foi até a pia e colocou a mão sob a torneira. A água fria verteu sobre a queimadura.

— Deixa eu dar uma olhada. Ah, você vai precisar de um curativo — avisou Jill.

A mulher sibilante permaneceu na cozinha, aguardando para ver se haveria alguma reação. Christopher não disse nada. Ele apenas seguiu Jill até a pia para encobrir o som dos próprios passos. Então ele pegou a mão da mãe, na água, fechou os olhos e pensou com o máximo de intensidade que pôde.

MÃE! VAI EMBORA DESSE LUGAR! AGORA!

A mãe de Christopher de repente verificou o relógio.

— Meu Deus! Eu perdi a noção da hora! — exclamou ela, alarmada.
— Por favor, deixa eu fazer um curativo — disse Jill.
— Não, está tudo bem. Obrigada. Eu preciso levar o sr. Olson de volta e ainda chegar em casa antes do ônibus da escola do meu filho.

A mãe de Christopher se levantou, deixando-o sem fôlego, com suor pingando da testa. Jill seguiu a mãe dele até o hall de entrada.

— Por que você não traz o seu filho pra jantar aqui uma noite dessas?

— Eu adoraria — disse a mãe de Christopher, e então chamou escada acima: — Sr. Olson! Desculpa a pressa, mas eu tenho que levar o senhor de volta. O meu filho vai chegar em casa daqui a pouco.

Christopher observou Ambrose descer, trazendo consigo a luva de beisebol. Seu irmãozinho, David, o seguia, pulando amarelinha na sombra dele.

— DAVID! O QUE VOCÊ ESTAVA FAZENDO?! — berrou a mulher sibilante.

David não disse nada e correu de volta para o andar de cima, com medo. Christopher observou, calado, Ambrose e sua mãe agradecerem a Jill e saírem da casa. Eles foram até o carro. Longe da mulher sibilante. Longe do perigo.

Jill voltou à cozinha com sua xícara de café. A mulher sibilante a seguiu. Christopher não tinha tempo a perder. Cauteloso feito um gato e ainda só de meias, foi na ponta dos pés até a porta que dava acesso ao porão. Então a abriu rapidamente e entrou. Ouvia Jill do outro lado da porta.

— Clark, você pode trazer pra casa um pouco de Lanacane? Eu acho que estou com alguma alergia. Não consigo parar de me coçar. E você ligou pra dedetização? Ainda está um fedor de merda lá no porão.

O porão estava escuro. Christopher parou no alto da longa escada. Semicerrou os olhos para tentar ver o que havia lá embaixo, mas não conseguia enxergar nada. E não ouvia nada. Mas sabia que o que quer que houvesse lá embaixo era horrível.

Por causa do fedor.

O cheiro de comida podre estava por toda parte, misturado com cheiro de luva de beisebol de couro e de algo que parecia ser centenas de anos de "tiros ao alvo" que erraram o mictório. A mulher sibilante tinha saído de lá com uma tigela de cachorro cheia de comida estragada. Seria para algum prisioneiro?

Ou para um animal.

Christopher ouviu um barulho de corrente no porão. Olhou para a escada de madeira. Com degraus vazados. O que significava que mãos poderiam agarrá-lo.

— O senhor... tá aí embaixo? — sussurrou Christopher.

Seguiu-se silêncio. E Christopher não confiou naquela quietude. Havia algo muito errado. Sua intuição dizia isso. Então deu um pequeno passo para olhar mais de perto, mas quase escorregou. Olhou para os pés e viu algo molhado na sola das meias.

Era sangue.

Um fluxo de sangue descia a escada feito um rio. Christopher sentiu ânsia de vômito, mas se conteve. Quis correr, mas a mulher sibilante estava na cozinha, bloqueando sua fuga.

Não tinha para onde ir, a não ser para baixo.

Christopher desceu lentamente a escada, adentrando a escuridão. As tábuas de madeira rangiam sob seus pés. Quase escorregou no sangue, mas se firmou no corrimão. Deu mais um passo. Ouviu uma respiração ofegante. Semicerrou os olhos, tentando ver se havia alguém no recinto. Não conseguia enxergar nenhuma silhueta. Apenas escuridão. E aquele fedor. Podridão e cobre. Mais forte a cada passo.

Ele chegou ao pé da escada.

Christopher pôs os pés calçados de meias no chão frio de cimento. Estendeu a mão para acender a luz. Mas o interruptor não estava funcionando. Pensou ter ouvido alguém respirando no canto. Christopher tateou na escuridão, tentando adaptar a vista. Deu outro passo cego, avançando dentro do porão.

Foi então que tropeçou no corpo.

Era o moço bonzinho. Com pulsos e tornozelos acorrentadas. Encharcado com o sangue que cheirava a ferrugem.

— Senhor? — sussurrou Christopher.

O moço bonzinho não se mexeu. Christopher estendeu os braços na escuridão. Suas mãos encontraram dois baldes colocados junto à parede. O primeiro era usado como penico. O segundo tinha água limpa e uma concha velha. Christopher pegou a concha. Segurou a cabeça do moço bonzinho entre as mãos. Mergulhou a concha até o fundo do balde e levou água fresca até os lábios rachados do moço bonzinho. Ele tentou servir alguns goles de água, mas o moço bonzinho estava imóvel.

O moço bonzinho tá...
O moço bonzinho tá... morrendo.

Christopher não sabia o que estava fazendo, mas instintivamente se aproximou e colocou as mãos sobre as feridas do moço bonzinho. E fechou os olhos. Sua cabeça logo começou a doer e uma febre percorreu sua testa e desceu pelo braço, chegando à ponta dos dedos. Christopher sentiu o sangue escorrer do nariz e pingar em seus lábios. O sangue tinha gosto de ferrugem, parecendo um cano de cobre. Era o sangue do moço bonzinho. A febre ficou alta demais, e Christopher foi obrigado a afastar as mãos. Ele foi pegar a água para limpar as feridas, mas elas tinham desaparecido. Não havia nada além da pele saudável e curada.

Foi quando o moço bonzinho o agarrou.

— Me deixa em paz! Para de me torturar! Eu nunca vou contar!

O som teria trazido a mulher sibilante correndo até o porão, mas o moço bonzinho estava tão fraco que sua voz era quase inaudível.

— Senhor, tá tudo bem. Sou eu. O Christopher — sussurrou ele.

— Christopher? — murmurou o moço bonzinho. — O que você está fazendo aqui? Eu disse pra você nunca entrar sem mim.

— A gente precisa te tirar daqui. Deve ter alguma coisa que a gente possa usar pra abrir essas correntes.

— Christopher, logo vai escurecer. Ela vai conseguir te ver. Você tem que sair. Agora.

— Eu não vou embora sem o senhor — retrucou Christopher.

Um silêncio teimoso pairou no ar. O moço bonzinho enfim suspirou.

— A mesa — sugeriu ele.

— Onde? Eu não consigo enxergar — avisou Christopher.

— Tem uma lâmpada acima da mesa. Puxa a cordinha.

O moço bonzinho pegou a mão de Christopher e, com delicadeza, guiou-o na escuridão. Christopher engatinhou até esbarrar numa mesa fria de metal. Então tateou no escuro. Seus dedos liam o que havia sobre a mesa, como se fosse um livro escrito em braile. Demorou um momento para seu cérebro processar o que eram aquelas bordas, formas e pontas.

Facas e chaves de fenda.

Tudo coberto de sangue.

A mulher sibilante...
A mulher sibilante... torturou o moço bonzinho.

Christopher subiu na mesa. Ficou de pé sobre o sangue ainda molhado. Esticou a mão para acender a luz. Depois de um instante, seus dedos encontraram a lâmpada com uma cordinha pendurada. Feito a corda que pendia do pescoço da mulher sibilante. Christopher puxou a cordinha, banhando o porão com uma luz amarelada, doentia.

O que viu quase o fez gritar.

O recinto não era um porão bem-acabado. Não havia poltrona nem lambris de madeira. Havia apenas um piso de cimento. Uma mesa de metal. E quatro paredes cobertas com serras, facas e chaves de fenda. Pingava sangue de todas as superfícies.

Era uma câmara de tortura.

O moço bonzinho estava acorrentado no canto, como se fosse um bicho. Coberto de sujeira, sangue e escoriações. Sua pele tinha sido rasgada e costurada umas dez vezes. Ele olhou para a luz como se estivesse acordando de um pesadelo. Christopher já havia visto aquele olhar quando visitou um canil público, em Michigan, com Jerry. Alguns cães tinham sido espancados por tanto tempo que não sabiam fazer mais nada além de ficar acuados.

Christopher rapidamente desceu da mesa. Pegou uma faca e uma chave de fenda. Correu de volta e as entregou ao moço bonzinho, que começou a cutucar a corrente no pulso. Seus dedos tremiam de dor.

— Como foi que você me achou? — sussurrou ele.

— Foi o David Olson.

— O David? Mas ele está com... ela.

A maneira como o moço bonzinho disse "ela" fez Christopher sentir um arrepio na espinha.

— Não. Ele tá ajudando a gente. Ele quer que eu leve vocês dois pro lado real.

A informação se espalhou pela fisionomia do moço bonzinho. De início, confusão. Então esperança. O moço bonzinho estava pálido e esquálido, quase morrendo depois de perder tanto sangue. Mas, pela primeira vez, Christopher o viu sorrir.

A mulher sibilante tinha arrancado alguns dentes dele.

O moço bonzinho conseguiu abrir uma das correntes. A chave de fenda escorregou de sua mão molhada de sangue e bateu no chão de cimento. Uma tábua rangeu acima deles na cozinha. A mulher sibilante parou de se mexer, atenta ao porão.

— Sim, dr. Haskell — disse Jill. — O senhor pode me encaminhar para um dermatologista? Eu não consigo parar de me coçar.

Christopher pegou a chave de fenda do chão e a deu ao moço bonzinho.

— Você vai conseguir? — sussurrou ele.

— Vou — respondeu o moço bonzinho, com uma voz fraca.

Enquanto o moço bonzinho tentava abrir outra corrente, Christopher se voltou para o porão, procurando uma saída. Por fim, seus olhos localizaram uma janela imunda, coberta com uma cortina, do outro lado do recinto. A janela ficava a pelo menos três metros do chão. Era alta demais até para o moço bonzinho. Precisavam subir em alguma coisa. Uma cadeira. Uma estante de livros.

Uma mesa de metal.

Christopher correu até a mesa coberta de sangue e começou a colocar os instrumentos no chão, sem fazer barulho. Depois que retirou da mesa qualquer coisa que pudesse cair no chão, ele calçou os tênis para ter tração. Pegou alguns trapos encharcados de sangue e os enfiou embaixo dos pés da mesa para abafar qualquer ruído.

Então esperou pela voz de Jill, que lhe daria cobertura.

— Não, dr. Haskell. Começou do nada. Eu não sei o que é.

Christopher empurrou a mesa com enorme dificuldade pelo chão. Avançando em cada palavra. Parando em cada silêncio.

— Acho estranho ser alergia. Estamos em dezembro.

Cada centímetro era como arrancar um dente.

— Tem alguma coisa contagiosa no ar?

Os trapos deixaram marcas compridas e vermelhas no concreto. Christopher empurrou a mesa até encostar na parede. Suas mãos deixavam pequenas impressões no sangue.

— Uma gripe? E geralmente vem com erupção cutânea?

Ele correu até o moço bonzinho, que tinha conseguido se livrar de três das correntes.

— Certo, obrigada, dr. Haskell. A gente se vê amanhã, então — disse Jill, desligando o telefone.

Christopher ouviu Jill voltar à sala de estar. Mas o piso da cozinha ainda rangia. A mulher sibilante estava esperando lá. O moço bonzinho usava a chave de fenda para cutucar freneticamente a tranca da corrente do tornozelo.

— Eu não vou conseguir — sussurrou ele, delirando de dor. — Me deixa aqui.

— Não! — murmurou Christopher.

— Você fica invisível durante o dia. Você pode fugir.

— Eu não vou te deixar aqui.

Christopher segurou a corrente. O calor surgiu em sua testa. A força passou por seus dedos. Christopher começou a abrir as correntes como quem abre uma pilha de cartas para, em seguida, embaralhar tudo de novo. Ele arrebentou a corrente presa ao tornozelo do moço bonzinho e a colocou cuidadosamente no chão. O moço bonzinho ficou sem palavras.

— Como foi que você fez isso? Só ela consegue fazer isso — murmurou o moço bonzinho.

— Eu não sei. Vamos embora.

Ele firmou o moço bonzinho de encontro à parede. O moço bonzinho parecia tonto. Prestes a desmaiar. Christopher jogou um pouco de água no rosto dele. A água escorreu pelo pescoço imundo, como se fosse um deslizamento de terra.

— Eu não consigo ficar de pé — avisou o moço bonzinho.

— Consegue, sim. Levanta.

Christopher pegou a mão do moço bonzinho e o pôs de pé. Os joelhos do moço bonzinho bambearam, mas ele apoiou a mão no ombro de Christopher para se equilibrar.

Com Christopher servindo de muleta, ele mancou até a janela.

O moço bonzinho chegou à mesa. Christopher subiu na mesa e se virou. Pegou a mão do moço bonzinho para ajudá-lo a subir e se levantar, quase escorregando no sangue. O moço bonzinho abriu a cortina da janela. Ele viu dezenas de pessoas caixa de correio guardando a casa. Os fios que as conectavam se estendiam como varais de roupa onde o mundo era pendurado para secar.

— Os guardas dela — sussurrou o moço bonzinho.

Christopher juntou as mãos para servirem de apoio, como um degrau, para o moço bonzinho.

— Eu sou grande demais — avisou o moço bonzinho.

— Não pra mim.

O moço bonzinho colocou o pé nas mãos de Christopher. Ele parecia incrédulo. Como se não conseguisse acreditar que aquele menininho fosse capaz de suportar seu peso. Até que Christopher o empurrou. O moço bonzinho subiu pela parede e agarrou o batente da janela com a ponta dos dedos. Ele usou todas as forças que lhe restavam para se içar. Em seguida abriu a janela imunda e deixou o ar puro entrar no porão. Ele projetou o peito pela abertura e quase desmaiou, ofegante como um cão esquecido dentro de um carro.

— Vamos! — implorou Christopher.

Christopher agarrou os pés ensanguentados do moço bonzinho e, com todas as suas forças, empurrou o restante do corpo dele para fora da janela.

Com isso, Christopher escorregou na superfície da mesa ensanguentada. Ele estendeu os braços, tentando se equilibrar, mas o impulso foi forte demais e ele caiu no chão.

E a mesa de metal virou com ele.

Plein!

O piso da cozinha rangeu no andar de cima. Christopher se levantou. A mesa estava de pernas para o ar, feito uma barata morta. Não havia como escalar as pernas.

— Fica aqui, David — disse a mulher sibilante, acima deles.

— Ela está vindo — sussurrou o moço bonzinho. — Você consegue!

Christopher olhou para a janela. A três metros do chão. O moço bonzinho se debruçou, estendendo os braços para dentro do porão. Christopher correu. Saltou. As mãos ensanguentadas se encontraram por um segundo e depois escorregaram. Christopher caiu no chão.

— Apaga a luz! — sussurrou o moço bonzinho.

A mulher sibilante virou a maçaneta.

Christopher agarrou a cordinha pendurada na lâmpada. O moço bonzinho fechou a cortina. No instante seguinte, o mundo escureceu.

A porta se abriu no alto da escada.

A luz da cozinha invadiu o porão. Christopher rastejou feito um rato e se escondeu embaixo da escada.

A mulher sibilante desceu os degraus.

Nhec. Nhec. Nhec.

O coração de Christopher batia forte. Não havia para onde correr.

Pelos vãos entre os degraus da escada de madeira, ele viu os sapatos da mulher lambuzados de sangue.

Nhec. Nhec. Nhec.

Christopher prendeu a respiração. O sangue latejava em suas têmporas. Os pés da mulher sibilante chegaram ao nível dos olhos dele. Christopher estendeu as mãos através de um vão da escada e se preparou. Um segundo. Dois segundos. Três segundos. Quatro.

Engole o medo ou o medo vai te engolir.

Christopher puxou com força os pés da mulher sibilante. Ela rolou escada abaixo, batendo a cabeça no chão ensanguentado.

— AAAAA! — urrou ela.

Ele só dispunha de alguns segundos. Christopher saiu correndo do vão da escada e pulou por cima dos braços estendidos da mulher. Ela os ergueu, e ele tropeçou. Christopher deu um grito e foi parar na escada logo acima dela. Ela tentou agarrá-lo. As mãos dela sujaram de sangue a calça de Christopher, enquanto ela subia no corpo dele como se estivesse escalando uma parede.

— Achei você! — sibilou ela.

Christopher deu um chute nela. A adrenalina corria em suas veias como se fosse o sangue do mundo. Deu um soco no peito dela. Ela bateu na parede e guinchou. Ele correu até o alto da escada e se virou. A mulher sibilante já estava de pé. Subindo a escada atrás dele. Mais rápida que qualquer coisa que ele já havia visto. Christopher fechou a porta com força.

BUM.

A mulher sibilante se chocou com a porta, como um animal enjaulado.

Christopher apoiou o corpo entre a porta e a parede da cozinha.

— É das Instalações Hidráulicas de Mill Grove? — perguntou Jill ao telefone. — Vocês podem vir até aqui? É urgente. Tem alguma coisa errada com o meu encanamento.

BUM. BUM.

Christopher cravou os calcanhares no chão. A mulher sibilante segurou a maçaneta. E a maçaneta girou. Christopher esticou os dedos, acima da cabeça, na tentativa de alcançar o ferrolho.

— VOCÊ VAI MORRER! — sibilou ela.

Christopher se esticou o máximo que pôde. Sentiu os tendões do ombro rasgando feito bala puxa-puxa. Mas o ferrolho estava longe demais. Não conseguia alcançá-lo. Segurando a porta com as pernas, ele se esforçou para mantê-la dentro do porão. Mas ela era forte demais. As pernas de Christopher começaram a ceder.

BUM. BUM. BUM.

De repente, Christopher viu uma mão ensanguentada se estender acima do seu braço. Ele gritou. Mas a mão passou por ele e fechou o ferrolho.

Era o moço bonzinho.

Seu rosto estava pálido e imundo. Seus olhos piscavam, exaustos de dor.

— Vamos — chamou ele.

BUM. BUM. BUM.

— DAVID, CADÊ VOCÊ?

A voz dela reverberava pela casa. O moço bonzinho se agachou e guiou Christopher pela cozinha. Jill estava ao fogão, cozinhando salsichas numa grande panela de sopa. Mas não eram salsichas.

Eram dedos.

— DAVID!

Christopher se virou e deparou com David Olson saindo da sala de estar. A mulher sibilante esmurrava a porta. David se encolheu. Apavorado. E estendeu o braço para o ferrolho. Christopher estava prestes a correr para detê-lo. O moço bonzinho o agarrou pelo ombro.

— Ela não pode saber que o David ajudou a gente. Senão, vai matar ele — sussurrou.

Christopher assentiu e seguiu o moço bonzinho porta afora.

— Ela vai procurar nas ruas primeiro — avisou ele. — Vem comigo.

O moço bonzinho avançou, mancando, e conduziu Christopher pelos quintais. Um cervo imenso saiu correndo de dentro de uma casinha de cachorro e partiu para cima deles, pronto para matá-los. O cervo pulou para a garganta do moço bonzinho. Mas uma corrente o puxou de volta, e o cervo se estatelou no chão coberto de lama e neve derretida, ganindo.

— É o cão de guarda — disse o moço bonzinho. — Vamos.

Christopher andou atrás do moço bonzinho. Eles entraram num quintal. Perto de um balanço de pneu. Christopher ouviu barulho de passos.

Ele se virou e viu Jenny Hertzog.

De camisola.

Escondida no quintal.

Morrendo de frio.

Ele se perguntou se Jenny acreditaria se soubesse o que estava acontecendo no quintal que ela usava como esconderijo. Logo, o frio ficou intenso demais. Ele viu Jenny Hertzog abrir a porta dos fundos da casa e entrar na cozinha.

O moço bonzinho apontou para a casa, e Christopher foi atrás da menina. A casa estava esfumaçada e escura. Jenny foi até o hall de entrada, na ponta dos pés, tentando passar despercebida. Sua madrasta estava na sala de estar. Cochilando. Um Marlboro Red soltava fumaça no cinzeiro. Estava passando um talk show diurno na TV. O assunto era teste de paternidade.

— Você É o pai — anunciou o apresentador.

Jenny subiu a escada sem acordar a madrasta. Passou pelo quarto do meio-irmão. Tudo quieto. De repente, a porta do quarto se abriu. Ele era mais velho. Cheio de espinhas. E usava aparelho nos dentes, que não parava de lamber.

— Jenny, você não tava na cama. Onde você se meteu? — perguntou ele.

Ela deu de ombros.

— Eu achei que você tava doente e por isso não foi pra escola. Eu fiquei em casa pra cuidar de você — disse ele.

Ela ficou paralisada.

— Então pode deixar que eu cuido de você — continuou. — Essa camisola tá muito curta. Prontinha pra encarar um dilúvio!

— Cala essa a boca, Scott — disse ela, finalmente, em tom desafiador.

— Não vem me mandar calar a boca, sua piranha. Entra aqui.

Derrotada, ela entrou no quarto dele e fechou a porta. Christopher encostou o ouvido na porta, mas não ouviu nada além de música. Uma música antiga. "Blue Moon". Christopher pôs a mão na maçaneta da porta, decidido a ajudar Jenny.

— Não. É uma armadilha — avisou o moço bonzinho.

Mas foi tarde demais. Christopher abriu a porta. Lá dentro havia uma dezena de cervos. Suas presas expostas. Eles investiram contra a porta. O moço bonzinho a fechou depressa.

BUM. BUM. BUM. BUM. BUM.

O moço bonzinho correu com Christopher pela casa e abriu a porta lateral. Lá avistaram...

... uma cestinha de bebê.

Uma pessoa caixa de correio a segurava. Zíperes largos mantinham seus olhos fechados, mas os pontos pretos costurados na boca estavam frouxos o suficiente para permitir que ela soasse o alarme. A pessoa caixa de correio abriu a boca através dos pontos e fez o som de um bebê chorando.

— Buááááááááá!

O moço bonzinho agarrou a mão de Christopher. E o arrastou para fora da casa, passando pela pessoa caixa de correio, tentando chegar à rua. Correram juntos. Pelo gramado. A mulher sibilante correu pela entrada da garagem, vindo atrás deles. David Olson rastejava feito um cachorro logo atrás dela.

— PEGUEM ELE!

A voz dela ecoava pela rua. As pessoas caixa de correio se espalharam. Tateando, cegamente, com os braços estendidos. Caçando o prisioneiro fugitivo. Formaram um muro sólido ao longo da rua. Bloqueando ambos os lados.

— A gente não vai conseguir! — disse Christopher.

— Se segura em mim — pediu o moço bonzinho.

O moço bonzinho reuniu todas as suas forças. No instante em que ele e Christopher estavam prestes a se chocar com a parede formada pelas pessoas caixa de correio, o moço bonzinho deu um pulo. Eles saltaram por cima das pessoas caixa de correio e caíram na rua, já em segurança.

— PARA DE AJUDAR ELE! — amaldiçoou ela o moço bonzinho.

A mulher sibilante pulou atrás deles, tentando pegar o moço bonzinho, mas errou o bote. E caiu na rua. Seus pés começaram a fumegar e queimar. Deixando pele líquida no asfalto, como se um produto químico tivesse sido derramado. Ela se desprendeu do asfalto e se arrastou de volta até o gramado. Gritando de dor, como um cervo atropelado por um carro.

— Ela vai se curar em um minuto — disse o moço bonzinho. — Vamos, rápido.

O moço bonzinho correu com Christopher pela rua. Passaram pelas pessoas caixa de correio, cada uma segurando o fio da seguinte, formando uma fileira que seguia por quilômetros, até perder de vista. Christopher sentia a energia do moço bonzinho através de sua pele. A cura se espalhava em seu corpo como eletricidade estática num suéter de lã. O moço bonzinho fechou os olhos, e seus globos oculares tremeram sob as pálpebras, como num sonho. Em segundos, ele voltou a pular por cima das pessoas caixa de correio.

— Como o senhor fez isso? — perguntou Christopher.

— Eu vou te ensinar.

Eles saíram da rua e desapareceram pelo bosque da Mission Street. O moço bonzinho o levou por uma trilha. Os cervos corriam pelo caminho atrás deles. Quase mordendo seus calcanhares. Um bando de gatos atrás de dois ratinhos. O moço bonzinho virou à esquerda, logo depois da ponte dos três cabritinhos. O homem adormecido colocou a cabeça para fora do tronco oco.

— Eles estão aqui! — gritou o homem, em seu sono.

O moço bonzinho pulou por cima do tronco e guiou Christopher por um caminho estreito, cheio de galhos secos e tortos. Os cervos que vinham logo atrás deles ficaram engarrafados. O homem que dormia dentro do tronco oco gritou quando os cervos começaram a lamber seu rosto, como se fosse uma pedra de sal. Afogando-o em saliva. Isso foi pouco antes de começarem a devorar o rosto dele.

— Não olha pra eles — disse o moço bonzinho.

Eles saíram da trilha estreita e correram pela clareira. Até a árvore. O moço bonzinho desabou no chão, respirando com dificuldade. Exausto.

— A gente só tem alguns segundos — avisou o moço bonzinho. — Ela agora já sabe que você me ajudou. Ela vai fazer de tudo pra trazer você de volta pra cá.

— Então vem comigo — disse Christopher.

— Eu não posso. A mulher sibilante tem a única chave. Eu não posso sair daqui sem a chave. Nem eu nem o David.

Um grande uivo subiu aos céus, enquanto a mulher sibilante vasculhava o bosque.

— Então vamos pegar a chave. Eu tô invisível agora. Consigo lidar com ela — sugeriu Christopher.

— Escuta o que eu estou te dizendo — vociferou ele. — Por mais forte que você se torne, ela é mais forte. E, da próxima vez que ela te pegar, você não vai conseguir escapar. Por isso, mantém o foco. Não fica sonhando acordado nem dorme. Eu vou trabalhar com o David pra pegar a chave. Eu te aviso quando for seguro voltar aqui.

— Mas eu vim aqui pra te salvar.

— Você salvou. Agora, vai embora.

O moço bonzinho agarrou Christopher e o empurrou pela escada de acesso à árvore. Degrau por degrau. Dente de leite por dente de leite. Ele alcançou a porta da casa na árvore no instante em que a mulher sibilante pulou na clareira com David e os cervos.

— PARA DE AJUDAR ELE!

O moço bonzinho pulou no chão e fugiu pelas sombras. A mulher sibilante correu para a árvore. Christopher se arrastou para dentro da casa na árvore e rapidamente fechou a porta.

Em segundos, o ar de algodão-doce voltou a ser o ar congelado de dezembro. Christopher abriu a porta e olhou de novo para a clareira. A mulher sibilante tinha desaparecido junto com o restante do povo imaginário. Ele estava de volta ao lado real.

E Christopher havia resgatado o moço bonzinho.

CAPÍTULO 50

No momento em que Christopher voltou do lado imaginário, sentiu o preço cobrado por seus novos poderes. O fato de ele ter quebrado as correntes das algemas fazia agora suas mãos latejarem. Por ter levantado o moço bonzinho até a janela, seus ombros doíam e os ligamentos pareciam rompidos.

Mas o pior era a dor de cabeça.

Era como uma faca empurrando seus olhos através das pálpebras. Forçando-o a caminhar. Dê um passo. Dê outro passo.

Ele tinha que continuar.

Tinha que voltar para a escola.

Ele desceu a escada e pegou a sacola de plástico branca que pendia do galho baixo. Enfiou-a no bolso, por precaução. Em seguida, voltou mancando pela neve até a escola, fazendo apenas uma parada.

A casa de Jenny Hertzog.

Ele foi até a porta, tocou a campainha e saiu correndo. Sabia que isso seria o suficiente para acordar a mãe de Scott e garantir a Jenny Hertzog uma tarde de paz.

Por fim, chegou à escola, cinco minutos antes do último sinal. Christopher entrou de novo pela janela aberta do banheiro dos meninos. Então esperou fora da sala de aula até o sinal tocar e o corredor ficar inundado de alunos.

— Onde você esteve o dia todo? — perguntou a srta. Lasko, desconfiada.

— Eu passei o dia todo na sala de aula, srta. Lasko. A senhora não lembra?

Christopher sorriu e tocou na mão dela, com delicadeza, deixando um pouco do calor dos seus dedos passar para os dedos dela.

— É — disse ela. — Você passou o dia todo na sala de aula. Muito bem, Christopher.

Ela deu um tapinha no topo da cabeça dele, e seu cérebro absorveu a aula do dia inteiro, feito uma esponja.

A srta. Lasko vai...
A srta. Lasko vai... direto pro bar depois do trabalho.

Christopher foi para casa de ônibus e se sentou atrás do sr. Miller, o motorista de ônibus.

O sr. Miller ligou... pra ex-mulher.
O sr. Miller vai... passar o Natal com os filhos esse ano.

— Oi, sr. Miller. — Christopher sorriu.
— Senta aí. Não me atrapalha! — vociferou o homem.
Christopher foi para casa, onde sua mãe o esperava com pão quentinho e canja de galinha. Ele fez questão de não comer o pão. Porque sabia que teria de ficar acordado até que o moço bonzinho lhe avisasse que era seguro voltar.

O braço da minha mãe...
O braço da minha mãe... ainda tá doendo por causa do café da mulher sibilante.

— Como foi a escola hoje, querido? — perguntou ela.
— Foi tudo bem.

Eu não posso contar...
Eu não posso contar... pra minha mãe, senão a mulher sibilante vai ouvir.

— O que você aprendeu?
— Pouca coisa — respondeu ele, e depois deu alguns detalhes da aula da srta. Lasko.

Minha mãe não sabe...
Minha mãe não sabe... que eu vou fazer qualquer coisa pra cuidar dela.

Naquela noite, quando sua mãe foi dormir, Christopher desceu até a cozinha. Ele pegou a caixa de leite e encheu um copo grande. Olhou para a foto de Emily Bertovich, procurando alguma pista que lhe indicasse se estava sendo observado pela mulher sibilante.

Mas tudo que viu foi Emily sorrindo.

Guardou Emily e, então, sem fazer barulho, examinou o armário e encontrou alguns Oreos. Colocou-os num prato de papel. Em seguida, pegou duas fatias de pão de forma Town Talk, um pouco de presunto fatiado e fez um sanduíche com alface e maionese. Guardou as evidências e desceu ao porão na ponta dos pés.

O porão estava seco e limpo. O aquecedor, que ficava no canto, mantinha a temperatura do ambiente agradável. Christopher suspeitava que o moço bonzinho jamais iria até ali. Seria o primeiro lugar onde a mulher sibilante procuraria. Mas, em todo caso, Christopher queria que o local estivesse pronto para recebê-lo. E a verdade era que Christopher tinha medo quando não estava ao lado dele. E não queria ficar acordado a noite toda sozinho.

Christopher levou o copo de leite, os biscoitos e o sanduíche até o sofá. Lembrou-se de quando costumava deixar cookies para o Papai Noel. A mãe de Christopher fazia cookies deliciosos, de pasta de amendoim, com um Kiss da Hershey bem no meio de cada um. O calor do cookie derretia o Kiss um pouquinho. Ela beijava as bochechas dele e perguntava: "Cadê os meus beijinhos?" E ria, e depois arrumava os cookies num prato, com um belo copo de leite, e deixava o lanche embaixo da árvore para o Papai Noel.

De repente, lembrou-se de ter acordado bem cedo num Natal. Ainda estava escuro. E, embora sua mãe tivesse dito que ele não devia sair da cama, senão o Papai Noel saberia que ele estava sendo desobediente, Christopher não conseguiu se controlar. Ele tinha pedido ao Papai Noel um Gato Mau de pelúcia e só queria saber se ele havia trazido o presente. Christopher foi na ponta dos pés pelo corredor do apartamento deles que ficava ao lado da linha de trem e espiou a sala de estar.

Foi quando viu seu pai.

Comendo os cookies e bebendo o leite.

O pai de Christopher largou o lanche do Papai Noel e foi até o closet. Ele pegou uma grande fronha branca, escondida atrás de lençóis comuns. Depois, retirou de dentro da fronha um monte de presentes embrulhados e os colocou embaixo da árvore. O último foi um presentão bonito, embrulhado num papel com desenhos do Gato Mau. Depois, o pai de Christopher foi até a cozinha e acabou com os cookies. Um por um, em silêncio. Depois disso, Christopher voltou pelo corredor e foi dormir.

Na manhã seguinte, Christopher escolheu abrir em primeiro lugar aquele presentão embrulhado com papel do Gato Mau.

"O que você acha que é, Christopher?", perguntou sua mãe.

"Eu não sei", disse ele, baixinho.

Christopher abriu o embrulho e viu seu querido Gato Mau de pelúcia.

"Não é um presentão do Papai Noel?", indagou seu pai.

Christopher fez que sim, respeitosamente, embora soubesse que seu pai tinha sido a única pessoa a colocar presentes embaixo da árvore. Christopher foi à igreja mais tarde naquele dia, e ouviu as outras crianças animadas com os presentes que o Papai Noel havia trazido naquela manhã. Christopher não teve coragem de contar a verdade para as outras crianças. Ele não contou a ninguém que o Papai Noel era um amigo imaginário. Só fingiu o dia todo, e sorriu quando sua mãe tirou uma foto de seu pai na frente da velha árvore de Natal. A foto que estava no porta-retratos de prata, na sua estante, no andar de cima. Aquele foi o último ano que seu pai passou o Natal com eles. Ele morreu na banheira uma semana depois. E, no Natal seguinte, sua mãe fez os cookies com o Kiss da Hershey no meio. Ela disse "Cadê os meus beijinhos?" quando os colocou embaixo da árvore. E, na manhã seguinte, os cookies e o leite tinham desaparecido, substituídos por presentes. Christopher não tinha mais pai. Mas ainda tinha o Papai Noel.

Christopher deixou o leite e os biscoitos na mesa lateral e foi dar uma olhada na velha mala. Abriu-a e observou as roupas velhas, que ainda cheiravam um pouco a fumaça de tabaco. Seu pai tinha um suéter favorito que era quente, mas não pinicava. Ele também tinha uma velha calça de algodão macia como um pijama. Christopher pegou a roupa, um velho saco de dormir, um travesseiro e os colocou sobre o sofá. Então, sem fazer nenhum barulho, ele se esforçou para pensar com a maior intensidade possível para que o moço bonzinho pudesse ouvi-lo.

Eu não sei se é seguro pro senhor se esconder aqui. E sei que não posso falar com o senhor em voz alta, porque ela pode estar ouvindo. Mas espero que o senhor possa me ouvir pensando. Arrumei um pouco de comida, porque sei que o senhor deve estar com fome, depois de comer aquela comida de cachorro o tempo todo. Vou fingir que esqueci a comida aqui, caso ela esteja vigiando. E vou deixar um saco de dormir pro senhor poder descansar no sofá.

Christopher arrumou as roupas velhas do pai.

Essas roupas são do meu pai. Eu não sei se vão caber no senhor, mas sei que as suas roupas estão cobertas de sangue e sujeira. Então espero que elas caibam e que o senhor fique mais confortável. Ah, e uma última coisa...

Christopher enfiou a mão no bolso e retirou todas as aspirinas que estavam em seu poder.

Eu agora sempre tenho dor de cabeça, então eu tomo isso aqui o tempo todo. Isso também controla um pouco a minha febre. Mas eu vi o quanto ela te machucou, por isso eu quero que o senhor fique com esses comprimidos, pra acabar com a sua dor. Amanhã eu consigo mais. Eu sei que o senhor precisa ficar bom pra que o senhor e o David possam pegar a chave e fugir.

Christopher tirou do bolso a velha sacola de plástico. E a colocou logo acima do suéter, onde deveria estar a cabeça, e depois a cobriu com um travesseiro. Só por precaução. Christopher foi até a escada do porão, mas, antes de subir, voltou-se para a pequena cama que tinha preparado para o moço bonzinho se recuperar. Ele olhou para os biscoitos e o leite deixados para seu verdadeiro Papai Noel. Seu verdadeiro amigo imaginário.

CAPÍTULO 51

Algo havia mudado. O delegado tinha essa sensação. Ele estava no bosque da Mission Street desde o início da tarde. Tinha vasculhado a cena do crime pela centésima vez, quando, do nada, parecia que o bosque tinha acordado em torno dele. Roedores escondidos em tocas de repente emitiram ruídos de escavação. Pássaros alçaram voo dos galhos como se alguém tivesse disparado uma arma que só eles puderam ouvir. De repente, a temperatura despencou, abaixo de zero. Parecia que alguém tinha deixado uma janela aberta e um vento encanado corria pelo mundo.

Se David Olson foi enterrado vivo, então quem o enterrou?
Porque as árvores é que não foram.

O delegado deixou de lado a sensação estranha e voltou ao trabalho. Ele subiu e desceu a trilha em busca de pistas. É claro, o caso tinha cinquenta anos, então ele sabia que não encontraria uma cena fresquinha. Nenhum sinal de rapto. Nenhum buraco no chão. Nenhum alçapão. Mas talvez encontrasse alguma outra coisa. Uma ideia. Uma luz. Alguma explicação plausível que permitisse ao delegado tirar David Olson da cabeça e deixá-lo descansar, do jeito que Ambrose deixara David descansar naquela manhã.

Mas nada veio à sua mente.

Exceto aquela sensação estranha.

O delegado passou pelo local onde os restos mortais de David tinham sido encontrados. Ele olhou para a terra revirada e se lembrou de quando estava de pé, ao lado de Ambrose e Kate Reese, no enterro de David. Havia sido na manhã daquele mesmo dia, embora dois anos parecessem ter se passado. O padre Tom tinha feito um belo elogio fúnebre. Ambrose insistira em carregar o caixão do irmãozinho. O delegado tinha que dar crédito ao velho. Ele não conhecia muitos homens com joelhos artríticos capazes de carregar um caixão.

No cemitério, levaram o caixão até o túmulo. Enquanto o padre Tom falava, o delegado correu os olhos pelo lugar. Ele quase não ouviu as palavras "amor", "perdão" e "paz". Só pensava nos milhares de lápides e nas gerações de famílias deitadas lado a lado. Maridos. Esposas. Mães. Pais. Filhas. Filhos. O delegado pensou em todas aquelas famílias. Em todas aquelas ceias de Natal, presentes e recordações. E então teve o pensamento mais estranho.

Deus é um assassino.

O delegado não fazia ideia de onde o pensamento tinha vindo. Não soava como ameaça. Nem maldade. Nem sacrilégio. Era só um pensamento que tinha chegado de mansinho, como as nuvens que se aglomeraram acima do cemitério. Uma nuvem tinha forma de mão. Outra, de martelo. E uma lembrava um homem barbudo.

Deus é um assassino.

O delegado já havia prendido muitos assassinos. Alguns juravam que eram inocentes, ou o xingavam, ou gritavam que tudo não passava de um mal-entendido. Alguns ficavam imóveis, como se fossem estátuas, calmos, e às vezes cobertos com o sangue da vítima. Esses eram os mais assustadores. A não ser, é claro, o pior dos casos. A mulher que matou a própria filha. A menininha de unhas pintadas. Não com uma faca ou uma arma. Mas com abandono.

Se Deus fosse preso por assassinato, o que as pessoas fariam com Ele?

O delegado observou as sepulturas e pensou na menininha de unhas pintadas. O enterro dela havia sido o último a que tinha ido antes do de David Olson. O delegado era a única pessoa no enterro dela além do padre. Ele não pôde suportar ver a menininha em um caixão barato fornecido pelo município. Por isso sacou dinheiro da poupança e comprou para ela o melhor caixão que seu salário de policial honesto podia pagar. Quando o enterro chegou ao fim, ele foi embora de carro e ficou inerte. Queria pegar o telefone e ligar para a mãe, mas ela havia falecido anos antes. Queria levar o pai para beber alguma coisa, mas seu pai também tinha ido embora, assim como sua tia, que tinha morrido logo depois de ele ter se formado no ensino médio. O delegado era filho único. Era o único sobrevivente de sua família.

Deus tinha levado todos os outros.

Se Deus fosse preso por assassinato, as pessoas pediriam a pena de morte?

Depois do enterro, o delegado se despediu de Ambrose e Kate, pegou o carro e seguiu para o bosque da Mission Street. A solução do caso de David estava ali. Ele tinha certeza. Ele estacionou o carro e seguiu a pé, passando pelas escavadeiras da Construtora Collins. O juiz (também conhecido como parceiro de golfe do sr. Collins nos últimos trinta anos) havia concedido uma permissão "temporária" à Construtora Collins para retomar os trabalhos no local, desde que não invadissem a cena do crime. A permissão "temporária" durou tempo suficiente para colocar a equipe da construtora em dia com o cronograma. Sorte deles. O segurança informou ao delegado que, desde o fim da nevasca, uma extensa área tinha sido desmatada. Quando o Natal chegasse, a maioria das árvores já teria desaparecido.

Se David Olson foi enterrado vivo, então quem o enterrou?
Porque as árvores é que não foram.

O segurança explicou que as escavações tinham removido muita terra. E os operários encontraram coisas estranhas enterradas na região. Haviam achado uma serra antiga, do tipo que os amish ainda usavam. Tinham encontrado martelos velhos e pregos enferrujados. Um monte de pás quebradas, uma delas com o cabo carbonizado. Ferramentas que remontam ao século XVII, quando a Inglaterra cedeu todo o estado da Pensilvânia a William Penn para liquidar uma dívida.

Pelo menos cem anos antes que se pensasse em extrair carvão dali.

O delegado examinou a coleção de ferramentas antigas. Serras, martelos e pás. E de repente foi acometido por um pensamento. Uma sensação. Uma coceira surgindo em sua mente. Agradável como uma coceirinha nas costas.

Para que serviriam aquelas ferramentas?

O delegado refletiu sobre várias perguntas. Tinha que ter uma resposta ali.

Seriam utilizadas para construir algo?

O delegado caminhou pela trilha estreita.

Ou para enterrar?

O delegado chegou à clareira.

Ou para matar?

A clareira estava silenciosa. Quase como se o vento estivesse prendendo a respiração. O delegado olhou para cima. E lá estava ela. A casa na árvore. Apoiada no velho tronco.

Se David Olson foi enterrado vivo, então quem o enterrou?

Porque as árvores é que não foram.

O delegado se aproximou da árvore. Olhou para cima. A luz do sol atravessava as nuvens, fazendo o gelo que cobria os galhos cintilar com uma luz dourada. Do nada, um pensamento veio à sua mente. Tão claro quanto o sol.

Se Deus fosse preso por assassinato, as pessoas pediriam a pena de morte.

O delegado olhou fixamente para a casa na árvore. O vento voltou, roçando o cabelo dele feito um sussurro.

Mas as pessoas jamais conseguiriam matar Deus, então mataram Seu Filho, Jesus.

Alguns cervos começaram a caminhar em direção ao delegado.

Jesus morreu pelos nossos pecados?

Ou pelos pecados do Pai?

O delegado se agarrou a esse pensamento, como um fumante que se agarra ao último palito de fósforo.

As pessoas não mataram Jesus como um mártir.

Elas o mataram como cúmplice.

Ele sentia a resposta na ponta da língua.

Jesus nos perdoou por o termos matado.

Seu Pai, não.

O delegado parou. Ele sabia que em um segundo veria como tudo estava interligado. David Olson. As ferramentas antigas. O bosque da Mission Street. A clareira. As nuvens. Tudo junto, como as raízes das árvores entrelaçadas à ossada de David Olson. Mais um segundo e ele saberia como David Olson havia morrido.

E foi aí que ouviu um bebê chorando.

O som vinha de dentro da casa na árvore.

CAPÍTULO 52

— Olá? — gritou o delegado. — Aqui é o delegado do Departamento de Polícia de Mill Grove.

O delegado esperou para ver se haveria alguma reação dentro da casa na árvore. Não houve resposta. Apenas o som do bebê chorando.

O delegado sacou a arma e andou em direção à casa na árvore. Pediu reforços pelo rádio, mas só ouviu estática. Talvez estivesse muito longe, isolado no meio do bosque. Talvez fossem as nuvens espessas.

Ou talvez fosse alguma outra coisa.

O delegado chegou à árvore. Olhou para baixo e viu pegadas de criança. Eram pegadas recentes. Parecia que alguém estivera ali havia pouco tempo. O delegado encostou a mão na árvore. A sensação não era de casca. Era como se fosse... como se fosse a pele macia de um bebê.

O bebê estava dentro da casa na árvore. Chorando.

— Quem está aí em cima?! — indagou ele.

Não houve resposta. Apenas vento. Um som sibilante. O choro atingiu um volume desesperador. Alguém teria abandonado um bebê ali? Ele já tinha visto coisa pior. O delegado olhou para a escada de acesso à casa. Pequenas tábuas pregadas na árvore. O delegado guardou a arma no coldre e colocou as mãos e os pés na escada. Subiu alguns degraus. O bebê continuava gritando.

Ambrose estava em casa com a namorada.

Eles ouviram um bebê chorando.

Alguém tinha deixado um carrinho de bebê na varanda da frente da casa.

Não havia bebê nenhum.

O delegado parou. Seu treinamento o mandava continuar subindo a escada para ajudar aquele bebê. Mas seus instintos lhe diziam para parar. Ele se sentiu como um cachorro reagindo a um apito inaudível. Era isso aquele choro de bebê. Um apito de cães. Uma campainha para o jantar. Uma emboscada.

Ele sabia que algo estava errado.

Havia algo maléfico ali.

Se seus subordinados fizessem o que estava prestes a fazer, ele próprio os suspenderia. Mas o delegado não era bobo. Começou a descer a escada. Para longe da árvore. Para longe daquele bosque. Para longe do tal apito de cães. E foi então que ouviu a voz.

— Papai.

No instante em que ouviu o som, seu sangue congelou.

Era a menininha de unhas pintadas.

— Papai.

A voz era exatamente a mesma daquele dia no hospital. Na véspera da morte. Ela tocou a mão dele com seus dedinhos, sorriu com aqueles dentes quebrados e chamou por ele, usando aquela palavra.

— Papai.

O delegado subiu. Chegou ao topo da escada. Olhou pela janelinha. A casa na árvore estava vazia. Apenas pequenas pegadas no piso de madeira.

— Papai, me ajuda.

O delegado ouviu a voz dela logo atrás da porta da casa na árvore. Com uma das mãos sacou a arma e com a outra segurou a maçaneta.

— Papai, por favor, me ajuda.

O delegado abriu a porta.

Ele a viu encolhida no canto.

A menininha de unhas pintadas.

Seus dentes não estavam quebrados. Seu corpinho não estava maltratado. Ela era um anjo. Com uma chave pendurada no pescoço.

— Oi, papai. Você não terminou a história. Quer ler pra mim? — perguntou ela, sorrindo.

O delegado sorriu, os olhos cheios de lágrimas.

— Claro que sim, querida.

— Então entra.

Ela andou em direção a ele. Com sua mãozinha, delicadamente, o ajudou a entrar na casa.

A porta se fechou atrás dele.

O delegado olhou ao redor. A casa na árvore já não estava vazia. Lembrava aquele antigo quarto de hospital. A menininha de unhas pintadas subiu na cama. Ela se enfiou embaixo do lençol e puxou o cobertor até o queixo.

— O livro tá em cima da mesa de cabeceira — avisou ela.

Quando viu o livro, o delegado sentiu algo estranho. Ele lembrou que a mãe da menina nunca lia para ela. Nunca nem havido permitido que ela frequentasse a escola. Portanto, o livro de contos de fadas que ele leu para ela no hospital foi o único livro da vida dela. Foi o livro que ele leu para ela na noite em que ela morreu. Ela fechou os olhos antes que ele pudesse terminar a última história. Nunca chegou a ouvir o final.

— Eu quero saber como termina — disse ela. — Começa a ler daqui.

Ela apontou para uma página. O delegado pigarreou e leu.

— "Vovó, que olhos grandes a senhora tem!" "São pra te ver melhor, minha querida."

A menininha de unhas pintadas fechou os olhos. Quando terminou a história, o delegado percebeu que ela estava dormindo. Ela ainda não tinha conseguido ouvir o final. O delegado tocou o cabelo na cabeça da menina e sorriu. Apagou a luz. Então a observou dormindo até pegar no sono, sentado na cadeira ao lado dela.

Quando acordou, o delegado não tinha lembrança da casa na árvore parecendo um quarto de hospital. Nenhuma lembrança de ter lido o conto. Não sabia por que tinha adormecido na casa na árvore. Sua única vaga recordação era a menininha de unhas pintadas chamando-o de "papai".

Quando saiu da casa na árvore, o delegado olhou para cima. As nuvens tinham desaparecido. O dia se tornara noite. E a lua era um sorriso meio de lado. O delegado achava que tinha cochilado na casa na árvore por uma hora no máximo.

Mas, quando olhou para o relógio, eram 2:17 da madrugada.

O delegado desceu a escada de tábuas de madeira, e suas botas atingiram o solo coberto de neve com um estalo, como ossos se quebrando. Ele observou a clareira e percebeu que os cervos tinham desaparecido havia muito tempo. Restavam apenas ele e o luar. Sozinho com seus pensamentos.

Por que eu não salvei ela?

O delegado caminhou de volta pelo bosque da Mission Street. Ele olhou para a trilha e viu os anos de abandono. Latas de cerveja velhas e enferrujadas.

Camisinhas. Bongs improvisados a partir de garrafinhas de mel. Recheados com a resina da *marijuana* que os jovens costumavam cultivar no porão da casa dos pais. Além de coisas muito piores. Coisas que deixam as pessoas malucas. Pessoas como ela. A mãe da menininha de unhas pintadas. Coisas que a levaram a fazer coisas terríveis com a própria filha.

Eu devia ter salvado ela.

O delegado enfiou as mãos geladas nos bolsos e atravessou o bosque. O frio queimava suas orelhas. Entrava em seu cérebro. Se o vizinho tivesse sentido o cheiro no apartamento um dia antes, ele poderia tê-la salvado. Por que Deus não permitiu que ele tomasse conhecimento do caso um dia antes? Ele podia pensar em cem pessoas que mereciam morrer no lugar da menininha de unhas pintadas. Mil. Um milhão. Sete bilhões. Por que Deus a matou no lugar de outras pessoas? E então a resposta lhe ocorreu. Fria e silenciosa. Deus não a matou no lugar de outras pessoas. No fim, Ele mata todo mundo.

Porque Deus é um assassino, papai.

CAPÍTULO 53

Brady Collins acordou em sua cama. Sua mãe finalmente havia permitido que ele saísse da casinha do cachorro depois de ter acordado com febre alta e não ter podido ir à escola. Ela perguntou se ele estava pronto para agir feito gente, e ele disse que sim. Todos se reuniram à mesa do café da manhã. Seu pai reclamou daquele "delegado de merda", que estava atrasando o projeto do bosque da Mission Street, e do prazo de quitação dos empréstimos, que estava se aproximando. Se o projeto não desse certo, a família estaria falida. "Então por que você gasta tanto dinheiro, Kathleen?!" Enquanto o pai esbravejava fazendo tempestade em copo d'água, Brady terminou o café da manhã e passou o resto do dia na cama. Ele dormiu o tempo todo, exceto quando levantou para fazer um longo xixi, que tinha um cheiro doce, como aspirina infantil. Então voltou para a cama e dormiu, perdendo a hora do almoço e do jantar. Quando acordou, estava encharcado de suor. A febre tinha passado, mas a coceira no braço estava pior que nunca. Brady olhou para o despertador para ver que horas eram. A data parecia certa: 18 de dezembro. Mas a hora estava toda errada.

Uma hora não pode ter mais de sessenta minutos.

Talvez ele ainda estivesse dormindo. Talvez ainda estivesse tendo aquele pesadelo. Aquele em que sua mãe o fazia sair da rua e o matava, enquanto Ed Especial ria. Brady caminhou pelo corredor até o quarto dos pais. Os dois estavam dormindo. Eram muito mais doces quando estavam dormindo. A mesa de cabeceira do pai estava cheia de papéis de trabalho. A mesa de cabeceira da mãe estava cheia de convites e cartões de agradecimento. Além do abridor de cartas. Era de prata de lei. Custava um dinheirão. Ela demitiu a antiga empregada por tê-lo furtado. No fim das contas, sua mãe só o tinha perdido. Mas, mesmo encontrando-o uma semana depois, não chamou a antiga empregada de volta, porque a nova tinha vindo do Oriente Médio e trabalhava mais por menos dinheiro. Pessoas desesperadas fazem esse tipo de coisa, disse ela a uma amiga ao telefone. Brady pegou o abridor de cartas. Contemplou o reflexo da lua na prata. Parecia uma fileira de dentes sorridentes. Brady prendeu o abridor no cinto do roupão. Então se ajoelhou e segurou a mão da mãe. A coceira no braço começou a esquentar. Ficou amena e suave, como o sorriso de sua mãe quando era boazinha com ele. Ele colocou a mão da mãe na sua cabeça e fingiu que ela fazia carinho e dizia que ele era bonzinho. Bom menino, Brady. A sensação era muito melhor do que quando ela o matava nos pesadelos, sempre repetindo a mesma coisa, enquanto Ed Especial ria.

— Você é um cachorrinho da pior espécie, Brady. Alguém devia te botar pra dormir.

2:17

Ed Especial pegou a arma que estava debaixo do travesseiro. O pesadelo tinha sido assustador demais. Ele e os amigos estavam na rua jogando beisebol com luvas novinhas. Mas os carros passavam cada vez mais rápido, sempre perseguidos por cervos. Sua mãe estendia o braço para tirá-los da rua, mas, no instante em que Ed Especial segurava a mão da mãe, Brady Collins e Jenny Hertzog surgiam do nada e a esfaqueavam. O sangue dela escorria para a rua, e Brady, com sua linguinha de serpente para fora, lambia tudo.

Foi então que Ed Especial acordou. Encharcado de suor. A febre tinha passado. Durante o dia, não importava quantas vezes virasse o travesseiro, de um lado para o outro, nada aliviava o calor na testa. Mas agora tudo o que sentia era a coceira no braço. Ele olhou para o tambor vazio e coçou o braço com o cano da arma. Não adiantava coçar, a comichão no braço não passava. E ele continuava pensando. A mesma coisa.

Você precisa de mais de uma bala, Eddie. Escuta a vovó.

Ed Especial saiu da cama e desceu para o andar de baixo com passos leves. Foi até o escritório, sentou numa bela poltrona de couro e encostou o ouvido no metal frio do cofre onde seu pai guardava a munição. Começou a girar o disco em combinações de três números. 1-1-1. 1-1-2. 1-1-3. A noite toda.

Porque a guerra estava próxima e os mocinhos precisavam vencê-la. Quando amanheceu, Ed Especial parou de tentar em 2-1-6 e foi até a mãe, que dormia na suíte principal. Sozinha. Ficou bastante feliz por ela estar viva. Segurou a mão dela. A coceira desceu por seus dedos, passando para os dela. A mãe de Ed Especial abriu os olhos lentamente. Olhou para ele, sonolenta, e sorriu.

— Algum problema com o meu Eddie? — perguntou ela.
— Não, mãe. Eu tô me sentindo bem melhor.
— Que bom. Eu te amo. Eu deixei uma fatia de bolo pra você na geladeira — disse ela. E acariciou a cabeça dele, fechou os olhos e voltou a dormir. Ed Especial esperou até ela entrar em sono profundo. Então deu um beijo na testa dela e sussurrou em seu ouvido.

— Mãe, qual é a combinação do cofre onde o papai guarda a munição?

2:17

Jenny Hertzog estava de pé, olhando para o meio-irmão adormecido. A febre que a tinha feito ficar em casa, sem poder ir à escola, havia passado. E não havia nada no lugar da febre, exceto a coceira, que descia até a faca em sua mão. Ela encarou o meio-irmão. Irritado desde que alguém tinha tocado a campainha, acordando sua mãe e acabando com a diversão da tarde dele. O luar deixava seu rosto oleoso e pálido. As espinhas se destacavam feito estrelas no céu. Ela pensou que sangue combinaria com a cara dele. Poderia fazê-lo sangrar e esfregar o sangue nas bochechas dele, feito blush, como as putas nos filmes aos quais ele adorava assistir no computador. Ou como um palhaço. Ela pegou a faca e, delicadamente, pressionou-a na palma da mão dele. Ele se virou um pouco na cama, mas não acordou. Jenny fechou os olhos e empurrou a coceira pelo braço e através da faca até a pele dele. Enquanto a coceira se embrenhava pelas mãos imundas de seu meio-irmão, ela pensou em seu lindo sonho. Sua mãe ainda estava viva. E o pai de Jenny não tinha se casado com aquela mulher horrenda, mãe daquele filho ainda mais horrendo. No sonho, Jenny via a mãe correndo pelo quintal, procurando Christopher. A mãe de Jenny corria acompanhada de um menininho de estimação, mas Christopher era rápido demais e sumia na rua. A mãe de Jenny o perseguia, mas não conseguia alcançá-lo. Então voltava para o quintal de Jenny. Escalava as paredes cobertas de trepadeiras até o quarto da filha. Ela tinha um cheiro tão

bom. Como Chanel Nº 5. Abraçava Jenny e ouvia a filha contar histórias sobre a escola e as aulas de dança. Então sua mãe explicava que Jenny não deveria esfaquear o meio-irmão Scott. Porque havia uma guerra a caminho. E o lado deles precisava de todos os soldados que pudesse reunir. Jenny perguntava se poderia matar Scott depois que a guerra acabasse. A mãe explicava que não seria necessário. Bastava olhar para a lua, enquanto a lua estivesse olhando de volta para a Terra, e fazer uma breve oração.
— Lave-o, Deus. Lave-o num dilúvio. Dilúvio.

2:17

Em sua cozinha quentinha, a sra. Henderson olhou para o relógio. O sr. Henderson tinha finalmente voltado para casa. Sem nenhuma explicação. Nem um pedido de desculpa. Mas, pelo menos, ele estava em casa. Ela preparou o prato favorito dele, como já havia feito mais de mil vezes nos últimos cinquenta anos. Ele não percebeu. Ele não se importava. A sra. Henderson perguntou ao marido se ele se lembrava daquela data. Ela esperava que ele se lembrasse do dia em que tinha levantado o véu de seu rosto belo e jovem. Do cabelo ruivo caindo em seus ombros na noite de núpcias. Esperava que ele se lembrasse de que era aniversário de casamento dos dois. Mas ele nunca se lembrava.
Porque ele não te ama mais.
A sra. Henderson tentou beijar o sr. Henderson como se fosse a noite de núpcias, mas ele a afastou. A sra. Henderson começou a chorar quando ele disse que não queria mais beijá-la. Ela havia beijado o marido pela última vez e nem sabia disso, não pôde nem aproveitar o momento. Ela lhe dera cinquenta anos de sua vida. A sra. Henderson foi até o balcão da cozinha. Contemplou o próprio reflexo no vidro da janela. Agora estava pior que feia. Estava invisível. O marido havia roubado toda a sua juventude, e agora odiava a pele de cobra que havia sobrado. Aquele seria seu último ano na escola. No fim do ano letivo, não sobraria nada. Nem escola. Nem emprego. Nem marido. Nem filhos. Ela não teria nada além daquelas paredes. A sra. Henderson começou a coçar a cabeça. Meu Deus, aquela coceira não parava. Por que não parava de coçar?
A sra. Henderson foi para trás do marido. E esperou para ver se ele iria se virar para ela. Se iria dizer alguma coisa. Mas ele continuou comendo como se nada tivesse acontecido. E fazia aquele nham-nham baixinho de sempre

enquanto mastigava. Meu Deus, aquela mastigação. Aquela mastigação horrível. Aqueles gemidinhos de quando comia o prato favorito. Será que ele não se lembrava de que ela teve que perguntar à mãe dele como preparar aquilo? Será que ele não se lembrava de que uma bela jovem com um maravilhoso cabelo ruivo havia trabalhado feito a porra de uma escrava para aprender a preparar aquela comida que ele mastigava e mastigava feito a porra de um cachorro? Será que ele achava que seus amigos de farra iam aprender a preparar aquilo?

É melhor você se virar. É melhor você me perguntar como eu estou me sentindo.

O sr. Henderson não se virou. Os pensamentos da sra. Henderson estavam tão altos que ela não entendeu como era possível ele não ter escutado.

Se você pegar esse jornal, eu vou fazer você se lembrar de que tirou o véu do meu rosto.

O sr. Henderson pegou o jornal.

Certo, você acabou de pegar o jornal. Vamos ver como os Steelers estão se saindo, enquanto a sua esposa chora atrás de você. Bom, quer saber de uma coisa? A sua mulher acabou de parar de chorar. Você notou que eu parei de chorar? Você faz alguma ideia do que está acontecendo bem aqui atrás? Você acha que a sua mulherzinha está aqui implorando pelas migalhas que você chama de amor? Bom, é só você se virar pra ver do que a sua mulherzinha e feita. Se vira e você vai saber que eu não sou invisível. Eu sou A PORRA DE UMA MULHER BONITA E EU MEREÇO A PORRA DO SEU RESPEITO.

— Querido? — sussurrou a sra. Henderson, com ternura.

— O que foi agora? — grunhiu o marido.

Ele se virou, e ela enfiou a faca no pescoço dele.

CAPÍTULO 54

Mary Katherine acordou suando frio. A febre tinha passado, mas ela não se sentia bem. Na verdade, parecia ter piorado. Estava inchada. Suas articulações doíam. Seus seios estavam sensíveis. A coceira no braço a estava deixando louca. E ela se sentia meio enjoada. Provavelmente, devia ter a ver com o fato de ela ter ficado na cama o dia todo, dormindo, em jejum.

Ou talvez tivesse sido por causa daquele sonho.

No sonho, ainda era três dias antes. E nenhuma das coisas horríveis que aconteceram com ela tinham acontecido. Estava tomando conta de Christopher. Ela o havia encontrado na casa na árvore. Ela voltou para casa. Mas, naquele sonho, quando os pensamentos pecaminosos surgiram, ela não começou a fantasiar com o delegado. Não enfiou a coisa horrível de Doug na boca. Não acordou na casa na árvore sem se lembrar de como tinha chegado lá. Não voltou para casa às oito da manhã e não encontrou os pais furiosos na sala de estar. E não teve que passar dois dias fazendo as provas finais com uma febre de 38,8° por ter passado a noite toda numa casa gelada em cima de uma árvore. Naquele sonho, nada disso acontecia.

Porque a Virgem Maria a impedia.

No sonho, Mary Katherine estava no quarto. Quando surgiram os pensamentos pecaminosos, ela ouviu uma batida na janela. Ela se virou para lá e viu uma mulher pairando do lado de fora.

— Por favor, Mary Katherine, deixe-me entrar — sussurrou a mulher.

— Como a senhora sabe o meu nome?

— Porque seus pais lhe deram em minha homenagem — respondeu a mulher.

— Eu achava que fosse uma homenagem à Virgem Maria.

A mulher não disse nada. Ela simplesmente sorriu e esperou até que Mary Katherine somasse dois mais dois. Mary Katherine contemplou seu rosto. A mulher não parecia um anjo. Não se assemelhava àquelas pinturas e estátuas que Mary Katherine tinha visto nas igrejas ao longo da vida. Ela não usava maquiagem. O cabelo não estava perfeito. Era uma mulher simples. Pobre e digna. Com a roupa suja, por ter dado à luz numa manjedoura. Ela era real.

— Por favor, Mary Katherine, abra a janela — sussurrou a mulher.

Mary Katherine foi até a janela e, lentamente, abriu o ferrolho. Quando a janela se abriu, o ar gelado de dezembro atingiu sua camisola branca de algodão. O frio a fez sentir um arrepio por todo o corpo.

— Obrigada. Está muito frio lá fora. E ninguém queria me ajudar — sussurrou a mulher.

A mulher se sentou na cadeira de vime branca de Mary Katherine e começou e tremer. Mary Katherine pegou o cobertor extra que estava ao pé da cama e o entregou a ela. A mulher pegou as mãos de Mary Katherine. Estavam geladas, mas uma comichão morna corria através dos seus dedos.

— O que a senhora tá fazendo aqui? — perguntou Mary Katherine.

— Eu estou aqui para salvá-la, Mary Katherine — disse a mulher.

— Do quê?

— Do Inferno, é claro.

— Sim, por favor. Como eu posso evitar ir pro Inferno? — quis saber Mary Katherine.

A mulher sorriu e abriu a boca. Mas, quando falou, não havia palavras. Tudo o que Mary Katherine ouvia era o som de um bebê chorando.

Foi então que acordou.

Mary Katherine se sentou na cama. Por um instante, o sonho ocupou sua mente. Mas logo as lembranças de tudo que ela havia feito voltaram. Seus terríveis pensamentos sexuais. A coisa do Doug dentro de sua boca. Acordando na casa na árvore e correndo de volta para a casa dos pais, que estavam mais decepcionados que nunca na vida. O rosto de Mary Katherine ficou quente de vergonha. O buraco em seu estômago parecia permanente.

Ela sentiu ânsia de vômito.

Mary Katherine correu para o banheiro. Levantou a tampa da privada e se ajoelhou diante do vaso, como se fosse um altar. Ela começou a vomitar, mas não saiu nada. Não havia comida no estômago. Havia apenas aquele buraco. Depois de um tempo, a náusea passou.

Mas o gosto permaneceu.

Mary Katherine tirou o enxaguante bucal do armário de remédios. Ela encheu a tampa até a borda com o líquido azul e despejou tudo na boca, como seu avô irlandês costumava fazer com *whiskey sours* no Natal. O Listerine ficou em sua boca como um oceano azul e frio.

Então o líquido começou a esquentar.

O calor tomou conta de sua língua do mesmo jeito que a coceira tomava conta de seu braço. Lágrimas começaram a brotar em seus olhos, enquanto segundos se transformavam em minutos, mas ela não parava. Não conseguia parar. O enxaguante queimava como o Inferno, mas ela não se atrevia a cuspir. Manteve-o na boca, implorando a Deus que acabasse com aquilo. Que queimasse e arrancasse o gosto de sua língua, assim como o tempo faz com as lembranças.

Me faz esquecer.
Me faz ser criança de novo.
Me faz esquecer a coisa do Doug.
Me faz esquecer que eu gostei.

Por fim, sua carne venceu e ela cuspiu o líquido junto com um suspiro de dor. Ela saiu do banheiro e seguiu pelo corredor até o quarto principal. Olhou para os pais dormindo na cama king-size. Tudo que ela queria fazer era se enfiar entre os dois, como fazia quando era pequena. Ela se ajoelhou na frente do pai e pegou sua mão. Fechou os olhos e pediu perdão. A coceira passou por seus dedos até a mão do pai. Ele se mexeu por um segundo, depois se virou e começou a roncar.

Ela passou o restante da noite escrevendo sua redação para o processo seletivo da Universidade de Notre Dame sobre a mãe de Jesus, a Virgem Maria. Mary Katherine achava que, se conseguisse entrar na Notre Dame, os pais a perdoariam.

De manhã, sua mãe desceu e preparou o café. Mary Katherine tentou conversar, mas a mãe estava tão decepcionada que não tinha vontade de falar. A única coisa que a mãe disse foi que Mary Katherine tinha permissão para ir à escola e continuar com o trabalho voluntário em Shady Pines. Depois, tinha que voltar direto para casa.

— Nada de amigos. Nada de Doug. Nada de nada.

— Sim, senhora. Me desculpa — disse Mary Katherine. — Cadê o papai?

— Está na cama. Ele não está se sentindo bem.

Mary Katherine pegou o ônibus escolar. Olhou para o céu e viu belas nuvens pairando no ar. Por um instante, ela se lembrou de um poeminha que a sra. Radcliffe ensinava no CIC.

Nuvens nos dão chuva.
Deus com o dilúvio fez jus.
Maria deu seu filho.
Seu sangue, nos deu Jesus.

Quando Mary Katherine chegou à escola, Doug estava do lado de fora à sua espera. Ele era a última pessoa com quem ela queria conversar naquele momento. Só de vê-lo sentiu ânsia de vômito. Por isso ela entrou pela porta lateral para evitá-lo e esperou embaixo da escada por dez minutos, enquanto o mundo passava acima dela.

Quando o sinal tocou, Mary Katherine correu pelo corredor. Chegou atrasada para a primeira aula. Estivera tão envolvida com seus problemas nos últimos três dias que tinha esquecido completamente que aquele era o dia da prova final de história. Era sua última prova final antes do recesso de Natal. Ela precisava daquela nota para manter a média alta. Precisava daquela nota para entrar na Notre Dame. Precisava da Notre Dame para ser perdoada pelos pais.

Mary Katherine tentou se concentrar na prova, mas não conseguia desviar a atenção das dores em seu corpo. A coceira ardia no braço. E simplesmente não entendia por que seus seios doíam tanto. Era isso que acontecia com as meninas depois que faziam sexo oral? Ela não sabia. Mas não ousava procurar na internet, porque seus pais monitoravam seu histórico de buscas. E não podia usar o computador da biblioteca, porque a administração da escola começou a monitorar tudo desde que alguns meninos foram pegos baixando pornografia no ano anterior. Ela gostaria de consultar um conselheiro educacional, mas conselheiros eram para meninas com problemas ou má reputação. Como Debbie Dunham. Mary Katherine nunca teve problemas. Não até agora.

Ela sentiu vontade de vomitar outra vez.

De alguma forma, ela conseguiu terminar a prova e aguentar o dia de aula, mas pulou o almoço e se livrou das mensagens enviadas por Doug como se fossem moscas. Depois da aula, ela voltou para um lar onde reinava um silêncio gelado. A única coisa que seus pais lhe disseram foi que iriam à igreja.

— Você quer ir com a gente ou quer apodrecer no Inferno? — perguntou seu pai.

Dentro do carro, Mary Katherine seguiu em silêncio até a igreja. Obedientemente, sentou-se no banco duro, apesar do desconforto físico. Não sabia por que o padre Tom estaria fazendo uma missa numa noite de quinta, mas não se atreveu a questionar. Mary Katherine tinha ido àquele lugar todos os cinquenta e dois domingos (além da véspera de Natal, do Natal, da Sexta-Feira Santa, da Quarta-Feira de Cinzas e do CIC) de todos os anos de sua vida. E, mesmo assim, ela se deu conta de que nunca tinha realmente prestado atenção nas pessoas que frequentavam a igreja à noite, um horário em que todo mundo estava no aconchego do lar. Ela nem sabia da existência daquelas pessoas. Mas lá estavam elas, algumas vestidas como pessoas em situação de rua. Outras batendo boca. Algumas pareciam meio desequilibradas. Ou doentes. Com isso, Mary Katherine deu uma atenção especial à homilia proferida pelo padre Tom. Quando ele pediu à congregação que rezasse pelos refugiados no Oriente Médio antes que outra guerra começasse, Mary Katherine parou de pensar na Notre Dame, em Doug e em seus pais e rezou pelo livramento daquela pobre gente.

Quando começaram a rezar o credo, ela viu a sra. Radcliffe com a cesta de coleta. Mary Katherine se lembrou de todos aqueles anos de CIC. A sra. Radcliffe disse a seus pais que Mary Katherine era uma ótima aluna. Uma ótima menina. Ela queria voltar a ser aquela menina. A menina de vestido branco recebendo a primeira comunhão. A menina que aprendeu com a sra. Radcliffe que a hóstia da comunhão era o corpo de Cristo e o vinho era Seu sangue. A menina que mandava os meninos pararem de zombar da sra. Radcliffe quando seus seios grandes roçavam no quadro-negro do CIC e ela passava o restante da aula com as marcas de dois faróis brancos de giz na blusa.

Quando a sra. Radcliffe passou com a cesta de coleta, Mary Katherine deu todo o dinheiro que tinha.

— Obrigada por me ensinar sobre Deus, sra. Radcliffe — agradeceu ela.

Mary Katherine sorriu.

A sra. Radcliffe não retribuiu o sorriso.

Apenas coçou o braço.

Teve início a liturgia da comunhão. À frente da congregação, padre Tom conduziu o pai-nosso. Mary Katherine se levantou com seus pais para receber a comunhão. De repente, ela teve uma sensação terrível na boca do estômago.

Mary Katherine chegou à frente da fila. Ficou diante do padre Tom com as mãos abertas.

— O corpo de Cristo — disse ele.

Mary Katherine levou a hóstia à boca. Fez o sinal da cruz e comeu a hóstia, assim como fazia, pelo menos, cinquenta e duas vezes por ano desde que tinha 7 anos. Mas, dessa vez, a hóstia não tinha gosto de isopor sem graça.

Tinha gosto de carne.

Mary Katherine parou de comer a hóstia. Ergueu os olhos e viu os pais olhando para ela. Queria cuspir a hóstia, mas não se atreveu. Então foi até a sra. Radcliffe, que segurava a taça de vinho. Normalmente, Mary Katherine não bebia o vinho, mas precisava se livrar daquele gosto na boca. A sra. Radcliffe lhe entregou a taça. Mary Katherine fez o sinal da cruz e bebeu o vinho. Mas não tinha gosto de vinho.

Tinha gosto de sangue.

Mary Katherine deu um sorriso forçado, fez o sinal da cruz e correu para o banheiro. Foi até a pia e cuspiu a carne e o sangue. Mas, quando olhou para a pia, tudo o que viu foram a hóstia e o vinho.

De repente, Mary Katherine sentiu um embrulho no estômago. Correu para a cabine destinada a pessoas com deficiência. Sempre a mais limpa. Ficou de joelhos e vomitou os ovos que tinha comido na janta. Depois, ficou sentada por um tempo, recobrando o fôlego. Então deu descarga no vaso sanitário e foi até a pia.

Com um papel toalha grosso, secou a fina camada de suor que tinha brotado em sua testa. Em seguida, procurou na bolsa uma caixinha de Tic Tac de menta para tirar aquele gosto horrível da boca. Não encontrou as balas, mas achou um absorvente escondido no fundo da bolsa.

Foi aí que se deu conta de que sua menstruação estava atrasada.

Mary Katherine parou. Pensou no corpo dolorido. Nos seios sensíveis. Na náusea terrível que tinha sentido durante toda aquela manhã. No buraco no estômago. Se não soubesse que era impossível, acharia que estava grávida. De início, a ideia fez com que ficasse apavorada, mas sua mente não demorou a se tranquilizar. Ela não podia estar grávida. Era impossível.

Afinal, era virgem.

E virgens não engravidam.

Todo mundo sabe disso.

CAPÍTULO 55

O vento uivava lá fora. As luzes começaram a se apagar. E estava quase na hora de os idosos irem dormir. Ambrose não parava de ler o diário do irmão desde que o tinha encontrado. Quis parar várias vezes, mas não se permitira. Seus olhos conseguiam administrar aquela quantidade de informação, mas ele não sabia se o coração suportaria. O sentimento ia além de culpa ou arrependimento. Ele tinha experimentado bastante de ambos nos últimos cinquenta anos. A questão era o diário em si. Cada detalhe do diário fazia com que ele se lembrasse de David. Tinha o cheiro dele. Era como se fosse ele. E, claro, tinha aquela caligrafia.

As páginas do diário pareciam as paredes de um manicômio.

A maioria das crianças escreve com garranchos, mas, quando a mente de David ficou afetada, o prêmio de pior letra do mundo seria dele. David passou a escrever na mais estranha combinação de maiúsculas, minúsculas, cursivas e de fôrma que Ambrose já havia visto. Tudo era meio desequilibrado. Assim como David estava meio desequilibrado. Ambrose esperava terminar a leitura do diário em poucas horas. Mas, de alguma forma, um dia se estendeu para dois, e Ambrose não estava nem na metade. Cada página estava tão cheia de esboços, desenhos e hieróglifos que era impossível ler as frases.

Tinham que ser garimpadas.

Mas, se houvesse uma pista ali, ele a encontraria. Ambrose esfregou os olhos cansados e mais uma vez abriu o diário. A capa de couro surrada. E continuou a ler.

1º de abril

Ambrose disse que estava muito ocupado para ir para o bosque hoje, mas tudo bem. Ele está no time de beisebol da escola e tem coisas importantes para fazer. Eu só queria poder mostrar para ele o lado de dentro da minha casa na árvore. Eu demorei tanto para construir aquilo tudo sozinho. Mas vai ver que é isso que faz com que ela seja especial. Quando a gente entra, pode andar pela cidade. Mas não é a cidade de verdade. É uma cópia da cidade. As pessoas acham que estão sozinhas, mas não estão. Pessoas imaginárias estão com elas o tempo todo. Algumas são muito boazinhas. Algumas são muito malvadas. Mas nenhuma delas pode me ver. Então tudo bem. De dia eu fico invisível, tipo o avião da Mulher Maravilha. Assim eu fico a salvo até de noite. É aí que a mulher com pés queimados é capaz de me encontrar. Ela sempre sibila daquele jeito terrível. Eu só queria que o Ambrose fosse lá e visse com os próprios olhos.

13 de abril

Eu estou virando um super-herói. Quando estou no lado imaginário, consigo pular bem alto, se me concentro bastante. Mas aí, quando saio de lá, me sinto doente. Hoje eu acordei com uma dor de cabeça de rachar. Eu pensei que as dores de cabeça tinham acabado. Mas não acabaram, e agora eu estou com febre. Minha mãe está começando a ficar preocupada, mas eu não posso contar para ela o que está acontecendo, porque eu acho que a mulher com os pés queimados está me vigiando. Então eu fingi que estava tudo bem. Mas eu não sei se está tudo bem comigo. Eu estou começando a ficar com medo.

23 de abril

Eu estou com dificuldade para dormir porque me sinto muito doente. E tenho medo dos pesadelos. Por um tempão achei que eles fossem meus, mas agora eu acho que estou tendo os pesadelos da cidade inteira ao mesmo tempo. As coisas que as pessoas sonham são de matar de medo. Todo mundo é tão infeliz. A mulher com os pés queimados sempre me encontra. Eu estou com medo de dormir hoje à noite.

3 de maio

Os cervos estão olhando para mim de novo. Eles trabalham para a mulher com os pés queimados. Eu sei disso. Eu quero contar a verdade para Ambrose para ele me ajudar. Mas eu sei que o que eu falo parece coisa de maluco. E sei que ela está ouvindo. Eu quero fugir, mas não posso deixar Ambrose.

9 de maio

Eu não quero mais dormir. Os pesadelos andam tão ruins que eu os vejo até quando estou acordado. Nem sei dizer quantos eu já tive até agora. São muitos, toda noite, e continuam me acordando. Eles são sempre diferentes, mas o fim é sempre o mesmo. Alguém tenta me matar. Geralmente é a mulher com os pés queimados. Mas, às vezes, ela manda outras pessoas fazerem o serviço. A noite passada foi a pior. Eu estava na rua, porque ela não consegue andar na rua sem se queimar. Então ela fingiu que era minha mãe, só para me chamar até o gramado. E, como eu não quis ir para o gramado, ela mandou Ambrose até a rua com uma faca. Eu não conseguia me levantar. A mulher sibilante fez Ambrose me dar uma facada. Foi tão real que, quando acordei, eu tive que pegar a luva de beisebol que Ambrose me deu de Natal só para me lembrar de que ele ainda gostava de mim. Eu dormi com a luva a noite toda, e hoje de manhã perguntei para Ambrose se ele queria jogar beisebol comigo. Ele disse que sim! E a gente jogou por cinco minutos! Ele disse que estava muito ocupado com as provas finais e não podia continuar jogando, mas no verão a gente vai jogar de novo. Vai ser muito bom.
É importante ter coisa boa pela frente.

Ambrose fechou o diário. Queria continuar, mas a catarata não permitia que ele lesse nem mais uma palavra. Ele baixou as pálpebras para diminuir a ardência e lubrificar os olhos. Na escuridão, ouviu o mundo ao redor. O vento roçava os galhos das árvores. A senhora do outro lado do corredor tossiu. O aquecedor zumbia. Fora isso, Shady Pines estava mergulhado num silêncio misterioso. Aquilo fez Ambrose se lembrar de quando esteve numa trincheira. O silêncio nunca era pacífico. Era sempre o prenúncio de uma tempestade.

Ambrose abriu os olhos e contemplou a velha luva de beisebol de David sobre a mesa de cabeceira. De repente, sentiu muito medo e não quis mais ficar sozinho. Com os joelhos artríticos, levantou-se e saiu do quarto, levando o diário do irmão.

Quando chegou ao salão, Ambrose ocupou seu lugar de sempre perto da lareira. Sentou-se na poltrona e observou o recinto ao redor, contemplando os rostos idosos. O sr. Wilcox e o sr. Russell jogavam xadrez. A sra. Haggerty tricotava uma meia nova para o primeiro Natal da neta. Algumas solteironas assistiam a um reality show medíocre na TV.

Ambrose tirou uma lupa e abriu o diário. Seus olhos ardiam, mas ele precisava forçá-los a ler mais uma página. Através da catarata, ele se concentrou para decifrar a caligrafia sinistra do irmão.

<u>20 de maio</u>

> Eu não sei se estou dormindo ou acordado agora. Minha cabeça está doendo muito. Minha família acha que eu como cereal de manhã, mas, na verdade, é uma tigela de aspirina que eu cubro com leite para ninguém desconfiar de mim. Mesmo assim não adianta. A dor não para. Eu estou tão envergonhado. Ontem eu fiquei tão triste que quis morrer. Aí eu fui até a casa na árvore, andei até a clareira e esperei a noite chegar. Eu sabia que a mulher com os pés queimados podia me ver de noite e poderia me matar de uma vez por todas. Mas pouco antes do pôr do sol um homem saiu de um esconderijo e me salvou. Ele me jogou de volta na minha casa na árvore bem antes que a mulher com os pés queimados me atacasse. Em vez de me atacar, ela acabou com a raça dele.

21 de maio

Eu voltei até a casa na árvore e procurei o homem que me salvou. Eu o encontrei perto do riacho, lavando os cortes nas mãos. Ele parecia ter sido chicoteado mil vezes. Fiquei tão aliviado de ver alguém que falaria comigo. Ele disse que entendia por que eu tinha ficado triste ontem, mas que eu tinha que ser forte. Ele disse que era um soldado e que prometeu ao pai dele que iria nos proteger dela e que jamais desistiria. Então eu também não podia desistir. Eu perguntei o que ele sabia sobre a mulher com os pés queimados. Ele disse que ela manda no mundo imaginário.

22 de maio

O plano dela já está em ação. Ninguém no lado real consegue ver, mas o plano está lá. Eu tentei ajudar todo mundo a ver as coisas do jeito que elas são, de verdade, mas as crianças acham que eu sou maluco. Eu voltei para casa a pé, porque não queria que elas continuassem rindo de mim no ônibus. Fui até o lado imaginário, passando pela minha casa na árvore. Eu vi uma mulher gritando com o filho na varanda. Ela bateu muito nele. Ela não sabia que a mulher sibilante com os pés queimados estava empurrando o braço dela e cochichando em seu ouvido.

1º de junho

Está se espalhando por toda parte. De dentro do mundo imaginário, o soldado e eu tentamos manter as pessoas a salvo, mas não está funcionando. A mulher sibilante é muito mais forte que a gente. Ela fica cada dia mais forte. É como aquilo que eu ouvi na aula de ciências. O professor disse que, se a gente colocar um sapo na água fervente, ele salta para fora. Mas, se a gente colocar um sapo na água fria e, aos poucos, aumentar o calor, quando o sapo se dá conta, já é tarde demais. Aí ele ferve até a morte. Por enquanto, a cidade acha que é uma gripe, mas é muito pior. Eu poderia pedir

ajuda a Ambrose, mas eu sei que, no fundo, até meu irmão acha que eu estou maluco. E eu espero mesmo que ele esteja certo. Eu espero mesmo que eu seja só uma criança maluca que vai para o bosque e fica falando sozinha. Porque, se isso for real, o mundo está dentro de uma panela de água fria agora e o calor está aumentando.
E eu sou o único na Terra que pode impedir isso.

— Enfermeira! — chamou uma voz.
Ambrose fechou o diário e olhou para o salão. Ele viu a sra. Haggerty parar de tricotar a meia de Natal de sua neta e levar uma das mãos à testa para verificar sua temperatura. A enfermeira veio correndo.
— O que foi, sra. Haggerty?
— Eu estou gripada.
— Certo. Vamos pra cama, querida.
Ambrose examinou o salão. O sr. Wilcox e o sr. Russell desabotoaram seus cardigãs e pediram que alguém diminuísse o aquecimento. A sra. Webb coçou o pescoço, coberto por uma fina camada de suor, feito óleo em spray numa frigideira. Ambrose ouviu uma das solteironas tossir, enquanto assistia ao reality show. Reclamações e pedidos de água, Advil e esponjas úmidas se espalharam pelo salão.
As pessoas estavam ficando doentes.
Exceto a mãe da sra. Collins.
Ela olhou diretamente para Ambrose, sentada em sua cadeira de rodas. Ambrose sentiu a sala esfriar ao redor dele. Uma brisa fazia cócegas nos pelos de sua nuca. Como um sussurro.
— Tem uma mulher de pé do seu lado, sussurrando no seu ouvido — avisou ela. — O senhor está ouvindo?
— O que ela está dizendo, sra. Keizer?
A sra. Keizer sorriu como o gato da Alice e conduziu pelo corredor sua cadeira de rodas, que guinchava, guinchava e guinchava.
— A morte está chegando. A morte está aqui. A gente vai morrer no Natal.

CAPÍTULO 56

A expectativa era de que o Espetáculo de Natal fosse ser grandioso.

Era o que todo mundo dizia à mãe de Christopher. O Espetáculo de Natal era uma antiga e honorável tradição entre o lar de idosos Shady Pines e a Escola de Ensino Fundamental de Mill Grove desde muito tempo antes de eles terem que mudar o nome do evento para "Espetáculo de Inverno" por motivos jurídicos. Na última sexta-feira antes do Natal, a Escola de Ensino Fundamental de Mill Grove enviava crianças para cantar canções de "inverno" (isto é, de Natal) e fazer cookies para os idosos. Os idosos, por sua vez, davam às crianças várias prendas para uma Corrida de Balões. A regra era premiar o balão que fosse parar mais longe do local do espetáculo, mas todas as crianças ganhavam uma prenda. Todos sabiam que, na verdade, eram presentes de Natal e de Hanucá, mas a desculpa da Corrida de Balões era uma ótima maneira de lidar com a questão da separação entre Igreja e Estado.

— É como tirar "Deus" de "meu Deus do céu"! — costumavam dizer as enfermeiras, brincado.

Todo mundo adorava o espetáculo. Os idosos, porque era algo diferente do xadrez e da programação diurna da TV. As crianças também, porque não precisavam ir à escola. Mas ninguém gostava da atividade mais que os funcionários, porque significava que, durante algumas horas sagradas, os idosos paravam de reclamar.

Não há muitas situações em que todo mundo sai ganhando na vida.

Aquela era uma das melhores que Mill Grove podia oferecer.

— A senhora ouviu notícias, sra. Reese? — indagou uma das enfermeiras em seu inglês precário.

— Que notícia?

— A sra. Collins... Ela ligou por dizer que está doente de gripe. Ela não vem hoje. Milagre de Natal!

O pessoal de Shady Pines passou o restante da manhã animado com o espetáculo do mesmo jeito que as crianças ficam empolgadas na véspera de Natal. A mãe de Christopher fez o máximo para entrar no clima festivo. Como era o último dia do filho na escola antes do recesso de "inverno", pretendia levá-lo depois do espetáculo para ver o filme que ele quisesse — sem impor seu próprio bom gosto. Então passariam o fim de semana inteiro decorando a casa para o Natal.

Mas ela não conseguia se livrar de uma coisa.

De um sentimento estranho.

— Oi, sra. Reese.

A mãe de Christopher se virou e viu Mary Katherine entrando pela porta. A moça parecia assustada. Isso não era novidade, é claro. A pobre Mary Katherine era tão nervosa, se culpava tanto, era tão, tão católica que às vezes rezava o pai-nosso antes da sobremesa por achar que, de alguma forma, a oração não durava até a hora do doce. Mas aquele olhar era diferente. A moça estava absolutamente lívida.

— Está tudo bem com você, querida? — perguntou a mãe de Christopher.

— Ah, sim. Tudo bem — respondeu a jovem.

Mas não estava tudo bem. A pobre coitada parecia prestes a cair em prantos.

— Tem certeza? Você pode falar comigo.

— Tenho certeza. É só uma dorzinha de estômago. Só isso.

— Então vai pra casa. Você já recebeu o certificado. Não precisa continuar trabalhando como voluntária. Ninguém vai te julgar, sabe?

— Vai, sim.

Com isso, Mary Katherine acenou um rápido adeus e entrou no quarto da sra. Keizer para iniciar seu turno voluntário. A mãe de Christopher a teria seguido, mas sua atenção foi desviada por uma algazarra no salão.

— Elas chegaram! As crianças chegaram! — gritaram.

A empolgação percorreu todo o salão, enquanto os ônibus escolares entravam no estacionamento. Em segundos, a porta dos veículos se abriu, e os professores fizeram o possível para colocar as crianças em fila. A mãe de

Christopher instintivamente tentou localizar as crianças que conhecia, mas não conseguiu encontrá-las no mar de toucas de lã e gorros dos Steelers.

A primeira pessoa a cruzar a porta foi a srta. Lasko. A mãe de Christopher a vira na sala do diretor quando Christopher brigou com Brady Collins. O encontro tinha ocorrido poucos dias antes, mas ela se lembrava da professora saudável, vibrante e corada.

A diferença era chocante.

A srta. Lasko estava pálida e fraca. As olheiras tão escuras que ela parecia ter apanhado. Estava tão exausta que a mãe de Christopher achou que a professora não tinha dormido desde o encontro na sala do diretor. Ela parecia tão cansada quanto...

Quanto Christopher.

— Está tudo bem, srta. Lasko? — perguntou a mãe de Christopher.

— Ah, está tudo bem. Obrigada, sra. Reese. É só um pouco de dor de cabeça.

Foi então que a mãe de Christopher notou. A srta. Lasko cheirava a um copo de vodca disfarçado com um litro de enxaguante bucal sabor menta. A mãe de Christopher conhecia aquele cheiro. Tinha crescido com aquilo. Aquele cheiro costumava ler histórias para ela na hora de dormir. E costumava espancá-la quando ela derramava coisas.

A mãe de Christopher estava disposta a informar aos outros professores que a professora do filho dela estava bêbada feito um gambá.

Mas a srta. Lasko não estava bêbada.

Não estava sequer "alegre".

Ela parecia alguém que estava passando por uma crise de abstinência.

A srta. Lasko se voltou para as crianças que entravam em fila no lar de idosos. Ela bateu palmas para atrair a atenção da criançada.

— Muito bem, crianças. Vamos para o salão.

A mãe de Christopher viu as crianças subirem pelo pórtico. Enfim conseguiu localizar Christopher e os amigos no mar de gorros. Os meninos estavam agindo como soldados. Ed Especial protegia Christopher, olhando em volta para ter certeza de que não havia perigo na área. Mike vinha alguns metros atrás para garantir que ninguém se aproximasse. Matt seguia à frente, como um batedor.

Os meninos estavam brincando de Exército.

E Christopher era o rei deles.

A mãe de Christopher viu Matt entrar no salão primeiro para ver se o local estava seguro. Então fez que sim, dirigindo-se a Ed Especial, que escoltou Christopher pela entrada do lar dos idosos. Mike se virou e correu os olhos por todo o recinto. A mãe de Christopher tinha visto o delegado fazer a mesma coisa no primeiro encontro dos dois. Havia testemunhado aquela necessidade instintiva de evitar qualquer situação de risco.

Mas nunca numa criança de 7 anos.

Por fim, o olhar de Mike localizou os inimigos. Brady Collins e Jenny Hertzog olharam para Christopher e cochicharam algo para os amigos. A mãe de Christopher teria sorrido da brincadeira, mas ambos os lados estavam levando seus papéis tão a sério que ela ficou receosa. Aquilo não parecia uma brincadeira.

Parecia uma guerra.

Já no salão, a srta. Lasko se sentou diante do velho piano vertical e começou a aquecer os dedos, tocando algumas escalas. De vez em quando, ela parava e coçava o braço. No começo, a mãe de Christopher achou que fosse apenas um sintoma da crise de abstinência.

Até ver Ed Especial coçando o braço dele.

E Matt. E Mike.

Todos menos Christopher.

A mãe de Christopher notou que Brady e Jenny também coçavam o braço. Assim como alguns de seus amigos. E algumas professoras. Ela já havia presenciado erupções cutâneas se espalhando por escolas. Mas aquilo era ridículo.

— Ei, meninos... Está tudo bem com vocês? — perguntou ela.

— Tá tudo bem, sra. Reese. Tudo bem. — Mike falou primeiro.

— Você tem certeza? Vocês não param de coçar o braço — comentou ela.

— É. Eu acho que o Matt e eu encostamos em alguma moita de urtiga ou algo assim — explicou ele, dando de ombros.

Em dezembro?, pensou ela, mas não disse. Em vez de falar, tocou a testa dele.

— Mas você está ardendo em febre. Quer que eu ligue pras suas mães?

— Não. Elas não tão se sentindo nada bem. É até melhor a gente ficar aqui.

— A minha mãe também — disse Ed Especial.

Normalmente, a mãe de Christopher acharia que se tratava de um surto de gripe. A mesma gripe que fez seu filho arder em febre apenas alguns dias atrás.

Mas nada ali parecia normal. Dava para ver que todos os meninos estavam abatidos. Sobretudo Christopher.
— Christopher, está tudo bem com você? — perguntou ela, preocupada.
— Sim, tá tudo bem, mãe.
Instintivamente, ela colocou a mão na testa dele. E ficou chocada com o que sentiu. Quando verificou a testa do menino naquela manhã, ele parecia bem. A testa até parecia um pouco fria. Mas agora queimava. Ela não queria fazer uma cena diante de toda a escola, então ficou quieta. Mas, naquele momento, decidiu que não teria filme nenhum. E sim cama, descanso e consultas em todos os médicos da região da tríplice fronteira até que alguém soubesse dizer o que diabos estava deixando seu filho tão doente.
— Certo, querido. Vai ficar com os seus amigos — disse ela.
Christopher e sua turma se aproximaram do piano quando a srta. Lasko começou a tocar a primeira música. Foi uma longa introdução musical, com seus comentários iniciais sobre a honorável tradição do Espetáculo de "Inverno" (ou seja, Natal e Hanucá).
— Senhoras e senhores, meninos e meninas, estamos muito felizes de estar aqui em Shady Pines. Eu sou a diretora musical, a srta. Lasko. Logo, logo, vamos entregar os prêmios para os vencedores da Corrida de Balões, mas, primeiro... vamos lá... "Anoiteceu!"

Anoiteceu, o sino gemeu,
A gente ficou feliz a cantar.
Papai Noel, vê se você tem
A felicidade pra você me dar.

O início do canto das crianças trouxe o restante dos idosos até o salão. Todos, menos Ambrose Olson. Ele mal tinha saído do quarto desde que retornara da visita à antiga casa de sua família, logo após o enterro de David. A enfermeira do plantão noturno informou que Ambrose tinha passado a noite em claro, lendo, e depois caíra num sono profundo. Ele havia pedido encarecidamente que o acordassem para o Espetáculo de Natal. Disse que não queria perder a apresentação das crianças de jeito nenhum. Mas, por algum motivo, quando entraram em seu quarto, nenhuma das enfermeiras conseguiu acordá-lo. Deduziram que ele estivesse exausto por ter ficado acordado a noite toda.

Ou talvez ele estivesse gripado.

Eu pensei que todo mundo
Fosse filho de Papai Noel.
Bem assim felicidade,
Eu pensei que fosse uma
Brincadeira de papel.

Enquanto as risadas e a música se espalhavam pelo salão, a mãe de Christopher viu Mary Katherine empurrando a sra. Keizer em sua cadeira de rodas. A idosa parecia bem mais agitada que o normal.

— Tem alguma coisa errada com você — disse ela para Mary Katherine.

— Por favor, sra. Keizer — implorou Mary Katherine.

— É o seu cheiro. O seu cheiro está diferente.

— O seu neto, o Brady, tá bem ali. Vamos encontrar um bom lugar pra senhora poder ver o Brady cantar — ofereceu Mary Katherine.

— Ela está suja. Essa menina está suja! — gritou a velha.

A mãe de Christopher rapidamente tirou das mãos de Mary Katherine a cadeira de rodas e a estacionou no corredor.

— Sra. Keizer, não me interessa se a sua filha é a dona desse lugar. A senhora não pode falar com ninguém desse jeito. Muito menos com os nossos voluntários adolescentes. A senhora está me entendendo?

A velha ficou quieta por um segundo, então sorriu para a mãe de Christopher.

— Está tudo errado. Você também está sentindo — comentou ela, de um jeito tranquilo.

A mãe de Christopher olhou para a senhora com Alzheimer. Os pelos se eriçaram em seus braços.

Já faz tempo que eu pedi,
Mas o meu Papai Noel não vem.
Com certeza já morreu,
Ou então felicidade
É brinquedo que não tem.

A mãe de Christopher ignorou o arrepio. Ela travou a cadeira de rodas da idosa e foi até Mary Katherine, que estava de pé ao lado da mesa com o ponche e os cookies.

— Ela é uma mulher doente, Mary Katherine. Não sabe o que está dizendo — cochichou.

— Mas ela sabe, sim — disse Mary Katherine.

— Qual é o problema, querida? Você pode falar comigo.

Mary Katherine ficou em silêncio. A mãe de Christopher sabia que a jovem estava sofrendo por causa de algum segredo terrível. Na juventude, ela havia sofrido por causa de seus próprios segredos. Estava prestes a chamar Mary Katherine até a cozinha para que ela pudesse abrir seu coração.

Foi então que aconteceu.

A mãe de Christopher não fazia ideia de como a coisa teria começado, mas Ed Especial e Brady Collins estavam se encarando no meio do salão.

— Fica longe dele, Brady!

— Vai se foder, seu balofo!

Do nada, Brady Collins acertou um soco na cara de Ed Especial, que caiu no chão. Mike e Matt correram para o lado do amigo, enquanto Jenny Hertzog pulava em cima dele. Ed Especial empurrou a menina e partiu para cima de Brady.

— Se você encostar um dedo no Christopher de novo, eu te mato!

A mãe de Christopher correu até os meninos.

— RAPAZES! PAREM COM ISSO, AGORA! — gritou a mãe de Christopher.

Mas eles não pararam. Continuaram batendo, mordendo e se embolando no chão. Todos, menos Christopher, que se mantinha sentado, imóvel, com dor de cabeça.

— SRTA. LASKO... ME AJUDA! — gritou a mãe de Christopher.

A mãe de Christopher tentou tirar os amigos do filho de cima de Brady e Jenny, mas eles continuavam brigando e mordendo, feito cachorros. Ela olhou para a srta. Lasko, que se mantinha sentada com as mãos na cabeça, como se estivesse de ressaca mesmo depois de ter largado a bebida.

— Parem de fazer tanto barulho! A minha cabeça está me matando! — berrou ela.

A cena era tão caótica que ninguém reparou na velha.

A não ser Christopher.

Christopher se viu preso ao chão. A coceira ficou pior que qualquer coisa que ele já havia sentido na vida. Os pensamentos voando em sua mente numa velocidade tão vertiginosa que ele não tinha a menor pretensão de acompanhá-los. Não distinguia as vozes. Exceto uma.

Olá, menininho.

Christopher olhou para o corredor. Viu a sra. Keizer encarando-o de sua cadeira de rodas. Ela retirou a dentadura e se levantou sobre seus cambitos. Deu um passo e urinou no chão. Ele quis gritar, mas a voz se aproximava cada vez mais.

Não tem ninguém louco aqui.

A velha caminhava mancando em direção a Christopher. Ela sorria, mas havia algo errado no sorriso. Sem dentes. Feito um bebê. Christopher queria se levantar, mas estava preso no chão pela voz.

O que tem é uma pessoa observando você.

Para ela.

A velha mancava na direção dele.

— Chrissstopher... — sibilou ela.

Ela recolocou a dentadura, só que invertida. O lado de cima na gengiva inferior. O de baixo na gengiva superior.

Ela está muito brava.

Christopher queria gritar, mas não conseguia encontrar a própria voz. Havia apenas o sussurro, a coceira e a velha vindo para cima dele. As pernas dela perderam as forças, então ela se ajoelhou e avançou de quatro. Feito um cachorro.

Você tirou o moço bonzinho dela.

A mulher arranhava o piso, rastejando em direção a ele. Christopher olhou para o lado e viu Jenny Hertzog cravar as unhas no rosto de Matt, tentando furar seus olhos. Brady Collins e seus amigos chutavam a barriga de Ed Especial. Mike derrubou Brady no chão.

Ela quer ele de volta.

Os olhos da velha estavam loucos de demência.

Diz pra gente onde ele está.

Christopher não conseguia se mexer. Estava preso ao chão. A coceira tomou conta de seu corpo até ele sentir como se não estivesse mais lá. Ele era todos os idosos no salão. Suas dores. Seu sofrimento. O câncer deles. Doenças. Alzheimer. Loucura. A velha rastejava em direção a ele, salivando feito um cachorro desdentado.

— Diz pra gente onde ele está! — gritou ela, agora bem mais alto.

A velha agarrou as mãos dele com seus dedos frágeis. Christopher olhou nos olhos dela. E viu a velha gritando um monte de coisa sem sentido. Mas não era sem sentido. Era como um recém-nascido, que sabe o que quer dizer mesmo que ninguém mais entenda.

— A morte está chegando! A morte está aqui! A gente vai morrer no Natal!

Christopher forçou a coceira através das mãos, transmitindo-a à pele dela. Ele a viu sentada no quarto, olhando pela janela, contemplando as nuvens. Por anos. Levou-a de volta no tempo. Antes de a mente dela ser coberta por uma névoa. Voltaram ao último dia em que ela contou com o bom funcionamento das suas faculdades mentais. Ela parecia tão aliviada. Feito uma bolsa de gelo numa articulação inchada. Sua mente tinha sido restaurada. A névoa tinha se dissipado. Ela olhou para Christopher.

— Onde eu estou?

— A senhora tá num lar de idosos.

— O meu nome é sra. Keizer?

— Sim, senhora.

— Aquele ali é o meu neto Brady?

— Sim, senhora.

— Há quanto tempo eu estou doente?

— Oito anos.

— Me desculpa se eu te assustei — disse ela.

— A senhora não me assustou.

Com isso, Christopher aprofundou a coceira na mente da mulher. O nariz dele começou a jorrar sangue. As crianças pararam de brigar quando viram a senhora em cima de Christopher. Um silêncio se espalhou pelo recinto. A mãe de Christopher correu até eles.

— Sra. Keizer! Solta o meu filho!

— Claro — disse ela. — Mil desculpas, sra. Reese.

Com isso, a velha soltou Christopher. Toda a equipe olhou para ela. A mulher tinha sido castigada durante oito anos pelo mal de Alzheimer. E agora estava lúcida e feliz.

Aconteceu um milagre.

Christopher olhou para a mãe. O rosto dele estava coberto de sangue. Do nariz até o pescoço. Ele olhou nos olhos dela.

— Mamãe, acho que eu tô morrendo.

CAPÍTULO 57

A mãe de Christopher estava tão em pânico quando entrou na emergência que, de início, não percebeu nada. Só conseguia pensar no próximo passo.

Ela havia ignorado todos os sinais vermelhos e todas as placas de PARE a caminho do hospital. Tinha visto os cervos em ambos os lados da estrada, mas não diminuíra a velocidade. O nariz do filho jorrava sangue. A pele dele estava tão quente que tinha deixado pequenas bolhas nas mãos dela.

E ele estava falando sozinho.

Não eram frases completas. Só fragmentos. Palavras enfileiradas feito formigas num piquenique. A mãe de Christopher rezava para que fosse um delírio provocado pela febre e nada mais. Ela tivera um episódio assim quando criança. Estava fazendo uma caminhada com seu único tio que prestava, quando enfiou a mão debaixo de uma pedra. Foi picada por uma cobra e passou dois dias sem saber o que era real e o que era faz de conta.

— Aguenta firme, querido — disse ela.

Mas seu filho continuava murmurando. Delirante. A única frase que fazia algum sentido era...

— Não sonhar.

A mãe de Christopher parou o carro na área de carga e descarga do hospital e correu até a emergência, levando o filho nos braços como uma trouxa de roupa suja. Foi direto para a recepção. A enfermeira Tammy ouviu atentamente, pediu o cartão do plano de saúde e disse a ela que aguardasse na sala de espera.

— Certo. Certo. Quanto tempo a gente vai ter que esperar até ele ser examinado por um médico?

— Cerca de dez horas.

— Como assim "dez horas"?!

A enfermeira Tammy apontou para a sala de espera. A mãe de Christopher se virou rapidamente. Foi quando enfim entendeu a situação.

Não havia uma única cadeira vazia na emergência.

Ela estava acostumada a ver salas de espera como lugares de desespero. Na época em que não tinha plano de saúde, era obrigada a ser atendida na emergência. Tinha visto casais angustiados. Pessoas pobres chorando e gritando para serem examinadas imediatamente. Mas agora tinha plano de saúde. E não estava numa cidade grande. Estava numa cidadezinha.

Nunca tinha visto nada parecido.

A sala de espera estava lotada. Havia pais em pé, encostados nas paredes, para que suas esposas e seus filhos pudessem se sentar. Havia idosos sentados no chão.

— Sinto muito, sra. Reese — disse a enfermeira Tammy. — Muitos dos nossos médicos e enfermeiras ficaram doentes e não puderam vir trabalhar hoje. Eu estou tendo até que cuidar da recepção. Ele vai ser examinado assim que for possível.

— Onde fica o hospital mais próximo? — perguntou ela.

— A situação é a mesma em todos os lugares, senhora. Natal é época de epidemia de gripe. Por favor, aguarde sentada.

A mãe de Christopher queria gritar com ela, mas tudo o que via era uma mulher cansada e com cara de doente. Não gritaria com uma das poucas enfermeiras que tinham ido trabalhar naquele dia. Então engoliu a raiva e assentiu.

— Obrigada, enfermeira.

— De nada, senhora — respondeu a enfermeira Tammy e, em seguida, voltou para o telefone. — Desculpa, pai. Eu não posso sair. A gente está com falta de pessoal. Amanhã eu compro o merLOTE pra festa.

A mãe de Christopher percorreu as filas de cadeiras. Esperava que alguém cedesse o lugar para uma criança doente. O fato de que ninguém o fez foi bastante perturbador para ela. As pessoas estavam preocupadas demais consigo mesmas, desabotoando as roupas para se refrescar do calor da febre. Coçando os braços. A mãe de Christopher viu um homem segurando uma bandagem no rosto.

— Um cervo desgraçado correu bem na frente da minha picape — explicou ele ao sujeito que estava ao seu lado.

Ela passou por uma vítima esfaqueada. Por uma dona de casa que, inexplicavelmente, adormeceu no quintal e acordou com ulcerações causadas pelo frio. Por dois camaradas que brigaram num bar por causa de "uma índia" que afirmou ser capaz de beber mais que qualquer indivíduo ali presente. Os dois ficaram completamente bêbados. Ela achou que seria engraçado se eles brigassem até a morte pelo direito de dormir com ela. E, por alguma razão que nenhum dos dois era capaz de explicar, eles quebraram garrafas de cerveja e partiram para a briga, segurando os cacos dos gargalos.

Quando o vidro cortou a pele, eles acordaram da loucura.

— A minha mãe vai ser atendida IMEDIATAMENTE!

A sra. Collins estava ao lado de Brady e da mãe no balcão da recepção. A sra. Keizer estava desmaiada na cadeira de rodas. A própria sra. Collins parecia em estado terminal. Sua testa brilhava de suor, mas ela se recusava a tirar o casaco de pele e as joias. Ela coçava o pescoço embaixo do colar enquanto esbravejava com a enfermeira Tammy.

— Olha ali — disse a sra. Collins, entre os dentes. — Você está vendo o que está escrito naquela placa ali em cima? ALA DE EMERGÊNCIA COLLINS. Eu sou Collins. Então, se você não conseguir um leito pra minha mãe agora mesmo, adivinha o que vai estar escrito naquela placa amanhã? ALUGA-SE.

A mãe de Christopher concluiu que a sra. Collins não estava entendendo a cena que a cercava. Ela pensou em Maria Antonieta logo depois que a sugestão de que o povo comesse brioche não caiu tão bem. Dois sujeitos grandalhões se levantaram e foram até a sra. Collins. Alguns dos idosos rapidamente ocuparam os dois lugares vagos.

— Por que a senhora não espera a sua vez, madame? — disse um dos homens à sra. Collins.

A sra. Collins virou a cabeça e olhou para eles sem se intimidar.

— Por que o senhor não constrói o seu próprio hospital? — retrucou ela.

Um murmúrio atravessou a sala. Ninguém sabia o que aconteceria a seguir.

A mãe de Christopher viu a raiva se espalhar como um eco. Por um segundo, ela se perguntou se os ecos realmente se extinguiam ou se apenas se tornavam inaudíveis. Como um apito de cães. Sempre lá. Sempre à nossa volta. Para sempre.

— Piranhas como a senhora me dão nojo... — comentou o homem.

Brady, o filho da sra. Collins, se aproximou dos sujeitos. Tinha um terço do tamanho da dupla, mas a raiva era mais forte que o medo.

— Deixem a minha mãe em paz! — exclamou ele.

A presença de Brady aquietou a sala o suficiente para os seguranças retirarem a família Collins do meio da multidão enfurecida e conduzi-la a um quarto limpo e agradável no hospital. Sem ter a família Collins como alvo, o grupo voltou sua fúria contra si. Os homens mal-humorados retornaram aos seus lugares e expulsaram os idosos. Incluindo as mulheres. As idosas encontraram espaço no chão e ficaram olhando para as jovens com seus filhos doentes. Julgando-as. Dizendo que deveriam ter cuidado melhor dos filhos. As jovens respondiam:

— Não venham me dizer como criar os meus filhos.
— Não falem com a minha esposa desse jeito.
— Ah, mas você vai ficar bem sentadinho aí, por bem ou por mal.
— Aumenta aí o som dessa TV.
— Não, abaixa isso aí. Eu estou cansado dessa merda sobre o Oriente Médio.
— Olha essa boca suja... Tem criança aqui.
— Vem calar, velhote.

A sala inteira estava ficando tão irritada quanto Jerry.

A ambulância parou e os paramédicos entraram correndo com um homem que tinha sido esfaqueado pela esposa. Ela havia improvisado um curativo com as cortinas da cozinha e não teve pressa em chamar as autoridades. O homem se debatia descontroladamente. A mãe de Christopher recuou, protegendo o filho daquela cena medonha. Ele continuava febril, murmurando consigo mesmo.

— Ela tá aqui. O quê? Tá bom.
— Aguenta firme, Christopher — cochichou ela. — Eu vou arrumar um médico pra te examinar. Eu prometo.

Ela ficou no canto, de onde poderia ver se alguém resolvesse vir para cima deles. Abraçou o filho, esperando por uma cadeira vaga. E se recusando a sentir pena de si mesma.

Sentir pena não mantém ninguém a salvo. Médicos, sim.

Então, em vez disso, ela tentou ver o lado positivo, até porque, naquele momento, era tudo o que podia fazer. Ela olhou para a TV e ficou grata por não estar num campo de refugiados no Oriente Médio. Aquelas pessoas dariam tudo só para ficar presas naquela sala de emergência por dez horas com máquinas de venda automática cheias de comida.

Para aquelas pessoas, a sensação devia ser de que o mundo estava chegando ao fim.

CAPÍTULO 58

Papai.
　Quando o telefone tocou, o delegado não soube dizer quando tinha pegado no sono de novo. Isso vinha acontecendo desde que ele saíra do bosque da Mission Street. Ele havia passado pelo canteiro de obras da Construtora Collins e depois voltado à delegacia. Lá, ele trocou a viatura preta e branca por sua picape Ford, assim como quem troca um par de mocassins por um par de tênis quando entra em casa.
　Mas o delegado não foi para casa.
　Ele mal conseguia manter os olhos abertos, mas se forçou a levar as ferramentas antigas encontradas no bosque da Mission Street até seu amigo Carl, no centro da cidade. O delegado sabia que podia ter deixado essa tarefa a cargo de um subdelegado, mas algo lhe dizia que era preciso entregar aquelas ferramentas imediatamente.
　Digamos que fosse uma voz.
　Depois que deixou as ferramentas, o delegado se viu com o carro estacionado em frente ao Hospital Mercy. Contemplou o local onde havia se despedido da menininha de unhas pintadas. Ela havia tocado a mão dele e o chamado de "papai". Ele ficou olhando para a arvorezinha de Natal do Charlie Brown pelo que pareceram horas a fio.
　Ele dormiu no carro.
　Deus é um assassino, papai.
　Quando acordou, o delegado estava se sentindo muito mal. No começo, pensou que fosse uma gripe, mas não tinha dores no corpo. Nem estava com a garganta inflamada. Se fosse uma gripe, era a mais estranha que já havia tido

na vida. Porque gripe não costuma cozinhar a pele de tanta febre e deixar o resto do corpo ileso, a não ser por uma coceira na mão.

De qualquer forma, tudo o que o delegado queria era se arrastar até sua casa e dormir. Seu avô lhe dera uma ótima receita para qualquer doença. "Toma umas doses de uísque, se enfia embaixo de cinco cobertores e aguenta o suadouro. É um inferno por dez horas, mas a doença vai embora."

O delegado estava prestes a comprar o uísque quando o celular tocou. Ele olhou para o identificador de chamadas, esperando que fosse Kate Reese. Mas era um chamado de emergência. Ele despertou de vez e atendeu a ligação. Tinha dito ao seu subdelegado que estava de cama, com gripe, e que só deveria ser incomodado em caso de uma emergência.

Mas a emergência já estava em andamento.

O subdelegado lhe informou que metade do departamento não tinha ido trabalhar por causa da gripe. Para piorar, uma bibliotecária da escola de ensino fundamental tinha esfaqueado o marido. Haviam ocorrido algumas brigas de bar. Alguns acidentes de carro. Era como se a cidade inteira tivesse acordado com o pé esquerdo.

— A gente está precisando do senhor aqui o mais rápido possível, delegado.

Era a última coisa que o delegado queria fazer.

— Estou a caminho — avisou ele.

Quando voltou do centro para Mill Grove, o delegado notou como o trânsito estava terrível. Aquilo o fez se lembrar das manhãs de segunda quando era criança. Sempre que os Steelers venciam no domingo, as pessoas eram educadas no trânsito: "Não, por favor. Pode passar, senhor..." Mas, se os Steelers perdessem, era dedo do meio e buzina por todo lado. Era esse o nível da paixão da cidade pelo time. O trânsito das manhãs de segunda dependia exclusivamente dos Pittsburgh Steelers.

Mas era sexta-feira.

E os Steelers não perdiam fazia tempo.

Quando o delegado chegou à delegacia, sua febre estava insuportável. O suor escorria pelas costas. Mas qualquer esperança de tomar uma dose de xarope e tirar uma soneca sumiram no instante em que ele entrou pela porta. Mal conseguia acreditar em toda aquela confusão. Mill Grove era uma cidadezinha pacata. Mas bastava uma olhada para aquele lugar para ele sentir como se estivesse no distrito de Hill na véspera de Ano-Novo.

Durante as horas seguintes, o delegado teve que lidar com todo tipo de ocorrência, desde a bibliotecária que esfaqueou o marido até uma série de acidentes de carro envolvendo cervos. Assim que ele apagava um incêndio, surgia outro. Assaltos. Brigas de bar. Vandalismo. O proprietário da loja de armas ligou para informar que tinha sido vítima de um arrombamento durante a noite. Os assaltantes sequer tentaram abrir o caixa. Ele não havia perdido dinheiro. Só havia perdido armas.

Era como se a cidade estivesse enlouquecendo.

O delegado tinha visto o suficiente para saber que, quando as coisas vão mal, a morte costuma dar o ar da graça. Mas, felizmente, nenhum dos acidentes de carro tinha sido fatal. A gripe não havia matado nenhuma criança e nenhum idoso. E, embora os atropelamentos de cervos tivessem causado perda total em alguns veículos, ninguém havia morrido. Nem a vítima esfaqueada pela bibliotecária. A faca tinha cortado a garganta e as cordas vocais do sujeito. O sr. Henderson jamais voltaria a falar, mas ainda respirava.

Era um milagre.

No fim do primeiro turno, o delegado estava morto de cansaço. Não importava quanta aspirina tomasse, a febre não baixava. Ele já havia perdido a esperança de que alguma loção pudesse impedir que a coceira em sua mão direita o deixasse louco. Ele sabia que, se não dormisse um pouco, passaria a semana seguinte inteira imprestável. E não poderia ficar doente na semana do Natal. Por isso esperou que o tumulto diminuísse um pouco e foi para sua sala. Tomou uma dose de xarope, deixando o gosto de cereja escorregar pela garganta. Apagou a luz, deitou-se no sofá e fechou os olhos.

Permaneceu ali por uns bons dez minutos, mas simplesmente não conseguia relaxar. O suor grudento da febre tinha deixado suas roupas encharcadas. Virou o travesseiro várias vezes, mas, se havia a merda de um lado mais fresco, ele não conseguia achar. Desesperado, jogou o travesseiro no chão e apoiou a cabeça diretamente no sofá de couro.

O delegado se forçou a ficar deitado e manter os olhos fechados. Mas não funcionou. Ele observou a sala e se viu com o olhar fixado no quadro de avisos, que exibia o cartaz de Emily Bertovich, a menina desaparecida. Ele se perguntou se a polícia de Erie teria encontrado alguma nova pista. Ou talvez os policiais de lá estivessem tão ocupados com a gripe e os hospitais, as brigas de bar e os acidentes de carro, que não conseguiam encontrá-la. Assim como ele estava tão ocupado que não era capaz de descobrir quem enterrou... quem enterrou... Como era mesmo o nome dele? Aquele menino. O irmão caçula do cara mais velho. Ele tinha que se lembrar. Só precisava dormir um pouco. Como era mesmo o nome dele? Ele era um bom menino. Sem aqueles dois dentes da frente. Assim como a menininha de unh...

Papai.

Quando o telefone tocou, o delegado não sabia dizer quando tinha pegado no sono. A febre havia piorado, e sua cabeça latejava por trás dos olhos. Ele olhou para o identificador de chamadas, e seu humor melhorou imediatamente. Era Kate Reese.

— Oi — atendeu ele.

— Oi — disse ela. Parecia preocupada.

— Algum problema?

— Eu estou no hospital. O Christopher está gripado.

— Pois é. Está uma onda por aí. Eu acordei gripado também.

— Até você? — Ela pareceu alarmada.

— Não se preocupa. Eu já liguei pra todos os hospitais. Não é fatal. A gente fica muito mal, mas é só isso. Só isso.

Ele esperava que a notícia a tranquilizasse, mas percebeu que havia mais alguma coisa acontecendo. O silêncio de Kate Reese parecia tão incômodo quanto a coceira na mão dele.

— Você tem como mandar um policial pra emergência? — perguntou ela.

— Por quê?

— As pessoas aqui estão muito... — ela fez uma pausa, procurando a palavra certa. — ... irritadas.

— Todo mundo odeia hospital — comentou o delegado.

— Você vai ficar me enrolando ou vai me escutar? — retorquiu ela.

— Eu vou te escutar — disse ele, repreendido.

— Eu já estive em muitas emergências. E em lugares muito mais pobres. Isso aqui está estranho. Quase já teve uma briga. As pessoas estão meio fora de si. Às vezes, só a presença de uma viatura no acostamento já é suficiente pra fazer os motoristas desacelerarem... Você sabe do que eu estou falando, né?

Ele assentiu. Esperta.

— Certo. Eu vou mandar alguém agora mesmo. E vou dar uma passada aí no hospital, assim que eu puder sair daqui da delegacia.

— Obrigada — disse ela, parecendo enfim aliviada. — Eu preciso voltar pro meu filho. Boa noite, Bobby.

Seu nome nunca soou tão bem.

— Boa noite, Kate — respondeu ele, e desligou.

Na verdade, o delegado não tinha um subdelegado disponível, mas deu ordens para que algum policial fosse até a emergência. Ele sentia um desejo primitivo e inexplicável de protegê-la. Tinha que manter Kate Reese e seu filho em segurança.

Era como se o mundo dependesse disso.

Quando saiu da sala, o delegado percebeu que a delegacia estava ainda mais agitada que naquela manhã. Tinham ocorrido mais brigas, mais acidentes e mais desentendimentos entre vizinhos. A gripe se espalhara ainda mais. As pessoas nas celas de detenção provisória estavam todas com febre. Teriam sido transferidas, mas os hospitais estavam funcionando acima da capacidade.

O delegado passou pelas celas para avaliar os danos do dia. Viu alguns sujeitos cuidando de ferimentos sofridos numa briga de bar. Outros tinham sido presos por se recusarem a sair do carro ou entregar a carteira de motorista quando foram parados por excesso de velocidade. Ou condução perigosa. Ou por fugirem da cena de um acidente. Todos gritaram coisas para o delegado. A fúria deles era preocupante. Mas tudo isso não era nada em comparação com o que ele viu na última cela.

A cela onde estava a sra. Henderson.

A senhora tinha uma fisionomia muito meiga. Era impossível acreditar que ela tinha esfaqueado o marido no pescoço. Agora, a única coisa entre ela e uma sentença por homicídio qualificado era o marido ainda vivo na UTI.

A sra. Henderson olhou para o delegado e sorriu educadamente.

— O meu marido ainda está vivo? — perguntou ela.

— Está, sim, senhora. Ele está aguentando firme.

— Que bom. Eu espero que ele sobreviva.

O delegado fez que sim. A senhora sorriu.

— Porque eu quero muito enfiar a faca nele mais uma vez.

Com isso, a sra. Henderson voltou a ler a Bíblia.

O delegado sabia por experiência própria que as festas de fim de ano provocavam atitudes extremas. Algumas pessoas experimentavam uma forte propensão ao amor e à caridade, enquanto outras tinham ímpetos homicidas ou suicidas. Para o delegado, as trevas eram tão comuns no Natal quanto Papai Noel.

Mas isso era diferente.

Isso era assustador.

O delegado desceu a escada. Ele sabia que não podia contar com o fato de a gripe não estar matando ninguém. E não gostava de saber que Kate Reese e Christopher estavam cercados pelo perigo no hospital. Por isso queria rever os planos de emergência que tinha feito quando começou a trabalhar ali. Era preciso ter certeza de que estariam preparados. Mas para quê? Ele não sabia exatamente.

Mas algo lhe dizia que era preciso se preparar para o pior.

O delegado seguiu adiante. Foi ao andar inferior. À sala de registros. Pediu à sra. Russo que lhe disponibilizasse toda e qualquer informação acerca de surtos de gripe anteriores, enquanto ele estudava os planos de emergência. Sabia que era crucial manter a rota 19 aberta. Se a estrada estivesse aberta, a polícia estadual poderia entrar e as pessoas poderiam sair. Se essa estrada fosse fechada, seria como se Mill Grove virasse uma ilha. A cidadezinha era como o corpo de uma pessoa. As estradas eram artérias e veias que faziam o sangue fluir e refluir através do coração.

Mas, nesse caso, o coração de Mill Grove era o bosque da Mission Street.

Então o delegado se lembrou de que estava investigando alguma coisa no bosque quando o surto de gripe atingiu a cidade. O que era mesmo que tinha que fazer? Demorou um instante para se lembrar. As ferramentas. Isso mesmo. Aquelas ferramentas velhas. Ele as levara até seu amigo Carl. Achava que elas poderiam ter algo a ver com... com... Como era mesmo o nome daquele menino? O irmão caçula daquele senhor. O menino que tinha desaparecido. Toda vez que ele tentava se lembrar do nome do menino, sua mão começava a coçar de novo e o suor brotava em sua testa. Meu Deus, ele estava mesmo doente. Mas o nome voltaria à sua mente.

O delegado retornou ao plano de emergência. Tinha que se concentrar. Estava lidando com uma epidemia de gripe. Não podia perder tempo se preocupando com um caso de cinquenta anos atrás que envolvia o irmão mais novo de Ambrose Olson. Qual era mesmo o nome dele? Ah, isso mesmo. Era...

Papai.

O delegado não soube quando pegou no sono de novo, mas foi despertado pela sra. Russo. Ele olhou para o plano de emergência. Os papéis estavam molhados pelo suor que pingava de sua testa. Estava tão mal que não conseguiu nem disfarçar. Havia dormido no trabalho. Teria suspendido qualquer um de seus subordinados, e sem remuneração, por uma coisa dessas.

— Delegado, talvez o senhor deva ir pra casa — sugeriu a sra. Russo delicadamente.

O delegado queria ir para casa, mas não podia. Ele era o cão que pressentia uma tempestade muito antes do dono.

— Obrigado, sra. Russo. Eu estou bem. Vamos trabalhar.

Os dois se sentaram e examinaram os registros de surtos de gripe do passado. O pior tinha sido a Gripe Espanhola, em 1918, mas houve outros. Uma comunidade amish tinha sido tão atingida no século XIX, que os sobreviventes abandonaram o vilarejo e se mudaram para áreas de Ohio. Tinha havido outra epidemia, menos grave, logo após a Guerra de Independência dos Estados Unidos.

Contudo, o surto mais recente atraiu a atenção do delegado. Tinha ocorrido no verão, não no inverno. As pessoas ficaram muito doentes, mas ninguém morreu. O delegado parou. A coceira e a febre aumentaram, mas ele não perderia o foco dessa vez. Ele leu todo o conteúdo do envelope de papel pardo. E não encontrou nenhuma informação útil sobre como a delegacia havia lidado com a emergência naquela época. Mas encontrou uma informação interessante.

O surto de gripe aconteceu no ano em que um menino desapareceu.

O nome do menino era David Olson.

O delegado não conseguia se lembrar exatamente, mas aquele nome significava algo para ele.

CAPÍTULO 59

Christopher não sabia dizer se estava dormindo ou acordado. Olhou para suas pernas. Não entendeu por que estavam tão curtas. Nem por que usava uma camisola de hospital. Nem por que estava num quarto de hospital. Olhou para as próprias mãos esperando ver as mãos enrugadas de uma velha. Mãos que pertenciam à sra. Keizer. Mas não foi isso que encontrou.

— Por que eu tenho essas mãos de menino? — perguntou-se.

Afinal, desde o Espetáculo de Natal, poderia jurar que ele era a sra. Keizer. Não sabia por quê. Tudo o que fez foi tocar no braço dela. Talvez fosse por causa dos remédios que eles lhe deram. Mas a vida dela passou diante dele como se fosse um filme amador projetado no interior de suas pálpebras.

Eu sou uma menininha. Sou uma estudante que não sai do quadro de honra. Eu vou para a faculdade. Olha aquele menino ali no ginásio. Qual é o seu nome? Joe Keizer? O meu é Lynn Wilkinson. Prazer em te conhecer. Sim, eu tô livre nesse sábado à noite. E no sábado seguinte. Tô olhando para as minhas mãos. Ai, meu Deus! O anel de noivado tá sendo colocado no meu dedo. Estamos de mãos dadas na igreja. Já não sou Lynn Wilkinson. Agora eu sou a sra. Joseph Keizer.

Christopher se sentou na cama. Ele olhou para a janela e viu o reflexo de um menino. Mas, quando fechou os olhos, o reflexo era do filme amador da sra. Keizer.

Joe! Joe! Eu estou grávida. É uma menina! Ela vai se chamar Stephanie em homenagem à minha mãe. Certo. Tudo bem. Kathleen, em homenagem à sua. Kathy Keizer, vem aqui agora mesmo! Espera só até o seu pai ver o que você fez. Joe, para com isso. Ela está congelando. Deixa ela entrar na cozinha. Tudo bem, então eu vou deixar! Joe, para! Você está me machucando. Joe, por favor. A nossa menina é uma adolescente. A nossa menina está se formando. A nossa menina vai se casar. Ela não vai mais ser Kathy Keizer. Ela vai ser a sra. Bradford Collins. Joe, ela está grávida! Joe, a gente tem um neto! Bradford Wesley Collins III! Um nome digno da realeza! Joe, o que houve? Joe! Joe! Acorda! Joe!

Christopher abriu os olhos e viu aquela bela mulher saindo do banheiro. Como era mesmo o nome dela? Sra. Reese. Sim. Era isso. Kate Reese.

— Você consegue me ouvir, Christopher? — indagou ela.

A sra. Reese virou o travesseiro para o lado fresquinho para deixá-lo mais confortável. Christopher fechou os olhos e o rosto preocupado da sra. Reese foi substituído pelas lembranças da sra. Keizer. Tremulando feito um filme antigo cada vez que piscava os olhos.

Não, Brady. O vovô morreu. Eu sei. Eu também sinto saudade dele. A gente era casado há quarenta... quarenta... Meu Deus! Há quanto tempo? Quarenta e alguma coisa. Está na ponta da língua. Meu Deus! Por que eu não consigo me lembrar? Eu não estou me sentindo bem. Não me lembro onde eu coloquei o meu... O meu nome. Como assim, o meu nome é Lynn Keizer? Desde quando? Eu não me lembro de ter me casado. Não, você está enganada. Eu não sou a sra. Keizer. O meu nome é... O meu nome é... Lynn... Não me lembro. Quem é você? Kathleen? Quem é esse menininho aí com você? Não é o meu neto. Eu não conheço esse menino. Enfermeira! Alguém roubou a minha memória! Alguém roubou o meu nome! Não vem me dizer pra eu me acalmar! Você não sabe o que está acontecendo? Você não entende? A morte está chegando. A morte está aqui. A gente vai morrer no Natal!

A sra. Reese levou um canudo à boca do menino para ele beber algo. Ele bebeu um suco de maçã gelado. Foi o suco mais saboroso que já bebeu na vida. Era mais gostoso até que Froot Loops. Mas velhas não gostam de Froot Loops. Então ele não era uma velha, era? Ele era um menininho, com mãos de menininho.

— Muito bem, querido. Como você está, Christopher?

Seu nome era Christopher. Isso mesmo. A sra. Reese não era uma enfermeira. Era sua mãe. Eles estavam juntos no hospital. O médico estava segurando uma prancheta. O médico achava que era uma febre, mas Christopher sabia que não era. Ele havia sofrido de mal de Alzheimer por alguns dias. Só isso.

— Como você está se sentindo, garoto? — perguntou o médico.

— Eu tô bem.

— Tem certeza, Christopher? — perguntou sua mãe.

Ele queria contar a verdade à mãe. Queria dizer que ainda sentia o sofrimento da sra. Keizer. A enfermidade dela tinha acabado com as articulações de Christopher. Ele não sabia se seria capaz de andar. Nem mesmo ficar de pé. Mas não podia dizer isso a ela com o médico ali.

Não o médico que estava coçando o braço.

— Sim, mãe. Eu tô bem — respondeu Christopher.

O médico levou o estetoscópio ao tórax de Christopher. O metal frio tocou sua pele e a coceira passou por ele. Toda a formação médica do homem fluiu na mente de Christopher em um instante. O médico pensou que fosse a temperatura do estetoscópio. Ele balançou o aparelho e tentou mais uma vez.

Eu não consigo entender. Os pulmões do menino estão bem. A frequência cardíaca está normal. Fiz todos os exames e está tudo em ordem. Ele não tem febre, de acordo com o termômetro, mas parece que esse menino está... morrendo.

Christopher forçou um sorriso. Eles não podiam saber que ele estava muito doente. Doença significava remédio, e remédio significava dormir, e dormir significava a mulher sibilante. Mas a coceira estava tão intensa que ainda iria acabar com ele. Christopher não tinha nenhum lugar onde colocá-la, então respirou fundo e a enterrou em seus pulmões.

— Ótima inspiração, filho — comentou o médico com simpatia.

A coceira se espalhou pelo corpo de Christopher, trazendo consigo todas as pessoas que o médico tinha examinado naquele dia. Suas dores e seu sofrimento. Suas febres e dores de cabeça. Christopher sentiu a lâmina entrando no pescoço do sr. Henderson. Cinquenta anos de casamento canalizados no golpe de uma faca.

Eu preparei dez mil jantares para você com essa faca!

A gripe estava por todo lado. Mas não era uma gripe. Era a mulher sibilante do outro lado do espelho. Disso ele tinha certeza. Sua mãe lhe deu mais um gole de suco de maçã gelado. Tinha o gosto do sangue do sr. Henderson escorrendo pela mesa da cozinha. Christopher quis vomitar, mas não podia. Eles jamais o deixariam sair dali. E ele tinha que sair.

— Tá uma delícia, mãe. Brigado.

Christopher sentia a mulher sibilante no quarto. Vigiando todo mundo. Manipulando a todos como marionetes com fios. Fios como os que ligavam as pessoas caixa de correio umas às outras. Fios como na Corrida de Balões.

Agora, ela está começando a entrar na mente das pessoas para olhar pelos olhos delas. O olho gigante está ficando maior. O mal está dentro do médico. Ele está coçando a palma da mão. A mão em que botava a cola na faculdade de medicina.

— Sra. Reese, não tem nada fisicamente errado com o seu filho.
— Doutor, sente a testa dele...
— O termômetro está marcando trinta e sete graus.
— Então deve estar quebrado...
— Já experimentamos três termômetros. Eles não podem estar todos quebrados. Ele não está com febre.
— Dá pra cozinhar um ovo na testa dele.
— Sra. Reese, o seu filho não está com febre.

Christopher conseguia sentir a indignação da mãe crescendo. Ela manteve a voz firme.

— E as hemorragias nasais?
— Ele não é hemofílico, sra. Reese.
— Mas o nariz dele não para de sangrar...
— Já fizemos os exames. Ele não é hemofílico.
— Então o que ele tem?
— Nós não sabemos.

A raiva estava aumentando. A raiva de todos estava aumentando.

— Vocês não sabem? Vocês passaram dois dias fuçando e fuçando... e não sabem de merda nenhuma?!
— Sra. Reese, por favor, se acalme.
— Eu não vou me acalmar porra nenhuma! Façam mais exames.
— Já fizemos. Hemograma. Ressonância. Tomografia do cérebro.

A mulher sibilante tá...
A mulher sibilante tá... ficando mais forte.

— Façam mais exames, porra!
— Não tem mais exames! Já fizemos todos! Ele não tem nada, sra. Reese!
— MAS OLHA PRA ELE!

Ela apontou para o filho, e Christopher se viu através dos olhos dela. Ele estava pálido como um fantasma. Seu nariz cheio de crostas de sangue. Ele queria dizer a ela que a mulher sibilante estava no quarto naquele momento, fazendo todos se odiarem. Mas não se atreveu porque, se dissesse...

— Sra. Reese, existe algum histórico de doença mental na família?

... ele ia parecer louco.

— Existe algum histórico de doença mental na família? — repetiu o médico.

O quarto ficou em silêncio. Christopher viu a mãe ficar imóvel. Ela não deu nenhuma resposta. O médico parecia grato por ter um momento de sossego. Ele começou a falar com uma voz hesitante, como se estivesse pisando em ovos a cada palavra.

— Sra. Reese, a razão da minha pergunta é que eu já vi doenças psicossomáticas em muitas crianças. Sempre que eu não consigo encontrar uma razão de natureza física é porque, geralmente, existe uma de natureza psíquica.

Christopher olhou para a mãe. O rosto dela estava inexpressivo, mas, enquanto segurava a mão dela, ele foi capaz de vislumbrar uma cena do filme amador que ela mantinha tão bem guardado. Ela de joelhos. Limpando a banheira. As mãos rachadas por causa da água sanitária. As manchas do sangue do marido não saíam. Então ela se mudou. E nunca parou de se mudar.

— O meu filho não é maluco — declarou.

— Sra. Reese, a senhora disse que ele arranhou o próprio pescoço na escola. Automutilação é um dos sinais...

— Foi um pesadelo. Crianças têm pesadelos.

O médico se manteve em silêncio. Por um instante

O médico acha... O médico acha... que eu tenho algo sério. Ele já diagnosticou esquizofrenia infantil. Pode aparecer em crianças mais novas que eu. O médico tá... O médico tá... trabalhando pra mulher sibilante. Mas ele não sabe disso.

— Sra. Reese, eu estou tentando ajudar o seu filho. Não quero fazer nada contra ele. Eu posso chamar o psiquiatra infantil aqui, agora. Ele pode fazer uma avaliação rápida. Se ele descartar doença mental, eu refaço todos os exames. Combinado?

O silêncio pairou no quarto. Dez segundos que pareceram uma hora. Mas, por fim, a mãe de Christopher fez que sim. O médico fez uma ligação rápida para o psiquiatra infantil. Depois de desligar, tentou enxergar a situação pelo lado positivo.

— Eu sei que o momento é de tensão, sra. Reese, mas há uma luz no fim do túnel. Não tem nada de errado com o seu filho... fisicamente.

Ele coçou a palma da mão e sorriu.

— Podemos agradecer a Deus por isso.

CAPÍTULO 60

Mary Katherine olhou para o retrato de Jesus na parede e fez uma prece. Ela sabia que ficaria de castigo pelo resto da vida se seus pais a pegassem saindo, mas não tinha escolha. Estava proibida de usar o carro. Não tinha conseguido pensar numa boa desculpa para ir à farmácia, tampouco conseguia arrancar da mente as palavras da sra. Keizer.

"O seu cheiro está diferente. Você está suja. Essa menina está suja!"

Mary Katherine vestiu o jeans por baixo da camisola. Quando abotoou a calça, notou que o botão estava um pouco apertado. Esperava que estivesse apenas engordando. *Por favor, Deus, eu só estou engordando, certo?* Tirou a camisola e colocou o casaco da escola. O que usava quando tocava flauta na banda marcial.

Foi até a cama e enfiou o travesseiro embaixo dos lençóis para fazer com que parecesse que ainda estava deitada. Então pegou o cofrinho. Aquele que Vovó Margaret lhe dera antes de morrer. Mary Katherine queria parar de usar aquele cofrinho. Não era mais criança. Mas foi o último presente de sua avó e ela se sentiria culpada se se livrasse dele.

Tirou todo o dinheiro, incluindo as moedinhas.

Também pegou o dinheiro que tinha ganhado como babá.

Contava com cerca de quarenta e três dólares.

Seria o suficiente.

Mary Katherine saiu do quarto. Caminhou pelo corredor e parou diante da porta dos pais. Tentou ouvir melhor, atenta ao silêncio do outro lado da porta, até que escutou o pai roncando. Então desceu a escada, pegou a chave do carro que ficava pendurada em uma argola embaixo de um retrato de Jesus e foi até a entrada da garagem. Ligou o carro. Sem fazer muito barulho. Não esperou que o motor esquentasse. Suas mãos quase congelaram ao tocar no volante, mas a febre aqueceu o couro.

Ela não sabia aonde ir. Não podia ir à Rite Aid, perto de South Hills Village, porque correria o risco de ser reconhecida por lá. Debbie Dunham trabalhava no Giant Eagle, onde ficava a outra farmácia vinte e quatro horas. Mary Katherine não podia ser vista por nenhum conhecido.

Decidiu pegar a rota 19.

Para ir para bem longe de Mill Grove.

Mary Katherine cruzou o Liberty Tunnel e avistou as luzes do centro da cidade à esquerda e a penitenciária à direita. Ela havia dirigido naquela ponte a caminho do Hospital Mercy quando sua avó morreu. A avó tinha deixado muito dinheiro para ela, um dinheiro que ela jamais viu ou tocou. O dinheiro era para custear seus estudos na Notre Dame, dissera o pai. Tudo o que possuía era aquele cofrinho. Ela nem sabia o nome de solteira da avó. Por que estava pensando tanto na avó? Quase nunca pensava nela. Sentia-se bastante culpada por isso.

Mary Katherine seguiu pela rodovia 376 e pegou a saída da Forbes Avenue, para Oakland, onde ficavam as universidades. Pitt e CMU. Ninguém a conheceria por lá. Ela dirigiu até avistar uma farmácia vinte e quatro horas. Parou o carro e ficou no estacionamento, olhando para o prédio por uns bons cinco minutos para verificar se alguém que ela conhecia estava lá dentro. Não viu nada além das câmeras de segurança. Então colocou uma touca de lã grossa e óculos escuros que ainda cheiravam à viagem que a família fez a Virginia Beach. Era tudo tão mais fácil naquela época. Tudo quentinho e ensolarado. E seus pais não estavam chateados com ela. E ela não tinha feito nada errado.

As portas automáticas a viram chegando e se abriram feito a boca de uma baleia.

Mary Katherine entrou na farmácia. Seu coração batia forte. Ela não sabia em que seção encontraria o que procurava. Ela nunca tinha passado por isso.

— Posso ajudar, moça? — perguntou a vendedora.

— Não, obrigada. Tá tudo bem — respondeu Mary Katherine.

Seu coração batia forte. *Ela sabe. Ela sabe.*

Mary Katherine fez o melhor que pôde para andar casualmente pelos corredores. Parou e olhou para um saco de doces natalinos. Depois examinou alguns cartões de Natal. Então parou diante da estante e olhou os rótulos.

Quando passou pelos remédios para gripe, notou que o estoque estava zerado. Pensou no surto de gripe, mas não deu muita atenção ao assunto. Por fim, encontrou o que procurava, bem ao lado dos absorventes internos.

O teste de gravidez.

Ela não fazia ideia de quais eram as melhores marcas e não ousaria perguntar. Por isso pegou os três mais caros. Sua vontade era de roubá-los; assim, a senhora atrás do balcão não ficaria sabendo de nada. Mas não podia acrescentar um pecado ao que já havia cometido. Sentiu-se culpada por pensar em roubo.

Pensar é fazer.

Ela se dirigiu ao balcão. A senhora olhou para os testes de gravidez, depois encarou Mary Katherine. Seu sorrisinho tenso dizia tudo.

— Ainda bem que você não precisa de remédio pra gripe, moça. A gente está zerado. Surto de gripe, típico do Natal — comentou ela.

Mary Katherine assentiu e tentou responder algo, mas sabia que, se falasse, cairia no choro.

— E os Steelers hoje? Eu acho que eles vão ganhar tudo esse ano.

Mary Katherine fez que sim e olhou para a mulher. Ela era tão simpática. Quase tão simpática quanto sua avó.

— Obrigada, moça. Feliz Natal pra você — disse a mulher.

— Feliz Natal pra senhora — respondeu Mary Katherine.

A mulher registrou a venda dos testes e os colocou dentro de uma sacola. Mary Katherine entregou o dinheiro em moedas de vinte e cinco centavos e de dez centavos e em notas amassadas. E não esperou pelo troco.

No momento em que Mary Katherine saía da farmácia, alguns universitários estavam chegando num barulhento Ford Mustang. Mary Katherine pôde ouvir as histórias de suas últimas conquistas. Aquela "puta idiota" da fraternidade Kappa. E aquela "piranha gostosa" estava tão chapada que teria transado com qualquer um. Mary Katherine voltou para a caminhonete da mãe o mais rápido possível e trancou todas as portas. Ela tirou a touca e os óculos e abriu a primeira caixa. As instruções estavam impressas numa letra pequena demais para ser lida no carro escuro, mas ela não se atreveu a acender a luz, porque alguém poderia vê-la. Ela precisava encontrar algum lugar isolado. Então deu a partida no carro e voltou para Mill Grove.

Enquanto dirigia de volta, ela pensou nas ocasiões em que a família voltava para casa depois de passar a véspera de Natal na casa da avó. Rindo de "Grandma

Got Run Over by a Reindeer" tocando no rádio. Ao fim da música, o radialista dizia que um trenó tinha acabado de ser avistado saindo do polo norte. Mary Katherine pedia ao pai que se apressasse para voltar para casa antes do Papai Noel. Se ela não estivesse na cama, Papai Noel ficaria bravo e não passaria lá.

Por favor, papai. Rápido.

Mary Katherine voltou, passando pela penitenciária e atravessando o Liberty Tunnel, Dormont e Mt. Lebanon, até chegar a Mill Grove. Ela pegou a rota 19 e dirigiu pelas ruas do subúrbio, até enfim encontrar um lugar devidamente isolado.

Bem em frente ao bosque da Mission Street.

Mary Katherine olhou pelo para-brisa embaçado para ter certeza de que não havia ninguém por perto. Tudo o que ela viu foi a cerca que guardava as escavadeiras e os equipamentos da Construtora Collins. Mas não havia seguranças. Nem câmeras de monitoramento. Estava a salvo.

Mary Katherine pegou as instruções. Desdobrou-as cuidadosamente e leu tudo até chegar à versão em espanhol. Quando constatou o que tinha que fazer para realizar o teste, mal pôde acreditar.

Fazer xixi naquele bastão?

Sentiu vontade de chorar. Era muito nojento. Por que tudo que envolve o corpo de uma mulher é tão degradante? Os homens têm a sorte de ficar limpos e secos. E as mulheres têm que ficar sujas e fingir que estão limpas.

O seu cheiro está diferente. Você está suja.

Mary Katherine estava na casa da avó quando menstruou pela primeira vez. Ela achou que tivesse se cortado. Não sabia o que fazer. Então usou papel higiênico. E, quando o papel não bastou, foi até o banheiro da mãe e roubou um absorvente. Estava muito envergonhada. Quando colocou, começou a chorar. Uma parte dela achava que aquilo era pecado. E, quando tirou o absorvente, não acreditou no que viu. Não era aquele líquido azul em papel mata-borrão como aparecia nos comerciais. Era pastoso. E sanguinolento. E dava nojo. Ela estava suja.

Você está suja. Essa menina está suja!

Mary Katherine abriu a porta do carro. O ar estava gelado. Ela baixou o jeans e sentiu a marquinha que o botão tinha deixado em sua barriga. Em seguida, se agachou ao lado do carro. Relaxou a bexiga. E fez xixi no bastão. A cabeça a mil.

Tá tudo bem. Você só fez sexo oral uma vez. Não dá para engravidar assim. Não dá, né? Ninguém nunca engravidou pela boca. Não funciona assim, Mary Katherine. Você aprendeu isso na aula de educação sexual. E também não engravidou quando o Doug tocou nos seus seios. É a mesma coisa. Não é? É.
Se eu estiver errada, meu Deus, me faz atropelar um cervo a caminho de casa.
Mary Katherine acendeu o celular para ter um pouco de luz. Ela olhou para o bastão. Azul significava que você estava grávida. Branco significava que não estava. As instruções diziam que levaria alguns minutos. Cada segundo parecia uma eternidade.
Não entra em pânico. Sim, ele ejaculou no seu suéter, mas ninguém engravida por causa de esperma no suéter. Não funciona assim. Não, né? Mesmo que eu tenha tocado no esperma e só ido ao banheiro horas depois. Alguém pode engravidar assim? Não, claro que não. Eu tive aulas de educação sexual. Não funciona assim. Você sabe que não.
Meu Deus, se eu estiver errada, me faz atropelar um cervo a caminho de casa.
Ela observou o canteiro de obras. As árvores balançavam na brisa. E seu braço não parava de coçar. Sua pele não parava de coçar. Ela puxou o jeans, cobrindo a pele congelada, e voltou para o carro. Nem se deu ao trabalho de apagar a luz. Apenas ficou lá sentada, olhando para o bastão. Coçando o braço. Esperando. Rezando.
Por favor, meu Deus. Faça com que seja branco. Faça com que eu não esteja grávida. Eu juro que não fiz nada. Eu não me toquei. Eu pensei. E sei que pensar é fazer, mas eu não fiz! Eu me controlei! Por favor, meu Deus, me ajuda! Faça com que seja branco. Eu juro que vou mais à igreja. Eu juro que vou ser voluntária em Shady Pines pelo resto do ano. Eu vou me confessar ao padre Tom. Eu vou contar pros meus pais que dei uma fugida essa noite. Por favor, meu Deus. Eu faço qualquer coisa. Por favor, faça com que seja branco.
Mary Katherine olhou para baixo.
Estava azul.
Ela começou a chorar.
Mary Katherine estava grávida.

CAPÍTULO 61

Aripiprazol.
A mãe de Christopher segurou o frasco. Não sabia nem como pronunciar o nome do remédio. Mas, depois de passar uma hora com Christopher, o psiquiatra infantil garantiu que era o melhor para começar. Já havia sido usado em crianças e adolescentes. Havia atingido resultados excelentes.
— Que tipo de remédio é esse? — perguntou ela.
— É um antipsicótico.
— O Christopher não é psicótico.
— Sra. Reese, eu entendo como a senhora se sente, mas o seu filho passou uma hora se recusando a falar comigo porque... — ele folheou as anotações e enfatizou a citação — "... a mulher sibilante tá escutando". Eu trato doenças mentais em crianças há três décadas, e existe ajuda disponível para o seu filho. Eu só preciso do seu apoio.
A mãe de Christopher fez o máximo para se manter focada enquanto o médico calmamente sussurrava palavras como esquizofrenia, transtorno bipolar, depressão clínica, sugerindo que a lealdade que ela tinha para com Christopher era ótima, mas negar o problema, não. Ela continuava convencida de que o médico estava enganado.
Até que ele a levou de volta para o quarto.
A imagem foi chocante. Christopher estava sentado na cama, pálido feito um fantasma. Estava quase catatônico, piscando lentamente e passando a língua nos lábios secos. Seus olhos estavam escuros feito pedaços de carvão. Ele não parecia estar olhando para ela. Parecia estar olhando além dela. Através dela. Através da parede atrás dela. Imediatamente, ela pensou no pai dele. Havia conhecido um homem saudável, bonito. Passados cinco anos, quando

voltava do trabalho, ela e o encontrava resmungando consigo mesmo. Teria feito qualquer coisa para descobrir o remédio certo para ajudá-lo. Talvez, se tivesse esse medicamento na época, ela ainda teria um marido e...

Christopher ainda teria um pai.

— O que esse remédio faz? — perguntou ela, odiando cada palavra que saía de sua boca.

— Ajuda a controlar surtos psicóticos. Também é eficaz na prevenção de autoflagelação, conduta violenta e oscilações rápidas de humor. Se o aripiprazol não funcionar, podemos tentar outros medicamentos. Eu sinto que é um bom primeiro passo, porque os efeitos colaterais são leves comparados a outros remédios.

— Que efeitos colaterais?

— O efeito colateral mais comum em crianças é a sonolência.

O psiquiatra infantil coçou a mão e escreveu a receita; então, logo em seguida, deu alta a Christopher. A mãe de Christopher fez de tudo para mantê-lo internado. Ela queria outro exame. Outra explicação. Mas o hospital tinha centenas de pessoas na emergência agora e não podia ocupar um leito com uma criança maluca (e, pelo jeito como olhavam para ela, uma mãe possivelmente maluca também).

Enquanto saíam do hospital, a mãe de Christopher ficou espantada com a piora da situação. O prédio agora estava operando além da capacidade. Todos os quartos estavam ocupados. As pessoas começavam a lotar os corredores. Ela perguntou à enfermeira que empurrava a cadeira de rodas de Christopher se ela já havia visto algo semelhante. A enfermeira disse que não, mas pelo menos ninguém tinha morrido ainda.

— É um milagre — comentou ela, com seu forte sotaque estrangeiro.

Chegaram ao estacionamento. A enfermeira levou a cadeira de rodas.

Kate Reese estava por conta própria.

Ela acomodou Christopher no banco do carona e dirigiu até o Giant Eagle para comprar o remédio. A farmácia do próprio hospital não estava aberta por algum motivo. O trânsito estava quase tão psicótico quanto seu filho tinha sido acusado de ser. As buzinas soavam com tanta frequência que pareciam patos num lago.

Quando por fim chegou ao mercado, Christopher estava tão fraco que mal conseguia se mexer. Ela deu um beijo na bochecha dele, que parecia estar pegando fogo. Então abriu a porta do carro para deixar o ar frio de dezembro cortar a febre que os médicos garantiam que ele não tinha.

— Você consegue andar, querido?

Christopher não disse nada. Só olhou através do para-brisa e piscou. Ela o ajudou a ficar de pé e o carregou até o mercado como se fosse um bebê. Ele era grande demais para caber na cadeirinha de criança do carrinho de compras, então ela tirou o casaco para criar um acolchoamento sobre o metal e deitou o filho dentro do carrinho. Em seguida, correu para a farmácia que ficava dentro do mercado e entregou a receita ao farmacêutico.

— Vai levar alguns minutos — avisou o farmacêutico, exausto, enquanto coçava a mão.

A mãe de Christopher sabia que eles poderiam ficar um bom tempo esperando, por isso ela percorreu rapidamente os corredores do Giant Eagle, procurando suprimentos que durassem algumas semanas.

Mas não havia nada.

A mãe de Christopher já havia visto mercados vazios. Ela viajara o suficiente pelo país para ver o que acontece quando um alerta de tornado ou furacão é anunciado numa comunidade. Às vezes, ela se perguntava se os supermercados não colocavam um pouco de pressão nos telejornais para alardear tempestades apocalípticas e assim fazer uma queima de estoque.

Mas nunca tinha visto nada parecido.

Todo o estoque de Advil, Tylenol e aspirina. Todo o estoque de pomadas para erupções cutâneas e coceiras. Todo o estoque de sopa enlatada, frutas secas, carnes e peixes enlatados.

Tudo esgotado.

Se a mãe de Christopher não soubesse o que estava acontecendo, teria pensado que a cidade estava se preparando para uma guerra.

Ela pegou o que pôde. Carne-seca, caixinhas de sopa Lipton e caixas de cereal matinal. Pelo menos, Christopher teria seu Froot Loops. Ela foi até a seção de refrigerados. Pegou queijo porque, se refrigerado direitinho, dura bastante tempo. Em seguida, saiu em busca de leite. Havia dezenas de fotos de Emily Bertovich de olho em tudo. Ela pegou um galão e as últimas garrafas de leite.

A mãe de Christopher olhou de relance para o carrinho para ter certeza de que Christopher estava confortável. Viu que ele estava bem, mas então notou que as pessoas no mercado não estavam. Todo mundo estava mal-humorado.

Brigando por causa de bobagens. Gritando com os repositores por causa da falta de produtos. A mãe de Christopher se manteve discreta. Quando encheu o carrinho, voltou até a farmácia para pegar o remédio de Christopher. O farmacêutico estava no meio de uma discussão acalorada com um idoso.

— Eu perguntei se tem aspirina aí dentro, no estoque — disse o idoso.
— A gente tem o que o senhor está vendo aí — respondeu o farmacêutico.
— O senhor pode verificar lá no esto...
— A gente tem o que o senhor está vendo aí — interrompeu o farmacêutico.
— Eu preciso de aspirina pra afinar o meu sangue!
— Próximo!

O velho se afastou espumando de raiva. A mãe de Christopher notou que ele coçava a perna. Ela se voltou para o farmacêutico, que a encarou com uma expressão de "você viu que babaca?!" e colocou os comprimidos de Christopher num saco de papel branco.

— Ele deve tomar esse remédio antes ou depois de comer? — perguntou ela.
— Leia a bula. Próximo!

Depois de pagar pelos comprimidos, a mãe de Christopher levou as compras até o caixa. Havia uma longa fila e apenas uma pessoa trabalhando. Era uma jovenzinha adolescente. Muito bonita. Um homem de botas enlameadas murmurava com impaciência.

— Faz vinte minutos que eu estou aqui. Por que vocês não abrem a merda de outro caixa?
— Me desculpe, senhor. Todo mundo faltou por motivo de doença — respondeu a adolescente.
— Então, quem sabe, você agiliza um pouco aí, sua...
— Ei, por que você não deixa a menina em paz? — interveio um sujeito corpulento, logo atrás dele.
— Por que você não vai se foder?
— Vai se foder você, seu merda!

Um segurança se aproximou para apaziguar o confronto. A mãe de Christopher ficou parada, esperando a tempestade passar. O homem na frente dela na fila se virou e começou a olhar alguns dos itens do carrinho que ela empurrava. Seus olhos depararam com o leite, e ele deu um sorriso malicioso.

— Então você gosta de leite, é? — comentou ele.

A mãe de Christopher sabia se esquivar de homens perigosos. Havia apenas um jeito de lidar com um cara desses.

— Ei, seu merdinha. Se você tocar em qualquer coisa perto do meu filho, eu quebro a porra da sua mão.

O homem a encarou.

— Piranha.

— Com orgulho — respondeu ela, impassível.

O sujeito enfim se virou, espumando. A mãe de Christopher olhou para o segurança. Fez questão de lhe oferecer um belo sorriso para mantê-lo ali perto da fila do caixa. Depois que os homens compraram seus suprimentos e saíram, ela era a próxima na fila. Enquanto a adolescente registrava os itens, a mãe de Christopher observou o cara que tinha feito a piadinha com o leite sair do supermercado e se encaminhar para o seu 4×4. A menina do outro lado do balcão tossiu. Também parecia estar gripada. A mãe de Christopher viu o crachá da jovem: DEBBIE DUNHAM.

— Noite difícil, Debbie? — perguntou a mãe de Christopher.

— Um inferno — disse a menina, sem o menor traço de humor. — Próximo!

A mãe de Christopher esperou dentro da loja até que todos os homens da fila entrassem em suas picapes e então saiu. Ela sabia que o engraçadinho do leite poderia ter dado meia-volta e esperado por ela. Longe das câmeras de segurança. Longe da luz. Já havia passado por situações parecidas. Tinha aprendido do jeito mais difícil.

Mas tinha aprendido.

A volta do Giant Eagle devia ter levado dez minutos, mas o trânsito havia piorado enquanto ela estava no mercado. O engarrafamento chegava a cinco quilômetros. Muita gente começou a enfiar a mão na buzina. Ela ouviu janelas de carros sendo abertas e vozes esbravejando na noite.

— Anda! Vamos lá!

— Eu não tenho a noite toda, porra!

Quando enfim chegou à origem do engarrafamento, ela percebeu que era tudo por causa de um simples acidente.

— Cambada de curiosos — pensou em voz alta.

Um cervo havia acertado uma caminhonete. O animal estava preso na janela do lado do motorista. O animal parecia ter avançado de propósito, tentando matar quem dirigia. O motorista estava deitado no banco enquanto socorristas cuidavam de um ferimento na mão dele. A galhada do cervo tinha perfurado a mão do sujeito feito uma estaca. Passado um instante, o motorista ergueu o olhar. O coração da mãe de Christopher quase parou quando se deu conta de que se tratava do sujeito do leite. Ela sabia que o homem não conseguia vê-la no escuro, mas a sensação era de que ele estava olhando para ela e pensando naquela palavra.

Piranha.

A mãe de Christopher passou direto pelo acidente e decidiu não voltar à rota 19. Não podia arriscar outro congestionamento. Por isso pegou ruas secundárias para retornar ao seu bairro.

Eles passaram pela antiga casa da família Olson, na esquina. Christopher repousava a cabeça na janela fria. O calor de sua testa desembaçava o vidro. Entraram na ruazinha que ficava entre a cabana de madeira e a casa deles. A velha estava sentada no sótão, dormindo em sua cadeira.

A mãe de Christopher subiu pela entrada de carros e estacionou na garagem. Ela saiu do veículo rapidamente e foi para o lado de Christopher. Abriu a porta do carro.

— Vamos lá, querido. A gente chegou em casa.

Christopher não se mexeu. Só olhava pelo para-brisa. Ele só dava algum sinal de vida quando passava a língua pelos lábios secos e rachados. A mãe de Christopher se curvou e o pegou nos braços. Fazia anos desde a última vez que ela o tinha tirado do carro no colo. Ele era tão pequeno naquela época. E estava tão doente agora.

Não vai começar a chorar, porra!

Ela levou Christopher para dentro de casa e o conduziu até o quarto. Então tirou a roupa que ele tinha usado no dia do Espetáculo de Natal. Meu Deus, fazia quanto tempo desde aquela apresentação? Dois dias? Dois dias e meio? Parecia um ano. Por causa da febre, a roupa estava tão encharcada de suor que ela precisou quase descascá-la, como se fosse uma pele de cobra. Ela levou Christopher para a banheira e deu banho nele como fazia quando ele era pequeno o suficiente para caber na pia da cozinha. Queria tirar o hospital do corpo dele. Livrá-lo das bactérias. Livrá-lo da loucura. Ela o esfregou da cabeça aos pés e, em seguida, vestiu nele seu novo pijama favorito. Aquele com a estampa do Homem de Ferro. Por algum motivo ele tinha parado de usar o pijama do Gato Mau havia um mês.

A mãe de Christopher o colocou debaixo dos lençóis. Então voltou ao banheiro para pegar analgésicos no armário de remédios. Esperava encontrar o suficiente para durar semanas. Mas, quando olhou, deu-se conta de que tinha talvez só duas doses de Tylenol infantil e uma de Advil.

— Christopher, você andou tomando remédio por conta própria?

Christopher jazia na cama, olhando para o céu noturno através da janela. Não falava nada. A mãe de Christopher deduziu que ele vinha escondendo isso dela. Há quanto tempo estava doente? E por que teria fingido que estava bem só para ir à escola? As crianças não costumam fazer o contrário? A mãe de Christopher sentou o filho na cama e lhe deu o Tylenol. Ela sentiu que o travesseiro já estava quente, então instintivamente o virou e deitou a cabeça do filho no lado fresquinho.

— Querido, eu vou lá preparar a janta pra você tomar o seu remédio. Tenta descansar, tá bom?

Ele permaneceu inerte. Sem falar. Sem se mexer. Sem perder tempo, a mãe de Christopher desceu a escada. Ela abriu uma caixinha de sopa de macarrão com frango Lipton. A sopa de que ele mais gostava, desde que era pequenininho. "Eu gosto do macarrãozinho, mamãe."

Para com isso, Kate.

Ela balançou a cabeça. Não se permitiria chorar. Seja forte. Chorar não resolve nada. Ela acrescentou alguns legumes congelados para enriquecer com vitaminas. Ajustou o tempo no micro-ondas, cinco minutos. Então pegou pão, manteiga e queijo e começou a preparar queijos-quentes. "Eu gosto do meu bem tostadinho, mamãe."

Para com isso agora mesmo.

Enquanto a comida não ficava pronta, a mãe de Christopher pegou o frasco de aripiprazol e correu os olhos pelas instruções de uso. Podia ser tomado em jejum ou após as refeições, mas ele estava tão doente que ela não arriscaria vê-lo vomitar a única coisa que poderia ajudar de alguma forma. A única coisa que poderia fazer as vozes desaparecerem. "O papai faleceu." "O que significa 'faleceu', mamãe?"

Para de chorar, caramba!

Mas ela não conseguia. Não conseguia impedir que seus olhos lacrimejassem, assim como Ambrose Olson não conseguia impedir que seus olhos ficassem nublados. Ela se forçou a ler as instruções. Viu quais eram os efeitos colaterais em crianças. Fadiga. Sonolência.

— Ele vai dormir um pouco. Ele precisa dormir — assegurou a si mesma.

Dor de cabeça. Náusea. Nariz entupido. Vômito. Movimentos involuntários, como inquietação, tiques nervosos.

Seu filho é louco como o seu marido.

A mãe de Christopher chutou o armário. Chutou a cozinha toda. Estava acordada havia mais de dois dias. Não se permitira dormir. Ficara com o filho no colo enquanto ele babava, porque ninguém sabia dizer o que o menino tinha. Aquele maldito sistema. Um monte de gente gananciosa que cede o leito de uma criança só para poder cobrar milhares de dólares por dia do plano de saúde de outro paciente pela porra do mesmo leito sem resolver merda nenhuma.

Para de chorar, sua piranha de merda!

PLIM.

O micro-ondas desligou automaticamente. A mãe de Christopher olhou ao redor, confusa. Tinha ligado o aparelho cinco minutos antes. Para onde teria ido o tempo? Ela retirou a sopa de lá. Virou os queijos-quentes, vendo que estavam devidamente tostados. Arrumou tudo numa bandeja junto ao comprimido de aripiprazol. E serviu um bom copo de leite gelado para acompanhar a refeição. Emily Bertovich a encarou de dentro da geladeira enquanto ela fechava a porta. A mãe de Christopher eliminou todo e qualquer indício de choro do rosto, então foi para o andar de cima, disposta a dar de comer ao filho como fazia quando ele era bebê.

Mas, quando chegou ao quarto, Christopher havia desaparecido.

— Christopher? — chamou ela.

Silêncio. Ela largou a bandeja com a comida e o remédio. Correu até a janela do quarto. Olhou para a neve no quintal. Não havia pegadas. Apenas alguns cervos mastigando as sempre-vivas no bosque da Mission Street.

— Christopher?! — gritou ela.

A mãe de Christopher correu até o banheiro. Imagens do marido vieram à sua mente. Lembranças que ela mantinha trancadas como um extintor de incêndio dentro de um armário com porta de vidro. Quebre em caso de emergência. O dia em que Christopher desapareceu. O dia em que ela entrou em casa e encontrou o marido em silêncio dentro da banheira e o filho chorando ao lado.

A mãe de Christopher abriu a porta do banheiro. Ele não estava lá. Então foi até o quarto dela. Ao outro banheiro. Onde ele também não estava. Ela desceu correndo a escada. Até a sala de estar. Será que ele estava vendo TV? Não. Será que estava no quintal? Não. Na garagem? Na cozinha? No jardim da frente? Não estava em lugar nenhum.

— Christopher Michael Reese! É bom você aparecer agora mesmo!

Sem resposta. Ela olhou para a porta do porão. Estava aberta. Ela desceu correndo, no escuro. Em seguida, acendeu a lâmpada fluorescente. Foi então que viu o filho ajoelhado em frente ao sofá. E não estava catatônico. Estava bem acordado.

E falava sozinho.

— O que você conseguiu descobrir? — sussurrou ele para o sofá.

A mãe de Christopher não conseguia falar. Chegou mais perto do filho. Olhou para o sofá e viu o velho paletó do marido estirado junto a uma calça velha. Uma sacola de plástico branca servia de cabeça. Um espantalho achatado e apavorante.

— Christopher, com quem você está falando?

— Você tem certeza de que tá tudo bem? — perguntou ele à sacola de plástico branca.

Depois de um instante, Christopher se virou e sorriu para ela.

— Esse é o meu amigo, mãe. O moço bonzinho — disse ele.

Então Christopher levou um dedo aos lábios.

— Agora, shhhh. Senão a mulher sibilante vai saber que ele tá aqui embaixo.

CAPÍTULO 62

A mãe de Christopher segurava o comprimido com a mão trêmula. Ficou vendo seu menino resmungar consigo mesmo na mesa da cozinha. O nariz dele tinha voltado a sangrar. A pele estava tão pálida que parecia que não restava uma gota de sangue no corpo. Ela tentou tirá-lo do porão sem a sacola de plástico branca, mas ele começou a berrar e lutou com ela com todas as forças. Por fim, ela cedeu e deixou que ele levasse a sacola. E, agora, ela abria um sorriso tranquilizador forçado, como um peixe fisgado com dois anzóis na boca.

— Eu vou te dar um pouco de leite, querido. Você vai se sentir melhor depois que tomar o comprimido — disse ela.

Christopher sussurrou para a sacola de plástico branca.

— Ela já tá aqui, senhor? Ela tá vindo?

Seu filho é louco como o seu marido. Você não fez nada de errado, Kate. Não tem culpa de nada. Você só precisa lidar com o problema.

Você só precisa amá-lo.

A mãe de Christopher pegou o copo de leite, tentando manter as mãos firmes.

— Vai ficar tudo bem — disse ela, com a voz serena.

Ela colocou o comprimido na boca do filho e ergueu o copo de leite. Então esperou até que ele engolisse tudo. Ele manteve o remédio na boca por dez segundos e expirou com a última gota de sua força.

Christopher cuspiu o comprimido no chão.

— Mãe — disse ele num sussurro quase inaudível —, o moço bonzinho falou que eu não posso tomar esse remédio. Por favor, não me faz tomar isso.

Ele está louco, Kate. Dá logo os comprimidos. O remédio vai ajudar o seu filho.
— Christopher, vai ficar tudo bem. Confia na mamãe. Eu vou te ajudar.

A mãe de Christopher pegou o frasco de comprimidos. Pressionou a tampa para destravar o dispositivo de segurança. A tampa rangeu um pouco sob a pressão. A mãe de Christopher deixou rolar outro comprimido em sua mão. E olhou para o filho, que murmurava.

— Mãe, por favor. Você tem que acreditar nele. Não me faz dormir.

Você quer que eles levem o seu filho embora, Kate? Que o internem num hospício?

— Toma o comprimido, querido.

— Não! — gritou ele.

Christopher empurrou o copo, derramando o leite gelado na mesa e no jeans que ela estava usando. Ela foi tomada pela fúria.

— Que merda, Christopher! Eu estou me esforçando pra te ajudar! — disse ela com uma voz sibilante.

A mãe de Christopher odiou a si mesma por reagir com raiva. Por gritar. Por não ter percebido antes a doença dele. Ela se levantou rapidamente e serviu outro copo de leite. Virou-se e viu o filho cochichando algo para a sacola de plástico branca. O sangue jorrava de seu nariz. Ele nem se dava ao trabalho de limpá-lo.

— Eu sei que não posso deixar, mas ela acha que eu tô maluco. O que eu posso fazer? — sussurrou ele.

Olha pra ele, Kate. Isso está matando o seu filho.

A mãe de Christopher se aproximou do filho. Seria obrigada a enfiar o comprimido na boca do menino até que ele engolisse e pedisse leite. Era o único jeito. Havia perdido o marido. Não perderia o filho.

— Não me faz tomar esse comprimido, mãe — implorou ele.

— Christopher, você tem que tomar. Isso vai te ajudar a dormir.

Christopher se virou para a sacola de plástico branca.

— Por favor, senhor. Me ajuda! Me diz o que eu devo falar!

Ele vai se machucar. Dá logo o comprimido.

— Querido, não tem ninguém aí! Toma o comprimido. Vai ficar tudo bem.

— Não! — gritou ele para a sacola de plástico branca. — Ela já tá achando que eu tô maluco. Se eu contar, ela não vai mais me amar.

A mãe de Christopher parou.

— Eu sempre vou te amar, querido. Pode contar.

— Mãe... — começou ele. Christopher olhou para ela. Sua voz tremia de medo. Seus olhos ficaram cheios de lágrimas. Elas rolavam pelo rosto dele feito água numa frigideira quente. — O moço bonzinho quer que eu te fale uma coisa.

Não dá ouvidos a isso, Kate.

— Pode falar, Christopher.

O menino respirou fundo e se virou para a sacola de plástico branca em busca de forças. Então assentiu e falou, serenamente:

— Mãe... eu sei que não se bebe cerveja com gelo. Eu sei que todo mundo na sua família foi malvado com você, menos um tio. O tio Robbie morreu quando você tinha 10 anos. Alguns homens bateram nele porque ele era diferente.

O pai disse isso pra ele, Kate. Dá logo esse comprimido.

— No enterro dele, você prometeu que, se tivesse um filho, sempre acreditaria nele. Ninguém acreditava em você quando você era pequena. Você contou pra sua mãe, pra sua tia e pra sua avó. Mas ninguém fez nada. E, quando você era pequena, você ficou tão brava que pensou que podia fechar os olhos e destruir o mundo. Mas você nunca tentou, porque não sabia onde ia morar.

O pai disse isso pra ele. Você sabe disso. Seja forte.

A mãe de Christopher sentiu uma corrente elétrica percorrer a casa. Sentiu cheiro de ozônio. Como um raio. Duas nuvens se chocando. Os pelos de sua nuca se eriçaram. O filho parecia elétrico, feito um balão esfregado num suéter.

— Tudo bem. A gente vai superar isso, querido. Eu prometo — disse ela.

— Você conheceu o papai quando tava fugindo de casa. Você pediu pra ele te bater assim que vocês se conheceram porque você achava que não bater significava não amar. Ele não bateu. Em vez de te bater, ele te abraçou. Você achou que nunca mais ia parar de chorar.

Seu marido era louco, Kate. Ele contou tudo pro seu filho. Dá logo esse comprimido.

— Mãe... eu sei que o papai se matou na banheira. Eu sei que você sofreu muito e escondeu quase tudo de mim. Você se mudava pra fugir do sangue, mas o sangue nunca ia embora, então você continuou se mudando. Você ficou muito triste quando conheceu o Jerry. Eu sei que o Jerry batia em você, mãe. Aí você me levou embora para minha própria segurança. Ninguém jamais fez isso por você.

— Como é que você sabe tudo isso, querido? — perguntou ela, por fim.
— Porque o moço bonzinho me contou.
Qual é o seu problema, Kate? Ele está louco. Dá logo esse comprimido pra ele!
— Ele me pediu pra construir um portal pro mundo imaginário pra ajudar ele. Porque a mulher sibilante vai quebrar o espelho que separa o lado deles do nosso. A gente tem que impedir ela, mãe! Ela é perigosa. Eu tava lá na cozinha, com você e a Jill. Você achou que foi ela que derramou o café, mas foi a mulher sibilante. Ela quer que eu durma. Quer que eu leve ela até o moço bonzinho e depois vai me matar porque eu sou muito poderoso.
Você quer perder outro homem? Quer ficar sozinha de novo?
— Mas toda vez que eu vou pro lado imaginário eu sofro. É por isso que o meu nariz tá sangrando. Não é o meu sangue. É o seu sangue. É o sangue do papai na banheira. É o sangue da sra. Keizer. Mãe, por favor! Eu sinto o calor da sua mão. Eu sinto o que todos os velhinhos que tavam no Espetáculo de Natal sentem. As pessoas no hospital. Eu sinto a dor de todo mundo. E a alegria de todo mundo. O que eu sei sobre as pessoas tá me matando!
Você ouviu isso? Você tá matando ele, Kate! Dá logo esse comprimido!
A mãe de Christopher parou. Abraçou o filho e olhou nos olhos dele.
— O que você sabe sobre as pessoas, querido?
— Tudo.
Com essa palavra, Christopher desabou nos braços dela e começou a chorar. Ela abraçou o filho, que agora estava fraco demais para resistir aos comprimidos. Era a sua chance.
Dá logo esse comprimido pra ele, Kate.
A mãe de Christopher abraçou o filho, convulsionando de tanto chorar aos soluços. Trêmulo por causa da privação de sono. Ela foi inundada por uma vida inteira de maternidade. Cada travesseiro virado para o lado mais fresco. Cada queijo-quente preparado do jeito que ele gostava.
Dá logo esse comprimido, Kate! Senão você vai ser uma mãe desnaturada!
A mãe de Christopher parou. Ouviu a voz novamente.
Você é uma mãe desnaturada, Kate. Agora, dá logo esse comprimido pra ele!
E foi então que percebeu que a voz não era dela.
Era parecida. Quase igual. O tom estava certo. Às vezes, ela era negativa consigo mesma. Um monólogo interno que lhe dizia coisas cruéis ao longo dos anos.

Mas...

Kate Reese não era uma mãe desnaturada. Era uma mãe excelente. Ser mãe de Christopher era a única coisa em que Kate Reese era ótima. E alguma vagabunda estava fazendo uma imitação perfeita de sua voz para convencê-la do contrário. Alguma coisa queria que Christopher tomasse aqueles comprimidos. Alguma coisa queria que seu filho dormisse. Alguma coisa queria seu filho.

— Quem é? — perguntou a mãe de Christopher em voz alta. — Quem está aí?

O ambiente estava silencioso. Mas ela sentia algo rastejando.

— Mãe, você acredita em mim agora? — sussurrou Christopher.

A mãe de Christopher olhou para o frasco de comprimidos em sua mão. Em um único gesto, ela esvaziou o frasco inteiro de aripiprazol na pia.

— Acredito, querido. Agora, arruma as suas coisas. A gente vai cair fora daqui.

CAPÍTULO 63

Mary Katherine entrou na igreja. Já era tarde e o local estava vazio. A única luz vinha do poste na rua, que entrava através do vitral, e de algumas velas acesas por entes queridos tentando manter a família viva por meio da fé. Fora isso, era tudo escuridão. Mary Katherine mergulhou os dedos na água benta e caminhou pela nave central até o altar. Fez o sinal da cruz e se sentou no banco geralmente reservado para a família Collins. Mas a família Collins não estava ali. Naquele momento, estavam apenas Mary Katherine e Deus.

E o bebê.

Mary Katherine reprimiu o pensamento. Mal se lembrava de ter dirigido até ali. Pensou no primeiro teste de gravidez ficando azul. Ela sabia que não tinha como estar grávida. Era impossível. Então se convenceu de que o resultado do primeiro estava errado. Isso mesmo. Era uma explicação muito mais razoável que uma virgem grávida. Ela abriu a outra caixa e leu as instruções à luz do celular. No teste daquela marca, se aparecessem duas linhas, ela estava grávida. Se aparecesse uma linha, não estava. Ela se agachou, fez xixi no bastão e esperou como um prisioneiro que aguarda uma decisão sobre sua liberdade condicional. Os minutos seguintes pareceram uma eternidade. Esperando por uma linha só. Esperando por uma linha só.

Por favor, Deus. Faça com que seja uma linha.

Junto com as duas linhas apareceram lágrimas. Imediatamente, ela abriu a última caixa e se apressou em ler as instruções. Um sinal de mais (+) significava que estava grávida. Um sinal de menos (–) significava que poderia acordar daquele pesadelo e voltar para sua vida como se nada daquilo tivesse acontecido. Dentro do kit de emergência, ela encontrou a garrafa de água de sua mãe e bebeu. Aguardou. Depois de fazer xixi num bastão pela terceira e última vez, contemplou o resultado do teste — do teste de Deus — e prometeu estudar muito. Entrar na Notre Dame. Casar-se. Construir uma carreira. Ter filhos com o marido como fizeram todas as mulheres de sua família ao longo de várias gerações. Só, por favor, Deus: faça com que seja um sinal de menos (–). Ela rezou com mais fervor do que seu pai rezava nos jogos de futebol americano do Notre Dame e dos Steelers somados quando o quarterback executava um lançamento longo no fim da partida. Como era mesmo o nome dessa jogada?

Um Hail Mary.

Ela olhou para o bastão e viu o sinal de mais (+) em sua mão, igual à cruz de ouro que pendia em seu pescoço. E começou a chorar aos soluços. O teste de Deus tinha dado positivo nas três tentativas. Pai. Filho. Espírito Santo. Mary Katherine teria uma barriguinha por baixo da beca na formatura. Jamais teria coragem de ver suas fotos de formatura. E, quando as pessoas responsáveis pelo processo seletivo ficassem sabendo, ela jamais conseguiria entrar na Notre Dame.

Mary Katherine não sabia quanto tempo tinha ficado sentada, no frio, chorando com as mãos no rosto, mas, no momento em que finalmente se levantou, os joelhos estavam tão doloridos como quando atuava na Paixão de Cristo. De algum jeito tinha conseguido entrar no carro. E de algum jeito tinha conseguido ir até a igreja. E agora estava ajoelhada no genuflexório. Fechou os olhos e rezou de coração.

Deus, me perdoa. Eu não sei o que eu fiz, mas sei que fiz algo errado. Por favor, me diz o que eu fiz, e vou melhorar. Eu juro.

Silêncio. Seus joelhos pesavam no genuflexório. Ela coçou o braço. Não conseguia parar de coçar. O telefone vibrou com uma mensagem. O barulho a assustou. Ela se perguntou quem estaria enviando uma mensagem tão tarde. Talvez Doug tivesse acordado. Talvez seus pais tivessem achado sua cama vazia. Ela pegou o telefone. A mensagem era de DESCONHECIDO.

O texto dizia... **Você mijou num bastão, sua piranha.**

Mary Katherine sentiu o coração subir à garganta. "Mortificada" seria pouco para definir seu sentimento. Alguém a estivera observando de dentro do bosque.

O telefone vibrou de novo... **Ei, Virgem Maria, eu estou falando com você.**

Mary Katherine apagou as mensagens. Queria fazer com que tudo aquilo desaparecesse. Queria fazer com que ela própria desaparecesse.

Deus. Por favor. Eu não tô entendendo por que isso tá acontecendo. Seja lá o que eu fiz pra desagradar ao Senhor, eu prometo melhorar. É só me dizer o que fazer. Eu só preciso que o Senhor fale comigo.

O telefone vibrou outra vez. **Eu disse que estou falando com você, sua piranha.**

Mary Katherine parou. Correu os olhos pela igreja. Não havia ninguém. De repente, sentiu um frio enorme na barriga. Enfiou o celular no bolso. O aparelho tocou uma vez. Tocou duas vezes. Por fim, ela não se conteve. E olhou.

Por que você não me responde?

Você se acha boa demais pra mim?

Ela respondeu... **quem é?**

O celular vibrou... **você sabe quem é.**

O celular ficou em silêncio. De repente, o ambiente esfriou.

O celular tocou de novo... **Eu estou olhando pra você agora mesmo.**

Mary Katherine gritou. Olhou para a igreja, mas não encontrou nada além das imagens de Jesus e dos santos congeladas para sempre nos vitrais. De repente, seu instinto lhe disse para sair daquela igreja. Entrar no carro. Agora. Mary Katherine deixou o banco sem fazer o sinal da cruz. E correu pela nave, saindo da igreja. Havia alguma coisa errada. Ela sentia o perigo que a cercava. Abriu a porta da igreja.

A sra. Radcliffe estava do lado de fora.

Mary Katherine deu um grito. A sra. Radcliffe estava coçando o braço. Seus olhos estavam vermelhos. A testa molhada, febril.

— O que você está fazendo aqui, Mary Katherine? São quase duas da manhã.

— Me desculpe, sra. Radcliffe. Eu tava saindo agora.

A sra. Radcliffe foi em sua direção. Coçando o braço.

— Tem alguma coisa diferente em você.

— Eu só tô nervosa por causa do processo seletivo da Notre Dame. Eu vim aqui pra rezar. Feliz Natal.

Mary Katherine deu um sorriso forçado e correu para o estacionamento. Já não se preocupava com o que os pais fariam. Só precisava voltar para casa. Entrou no carro e ligou o motor. Olhou pelo espelho retrovisor e viu a sra. Radcliffe desaparecer, entrando na igreja. Mary Katherine não sabia o que ela poderia estar fazendo ali tão tarde. Talvez estivesse triste. Talvez quisesse acender uma vela pelo bem da família. Tudo o que Mary Katherine sabia com certeza era que, por algum motivo, a sra. Radcliffe não estava de sapato.

Mary Katherine começou a dirigir.

Ela já sabe, Mary Katherine. Ela vai se lembrar de quando você vomitou depois de receber a comunhão. Você estava grávida, com enjoo matinal, e a hóstia da comunhão tinha o sabor da carne de Jesus. Isso é canibalismo. Você é nojenta.

A voz interior estava implacável. Ela olhou para o velocímetro. Estava dirigindo a 30km/h. Seu coração disparou. Ela precisava voltar logo para casa. Buscar um local seguro. Então pisou fundo no acelerador.

Ela te viu beber o vinho. Você realmente acha que bebeu o sangue de Deus? Isso faz de você uma vampira. Isso é loucura. A Igreja não aceita canibalismo e vampirismo. A Igreja é linda. Isso não faz o menor sentido.

Mary Katherine olhou pelo retrovisor. E viu a torre da igreja ficando menor. Ela não percebia, mas agora seguia a 50km/h. A voz em sua mente ficou mais alta, como se alguém estivesse aumentando o volume da TV.

Não é culpa de Deus que isso esteja acontecendo. A culpa é sua. Foi você quem pensou em sexo. Não importa que você não tenha transado. Você conhece as regras... pensar é fazer. Então você não é nada virgem. Você é uma piranha.

O celular tocou. A mensagem dizia simplesmente... **Eu ainda estou aqui, sua piranha.**

Mary Katherine coçou o braço. Não conseguia parar de coçar e se perguntar quem estaria enviando aquelas mensagens. Ela olhou para o céu. As nuvens pairavam lá em cima. O ponteiro subiu. 55km/h. Ela precisava voltar logo para casa. 60km/h.

E agora você quer o perdão de Deus? Depois de ter vomitado Seu corpo e sangue. Depois de ter caído de boca no Doug. Depois de não dar a mínima para aqueles idosos, porque tudo o que você queria era ser admitida na Notre Dame. Depois de tudo isso você acha que Deus te escolheu? Vai em frente, Mary Katherine. Vai em frente e pergunte a Ele.

— Deus — disse ela baixinho —, eu tô grávida do Seu filho?

O celular vibrou. Não havia nada além de um emoji sorridente. Mary Katherine olhou para os lados da estrada. Cervos começaram a surgir do meio das árvores e dos quintais. 80km/h. Ela ignorou a mensagem de texto e continuou rezando.

— O motivo da minha pergunta, meu Deus, é que... é que eu tenho pensado em umas coisas muito ruins. Eu não consigo parar de pensar em me jogar de uma escadaria. Eu tenho vontade de bater na minha barriga pra causar um aborto. E eu não quero mais pensar isso. Então só me diz, Deus. Se eu tô carregando o Seu filho, me faz atropelar um cervo.

O celular vibrou. Essa mensagem não tinha palavras. Só o emoji de um bebê rindo. Mary Katherine ficou ofegante. Ela olhou para a frente na estrada. Os cervos estavam se reunindo. Mary Katherine ignorou uma placa de PARE. Outra e outra. 100km/h.

— Por favor, só dessa vez. Só diz pra mim. Porque eu continuo pensando em me matar. Eu nunca faria isso, mas pensar é fazer. Então eu acabei de fazer. Eu acabei de fazer? Eu acabei de me matar? Eu morri? Acabei de pecar? Eu tô amaldiçoada pra sempre? Se eu estiver amaldiçoada pra sempre, me faz atropelar um cervo.

Mary Katherine avançou um sinal vermelho. Passou por uma placa de limite de velocidade que assinalava 40. Simplesmente não conseguia se livrar do pecado. Não conseguia fugir do pecado. Não importava a velocidade que atingisse. Não conseguia se lavar do pecado. Ela olhou para o velocímetro. 110km/h.

— Deus, por favor. Eu preciso que o Senhor me diga agora se eu tô grávida do Seu filho, porque eu continuo pensando em fazer um aborto. E isso é um pecado mortal. Mas eu continuo pensando, e, se eu tô pensando, então eu tô fazendo. E eu não quero fazer isso. Eu não quero atentar contra o Seu filho. Por favor! Por favor, me ajuda! Meu Deus, se o Senhor quiser que eu faça um aborto, me faça atropelar um cervo. Se o Senhor quiser que eu me mate. Se o Senhor quiser que eu morra! Se o senhor quiser que eu tenha o Seu filho! Apenas me dê um sinal e eu cumpro! Eu farei qualquer coisa pelo Senhor, meu Deus.

Mary Katherine viu o sinal vermelho à frente. Na lateral da estrada, os cervos observavam o carro dela. Em vez de desacelerar, ela pisou fundo no acelerador. E voou pelo cruzamento no instante em que o sinal ficou verde. 130km/h. 140km/h.

O celular vibrou pela última vez. **Você vai morrer agora, sua piranha.**

Quando atingiu 160km/h, Mary Katherine sentiu o mundo silenciar. Ela não entendia por que estava fazendo aquilo, e parecia que alguma outra pessoa estava pisando no acelerador. Alguém estava pegando o celular dela. Alguma outra pessoa estava respondendo aquelas mensagens horríveis que ela havia recebido.
QUEM É VOCÊ AFINAL?!, digitou Mary Katherine.
Ela colocou o telefone de volta no banco.
Estava a 200km/h.

Ela não viu o cervo a tempo.

CAPÍTULO 64

A mãe de Christopher correu pela casa jogando itens essenciais dentro de uma mala de viagem. Comida. Roupas quentes. Pilhas. Água. Podia deixar todo o resto. Eles poderiam voltar para buscar o que ficasse para trás. Mas, quando a situação ficava perigosa, ela sabia que o mais inteligente era fugir. E aquela situação estava mais que perigosa. Algo em Mill Grove estava deixando a cidade ensandecida.

E estava matando seu filho.

— A gente vai embora em um minuto! — gritou ela pelo corredor.

O vento uivava lá fora. A mãe de Christopher abriu a porta do closet. Ela pegou todas as roupas de inverno que encontrou e as enfiou na mala. Estava prestes a fechá-lo quando viu o vestido de marca que tinha comprado na ponta de estoque. O que tinha usado quando saiu com o delegado.

O delegado. Você não pode deixar o delegado.

Era aquela voz de novo. Imitando-a. Tentando atrasá-la.

— Eu vou ligar pra ele da estrada — declarou em voz alta para ter certeza de que os pensamentos eram dela mesma.

Ela passou direto pelo vestido de marca e pelo sapato de salto alto para, em vez disso, pegar um cachecol grosso, botas, luvas e mil dólares em dinheiro, escondidos dentro de uma lata de aerossol falsa. Jogou tudo na mala, e depois correu pelo corredor até o quarto de Christopher. Ela o encontrou sentado na cama. A mala vazia. Ele não tinha pegado nenhuma roupa. Apenas a foto do pai.

E a sacola de plástico branca.

— O que você está fazendo?! — indagou ela.

— Mãe, o moço bonzinho falou pra gente não ir. Vai acontecer uma coisa ruim.

— Diz pra ele que eu sinto muito, mas a gente vai cair fora.
— Mas, mãe...
— Sem discussão! — gritou ela.
Ela começou a arrumar a mala dele. Christopher levou a sacola de plástico branca ao ouvido, feito uma concha, e escutou. Depois de um instante, ele fez que sim e se virou para a mãe.
— Ele disse que, quando você falou em voz alta, a mulher sibilante ouviu. Ela não vai deixar você me levar embora, mãe!
— Ela que me aguarde! — gritou a mãe de Christopher.
Um galho de árvore arranhou a janela.
— Ela tá chegando, mãe.
O vento uivou lá fora. Um galho roçou a janela como se fossem as unhas de um bebê.
— A gente vai embora daqui agora, Christopher!
A mãe de Christopher fechou e pegou as malas com a mão direita. E Christopher com a esquerda. Christopher olhou para a sacola de plástico branca.
— O senhor não vai poder ajudar a gente se ela te pegar. Corre!
Ele abriu a janela do quarto e jogou a sacola de plástico branca lá fora. O vento a levou como se fosse uma pipa. Havia meia dúzia de cervos circulando pelo quintal. Eles pararam de mordiscar as sempre-vivas e partiram atrás da sacola, bosque adentro. Os dois ouviram um baque no andar de baixo.
— Ela tá na porta, mãe!
A mãe de Christopher pegou o filho nos braços e desceu correndo a escada. Então pegou a chave do carro e abriu a porta da garagem. A temperatura na casa caiu dez graus. Ela correu até a garagem e destrancou o carro. Acomodou Christopher no banco da frente.
— Ela entrou em casa!
Pedrinhas batiam na porta da garagem conforme o vento ficava mais forte lá fora.
Ela jogou as malas ao lado do kit de emergência e dos mantimentos do Giant Eagle, que sequer tinha podido descarregar. Depois voltou para o lado do motorista e entrou no carro. Apertou o botão que abria a porta da garagem.
— Mãe, ela entrou na garagem!
A mãe de Christopher se virou, mas não viu nada. Ela olhou para o filho. Seus olhos começaram a fechar.

— Mãe, eu tô... com tanto sono.

— Não! — berrou ela. — Fica acordado. Tá me ouvindo? Fica acordado até a gente estar longe daqui!

Ela virou a chave. As engrenagens giraram. O carro não pegou. Tentou de novo. O motor enfim pegou, e o carro rugiu, dando sinal de vida. A porta da garagem se abriu. A mãe de Christopher engatou a marcha a ré e olhou pelo vidro traseiro.

Foi então que viu a velha da cabana de madeira.

— Pra onde você está levando ele? — gritou ela.

A velha correu para o carro. Ela tentou abrir a porta do lado de Christopher. A mãe de Christopher acionou a trava automática.

— Cadê o meu marido? A gente nadou junto no rio Ohio. Ele era um rapaz tão bonito!

A velha colocou as mãos na janela de Christopher. A mãe de Christopher pisou fundo no acelerador e partiu em marcha a ré, descendo a entrada da garagem. A filha da velha saiu da cabana e correu até a janela do lado do motorista, perseguindo o carro feito um cão. A mãe de Christopher pisou fundo de novo e desceu a rua. Jenny Hertzog saiu correndo de casa.

— Para de vir no meu quarto! Eu vou te afogar no dilúvio! — gritou Jenny.

A mãe de Christopher acelerou o carro e passou pela antiga casa de David Olson, na esquina. Jill estava do lado de fora com o marido, Clark. Eles tinham levado o berço do quarto no andar de cima até a varanda na frente da casa. Clark abraçava Jill, que chorava copiosamente.

— A gente pediu um bebê pra você! Cadê o nosso bebê? — berrou ela.

A toda a velocidade, a mãe de Christopher se afastou da rua. Da loucura. Do bosque da Mission Street. Ela olhou para o medidor de combustível. O tanque estava quase vazio. Sabia que, se a mercearia estava com o estoque quase zerado, o posto de gasolina não estaria muito atrás. Olhou para Christopher sentado no banco da frente. Os olhos dele estavam se fechando.

— Não, querido! Ela quer que você durma! Luta contra ela!

Ela abriu as janelas. O ar estava gelado e fez suas articulações doerem, mas a manobra surtiu efeito. Christopher abriu os olhos. Passaram pelo posto de gasolina perto da escola de ensino fundamental, mas a fila de carros ia até a rota 19. Clientes irritados buzinavam e gritavam uns com os outros. Era preciso encontrar uma alternativa menos óbvia. Lembrou-se de que havia dois postos de gasolina ao lado do Restaurante Kings, na McMurray Road. Somente os moradores saberiam da existência daqueles postos. Ela entrou numa rua perto da escola e seguiu direto para lá. Um deles estava fechado. O outro, praticamente vazio.

Foi um milagre.

A mãe de Christopher entrou no posto de gasolina. Ela saiu do carro e foi até a bomba. Passou o cartão de débito. Recusado. Pegou o Visa. Recusado. American Express. Recusado. Ela abriu a lata de aerossol falsa e retirou cinco notas de vinte. Entrou correndo na loja de conveniência. Um adolescente estava ao telefone.

— Onde é a festa? — perguntou ele ao amigo. — A Debbie Dunham já chegou aí?

A mãe de Christopher pegou um fardo de Coca-Cola em lata e o último galão de água. E jogou o dinheiro no balcão.

— Bomba sete — avisou ela. — E eu quero um galão pra gasolina.

O adolescente acionou a bomba e lhe entregou o último galão. No momento em que saiu apressada da loja, ela ouviu o menino rir ao telefone.

— Aquela garota é tão piranha.

A mãe de Christopher correu de volta para o carro e deu ao filho uma das latas de Coca-Cola.

— Bebe isso, querido. Vai te ajudar a ficar acordado.

Ele abriu a lata e bebeu. Ela começou a bombear a gasolina. Mais que depressa, pegou o celular. Ligar e avisar o delegado. Ligar para todas as mães, para Ambrose, Mary Katherine e seus amigos em Shady Pines.

Ela olhou para o telefone. Sem barrinhas. Sem sinal.

Tentaria ligar de novo na estrada. Tentaria até chegar a West Virginia. Encheu o tanque até a boca. Depois, encheu o galão com mais gasolina. Sabia que aquela talvez fosse sua última parada por um bom tempo. Acomodou o galão no porta-malas e entrou no carro.

— Mãe? Eu tô dormindo ou acordado?

— Você está acordado, querido. Não dorme ainda. Ela quer que você durma.

— Mãe, eu não sei onde eu tô.

— Tudo bem, mas eu sei. E não vou tirar os olhos de você.

A mãe de Christopher ligou o carro. Saiu do posto de gasolina e subiu a rua. O vento tinha derrubado uma árvore em Fort Couch Road, então ela deu meia-volta e seguiu para o oeste, passando pela escola de ensino médio. Havia um atalho para a rodovia. Ela poderia pegar a estrada e chegar a West Virginia em menos de uma hora.

— Bebe a sua Coca.
— Já bebi.
— Eu sei que você está com sono, querido, mas você tem que lutar!
— Eu só preciso deitar no banco de trás e dormir.
— A gente vai chegar em West Virginia daqui a uma hora. Aí você vai poder dormir por vários dias.
— A mulher sibilante nunca vai me deixar fugir, mãe.
— Coloca o cinto de segurança de novo!
— Não se preocupa. O moço bonzinho falou que ia me encontrar. Eu não vou ficar sozinho.

Ele estava fraco demais para passar para o banco traseiro. Ele fechou os olhos. Ela o sacudiu freneticamente.

— NÃO! ACORDA! ACORDA!

Ela pegou o galão de água e despejou na cabeça dele. Os olhos do menino se arregalaram. Ela lhe deu outra Coca-Cola. Os braços dele estavam fracos demais para segurar a latinha.

— Mãe.
— O que foi, querido?
— Ela vai desviar pra não atropelar o cervo.
— O quê?
— Não fica brava com ela. Isso tudo tinha mesmo que acontecer.

Ele tocou a mão dela e se virou calmamente para a janela do lado do carona no exato momento em que o cervo correu na frente do carro de Mary Katherine. Mary Katherine desviou para não atingir o cervo, e a mãe de Christopher viu os dois faróis vindo diretamente para cima do filho dela no banco do carona.

A mãe de Christopher olhou para os faróis. Ela sentiu a coceirinha que o filho tinha deixado em sua mão assim que o tempo parou.

Christopher estava certo.

Aquilo tudo tinha mesmo que acontecer.

Ela viu todas as coincidências unidas como um festão de pipocas enfeitando uma árvore de Natal. Ela poderia ter descarregado as compras de mercado, mas elas ainda estavam no carro. Poderia ter perdido as chaves, mas elas ainda estavam no bolso. Um segundo aqui. Dois minutos ali. Poderia ter havido uma fila no posto de gasolina. Ou o combustível poderia ter acabado. Ou um cartão de crédito que funcionasse, em vez de dinheiro retirado de uma lata de aerossol falsa.

Mas não foi isso que aconteceu.

Porque alguma coisa queria que ela fosse embora.

Queria que ela estivesse na estrada.

Naquele lugar.

Exatamente às 2:17 da madrugada.

Quando o carro de Mary Katherine deu uma guinada para desviar do cervo e acertou a porta do carona de outro carro.

PARTE V

Adormecido

CAPÍTULO 65

— Christopher, é tão bom te ver de novo — disse a voz.

Christopher abriu os olhos. Estava num leito de hospital. Uma enfermeira circulava pelo quarto, cantarolando. Ela preparava um banho de esponja. Seus olhos eram familiares, mas uma máscara cirúrgica branca encobria seu rosto.

— É isso aí. Não tenha medo — falou a voz calma outra vez.

Christopher não sabia de onde a voz estava vindo. Ele percorreu o quarto com os olhos. A porta do banheiro estava fechada. Ele apurou os ouvidos, mas não soube dizer se a voz vinha de trás da porta. O barulho era de alguém respirando? Alguém se coçando?

— Ah. Eu não tô no banheiro. Eu tô aqui em cima, carinha.

Christopher olhou para cima e viu o Gato Mau o encarando da tela da TV. Era um dos episódios favoritos de Christopher. Aquele em que o Gato Mau usa o hidrante para transformar a rua do bairro num parque aquático. Mas o episódio estava todo errado. O hidrante não esguichava água.

Esguichava sangue.

— Oi, Christopher — disse o Gato Mau. — Meu Deus, já faz tanto tempo. Eu senti tanto a sua falta! Como você tá, carinha?

O Gato Mau sorriu. Seus dentes eram afiados feito navalha. Cobertos de carne. Christopher tentou se sentar, mas estava amarrado. Ele olhou para os pulsos e tornozelos. Estavam atados a uma maca com cordinhas de balão.

— Não resista, Christopher. A gente tá tentando te ajudar. A gente só precisa saber onde ele tá, carinha.

Christopher entrou em pânico. Olhou o quarto, procurando uma possibilidade de fuga. Barras bloqueavam as janelas. Esse era o lado imaginário? Ou um pesadelo? Onde ele estava? Como teria chegado ali?

— Me desculpa, Christopher. A gente não queria te prender, mas a gente não pode deixar você fugir de novo antes de encontrar ele. Puxa, não, não pode mesmo.

Christopher olhou para o chão. Tinha várias pegadas de sangue. De todos os formatos. Tamanhos. Homens. Mulheres. Principalmente crianças. Parecia que as pessoas tinham ficado olhando para ele como fariam com um animal no zoológico.

— É só você dizer onde ele tá, Christopher, e a gente deixa você ir embora.

Christopher olhou de novo para a televisão. O Gato Mau estalou a língua, feito cartas de baralho num aro de bicicleta. Tsc-tsc-tsc-tsc. Então, de alguma forma, ele projetou as garras para fora da tela da televisão e mudou de canal. Agora Christopher via a si mesmo na TV. Amarrado à maca. A enfermeira mergulhou a esponja no balde. Quando retirou a esponja e a espremeu, Christopher viu que pingava sangue, feito um coração sangrando. Na televisão, a porta se abriu. O Gato Mau se aproximou do leito.

— Ei, carinha — disse ele, inclinando-se. — Você sabe que lugar é esse? Onde você acha que tá?

Christopher achou que estivesse do lado imaginário. Não estava? Ele estivera ali antes. Mas como teria chegado ali? Ou seria um pesadelo? Ou as duas coisas? Ou nem uma coisa nem outra?

— Onde é que eu tô? É isso que você tá pensando, carinha. Eu sinto o cheiro desse pensamento em você. Você não dormiu, então isso aqui não é um sonho. Não, não, não. E você também não entrou na sua casa na árvore. Mas, ainda assim, olha só você aqui. Sim, sim, sim. Existem quatro entradas. Três saídas. Você já conhece duas. A gente conhece mais. Ela tem a chave. Mas cadê a porta?

O Gato Mau levou a pata à testa de Christopher e começou a fazer carinho nele, como se Christopher fosse o gato da casa. Não o contrário.

— Eu vou te falar como sair daqui, carinha. Mas, primeiro, você tem que me dizer onde ele tá. — O Gato Mau ronronou. — Quatro entradas. Três saídas.

A mente de Christopher estava a mil. A casa na árvore e um pesadelo. Essas eram duas das quatro entradas para o lado imaginário. Quais seriam as outras duas? Ele tentou se lembrar de como havia chegado ali. Só se lembrava de uma luz forte. E de ter gritado.

— É a sua última chance, carinha. A gente não quer te machucar. Puxa, não, não mesmo. Mas, se você não disser onde ele tá, a gente vai ter que arrancar as palavras do seu corpo.

— Eu não sei.

— Eu acho que você sabe, carinha.

— Não sei, não! Ele fugiu! — alegou Christopher.

— Não. Você ajudou ele a fugir. Tem uma grande diferença. Ele tava indo para algum lugar. Ele deve ter dito pra onde tava indo.

— Eu não sei.

— Pensa bem, Christopher. Vocês devem ter um plano pra se encontrar. Onde você vai encontrar ele, carinha?

Não havia planos para se encontrarem. Mas ele precisava pensar em algo. Então mentiu.

— Na escola.

— Você não sabe mentir, carinha.

— Eu não tô mentindo!

O Gato Mau parou de sorrir e deu um suspiro profundo, resignado.

— Enfermeira, por favor, prepara ele pra cirurgia.

A TV apagou, levando consigo o Gato Mau. A enfermeira pegou a esponja ensanguentada e começou a esfregar os braços e o peito de Christopher.

— Por favor, senhora. Me ajuda — sussurrou ele para a enfermeira.

Ela não respondeu. Apenas continuou cantarolando. Terminou o banho de esponja sanguinolento e, em seguida, destravou a maca e levou Christopher para o corredor.

— Pra onde a gente tá indo? — perguntou ele. — Onde é que eu tô?! Isso aqui é o lado imaginário?

A enfermeira não disse nada. Apenas continuou cantarolando a mesma melodia. "Blue Moon". Ela empurrou Christopher pelo corredor. As rodas da maca viraram. Uma delas estava torta, feito um pé manco. Nhec. Nhec. Nhec.

Passaram por um quarto de hospital. O sr. Henderson estava sentado no leito, com as mãos na garganta ensanguentada, tentando gritar. Mas não saía nenhuma palavra. Só sangue. Vertia do pescoço dele em pequenas bolhas, que pairavam no ar feito balões, até que estouravam soltando gritinhos. De repente, o alto-falante do hospital acordou como um rádio velho acionado por eletricidade. Após um barulho terrível de estática, uma voz aterrorizante reverberou pelo corredor.

— Tsc-tsc, carinha. Você tá quase lá — disse o Gato Mau.

A enfermeira continuou empurrando a maca. Nhec. Nhec. Nhec.

— É a sua última chance, carinha. Ah, é sim. Conta pra gente onde ele tá e a gente não entra na próxima sala.

— Pra onde a gente tá indo?!

— Ah, nem queira saber, carinha. Eu vou contar até três. Você tá pronto? Um. Dois.

A enfermeira empurrou a maca até uma porta. Nhec. Nhec. Nhec.

— Três!

A porta se abriu. Christopher ficou momentaneamente cego. Olhou ao redor e viu rostos gemendo e babando, perdidos no clarão de uma luz ofuscante. Aos poucos, seus olhos se acostumaram, e ele percebeu que os rostos eram de crianças. Todas desdentadas. As crianças formavam um círculo, como se fossem brincar de roda. O centro do círculo estava muito bem-iluminado, com uma grande luz brilhante pendurada acima de uma mesa de metal, fria e cheia de instrumentos.

Ele estava numa sala de cirurgia.

Um médico esperava por ele já vestido para a operação, o rosto coberto por uma máscara branca. Christopher não conseguia ver os olhos do médico. A enfermeira empurrou Christopher até o centro do círculo, enquanto as crianças o rodeavam. Os olhos delas cintilavam.

Christopher se virou, apavorado. As crianças começaram a uivar, pulando feito macacos num zoológico. Tentavam gritar "É só dizer pra gente onde ele tá, Christopher!", mas, sem dentes, o som era medonho.

— Éééé xóooo diiixêêêê paaaaa xeeennteee ooonnxee eeele tááá, xiiixxx-toofêê!

A enfermeira empurrou Christopher até o meio da sala de cirurgia. Ela travou as rodas da maca bem ao lado da mesa de metal frio. O médico ergueu uma das mãos, pedindo silêncio no recinto. A criançada obedeceu. Lentamente, o médico se dirigiu a Christopher na maca. Seus sapatos faziam eco a cada passo pela sala silenciosa. O médico levantou o bisturi, prateado e reluzente.

— Christopher — disse o médico, na voz do Gato Mau —, a gente não quer te machucar, carinha, mas a gente precisa da minhoca pra fisgar o peixe. É só dizer pra gente onde ele tá que tudo vai ficar bem. A gente não quer ter que fazer isso. Ah, não, não mesmo.

Christopher olhou e viu David Olson sobre a mesa de metal frio. Os olhos de David estavam fechados. Será que ele estava dormindo? Ou morto? Será que ela havia descoberto que David ajudara o moço bonzinho a escapar? Aquele seria o castigo? Será que David estava sendo torturado?

— Christopher, o nosso tempo tá acabando. Então, se você não disser onde ele tá, a gente vai cortar a sua língua. Quem sabe ela conta pra gente, carinha.

Christopher correu os olhos pela aglomeração que o cercava na esperança de encontrar seus amigos. Sua mãe. O moço bonzinho chegando para salvá-lo. Mas ele estava sozinho.

— Ah, ninguém vai poder te ajudar — disse o médico. — Não enquanto você não disser onde ele tá.

O branco dos olhos do médico começou a mudar, como se alguém estivesse derramando tinta preta nele.

— Então usa essa língua, senão a gente vai arrancar ela fora — avisou o médico.

— Eu não sei onde ele tá! Eu juro! — exclamou Christopher.

O médico suspirou.

— Muito bem. Enfermeira... o gás, por favor.

A enfermeira assentiu e se aproximou, empurrando o tanque de gás. Ela pegou a máscara de plástico e abriu a válvula, que deixou o vapor sair, produzindo um longo sssssssssssss. Ela levou a máscara até a boca de Christopher. Ele virou a cabeça.

— NÃO! Vocês não vão me fazer dormir! — gritou ele.

— Esse gás não vai te fazer dormir, Christopher. Ele vai te deixar bem acordado. A gente quer que você sinta o que vai acontecer.

A enfermeira colocou a máscara de plástico sobre a boca e o nariz dele. A criançada começou a pular, uivando. Christopher prendeu a respiração, lutando contra a máscara. O médico esperou pacientemente até que ele inspirasse. O rosto de Christopher ficou vermelho. Seus pulmões pareciam prestes a entrar em colapso. Por fim, ele não aguentou nem mais um segundo.

E respirou fundo.

O gás atingiu seus pulmões. Em poucos segundos, ele se sentiu ACORDADO! Seus olhos se abriram, como se ele tivesse comido um milhão de pirulitos.

Tentou parar, mas seus pulmões se enchiam com mais e mais gás, e seu coração parecia a ponto de explodir. No entanto, ele estava sentindo alguma outra coisa. O gás o fazia lembrar de algo. Cheirava a... Cheirava a...

Cheirava a luvas velhas de beisebol.

Christopher olhou mais uma vez para a sala de cirurgia e foi quando a viu. Era sua mãe.

Ela estava com a mesma roupa de quando dirigia o carro. *Isso. No carro. Eu tava no carro.* Havia um talho na testa dela. Vidro do para-brisa no cabelo. *O acidente.* E agora ela rastejava pelo chão, feito um soldado. Passando pelas crianças, que gritavam como macacos. Usando a sombra das crianças para se esconder da luz.

No instante em que o médico levou o bisturi à língua de Christopher, a mãe de Christopher deu um salto e investiu contra ele.

— Tira as mãos dele! — berrou ela.

A mãe de Christopher empurrou a enfermeira e arrancou o bisturi da mão do médico. Em seguida, cravou o bisturi no ombro dele. O médico gritou, enquanto seu jaleco cirúrgico passava de branco a vermelho-escuro. A mãe de Christopher destravou a maca. As crianças partiram para cima dela, tentando impedir a fuga, mas ela foi mais rápida e empurrou a maca para fora da sala de cirurgia.

— Você está bem, querido? Você está machucado? — perguntou a mãe de Christopher.

— Eu tô bem. Leva a gente pra rua!

— O que aconteceu? O que eles queriam?

— Eles querem saber onde o moço bonzinho tá.

— E onde é que ele tá?

A mãe de Christopher virou num corredor, seguindo as indicações para a saída. Então dobrou à direita, correndo pela sala de emergência. Christopher viu Mary Katherine ainda no estacionamento, sendo levada para o pronto--socorro do lado real. Estava coberta de sangue.

— Onde o moço bonzinho tá? — repetiu a mãe.

— Eu não sei. Ele fugiu.

Christopher olhou para a maca que entrava no pronto-socorro. Viu a si mesmo, inconsciente. Tinha um corte terrível no braço. Uma escoriação na têmpora.

— Onde você deveria encontrar ele?! — perguntou ela.
— Eu não sei!
— CHRISTOPHER! ONDE É QUE A GENTE PODE ENCONTRAR O MOÇO BONZINHO?!

Christopher viu o motorista de uma equipe de emergência empurrar a última maca para dentro do hospital. A visão o deixou confuso. Sua mãe estava na maca. Usando a mesma roupa de quando dirigia. Tinha um corte na testa. E cacos de vidro do para-brisa no cabelo. A lembrança do acidente de carro voltou de repente. O vidro estilhaçado. O metal retorcido. Gritos de sua mãe quando ele ficou inconsciente.

Foi assim que eu cheguei aqui, né?

Christopher tinha se recusado a tomar o comprimido e dormir. E não foi à casa na árvore. Por isso a mulher sibilante usou uma terceira maneira de levá-lo de volta ao lado imaginário. E, dessa vez, levou a mãe dele junto. Os dois estavam no carro. Os dois sofreram o acidente. Os dois ficaram inconscientes no hospital. Mas, se isso era verdade...

Por que a minha mãe tá acordada no lado real?

Ele a viu. Enfraquecida. Ensanguentada. Tentando alcançar Christopher, forçando o corpo ferido a chegar até ele. Então, quando ela enfim foi vencida pela dor, uma pergunta terrível fez o sangue dele congelar. Se sua mãe estava acordada no lado real, então quem estava atrás dele no lado imaginário?

— Mãe? — chamou ele, sua pele se arrepiando de medo. — Como você chegou aqui?

Christopher esticou o pescoço para trás e a viu.

A mulher sibilante. Sorrindo.

— Eu acho que a gente vai ter que cortar a sua língua, no fim das contas.

CAPÍTULO 66

A mãe de Christopher abriu os olhos. De início, não conseguiu enxergar direito. Havia uma luz ofuscante acima da sua cabeça. Sua visão estava embaçada. Ela piscou algumas vezes até se dar conta de que estava num leito de hospital. Havia um monitor de batimentos cardíacos e de saturação de oxigênio preso em seu dedo indicador. E um acesso intravenoso no braço. Sentia-se meio grogue por causa dos analgésicos que lhe deram.

Lentamente, ela se sentou. Ondas de náusea forçavam o conteúdo do seu estômago à garganta. Parecia que ia desmaiar, mas não podia se dar a esse luxo. Precisava chegar até Christopher. Ela girou os pés pela lateral do leito e se levantou com as pernas bambas. Imediatamente, sentiu o ar frio em sua bunda pela abertura da camisola de hospital. E estendeu a mão para se firmar. Foi então que sentiu a dor.

As lembranças voltaram feito as peças de um quebra-cabeça. Seu corpo batendo na porta do lado do motorista. As costelas quebrando. As mandíbulas da vida arrancando-os do carro. O filho inconsciente na ambulância, que uivava a caminho do hospital.

— Por favor, sente-se, sra. Reese. A senhora sofreu um acidente terrível — disse uma voz.

— O meu filho. Cadê o meu filho?! — perguntou ela à enfermeira.

— Ele está na UTI. Mas a senhora precisa de repouso.

— Onde fica a UTI?!

— No segundo andar, mas, sra. Reese, a senhora precisa...

Sem uma palavra, a mãe de Christopher tirou o acesso intravenoso do braço, engoliu a dor nas costelas e foi para o corredor.

— Sra. Reese! — chamou a enfermeira.

A mãe de Christopher encontrou o elevador e seguiu para o segundo piso. Quando as portas do elevador se abriram, ela ficou chocada. A UTI estava lotada. A sala de espera tinha lugar para dez pessoas. Devia ter umas quarenta e cinco lá dentro.

— Christopher Reese — disse ela à enfermeira encarregada da recepção.
— Eu sou a mãe dele.
— Quarto 217 — respondeu a enfermeira, enquanto coçava o braço.

A porta de segurança zumbiu feito uma vespa furiosa. A mãe de Christopher abriu a porta e seguiu pelo corredor. Notou que todos os leitos estavam ocupados. Vítimas de facadas. Vítimas de tiros. A loucura, ou a raiva, ou o que quer que fosse aquilo, tinha persistido enquanto ela estivera desacordada. Ela se arrastou até o quarto 217, no fim do longo corredor, e abriu a porta sem bater.

E foi então que ela o viu.

Seu menino estava deitado no leito do hospital. Tinha um corte profundo no braço. Seu corpo estava coberto de talhos por causa da explosão dos vidros. Seus olhos estavam fechados. Ele tinha um tubo enorme saindo da boca e conectado a uma selva de aparelhos. Máquinas respiravam por ele. Comiam por ele. Monitorando tudo, do coração ao cérebro. A mãe de Christopher viu uma enfermeira da UTI anotar números na prancheta de Christopher, parando apenas uma vez para coçar o ombro.

— Qual é o problema dele? — perguntou a mãe de Christopher.

A enfermeira se virou para ela. Assustada. A mãe de Christopher imediatamente enfrentou o olhar da enfermeira que, por um instante, se perguntou quem seria aquela mulher. Quando percebeu que era a mãe, assumiu uma fisionomia impassível e falou como se estivesse na igreja.

— Eu vou chamar o médico, senhora.

A enfermeira saiu apressada. A mãe de Christopher se aproximou do leito. Quando pegou a mão do filho, parecia que havia tocado num fogão quente. Tocou a testa dele. Imaginou que devia estar com uma febre de uns quarenta e um graus. Ela olhou para os monitores e localizou a temperatura corporal escondida no meio de vários números e luzes.

Segundo o monitor, ele estava com trinta e sete.

A mãe de Christopher pegou um copo com raspas de gelo que estava sobre a mesa de cabeceira. Colocou o gelo na mão e, delicadamente, aplicou-o na testa do menino. O gelo derreteu depressa, como se tivesse sido deixado no asfalto quente. A pele dele transformou o gelo em água e, depois, em vapor. Ela pegou mais gelo e colocou embaixo das axilas, no pescoço e no peito dele.

— Sra. Reese.

A mãe de Christopher se virou e viu o médico na porta. Seu rosto estava coberto com uma máscara cirúrgica.

— Doutor, você tem que acordar o meu filho! — pediu ela.

— Sra. Reese, por favor, sente-se.

— Não! Ele precisa acordar! Você tem que acordar ele agora!

O médico baixou a máscara cirúrgica. Sua fisionomia não estava tão impassível quanto a da enfermeira. Qualquer que fosse a notícia, não era boa.

— Sra. Reese, eu sinto muito, mas já tentamos de tudo. Receio que nada tenha surtido efeito. Não temos condições de reanimar o seu filho.

— Por que não? — perguntou ela, em pânico.

— Christopher teve morte cerebral, sra. Reese.

As palavras a atingiram no peito, fazendo-a ficar sem ar por um segundo. Então ela retrucou, com raiva:

— Não teve, não! A gente tem que reanimar ele! A GENTE TEM QUE FAZER ISSO AGORA!

— Sra. Reese, a senhora não está entendendo...

— Não, o <u>senhor</u> é que não está entendendo! Alguém pegou o meu filho!

O médico olhou de relance para os auxiliares de enfermagem que estavam no corredor. Eles entraram no quarto, em silêncio.

— Alguém pegou o seu filho? Como assim, sra. Reese? — perguntou o médico calmamente.

Ela estava prestes a falar da mulher sibilante, que queria que seu filho dormisse. E do amigo imaginário, o moço bonzinho, disfarçado de sacola de plástico branca. Foi então que ela percebeu que o médico coçava a orelha obsessivamente. O rosto dele estava suado, febril. Ela podia sentir a presença dos auxiliares, de pé, logo atrás. A segurança seria chamada a seguir.

Vão pensar que você é louca, Kate.

Ela pensou de novo para ter certeza de que era sua própria voz e não a falsa.

Vão pensar que você é louca.

Era ela mesma. E estava certa. Olhou para os semblantes no quarto. Tinha visto o marido receber aquele tipo de olhar. Aquela estranha mescla de calma e tensão. Aquela mola tensionada pronta para ser liberada se o paciente fosse considerado desequilibrado ou perigoso. Estavam todos se coçando, como se o local fosse um antro de ópio. Médico. Enfermeira. Auxiliares. Os seguranças. Todos esperando que ela lhes desse uma desculpa para dar o bote.

A mãe de Christopher se deu conta de que o filho estava de volta ao hospital. Inconsciente. Onde a mulher sibilante o queria. E, se a mulher sibilante era poderosa o suficiente para arquitetar tudo aquilo, então seria fácil para ela levar um médico a trancafiar uma mãe que não aceitava a morte do filho para uma "avaliação" psiquiátrica.

— Quem pegou o seu filho, sra. Reese? — repetiu o médico.

— Ninguém. Me desculpa. Eu só... Eu só... — Ela fingiu que o sofrimento a havia deixado sem palavras.

Todos no quarto relaxaram de imediato, como se um sargento invisível tivesse dito "Descansar".

— Nós entendemos, sra. Reese — disse o médico, educadamente. — Eu sei como isso é difícil. Por favor, leve o tempo que precisar. Depois, vamos poder discutir os próximos passos.

A mãe de Christopher sabia o que ele queria dizer com "próximos passos". Estava se referindo a apoio psicológico, um advogado, uma folha de papel, uma caneta e um enterro. Depois que ela assinasse Kate Reese na linha pontilhada, o dr. Sinto Muito desligaria cada uma das máquinas que mantinham seu filho vivo. Sem acreditar quando ela dizia que Christopher não tinha sofrido morte cerebral. Sem acreditar quando ela dizia que seu filho estava apenas perdido. Bem onde a mulher sibilante o queria.

— Me desculpa por eu ter me descontrolado — disse ela, pesarosa. — Eu sei que os senhores fizeram tudo que foi possível.

— Não precisa se desculpar, sra. Reese. Nós entendemos. Nós vamos permitir que a senhora tenha um pouco de privacidade. Leve o tempo que precisar.

O baixo clero saiu do quarto, incluindo um segurança corpulento, que coçou a coxa com o cassetete e olhou para a mãe de Christopher como se ela fosse uma *piñata* recheada. Quando ficou sozinha, ela deu um beijo na testa quente e suada do filho e sussurrou em seu ouvido, de modo que ninguém — nem mesmo a mulher sibilante — pudesse ouvir.

— Christopher, eu vou te tirar daí. Eu prometo.

CAPÍTULO 67

Ambrose abriu os olhos. Por um instante, não soube onde estava. Não se lembrava de ter pegado no sono, mas tinha. Várias vezes. Por que diabos estava dormindo tanto? Claro, estava acostumado a tirar sonecas. Era normal para um homem de sua idade. Mas essa merda de Belo Adormecido era ridícula. A última coisa de que ele se lembrava era ter dormido durante todo o Espetáculo de Inverno. Tinha acordado algumas horas depois para comer. Mas, quando chegou ao refeitório, não havia ninguém lá. O relógio marcava 2:17 da madrugada e, de alguma forma, o calendário na parede exibia mais um x marcando a passagem de um dia inteiro.

Ambrose tinha passado trinta e seis horas dormindo.

— Bom dia, sr. Olson — disse uma voz. — Bem-vindo de volta dos mortos.

Ambrose se virou e viu a enfermeira da noite acrescentando outro x ao calendário.

Então foram sessenta horas.

— Bom dia. Pelo jeito, eu perdi a hora da janta.

— E do café da manhã. E do almoço. E da outra janta — brincou ela. — Não se preocupa. A gente colocou um espelho embaixo do nariz do senhor pra ter certeza de que ainda estava respirando. Eu vou preparar um prato. Por que o senhor não vai até o salão e se acomoda por lá?

A enfermeira serviu um prato fundo de ensopado de carne e levou para ele, que já estava em sua poltrona favorita na frente da TV, tudo isso enquanto contava as novidades de Shady Pines, começando pelo Espetáculo de Natal. Pelo jeito, Ambrose havia perdido um espetáculo e tanto. Além das canções habituais, o evento daquele ano deve ter contado com o apoio de uma nova divisão infantil de luta livre. Houve uma briga épica que terminou com o filho de Kate Reese sendo atacado pela sra. Keizer. O nariz do menino sangrou tanto que a mãe o levou para o hospital, mas isso não era nem metade do que tinha acontecido.

— O que aconteceu depois? — perguntou ele.

— A sra. Keizer... Ela parou de esquecer — respondeu ela em seu inglês ruim.

— Como assim?

— Ela não ter mais Alzheimer. É milagre de Natal.

Será que foi mesmo?

Ele ignorou o pensamento e o vento do lado de fora, enquanto abria o diário do irmão.

7 de junho

A gente dissecou sapos na escola hoje. Eu toquei no sapo e senti aquela coceira esquisita de novo. O professor disse que o sapo devia estar só dormindo, porque ele acordou bem ali na mesa. Eu fingi que era verdade, mas, quando saí da casa na árvore ontem e peguei a trilha de volta para casa, eu vi um passarinho. Ele estava morto no chão. Estava com a asa quebrada e uma cobra o comia. Eu espantei a cobra e peguei o passarinho. Eu fechei os olhos e senti aquela coceira do lado imaginário. Eu fiz o passarinho voltar a viver. Aquilo fez o meu nariz sangrar bastante. Fiquei morrendo de medo. Porque eu sei que poder no lado imaginário significa dor no lado real. Não dá para ter um sem ter o outro. Então, quanto mais coisas eu faço viver, mais eu vou morrer. Então, quando meu nariz sangra, é o sangue do mundo todo.

Ambrose sentiu um frio na espinha. Ele pensou no relato da enfermeira sobre o sangramento no nariz de Christopher depois que ele tocou a sra. Keizer, assim como o nariz de David sangrou depois de ele ter tocado o pássaro morto. Ambrose resolveu ligar para sra. Reese pela manhã, depois voltou ao diário. Mas não conseguia manter os olhos abertos. Tinha a sensação de que estava sendo drogado. Como se algo não quisesse que ele lesse. O que o fez se lembrar de quando os colegas colocaram alguma coisa no uísque dele e morreram de rir quando ele tirou a roupa e roubou um jipe. Naquela vez, ele foi despertado pela fúria do sargento e, como punição, cumpriu um mês de trabalho na cozinha do quartel.

Dessa vez, foi despertado pelo medo.

Ambrose ouviu um barulho lá fora. O ensopado de carne estava frio e intocado diante dele. Uma hora tinha se passado. A TV ainda estava ligada e passou a transmitir o noticiário local. Falando da epidemia de gripe e do aumento de crimes violentos. Ele olhou pela janela e viu cervos correndo pela rua. Inspirou, ansioso. Havia algo lá. Algo mau. Ele pegou a lupa e ajustou as lentes bifocais. Seus olhos estavam secos e cansados, mas ele precisava decifrar os garranchos de David. Precisava descobrir a verdade.

12 de junho

O soldado está preocupado comigo. Eu estou me esforçando demais. Estou sangrando demais. Ele diz que as pessoas no lado real não podem ter tanto poder assim, então eu preciso ir mais devagar. Mas eu não posso. Eu estava entrando na escola e toquei no braço da sra. Henderson. O meu cérebro fritou e o meu nariz sangrou. Fiquei sabendo tudo sobre ela em dois segundos. Mas foi mais do que as coisas que tinham acontecido com ela. Eu fiquei sabendo as coisas que ela ainda ia fazer um dia. Fiquei sabendo que ela ia enfiar a faca no marido. Eu vi a cena várias vezes. Eles pareciam mais velhos e estavam na cozinha, e a mulher sibilante fez com que ela pegasse a faca e enfiasse na garganta dele. Eu gritei, e a sra. Henderson perguntou qual era o problema. Eu menti, porque, se eu falasse a verdade, ela teria me mandado para um hospício.

Ambrose parou de ler. Ele conhecia aquele nome. Henderson. Não se lembrava de onde exatamente. Onde foi que ele ouviu esse nome? Henderson... Levou alguns segundos até finalmente se voltar para a TV, onde Sally Wiggins lia as notícias locais.

— ... prossegue a investigação que envolve a sra. Beatrice Henderson, que esfaqueou o marido na cozinha. Ela trabalhava na Escola de Ensino Fundamental de Mill Grove, como bibliotecária...

Os pelos se arrepiaram nos braços do idoso. Ambrose se virou de repente. Teve a impressão de estar sendo observado. Mas o salão estava vazio. Voltou-se mais uma vez para o diário. E virou a página. A voz cantava músicas de ninar, tentando fazer com que ele dormisse de novo. Ele resistiu e continuou lendo.

15 de junho

Não consegui dormir ontem à noite porque a minha cabeça não parava. Fiquei tão agitado que me levantei e comecei a ler a enciclopédia. Comecei com o volume A às 10:30 da noite. Às 5:30 da manhã de hoje, terminei o Z. O mais assustador foi ver os erros dos caras que escreveram a enciclopédia. É engraçado quando as pessoas não percebem que o conhecimento não termina num determinado ano. As pessoas pensavam que o Sol girava em torno da Terra e que a Terra era plana. Houve um tempo antes de Jesus em que as pessoas pensavam que Zeus era Deus. Homens foram mortos por pensar diferente. As pessoas não sabiam que a mulher sibilante estava lá, fazendo com que tivessem medo de novos conhecimentos. Não sabiam que ela estava sempre presente, fazendo todo mundo se odiar por motivos bobos.

— ... notícia triste vinda do Oriente Médio hoje à noite, pois quatro missionários cristãos foram atacados enquanto tentavam entregar comida e suprimentos aos refugiados...

17 de junho

O sangramento no nariz não para. Minha mãe continua me levando a médicos, mas nenhum deles sabe o que tem de errado comigo. O soldado e eu estamos tentando descobrir um jeito de contar a verdade para o Ambrose para que ele acredite em mim. Eu preciso da ajuda dele. Preciso dele para lutar contra ela, caso eu falhe. Mas ele nunca acredita em mim. Ele acha que eu estou falando sozinho, quando estou falando com o soldado. Ele acha que eu fiquei maluco.

Ambrose tirou os óculos e esfregou os olhos que ardiam. De repente, se sentiu sonolento, mas deu um tapa no próprio rosto, como fazia no Exército quando estava de sentinela. Nada iria impedi-lo de ler o diário. Ele tinha a sensação de que o mundo dependia disso.

21 de junho

> Eu realmente não sei mais onde estou. Já não sei o que é real e o que é imaginário, mas a gente não pode esperar mais. A mulher sibilante está por toda parte, disfarçada de gripe. A gente tem que completar o treinamento agora, antes que ela se apodere da casa na árvore. Eu perguntei ao soldado por que a mulher sibilante queria tanto a casa na árvore, e ele explicou dizendo o que a casa fazia comigo. O poder que ela quer para si mesma. Era tão simples. E explicava tudo o que eu estava passando. Eu queria contar para o Ambrose o que estava acontecendo comigo, mas eu não queria que ele me chamasse de maluco de novo. Então esperei até que ele estivesse dormindo e deitei ao lado dele na cama. Eu sussurrei baixinho no ouvido dele, porque a mulher sibilante podia estar escutando. "Ambrose. Eu tenho que te contar uma coisa." "O quê?", ele perguntou, meio dormindo. "Eu tenho que te contar o que a casa na árvore faz." "Tá bom. Pode contar", ele disse, dormindo. "O que é que a casa na árvore faz?"

Ambrose virou a página.
E foi então que aconteceu.
No começo, ele não entendeu. As páginas ficaram tão embaçadas que pareciam quase cinzentas. Ele semicerrou os olhos com mais força, mas não havia mais formas. Não havia mais contornos para as letras. Ele aproximou a lupa dos olhos. Não adiantou nada. Ele removeu as lentes bifocais. E nada.
Ele tinha finalmente ficado cego.
— ENFERMEIRA! — gritou.
Ambrose ouviu o piso ranger perto dele. Passinhos de bebê. Depois silêncio. Pensou ter ouvido uma respiração perto dos ouvidos. Não sabia o que era, mas

conseguia sentir. Tinha alguma coisa ali. Um leve sussurro que provocou um arrepio nos pelos de sua nuca.

— Quem está aí? — perguntou ele.

Não houve resposta. Apenas silêncio. Ambrose chamou a enfermeira de novo e, por fim, ouviu os passos no corredor vindo da cozinha. Ele pretendia pedir a ela que lesse a próxima linha.

Mas ela começou a tossir por causa da gripe.

— O senhor está bom, sr. Olson? — indagou a enfermeira calmamente em seu inglês ruim.

Havia algo em sua voz. Algo errado. Se a sra. Reese estivesse trabalhando naquela noite, ele sabia que podia lhe confiar o diário. Mas seu filho Christopher tinha sido levado para o hospital depois que tocou na sra. Keizer e seu nariz começou a sangrar...

Como aconteceu com David.

Ambrose sabia que precisava encontrar Kate Reese. Precisava encontrar o delegado. O que quer que tivesse acontecido no passado estava acontecendo agora. E o diário de seu irmão talvez fosse a única pista sobre como resolver as coisas.

— O senhor está bom, sr. Olson? — perguntou a enfermeira outra vez, desconfiada.

O idoso segurava o diário nos braços do jeito que o treinador do ensino médio tinha ensinado a segurar uma bola de futebol americano.

Como se a sua vida dependesse disso, garoto.

O idoso se agarrou ao diário do irmão e fez o melhor que pôde para sua voz soar natural.

— Eu preciso que você me leve pro hospital — pediu ele.

— Por quê, senhor?

— Porque as nuvens levaram os meus olhos.

CAPÍTULO 68

O delegado abriu os olhos. Deve ter caído no sono. Não sabia onde estava. Correu os olhos pela sala, mas não conseguia ver nada. Já havia ouvido alguém falando de ter uma "dor de cabeça cegante", mas nunca soube que o negócio era tão literal. Precisou piscar durante um minuto para se livrar do nevoeiro.

Então acalmou a mente e tentou se orientar pelos outros sentidos. Tinha quase certeza de estar na sala de registros por causa do cheiro de poeira. Provavelmente tinha cochilado enquanto examinava alguns registros com a sra. Russo. Mas não ouvia nada.

— Oi? Sra. Russo? A senhora está aí?

Silêncio. O delegado tentou se lembrar de como havia chegado ali. Lembrou que estava na delegacia havia dias, mesmo com aquela febre terrível. Sabia que sempre que tentava ir ao hospital para ficar com Kate e seu filho outra emergência surgia. Outro acidente grave de trânsito. Outro esfaqueamento. Outra briga de bar.

Era como se o mundo estivesse conspirando para mantê-lo longe de lá.

O delegado nunca foi muito de acreditar em teorias da conspiração, ainda mais quando a teoria envolvia algo tão infundado quanto uma coincidência. Mas pressentia quando alguém estava querendo ferrar com ele, e esse instinto já havia disparado um alarme. Havia coincidências demais o impedindo de chegar a Kate Reese e seu filho. Havia distrações demais o impedindo de fazer seu trabalho na sala de registros. Havia barulho demais o impedindo de se lembrar daquele...

daquele nome... daquele menininho... qual era mesmo o nome dele?

O delegado não conseguia se lembrar, mas seu instinto lhe dizia que havia algo errado. A voz continuava dizendo que ele não lembrava, mas o delegado sabia que tinha uma memória excepcional. Não fotográfica, mas quase isso quando precisava. E ele precisava, agora... de alguma forma, isso era importante para Kate Reese e Christopher e...

aquele nome... aquele menininho... o nome dele era...

A mão do delegado começou a coçar de novo. Meu Deus, como coçava! Ele olhou para a mão, e seus olhos começaram a encontrar o foco. Na luz fraca, viu que sua mão estava quase em carne viva. A pele vermelha e rachada. Havia sangue seco em suas unhas. Mas havia outra coisa em seu braço. Escondida embaixo da manga. Ele se lembrava vagamente de ter escondido alguma coisa ali.

o nome dele era... o nome do menininho era...

O delegado arregaçou a manga e viu palavras escritas em seu braço com tinta preta.

David Olson

De repente, o delegado se lembrou do que tinha feito. Havia começado a escrever pistas no braço. De início, usou uma caneta comum, mas o suor provocado pela febre tinha apagado os traços, como passarinhos que catam migalhas de pão. Então usou tinta permanente. O delegado arregaçou mais a manga.

David Olson é o nome do menino.
Não dorme de novo. Liga para Carl para falar das ferramentas <u>AGORA</u>.

O delegado fez a ligação antes mesmo de ter tempo para pensar. Depois de dois toques, ele reconheceu a voz do amigo do outro lado da linha.

— Carl, sou eu — disse o delegado.

— Que porra é essa! — exclamou Carl, grogue de sono. — Você sabe que horas são?

O delegado olhou para o relógio. Eram 3:17 da madrugada.

— Eu sei que é tarde. Foi mal. Mas o assunto é muito importante — começou o delegado.

— Foi o que você falou da última vez.

— O quê? — questionou o delegado.
— Você me ligou uma hora atrás.
— Eu liguei?
— Meu Deus do céu! Você está tão mal assim? Você me ligou faz uma hora pra perguntar sobre as ferramentas. Eu não posso continuar quebrando esses galhos pra você. Amanhã é véspera de Natal, pelo amor de Deus!
— Eu sei. Me desculpa. E as ferramentas?
— Você está de brincadeira? Você nem se lembra.
— Só me fala!

O delegado conseguiu ouvir Carl levantando o dedo do meio do outro lado da linha.

— Tudo bem, mas essa é a última vez, então é melhor você anotar. Eu entreguei as ferramentas pro meu amigo no museu. Elas têm centenas de anos, mas não são típicas de mineradores de carvão nem de lavradores da época.
— Como assim?
— As ferramentas são mais do tipo que uma criança usaria. E aquela pedra cinzenta e retangular que você me deu não era uma pedra. Era madeira petrificada.

O delegado pegou a caneta e anotou avidamente no próprio braço.

As ferramentas pertenciam a crianças.

— Então é isso. Foi o último favor. Não posso continuar te ajudando, ainda mais agora que o número de casos dobrou na última semana.

O delegado parou de escrever por um instante.

— Como assim o número de casos dobrou?
— Meu Deus do céu! A gente vai ter que repetir a mesma conversa que acabou de ter?
— Me desculpa, Carl. Eu não estou me sentindo nada bem.
— Como eu já disse — continuou Carl, fazendo sua melhor imitação de babaca sarcástico —, deve ser a lua cheia ou alguma coisa na água, porque a cidade inteira está ficando doente ou maluca. Faz dois dias que não piso em casa. A minha mulher falou que, se eu não estiver em casa pra ceia da mãe dela na véspera de Natal, ela não vai me dar o meu presente. Eu não posso perder isso, cara. É o meu único boquete do ano.

O delegado abriu um sorriso involuntário.
— Bom, obrigado pela ajuda, Carl. Você é um cara legal.
— Diz isso pra ela. Agora, para de me ligar. Feliz Natal.
— Feliz Natal.
Os dois amigos desligaram. O delegado pegou a caneta outra vez e começou a escrever. A coceira se espalhou por sua mão, gritando por atenção, mas o delegado não seria vencido. Não dessa vez.

A pedra era madeira petrificada.
A cidade inteira está gripada ou maluca.
Como...

Quando acordou, o delegado levou um instante para perceber onde estava. Estava na sala de registros. A sra. Russo tinha ido embora. Ele deve ter caído no sono de novo. Demorou um pouco até sua mente vencer a dor de cabeça, mas, por fim, ele se lembrou de que estava tentando descobrir uma relação entre o que estava ocorrendo na cidade e aquele menininho... o irmão caçula de Ambrose... qual era mesmo o nome dele?

Aquele nome... aquele menininho... o nome dele era...

A mão do delegado coçava enlouquecidamente. Sem se dar conta, ele coçou a mão e percebeu que sua farda estava encharcada de suor. Em algum momento da noite a febre deve ter cedido. Ele arregaçou a manga da farda e deparou com um monte de coisas escritas no braço com tinta permanente.

David Olson é o nome do menino.
Não dorme de novo. Liga para Carl para falar das ferramentas <u>AGORA</u>.
As ferramentas pertenciam a crianças.
A pedra era madeira petrificada.
A cidade inteira está gripada ou maluca.
Como...

O delegado arregaçou a manga ainda mais e viu que aquelas anotações continuavam.

Como no ano em que David Olson sumiu. A última epidemia de gripe acabou um dia depois de David ter desaparecido. Será que David Olson, de algum jeito, fez a gripe parar? O que ele fez para isso acontecer? Ele nos salvou?

O delegado chegou ao fim do braço. As anotações paravam ali. Instintivamente, ele examinou o outro braço. E afrouxou a manga da farda molhada no braço direito. A escrita agora era com a mão esquerda, portanto, irregular. Mas continuava.

Liga para Ambrose Olson!

A cidade está desmoronando. Você não tem tempo pra essa merda.
O delegado assentiu para si mesmo. Isso era ridículo. Ele tinha em mãos tantas emergências que nem sabia o que fazer. Que merda é essa que ele estava fazendo, lendo registros de um caso antigo e relatos de acidentes?
Você sequer foi visitar Kate e seu filho no hospital e vai ligar pra Ambrose Olson pra falar do irmão dele que morreu há cinquenta anos? Isso é loucura.
O delegado arregaçou mais a manga.

Para de dar ouvidos à voz na sua cabeça. Ela está mentindo para você. Ela está fazendo você esquecer.

Certo. Isso é loucura. Você deve estar delirando pra ter escrito algo assim.
— Quem está aí? — perguntou o delegado em voz alta.
Você sabe quem é. É você. E você parece um doido falando sozinho.

Você não é doido. A voz está distraindo você. Ela está fazendo você dormir.

— Quem está aí? — repetiu.
A voz se calou. A temperatura na sala despencou. O delegado pensou que estivesse ouvindo uma respiração. Ele se virou. A sala estava vazia. De repente, ficou aterrorizado. Arregaçou a manga acima do cotovelo.

Você sabe para que as ferramentas serviram! Corre para Kate agora. O que aconteceu com David está acontecendo com Christopher. Corre agora!

O delegado acordou na sala de registros. Não sabia dizer como tinha caído no sono de novo. Mas, dessa vez, não ouvia nenhuma voz em sua mente. Não estava sendo distraído por nenhuma dor de cabeça cegante. E não demorou um minuto até encontrar as anotações. Ele olhou para o braço. A manga arregaçada acima do cotovelo. E sabia que havia mais uma mensagem escondida embaixo da camisa. A sala de registros estava gelada. O delegado prendeu a respiração e enrolou a manga até o ombro.

Tarde demais, delegado. Eu bati neles com um carro.

O delegado já estava correndo antes mesmo que seus pés tocassem o chão. Seu coração batia forte enquanto corria pela sala de registros. Ele não se importava se houvesse mais uma centena de brigas de bar. Não se importava se cem pessoas tivessem que ser presas nas celas provisórias. Só uma emergência importava. Ele resgataria Kate e seu filho. Eles encontrariam Ambrose. Porque, por algum motivo, eles eram os únicos com informações sobre como impedir que aquela loucura, ou gripe, ou o que quer que fosse, fizesse a cidade implodir. O delegado subiu correndo a escada e entrou no escritório central, passando pelo cartaz de Emily Bertovich.

Foi lá que viu a sra. Russo e quatro de seus subdelegados.

Estavam baleados e sangrando no chão.

O delegado olhou em volta. A delegacia estava vazia. Não havia ninguém nas celas provisórias. Todos os criminosos tinham sumido. Instinto e treinamento assumiram o comando de seu corpo. O delegado correu para sua equipe. A sra. Russo foi a primeira.

Ele verificou o pulso dela. Estava viva, graças a Deus. O delegado fez um curativo improvisado com a blusa da sra. Russo enquanto pegava o rádio.

— Baixa de cinco policiais. Preciso de reforços!

O rádio estalou sem resposta. O delegado esqueceu que pretendia correr para Kate Reese e seu filho e verificou o estado dos quatro subdelegados.

— Eu preciso de reforços na central! Agora! Alguém me responda!

Não houve resposta. A estática era inquietante. Soava como um contador Geiger enlouquecido, anunciando que a força policial havia desaparecido. Nas profundezas de sua mente, o delegado começou a elaborar planos de contingência sobre como substituir o pessoal. Persiga os fugitivos. Vá até Kate Reese. Encontre Ambrose Olson. A única boa notícia no meio de toda aquela tragédia era que a sra. Russo e os quatro policiais da equipe ainda estavam vivos.

— Oi, delegado — disse uma voz atrás dele.

O delegado se virou. Ele viu a sra. Henderson de pé empunhando a pistola de um dos subdelegados. As roupas dela estavam encharcadas de sangue. Os pés descalços deixavam pegadas vermelhas.

— David Olson tocou no meu braço há muito tempo. Ele sabia que eu ia esfaquear o meu marido — comentou a sra. Henderson.

O delegado se protegeu atrás de uma mesa.

— Larga a arma! — gritou ele.

A sra. Henderson deu mais um passo na direção dele.

— A mulher disse que eu ia fazer o meu marido me amar de novo. Ela disse que ele ia me levar numa viagem, e, se não levasse, eu poderia esfaqueá-lo de novo. E de novo. E de novo.

O delegado levantou a arma.

— Sra. Henderson, abaixa a arma!

— Por que eu deveria abaixar a arma? Delegado, isso nunca vai acabar. O senhor não percebe o que está acontecendo?

— Abaixa essa arma AGORA!

A sra. Henderson colocou a arma sobre a mesa tranquilamente.

— Tudo bem, delegado, mas isso não vai fazer a menor diferença. Ela já pegou ele. E, depois que ele morrer, isso nunca vai acabar.

— Do que a senhora está falando?

— Do crime. A gente vai se atacar pra todo o sempre, até que alguém coloque um fim nisso tudo. E alguém vai. O senhor sabe por quê?

O delegado permaneceu calado. A sra. Henderson sorriu.

— Porque Deus é um assassino, papai.

Com isso, a sra. Henderson pegou a arma e investiu contra ele, gritando. O delegado levantou a arma e disparou.

CAPÍTULO 69

Christopher estava amarrado à maca da sala de cirurgia. A mulher sibilante sorria enquanto ele se contorcia feito um peixe no convés de um barco. Era o troféu dela. Seu prêmio. Ela se dirigiu a David Olson, inconsciente sobre a mesa de metal ao lado dele. Ela fez carinho na testa de David como faria num cachorrinho.

— A gente precisa da minhoca pra fisgar o peixe. A sua língua vai ser a minhoca viva.

Christopher fechou a boca com força.

— Abre a boca, Christopher.

Christopher olhou para a mulher sibilante aterrorizado. Viu a chave no pescoço dela, encravada na carne, feito um colar macabro. A chave para todos eles escaparem.

— Quatro entradas. Três saídas — cantarolou ela. — Duas você viu. Das outras nem um pio. A chave eu guardo aqui. Mas e a porta que estava ali?

Com a mão esquerda escamosa, ela apertou o nariz dele, usando o polegar e o indicador. Impedindo que ele respirasse.

— Agora, vamos ver essa língua. Isso é pro seu próprio bem.

Um minuto se tornou dois e, por fim, seus pulmões cederam. Christopher inspirou fundo. A mulher sibilante enfiou a mão esquerda dentro da boca de Christopher e agarrou a língua. A mão direita manuseava o bisturi.

E Christopher mordeu.

— AAAAAAAAIIIIIIII! — gritou a mulher sibilante.

Os dentes de Christopher arrancaram o indicador dela como se fosse um enroladinho de queijo. Ele sentiu a carne podre na boca. E cuspiu o dedo no chão. A mulher sibilante olhou para o coto do dedo, que jorrava sangue como se fosse uma fonte. Ela se virou para ele. O olhar no rosto dela beirava o espanto. Ou seria medo? Ela se abaixou e agarrou o dedo decepado. Colocou o dedo de volta no lugar. Então levou o dedo e a mão à testa e usou o calor para soldá-lo de volta. Novinho em folha.

— Então tá, Christopher. Você não quer perder a língua. Tudo bem. Pode ficar com ela.

Ela o amordaçou com uma fita adesiva.

— É só a gente pegar as respostas onde elas estão — disse ela, tocando a testa dele. — Enfermeira, a serra de osso, por favor?

Christopher gritou por baixo da fita. Ele viu a enfermeira entregar à mulher sibilante uma serra de metal reluzente com dentes de leite tortos. Ao ser acionada, a serra produziu um zumbido estridente feito uma broca de dentista. A lâmina ficou a centímetros do couro cabeludo do menino. Ele fechou os olhos, se preparando para a morte. No entanto, de alguma forma, não sentia medo. Estava quase calmo.

Minha mãe tá...
Minha mãe tá... comigo do lado real.

Conseguia senti-la no quarto com ele. As mãos dela em sua pele. Buscando o lado fresquinho do travesseiro.

Minha mãe tá...
Minha mãe tá... dizendo que vai me tirar daqui.

Nesse momento, faltou luz, deixando o hospital no escuro. Christopher olhou em volta, mas não conseguia ver nada. Só ouvia gritos. E passos correndo. O som de um corpo se chocando com a mulher sibilante. A serra de osso atingindo a pele dela.

E a voz do moço bonzinho.

— Não se preocupa. Eu estou aqui com você — avisou o moço bonzinho. Christopher sentiu a maca se mexer, correndo pela escuridão.

— PEGUEM ELE! ELE NÃO ESTÁ NA RUA! — gritou a mulher sibilante.

— Não diz nada. Não deixa nenhuma trilha pra ela.

— PARA DE AJUDAR ELE! — berrou a mulher sibilante para o moço bonzinho na escuridão.

A maca virou à direita e voou pelo corredor. As crianças uivavam atrás deles. O moço bonzinho manobrou a maca como se fosse um skate e correu em direção a uma luz fraca no fim do corredor. Christopher sentiu a mão cálida do homem arrancar as amarras que prendiam seus pulsos.

— Senta aí, filho — disse ele, gentilmente. — Eu preciso dos seus olhos.

Christopher arrancou a fita da boca e soltou as mãos. Em seguida, sentou-se e removeu as correias dos tornozelos. Estava livre.

— Agora, o que você está vendo? — perguntou o moço bonzinho.

Na escuridão, Christopher semicerrou os olhos e, de algum modo, conseguiu distinguir formas. Pessoas caixa de correio e cervos. Agachados nas sombras. Esperando para atacar.

— Eles tão bloqueando a saída — avisou Christopher.

— Bom trabalho, filho.

O moço bonzinho virou a maca. E correu cada vez mais rápido por outro corredor. Seus pés batiam no piso. Chuac-chuac-chuac. Como beijos de uma vovó. A maca atravessou uma porta dupla, que balançou feito venezianas numa tempestade. O moço bonzinho parou e amarrou o cinto nas maçanetas. As pessoas caixa de correio se lançaram na porta. O cinto se esticou feito uma bala de caramelo.

Mas aguentou firme.

Eles entraram na maternidade e, de repente, a maca desacelerou, seguindo lentamente.

— Fica bem quieto — sussurrou o moço bonzinho. — A gente não pode acordar eles.

Christopher semicerrou os olhos na escuridão e percebeu onde estavam.

No berçário.

Fileira após fileira de bebês. Alguns em incubadoras. A maioria em berços de vidro. Todos dormindo. O moço bonzinho empurrou a maca pelo berçário, como um barco através de um pântano. Um centímetro de cada vez. Christopher viu um bebê se mexer, como se estivesse tendo um pesadelo. Então outro. Eles começaram a se contorcer feito os primeiros milhos virando pipoca numa panela. Poc-poc-poc. O moço bonzinho acelerou o passo. Mais bebês se contorciam. Christopher sentiu o berçário despertando em volta deles. Logo, logo, os bebês começariam a chorar, soando o alarme. Como se tivessem sido deixados numa varanda na entrada de uma casa. Um dos bebês abriu os olhos.

Olhou ao redor, na escuridão. Começou a choramingar. Outro abriu os olhos. E outro. Christopher sentiu a maca ir mais rápido. E mais rápido. Correndo para o outro lado. O primeiro bebê começou a chorar.

— Buááááááááá.

Ele acordou o vizinho.

O som viajou pelo berçário como se fosse uma bolinha de pinball, acordando um depois do outro. Bebê atrás de bebê. Os bebês começaram a urrar.

— BUÁÁÁÁÁÁÁÁÁÁÁ!

— É o alarme — comentou Christopher.

— Não. É uma campainha para o jantar.

As luzes se acenderam. Christopher os viu. Bebezinhos com olhos cintilantes os observavam. Babando. As bocas cheias de dentes de leite afiados. Os bebês começaram a engatinhar. Saindo dos berços. Quebrando a lateral das incubadoras como se fossem ovos de serpente.

Não havia mais nada a fazer a não ser correr.

O moço bonzinho levantou a maca sobre duas rodas e correu para a saída. Os bebês desceram e correram pelo chão como pequenas aranhas. O moço bonzinho atravessou as portas e apontou a maca para o fim do corredor. Christopher olhou para cima e viu uma calha de lavanderia na parede, como uma boca aberta. Ele sentiu o moço bonzinho acelerar. Mais três passos trovejantes. Então ele subiu na maca atrás de Christopher, como o âncora de uma equipe de bobsled.

— Segura aí.

A maca avançou em direção à parede. Christopher se preparou para o impacto. A calha da lavanderia se abriu e, num piscar de olhos, a maca escorregou por ela feito uma boia num toboágua. Derrapando e girando na escuridão. Christopher gritou. Em parte, de medo. Em parte, de empolgação. Como a melhor e a pior sensação de todas as montanhas-russas. Ele olhou para a frente e viu algo dançando.

Um reflexo. De estrelas. Na água.

— Se prepara — avisou o moço bonzinho, contraindo o corpo.

Christopher se agarrou a ele do mesmo jeito que costumava se agarrar à mãe depois de assistir a *Drácula*. A água se aproximava. Mais e mais. E então...

TCHIBUM!

A maca bateu feito uma pedra que quica na água. Resvalou sobre o leito do riacho, desacelerando, e depois parou. A água gelada aliviou sua pele febril.

Por um segundo, ele pensou que talvez a água fosse sua mãe colocando cubos de gelo em seu corpo. Christopher olhou para cima. Viu estrelas cadentes no céu noturno e as pedras da ponte dos três cabritinhos.

Estavam de volta ao bosque da Mission Street.

— O que foi isso? — perguntou Christopher.

— O túnel de fuga — disse o moço bonzinho. — A gente tem que te tirar daqui. Eles conseguem te ver à noite.

O moço bonzinho tá...
O moço bonzinho tá... apavorado.

— Oi, Christopher — disse uma voz.

Era o homem no tronco oco. Ele estava de pé. Totalmente acordado. Os olhos pretos feito carvão. O rosto ainda machucado desde quando Christopher tinha visto o cervo devorando-o.

— Eu ouvi muito a seu respeito — disse o homem.

Então ele avançou até Christopher.

— Me tira daqui! — gritou ele.

O moço bonzinho agarrou o braço de Christopher e correu. O homem do tronco oco caiu e rolou atrás deles. O moço bonzinho deu uma guinada e seguiu por uma trilha estreita. O homem do tronco oco estava prestes a atropelá-los quando se chocou com uma moita cheia de galhos e parou como uma mosca numa teia de aranha. O moço bonzinho empurrou Christopher através de um pequeno espaço entre as árvores. Christopher ouviu os gritos do homem do tronco oco ecoarem pelo bosque.

— ME TIRA DAQUI!

— Ele está soando o alarme. Tem mais gente a caminho. Vai!

Christopher e o moço bonzinho chegaram à clareira. E correram até a casa na árvore.

— Como foi que o senhor me encontrou? — perguntou Christopher.

— A sua mãe — disse o moço bonzinho — estava bem ali com você. Eu só segui a luz dela. Ela prometeu tirar você daqui. E é isso que eu estou fazendo.

O moço bonzinho ajudou Christopher a chegar até a árvore. Estava quente como uma caneca de café da mãe dele.

— Mas e o senhor?

— Eu não faço a menor diferença. Você faz.

— O senhor faz muita diferença pra mim.

Christopher se aproximou e abraçou o moço bonzinho, que se encolheu ao ser tocado. A reação fez Christopher se lembrar de soldados que ouvem fogos de artifício e pensam que são tiros.

— O senhor é o meu pai?

— Não. Eu não sou o seu pai. Christopher, você precisa ir. Agora.

Christopher assentiu e subiu a escada. Ele chegou ao degrau mais alto e colocou a mão na maçaneta da casa na árvore. E a girou.

Mas estava travada.

— Christopher, para de enrolar — disse o moço bonzinho abaixo.

— Eu não tô enrolando. Tá trancada.

— O quê?

— A porta da casa na árvore. Tá trancada.

— Ai, meu Deus! — exclamou o moço bonzinho.

O moço bonzinho subiu os degraus. Agarrou a maçaneta. Girou-a com toda sua força. Não abria. O rosto do moço bonzinho ficou pálido.

— NÃO! — gritou ele.

— O que tá acontecendo? — perguntou Christopher. — Por que não abre?

— No lado real, você ainda está no hospital. Não pode voltar pro seu corpo. Não vai poder acordar.

O medo forçou a pergunta pela garganta de Christopher.

— O quê?

O moço bonzinho esmurrou a porta, até que os nós dos dedos começaram a sangrar. Socou as janelas. O vidro permaneceu intacto.

— É uma armadilha. Ela armou tudo isso — sugeriu o moço bonzinho. — Ela te trancou lá dentro.

Finalmente, os braços do moço bonzinho se renderam. Ele parou de esmurrar a casa na árvore e desabou, com os punhos sangrando.

— Mas o que isso quer dizer? — questionou Christopher.

O moço bonzinho se virou para Christopher, incapaz de disfarçar seu desespero.

— Quer dizer que você está morrendo.

CAPÍTULO 70

Biiiiiiiiiipe.
Kate Reese desviou sua atenção do filho para as máquinas que o mantinham vivo. De repente, estavam todas piscando luzes vermelhas.
Biiiiiiiiiipe.
Antes que ela pudesse dizer qualquer coisa, as enfermeiras e o médico da UTI entraram correndo no quarto.
— O que está acontecendo?! — perguntou ela.
— A pressão dele está caindo — disse o médico à enfermeira, ignorando Kate. — Eu vou precisar de dez cc de...
E assim teve início uma sequência de jargões médicos rápida demais para ser acompanhada. A mãe de Christopher não entendeu muito, mas não teve dificuldade para entender o pedido "educado" do médico de...
— Tirem ela daqui!
— NÃO! — gritou ela.
Os auxiliares entraram no quarto.
— Não vai ser necessário — disse a enfermeira Tammy. — Ela já vai. Por favor, sra. Reese.
A mãe de Christopher permitiu que a enfermeira Tammy a convencesse a ir para o corredor segundos antes que os auxiliares a arrastassem aos chutes e gritos, apesar das costelas fraturadas. Ela ficou do lado de fora do quarto do filho, tentando enxergar através das paredes.
— Ele vai ficar bem, sra. Reese — disse a enfermeira Tammy, gentilmente. — Foi só uma queda súbita da pressão arterial. Eles vão estabilizá-lo.
Depois de três minutos que pareceram horas, o médico saiu e repetiu o que a enfermeira Tammy tinha dito. Mas sem nenhuma compaixão.

— Sra. Reese, enquanto o seu filho estiver no hospital, vamos ser obrigados por lei a ressuscitá-lo, mas devo dizer, com todo o respeito...
Já querem desligar as máquinas.
— ... seu filho não mostra sinais de atividade cerebral. Ele nunca vai acordar — completou o médico.
— Eu posso ver o meu filho agora? — perguntou ela, ignorando-o.
Os olhos dele se semicerraram, deixando transparecer irritação.
— Não, sra. Reese. As enfermeiras estão arrumando os leitos. Você pode voltar em meia hora.
— Meia hora pra arrumar um leito?! O senhor está de sacanagem comigo?
— ... ou quarenta e cinco minutos. A escolha é sua — disse um auxiliar, coçando o braço.
Ele quer uma desculpa pra chamar a segurança. Ele quer que você se descontrole, Kate.
A mãe de Christopher viu o olharzinho metido do sujeitinho desprezível. Ela queria dar um soco nele, mas um soco resultaria numa detenção. Um soco resultaria em seu filho morto. Então ela engoliu um "vai se foder" e fez que sim.
— Obrigada, doutor.
Eu vou te tirar daqui, Christopher. Eu prometo.
A mãe de Christopher acionou o alarme do relógio para soar em trinta minutos. Não queria se afastar dali nem por um segundo, mas com certeza não ia desperdiçar aquele tempo. Ela ignorou a dor nas costelas, enquanto rapidamente fazia o longo caminho de volta pela UTI. Chegando ao fim do corredor da UTI, ela aguardou até que a porta fosse destravada. Viu que uma enfermeira sussurrava algo para um auxiliar. Olhando para ela. Coçando-se. Os olhos transbordavam pensamentos. *Essa é a mulher desagradável que não aceita desligar as máquinas. A gente precisa daquele leito pra outras pessoas.* Ela viu o sr. Henderson, marido da bibliotecária, em um dos quartos. Ele estava sentado na cama, com as mãos na garganta.
A porta zumbiu.
Kate saiu e atravessou a sala de espera da UTI. Para onde quer que olhasse, havia pessoas desesperadas. Gritando que a cafeteria estava sem comida. Discutindo sobre qual canal sintonizar na TV. Alternando entre uma reportagem da CNN sobre o Oriente Médio e um episódio do Gato Mau.
— O meu filho quer ver a porra desse desenho! — gritou um homem.

Ela viu um sujeito desferindo chutes violentos na máquina de venda automática de refrigerantes.

— Essa merda ficou com o meu último dólar! — berrou ele.

O homem deu mais três chutes, enfim quebrando o logo de plástico da Coca-Cola. Em seguida, ele se sentou e chorou feito criança.

— A minha mulher está passando mal. Eu não tenho mais dinheiro — disse ele.

Instintivamente, Kate quis pegar dinheiro para ajudar o sujeito, mas percebeu que estava usando uma camisola de hospital. Sua bunda estava exposta. Ela se cobriu com uma das mãos e apertou o botão para chamar o elevador com a outra. Alguns operários em um corredor adiante olharam para ela. Kate pôde ver o olhar dos homens fixados em suas pernas nuas como se estivessem degustando produtos numa mercearia.

— Oi, querida. Qual o seu nome? — perguntou um pedreiro.

Ela quis pegar o celular. Não o encontrou. Nada de bolsos.

— Espere aí! Não vai embora, coisa linda! — disse o sujeito, correndo para o elevador.

A porta do elevador por fim se abriu. Kate apertou o botão. 1. 1. 1. 1. 1. 1. 1. 1.

— Piranha metida! — gritou o homem, enquanto a porta se fechava.

Kate recobrou o fôlego e o foco. Tinha que haver um jeito de tirar Christopher daquele hospital. Ela olhou para o relógio. Vinte e oito minutos. A porta do elevador se abriu. Ela voltou para seu quarto, na ala leste. Os corredores estavam superlotados. Não havia um banco livre sequer. Uma cadeira livre. Um espaço livre no chão. As pessoas coçavam os braços. Todos pareciam doentes. E enfurecidos. E assassinos. E desesperados.

— Que porra é essa de que não tem mais travesseiro?! — gritou uma voz.

Kate chegou ao quarto. Rapidamente, tirou a camisola de hospital e vestiu suas roupas, agora rasgadas e cobertas com o sangue do filho. Encontrou o celular no bolso do casaco. Ainda tinha um pouco de bateria, mas não havia sinal no quarto. Ela voltou para o corredor. Continuou andando, procurando sinal. Passou pelo quarto da sra. Keizer. A velha ainda estava inconsciente, deitada no leito, enquanto seu neto, Brady, sentado numa cadeira, lia algo para ela.

— É pra te ouvir melhor, minha querida — dizia ele.

E nada de sinal no celular.

Ela passou por um quarto vazio que estava sendo preparado para o próximo paciente, enquanto auxiliares agarravam um homem de meia-idade que se segurava desesperadamente no leito.

— O meu plano não perdeu a validade! Eu tenho direitos!

E nada de sinal.

Ela atravessou a entrada da sala de emergência.

— Tem quarenta horas que a gente está sentado aqui, seu filho da puta!

— Eu também, seu babaca! Agora, senta aí e espera a porra da sua vez!

Ela saiu do hospital e foi até o estacionamento.

Enfim captou algum sinal, ainda que fraco.

E digitou o número do delegado. Tocou uma vez. Duas vezes. Talvez o delegado pudesse ligar para o hospital e conseguir algum favor. Uma ambulância para tirar Christopher de lá. Levá-lo para longe de Mill Grove. Para longe da mulher sibilante. Ela verificou o relógio. Vinte e quatro minutos.

O telefone continuava tocando. Três vezes. Quatro vezes. Cinco.

Eles poderiam sair dali. Fugir para algum lugar seguro. Ela venderia a casa. O cheque poderia ser enviado a ela. Kate gastaria cada centavo em tratamentos médicos para Christopher.

Meu filho não vai morrer hoje.

Mais toques. Seis. Sete. Oito.

A caixa postal foi acionada.

— Bobby — começou ela —, eu não sei como te dizer isso numa mensagem de voz, então você vai ter que confiar em mim.

Ela ouviu uma ambulância com a sirene ligada. Por isso cobriu os ouvidos e gritou ao telefone.

— Eu preciso tirar o Christopher daqui. Você pode dar um jeito? Uma ambulância. Um helicóptero de evacuação médica. Eu pago. Não tem problema.

A ambulância entrou no estacionamento com a sirene uivando. A equipe de socorristas chegou correndo.

— Mas eu quero que você venha com a gente. Eu quero que você fique em segurança. Porque tem alguma coisa muito ruim acontecendo por aqui. E, nesse momento, pro meu filho, você é a única...

Ela estava prestes a dizer "esperança", quando viu os socorristas retirarem o delegado de dentro da ambulância numa maca. Os olhos dele estavam fechados. A camisa tinha sido cortada ao meio, o peito era um emaranhado de ataduras ensanguentadas, e uma máscara de oxigênio lhe cobria o rosto.

A mãe de Christopher ficou sem palavras.

Ela acompanhou a cena, chocada, enquanto o plantonista da emergência corria até a maca. Em meio à gritaria, ela entendeu que tinha ocorrido um tiroteio na delegacia. A sra. Henderson, a bibliotecária da escola, tinha fugido da cadeia e atirado no peito do delegado, que já deveria ter morrido, mas, de alguma forma, estava sobrevivendo.

A mãe de Christopher correu atrás dele, mas os auxiliares a impediram. Não deixaram que entrasse na sala de cirurgia da emergência. Ela passou um minuto em silêncio e atordoada até perceber que o celular ainda estava ligado, deixando uma mensagem de voz para o delegado. Kate desligou e se sentou do lado de fora. Suas costelas pareciam dor de dente no frio.

Ela não sabia o que fazer. Então instintivamente começou a ligar para os amigos. Qualquer um que ela pensasse que poderia ajudar. A mãe e o pai de Ed Especial. As mães de Mike e Matt. Não conseguiu nada. Nem caixa postal. Nenhuma mensagem de texto foi entregue. Nenhum e-mail chegava ao destino.

Ela estava completamente sozinha.

A mãe de Christopher olhou para o celular em sua mão. Não tinha tempo para nada que se parecesse com autopiedade. Faltavam quinze minutos para ela poder ver o filho. Seus olhos corriam de um lado para o outro, enquanto ela pensava no que fazer. Será que tinha mais alguém para quem ela pudesse ligar? Alguém em quem não tivesse pensado? Ela voltou a olhar para a sala de emergência. Viu dois homens brigando por causa de uma cadeira. Na TV, a jornalista loira informava que os acidentes de trânsito já haviam triplicado o recorde do mês de dezembro, e ainda era dia 23.

— E, agora, notícias mais felizes. Faltam apenas dois dias para o Natal. E qual foi o presente mais pedido pela criançada esse ano? Gatos Maus de pelúcia — disse ela, com um sorriso.

— Isso mesmo, Brittany. E qual foi o presente mais pedido pelos adultos? Armas.

Alguém trocou de canal, sintonizando a CNN.

— E agora para as notícias internacionais e a agitação crescente no Oriente Médio...

— Não aguento mais essa merda — gritou uma voz. — Eu não estou nem aí pro Oriente Médio.

— A minha família é de lá, seu babaca!

— Então volta pra lá e ajuda.

— Os refugiados estão desesperados, Anderson. Estão dizendo que pode acontecer mais derramamento de sangue a qualquer momento.

A mãe de Christopher fechou os olhos. Só se deu conta de que estava rezando quando terminou.

— Por favor, Deus. Nos ajude.

De repente, ela sentiu algo. Estava mais para um cheiro que para uma sensação física. Um aroma de luva de beisebol.

Ambrose.

Do nada, o nome lhe ocorreu.

Ambrose Olson.

Quando se está numa guerra, procure um soldado. Quem foi que disse isso? Logo o Jerry! Bêbado e assistindo a filmes antigos sobre os Aliados salvando o mundo do caos.

Ambrose poderia nos ajudar.

A mãe de Christopher ligou para Shady Pines. Enquanto esperava que a ligação fosse completada, os paramédicos transportaram os subdelegados, todos gravemente feridos. Por um segundo, ela teve um pensamento assustador.

Não tem mais polícia. Não tem mais lei.

— Shady Pines — disse a voz do outro lado da linha.

— Sheila... é a Kate. Eu preciso falar com o sr. Olson.

— Ele não está aqui.

— Como assim?

— Ele está no hospital.

— O quê?

— Desculpa. Eu tenho que desligar. Os residentes estão agitados com essa maldita gripe.

Clique.

A mãe de Christopher levou cinco minutos com a enfermeira encarregada da triagem na emergência para descobrir que Ambrose Olson tinha sido levado às pressas de Shady Pines para o hospital depois de ter ficado cego. Por ser muito querido entre os funcionários do hospital, ele foi agraciado com um leito cerca de trinta e nove horas antes do previsto. O leito de Ambrose ficava exatamente três portas depois do quarto do filho dela na UTI. Kate Reese sabia que podia ser o destino. Ou podia ser coincidência. Ou podia ser uma ajuda do moço bonzinho. O que quer que fosse, ela não questionaria nada. Precisava de todo e qualquer amigo que pudesse recrutar.

Até imaginários.

Encontrou Ambrose no quarto. Com os olhos enfaixados. Agarrado ao velho diário do irmão. Ela bateu à porta.

— Sr. Olson? — chamou ela.

— Sra. Reese? Graças a Deus. Eu estava perguntando pela senhora.

— Por mim? — questionou ela, surpresa, mas, de alguma forma, nem tão surpresa assim. — Por quê?

— Eu preciso que você acabe de ler o diário do meu irmão — sussurrou ele.

— Por que o senhor está sussurrando?

— A senhora promete não rir?

— Nada tem graça nesse momento — disse ela. — Pode falar.

Quando Ambrose terminou de explicar a experiência de David com casas na árvore e mulheres sibilantes, não demorou muito para Kate Reese perceber que tudo estava se repetindo. Mas dessa vez com seu filho. Ela se sentou e pegou o diário.

*

Ambrose não conseguia ver Kate Reese enquanto ela lia em voz alta para ele, como uma mãe faria para um filho. Mas, depois de tudo o que ela contou sobre o acidente de carro envolvendo Christopher e o delegado sendo baleado, ele imaginou aquela bela mulher de cinquenta quilos como se fosse a última vela tremulando no olho de um furacão.

Por favor, proteja essa mulher, meu Deus.

A oração veio do nada. E isso o surpreendeu. Mas, depois que ele teve certeza de que se tratava de fato de sua própria voz, ele reforçou o pedido. Porque, em algum lugar lá no fundo, ele acreditava que, se algo acontecesse com Kate Reese, o mundo chegaria ao fim.

CAPÍTULO 71

Que ano de merda.

Foi o que Jerry pensou, acordado na cama. Ele olhou pela janela. Faltava pouco para amanhecer. Vinte e três de dezembro. Não se lembrava da última vez que tinha acordado tão cedo. Não desde o último sonho. Andava tendo uns sonhos terríveis ultimamente. Ele estava sempre em casa, ou na rua, ou comprando costelas no Bone Yard, e via Kate Reese. Ela estava sempre um pouco diferente, mas sempre linda. Com uma chave em volta do pescoço. E um sorrisinho malicioso. Kate deixava que ele fizesse com ela tudo o que sempre quis. Era violento. Com raiva. Sujo. Detestável. Não importava. Ela adorava. Ela o amava. Toda noite, ele dormia e encontrava a Kate Reese de seus sonhos. Então, todas as manhãs, Jerry acordava. Olhava para o lado na cama e contemplava o espaço vazio onde a verdadeira Kate Reese costumava ficar. E aquela merda de voz soava em seus ouvidos.

Você sente falta dela, Jerry.

Toda manhã, a mente de Jerry parecia seu carro estacionado no jardim de frente da casa depois de uma bebedeira. O gramado parecia sua garagem, e aqueles sonhos pareciam sua vida. Mas não tinham nada a ver com sua vida. Kate Reese havia partido e nunca mais voltaria. Ele tentou esquecê-la várias vezes, mas então ouvia alguma maldita música ou via alguma maldita garota de shortinho e lembrava que, pelo menos uma vez, tinha conseguido fazer com que uma mulher realmente digna o amasse.

Até que ela te deixou no meio da noite, Jerry.

Jerry se virou na cama. Não tinha trabalho naquele dia, por isso pensou em ir até 8 Mile. Os bares não estavam abertos, mas ele conhecia um clube noturno que talvez o deixasse entrar pela porta dos fundos. Poderia tomar um drinque e talvez pegar alguma presa fácil. Claro, era de manhã, mas foda-se! Não havia mais piranha nenhuma dizendo o que ele podia ou não fazer. Ele tinha recebido o pagamento na sexta. Por que se preocupar?

Ele colocou o jeans e foi para o Chevy. Vinte minutos depois, já estava no 8 Mile. Estacionou o carro na calçada em frente ao tal clube infame e entrou. O jukebox estava tocando uma música excelente. "Hotel California", do Eagles. O ambiente estava tomado por fumaça de cigarro. Era tão espessa que Jerry teve a sensação de estar atravessando uma nuvem. Ele se sentou e pediu um gim-tônica. Olhou para a menina no bar e mal pôde acreditar na própria sorte.

Sally.

Ele conhecia Sally desde o ensino médio. Ela sempre foi uma boa menina católica, até que um belo dia deixou de ser. Como a maioria dos católicos, ela foi de zero a cem em menos de dez segundos quando alguém colocou a chave na ignição. Um ano depois, ela foi pega transando com alguns jogadores do time de futebol americano no banco traseiro do Ford do pai. A partir daquele momento, ficou conhecida como "Sally Mustang". O carro do papai na verdade era um Focus, mas "Sally Ford Focus" não tinha o mesmo apelo. Seja qual fosse o carro, Sally não era das melhores, mas gostava de se divertir. E ele precisava se divertir. Tinha algum dinheiro no bolso. Estava livre. Era jovem. Pegaria Sally, entraria em seu velho Chevy e iria até os cassinos de West Virginia para tirar Kate Reese da cabeça.

— West Virginia?! — questionou Sally. — Você está louco. Está nevando pra caramba por lá. Tem cassinos em Detroit. Por que diabos a gente iria até West Virginia?

Boa pergunta.

Talvez fosse o instinto. Talvez fosse um pressentimento. Talvez fosse o gim-tônica. Mas algo dizia a Jerry que sua sorte mudaria em West Virginia. Algo lhe dizia que aquele poderia ser seu dia de sorte, era só escutar a voz em sua cabeça.

Você não vai perder, Jerry.

— Você vem ou não? — perguntou ele a Sally.

Ela foi.

Uma hora depois, o Chevy seguia por uma estrada coberta de neve. Era a pior nevasca desde aquela tempestade depois do Dia de Ação de Graças. Aquecimento global porra nenhuma. Para onde quer que se olhasse, parecia que havia um carro enguiçado ou acidentado. Mas, para ele, a viagem estava sendo tranquila. Sally ficava girando o botão do rádio feito um ladrão tentando arrombar um cofre. Top 40. Hip hop. Uma estação de música antiga tocando "Blue Moon". Ele começou a se arrepender de ter levado Sally. Pelo jeito, ela não sabia fazer nada além de foder com o rádio do carro e dizer que os colegas de trabalho estavam conspirando contra ela. Pelo amor de Deus, ela trabalhava numa mísera JCPenney. Será que as mulheres não têm nada melhor para fazer do que fingir que o mundo se importa com elas?

— Sally, escolhe a porra de uma estação de uma vez!
— Tá bom. Tá bom. Idiota.

Finalmente, ela sintonizou uma estação de rock clássico de Cleveland que tocava "Hotel California", do Eagles. Duas vezes no mesmo dia.

Ele tomou isso como um bom presságio.

Quando chegaram ao cassino, Jerry passou pelo manobrista e foi direto para o estacionamento. Sally olhou feio para ele. Pô, aí, foi mal por ele querer economizar algum dinheiro. Atravessavam o estacionamento gelado quando o céu se abriu com um vento furioso que fez a neve girar ao redor de suas cabeças, feito o tornado que levou Dorothy. Quantas vezes ele viu *O Mágico de Oz* naquelas merdas de sessões de sexta com Kate Reese e seu filho esquisito?

Você sente falta dela, Jerry.
Mas ela não sente a sua.

Aquela voz. Aquela voz insuportável. A voz lhe dizia: "Vai em frente. Bebe a noite toda. Joga. Pega a estrada. Pesca com os seus amigos. Caça com os seus primos. Nada do que você fizer vai apagar essa lembrança."

Você nunca vai conseguir uma melhor que ela, Jerry. E ela foi embora.

Ele sabia que Kate Reese estava por aí em algum lugar. Provavelmente com algum cara novo. Entregando o corpo a ele. Tocando cada centímetro do corpo dele. O sentimento lhe causava raiva e nojo. Deixava seu estômago embrulhado. Ele precisava chegar logo ao cassino. Precisava tomar um trago de verdade. Precisava fazer isso parar.

— Sally, vamos logo, porra! — gritou ele.
— Tenta andar nessa merda de salto — retorquiu Sally.

As portas se abriram, revelando uma nuvem de fumaça de cigarro pairando sobre o ruído branco de máquinas caça-níqueis e videopôquer. Sally tinha que fazer xixi. Claro. Ainda eram dez da manhã, mas Jerry foi para o bar e tomou uma dose dupla de Tanqueray com um pouco de água tônica. A bebida o aqueceu como um bom exercício físico, mas não foi suficiente. Ele precisava de uma distração para se livrar daquela voz. Olhou em volta e viu que alguém tinha deixado um jornal no bar.

Era um jornal de Pittsburgh.

De alguns meses atrás.

Jerry procurou a página de esportes, mas, é claro, algum vagabundo já a tinha levado. Então folheou o restante do jornaleco. A crise do Oriente Médio continuava. Jesus. Isso ainda é notícia? Depois que essa crise parar eu compro um jornal. E os refugiados? Eu tenho uma ideia. Levantem essas bundas e comecem a caminhar para o norte. Será que é tão difícil entender essa merda? Quem é que fica parado quando vê o mundo acabando ao seu redor? Gente idiota pra caralho. São esses que ficam!

Jerry virou a página para a seção de cotidiano e viu uma manchete: MENINOS ENCONTRAM OSSADA EM BOSQUE. Ele estava prestes a olhar para a foto quando Sally surgiu com a maquiagem retocada e a bexiga vazia.

— Meu Deus, está fedendo que nem o inferno lá dentro — comentou ela.

Jerry jogou o jornal no chão e se jogou na mesa de vinte e um. Não costumava apostar nisso, mas algo lhe dizia que fosse em frente e começasse aos poucos. Talvez fosse uma voz. Ele tirou duas damas e se lembrou de que Kate Reese lhe dissera que a imagem da dama numa carta de baralho era o retrato da rainha Elizabeth. Tirou dois ases e ganhou cem dólares. Pediu outro gim-tônica. Kate havia lhe dito que esse drinque tinha sido inventado por soldados britânicos em alguma guerra. De alguma forma, a tônica na água previnia a malária.

Você sente falta dela, Jerry.
Ela está fodendo com outra pessoa, Jerry.

Jerry pediu mais dois drinques enquanto Sally fazia objeções dizendo que não era nem meio-dia e ele já estava ficando bêbado. Mas Jerry não se importava. Porque aquela voz chata estava diferente naquele dia. Tinha alguma coisa que ele não conseguia identificar. Algo que fazia com que se sentisse invencível.

Então decidiu arriscar.

Olhou para as cartas na mesa. O crupiê lhe deu um maldito treze. Mas, por alguma razão, ele sabia que o resultado seria bom. *Foda-se. Tem quatro 8 no baralho, não tem?* Ele pediu uma carta e saiu um 8. Outro vinte e um. Outros cinquenta dólares. Ganhou de novo com doze. E de novo com dezoito. As pessoas começaram a se aglomerar em volta dele. Jerry sabia o que todos estavam pensando. Quem é esse vagabundo com esse boné dos Lions e essa piranha cafona que parece ter aprendido a se maquiar numa escola de palhaços?

Eu vou mostrar pra vocês quem sou eu, seus babacas.

Eu sou o filho da puta que não vai perder hoje.

A voz lhe disse que apostasse apenas dez dólares na próxima mão. Ele perdeu, é claro. Seu instinto lhe sugeriu que apostasse quinhentos na rodada seguinte. Vinte e um. Uma menina bateu palmas atrás dele. Uma indiazinha linda — índia nativa, não indiana —, segurando com suas unhas vermelhas e afiadas um exemplar do mesmo velho jornal de Pittsburgh. Ele se perguntou por que todo mundo tinha esses jornais velhos por aí até que uma voz o trouxe de volta.

— Vinte e um!

Continuou assim por horas a fio. O gerente mudou de crupiê para esfriar a sorte de Jerry. Fecharam a mesa e o fizeram se transferir para outra. Passaram a jogar com seis baralhos, em vez de um, pensando que ele poderia estar contando as cartas. Mas não importava o que fizessem.

Não tem como você perder, Jerry.

Às cinco da tarde, Jerry se levantou com as pernas bêbadas e foi até a roleta. Sally falou para não abusar da sorte, mas ele tinha parado de ouvir qualquer coisa que não fosse aquela voz em sua cabeça. O primeiro número que ele jogou foi 9. Quando acertou, até Sally calou a porra da boca. Os caras do bar já haviam comentado sobre esses dias de sorte incríveis. Ele nunca tinha presenciado um. Nem de longe. Mas, naquele momento, ele era imbatível. A voz lhe disse que apostasse vinte dólares no preto. Dez no vermelho. Para ficar de fora na rodada seguinte. Deu verde. A indiazinha gostosa se empoleirou ao lado dele. Ela colocou o jornal no chão e prendeu os saltos altos na cadeira para se concentrar no jogo.

— Você se importa se eu der uma olhada no seu jornal? — perguntou Sally, entediada como uma adolescente assistindo ao namorado jogar videogame.

A indiazinha gostosa entregou o jornal. Sally deu uma olhada. Nada sobre Hollywood. Só uma história chata sobre quatro meninos que encontraram uma ossada num bosque no oeste da Pensilvânia.

— Ai, esse menino é tão fofo — comentou Sally, apontando para a foto.
— Olha só, Jerry.
— Sally, você pode calar a porra da boca? — mandou Jerry, colocando o dinheiro no 33.
— Trinta e três! — gritou a indiazinha gostosa.
Não tem como você perder, Jerry.
Ele fechou os olhos enquanto a bola corria pela roleta. Viu o rosto de Kate Reese em sua mente. O apartamento vazio na manhã depois que ela fugiu. O que ele tinha feito de tão terrível naquela noite? Havia batido nela, sim, mas disse que estava arrependido e foi sincero. Então ela que se foda se não acreditasse nele. Foda-se aquela piranha.
Você sente falta dela, Jerry.
Você quer encontrar ela.
— Quatro! — gritou a indiazinha gostosa.
À meia-noite, o chefe dos crupiês chamou o gerente geral, que prontamente ofereceu um quarto a Jerry, exibindo um sorriso de político e um aperto de mão de babaca. A indiazinha gostosa se levantou e o parabenizou pelo dia de sorte. Ela passou o tempo todo perdendo, mas, por algum motivo, continuou jogando ao lado dele. O dia inteiro. Com fichas aparentemente inesgotáveis. Talvez ela fosse funcionária do cassino. Talvez fosse uma prostituta. Tudo o que sabia era que ela era gostosa pra caramba. Ela se levantou da mesa, deixando o jornal velho aos pés dele. Ele pegou o jornal e a chamou.
— Com licença, senhorita? Você esqueceu o seu jornal.
Ela voltou até ele e lhe lançou um sorriso e um olharzinho safado.
— Jerry, você sabe qual é o somatório dos números numa roleta? — perguntou ela.
— Não. Por que você não me conta no café da manhã?
Ele mal pôde acreditar na própria ousadia. Mas aí estava. O convite pairou no ar, qual a nuvem de fumaça de um cigarro. Pensou que Sally ia arrancar seus olhos com as unhas falsas por ele ter falado isso. Mas a "Sally Mustang" estava estranhamente quieta. A indiazinha gostosa abriu um sorriso tão largo que ele achou que ela fosse perder os dentes.
Não tem como você perder, Jerry.
Os três foram até a suíte cedida pelo cassino e abriram uma garrafa de champanhe, cortesia da casa. A indiazinha gostosa ligou a TV, dizendo que às vezes ela podia "fazer barulho demais". Por volta das três da manhã, o canal começou a

transmitir as notícias locais da região da tríplice fronteira. Jerry ouvia a âncora de notícias tagarelando sobre um acidente de trânsito terrível envolvendo o menino que tinha acertado na loteria para sua mãe em setembro e encontrado a ossada em novembro, mas ele não se virou para ver a reportagem. Estava ocupado assistindo às meninas lambendo champanhe uma no corpo da outra enquanto o vento esmurrava os janelões com vista para o centro de Wheeling. Jerry encaixou o máximo de sexo possível numa única noite, mas toda vez que desacelerava, mesmo que por um instante, a voz voltava.

Você sente falta dela, Jerry.
Você tem que encontrar ela, Jerry.

Jerry acordou uma hora antes do amanhecer. Devia ter dormido no máximo meia hora; mesmo assim, de algum jeito, estava bem desperto. Bebeu o último gole de champanhe, já morno e sem gás, para se livrar da dor de cabeça. Não era sua primeira ressaca. Às vezes, ficava com ressaca enquanto ainda estava bêbado. Mas aquela dor de cabeça era diferente. Era como se ela estivesse com raiva dele ou coisa parecida. Como se ele tivesse comido a esposa do sr. Dor de Cabeça. Ele ouviu Sally no chuveiro, mas a indiazinha gostosa tinha caído fora havia muito tempo. Achava que ela podia ter feito a limpa nele ou talvez levado mil dólares por "prestação de serviços", se fosse de fato uma profissional, mas ela não levou nem uma ficha de pôquer sequer.

Mas deixou para trás o jornal velho.

Você sente falta dela, Jerry.
Você quer encontrar ela, Jerry.
Ela está fodendo com outro cara, Jerry.
A piranha está rindo de você agora, Jerry.

Depois do dia de sorte, a voz tinha voltado, cruel como uma cobra. A única coisa que ele podia fazer para tirar Kate da cabeça era ler aquele jornal velho, do outono passado. Ele folheou uma previsão do tempo, que anunciava que aquele inverno seria excepcionalmente ameno. Ótimo trabalho, Kreskin. Ele estava prestes a virar para a seção de cotidiano quando pensou em pular para a de esportes. Felizmente, o jornal da indiazinha gostosa estava intacto.

Quando ele estava mais ou menos na metade de um artigo sobre o esforço dos Pittsburgh Steelers para conquistar mais um Super Bowl (por que vocês não torcem pelos Lions, seus babacas?), Sally saiu do chuveiro aos prantos. Jerry percebeu que, quando o efeito da bebida passava, o mesmo acontecia com o lado "Mustang" de Sally. E a parte hétero flex dela não era páreo para sua educação católica em Flint.

— É véspera de Natal. Eu preciso voltar pra casa — avisou ela.

— Tá bom, Sally. Vamos embora.

E deixou o jornal no quarto do hotel. Virado para baixo.

Enquanto caminhava pela nuvem de fumaça de cigarro no interior do cassino pela última vez, ele procurou pela indiazinha gostosa. Percebeu que não sabia nem o nome dela. Talvez ela fosse uma miragem, como naquela música, "Hotel California". Ele cantarolou sua própria versão. *"Welcome to the Hotel West Virginia. Such a shitty place. Such a shitty face."*

As portas do cassino se abriram como uma boca e vomitaram os dois para fora. O ar fresco era doce. Puro, seco e límpido feito o luar que espreitava através das nuvens.

Ele caminhou devagar pelo estacionamento. O vento varria seu rosto. E cheirava a algo. Era provável que ele ainda estivesse de ressaca. Mas, por algum motivo, se sentiu como um menino que saía para caçar pela primeira vez. Aquele cheiro de mata, misturado com pólvora queimada e cerveja. Ele não conseguia parar de pensar no antigo namorado de sua mãe, que havia lhe ensinado a atirar. Aquele mesmo cara malvado que também lhe ensinara a não ter medo de uma bola de beisebol, jogando bolas na cabeça dele.

Jerry grunhiu quando viu seu carro. Algum babaca tinha colocado um daqueles panfletos idiotas no limpador de para-brisa. Quando chegou um pouco mais perto, percebeu que não era um cupom para a Jiffy Lube ou um anúncio do We-Buy-Junk-Cars. Era um conjunto de quatro cartões. Estavam ligados a alguma coisa por barbantes. O vento soprou, e Jerry viu quatro coisas de borracha, vazias e coloridas, batendo na lateral do Chevy.

Eram quatro balões estourados.

Jerry olhou os cartões.

Senhor ou senhora:

Estes balões são da Corrida de Balões organizada pela Escola de Ensino Fundamental de Mill Grove. Por gentileza, entre em contato conosco o mais rápido possível para que nossos alunos possam saber até onde seus balões foram. Muito obrigado.

Jerry olhou o verso dos cartões e viu um monte de nomes que não significavam nada para ele. Matt alguma coisa. Mike alguma coisa. Eddie não-tô-nem-aí. Estava prestes a jogá-los fora quando o vento bateu forte no casaco dele. Um cheiro de caçada o envolveu. E aquela voz em sua mente lhe disse que apenas olhasse o último cartão antes de jogar tudo fora. Suas mãos tremeram quando ele virou o papel e leu o último nome.

Christopher Reese.

Hoje é o seu dia de sorte, Jerry

CAPÍTULO 72

O moço bonzinho conduziu Christopher sob arbustos densos, seguindo uma velha trilha castigada pelo tempo. Ele moveu uns galhos mortos que escondiam o acesso a uma nova trilha oculta. Christopher olhou para as nuvens acima do bosque da Mission Street. O luar preso dentro delas, como uma lanterna. A mulher sibilante estava se espalhando por toda parte. Algo terrível estava por vir.

Quer dizer que você está morrendo.

As palavras do moço bonzinho ecoavam na mente de Christopher quando eles chegaram à velha geladeira abandonada. Grande e branca, como as "caixas de gelo" dos filmes antigos que sua mãe adorava. As partes de cromo enferrujado fizeram Christopher se lembrar do velho Chevy de Jerry, parado na entrada da garagem.

O Jerry tá chegando...
O Jerry tá chegando... pra matar a minha mãe.

Christopher precisava sair do mundo imaginário. Precisava sair e salvá-la.

— Aqui estamos — sussurrou o moço bonzinho.

O moço bonzinho abriu a porta da geladeira com um *nheeeeec*. A geladeira não tinha fundo. Só uma base de terra.

— O que é isso? — perguntou Christopher.

— O meu último esconderijo — respondeu o moço bonzinho.

O moço bonzinho ficou de joelhos e limpou a terra, revelando um alçapão. Ele o abriu e Christopher viu uma escada comprida que levava a um cômodo, feito um bunker antibomba.

— Ela ainda não descobriu esse esconderijo — murmurou o moço bonzinho. — Eu estava guardando para uma emergência. A gente precisa te esconder até amanhecer.

Christopher entrou. Sem fazer barulho, o moço bonzinho fechou a porta da geladeira. Christopher seguiu o moço bonzinho pela escada comprida. Quando chegaram ao solo, o moço bonzinho dobrou a escada, como se fosse uma porta de sótão. As molas rangeram quando os degraus se juntaram, deixando-os escondidos no subsolo. O moço bonzinho acendeu uma lamparina de querosene. Então abriu um cooler portátil. Havia garrafas de água, Coca-Cola, frutas, queijo e doces.

— Onde o senhor conseguiu tudo isso? — perguntou Christopher.

— Pessoas que estão de dieta. Seus pesadelos são todos sobre comida. Elas não se importam se a gente pegar. Vai por mim. É até um favor pra elas — comentou o moço bonzinho.

Christopher encheu os braços, como um carrinho de compras ganancioso.

— Não os doces — advertiu o moço bonzinho. — A gente vai ficar aqui só até o sol nascer. Essa vai ser a sua última refeição por um tempo. A gente tem que te tirar do mundo imaginário antes da meia-noite. Você vai precisar de todas as suas forças.

Um tanto contrariado, Christopher trocou a barra de Snickers por purê de maçã e se sentou no chão. Ele olhou em volta, contemplando o bunker do moço bonzinho. Era simples e bem vazio. Uma cama estreita. Um armário. Algumas roupas. Um relógio na parede. Mas o relógio não marcava horas e minutos.

Marcava anos.

Christopher olhou para o número: 2.020. O número de meses: 24.240. O número de dias: 737.804 naquele terror. Naquela tortura. Ele olhou para as cicatrizes do moço bonzinho. Nos pés. Nas mãos. Observou o jeito torto como ele caminhava, por causa de seus ossos quebrados tantas vezes ao longo de tantos séculos.

— Quantos anos o senhor tinha quando ela te pegou? — perguntou Christopher.

O moço bonzinho olhou para ele, surpreso com a pergunta.

— Ela não me pegou. Eu me voluntariei. Agora, come.

O moço bonzinho abriu uma garrafa de água e tomou um gole. Em seguida, rosqueou a tampinha e engoliu a água, que percorreu seu corpo castigado como um rio gelado.

— O que vai acontecer à meia-noite? — indagou Christopher.

O moço bonzinho não disse nada. Simplesmente, levou um dedo à boca e fez "shhhhhhh". E apontou para cima. Christopher parou e ouviu vozes procurando por ele lá em cima no bosque.

— Chrisssstopher! Chrissstopher! Cadê você?!

O moço bonzinho se levantou. Tenso e preparado.

— Não estou mais sentindo o cheiro dele. Vocês conseguem ouvir ele? — gritavam as vozes, umas para as outras.

Christopher observou o moço bonzinho, empoleirado perto da escada, pronto para atacar se eles descessem. Tudo na postura dele fazia Christopher se sentir seguro. Ele estava pronto para defender Christopher até a morte, se era isso que a noite reservava. Christopher tinha visto a mãe com uma atitude parecida. Ele não sabia que homens podiam se sentir assim em relação a crianças.

Enfim as vozes seguiram em frente, então houve silêncio. Christopher estava prestes a falar quando o moço bonzinho ergueu um dedo. Então pegou uma folha de papel e rabiscou, rapidamente, com um lápis número 2.

ELES AINDA ESTÃO LÁ EM CIMA. ESTÃO TE TESTANDO.

Christopher pegou o lápis e rabiscou algo. E entregou o bilhete ao moço bonzinho.

O que vai acontecer à meia-noite?

Christopher examinou o rosto do moço bonzinho. Uma expressão pesada. O moço bonzinho meneou a cabeça com um "não" silencioso e escreveu.

EU NÃO PRECISO DE VOCÊ COM MEDO. EU PRECISO DE VOCÊ FORTE.

O moço bonzinho continuou escrevendo, mas tudo o que Christopher conseguia sentir eram seus próprios pensamentos brincando de esconde--esconde entre as palavras.

O moço bonzinho tá...
O moço bonzinho tá... com medo de me falar a verdade.
O moço bonzinho sabe... que eu vou ficar apavorado.

A temperatura no bunker caiu alguns graus. Christopher pegou o bloco das mãos do moço bonzinho e escreveu no papel.

Se você não me contar, eu vou ler a sua mente.

O moço bonzinho suspirou, então pegou de volta a folha de papel. Ele escreveu em letras grandes, sem tirar os olhos de Christopher. Terminou de escrever, e Christopher leu a mensagem de cabeça para baixo.

ME DÁ SUA MÃO.

Christopher avaliou o olhar do moço bonzinho. Eles não revelavam nada. O estômago de Christopher se revirou. De repente, ele perdeu a fome. Até de doce. Então ele pegou o lápis, e os dois trocaram bilhetes, como se estivessem na escola.

Para quê?

SE VOCÊ QUER LER MINHA MENTE, EU A ABRO PARA VOCÊ.

Christopher baixou os olhos e viu o moço bonzinho abrindo as mãos, como se fossem um livro. Christopher examinou a pele da palma das mãos. Cortada e cheia de cicatrizes. Lavada em água inúmeras vezes. Ele sentiu um peso no peito. As respostas para todos os enigmas. Quatro entradas. Três saídas. Estava tudo gravado naquela mão, como as linhas decifradas por quem sabe ler mãos. Christopher escreveu mais uma vez.

O que vai acontecer à meia-noite?

O moço bonzinho respirou fundo e escreveu uma única palavra.

TUDO.

Christopher segurou a mão do moço bonzinho.

CAPÍTULO 73

oi. christopher. só respira. a gente tem que fazer isso rápido, senão seus miolos vão fritar. essas são coisas que eu vi ao longo de milênios. você não deveria tomar conhecimento de tudo isso de uma só vez. me desculpa, mas não tem outro jeito. respira. senão você vai morrer. respira!

As palavras do moço bonzinho subiram formigando pelo braço de Christopher, se espalhando por seu corpo, como marcas em um para-brisa trincado. Ele sentiu como se o ar saísse completamente de seu corpo. Mas era mais que o ar. Era tudo. Seus pulmões congelados de medo. Ou aquilo seria conhecimento? Aos poucos, a respiração voltou ao seu peito. Ele olhou para a expressão no rosto do moço bonzinho, confiante e amistosa.

isso mesmo, christopher. agora você vai ver. mas continua respirando. não importa o que você veja, continua respirando.

Christopher piscou e olhou em volta. De alguma forma, ele estava em dois lugares ao mesmo tempo. Seu olho esquerdo ainda estava no bunker, ao lado do moço bonzinho. Seu olho direito estava vendo o que o moço bonzinho descrevia. Não como palavras. Mas como imagens. Filmes caseiros e lembranças se mesclavam como arroz e feijão. Parecia que tudo estava acontecendo na frente dele. Aquele era o mundo pelos olhos do moço bonzinho. E era apavorante.

respira, christopher. está tudo bem. nada disso pode te machucar. respira.

Christopher viu a mulher sibilante torturar as pessoas do lado imaginário. O sangue na rua. Era o sangue do mundo inteiro.

as coisas ficaram assim, christopher. pouco antes da última vez que aconteceu. você está vendo o que ela faz. a destruição e a loucura. olha pra rua. veja o sangue. foi assim mesmo. e isso ia acontecer com todo mundo, até que algo milagroso aconteceu.

ele nasceu.

Christopher viu um menino dentro de um berço. Era David Olson. Não como a mãe ou o pai dele, ou mesmo Ambrose, o conheciam. Mas como o moço bonzinho o enxergava, como o moço bonzinho o amava.

as coisas estavam tenebrosas por aqui havia décadas. ela estava encontrando pequenas rachaduras no espelho que separa o lado real do imaginário. encontrando maneiras de entrar na cidade através dos sibilos. e dos sonhos. eu pensei que seria o fim de tudo, mas aí eu vi algo. uma luz brilhante. era o david. tive certeza já no dia em que ele nasceu. tinha algo diferente nele. ele já falava enquanto a maioria das crianças ainda engatinhava. já fazia desenhos enquanto a maioria das crianças mal conseguia segurar um giz de cera. tinha dificuldade com leitura porque as letras não acompanhavam a velocidade de sua mente. e pensou que fosse burro, até entender que talvez fosse mais inteligente que qualquer outra pessoa. eu vi ele crescer. vi os colegas serem cruéis com ele por ser diferente. nunca tinha visto um menino mais solitário em toda a minha longa vida. mas ele era poderoso. e ela sabia disso. ela queria ele. tentei proteger o david pelo tempo que pude, mas não fui páreo para ela. ela o atraiu pro bosque como fez com você.

O moço bonzinho ouviu um barulho acima e parou. Por um instante, o circuito foi cortado, e Christopher só enxergou o bunker. O moço bonzinho olhou para cima e esperou por outro passo. Mas era só o barulho do vento. Então ele pegou as mãos de Christopher mais uma vez e abriu a mente para ele.

de início, eu tentei ajudar ele. mostrei a ele como a mulher sibilante podia assumir formas diferentes. ensinei a ele sobre ficar na rua. disse que ele poderia usar a casinha na árvore pra espionar a mulher sibilante durante o dia, assim como disse a você. mas ela foi mais esperta do que eu. ela sabia o que eu tava fazendo. só esperava o momento certo pra atacar.

A percepção de Christopher se dividiu em duas. Com um olho, ele viu uma escuridão cobrir os olhos do moço bonzinho. Com o outro olho, viu o motivo.

eu estava lá naquela última noite. ela havia me capturado, mas consegui escapar. só não escapei a tempo. tentei salvar o david. ele achou que estivesse acordado, mas estava sonâmbulo e seguiu por um caminho que ela havia preparado pra ele. eu vi a mulher sibilante ir até os vizinhos da família olson. eles tinham um avô senil. a mulher sibilante usa os velhos. o avô não sabia onde estava. então, com certeza, não sabia por que estava colocando luvas e indo ao sótão pra pegar um carrinho de bebê com cestinha antigo. não sabia por que tinha gravado num velho gravador o som da neta chorando. não sabia por que tinha levado o gravador até a varanda do vizinho e dado play, atraindo a atenção de ambrose e da namorada. a mulher sibilante prometeu ao velho que ele recuperaria a memória. na manhã seguinte, ele estava morto.

Christopher viu o velho morto dentro de um caixão. A família chorando diante do caixão aberto. Ele sentia as lágrimas dos que choravam. Teve que se segurar para não chorar também, para continuar acompanhando o moço bonzinho.

— O que aconteceu com o David? — perguntou Christopher, através dos dedos.

no começo, ele não entendeu. ele já havia fugido do mundo imaginário pela casa na árvore antes. de dia e à noite. mas daquela vez a porta da casa estava trancada. ele não percebeu que estava morrendo. e não conseguia sair. então tentou reconstruir a porta do lado imaginário. mas a coisa não funciona assim. ele seguia ambrose pra todo canto, implorando a ele que fosse até a casa na árvore do lado real. "é só abrir a porta, ambrose!", ele gritava. mas a mulher sibilante sussurrava no ouvido de ambrose e levava ele na direção errada. pra ela, tudo não passava de um jogo.

Christopher sentiu tudo sendo encenado diante dele. A angústia de David. O sofrimento de Ambrose. Por um instante, ele se imaginou na mesma situação. Viu a si mesmo seguindo a mãe. Implorando a ela que abrisse a casa na árvore do lado real. Vendo a mãe chorar noite após noite, e ele incapaz de tocá-la. Quase conseguia sentir o sofrimento da mãe. Era insuportável.

> eu arrumei umas coisas pra melhorar a situação dele. comida. água. mostrei o riacho onde ele podia tomar banho. disse a ele quais eram os lugares seguros pra ir à noite. lugares como esse aqui. se alguém está fazendo dieta, tem pesadelo com alguma coisa boa. Mas, pra um menininho, coisa boa de verdade seria cinco minutos longe desse lugar horrível. então mostrei a ele como se divertir um pouco. ensinei a ele como sobreviver. principalmente à noite. mas, no fim das contas, ela me pegou. ela me torturou por anos a fio, porque eu ajudei ele. mas isso não é nada comparado ao que ela fez com o david.

— O que foi que ela fez? — quis saber Christopher.

> ela adestrou ele, como se ele fosse um cavalo. então fez dele seu animalzinho de estimação.

Christopher viu lágrimas rolarem dos olhos do moço bonzinho. Ele sentiu as décadas de tormento. A culpa e a dor percorreram seu corpo simultaneamente. Seu cérebro não sabia se poderia aguentar mais. Até que, de repente, as nuvens se abriram e a escuridão encontrou pequenas rachaduras para deixar a luz entrar. As mãos do moço bonzinho se aqueceram.

> eu pensei que aquele seria o fim da história. mas aí você apareceu.

Com o olho esquerdo, Christopher viu um tênue vestígio de esperança no semblante do moço bonzinho. Com o olho direito, viu o momento em que ele e sua mãe chegaram à cidade no velho tubarão terrestre. Sua mãe estava usando aquela "bandana" velha. Christopher estava lá, no banco do carona. Mas brilhando como fogos de artifício. Parecia algo mágico.

quando você apareceu, foi como se alguém acendesse uma luz. fazia tanto tempo desde a época do david, que demorou um pouco pros meus olhos se acostumarem com você. mas, depois que eu pisquei, lá estava você. reluzente como o sol. a sua luz desfez as sombras dela. você era tão poderoso, ela teve medo de você.

— Medo de mim? Eu sou só uma criança. Eu não sou poderoso. Não sou forte.

você não é poderoso porque é forte, christopher. você é poderoso porque é bom.

Christopher viu sua própria luz se espalhar pelo mundo imaginário. Viu o moço bonzinho semicerrar os olhos, ofuscado pelo brilho. Então o viu sorrir. Seus olhos eram azuis como o céu.

eu amo todas as pessoas, christopher, mas não tenho ilusões sobre elas. aqui, nós vemos seus pensamentos sinceros. seus desejos secretos. seus sonhos. as pessoas podem ser amorosas. mas também podem ser egoístas. podem ser cruéis. algumas são tão perigosas quanto outras são boas. mas ninguém é melhor que você. ela não pode chegar perto da sua bondade. o bem deixa ela apavorada. ela não pode controlar o bem. não pode prever o bem. por isso ela QUERIA o bem. ela espalhou as pessoas caixa de correio por toda parte pra impedir a gente de te ajudar. eu só podia falar com você por meio de mensagens ocultas. mas o david... ela não confiava que ele fosse ficar de bico calado... então o david levou a pior.

— Como assim? — perguntou Christopher.

ela cortou a língua dele.

Christopher pensou na língua de serpente que ela dera a David. Pensou em todas as mensagens que David teve que esconder dela. O pensamento o fez estremecer.

e se a gente não te tirar daqui, a mesma coisa vai acontecer com você.

Os olhos de Christopher se encheram de lágrimas que ele já nem sabia mais a quem pertenciam. A David. A ele mesmo. Ao moço bonzinho. Ou aos três.

> christopher, a gente não tem muito tempo, então escuta com muita atenção. tem quatro maneiras de entrar no mundo imaginário. você já conhece duas. a casa na árvore, que você controla, e os pesadelos, que ela controla. tem mais duas, que ninguém controla, por isso ela só usa essas duas como último recurso. coma. e morte.

Christopher conseguia ver todas as palavras do moço bonzinho expostas diante dele. Viu a si mesmo entrando na casa na árvore. Tendo o pesadelo na escola. Recusando-se a tomar o comprimido e sendo atingido pelo carro na estrada e entrando em coma, desacordado como um pássaro que se choca com uma janela de vidro. Quando sentiu sua própria morte, quase soltou a mão do moço bonzinho. O ar saiu de seus pulmões e não voltou. Feito um cadáver rastejando pelo chão. Apenas saia daqui. Chegue até a luz.

> tem três jeitos de sair do mundo imaginário. o primeiro é a casa na árvore, que ela trancou. o segundo é acordar, o que é muito mais fácil quando se está tendo um pesadelo do que em coma. E, depois, tem o terceiro.

O moço bonzinho ficou em silêncio por um instante, enquanto organizava os pensamentos. Christopher podia senti-lo avaliando cada palavra com todo o cuidado para ter certeza de que ele não se assustaria demais.

— Qual é a terceira saída? — sussurrou Christopher por fim.

> a gente tem que matar a mulher sibilante.

Christopher fechou os olhos, horrorizado. De repente, o bunker em seu olho esquerdo e as palavras do moço bonzinho em seu olho direito foram substituídos por uma visão. A mulher sibilante. De pé na frente dele. Sorrindo com dentes de cachorro. A pessoa mais aterrorizante que ele tinha visto na vida.

> é o único jeito de pegar a chave que ela enterrou na carne em volta do pescoço. aquela chave vai te levar de volta pro lado real. mas a gente tem que agir antes da meia-noite.

Christopher abriu os olhos e viu a pergunta que tinha dado início a tudo. Escrita às pressas no bloco de notas no bunker. Já nem precisava enunciar a pergunta. Bastava pensar.

O que vai acontecer à meia-noite?

à meia-noite, o espelho que separa o mundo imaginário do real vai quebrar. você vai morrer. a cidade vai enlouquecer de medo. e eles vão culpar a sua mãe. vão atormentar ela, o ambrose, o delegado e os seus amigos. você já viu muito disso começar a acontecer. a cidade é como um sapo que foi colocado na água fria e o calor foi aumentado. esse calor é a mulher sibilante. disfarçada de gripe. eu vi quando ela plantou a loucura nos ouvidos das pessoas como se fosse uma semente. vi as sementes brotarem. e à meia-noite o jardim vai florescer. os sapos vão ferver. e o mundo real vai se afogar na própria sombra, como um dilúvio. o que vai acontecer à meia-noite, christopher?

TUDO.

O moço bonzinho soltou a mão dele. Christopher piscou, sentindo dor nos olhos. Tinha visto tudo se desdobrar diante de si. A morte se espalhando pela cidade. As pessoas ensandecidas de medo, fúria e ódio. Torturando sua mãe, Ambrose, o delegado e seus amigos. Sem saber que tudo era por causa dela. Sem saber que não passavam de peças no tabuleiro da mulher sibilante. O moço bonzinho prestou atenção ao bosque acima deles; convencido de que as pessoas imaginárias e os cervos não estavam mais nos arredores, ele, por fim, falou em voz alta.

— Não se esquece de uma coisa — disse o moço bonzinho, com uma voz pacificadora. — Essas coisas ainda não aconteceram. A gente ainda pode impedir. Eu sei que você está com medo. Eu também estou. Conforme ela fica mais forte, eu fico mais fraco. Eu costumava ser capaz de entrar em contato com pessoas do lado real. Agora, posso gritar até ficar rouco e a única pessoa que me ouve é você. Mas eu amo demais as pessoas e nunca vou perder a esperança de que elas possam ser salvas. Só não posso mais fazer isso sozinho. Mas nós podemos fazer isso juntos. Alguém vai morrer essa noite. Ou é a mulher sibilante ou o mundo que conhecemos. Eu sei como ela acha que essa noite vai acabar. Mas o que ela não entende é que a gente tem uma arma secreta.

— O quê?

— Você. A casa na árvore está te transformando em algo extraordinário. Eu nunca vi ninguém do lado real tão poderoso como você. Nem mesmo o David. Então, se a gente puder usar esse poder pra te salvar desse lugar terrível, você vai salvar a sua mãe e todo mundo na cidade. Você vai me ajudar?

— Sim, senhor.

O moço bonzinho sorriu. E deu um tapinha no ombro de Christopher.

— Obrigado, filho.

Christopher sorriu para o moço bonzinho, os dentes dele quebrados, o corpo sofrido.

— No que é que a casa na árvore tá me transformando?

O moço bonzinho parou, com um ar grave.

— Se eu te disser, você tem que me prometer ser humilde. Porque o David só ficou humilde quando já era tarde demais.

— Eu prometo, senhor — disse Christopher. — No que a casa na árvore tá me transformando?

O moço bonzinho lhe ofereceu a mão mais uma vez. Christopher pegou a mão e viu a resposta.

CAPÍTULO 74

Ela está me transformando em deuS.

Kate Reese parou e olhou para os garranchos infantis no papel. Mal podia acreditar no que estava lendo. Rapidamente, voltou à página anterior para ter certeza de que estava entendendo tudo corretamente antes de ler em voz alta para Ambrose. Os dois estavam no quarto de Christopher. Ela não saíra de lá desde que as enfermeiras terminaram de arrumar o leito do filho. Lendo os garranchos assustados do pobre David.

<u>21 de junho</u>

Eu realmente não sei mais onde estou. Já não sei o que é real e o que é imaginário, mas a gente não pode esperar mais. A mulher sibilante está por toda parte, disfarçada de gripe. A gente tem que completar o treinamento agora, antes que ela se apodere da casa na árvore. Eu perguntei ao soldado por que a mulher sibilante queria tanto a casa na árvore, e ele explicou dizendo o que a casa fazia comigo. O poder que ela quer para si mesma. Era tão simples. E explicava tudo o que eu estava passando. Eu queria contar para o Ambrose o que estava acontecendo comigo, mas eu não queria que ele me chamasse de maluco de novo. Então esperei até que ele estivesse dormindo e deitei ao lado dele na cama. Eu sussurrei baixinho no ouvido dele, porque a mulher sibilante podia estar escutando.
"Ambrose. Eu tenho que te contar uma coisa."
"O quê?", ele perguntou, meio dormindo.

"Eu tenho que te contar o que a casa na árvore faz."
"Tá bom. Pode contar", ele disse, dormindo.
"O que é que a casa na árvore faz?"
"Ela está me transformando em Deus, Ambrose.
A casa na árvore transforma a gente em Deus."

— Jesus Cristo — disse Ambrose.
A mãe de Christopher parou de ler e olhou para Ambrose. Não conseguia ver os olhos dele, mas o restante de seu rosto estava paralisado com a tristeza. Ela se virou para o filho, inconsciente ao seu lado. Pensou nas coisas que ele sabia. Nas coisas que ele sentia. No teste com todas as respostas certas. Em sua genialidade espontânea. Em seu toque de cura.
— Continua lendo, sra. Reese — pediu Ambrose.
A mãe de Christopher folheou a página e continuou lendo aos sussurros.

"Tá bom. Você tá virando Deus. Agora dorme", ele disse. E então meu irmão continuou dormindo. Eu continuei explicando que não estava virando Deus de verdade. Eu não posso criar ou destruir mundos ou coisas do tipo. Mas eu sei tudo e consigo curar coisas. O soldado disse que, se eu fosse além disso, minha cabeça explodiria. É por isso que eu tenho dor de cabeça. É Deus forçando o meu crânio, que nem um pintinho batendo na casca do ovo. Foi bom dizer tudo isso em voz alta para o Ambrose. Eu dei um beijo na bochecha dele e disse que o amava. Eu sei que ele estava dormindo e não ouviu o que eu disse. Mas foi muito bom fingir que ele me ouviu sem dizer que eu estava louco. Eu quero pensar que ele me ama, porque eu sei que daqui a três dias eu vou até o bosque para matar a mulher sibilante. E, se eu não conseguir, ela vai quebrar o espelho que separa os dois mundos. Tudo depende de mim.

aFinAL, eu sou deus.

Kate sentiu um arrepio na espinha. Parecia que alguém os observava. Normalmente, a mãe de Christopher ignoraria uma coisa dessas, mas, depois de ler o diário de David em voz alta para Ambrose, ela decidiu que nunca mais iria ignorar certas sensações. Achou que a mulher sibilante podia estar ali dentro. Pairando sobre seu filho inconsciente, feito um gato com um novelo de lã.

— A senhora está bem? — perguntou Ambrose.

— Estou, sim. Eu só preciso de um minuto.

A mãe de Christopher olhou para as folhas de papel onde mantinha suas anotações. Com toda certeza, se os auxiliares vissem o que estava escrito ali, a trancariam por quarenta e oito horas para uma "avaliação" psiquiátrica. Palavras rabiscadas às pressas. Um mundo imaginário cheio de mulheres sibilantes e pessoas caixa de correio com bocas costuradas e olhos fechados com zíperes. O filho dela estava preso lá agora.

<u>22 de junho</u>

antEs de corrermos Para mAtaR A mulher sibilante, o soldado disse que é preciso fAzer uM Bom RecOn...

Levou um momento para que a mãe de Christopher ajustasse a visão e decifrasse os garranchos ilegíveis de David. Ela nunca tinha visto uma caligrafia tão irregular. Nem mesmo a do falecido marido. Não era a caligrafia de uma criança mentalmente desequilibrada. Era a caligrafia de uma criança aterrorizada. Ela leu mais um pouco para decifrar a mensagem. Então sussurrou para Ambrose.

<u>22 de junho</u>

> Antes de corrermos para matar a mulher sibilante, o soldado disse que é preciso fazer um bom reconhecimento do terreno, como eles fazem naqueles filmes de guerra que o Ambrose é viciado, que não para de ver um atrás do outro. O soldado está preocupado porque eu estou me esforçando demais no meu treinamento. Ele não quer que meu cérebro pare de funcionar. Por isso ele não queria que eu viesse nessa missão, mas eu vim assim mesmo. A gente conseguiu segui-la durante o dia. Eu vi quando ela foi para cima das pessoas. Vi gente pegando a gripe dela e mudando de comportamento. Vi quando ela sussurrou no ouvido das pessoas, fazendo com que elas tivessem

medo da própria sombra. A sombra é apenas uma pessoa sem luz. Esse lugar está começando a ficar assustador. Até mesmo de dia. A cidade vai enlouquecer.

23 de junho

Perguntei ao soldado o que aconteceria comigo se a gente fracassasse. No começo, ele se recusou a me dizer, porque não queria que eu ficasse com medo. Mas eu sou mais poderoso que ele agora e insisti até ele me dizer. Ele falou que eu vou virar o próximo animalzinho de estimação da mulher sibilante. A missão final de reconhecimento é hoje à noite. O soldado diz que não é seguro, porque eu não vou estar invisível. Mas eu falei que o Ambrose está em perigo e que eu sou Deus, por isso eu iria. A gente encontrou o esconderijo dela. Quase não acreditei quando vi onde ele ficava. Estava tão perto esse tempo todo.

24 de junho

O soldado foi capturado pela mulher sibilante. Eu cometi um erro grave. Pensei que eu fosse invencível. Agora estou sozinho. Eu sou um idiota. Entrei no mundo imaginário à noite, e a mulher sibilante me usou para preparar uma armadilha para ele. O soldado correu para me salvar, mas as pessoas caixa de correio pularam em cima dele, arranhando-o com seus olhos de zíper. Eu fiz de tudo para salvá-lo. Mas, sempre que eu conseguia acalmar a mente e chegar perto de uma solução, eu sentia alguém atropelar um cervo. Ou espancar um filho. Ou tentar se matar. Eu jamais devia ter ido à noite, como ele disse. Por que não escutei? Eu devia ter sido humilde. Estou tão envergonhado. Ela está torturando o soldado agora. Consigo sentir os gritos dele, mesmo do lado real. Eu preciso ir até lá para tentar salvá-lo. É tudo culpa minha. Deus, por favor, me ajuda. Por favor, me ajuda a derrotá-la e salvar o meu irmão mais velho porque...

A mãe de Christopher virou a página e olhou para o filho inconsciente no leito. As máquinas respirando por ele. Comendo por ele. Vivendo por ele. O ruído constante do bipe-bipe-bipe era o único sinal de esperança. Ela olhou de novo para a página do diário de David Olson. Os desenhos insanos. Os garranchos aterrorizados. Cada palavra ali a convencia de que a sobrevivência de Christopher e a sobrevivência do mundo eram a mesma coisa. De que a loucura do passado era a loucura de agora. Ela pensou nas sementes plantadas pela mulher sibilante. Nas palavras sussurradas. Nas promessas feitas. E no que aconteceria com todos se aquelas flores subitamente florescessem.

... o Mundo imAginário está quaSe aqui.

CAPÍTULO 75

Ed Especial abriu os olhos pouco antes do amanhecer. Olhou para baixo e notou que tinha mijado na cama. Ultimamente, isso vinha acontecendo com frequência. Então olhou para fora, para as árvores, e, por algum motivo que não conseguia entender, havia apenas um lugar aonde queria ir hoje.

Chuck E. Cheese's

Não fazia o menor sentido. Ele era só um menininho, mas até ele sabia que, apesar de todos os méritos do lugar como um paraíso de videogames e animais-robô, a pizza de lá não era muito melhor que a do refeitório da escola. E hoje era véspera de Natal. Eles sempre iam para a casa da mesma avó na véspera de Natal depois que sua outra avó morreu. Faziam isso todo ano. Mas ele simplesmente não conseguia tirar a ideia da cabeça. Tinha que ir ao Chuck E. Cheese's.
Escuta a vovó.
Ele foi até o quarto do pai e tentou acordá-lo, mas seu pai se limitou a resmungar:
— Ainda está escuro, pelo amor de Deus! Volta pra cama.
Então Ed Especial saiu do quarto, mas não sem antes pegar o celular do pai da mesinha de cabeceira, como sua avó o instruíra. Ed Especial foi até a suíte principal. Sua mãe estava na cama, dormindo. Ela sempre dizia que precisava de um quarto separado porque o pai dele roncava. Ed Especial sabia que o real motivo era que sua mãe bebia demais e seus pais brigavam por causa disso, e ela dizia que podia parar quando quisesse, e ele dizia "quero ver então", e ela

dizia "vai se foder" e mandava que ele fosse dormir no quarto de hóspedes, e ele dizia "não, a bêbada é você, você vai dormir no quarto de hóspedes", e ela chorava e vencia, por fim ele cedia, e então ela continuava bebendo de uma garrafinha que carregava na bolsa e que parecia um frasco de perfume, para aplacar a tristeza em sua mente.

Escuta a vovó.

— Mãe, você pode me levar no Chuck E. Cheese's? — sussurrou ele.

Ela removeu a máscara de dormir com gel. Aquela que a mantinha com a aparência jovem.

— Querido, é véspera de Natal. A gente vai pra casa da vovó.
— Eu sei. É que eu quero muito ir ao Chuck E. Cheese's.
— O quê? Querido, me desculpa, mas isso é loucura. Volta pra cama.
— A gente podia almoçar lá, é caminho.
— Pergunta pro seu pai.
— Eu já perguntei. Ele disse que tudo bem.
— Certo. Tá bom.

Mas não ficou nada bom. Quando o pai de Ed Especial acordou, ele pegou o Ed na mentira e botou ele de castigo. Ainda mais depois de ter entrado naquela briga com Brady Collins no Espetáculo de Natal. Tudo tinha limite. A HBO que o pai tinha colocado no quarto dele por causa de seu excelente boletim seria desabilitada. Nada de HBO por um mês.

— Mas, pai, você não entende! Eu tenho que ir! — protestou Ed Especial.
— Para de ser maluco. Vai se vestir. A gente vai pra casa da sua avó.

Eles já estavam atrasados, porque seu pai não conseguia encontrar o celular. Ele pediu à mãe de Ed Especial que ligasse para o celular dele para que tentasse achar pelo toque, mas ela também não conseguiu encontrar o aparelho dela. Eles não sabiam que o filho tinha pegado os dois celulares e os afundado na neve. A avó falecida de Ed Especial disse que ele devia fazer isso, senão jamais chegaria ao Chuck E. Cheese's.

Escuta a vovó.

A família entrou no Ford SUV com o adesivo COMPRE PRODUTOS AMERICANOS e seguiu para a casa da avó. O tempo estivera tempestuoso durante a noite, e o caminho estava bloqueado por árvores tombadas e acidentes de carro. Um dos acidentes havia sido bem feio. Uma caminhonete bateu num carro que lembrava o de Kate Reese. Betty quis ligar para Kate para ver se estava tudo bem. Tentou pegar o celular.

Esqueceu que o havia perdido.

Sem os mapas dos celulares, a família teve que confiar no velho GPS para encontrar uma rota alternativa até a casa da avó. O pai de Ed Especial digitou o endereço, e a moça do GPS disse que eles deviam pegar a rota 79. Ed Especial sabia que sua avó estava fingindo ser a moça do GPS para ajudá-lo, então relaxou um pouco no banco de trás.

Ele viu o pai pegar o atalho de sempre, dando a volta em Bridgeville, para chegar à 79, mas dessa vez um cervo atravessou a estrada. Ao desviar bruscamente para evitar o cervo, seu pai passou por um buraco e os dois pneus da direita furaram. Felizmente, eles estavam bem ao lado de um posto de gasolina Sunoco. O frentista disse que a maioria dos empregados tinha faltado por causa da gripe e que o estoque de peças do posto estava zerado. Mas, se eles pudessem esperar uma ou duas horas, ele pediria ao primo que arrumasse dois pneus seminovos (por um preço camarada). Então disse à família que ficasse tranquila e fosse almoçar. Por sorte, o posto Sunoco ficava ao lado de um restaurante.

Chuck E. Cheese's

Eddie, leva a sua mochila. Você vai ganhar prêmios.

Quando a família entrou no Chuck E. Cheese's, Ed Especial ficou muito feliz. O restaurante estava quase vazio, porque era véspera de Natal, mas tinha uma festa de aniversário num canto. Para gêmeos idênticos. Os pais de Ed Especial lhe deram um cartão de jogo com vinte dólares de crédito e depois pediram uma pizza e uma jarra de cerveja. Ed Especial perambulou entre os jogos e os robôs, olhando por cima do ombro. Perguntando-se por que teria sido levado até ali.

— Eddie — sussurrou a voz. — Eddie, psiu. É a vovó.

Ed Especial se virou e viu um robô do Gato Mau sorrindo para ele.

— Vovó?

— Sim, Eddie. Escuta com muita atenção — sussurrou o Gato Mau. — Uma coisa muito ruim acabou de estacionar lá fora. Eu quero que você se prepare, tá bom?

Ed Especial fez que sim e voltou o olhar para a frente do restaurante. A porta se abriu e um homem gordo entrou no Chuck E. Cheese's vestido de palhaço, contratado para animar a festa de aniversário.

— Fica longe dele, Eddie. A esposa acabou de deixar ele. Escuta a vovó.

Ed Especial observou o palhaço gordo caminhar até a festa de aniversário.

— OI, CRIANÇADA! — gritou o palhaço.

— OI, TIO FELIZ! — responderam as crianças.

O palhaço gordo mostrou um balão.

— QUEM QUER AJUDAR O TIO FELIZ A FAZER BALÕES DE ANIMAIS?!

— EU, EU, EU! — gritaram as crianças.

O palhaço bufou e bufou, então encheu balões compridos e maleáveis. Encheu um. E outro. E outro. Em seguida, torceu e retorceu os três balões que pareciam fêmures até criar a bela forma de um animal.

— O QUE É ISSO CRIANÇADA? O QUE FOI QUE O TIO FELIZ FEZ?

— É UM CERVO! É UM CERVO! — gritaram as crianças com satisfação.

O palhaço tirou uma arma de brinquedo. E apontou para o cervo.

— É ISSO, CRIANÇADA! E TÁ NA HORA DE CAÇAR CERVOS!

Ele apertou o gatilho e do cano saiu uma bandeirola vermelha com a palavra BANGUE! A bandeirola atingiu o cervo, e os balões estouraram. As crianças riram e gritaram.

— VOCÊS QUEREM OUTRO, CRIANÇAS?! — gritou o palhaço.

— SIM! — gritaram as crianças.

— Tá bom! Mas dessa vez eu vou precisar da ajuda de vocês. Esse vai ser bem difícil.

— Eu quero fugir — disse Ed Especial.

— Você não pode, Eddie. Você está aqui por uma razão.

Ed Especial viu o palhaço gordo pegar um punhado de balões e distribuí-los às crianças. As crianças bufaram e sopraram, como o Lobo Mau, inflando os balões.

— CERTO, CRIANÇADA! AGORA DEVOLVAM OS BALÕES PRO TIO FELIZ!

— Eddie — sussurrou o Gato Mau. — Vai pra trás da pilastra. Agora.

Ed Especial obedeceu. Ficou paralisado de medo, observando as crianças se acotovelando para devolver os balões.

— ÓTIMO TRABALHO, MEUS AJUDANTEZINHOS! AGORA VAMOS VER O QUE A GENTE CONSEGUE FAZER QUANDO TRABALHA EM EQUIPE!

O Tio Feliz começou a torcer e retorcer os balões, raspando e rangendo uns nos outros, como pregos num quadro-negro. Ele manipulou os balões, criando uma forma retorcida, e a ergueu, como se fosse uma cabeça na ponta de uma estaca.

— O QUE É ISSO, MENINOS E MENINAS?!

— É UM PALHAÇO! — gritaram todos.

— ISSO MESMO. A GENTE FEZ UM PALHAÇO! E AGORA É HORA DE CAÇAR O PALHAÇO! — gritou ele.

O palhaço gordo enfiou a mão na sacola e retirou uma arma diferente.

Ele apontou a arma para a têmpora do balão em formato de palhaço.

As crianças pararam de rir.

— ESSE PALHAÇO ACABOU DE PERDER TUDO, GAROTADA!

Ed Especial olhou para o Gato Mau. O robô não disse nada. Apenas sorriu com a careta mais horrenda de cabeça para baixo.

— ESSE PALHAÇO FODEU COM TUDO QUE TENTOU FAZER NA VIDA, CRIANÇADA! ENTÃO A TIA FELIZ FUGIU DO TIO FELIZ! E AGORA O TIO FELIZ NÃO TÁ MAIS FELIZ!

O palhaço apontou a arma rapidamente do balão para a própria têmpora.

— ENTÃO O QUE VOCÊS ACHAM DE ACABAR COM O SOFRIMENTO DESSE PALHAÇO AQUI?!

Os pais não conseguiram reagir a tempo. A bala explodiu na arma e atingiu a têmpora do palhaço. As crianças gritaram e se afastaram, enquanto o palhaço tombava no chão. A sacola do Tio Feliz foi parar bem aos pés de Ed Especial.

Estava cheia de balões.

E de munição.

— Eddie, você tem que fazer a coisa agora. Não tem ninguém olhando — sussurrou o Gato Mau.

Ed Especial instintivamente se agachou e pegou a maior quantidade possível de caixas de balas. Mais que depressa, colocou tudo na mochila (*Hulk... guarda!*), enquanto seus pais se acotovelavam para chegar à cena. Ed Especial se sentiu bastante sortudo, porque quando enfim abrira o cofre onde o pai guardava munição, não tinha encontrado nenhuma. Apenas um monte de drogas que o Eddie Pai fingia não usar, assim como a Betty Mãe fingia não beber demais.

— Tá vendo, Eddie? — disse o Gato Mau. — Eu falei que você ia ganhar alguns prêmios. Agora você pode proteger o Christopher daquele mau elemento, o Brady Collins. Escuta a vovó.

Ed Especial sorriu para o Gato Mau, e os olhos do robô ficaram repentinamente inertes. Então ele fechou o zíper da mochila do Hulk com mais de duzentos cartuchos de munição.

CAPÍTULO 76

— Brady — sussurrou uma voz. — Psiu.

Brady Collins abriu os olhos feito um passarinho e viu sua avó sentada no leito do hospital. Ela estivera dormindo desde que havia sido tocada por Christopher no Espetáculo de Natal. Os médicos não sabiam se ela recobraria a consciência.

— Vovó? — indagou ele.

— Sim, meu querido.

A voz dela estava tão seca e áspera que fez a pele dele coçar.

— Como a senhora tá?

— Bem melhor. Onde está a sua mãe? — perguntou ela.

— Na lanchonete.

— E o seu pai?

— No trabalho, provavelmente.

— Ótimo. Isso dá a chance de a gente conversar sozinho.

Ela deu um tapinha na cadeira ao lado do leito. Brady se aproximou devagar e se sentou.

— Mas como você cresceu! — comentou ela. — Eu me lembro de quando você era tão pequenininho que a sua cabeça cabia na palma da minha mão. Você não tinha dentes, igual a um velhinho. Mas olha você agora! Brady, você está grandão! Me mostra aí o seu muque.

Brady flexionou o braço direito. Ela apalpou o bíceps dele com os dedos artríticos.

— Uau! — sussurrou ela. — Como você está forte.

Brady sorriu com orgulho. A velha segurou a mão do menino com seus dedos ossudos. As mãos dos dois começaram a esquentar, feito uma caneca de chocolate quente.

— O seu pai também é forte, Brady. Sabe, eu me lembro de quando ele se casou com a sua mãe. Eu fiquei feliz que ela teria um marido bem-sucedido. Eu tinha um marido malsucedido. Ele não era um homem bom. O seu avô foi malvado com a sua mãe. Ele obrigava ela a ficar no quintal, em pleno inverno. Sabia disso?

— Não.

— Eu queria impedir, mas ele era muito grande. Ela não sabe disso. Ela acha que eu não fazia nada. Isso me deixa triste. Então eu sei que ela é dura com você, mas não coloca a culpa nela, tá? Ela passou por coisa muito pior.

Brady ficou em silêncio.

— Só que você ainda odeia ela, não é, Brady?

Brady assentiu.

— Eu sei. É difícil. Mas ela está tentando te fazer forte. Então tenta não odiar ela demais, tá? Odiar é muito perigoso. É a mesma coisa com aquele menino. Qual é mesmo o nome dele? O menino com quem você brigou no Espetáculo de Natal.

— Ed Especial.

— Isso mesmo. Ele é um garoto detestável, né?

Brady fez que sim. A sra. Keizer olhou para o corredor e, quando viu que não tinha ninguém chegando, sussurrou.

— O Ed Especial vai tentar te matar. Você sabe disso, né?

— Não se eu matar ele primeiro — respondeu o menino.

— Muito inteligente, Brady — comentou ela, com orgulho. — Está vendo, foi isso que a sua mãe fez por você. Ela te fez forte e corajoso. Deixa ele ser o garoto detestável. E que você seja o bom garoto. Isso vale pro Christopher e pros amigos dele também.

Brady sorriu. O calor em suas mãos estava forte como uma fogueira.

— Vovó, a senhora se lembra das coisas agora?

— Sim, Brady. Eu me lembro de tudo, menos do meu nome.

— Como assim? A senhora é a vovó.

Ela riu, exibindo o sorriso desdentado.

— Eu sei que eu sou a vovó pra você, mas esse não é o meu nome. Quando me casei, eu mudei o meu nome pra sra. Joseph Keizer. Mas não me lembro do meu nome antes. O seu avô roubou o meu nome verdadeiro. Ele escondeu em algum lugar no bosque. Mas eu vou recuperar o meu nome. Você vai me ajudar?
— Claro.
— Que bom, Brady. Você é um menino bom e forte.
Brady sorriu. A velha colocou a dentadura e retribuiu o sorriso.
— A gente vai ganhar essa guerra, Brady. Escuta a vovó.

CAPÍTULO 77

— Matt, eles vão matar o seu irmão — sussurrou uma voz.

Matt abriu os olhos. O sol estava quase nascendo na véspera de Natal. E seu corpo tremia. Ele vinha tendo pesadelos terríveis, mas aquele tinha sido o pior. Ele achava que nunca mais ia querer dormir. Matt começou a entrar em pânico, pensando que talvez ainda estivesse tendo o pesadelo. Não queria que aqueles cervos voltassem.

— Oi? — chamou ele na escuridão. — Mike?

Apenas silêncio. Matt se sentou na cama. Estava coberto de suor. Durante todo o fim de semana, não importava quantas vezes virasse o travesseiro, a sensação daquela febre horrível não saía de sua testa. Mas a febre havia, por fim, cedido. Restara apenas a transpiração e aquele cheiro doce de aspirina infantil. Matt tinha mijado na cama de novo.

— Mike? — chamou ele.

E não ouviu nada. Ele saiu da cama e olhou para os lençóis. Estavam cobertos de urina. Ficou muito envergonhado. Não poderia deixar o irmão mais velho vê-lo daquele jeito. Então Matt tirou o pijama e a cueca, tudo gelado e grudento, e foi ao banheiro para se lavar. Quando ficou limpo e seco, seguiu pelo corredor até o quarto do irmão. Abriu a porta e foi na ponta dos pés até a cama.

— Mike? — sussurrou ele.

Seu irmão, embaixo das cobertas, não se mexeu.

— Mike? Eu tive um pesadelo. Posso dormir na sua cama?

Não houve resposta. Lentamente, Matt puxou o cobertor, mas só encontrou um saco de dormir enrolado e uma luva de beisebol.

Mike não estava no quarto.

Matt olhou ao redor para ver se algo estava errado. Havia um cartaz dos Vingadores, incluindo o favorito de Mike, Thor. O guarda-roupa estava bagunçado. O chão estava cheio de bolas de beisebol. Não havia nada embaixo da cama. Nada fora do lugar. Mesmo assim, alguma coisa parecia errada. A cena fazia lembrar a rua que ele tinha visto no pesadelo. Havia algo errado.

Matt saiu do quarto do irmão e foi na ponta dos pés pelo corredor até o quarto das mães. Pensou que talvez Mike também tivesse tido um pesadelo e pedido para dormir entre as duas. Mas elas estavam dormindo cada uma de um lado da cama. Mike não estava em lugar nenhum.

Matt desceu a escada. Quando chegou à cozinha, viu a caixa de leite sobre o balcão. Matt se aproximou e a tocou. A caixa não estava gelada. Tinha ficado fora da geladeira pelo menos uma hora. Matt olhou para a foto da menina desaparecida. Emily Bertovich. Por alguma razão, podia jurar que ela estava olhando para ele.

Ele saiu da cozinha e foi para a sala de estar. Viu uma tigela de cereais pela metade na mesinha de centro. A colher ainda estava na tigela. A TV estava ligada, exibindo um desenho animado antigo dos Vingadores. Thor estava falando.

— O Homem de Ferro está em apuros, Capitão América — disse ele.

Matt saiu da sala de estar e foi até o hall de entrada. Olhou para o cabideiro e notou que o casaco de Mike não estava lá. O ferrolho da porta estava destrancado. Matt não conseguia acreditar que seu irmão tinha saído de casa. Ainda estavam de castigo por terem entrado naquela briga no Espetáculo de Natal. Se Mike fosse pego, as mães o deixariam de castigo para sempre. Tinha algo muito errado ali.

Matt abriu a porta.

O ar estava parado e silencioso. Ocorrera uma nevasca durante a noite e, pela aparência das nuvens, haveria uma tempestade ainda maior no Natal.

— Mike? — sussurrou ele. — Você tá aí?

Mais uma vez, não houve som. Apenas um cervo olhando para ele do gramado do outro lado da rua. Matt começou a sentir uma inquietação profunda. Mais que depressa, ele vestiu o casaco e calçou as botas, então notou que os sapatos do irmão tinham ficado para trás. Ele os amarrou e os jogou por cima do ombro. Mas, pouco antes de sair de casa, algo dentro dele lhe disse que voltasse à cozinha e pegasse uma faca.

Digamos que tenha sido uma voz.

Matt começou a andar pela rua. Ele olhou para baixo e, mesmo com uma leve camada de neve cobrindo o solo como açúcar de confeiteiro num donut, ele imaginou poder enxergar as marcas dos pés descalços do irmão. Normalmente, não seria capaz de enxergar muito bem por causa de sua visão ruim, mas, desde que Christopher havia tocado em seu braço, sua visão começara a melhorar. Depois de uma semana, estava curado. E não parou por aí. Continuou ficando melhor e melhor. Ele agora conseguia enxergar a quilômetros de distância. Do mesmo jeito que sua avó costumava dizer que enxergava melhor de longe e podia tirar os óculos e assistir a filmes num drive-in a um quilômetro da varanda dos fundos da casa. Ela não conseguia ouvi-los. Mas via todos os grandes filmes. Então fecharam o drive-in. E ela morreu de câncer na bexiga. Matt não sabia por que estava pensando na avó naquele momento. Ele seguiu as pegadas, descendo a ladeira.

Em direção ao bosque da Mission Street.

O local estava encoberto por uma leve neblina matinal. Como uma nuvem no céu. Matt manteve a cabeça baixa e continuou andando pela rua em direção ao bosque. Seguindo as pegadas do irmão. Seu olho começou a coçar e a tremer quanto mais perto ele chegava.

Matt agarrou a faca com força quando entrou no bosque da Mission Street. Seguiu pela trilha. Passou pela ponte dos três cabritinhos e pelo riacho, que, por algum motivo, não estava mais congelado. E entrou na clareira. Sentia os cervos olhando para ele através dos espaços entre os galhos das sempre-vivas, com o ar expirado subindo como vapor de um bueiro. Matt atravessou a mina de carvão. Até chegar ao outro lado. Passou pela geladeira abandonada, que parecia quente como uma fogueira. Por fim, chegou aos tratores e aos caminhões da Construtora Collins estacionados no fim do bosque.

Foi então que viu Mike.

Seu irmão estava agachado na lama, de pés descalços e com uma faca. Matt o observou cortar o pneu traseiro de um trator. Depois, ele foi até o pneu dianteiro e removeu o bico da válvula. E, com a faca, deixou o ar escapar lentamente. Em silêncio, Matt se aproximou do irmão, que estava de costas para ele.

— Mike — sussurrou Matt.

Mike retirou a faca do pneu.

— Mike, o que você tá fazendo?

Mike não disse nada. Por um longo tempo.

— É véspera de Natal — disse Mike por fim. — Os tratores vão chegar na casa na árvore hoje.

— E daí?

— Se o sr. Collins derrubar a casa na árvore, o Christopher nunca vai conseguir sair. Por isso a gente tem que salvar ele.

— Quem te falou isso?

— Você.

Matt virou para si o corpo do irmão e percebeu que os olhos dele estavam fechados. Mike estava sonâmbulo.

Delicadamente, Matt pegou a faca da mão dele.

— Matt, a gente tem que terminar — protestou Mike em seu sono.

— Não se preocupa. Deita ali no meu casaco. Eu termino — prontificou-se Matt.

Mike fez o que o irmão lhe disse. Deitou a cabeça no casaco de Matt e começou a roncar. Matt pegou os sapatos e os calçou nos pés gelados do irmão. Depois, usou as duas facas na frota da Construtora Collins e, em poucos minutos, os veículos estavam todos inutilizados. Em qualquer outra noite, eles provavelmente teriam sido surpreendidos.

Por sorte, o segurança não tinha ido trabalhar por causa daquela gripe terrível.

CAPÍTULO 78

— Filhos da puta!

A sra. Collins viu o marido bater o celular na mesa da lanchonete. A mãe dela continuava inconsciente num quarto daquele hospital, e, de alguma forma, os negócios do marido voltaram a interferir na vida da família. Mesmo na véspera de Natal.

— O que aconteceu? — perguntou a sra. Collins.

Ela manteve uma expressão preocupada e zelosa enquanto fingia ouvir o marido esbravejar sobre uns "filhos da puta" que haviam destruído os pneus de seus caminhões e tratores. Por alto, ela o ouviu dizer que devia ter começado "aquela merda de projeto do bosque da Mission Street" um mês antes, porque alguém estava querendo prejudicá-lo. Ele não podia arcar com os custos de tantos atrasos. A construtora estava prestes a quebrar. O prazo de quitação dos empréstimos estava chegando. Era melhor ela parar de gastar tanto dinheiro.

Blá-blá-blá-blá-blá.

Quantas vezes ele havia começado uma briga desse jeito? Cinco vezes por mês? Dez durante o período de auditoria? Ela poderia ter tocado uma fita gravada e poupado seu tempo. "Kathleen, quem você acha que paga tudo isso, porque não é o seu maldito trabalho de caridade!" "Mas, Brad, eu transformei Shady Pines de um mero benefício fiscal num negócio lucrativo." "Negócio lucrativo?! Aquele asilo de velhos não paga nem os seus sapatos!" Quando foi que eles pararam de fazer as pazes transando? Como ele pode aguentar o som da própria voz o dia inteiro? Meu Deus! Ele ainda está falando? Está. Ele ainda está falando.

A sra. Collins apenas balançava a cabeça e coçava a pele embaixo do colar de diamantes. Aquela coceira não parava. A sra. Collins atribuía a coceira ao fato de estar presa naquele hospital esperando a mãe voltar a si. Estava suada e pegajosa e não podia fazer nada com o cabelo naquele banheiro de hospital medonho, mesmo sendo privativo. E não sabia quanto tempo mais conseguiria fingir que não odiava aquele homem.

— Você está me ouvindo? — esbravejou ele.

— É claro, Brad. Que coisa horrível. Continua.

Enquanto o marido continuava reclamando, a sra. Collins olhou por cima do ombro dele e viu uma área cheia de pessoas deitadas em macas. Tinham começado a transferir os doentes para a lanchonete, como os soldados agonizantes em ... *E o vento levou*. Ela pensou na mãe, no aconchego de um quarto particular no andar de cima, um quarto que poderia facilmente comportar mais dois leitos. Ela se perguntou por que aquela gente pobre não saía daquelas macas e matava todo mundo. É o que ela faria. Não ia tolerar esse absurdo nem por cinco minutos. Supôs que fosse esse tipo de atitude que a tornava rica, e os pobres, tão irremediavelmente burros.

Por um segundo, a sra. Collins imaginou as pessoas nas macas se levantando, entrando na lanchonete e arrancando fora a língua do marido. Deus, como queria que isso acontecesse! Ela fez uma prece silenciosa para que eles se levantassem e simplesmente matassem aquele homem de uma vez por todas para que ela pudesse parar de ter que concordar com a ideia de que o mundo estava disposto a destruí-lo, embora um mero olhar de relance para os fatos e para as numerosas contas bancárias dele provassem exatamente o contrário.

Então, depois que a multidão acabasse com ele, ela poderia entrar no confortável quarto particular de sua mãe, arrancá-la do leito coberto com lençóis de mil fios e enforcá-la com eles. Enforcá-la por ter perdido memórias que ela própria jamais esqueceria. A garrafinha de água cheia de vodca. As dívidas e a miséria. O homem brutal que encharcava a própria filha com uma mangueira e a atirava no quintal em dezembro, em pleno inverno. E a mãezinha acovardada que nunca fez nada para impedi-lo, mesmo com as dezenas de oportunidades que teve.

"Se você quer ser uma cadela, fica aí fora feito uma cadela", dizia ele.

E a mãe dela? Nada.

Obrigada pelas memórias.

Durante oito anos, a sra. Collins viu cada uma das lembranças de sua mãe desaparecer, uma por uma, descendo pela toca do coelho. Durante oito anos, a sra. Collins trabalhou para que o lar de idosos cuidasse de sua mãe de um jeito que sua mãe jamais cuidara dela. Por quê? Porque é isso que uma Collins faz. Não uma Keizer. Os Keizers apodrecem em macas no corredor, enquanto os Collins desfrutam do conforto de quartos particulares. Os Keizers enchem a cara de vodca até a morte, enquanto os Collins enriquecem vendendo vodca para eles. Ela era uma Collins agora. Então, durante oito anos, a sra. Collins fez tudo pela mãe, e tudo o que pedia em troca era que a velha não demorasse para morrer. Que morresse logo para que ela pudesse parar de se lembrar de tudo pelas duas. Que morresse logo para que ela pudesse parar de se sentar ao lado da mãe no salão, assistindo a programas de auditório intermináveis com filas intermináveis de vítimas sendo entrevistadas por apresentadores de gênero, cor ou credo diferentes, sobre os maus-tratos que haviam sofrido, enquanto psicólogos de plantão tagarelavam e afirmavam que os pais das vítimas provavelmente também tinham sofrido maus-tratos. Que morresse logo para que ela pudesse parar de ver lágrimas idiotas transbordando dos olhos de gente idiota.

Se aqueles caipiras tivessem passado três meses na pele de Kathy Keizer, aí, sim, teriam motivo para chorar. Experimente ser o cinzeiro do pai por um dia. Experimente ser chamada de feia todos os dias. Experimente ser chamada de gorda quando se é anoréxica. Experimente ficar molhada no frio congelante, olhando para a parede dos fundos da sua casa, revestida de alumínio corrugado, toda noite. E aí veja se você consegue ser forte da cabeça o bastante para transformar aquele revestimento de alumínio num belo futuro.

Visualize a casa, Kathy. Um dia você vai morar numa casa maior.
Na maior casa da cidade, Kathy. Com um colar de diamantes.
E um marido poderoso. Visualize um bom marido. Visualize um belo filho.

Experimente fincar as unhas nas próprias mãos todas as noites para não morrer congelada no quintal. Experimente ver seu pai bebendo na cozinha quentinha. E aí venha me dizer que aquele bêbado filho da mãe também sofreu maus-tratos. Porque... Quer saber de uma coisa? Alguns pais maltratam os filhos sem terem sofrido maus-tratos antes. Mesmo no contexto mais amplo do ovo e da galinha, nem todo mundo tem uma resposta. Alguém teve que ser o primeiro. E apenas uma vez. Só uma vez nos últimos oito anos, ela teria dado um milhão de dólares se um daqueles programas de auditório inúteis e intermináveis tivesse um pai sincero sentado no sofá.

— Eu acordei e disse: "Vou queimar ela com o cigarro."
— Por quê? Porque você sofreu maus-tratos? — perguntaria o apresentador.
— Não. Porque eu estava entediado.

A sra. Collins mandaria um cheque para o sujeito, agradecendo-lhe pela sinceridade, e outro cheque para os filhos dele, porque provavelmente entendiam como era a vida de Kathy Keizer. Quanto ao restante do mundo, vão em frente e tentem ser Kathy Keizer por um dia. Vocês vão ver que, no fim, não serão nada além de uma poça no chão.

— Kathleen? O que diabos tem de errado com você? — perguntou o marido.

A sra. Collins olhou para o relógio na parede da lanchonete. De algum modo, dez minutos tinham se passado.

— Me desculpa, querido. Eu não estou me sentindo muito bem. Você pode repetir a última parte?

— Eu disse que preciso ir pro bosque da Mission Street pra lidar com esse pesadelo. Eu sei que é véspera de Natal, mas a gente está correndo contra o tempo.

Ele se preparou, como se ela fosse rasgar sua nova camisa polo por ele sequer mencionar a ideia de deixar a família na véspera de Natal. Mas ela apenas sorriu.

— É claro, querido. Eu vou preparar a melhor ceia de Natal pra você quando voltar do trabalho.

— Está tudo bem com você, Kathleen? — perguntou ele.
— Claro que sim — respondeu ela com um sorriso comedido.
— Tem certeza?
— Vai trabalhar. Eu vou estar te esperando quando você voltar.

Com isso, ela lhe deu um beijo na boca. Ele ficou tão confuso quanto teria ficado se ela lhe fizesse um boquete sem, no mínimo, três taças de chardonnay, no aniversário de casamento dos dois. A sra. Collins era muitas coisas para o marido. Compreensiva não era uma delas.

— Certo — disse ele. — Me liga se precisar de alguma coisa.

Ela assentiu, e ele saiu. No minuto em que ele não estava mais no seu campo de visão, a sra. Collins olhou para baixo e se deu conta de que havia cravado as unhas tão fundo na palma das mãos que estava sangrando. Nem tinha percebido que estava fazendo isso. Ela olhou para a lanchonete, com todos aqueles pacientes sem banho nas macas.

Todos olhavam para ela.

A sra. Collins sabia que, sem o marido ali, aquela gente talvez partisse para cima dela. Havia estudado história e sabia o que acontecia com esposas de homens ricos durante uma revolução. A sra. Collins sabia que toda aquela gente estava tentando intimidá-la, encarando-a, mas eles não entendiam a situação.

Eles não passavam de uma parede revestida de alumínio corrugado para ela. O concurso de encaradas durou quase um minuto. Quando a última pessoa na lanchonete piscou os olhos e baixou a vista, a sra. Collins saiu do recinto. Digamos que por bom senso. Digamos que fosse uma voz em sua cabeça. Mas algo lhe dizia que levasse o filho de volta para casa. Ela precisava de uma taça de vinho branco e de um banho de banheira quente demorado. Não conseguiria tomar uma chuveirada de novo no banheiro do quarto particular. Então voltou ao quarto e encontrou a mãe ainda inconsciente e o filho lendo para ela.

— É pra te enxergar melhor, minha querida — dizia ele.

— Brady, a gente tem que ir — sussurrou ela.

— Eu quero ficar com a vovó — sussurrou ele em resposta.

— A vovó ainda está dormindo — comentou ela.

Brady fincou o pé.

— Não. A vovó tá acordada. A gente tá conversando.

— Para de mentir. Pega o seu casaco.

— Eu não tô mentindo — disse ele.

A sra. Collins olhou para a mãe, dormindo profundamente no leito hospitalar. Ela já havia visto o filho fazer umas brincadeirinhas cruéis, mas essa passava dos limites.

— Brady Collins, eu vou contar até três. Se eu chegar a três, você vai pra casa do cachorro.

Mas Brady não se mexeu.

— Eu juro que a gente tava conversando.

— UM.

— Vovó, acorda.

— DOIS — disse ela, entre os dentes.

— Por favor, vovó! Não me faz ir pra casa com ela!

— TRÊS!

A sra. Collins agarrou o filho e o virou. E olhou fundo nos olhos dele.

— Se você fizer uma cena na frente dessa gente, eu vou te deixar na casa do cachorro até a manhã de Natal. Eu juro por Deus.

Os olhos de Brady ficaram sombrios, e ele a encarou pelo tempo que pôde suportar. Mas, por fim, fez o que todo mundo costumava fazer com sua mãe. Incluindo seu pai.

Ele piscou primeiro.

Assim que saíram do quarto, a sra. Collins começou a ficar apreensiva. Não foi por causa da caminhada pelo hospital, embora os olhares da ralé fossem um tanto desconcertantes. Nem foi a volta de carro para casa, embora os acidentes, as árvores tombadas e as filas nos postos de gasolina fossem alarmantes.

Não. O problema era Brady.

— Mãe, qual é o seu nome? — perguntou ele.

— Kathleen Collins.

— Não. Qual é o seu nome verdadeiro? Antes de ter conhecido o papai.

— Kathy Keizer. Por quê?

— Por nada.

A sra. Collins talvez não fosse a mãe mais afetuosa do mundo, mas conhecia o filho. E Brady não fazia perguntas. Nesse quesito, era exatamente como o pai. Mas agora ele estava mais amigável que nunca. No entanto, era uma empatia doentia. Uma amabilidade calculada. E exibia um sorriso falso. Um silêncio disfarçado de paz de espírito. Os dois chegaram à propriedade e seguiram pela longa via de acesso à casa. Nenhum dos carros dos empregados estava no local. Quando o gato sai, os ratos fazem a festa. Estavam sozinhos.

— Mãe, você quer um sanduíche? — perguntou ele.

— Não, obrigada. Eu só preciso de um banho de banheira. E você não está esquecendo alguma coisa?

— O quê?

— Eu contei até três. Você não vai me enganar com esse jeitinho doce. Você conhece as regras. Se agir como um cachorro, vai ser tratado como cachorro. Já pra fora.

O ar entre os dois ficou silencioso. A sra. Collins não gostava de castigar o filho. Quanto a isso, ela era o oposto do próprio pai. Jamais usaria a mangueira em Brady. Jamais deixaria que ele ficasse de pé exposto às intempéries a noite toda. E fazia questão de que ele tivesse a casinha do cachorro para se aquecer. Mas regras são regras por um motivo. Ela precisava ensiná-lo a ser melhor que ela. Precisava dar a ele sua própria parede revestida de alumínio na qual pudesse pintar os próprios sonhos. Era pelo bem dele.

— Uma hora, Brady. Ou você quer duas?

Ele permaneceu calado. Olhando para ela. Encolhido feito uma cobra assustada.

— Uma — respondeu ele.

— Ótimo. Então fica lá por uma hora enquanto a mamãe toma banho.

— Tá bom, mãe.

Ela esperava alguma revolta. E se sentiu culpada quando isso não aconteceu. Talvez ele não merecesse dessa vez. Mas ela não queria que o filho aprendesse a lição errada e acabasse em cima de uma maca numa lanchonete, não é? Claro que não. Por isso ela o levou até a casinha do cachorro, no quintal, enquanto os cervos os observavam. Ela deixou que ele ficasse com o casaco.

— Eu te amo, Brady — disse ela, antes de voltar para a cozinha aquecida e pegar a taça de chardonnay gelado.

*

Brady não disse nada. Apenas se sentou dentro da casinha do cachorro e observou a mãe, como tinha que ser. Sua avó tinha dito que isso aconteceria. Ela dissera tudo o que queria que ele fizesse antes de fechar os olhos e fingir que estava dormindo para o bem da mãe dele. Ela não queria que a mãe de Brady fosse distraída por algo tão bobo quanto uma mãe lúcida.

— Brady, quando você estiver no quintal, você pode fazer um grande favor pra sua avó?

— Claro, vovó.

— Da próxima vez que ela te jogar na casa do cachorro, que seja a última. Essa família precisa se curar. Entendeu?

— Entendi, vovó.

A velha sorriu um sorriso desdentado.

— Obrigada, Brady. Você é um menininho maravilhoso. Eu sei que tem sido difícil. Os velhos e as crianças são invisíveis pro resto do mundo. Mas quer saber um segredo?

— O quê?

— Isso deixa a gente imbatível no esconde-esconde.

Depois que a sra. Collins subiu para o banho de espuma, o filho voltou para casa e entrou na cozinha. Com seus dedinhos gelados, ele puxou uma faca comprida do cepo de madeira. Então, em silêncio, subiu a escada, do jeito que a avó tinha mandado.

CAPÍTULO 79

A sra. Collins calçou as pantufas, vestiu o robe e foi até o banheiro da suíte. Abriu a porta e olhou para o belo cômodo de mármore e vidro. As equipes da construtora do marido ainda estavam trabalhando nos novos armários e tinham deixado algumas latas de tinta e verniz. Mas, em breve, a casa seria toda dela de novo.

Ela preparou um bom banho quente. Jogou algumas lascas de sabonete de lavanda dentro da água e viu as bolhas se formarem. Enquanto a banheira enchia, a sra. Collins limpou o vapor que tinha se acumulado no espelho, feito neblina num para-brisa embaçado. Contemplou o colar de diamantes no pescoço e sentiu certo orgulho daquela pequena Kathy Keizer, que tinha conseguido sair daquele quintal frio. Com pura força de vontade, ela havia conseguido transformar o revestimento de alumínio naquele lindo banheiro e naquela linda banheira com o lindo piso de mármore.

Visualize a casa, Kathy. Um dia você vai morar numa casa maior.

Na maior casa da cidade, Kathy. Visualize um bom marido. Visualize um belo filho.

A sra. Collins enfiou o corpo nu na banheira. Não sabia o que era melhor: a água quente ou o vinho gelado. Olhou para os cortes na palma das mãos. Para as manchinhas de sangue vermelho-maçã, que a banheira carregava com a água, como nuvens vermelhas e fofas. A sra. Collins fechou os olhos e deixou a água quente arrancar o frio de seus ossos. O frio daquele quintal, que ela tanto tentava, mas não conseguia esquecer. Nem mesmo nas viagens da família ao Havaí, quando ela tentava esquecer que tinha queimaduras horríveis de cigarro e cicatrizes sob a maquiagem. As lembranças estavam sempre presentes.

Meu Deus, como você é feia, Kathy Keizer!

Ela não daria ouvidos à voz. Não naquela noite. Não era mais Kathy Keizer. Lembrou-se do momento em que o padre disse para a igreja: "Eu agora apresento a todos o sr. e a sra. Bradford Collins." Daquele momento em diante, ela passou a usar o nome Kathleen. Sra. Kathleen Collins.

Kathy Keizer estava tão morta para ela quanto seu pai.

Quando voltou da lua de mel na Europa, tudo o que Kathleen Collins queria fazer era construir a casa de seus sonhos. O marido queria uma casa em Deerfield, perto da rota 19 e do escritório. Mas a novíssima sra. Collins não tinha passado todo aquele tempo congelando num quintal para comprar uma casa "usada". Ela queria tudo novo. Seria elegante. Moderna. Vidro e aço. Nada de revestimento de alumínio. Uma grande lareira para aquecer os ossos. Um belo banheiro com banheira para lavar as lembranças sombrias. O sr. Collins concordou com tudo o que ela queria, porque a amava naquela época. A esposa era tão linda para ele como a casa seria para ela.

Meu Deus, como você é feia, Kathy Keizer!

— O meu nome é Kathleen Collins, porra! — resmungou ela, em voz alta.

Ela ouviu a voz ecoar no piso de mármore importado. O piso que ela havia comprado em sua terceira viagem à Itália, país que seu pai jamais tinha visitado. Ela fechou os olhos e enfrentou a voz. Já havia feito isso antes e nunca perdera.

Você nunca vai conseguir encobrir as cicatrizes, Kathy Keizer.

Você nunca vai se aquecer, Kathy Keizer.

Meu Deus, como você é feia, Kathy Keizer!

Mesmo no enterro do pai, ela foi mais forte que a voz. Odiava o homem que estava dentro do caixão com todas as forças, mas fez questão de derramar uma lágrima por ele, porque era o que uma Collins faria. Viu o caixão ser enterrado no solo do cemitério no auge do inverno. Ele ficaria enterrado num quintal frio por toda a eternidade. Enterrado com todos os segredos, pois ela não estava disposta a expor seu passado num programa de auditório usado para vender anúncios a pessoas presas em macas. Não seria mais uma vítima num programa de auditório, andando por aí e achando que todos os pais que maltratam os filhos sofreram maus-tratos também. Jamais seria enterrada. Seria cremada. Jamais voltaria a passar frio.

— Mãe?
A sra. Collins abriu os olhos. E viu Brady parado à porta.
— Brady, o que você está fazendo aqui?! — perguntou ela.
— Eu tava com frio.
Brady começou a andar em direção a ela.
— O que você está segurando atrás das costas, Brady?
— É um segredo.
— Isso não é resposta.
— É a única resposta que eu vou te dar, mãe.
Brady deu mais um passo em direção a ela.
— Já chega, rapaz. Você quer ficar na casa do cachorro a noite toda? Se agir como cachorro, vai ser tratado como cachorro.
— Você é o cachorro, mãe. O seu colar de diamantes é uma coleira de cachorro. Você não passa da cachorra de um homem rico.
Brady deu mais um passo em direção a ela. A sra. Collins olhou nos olhos dele. Já o tinha visto com esse olhar mal-intencionado antes. Mas aquilo era diferente. Aquilo era assustador. Alguma coisa dizia que aquilo era um confronto final com o filho. Alguém piscaria primeiro. Aquilo era uma guerra.
E ela venceria.
— Rapaz, sai já da merda desse banheiro, senão você vai passar uma semana naquela maldita casa de cachorro, você está me entendendo?
Brady não disse nada. Apenas se aproximou. Seu rosto estava sereno. Ele já não tinha medo dela.
— Bradford Wesley Collins, eu vou contar até três.
— Que bom. Eu também vou.
Brady deu mais um passo em direção a ela. A sra. Collins tinha feito todas as pessoas que a encararam na vida desviarem o olhar, mas o semblante de Brady estava tomado por uma raiva silenciosa, algo que ela jamais vira. Parecia que ela estava competindo com o próprio reflexo para ver quem desviaria o olhar primeiro.
— UM! — vociferou ela.
Brady abriu o sorriso mais doentio.
— DOIS!
Brady levou as mãos que estavam às costas para a frente.
— TRÊÊÊÊÊÊS! — berrou Brady.

Com o grito, Brady ergueu a faca e avançou para a banheira. A sra. Collins o empurrou para longe e pulou fora da água. Qualquer intenção de disciplinar o filho tinha ido embora havia muito tempo. A questão agora era se defender. Seus pés escorregaram no mármore liso e ela caiu, batendo a cabeça no chão. Ficou estatelada no mármore italiano importado. Ela viu o filho avançando em sua direção, feito um gigante. Começou a se sentir tonta. Já nem tinha certeza se estava acordada ou ainda dormindo na banheira.

— Mãe? — chamou Brady. — A vovó sente muito por todas as coisas que o vovô fez, mas a gente tem que parar de pensar nisso agora, tá bom?

Brady tocou o braço dela. Ela sentiu uma comichão correndo pela ponta dos dedos dele, feito brasas numa fogueira. Brady entregou a faca para ela. Por um segundo, ela pensou em cortar a própria garganta. Ou talvez em esfaqueá-lo. Mas a faca não era para nada disso. Não. Era para outra coisa. Brady abriu a gaveta de maquiagem e entregou a ela seus itens prediletos. Sombra. Corretivo. Batom.

— A vovó disse que tá na hora de parar de se sentir feia. Você não é mais Kathy Keizer. Você é Kathleen Collins. Ela me disse pra fazer você se sentir bonita agora, tá bom?

Brady estendeu a mão para ajudá-la a se levantar. Ela ainda se sentia um pouco tonta, mas Brady gentilmente pegou a mão dela para firmá-la enquanto ela se levantava. Então levou a mãe até o espelho. Os dois olharam para a bancada, com iluminação especial, como o camarim de uma estrela de Hollywood. Ele colocou o lindo robe de seda sobre os ombros dela para encobrir as cicatrizes de queimadura de cigarro.

— A vovó diz que você não é um cachorro, mãe. Escuta a vovó — disse Brady.

Brady esticou a mão e tirou o colar de diamantes da mãe. A sra. Collins olhou para seu longo pescoço. A pele costumava ser muito firme quando ela era Kathy Keizer. Mas agora a sra. Collins tinha um pescoço cheio de rugas. Começou a sentir uma coceira, então coçou. Mas não adiantava. A coceira só piorava. Ela teve uma ideia. Pegou a base e começou a preencher as covinhas feias e avermelhadas que os diamantes deixavam em sua pele.

— Isso, mãe. Tá na hora de apagar Kathy Keizer — incentivou Brady.

A sra. Collins ainda via os pontos vermelhos, então aplicou mais base. Quando cada centímetro do pescoço estava coberto, ela foi para o rosto.

Precisava ficar apresentável para o Natal. O que as pessoas pensariam? Era Kathleen Collins agora. Não podia deixar ninguém ver Kathy Keizer.

Meu Deus, como você é feia, Kathy Keizer!

Ela passou o batom vermelho nos lábios, mas havia algo errado. Ela não se parecia com Kathleen Collins. E, sim, com a estúpida Kathy Keizer da primeira vez que se maquiou e ficou com cara de prostituta. De vagabunda. De palhaça. Cara de palhaço.

— A vovó quer que você se sinta linda — comentou Brady.

A sra. Collins lambuzou a pele de base. Camada em cima de camada. Feito manteiga no pão. Mas ainda não foi suficiente. Ela vasculhou a gaveta de maquiagem. Pegou o bronzeador líquido e o despejou na palma das mãos. Meu Deus, a palma das mãos! As cicatrizes na palma das mãos. Aquilo não era coisa para as mãos elegantes de Kathleen Collins. Aquelas mãos eram de Kathy Keizer.

Meu Deus, como você é feia, Kathy Keizer!

Ela esfregou o bronzeador líquido nas mãos. Por todas as cicatrizes. Por todas as lembranças. Mas a camada não ficou grossa o suficiente. Ainda dava para ver a menina pela janela, fora da cozinha aquecida. Ela pegou mais maquiagem. Sombra. Delineador. Um batom de cada cor. Esfregou pelo corpo inteiro. Mas não adiantou. Ainda dava para ver as cicatrizes. A sra. Collins derramou e esfregou na pele cada grama de maquiagem que tinha, mas, ainda assim, via Kathy Keizer. Ela percorreu o banheiro num pânico cego procurando mais maquiagem.

Restava apenas a tinta.

A sra. Collins pegou as tintas dos operários e usou a faca para abrir todas as latas.

— Isso aí, mãe.

Ela foi até o espelho e encheu o rosto de tinta. Uma boa base cinza. Uma camada branca grossa. Ela derramou a tinta no cabelo. No corpo. Não conseguia fazer a coceira no pescoço parar. E não conseguia se sentir bonita, por mais tinta que derramasse na pele.

Isso é porque você é feia por dentro, Kathy Keizer.

A voz tinha voltado. Ela achava que não venceria dessa vez. E talvez a voz estivesse certa. Claro, pensou ela. A voz está certa. Minhas entranhas estão feridas e feias. É nelas que Kathy Keizer se esconde. É nelas que a tinta tem que estar.

— Mãe — chamou Brady, calmamente
— Sim, Brady?
— Você lembra que você pensava que em algum lugar existia um pai que maltratou os filhos sem ter sofrido maus-tratos antes?
— Sim?
— Você disse que, se alguém te contasse isso, você morreria uma mulher feliz.
— Sim — disse ela, e lágrimas lavavam a tinta de suas bochechas.
— Bom, agora eu tenho certeza de que existe mesmo — declarou ele, delicadamente.

Um grande alívio tomou conta dela. A sra. Collins sorriu e mexeu a tinta com a faca de Brady, feito uma sopa sendo aquecida numa fogueira. Em seguida, ela levou a lata de tinta à boca. Pensou que talvez estivesse dormindo. Aquilo devia ser um sonho, senão como ela poderia explicar os olhos cintilantes do filho? Pretos como carvão deixado de presente de Natal dentro da meia pendurada na lareira de uma criança, em vez de balas e doces.

— Então, mãe, você quer saber quem foi o primeiro pai que maltratou os filhos sem ter sido maltratado antes?
— Sim, Brady. Me diz, por favor.

Brady ficou na frente dela, em cima da bancada de mármore. Quando a voz dele mudou, o sangue dela ficou tão gelado quanto aquele velho quintal. Porque ela conhecia aquela voz. Era a voz de seu pai. Em rotação mais lenta, como os velhos discos dele de 45 rotações tocados em 33.

— quem Fez Isso, Mãe, foi deus.

Então a sra. Collins ergueu a lata e pintou as entranhas de Kathy Keizer.

CAPÍTULO 80

Eles tinham que matar a mulher sibilante.

Tinham que pegar a chave.

O moço bonzinho levantou a escada de sótão e eles saíram do bunker. Saíram da geladeira. Na luz da manhã. Christopher estava invisível para todos, menos para o moço bonzinho, mas isso não diminuía o medo. A mulher sibilante havia perambulado pelo mundo imaginário a noite toda. Esperando por eles. Montando armadilhas. Preparando tudo.

— Vamos lá — disse o moço bonzinho. — A gente tem que encontrar ela enquanto ainda é dia. É a nossa chance.

Começaram pelo bosque. Voltando pelo caminho por onde tinham vindo. A trilha levava à clareira, que levava à casa na árvore. O moço bonzinho subiu a escada de acesso mais uma vez para ter certeza de que a casa na árvore ainda estava trancada. Encontrou uma coisa deixada na porta. Escrita com sangue.

TIQUE-TAQUE

O moço bonzinho tentou esconder o medo, mas Christopher percebeu. Crescendo a cada passo. Não era medo do que eles encontraram. Era do que não encontraram.

O bosque estava deserto.

Era como se o mundo imaginário estivesse vazio. Ou se escondendo atrás de uma esquina. Esperando para atacar. Procuraram por ela no bosque durante quase uma hora, mas não encontraram nada. Exceto pegadas de cervos. Então eles as seguiram, mas as pegadas começaram a andar em círculos, como o começo da estrada de tijolos amarelos. Era tudo uma brincadeira. Tudo um jogo. Christopher sentia a brincadeirinha de gato e rato da mulher sibilante a cada passo. Ela estava brincando de esconde-esconde, feito uma criancinha. Esperando o apagar da luz do dia. Esperando a noite chegar para poder gritar:

— 1, 2, 3, Christopher!

Eles saíram do bosque. Christopher andou atrás do moço bonzinho, que avançou depressa pela mata, sem fazer ruído. As ruas estavam vazias. Não havia pessoas caixa de correio. Mas os rastros eram recentes. Milhares de pegadas no chão. Algumas bem pequenas, deixadas por sapatos de salto alto. Outras, grandes de tênis, sandálias ou pés descalços. Algumas, de crianças. Outras, com um sulco deixado pela bengala de um idoso. Algumas, faltando um membro. Ou dedos dos pés.

— De onde as pessoas caixa de correio vêm? — quis saber Christopher.

— Elas sempre estiveram aqui. São os soldados dela.

— Talvez a gente consiga dar um jeito nelas. A gente podia cortar os fios que mantêm todas elas unidas e libertar elas — sugeriu Christopher.

— Eu tentei uma vez. Eu cortei a linha que costurava a boca de uma menininha e da irmã dela.

— O que aconteceu?

— Elas tentaram me comer vivo.

O moço bonzinho se aproximou da velha casa de David Olson, na esquina. Não havia ninguém lá dentro. Nem sinal da mulher sibilante. Nem de David. Nem de pessoas caixa de correio. Apenas uma única coisa escrita com sangue na janela do quarto do David.

TIQUE-TAQUE

O moço bonzinho encarou as palavras com amargura. Christopher olhou para a mesma janela de onde a mulher sibilante tinha levado David Olson cinquenta anos antes. Ele quase podia ver o menino sonâmbulo entrando no bosque. Para nunca mais voltar. O moço bonzinho ficou em silêncio, mas Christopher sentia alguns dos pensamentos dele vazando pela pele, feito uma torneira pingando. Palavras cheias de culpa e tristeza. Da última vez que o moço bonzinho tentou matar a mulher sibilante, David Olson morreu. Christopher sentia o fardo pesando nos ombros do moço bonzinho, como uma cruz.

Eu não posso deixar...
Eu não posso deixar... isso acontecer de novo.

O moço bonzinho olhou para o sol ficando mais baixo no céu. As nuvens se tornavam mais escuras e se aproximavam do solo.

— Christopher, a luz do dia está acabando. Você é Deus aqui. Você tem que se acalmar. Você tem que encontrar ela.

Christopher tentou localizar a mulher sibilante, mas cada vez que fechava os olhos, ele sentia apenas a crescente loucura do lado real. Com cada piscar de olhos, a cena mudava, feito fotos de férias. Ele ouviu a bala atingir o crânio do palhaço. Sentiu o gosto da tinta descendo pela garganta da sra. Collins. Sentiu a camisola da sra. Henderson, encharcada de sangue, enquanto ela dirigia o carro do delegado, ouvindo o rádio. Nenhum policial disponível para detê-la. O sangue do delegado pingando durante a cirurgia. Morno e pegajoso, como o sangue do furo provocado pela bala na cabeça do palhaço. As balas que acabaram ficando com Ed Especial. *Ele está carregando a arma. Está se preparando para a guerra.* Seus amigos estavam correndo perigo. Ele tinha que sair do lado imaginário. Christopher sentiu a mão do moço bonzinho no ombro.

— Não deixa o lado real te distrair. Só respira.

Christopher respirou fundo e finalmente sentiu a presença da mulher sibilante. Mas ela não estava em um só lugar. Estava por toda parte. Sussurrando dentro da cabeça de todo mundo. Por um instante, Christopher pensou que ela estivesse sussurrando algo no ouvido de sua mãe. Ele conseguia sentir o perfume da mãe e sua mão quentinha em seu peito. Sua mãe estava lá. Em algum lugar. A mulher sibilante envenenando a cidade inteira ao redor dela. Se ele não saísse do lado imaginário, sua mãe seria cercada por todos eles.

— Eu tenho que sair daqui e salvar a minha mãe — avisou Christopher.

— Segue esse pensamento — disse o moço bonzinho. — Segue a sua mãe.

Christopher fez o que lhe foi dito. Fechou os olhos, e a luz dançou atrás de suas pálpebras, como se fossem estrelas. O pensamento trouxe uma lembrança, quentinha e macia feito pão. Sua mãe o levava de carro até a escola para o primeiro dia de aula. Estavam no velho tubarão terrestre. Mentiram sobre o endereço para que ele pudesse frequentar uma escola boa. Ela o amava a ponto de se prestar àquilo. Faria qualquer coisa por ele. Morreria por ele. As pálpebras de Christopher tremularam, e ele viu a escola em sua mente. Grande e iluminada.

— Seus olhos acabaram de tremer. O que foi que você viu? — perguntou o moço bonzinho com ansiedade.

— A minha escola.

— Vamos — disse ele.

— A mulher sibilante tá lá? — perguntou Christopher.

— Não sei. Só sei que a gente tem que ir lá.

O moço bonzinho começou a descer a rua. Rápido e em silêncio. Sempre alerta. Sempre atento. Caçando a mulher sibilante. Ou sendo caçado por ela. Christopher o viu se agachando atrás de árvores e folhagem, examinando cada centímetro da rua, procurando alguma armadilha. Mas não encontrou nada. Uma única coisa escrita com sangue repetidas vezes nas portas e no asfalto, arranhada na carroceria dos carros.

TIQUE-TAQUE

O moço bonzinho conduziu Christopher ladeira acima, em direção à escola. Foram até a janela do banheiro masculino. O moço bonzinho colou o ouvido ao vidro da janela e ficou atento aos ruídos dentro da escola. Christopher pensou ter sentido alguma coisa lá dentro. Alguma coisa gelada e má.

— Fica atrás de mim — pediu o moço bonzinho. — Se for uma emboscada, você ainda vai conseguir fugir.

O moço bonzinho abriu a janela com um rangido. Entrou por ela e ficou de pé no piso frio. E examinou a escuridão, como um soldado faria. Ouvindo com os olhos. Vendo com os ouvidos. Depois de um longo minuto, olhou para cima e fez um sinal para Christopher, indicando que era seguro segui-lo.

Christopher entrou pela janela, e os dois avançaram pelo banheiro masculino. Escuro e pingando água. O moço bonzinho abriu a porta e espiou o corredor. Vazio e silencioso. Caminhando na ponta dos pés, passaram pelos armários de metal. Imóveis e frios. Como se fossem caixões verticais dentro de um mausoléu. Christopher se lembrou daquele primeiro pesadelo. As crianças querendo devorá-lo vivo. Christopher viu algo familiar no fim do corredor.

A biblioteca.

Caminharam para lá. Christopher sentia o coração na garganta. O moço bonzinho encostou o ouvido na porta da biblioteca e ficou atento. Nenhum barulho. Ele abriu a porta devagar. O lugar estava escuro e aparentemente vazio. Christopher se lembrou de ter conversado com a sra. Henderson ali mesmo. Ela falou do livro favorito de David Olson, depois foi para casa e esfaqueou o marido. Christopher foi até as estantes na ponta dos pés. Até aquela prateleira familiar. Até aquele livro familiar.

Frankenstein.

Christopher abriu o livro e sorriu quando viu o que David Olson tinha deixado para eles no lado imaginário.

Outro cartão de Natal.

Os dois encararam o cartão em silêncio. Era mais uma mensagem. Mais uma pista deixada por David. A frente do cartão era a estampa de uma bela casa, com uma cerca branca coberta de neve. Christopher abriu o cartão, mas não havia nenhuma mensagem escrita pessoalmente por David. Apenas os dizeres impressos originalmente pelo fabricante do cartão.

Cruzando o rio
E através da floresta,
Vamos para a casa da vovozinha.

Christopher olhou para a mensagem mais uma vez. Ficou intrigado. Não tinha nenhum significado especial para ele. Depois examinou o desenho da frente. A cerca branca. A porta vermelha. Então se virou para perguntar o que aquilo significava. Foi nesse momento que viu a expressão do moço bonzinho. Christopher se retesou todo.

O moço bonzinho estava apavorado.

— Qual é o problema? — perguntou Christopher.

— Eu sei para onde ela está indo.

— Me fala — pediu Christopher, com um nó na garganta.

O moço bonzinho demorou um segundo, depois sussurrou:

— Christopher, você já acordou de um pesadelo tão aterrorizante, que você fica com a sensação de não conseguir se lembrar de nada?

— Já — respondeu, preocupado com a direção que a conversa estava tomando.

— Aqui, isso é um lugar. Foi pra lá que ela te levou por seis dias.

Christopher engoliu em seco, tentando reunir coragem. Tentou se lembrar do que tinha acontecido com ele. Não conseguia ver nada.

— Então a gente sabe pra onde ela tá indo — disse Christopher, tentando aparentar uma coragem bem maior do que de fato sentia. — E a gente ainda pode pegar a chave. A gente ainda pode matar a mulher sibilante.

— Você não está entendendo. A gente não pode simplesmente andar até a porta da casa. Está tudo cercado pelos guardas dela. Centenas. Talvez milhares.

— Eu tô invisível. Eu consigo. Eu posso surpreender a mulher sibilante.

— Foi exatamente o que o David falou — retrucou o moço bonzinho com frieza. — Até que ela transformou a casa na árvore dele na porta dos fundos desse lugar. Uma brincadeira de mau gosto. E um aviso pro resto de nós.

— O David não teria deixado essa pista pra gente se não achasse que daria pra matar a mulher sibilante nesse lugar — rebateu Christopher. — A gente precisa pegar essa chave. Que opção a gente tem?

O moço bonzinho fez que sim. Não havia o que discutir.

— Vamos — chamou ele por fim.

O moço bonzinho levou Christopher para fora. As nuvens haviam cortado a luz do sol, pintando o dia de vermelho-sangue. A temperatura tinha caído. E um grito estrondoso subiu do horizonte, atingindo o céu e espalhando as nuvens, como uma bola branca numa saída perfeita de uma partida de sinuca. O som era como se mil pessoas tivessem sido atiradas no fogo e carbonizadas vivas.

— O que foi isso? — perguntou Christopher.

— O exército dela.

Rapidamente, ele conduziu Christopher ao parquinho da escola. Christopher olhou para a quadra de esportes e para o campo de beisebol. O moço bonzinho apoiou um dos joelhos no chão.

— Christopher, me escuta com atenção, porque essa pode ser a última chance que eu tenho de te dizer isso. O mundo imaginário é como um sonho. E a gente pode fazer qualquer coisa num sonho, certo? É só fechar os olhos, acalmar a mente e usar a imaginação. É assim que funciona aqui. O que você puder ver na mente, vai poder realizar. Vai poder voar como o Homem de Ferro. Ser mais forte que o Hulk. Mais corajoso que o Capitão América. Mais poderoso...

— Que o Thor? — indagou Christopher.

— Que o martelo do Thor — completou o moço bonzinho. — Então, pra conseguir se esgueirar pelo portão, a gente vai ter que agir em silêncio. Você pode tentar?

O moço bonzinho parou de falar, mas não parou de pensar. Christopher sentia as palavras tremerem em sua pele.

Vai poder voar como o Homem de Ferro.

Christopher assentiu. Fechou os olhos e acalmou a mente. Sentiu a coceira subir pelo corpo, como se fosse um exército de formigas. A febre irrompeu em sua testa. O calor parecia o fogo sob um balão de ar quente. Ele se concentrou e se imaginou pairando como os balões da Corrida de Balões. O ar de repente ficando mais rarefeito. Imaginou o mundo dois metros acima do chão. Cinco metros acima do chão. Voando feito um lindo balão.

O Jerry encontrou os balões!
O Jerry vai matar a minha mãe!

A voz explodiu em sua mente. Christopher abriu os olhos e viu que estava a cinco metros de altura. Entrou em pânico e caiu, batendo no chão com um som seco. O moço bonzinho o resgatou.

— Me desculpa — disse Christopher.

— Não precisa se desculpar. Você não teve treinamento suficiente. A culpa é minha. A gente vai achar algum outro jeito.

Os dois permaneceram calados por um instante. Christopher contemplava o horizonte. E viu um grande pássaro voando em direção às nuvens. Outro pássaro saiu do meio delas. Christopher se virou para o balanço do parquinho. Pensou no dia em que tinha visto a nuvem em formato de rosto pela primeira vez. Ele estava no balanço. Ele pulou e os Pirates venceram a World Series. Ainda não conseguia voar como o Homem de Ferro.

Mas talvez pudesse aterrissar como ele.

— E os balanços? — perguntou ele.

O moço bonzinho olhou para os balanços e sua trajetória.

— Vão funcionar. Vamos lá.

Christopher pulou num dos balanços. O moço bonzinho pegou o que estava ao lado do dele.

— Chegar até a mulher sibilante enquanto ainda é dia.

Christopher fez que sim. O moço bonzinho enfiou a mão no bolso e colocou um estojo de couro, parecendo uma bainha, na mão de Christopher.

— O meu pai me deu isso — explicou o moço bonzinho. — Agora é seu.

Christopher abriu o estojo e deparou com uma faca prateada e opaca. Não era uma adaga reluzente, como se vê nos filmes. Era algo comum. Como ele.

— Use com sabedoria, filho.

Christopher assentiu, e eles começaram a pegar impulso. Balançando cada vez mais alto, como ele tinha feito ao lado de Lenny Cordisco centenas de vezes em Michigan. Naquela época, eles costumavam se balançar o mais alto que podiam. Então se soltavam e pulavam um metro e meio, caindo na areia. Mas ali seria mais longe que isso.

Ali seria o horizonte.

Christopher olhou para o moço bonzinho. Ele nunca tinha visto um olhar tão sereno no rosto de alguém. Era o orgulho de um pai, mas ele não era pai. Além de sua própria mãe, Christopher jamais tivera alguém olhando para ele com tanto amor.

— Fecha os olhos. Se concentra — orientou o moço bonzinho.

Christopher fez como lhe foi dito. Respirou fundo e fechou os olhos, perdendo-se atrás de suas próprias pálpebras. Christopher se imaginou segurando as correntes, impulsionando as pernas, balançando. Uma vez. Duas vezes. Três vezes.

Agora.

Em sua mente, Christopher viu a si mesmo soltando as correntes e se lançando pelo ar, como um arremesso de estilingue, ao lado do moço bonzinho. Imaginou o mundo diminuindo de velocidade, enquanto eles subiam em direção às nuvens. Cada vez mais alto. A escola pequena como uma maquete de criança sob seus pés. Ele via tudo em sua mente. O campo de beisebol. A estrada no lado real. Os carros capotados. Os cervos mortos. A trilha de destruição estava quase completa.

E viu seu corpo chegar à nuvem antes de sentir a chegada.

A nuvem não era macia e fofa. A sensação era semelhante ao vapor de água fria no umidificador que sua mãe ligava quando ele ficava doente. Christopher não sabia por que estava pensando nela agora. Ela devia estar no hospital com ele. Fazendo carinho em seu cabelo e dizendo que tudo acabaria bem. Ele mal podia esperar para sair do lado imaginário e contar a ela sobre as nuvens.

— Elas têm gosto de algodão-doce frio e sem nadinha de açúcar, mãe.

Eles subiram cada vez mais alto, seus corpos se alçando acima da linha das nuvens. Christopher olhou para baixo e as viu, grandes e lindas, se movendo devagar sobre a cidade. As nuvens esbarraram umas nas outras, como uma briga de travesseiros. Elas se bateram, produzindo relâmpagos. Dentro de alguns segundos, surgiu uma onda de ozônio, morna e suave, e o som do trovão. Começou a nevar. Uma neve suave que levava com ela o medo.

Em dilúvios.

Christopher se imaginou subindo ainda mais ao céu. As estrelas cintilando, como flocos de neve no crepúsculo. Por um instante, ele pensou que o Paraíso devia ser assim. Sentar numa nuvem. Contemplar as estrelas. Sentir a mão quentinha da mãe na testa. Para sempre. Ele se lembrou de quando o padre Tom tinha explicado que a Santíssima Trindade era Deus em três formas. Assim como a água pode ser água, gelo, vapor.

Ou nuvens.

Eles não estavam propriamente voando, mas nadando pelo céu. A imaginação era o limite de seu poder. Por um segundo, ele pensou que era por isso que a mulher sibilante precisava de crianças. Os adultos têm dificuldade de se lembrar de que podem ser poderosos, porque, em algum momento da vida, foram criticados por terem usado a imaginação.

Pensar é fazer.

— Se prepara — avisou o moço bonzinho.

Ele sentiu que tinham começado a cair, atravessando novamente as nuvens, mas numa velocidade muito maior. Christopher não fazia ideia da distância que tinham voado. Do tempo que tinham ficado no ar. O tempo havia se perdido em sua imaginação. Ele descia cada vez mais rápido. Ao sair das nuvens, olhou para baixo. Estavam do outro lado da cidade.

Em cima do bosque da Mission Street.

Mas o bosque parecia diferente. Maior e, de certo modo, mais ameaçador. O sol tinha derretido a neve na copa das árvores, mas a clareira ainda estava coberta de branco. A árvore estava no meio da clareira, como um ponto preto. Demorou um instante até que a mente de Christopher assimilasse o que ele estava vendo.

O bosque formava um olho gigante.

O olho se voltava para o céu e observava as estrelas cadentes. Uma alma ascendente ou um sol morrendo. Um filho morrendo. A clareira era o branco do olho. A árvore era a pupila. A pupila dele. A aluna dele.

Continuaram caindo. O moço bonzinho era mais pesado e caía mais rápido. Estavam se distanciando um do outro.

— Eu vou criar uma distração! Chega até ela antes do anoitecer! — disse o moço bonzinho em queda livre. — Não se esquece do que você é!

Em sua mente, Christopher viu o moço bonzinho cair na rua enquanto ele próprio voou para o lado do bosque que os operários do sr. Collins já haviam devastado. Ele viu grandes troncos de árvores empilhados ao redor de uma clareira recém-aberta. As árvores pareciam dentes arrancados das gengivas por mãos raivosas. Viu tocos de árvores como se fossem lápides, cercando uma enorme clareira onde havia terra revirada, lama e equipamentos.

Foi então que ele avistou a mulher sibilante.

Ela estava no meio da clareira lamacenta, cercada por uma centena de cervos. Ela não falava nada. Apenas tocava a cabeça dos animais, que se curvavam como adoradores. Milhares de pessoas caixa de correio circundavam os cervos. Cada uma segurava o fio que a unia à próxima da fila. A fila se estendia além do horizonte.

Era o exército dela.

Christopher abriu os olhos e caiu no chão. Seu corpo bateu na lama com um tremendo baque. O impacto fez com que ele ficasse sem fôlego. Seu peito parecia ter sido esmagado, tentando respirar, como um peixinho que pula para fora do aquário. Ele achou que sem dúvida tinha sido ouvido, mas os gemidos das pessoas caixa de correio abafaram o som da queda. Christopher olhou para o céu. O sol beijava a copa das árvores.

Christopher estava no meio do campo inimigo.

O moço bonzinho havia sumido.

Ele tinha apenas dez minutos de luz do sol.

CAPÍTULO 81

A mãe de Christopher ergueu o olhar quando o filho se mexeu de repente no leito do hospital. Os olhos dele se agitaram sob as pálpebras fechadas. Ela pegou a mão de Christopher e desejou, do fundo do coração e da alma, que ele abrisse os olhos. Seus olhos perfeitos. Os olhos do pai. Mas a esperança desapareceu com os ruídos das máquinas que mantinham seu corpo vivo, com um cruel bipe-bipe-bipe. Ela se virou para a janela e viu o sol começando a se pôr. Um calafrio percorreu seu corpo. Em breve, a noite aterrorizante chegaria. E seu filho ficaria perdido dentro dela.

A mãe de Christopher se virou para Ambrose, que tinha os olhos cobertos por ataduras. Ela olhou para o diário que segurava. Tudo o que David tinha passado, Christopher também tinha passado. A coceira, as dores de cabeça, as febres. Os dois haviam gabaritado todas as provas. Os dois foram caçados pela mulher sibilante. Por isso ela sabia que Christopher estava prestes a fazer tudo o que David havia feito. Um sentimento de pesar se abateu sobre a mãe de Christopher quando ela virou a página.

Era o último registro no diário de David.

A temperatura no quarto caiu. A respiração dela parecia gelada. Ela quase conseguiu sentir o coração parar. A caligrafia agora estava quase ilegível.

<u>25 de junho</u>

Ambrose, eu vou até lá para matar a mulher sibilante. Se você ler esse diário, significa que eu não consegui. Mas quero que saiba como foi meu último dia. Quando saí da cama de manhã, eu me senti em paz. Eu sei que é estranho, mas é verdade. Eu senti como se toda a minha vida tivesse me conduzido a esse próximo momento. Como se eu tivesse vivido por oito anos com esse propósito. Eu sei o que tenho que fazer. Eu tenho que seguir a mulher sibilante até a minha casa na árvore. Eu não sei o que me aguarda do outro lado. Lá, onde é tão assustador que a gente não lembra dos nossos próprios pesadelos. Mas, se eu não for até lá, acho que todo mundo vai morrer. Eu não sei se vou estar vivo amanhã. Eu me pergunto como vai ser. Ambrose, depois de ler isso, por favor, não seja duro demais com você mesmo. Eu entendo que você é só uma criança de 17 anos. Por isso não se culpe por não ter me dado ouvidos, porque eu mesmo não teria acreditado em mim. Essa é a questão sobre ser Deus aqui. Faz com que eu saiba as coisas. Eu sei que, se você está lendo isso, é porque você não morreu. Eu sei que isso significa que, de algum jeito, eu consegui mantê-la dentro do mundo imaginário, longe de você. E isso já é suficiente para mim. Eu sei que você é uma boa pessoa. Um bom irmão. Eu sei que você vai sentir a minha falta todos os dias. Mas eu vou estar lá, Ambrose. Observando você do lado imaginário. E vou cuidar para que nenhum pesadelo chegue perto de você. Então, mesmo que você se sinta triste, sempre vai poder descansar quando dormir. E, toda vez que sentir um cheiro de luva de beisebol, sou eu, Ambrose. Irmão, eu vou cuidar de você todos os dias, agora e para sempre, até você ir para o Paraíso. Vou fazer esse favor para você. Não se preocupe. Eu vou te manter a salvo e muito mais. Eu te amo, irmãozão.

A mãe de Christopher se esforçou para entender a última frase.

você é o Meu chaPa, meu melhor amigO.
DAVID

A mãe de Christopher fechou o diário. Os dois ficaram em silêncio por um momento. Ela pegou a mão de Ambrose, em busca de apoio, e se virou para a janela. A parte inferior do sol tocava o horizonte. O sol ia se pôr em questão de minutos, com o filho dela preso no lado errado da noite. Se a história sempre se repetia, ela sabia que a mulher sibilante o estava conduzindo a um beco sem saída. Ela olhou para o filho deitado no leito, com tubos saindo da boca. A mãe de Christopher queria gritar. Gritar através das máquinas que o mantinham vivo.

— Não vai atrás dela, Christopher — rezou ela. — Não entra na casa na árvore do David.

CAPÍTULO 82

O sol estava se pondo.
Christopher tinha dez minutos.
Ele viu a mulher sibilante no meio do campo inimigo se preparando para a guerra. Os cervos foram trazidos à sua presença. Ela sussurrou em seus ouvidos. Eles voltaram para o bosque da Mission Street. De volta aos seus postos.
Esperando o espelho entre os mundos se despedaçar.
Christopher rastejou pela lama para se aproximar dela. Ele só era invisível à luz do dia. Aquela era sua chance. Tinha que pegar aquela chave encravada na carne do pescoço dela.
Ele retirou da bainha de couro a faca de prata.
— Que barulho foi esse? — sibilou uma voz nas proximidades.
Christopher prendeu a respiração. Ele observou as pessoas caixa de correio se aconchegarem perto da mulher sibilante, como gatinhos em volta de uma perna. As pessoas caixa de correio eram de todas as formas e tamanhos. De todas as idades, gêneros e cores. Os soldados dela. Christopher se perguntou quem eles teriam sido antes de estarem ali de pé naquela clareira, deixando que a mulher sibilante abrisse os zíperes que fechavam suas pálpebras e beijasse seus olhos.
— Chrissstopher — disseram as vozes —, você está aí?
As pessoas caixa de correio e os cervos convergiram para a área ao redor dele, farejando e rondando. Cutucando o solo. Christopher se encolheu o máximo possível. Eles se aproximavam cada vez mais. Christopher levantou a faca de prata. Os cervos chegaram a ficar bem na frente do rosto de Christopher e olharam através dele. Focinho com nariz. Mais um passo e saberiam que ele estava ali.

De repente, um grito muito alto ecoou vindo do campo. Eles se viraram para ver de onde a comoção estava vindo.

Era o moço bonzinho.

Ele estava sangrando. Correndo para salvar a própria vida. Lutando com os cervos. Um por um. Até que, por fim, um macho cravou a galhada de oito pontas nas mãos e nos pés dele, quebrando-a em seguida, deixando a ponta mais afiada para perfurar o peito do moço bonzinho. Em seguida, o cervo o arrastou até a mulher sibilante e ali o deixou, como um rato oferecido por um gato ao dono.

— NÃO! — gritou o moço bonzinho.

O grito foi um tanto exagerado. Christopher entendeu que isso era a distração que o moço bonzinho havia mencionado. Era seu sacrifício. A mulher sibilante deixou seu posto e se aproximou do moço bonzinho. Christopher foi se arrastando até eles. As pessoas caixa de correio levantaram o moço bonzinho. A mulher sibilante agarrou uma das galhadas que haviam quebrado no corpo dele. E a arrancou de sua carne.

— CADÊ ELE? — gritou a mulher sibilante.

O moço bonzinho ficou em silêncio. De braços abertos. Os cervos mordiam seus pés. As pessoas caixa de correio o arranhavam, gemendo. Christopher viu o moço bonzinho sorrir e aceitar o sofrimento, sabendo que Christopher estava ali, em segurança e invisível, caçando a mulher sibilante. Ela puxou a galhada que estava cravada no peito dele. Arrancou com toda a força, violentamente, e a atirou no chão. O moço bonzinho se contorceu de dor. Christopher continuou rastejando. A faca na mão. Pegar a chave. Salvar o moço bonzinho. Salvar sua mãe. Salvar o mundo.

— CADÊ O MENINO?! — sibilou ela novamente.

— Você pode me fazer gritar, mas nunca vai me fazer falar — disse o moço bonzinho.

A mulher sibilante não disse nada. Apenas sorriu. Um sorriso torto. Cruel. E mau. Ela levantou os braços, e todas as criaturas que estavam no campo abriram suas bocas. Um grito medonho rasgou o céu. Uma barulheira insuportável. Christopher largou a faca e cobriu os ouvidos, então a mulher sibilante fez um leve movimento de cabeça, e todo o acampamento começou a marchar.

Para as profundezas do bosque da Mission Street.

Christopher pegou a faca e seguiu atrás do cortejo, que descia por uma trilha larga. Em cada árvore havia uma pessoa caixa de correio. Os cervos cutucavam seus tornozelos para mantê-las no posto. Demarcando o caminho, feito defensas metálicas numa estrada. Christopher olhou para o céu através das árvores. Ele tinha talvez três minutos de luz do dia. E ficaria visível. Precisava pegar a chave. Agora.

Christopher olhou para a frente. O moço bonzinho caminhava com dificuldade. Seu corpo estava perfurado. Sangue vertia de suas feridas. Ele tropeçou e caiu. Os cervos o mordiam para fazer com que continuasse em movimento.

O exército marchou por uma trilha longa e sinuosa, que Christopher nunca tinha visto antes. Ou será que tinha? Ele não sabia ao certo. A sensação o fez se lembrar dos sonhos que sua mãe costumava ter em que de repente havia mais três cômodos no apartamento deles que ela nunca tinha notado. Ela estava ali com ele. Em algum lugar. De alguma forma.

O grupo caminhou em direção ao túnel da mina de carvão, que se abria como a boca gigantesca de uma caverna. Com as mandíbulas de madeira estalando. Clique-clique-clique. Os cascos dos cervos. Clique-clique-clique. Christopher seguiu de perto. Ou será que estava sendo atraído para lá? Ele não sabia mais. Podia ser uma cilada, mas ele não tinha outro caminho a seguir. O cortejo deixou a mina de carvão por uma saída diferente. Uma que ele nunca tinha visto. Uma que não podia ser vista do lado real. O que ele viu lhe causou espanto.

Era um jardinzinho adorável.

Um jardinzinho perfeito, com flores, grama e sempre-vivas. As copas eram tão espessas que a neve não chegava ao chão. Mas a luz chegava. A luz do dia estava linda. O tempo estava excepcionalmente quente. Um dia de primavera perfeito, misturado com um outono fresco e agradável. Christopher jamais havia sentido tamanha perfeição.

O cortejo parou.

A mulher sibilante se posicionou diante de uma árvore alta. Christopher olhou para cima e viu algo — belo e branco — empoleirado nos galhos grossos, a três metros do chão. E viu uma escada com degraus que pareciam dentes de leite. E uma porta vermelha.

Era a casa na árvore de David Olson.

— David! — gritou a mulher sibilante. — Sai daí!

A porta da casa na árvore se abriu. David Olson apareceu na soleira. Ele desceu da árvore, rastejando como uma serpente, e deslizou até a mulher sibilante. Ela deu um tapinha na cabeça dele, como se dissesse "Bom menino". Em seguida, virou-se para a multidão e ergueu uma das mãos. Tambores soaram. As pessoas caixa de correio arrastaram o moço bonzinho escada acima. A mulher sibilante os seguiu.

O último a entrar na casa na árvore foi David. Quando chegou em frente à porta, ele olhou em volta, para o bosque. Talvez soubesse que Christopher estava ali. Talvez pensasse que sua mensagem não tinha chegado a tempo. O que quer que fosse, ele exibia o olhar mais triste que Christopher tinha visto na vida.

— David! Agora! — vociferou a mulher sibilante.

David a seguiu, entrando na casa na árvore, como um cãozinho obediente, e fechou a porta.

Christopher olhou para o céu vermelho através dos galhos.

Restavam a ele trinta segundos de luz do dia.

Ainda havia dezenas de cervos e pessoas caixa de correio ao redor da árvore. De guarda. Preparando-se para a batalha. Em adoração. Christopher não tinha tempo a perder.

Ele correu para a casa na árvore.

— Que barulho foi esse? — sibilaram as vozes.

Christopher não parou. Correu ainda mais rápido até a casa na árvore. Tinha que entrar antes do pôr do sol. Era o único elemento surpresa de que ainda dispunha. Ele correu em torno das pessoas caixa de correio. Pulou sobre os cervos.

— Ele está aqui? Cadê ele? — gritaram as vozes.

Christopher correu até o tronco da árvore. Agarrou-se à escada e começou a subir os degrauzinhos que pareciam dentes de leite. A luz do dia estava desaparecendo.

Christopher chegou à casa na árvore.

A janelinha de vidro estava embaçada por causa do frio. Christopher não conseguia ver o interior. Não fazia ideia do que havia lá dentro. Ele colou o ouvido à porta. Não havia ruído algum.

Christopher girou a maçaneta. Lentamente, abriu a porta. Seu coração disparou. Ele olhou para dentro da casa na árvore. Não havia ninguém. Só uma foto antiga de Ambrose pendurada na parede. A única outra decoração eram arranhões de unhas. Seriam de David tentando sair? De alguma coisa tentando entrar? As pessoas caixa de correio e a mulher sibilante tinham ido embora havia muito tempo. Nenhum vestígio de David Olson. Nenhum sinal do moço bonzinho. O que seria aquela casa na árvore? Um portal? Uma porta para algum outro nível? Uma espécie de ratoeira?

Ele botou o pé dentro da casa na árvore de David.

Christopher se virou e olhou para o horizonte. E viu a última lasca do sol tocando a superfície da Terra. As nuvens pairavam como uma plateia de rostos. Ele conseguia sentir a cidade inteira. Milhares de sapos lutando para cair fora da água fervente.

Christopher andou para dentro da casa na árvore. Ele não fazia ideia do que iria acontecer quando fechasse a porta e adentrasse o lugar onde os pesadelos são tão assustadores que ninguém consegue se lembrar deles quando acorda.

O mundo ficou em silêncio. Christopher pensou que talvez estivesse caminhando para a própria morte. Mas não tinha escolha.

Ele fechou a porta no exato momento em que a noite caiu.

CAPÍTULO 83

bipE.

A mãe de Christopher estava tão focada no diário de David Olson que, num primeiro momento, não ouviu a máquina.

bipE.

Ela releu o último registro. Tinha de haver algo que eles não tinham notado. Alguma pista para ajudar Christopher. David havia ido para a casa na árvore naquela noite. David tinha ido para o bosque. E nunca mais foi visto. O que aconteceu com David Olson no bosque? Como ele morreu naquela noite?

bipE. bipE.

— Que barulho é esse? — indagou Ambrose.

A mãe de Christopher olhou para Ambrose. Mesmo com as ataduras cobrindo os olhos dele, ela pôde ler o medo em seu rosto. Um peso terrível pressionou o peito dela. O quarto todo soava como se ela estivesse deitada numa banheira. O mundo submerso.

bipE. bipE. bipE.

O terceiro som foi inconfundível. Algo havia mudado. Ela se virou para o equipamento de suporte à vida, seus olhos procurando o motivo do som. Foi então que ela viu. A temperatura de Christopher. Estava em 37° todas as vezes que ela havia verificado. Exceto agora.

38°

Ela se acomodou na cadeira. E sentiu a mão de Christopher. Quente como uma frigideira.

— Eu vou tirar você daí. Eu prometo. Mas você tem que lutar, por mim. Luta! — pediu ela.

39º

Graças a sites médicos e ao pânico da maternidade precoce, Kate Reese sabia que qualquer temperatura acima de 40º era perigosa. A 41,6º o cérebro começa a fritar.
bipE. bipE. bipE. bipE.

40º

A porta se abriu. O médico e a enfermeira entraram rapidamente no quarto.
— Sra. Reese, precisamos que a senhora se retire. Agora.
— Não — disse ela. — Eu posso ajudar.
— Segurança! — gritou o médico.
Os guardas correram para o quarto tão rápido, que a mãe de Christopher deduziu que eles já estivessem a postos, do lado de fora, esperando pelo chamado. Ambrose colocou a mão firme no ombro dela.
— Não vai ser necessário, doutor — avisou Ambrose. — A gente já vai sair.
— A gente já vai sair coisa nenhuma! — gritou a mãe de Christopher.
Ambrose pressionou o ombro dela e sussurrou em seu ouvido.
— Você não vai poder ajudar ele numa camisa de força.
A mãe de Christopher olhou para os seguranças. Dois caras grandes, com barrigas ainda maiores. Ambos coçavam o rosto sem parar, suados de febre. Um segurava spray de pimenta. O outro, um cassetete.
— O médico pediu pra senhora sair... — disse o maior dos dois, engolindo a palavra "piranha" e empurrando outra através da bile que lhe subia pela garganta — ... madame.
Tudo nela queria confrontá-los, mas a mãe de Christopher sabia que, se fizesse isso, seria detida.
É só dar um motivo... piranha... madame.
— É claro — aceitou ela, com o máximo de cortesia que conseguiu fingir.
— Me desculpem.

Então, com muita calma, ela saiu do quarto com Ambrose na cadeira de rodas, dando uma última olhada no aparelho de suporte à vida, que apitava.

40,5º

bipE. bipE. bipE. bipE. bipE.

41º

CAPÍTULO 84

Quando a noite caiu, algo mudou. Ninguém falou nada, mas todo mundo sentiu. A temperatura despencou. Sutilmente, o vento ficou mais forte e passou a sussurrar à nuca de mil indivíduos.

dEu a hora

— Já deu a hora, Eddie. Escuta a vovó.
Ed Especial estava sentado no quarto segurando a arma do pai. Ele olhou para fora, para a árvore no quintal. Um galho que pendia parecia um sorriso doentio. Carrega a arma, Eddie. Chegou a hora de ir para o bosque, Eddie. Para a casa da vovozinha, Eddie. Ed Especial carregou a arma. As balas deslizando para dentro do tambor, uma por uma, um clique-clique-clique perturbador. Ed Especial jogou a arma dentro da mochila, junto dos suprimentos que a avó lhe disse que levasse. Fechou o zíper do casaco e abriu a janela. Ele pulou e se agarrou ao galho do sorriso, que o levou em segurança até o solo, como uma serpente. Vai pro bosque, Eddie. Brady vai tentar se apoderar da casa na árvore, Eddie. Não deixa que eles peguem a casa na árvore, Eddie. Brady, Eddie.
— Escuta a vovó.

dEu a hora

— Você me ouviu, Brady? Já deu a hora. Escuta a vovó — disse a sra. Keizer.
Brady Collins tentou ajudar a avó a se levantar, mas suas juntas artríticas estalaram e ela caiu de volta no leito do hospital.

— Brady, eu estou velha demais pra caminhar até o bosque, mas você se lembra do que a vovó te disse pra fazer, certo?

— Lembro, sim, vovó.

Brady foi até o armário. Vestiu o casaco pesado e o cachecol. Pegou a mochila que tinha enchido de suprimentos enquanto esperava pela ambulância que levaria sua mãe para o hospital. Ele havia encontrado a faca de caça do pai e uma pistola da coleção dele da Segunda Guerra Mundial. Brady fechou o zíper da mochila e voltou até o leito.

— Espero que a senhora encontre o seu nome de solteira, vovó.

— Eu vou encontrar se a gente vencer a guerra.

Brady Collins assentiu, beijou a bochecha ligeiramente peluda da avó e saiu. O hospital estava tão lotado que ninguém prestou atenção naquele menino de 8 anos carregando uma mochila. Brady saiu do hospital com facilidade e iniciou a longa caminhada até o bosque da Mission Street. Ele queria se despedir do pai, mas seu pai estava junto à cabeceira do leito de sua mãe, na UTI. Brady tinha esperança de que, quando sua mãe acordasse, não se lembrasse de Kathy Keizer. Ela merecia isso. Afinal, ela havia se sacrificado para distrair o pai de Brady e impedi-lo de derrubar o bosque antes da meia-noite. Brady achou uma pena que nada mais tivesse dado certo. Mas agora tinha dado a hora, Brady. Jenny. Brady.

dEu a hora

— Jenny? — sussurrou uma voz. — Já deu a hora, Jenny.

A voz era parecida com a da mãe dela. Suave e meiga. Quentinha como um cobertor. Jenny Hertzog enfiou a mão embaixo do travesseiro e tirou a faca. Ela contemplou o reflexo de seus olhos no metal e sorriu, imaginando a lâmina desaparecendo na pele do meio-irmão. Em seguida, foi pelo corredor até o quarto dele e abriu a porta sem bater. Ele estava ao computador, abrindo o zíper da calça.

— Scott? — chamou ela. — Scott?

— O que você quer, porra? — rosnou ele, sobressaltado.

— Eu vou no bosque. Quer ir comigo?

— Por que caralho eu ia querer ir pro bosque com você?

— Porque eu vou te dar o que você quiser.

O meio-irmão imediatamente desligou o computador. Jenny se aproximou de Scott e pegou sua mão. Ela conduziu a coceira pelo braço e através da pele dele. Assim como tinha feito todas as noites enquanto ele dormia. Durante dias, ela respirou pela boca para não ter que sentir o cheiro azedo daquele quarto. Das meias e do cê-cê. Do remédio para acne. Durante dias, ela tocou aquela mão suada e nojenta. Preparando-se para essa noite. A guerra estava ali, e sua mãe lhe disse que eles precisavam de soldados. A mãe também prometeu que, assim que os mocinhos ganhassem a guerra, Jenny poderia retalhar a cara de Scott. Ela poderia enfim pegar o sangue do meio-irmão e afogar tanto ele quanto o resto dessa merda de mundo num Dilúvio.

dEu a hora

O rosto da srta. Lasko estava enfiado no vaso sanitário do banheiro quando ela ouviu o sussurro, meigo e molhado na nuca. Ela estava no banheiro das mulheres do bar, tentando vomitar. Não porque se sentia mal. Nada disso. Mas porque ainda se sentia sóbria. Ela achou que, se esvaziasse o estômago e o enchesse com uma garrafa inteira de Jack Daniel's, poderia pelo menos ficar um pouco alta. Mas não funcionou. Ela começou a chorar. Já fazia tanto tempo desde que a srta. Lasko tinha ficado bêbada pela última vez que ela nem se lembrava da sensação. Não é que ela não tivesse ingerido álcool. Muito pelo contrário, ela havia se enfiado num verdadeiro dilúvio de álcool todas as noites. Mas a maldita coceira não deixava que ela sentisse os efeitos da bebida. E agora ela sentia todo o resto. A vida se tornara uma impiedosa síndrome da bebedeira seca que a obrigava a se lembrar de todas as coisas terríveis que já havia feito. E de todas as coisas terríveis que já tinham sido feitas com ela. A coisa ficou tão ruim, que ela se ajoelhou diante da privada e pediu a Deus que ficasse bêbada de novo. E, de repente, para sua alegria e grande alívio, a prece foi atendida. Uma voz baixinha disse que ela finalmente voltaria a ficar bêbada. Tudo o que precisava fazer era ir a um "barzinho que funcionava até tarde" no bosque da Mission Street.

dEu a hora

As coisas continuaram assim por uma hora ou mais. Por toda a cidade, as pessoas pararam o que estavam fazendo e começaram a caminhar para o bosque da Mission Street. Doug estava no meio da ceia de Natal, quando seu telefone tocou.

Ela tá te traindo, Doug. Ela não te deixou ir até o fim, mas deixou todo mundo fazer o que bem quisesse. Ela adorou, Doug. Ela tá grávida, Doug. De outro homem. Mas o bosque vai curar o seu coração partido. Chegou a hora.

Debbie Dunham estava fodendo com o segurança no estacionamento do Giant Eagle, depois de todo o estoque do supermercado ter sido vendido.

Para de foder com esse homem, Debbie. O bosque vai acabar com a sua dor. Já deu a hora.

A velha estava no sótão sentada, balançando na cadeira.

A gente sabe que vocês nadaram juntos no rio Ohio. Ele era um lindo rapaz. E ele está aqui no bosque. Ele quer te ver, Gladyssss. Já deu a hora.

Mike e Matt estavam sentados à mesa de jantar com suas mães. A tradição natalina da família Gabrielson-Scott, que incluía comida chinesa e um filme, tinha começado um dia mais cedo. Quando o banquete terminou, os meninos abriram seus biscoitos da sorte.

Mike, se eles se apoderarem da casa na árvore, ela vai matar o seu irmão. Matt, por favor, me ajuda. O Christopher tá preso. Já deu a hora.

Padre Tom estava se preparando para a Missa do Galo, quando a sra. Radcliffe teve a ideia esquisita de celebrar a missa no bosque da Mission Street. Padre Tom não gostou nem um pouco. Ele disse que era uma abominação. Então o coral pulou em cima dele, e o mordeu, e o esfaqueou e o deixou no altar, sangrando, enquanto começava a cantar. Eles nunca tinham ensaiado aquela música antes, mas de alguma forma todos sabiam a melodia.

dEu a hora
dEu a hora
dEu a hora

Mas talvez o mais estranho de todos os pensamentos tenha ocorrido à enfermeira Tammy, enquanto fazia uma pausa mais que necessária para fumar depois de ter feito as rondas na UTI. Na verdade, o pensamento era tão estranho que, de início, ela o atribuiu ao fato de ter trabalhado 72 horas seguidas por causa da falta de pessoal. Na última semana, ela havia presenciado mais tiroteios, esfaqueamentos e tentativas de suicídio que nos dez anos desde formada pela Universidade de Pittsburgh. Tudo começou quando uma mulher esfaqueou o marido na garganta. Então Mary Katherine bateu no carro da mãe de Christopher. O delegado tinha sido baleado no peito. Um palhaço atirou na própria cabeça. A sra. Collins engoliu um galão de tinta por vontade própria. Mas havia outros casos. Motoristas embriagados. Brigas de bar. Acidentes de carro. O pior foi o motorista do ônibus escolar, o sr. Miller, que tinha sido praticamente empalado com o chifre de um cervo quando conduzia o ônibus de volta à garagem, depois de deixar a última criança em casa no dia do Espetáculo de Natal. Havia sido uma carnificina absoluta. Mas isso não foi o mais estranho. Não.

O mais estranho foi que ninguém morreu.

Por mais que se esforçasse, ela não conseguia se lembrar da última vez que alguém tinha morrido. De fato, o legista brincou, dizendo que se sentia um pouco culpado porque todo mundo estava trabalhando tanto, enquanto o último cadáver que ele viu foi a ossada daquele menino encontrado no bosque. Como era mesmo o nome dele? David não-sei-de-quê. Quando foi aquilo? Talvez há um mês. Um mês inteiro, e nenhuma morte. Uau.

É um milagre de Natal.

A enfermeira Tammy deu mais três tragadas ávidas e entrou no hospital. Mas não antes de agradecer a Deus que seu plantão finalmente acabaria à meia-noite. Faltavam algumas horas até que ela pudesse pegar o carro e ir para casa, compartilhar uma bela taça de merLOTE com o pai. Apenas algumas horas até o Natal.

Mas, pensando bem, se as pessoas simplesmente parassem de morrer, seria o fim do mundo.

CAPÍTULO 85

Mary Katherıne abriu os olhos. Sua cabeça latejava. Ela olhou para fora, para o pôr do sol, e começou a sentir um enjoo fortíssimo. Era véspera de Natal, mas ela não iria à casa da tia Gerri para a tradicional sopa de cogumelos. Nem iria à igreja para a Missa do Galo celebrada pelo padre Tom. Ela havia dirigido o carro a 200km/h. E, no instante crucial em que o cervo surgiu na frente dela, Mary Katherine não pensou em nada além de se salvar. Para escapar do Inferno, ela girou o volante e bateu no carro de um menino e sua mãe.

Você é egoísta, Mary Katherine. Você é muito egoísta.

A voz devorava seu estômago, enquanto as lembranças voltavam como um enorme dilúvio. O impacto violento. A deformação grotesca do metal e a explosão de vidro. As mandíbulas da vida arreganhando os dois carros como se fossem latas de sopa. Os socorristas retirando Christopher e a sra. Reese de dentro dos destroços. Eles eram pessoas tão legais. Eles eram pessoas tão boas.

Você bateu o carro numa criança pra escapar do Inferno, Mary Katherine.

Mary Katherine teria dado qualquer coisa para trocar de lugar com ele. Com ela, não havia acontecido nada que não pudesse ser curado com um bom dia de sono. Ela estava de cinto de segurança, e o carro tinha airbag. Estava tudo bem. Ela queria ter sido morta pelo airbag. Queria ter sido estrangulada pelo cinto de segurança. Merecia ter morrido naquele acidente.

Você merece tudo o que está acontecendo com você, Mary Katherine.

Ela enfim se forçou a olhar para o próprio corpo. Viu a camisola hospitalar. O monitor de batimentos cardíacos e de oxigenação sanguínea preso ao seu dedo indicador. O monitor apitava, apitava e apitava. Quando ela foi levada ao hospital, uma enfermeira exausta chamada Tammy lhe disse que não se preocupasse, que apenas repousasse. Ela ficaria bem. O médico poderia até tê-la liberado para voltar para casa...

Se não fosse pelo bebê.

A porta se abriu.

— Mary Katherine?

Sua mãe entrou no quarto. Ela correu para Mary Katherine, chorando e abraçando-a sem parar.

— Mãe, eu sinto muito.

Mary Katherine não tinha como entender que sua mãe não tinha ficado chateada com a filha de 17 anos porque estava muito aliviada que a filhinha, de quem se lembrava de cuidar desde que tinha só 17 semanas, não havia morrido naquele acidente de carro na noite anterior. Ela não tinha como saber que, independentemente da idade, os filhos sempre vão ser crianças para os pais.

— Graças a Deus você está bem — disse a mãe. — Que Jesus seja louvado.

Mary Katherine viu o pai entrar no quarto. Estava com a mandíbula apertada depois de horas de raiva. Raiva da desobediência dela. Raiva da imprudência dela. Raiva dos gastos hospitalares, da burocracia com o plano de saúde e da anuidade da Universidade de Notre Dame que iriam afundar a família em dívidas.

— Pai, eu sinto muito.

Ele ficou imóvel feito uma estátua. Não olhava para ela. Só ficou parado, coçando o cocuruto. Quando era mais jovem, ela achava que o pai tinha raspado o cabelo de tanto se coçar, como uma borracha na ponta de um lápis. Esperou que ele falasse, mas, como o pai não disse nada, ela formulou a única pergunta que interessava a ela naquele momento.

— Como tá o Christopher? — indagou ela.

— Ele está em coma — respondeu o pai. — Talvez ele morra, Mary Katherine.

Toda a culpa que ela já havia sentido na vida foi como uma preparação para aquele momento. O rosto de Mary Katherine corou de vergonha. Seus olhos se encheram de lágrimas, e sua voz falhou.

— Eu sinto muito, pai. É tudo minha cul...

— O que diabos você estava fazendo na estrada às duas da manhã? — questionou ele, interrompendo-a.

A voz do pai soou diferente aos ouvidos dela. Jamais o vira tão furioso. Mary Katherine ficou em silêncio. Ela olhou para a mãe.

— Não olha pra ela. Olha pra mim. O que você estava fazendo, Mary Katherine?

Mary Katherine olhou nos olhos do pai. Estava apavorada.

— Eu fui à igreja.

No minuto em que as palavras saíram de sua boca, seu estômago começou a ficar embrulhado. Ela não estava mentindo. Tinha mesmo ido à igreja. Mas só depois de comprar três testes de gravidez. Só depois de urinar em três bastões. Só depois de três resultados darem positivo. Pai. Filho. Espírito Santo.

— Você foi rezar? — interveio a mãe, com um olhar mais brando.

— Fui, mãe — respondeu Mary Katherine.

— Pelo quê? — perguntou o pai.

— Como? — disse Mary Katherine, querendo ganhar tempo.

O pai olhou para ela. A raiva dele só aumentava.

— Você sabia que a família ia pra Missa do Galo hoje, mas você teve que pegar o carro às duas da manhã pra ir à igreja rezar?

— Sim, pai.

— PELO QUÊ? — disse ele.

Mary Katherine era um cervo ofuscado por um farol alto.

— Hum...

— REZAR. PELO QUÊ? — repetiu o pai.

Mary Katherine se virou para a mãe.

— Querida, por favor. Por que você foi rezar? — perguntou a mãe.

— Mamãe... — começou Mary Katherine, de repente se sentindo dez anos mais nova do que era. — Eu não sei como isso aconteceu. Eu devo ter feito algo errado, mas não sei o quê. Talvez eu tenha pensado, porque pensar é fazer, mas eu não sabia que podia acontecer assim, mãe. Eu juro pra você que eu não sabia.

— Só me diz pelo que você foi rezar, querida. Seja o que for, a gente vai resolver junto — disse a mãe.

Lágrimas começaram a brotar nos olhos de Mary Katherine. O pai agarrou a mão dela.

— PARA DE ENROLAÇÃO E RESPONDE À PORRA DA PERGUNTA! — gritou o pai. — PELO QUE VOCÊ FOI REZAR?

— Papai, eu tô grávida.

Com a verdade rolaram as lágrimas. Sua mãe a segurou enquanto ela chorava. Por um segundo, Mary Katherine achou que talvez tudo fosse acabar bem. A mãe ainda a amaria. Ela ainda poderia entrar na Notre Dame. Poderia conseguir um ótimo trabalho, ressarcir o pai financeiramente e ajudar Christopher a se recuperar. Ela prometeu que faria isso. Porque a mãe a perdoaria. Porque, quando não merecia nada, tinha recebido amor.

— Quando foi que você e o Doug começaram a fazer sexo?

Mary Katherine olhou para cima e viu o pai. Ele parecia extremamente decepcionado.

— Quando foi que você e o Doug começaram a fazer sexo? — repetiu ele.

— A gente não fez sexo.

— O quê? Você está indo pra cama com outras pessoas?

— Não, pai.

— Então quem é o pai? — perguntou ele.

Mary Katherine ficou calada. Sua mãe segurou sua mão com bastante delicadeza.

— Quem é o pai, querida? — perguntou ela.

— Eu não sei, mãe.

— Você não sabe? Com quantos você transou?! — perguntou o pai.

— Com ninguém.

— Do que você está falando?!

— Eu nunca fiz sexo.

— Então como é que você está grávida?

Mary Katherine não suportou o olhar do pai. A perplexidade contendo a raiva feito dedos contendo uma represa.

— Eu não sei. Eu já disse. Eu não sei o que tá acontecendo.

— Diz quem é o pai! — mandou ele.

Mary Katherine se voltou para a mãe.

— Não existe pai. É isso que eu tô dizendo. Eu não entendo o que eu fiz. Por favor, me ajuda, mãe.

— Tudo bem, querida. Você não precisa proteger ninguém. É só dizer quem é o pai — disse sua mãe delicadamente.

— Mãe... não existe pai. É uma concepção imaculada.

Mary Katherine se virou no instante em que o pai lhe deu um tapa.

— Para com essa blasfêmia agora mesmo! Com quem é que você foi pra cama?

— Com ninguém, papai. — Ela chorava.

— Quem é o pai?

— Eu sou virgem.

— MARY KATHERINE! QUEM É A PORRA DO PAI?!

Mary Katherine se preparou, mas o pai não bateu nela de novo. Apenas lhe dirigiu um olhar de profundo desprezo e foi para o corredor, fervendo de ódio. Mary Katherine se jogou nos braços da mãe chorando tão convulsivamente, que alguns segundos se passaram antes que ela percebesse algo horrível.

A mãe não a estava abraçando direito.

— Mãe — perguntou ela —, você me perdoa?

Ela se virou para a mãe em busca de apoio. Mas a mãe nem olhava para ela.

— Só Deus pode te perdoar — declarou ela.

Mary Katherine conseguiria ter lidado com o pai batendo nela pelo resto do dia. Mas não aguentou nem um segundo do desalento da mãe. Logo em seguida, seu pai voltou, acompanhado de um médico que Mary Katherine não reconheceu.

— Olá, Mary Katherine. Eu sou o dr. Green — cumprimentou ele. — A gente vai aplicar um sedativo leve em você.

Ele olhou para a enfermeira, que começou a limpar o braço dela com uma bola de algodão e um pouco de antisséptico.

— É só pra te ajudar com a transferência — continuou o dr. Green.

— Que transferência? Eu vou pra casa agora? — indagou ela.

— Não. Você vai ficar aqui por um tempo.

— Pai, o que tá acontecendo?

O pai não olhava para ela.

— Mãe?

A mãe se manteve em silêncio. Mary Katherine precisou de apenas um instante para se dar conta de que todos achavam que ela havia ficado louca. Ela começou a espernear, mas, em questão de segundos, alguns auxiliares entraram correndo no quarto.

— Por favor, mãe. Não deixa eles fazerem isso.

— A gente vai te ajudar, querida — disse a mãe.

— Mãe, é uma concepção imaculada. Você me ensinou isso a minha vida inteira.

Os auxiliares a agarraram. Ela sacudiu o corpo para trás tentando se libertar, mas eles eram muito fortes.

— NÃO! — gritou ela. — POR FAVOR!

O médico pegou a seringa.

— EU NÃO TÔ MENTINDO! EU JURO PELA MINHA ALMA! POR FAVOR! TEM ALGUMA COISA TERRÍVEL ACONTECENDO!

O médico enfiou a agulha no braço de Mary Katherine. Em segundos, ela ficou zonza, sob efeito do sedativo, e pouco antes de cair num sono profundo ela olhou para a mãe.

— Mãe — disse ela, com uma voz lenta. — Por favor, não deixa eles me levarem.

Ela viu a mãe se afastar, enquanto os auxiliares a empurravam para fora do quarto.

— Você precisa de ajuda, Mary Katherine — disse o médico. — Já deu a hora.

CAPÍTULO 86

A sra. Henderson ia com a viatura do delegado para a escola de ensino fundamental. Ela manteve o rádio ligado, atenta a qualquer sinal de perseguição. Mas não havia sinal nenhum. Na verdade, o rádio estava em silêncio desde que ela havia fugido da delegacia, deixando o delegado na companhia de seus subordinados, todos sangrando até a morte. Mais cedo, naquele mesmo dia, ela ficou confusa com o silêncio. Depois, ficou exultante. Percebeu que tinha realizado seu trabalho. A primeira parte do trabalho, pelo menos.

Não havia mais policiais em Mill Grove.

Quando chegou à Escola de Ensino Fundamental de Mill Grove, a sra. Henderson estacionou o carro do delegado na vaga dela. E viu o sol desaparecer do parquinho da escola. Um sol grande e bonito. Como um filho. O filho que o sr. Henderson jamais lhe dera. Ele dizia que era culpa dela, mas, quando ela foi ao médico, descobriu que estava tudo bem. Mas o marido faria exames? Ah, não. Ele estava ocupado demais pulando a cerca. Deus, como ela gostaria de esfaqueá-lo de novo! Gostaria de esfaqueá-lo várias vezes, contanto que ele nunca morresse. Apenas esfaqueá-lo de novo e de novo por toda a eternidade e ver o sangue dele descer pelo escorregador do parquinho da escola, indo além da quadra esportiva e do balanço.

A sra. Henderson olhou para a escola. Os corredores estavam vazios. As portas, trancadas. Então ela preparou um soco e quebrou a janela da biblioteca. O vidro retalhou seus dedos, mas ela não se importou. Desde que suas mãos estivessem operacionais o suficiente para esfaquear, nada mais importava. A sra. Henderson se espremeu pela janela e entrou na biblioteca.

Ela havia passado pouco tempo na cadeia, mas a biblioteca parecia bem menor do que se lembrava. As mesas e as escrivaninhas pareciam pequenas.

As estantes de livros estavam mais baixas, para que mãos menores pudessem encontrar palavras maiores. Os projetos de arte da turma da pobre coitada e bêbada da srta. Lasko. Pequenas impressões de mãos lambuzadas de tinta e transformadas em pequenas pinturas de perus do Dia de Ação de Graças. Ela viu que uma das pinturas foi feita por Christopher.

Era uma pena o que estava prestes a acontecer com ele.

A sra. Henderson subiu em sua antiga mesa. Removeu uma placa branca do forro do teto e retirou uma pequena e elegante mala de couro. Ela a havia escondido no teto logo depois da nevasca. Não sabia o motivo na época. Parecia estranho, mas uma voz dizia que talvez fosse precisar dela. A voz dizia que era muito romântico esconder uma mala na biblioteca para o caso de o sr. Henderson um dia surpreendê-la com um convite de última hora para alguma viagenzinha.

Por semanas, ela imaginou o marido dizendo: "Querida, eu quero te levar para uma pousadinha. Eu quero agradecer por você ter me dado esses últimos cinquenta anos da sua vida. É uma pena a gente não estar com as malas prontas."

E ela responderia: "A gente está!"

Então ela lhe mostraria a mala. Ele ficaria orgulhoso ao perceber o zelo com que a mala havia sido arrumada. Ficaria comovido diante da sensibilidade da esposa. Perceberia o quanto a amava, quando visse o cuidado com que ela havia arrumado tudo.

1 muda de roupa
2 pares de calcinha e sutiã
1 par de botas de escalada
E, claro, uma faca de açougueiro, fita adesiva, corda, zíperes, linha, uma dezena de agulhas de costura e trezentos metros de lã preta que ela havia comprado numa liquidação na Jo-Ann Fabric.

Perfeito para uma viagenzinha de fim de semana.

A viagenzinha nunca aconteceu, é claro. As sextas-feiras iam e vinham sem que o sr. Henderson a convidasse para ir a uma pousada, tomar um vinho tinto, observar aves e fazer amor. Não havia convite para o balé. Nem para uma sinfonia. Nem para um musical da Broadway no Heinz Hall. Nem mesmo para a estreia de um filme. Deus, como ela queria esfaqueá-lo! Ainda assim, foi sorte ela ter guardado aquela mala romântica, porque precisaria daqueles itens naquela noite.

A sra. Henderson desceu de sua antiga mesa e disse adeus à biblioteca. Havia passado cinquenta anos ali e sabia que nunca mais veria aquele lugar. Não com os próprios olhos, pelo menos. Passou pelas prateleiras e pegou um livro como lembrança. Um livro para a eternidade. O livro era *Frankenstein*. O exemplar que Christopher tinha levado emprestado.

Sra. Henderson, Christopher está no computador.
Sra. Henderson, escreve pro Christopher no computador.
Sra. Henderson, pega o exemplar de Frankenstein.
Sra. Henderson, sublinha essas letras.
Sra. Henderson, faz com que eles pensem que David Olson está ajudando.

A voz lhe prometeu algo em troca. Dessa vez, o marido a respeitaria. Dessa vez, o marido lhe daria o devido valor. Dessa vez, o marido iria amá-la. E isso ainda poderia acontecer se ela fizesse um bom trabalho naquela noite.

A sra. Henderson levou o livro e a mala para a enfermaria da escola. Ela tirou as roupas sujas de sangue e se lavou na pia. Desinfetou e fez um curativo na ferida causada pela bala do delegado. Desinfetou os dedos cortados. Então abriu a mala e vestiu a muda de roupa limpa. Ahhhh. O algodão macio e as botas robustas deixaram uma sensação agradável na pele. Sentiu-se novamente confiante. Como aquela jovem de 23 anos que havia chegado àquela escola cheia de garra e conhecimentos. A jovem que pretendia mudar o mundo, aluno por aluno. Começando com aquela primeira turma. E aquele menininho especial. David Olson. E a última turma dela. Com aquele outro menino especial. Christopher Reese. Ela se lembrava de quando ele chegou à escola. Não conseguia nem ler um livro para alunos do primeiro ano. E agora era mais que um gênio. Agora era quase Deus. Era pedir demais de um cérebro pequenininho. Era pedir demais de um corpo pequenininho. Era uma pena o que estava prestes a acontecer com ele.

Mas todos tinham suas missões a cumprir.

A sra. Henderson colocou o exemplar de *Frankenstein* ao lado dos outros itens e voltou até a janela quebrada. Ela pulou pela janela e olhou para a lua que surgia no céu. Era lua cheia. Grande e azul. Como ela já esperava.

— Com licença, minha senhora.

Um sujeito atraente estava encostado numa picape estacionada atrás da escola. Ela não sabia quando a picape tinha chegado ali.

— Pois não? — perguntou a sra. Henderson.

O homem se aproximou dela. Havia algo muito perigoso nele. O corpo da sra. Henderson se tensionou.

— A senhora trabalha aqui? — perguntou o sujeito.

— Por que a pergunta?

O homem olhou para a janela quebrada e para a mão enfaixada. Somou dois mais dois e sorriu.

— Porque eu preciso saber onde essa escola mantém o cadastro dos alunos.

— Isso é confidencial — declarou ela.

— A senhora sabe que, se for preciso, eu arranco essa informação à força — avisou ele, dando de ombros.

— Na sala do diretor. No fim do corredor — disse a sra. Henderson.

— Obrigado, senhora.

— De nada, Jerry — disse a sra. Henderson.

— Como é que a senhora sabe o meu nome?

A sra. Henderson sorriu e saiu sem dar resposta. Passou pela picape com a placa de Michigan e saiu do parquinho, mas não sem antes olhar para o balanço mais uma vez. Por algum motivo, imaginou Christopher saltando dali. E então um pensamento lhe ocorreu. De mansinho como um sussurro.

Christopher era um menino tão bonzinho. Era uma pena que ele fosse morrer agora.

dEu a hora.

CAPÍTULO 87

Christopher abriu os olhos.

De início, ele não entendeu. No instante em que fechou a porta da casa na árvore de David, esperava abrir a porta e rever o bosque.

Mas estava de volta em casa.

Na cama.

À noite.

Christopher observou seu quarto. Tudo parecia normal. Olhou para a estante antiga, que cheirava a luva de beisebol. A estante onde sua mãe guardava os livros que ele tinha. Tudo parecia estar em perfeita ordem. A foto de seu pai continuava na prateleira mais alta. A porta do closet estava fechada. A porta do quarto estava trancada por dentro. Ele estava no mundo imaginário. Era noite, quando as pessoas imaginárias deveriam estar acordadas. Mas ele se sentia em completa segurança. Christopher deu um suspiro de alívio. Tirou o cobertor e se sentou, preparando-se para sair da cama.

Foi então que ouviu uma respiração.

Vindo de baixo da cama.

Christopher ficou paralisado. Olhou para os dois lados da cama, esperando por uma mão. Uma garra. Algo que tentasse alcançá-lo e puxá-lo para baixo da cama pelos tornozelos. Mas não apareceu nada. A pessoa apenas esperava. Respirando. Lambendo os beiços. Christopher pensou em dar um pulo e sair correndo do quarto. Mas a porta estava trancada. Não para impedir a entrada de algo. Mas para impedir que ele saísse.

Reeeec. Reeeec. Reeeec.

O barulho assustou Christopher. Ele olhou para a janela. De algum jeito, a árvore do quintal estava mais perto da casa. O balanço de pneu pendia como a corda de uma forca. A árvore estendia um galho velho e minguado até a janela. Arranhando a superfície do vidro, para lá e para cá, como um dedo artrítico.

Reeeec. Reeeec. Reeeec.

A respiração embaixo da cama ficou mais alta. Christopher tinha que sair dali. O mais rápido possível. Ele ficou de pé na cama, na ponta dos pés. Olhou para o quintal pela janela. Achou que conseguiria pular da cama e sair pela janela.

Mas o quintal inteiro estava cheio de pessoas caixa de correio.

Estavam posicionadas feito roupa secando ao vento. Uma centena de cervos aguardava ao lado delas. Deitados no chão. Espreitando nas sombras.

Reeeec. Reeeec. Reeeec.

Christopher olhou freneticamente ao redor do quarto em busca de uma saída. A porta estava trancada. O quintal estava ocupado. Ele não tinha para onde ir. Christopher acalmou a mente. O moço bonzinho disse que ele tinha poderes no lado imaginário. Use-os!

Christopher viu a mão surgindo por baixo da cama.

Christopher pulou assim que a mão tentou agarrá-lo. Ele caiu desequilibrado e tropeçou. Então olhou para trás e viu mãos saindo por baixo da cama. Mãos que não estavam presas a corpos. Só a vozes que gritavam nas sombras.

— VEM AQUI, CHRISTOPHER!

As mãos agarraram seus pés e tornozelos e começaram a puxá-lo para baixo da cama. Christopher se contorceu às cegas, sacudindo as mãos, como quem quer se livrar de aranhas nas costas. Dezenas de gritos irromperam quando Christopher chutou as mãos de volta para a escuridão. Ele conseguiu se levantar e correu até a porta do quarto. Esticou o braço para destrancar a maçaneta.

Mas a maçaneta começou a girar do outro lado.

— Será que ele consegue ouvir a gente? — sussurraram as vozes.

Christopher ficou paralisado. Recuou até a janela do quarto e olhou para o quintal. As pessoas caixa de correio passaram os fios que as uniam da mão direita para a esquerda. Em seguida, com a mão direita livre e como uma equipe de nado sincronizado, todas ao mesmo tempo abriram os zíperes de suas pálpebras. O metal brilhou ao luar.

As pessoas caixa de correio estavam despertando.

Christopher voltou a olhar para o interior do quarto e percebeu que a porta estava aberta. Havia pessoas ao lado da cama, de braços cruzados nas costas. Elas sorriam. Lascas da porta de madeira ainda presas em seus dentes.

— Oi, Christopher — disseram elas.

Elas mostraram seus braços. Eram tocos. Carne humana. Decepada e cauterizada.

— O que você fez com as nossas mãos? Seu ladrão!

E avançaram para cima dele. Christopher escancarou a janela do quarto. Os cervos circulavam pelo quintal feito piranhas num tanque. Se ele pulasse, seria estraçalhado. Não havia para onde ir...

... a não ser para o telhado.

Christopher agarrou a borda da janela e saiu no instante exato em que as pessoas saltaram sobre ele. Tentaram agarrar seus pés, mas os tocos de braços não ajudaram e elas escorregaram, caindo no quintal.

Os cervos deram conta delas em segundos.

Mordendo. Rasgando. Pisoteando.

Christopher subiu no telhado e se escondeu atrás da chaminé. O primeiro brilho da lua azul surgiu acima do horizonte conforme a noite avançava. Ele contemplou a rua. Lentamente, o concreto cinza da rua começou a ficar vermelho. O calçamento parecia encharcado. Como depois de uma chuva. Mas aquilo não era chuva. Tinha um cheiro parecido demais com o de uma moeda de cobre para ser chuva. E escorria pela rua feito um toboágua diretamente para os bueiros.

A rua estava sangrando.

Ele viu o homem com uniforme de bandeirante.

Acordando.

O homem abriu os olhos. Tinha pelo menos 40 anos, ou talvez 50 e poucos. Mas seu olhar era inocente. E estava feliz. Ele bocejou e esfregou os olhos como um bebê sonolento. Então se levantou e saiu pulando pela rua, chutando poças de sangue com suas pernas despidas. E assobiava uma música. "Blue Moon". Agachou-se para amarrar os sapatos, perto de uns arbustos. Assobiando. E amarrando os sapatos. E assobiando. E amarrando os sapatos.

Até que surgiram duas mãos e o agarraram.

O homem deu um grito de gelar o sangue. Quando Christopher viu quem havia puxado o sujeito para o meio dos arbustos, quase não conseguiu acreditar em seus olhos.

Tinha sido o próprio sujeito.

Os dois pareciam gêmeos idênticos. Mas o outro homem não estava usando uniforme de bandeirante. Ele usava um par de óculos sem aro. E tinha um apito pendurado no pescoço. Era calvo, e o cabelo que restava era ralo demais para ser penteado, mas ele insistia no "penteado", de qualquer maneira. Quando o homem calvo arrancou o uniforme do homem vestido de bandeirante, Christopher finalmente entendeu as palavras que ele estava gritando.

— ME TIRA DAQUI! POR FAVOR!

Christopher viu outro homem correndo pela rua. Do nada, um carro virou a esquina e o atropelou, derrubando-o na grama. O freio guinchou, e o carro parou. A porta se abriu, revelando que a pessoa que dirigia o carro era o próprio homem que corria. Ele segurava uma garrafa. Quando viu o que tinha feito consigo mesmo, o motorista correu de volta para o carro e foi embora. Em seguida, o homem que tinha sido atropelado sacudiu a poeira do corpo e se levantou. E correu de volta para a rua. Do nada, o mesmo carro virou a esquina e o atropelou.

— POR FAVOR, FAZ ISSO PARAR!

Christopher observou a rua ao redor. Para onde quer que se virasse, ele via pessoas machucando a si mesmas. De novo e de novo. Ele viu um homem traindo a esposa com uma vizinha. O homem e a mulher se beijavam, de braços entrelaçados, feito velas que se derretiam juntas. Eles não conseguiam parar de beijar.

— POR FAVOR! POR FAVOR! FAZ ISSO PARAR! — gritava o casal, com sangue escorrendo da boca.

Os gritos martelavam a mente de Christopher. Era como se alguém tivesse colocado fones em seus ouvidos e aumentado o volume para dez. Depois, onze. Depois, doze. E mais alto, e mais alto, até o infinito. Ele sentiu como se seu cérebro estivesse fritando. Era mais que uma febre. Era mais que uma dor de cabeça. Era mais que qualquer dor possível. Porque não era a sua dor. Era a dor do mundo. E não tinha fim. A mente de Christopher buscava respostas em meio a toda aquela loucura.

Eu estive aqui por seis dias.

Christopher contemplou a paisagem sangrenta. As pessoas caixa de correio se espalhavam pela vizinhança. Escalando as chaminés. As calhas. Os fios dos postes. Quebrando vidros e portas, enquanto os cervos farejavam o solo ensanguentado. Farejando por ele nas sombras. Ele ouviu gritos na casa ao lado.

— Para! Não bate em mim, mãe! — dizia uma mulher para si mesma, repetidamente, com voz de menina.

— Mas é uma criança mimada mesmo! — retrucava ela mesma, com a voz da mãe, enquanto tirava o cinto.

Christopher sentia os gritos da mulher, enquanto ela espancava o próprio corpo. O cinto batendo na carne. Christopher fez o máximo para acalmar a mente. Afastou os gritos de seus ouvidos e raciocinou depressa.

Você tem que pegar a chave.
Você tem que matar a mulher sibilante.
Você tem que salvar o moço bonzinho.

Ele procurou em sua mente pelo moço bonzinho, mas os gritos voltaram, mais altos que antes. Quando ele pensou que sua mente fosse rachar ao meio, houve um silêncio absoluto. Era como se alguém tivesse "desligado" a rua. Todas as pessoas ficaram inertes, como os robozinhos do Chuck E. Cheese's. Todas as pessoas caixa de correio. Todos os cervos. Christopher se levantou, empoleirado no telhado da casa. Esperando. Prendendo a respiração.

Tem alguma coisa chegando.
O que será que é?

De repente, um ruído familiar quebrou o encanto. Um caminhão que vendia sorvete estava passando pela rua. Ele tocava uma música, mas o som estava distorcido. Como um velho disco esquecido ao sol.

O macaco perseguia as pessoas
Pulando e dando risadinha
O macaco se divertia de montão
E — pluft! — lá vai a doninha

O caminhão se aproximava cada vez mais. As portas das casas se abriram, e crianças começaram a sair para a rua. Esfregando os olhos, como se fossem toupeirinhas. Ofuscadas pelo luar. A criançada invadiu a rua e correu para o caminhão de sorvete. Usavam roupas de vários estilos. Algumas se vestiam como nos filmes antigos que ele tinha visto com a mãe. Menininhos usando boina e suspensórios. Meninas de saia rodada. Alguns meninos usavam chapéu amish. Algumas meninas usavam vestidos no estilo dos peregrinos. Todas as crianças iam até o caminhão de sorvete, cantando em uníssono, com suas línguas de serpente, a cantiga:

Um centavo por uma agulha
Um centavo por uma linha
É assim que o dinheiro funciona
E — pluft! — lá vai a doninha

O caminhão de sorvete parou. A criançada se aproximou, pedindo suas guloseimas, com gritos de "Eu! Eu! Eu!".
— Tá bom, criançada — disse uma voz. — Primeiro, o pagamento.
Christopher viu as crianças enfiarem a mão no bolso e tirarem dois dólares de prata. Em seguida, todas se deitaram na rua ensanguentada e colocaram as moedas sobre as pálpebras fechadas. O sorveteiro estendeu a mão esquelética e carbonizada para coletar o dinheiro. Depois que todas as moedas foram recolhidas, a mão voltou para as sombras do carro e jogou picolés e casquinhas para as crianças. Mas não eram sorvete.
Eram coxas de cervo congeladas.

O macaco perseguia as pessoas
Pulando e dando risadinha
O macaco se divertia de montão
E — pluft! — lá vai a doninha

A música desacelerou, como se estivesse presa numa fita pega-mosca. E, como se fossem cobras, as crianças lamberam as guloseimas congeladas. No fundo da casquinha de algumas crianças não havia sorvete. Havia olhos. Outras crianças ganharam um delicioso sorvete de baunilha com cobertura de granulado. Mas não era granulado. Eram dentes de leite. Havia apenas um menino que não tinha moedas para dar ao sorveteiro.
David Olson.
Ele se afastou do grupo. Sozinho. Christopher nunca tinha visto um rosto tão triste em toda a sua vida. David Olson foi até as outras crianças e gesti-

culou, pedindo uma lambida do sorvete. As crianças o empurraram. David foi até o caminhão e levantou as mãos, implorando por um sorvete grátis. A mão esquelética apareceu e deu um tapa na mão de David. Então o caminhão deu a partida e seguiu em frente, levando consigo aquela musiquinha horrível.

Um centavo por uma agulha
Um centavo por uma linha

Depois que o caminhão de sorvete se foi, a rua reviveu. Outras crianças cercaram David e começaram a sibilar como serpente para ele. Como uma matilha de lobos acuando uma corça. Os dentes arreganhados. Os olhos brilhando. Christopher sentia o medo de David. O pânico subiu do estômago para a garganta. O coração de David batia acelerado.

Mas não havia palavras.

Por mais que tentasse, Christopher não conseguia ler os pensamentos de David. Sempre que tentava, seu nariz sangrava, e parecia que seus olhos iam saltar do crânio. Uma febre surgiu em sua testa. O suor escorria como o sangue pela rua até os bueiros escuros e cheios de vozes.

Sem nenhum aviso, as luzes da rua se acenderam. A rua parecia um velho parque de diversões bem na hora que os brinquedos são ligados. A luz iluminou alguma coisa deslizando nas sombras.

Era a mulher sibilante.

Ela estava empoleirada no telhado da antiga casa de David Olson feito uma gárgula. Vigiando seu reino. Assistindo ao cortejo. As crianças caminhavam em círculo, seguindo David, como o tornado seguiu Dorothy.

— É melhor você fazer uma prece, presa.

As crianças diziam em uníssono. Um coro de vozes repetindo a mesma frase, como na liturgia de uma missa dominical. David as encarou e sibilou em resposta. As crianças recuaram, assustadas e nervosas. O medo só deixava a perseguição mais prazerosa para elas. As crianças o circundavam como se fossem um carrossel, empurrando David pela rua em direção ao balão de retorno. Os calcanhares dele tocaram o fim da rua.

Não sai da rua.
Elas não conseguem te pegar se você ficar na rua.

A mulher sibilante os seguia pelos telhados. Assistindo. Esperando. Christopher se perguntava por que ela não intervinha, já que David era seu animalzinho de estimação. Mas talvez todas aquelas crianças fossem seus animaizinhos de estimação. Talvez David fosse só o menorzinho da ninhada, e ela pretendesse deixá-lo ser despedaçado ou devorado pelos outros.

Talvez essa fosse a versão dela de rinha de cães.

Ou talvez seja tudo uma armadilha.

Pro David. Ou pra mim.

Christopher viu David Olson sair da rua e andar pelo gramado. As crianças rindo atrás dele. De cinquenta metros de distância, escondido nas sombras, Christopher viu a mulher sibilante atravessar os quintais e entrar no bosque da Mission Street por outro ângulo. Como se ela estivesse caçando.

É melhor você fazer uma prece, presa.

Christopher sabia que tudo podia ser uma cilada, mas não havia outro rastro que ele pudesse seguir. O moço bonzinho estava preso em algum lugar. David Olson era o amigo que lhe restava naquele lugar medonho. E só havia uma saída para todos eles.

A gente tem que matar a mulher sibilante.

A gente tem que pegar a chave.

Christopher se afastou da chaminé e olhou para o quintal. Os cervos estavam roendo os resquícios de carne dos ossos das pessoas. Ele não podia descer, ou seria a próxima refeição. Olhou para a cabana de madeira do outro lado da rua. Seria um baita salto, mas era sua única opção.

E agora ele já havia sido treinado.

Christopher fechou os olhos e acalmou a mente, acionando a imaginação como se fosse uma bomba de água. Em seus pensamentos, ele correu o mais rápido que pôde até a frente da casa, firmou o pé na calha e pulou. Viu a rua abaixo dele, coberta do sangue que escorria pela calçada. Christopher caiu no telhado da cabana, abriu os olhos e recuou para as sombras. Quase escorregando nas telhas congeladas.

Ele olhou para o frondoso bosque da Mission Street. Ramos balançando na brisa, como braços erguidos num domingo. Mais que depressa, ele olhou para baixo para ter certeza de que não havia ninguém no gramado. Então desceu pela calha, chegou ao solo com a leveza de uma pluma e correu o mais rápido que pôde através do campo. Olhou de volta para a rua, onde o carnaval ensandecido continuava. Gente se ferindo sem parar. Os gritos delas tombando feito árvores no meio da floresta, onde não havia ninguém que pudesse ouvi-las.

Exceto Christopher.

Ele parou e apurou os ouvidos por um instante até ter certeza de que não havia uma armadilha atrás das árvores. Depois, verificou o bolso para ter certeza de que a faca de prata ainda estava lá. Então Christopher seguiu David Olson no bosque da Mission Street.

CAPÍTULO 88

41°
bipE.

A mãe de Christopher estava do lado de fora do quarto do filho. Ela poderia ter quebrado a janela de vidro com as próprias mãos para chegar até o menino. Tinha prometido a si mesma que, quando a temperatura chegasse a 41,6° e o cérebro dele começasse a fritar, faria exatamente isso. Mas os auxiliares estavam perfilados feito dois guardas, um de cada lado da porta. Coçando os rostos suados, febris. Procurando um motivo para arrastá-la dali.

41,1°
bipE.

A porta zumbiu como um ninho de vespas, e a enfermeira Tammy voltou à UTI, com a fumaça de cigarro grudada feito Velcro em seu uniforme hospitalar. A mãe de Christopher a abordou no momento em que ela começou a lavar as mãos, ensaboando-as com um sabonete líquido adocicado que a deixou com cheiro de cinzeiro de lavanda.

— Com licença, enfermeira? — chamou a mãe de Christopher com o máximo de gentileza possível. — Eu preciso entrar pra ver o meu filho agora.

A enfermeira Tammy esfregou os olhos cansados e olhou pela janela. O médico respondeu com uma sacudida de cabeça. Qualquer criança entenderia que a resposta era um NÃO definitivo. Seguido de um VEM PRA CÁ AGORA.

— Eu sinto muito, querida — disse ela com seu gentil sotaque do oeste da Pensilvânia.

Então, com pena dela, a enfermeira examinou os sinais vitais de Christopher pela janela com seu olho bem treinado.

— Sra. Reese, eu sei que a temperatura dele está alta, mas não se preocupa. Ele não vai morrer.

— Como é que você sabe disso? — indagou a mãe de Christopher.

A enfermeira Tammy passou a sussurrar para garantir que nenhuma colega pudesse ouvi-la.

— Porque faz mais de um mês que não morre ninguém. E eu não consigo imaginar Deus recomeçando logo pelo seu filho.

— O quê?

— É isso mesmo. Ninguém morre desde que encontraram a ossada daquele menino no bosque. É um milagre de Natal.

— Jesus! — exclamou Ambrose.

O que saiu da boca dele era de se esperar, mas a expressão da enfermeira Tammy parecia indicar que ela achava o tom do velho um tanto esquisito.

— Sim, senhor — disse ela, torcendo o nariz. — Que Jesus seja louvado.

Com isso, a enfermeira Tammy entrou no quarto de Christopher, deixando os dois sozinhos na UTI. O silêncio deles tinha sua própria pulsação. A mente de Kate Reese foi imediatamente da luta do filho pela vida para algo com um escopo muito maior. Ela agarrou a cadeira de rodas de Ambrose e começou a passear pela UTI. A sensação era palpável. Nas horas que eles passaram lendo o diário de David, o número de pessoas que lotavam os quartos tinha triplicado. Não havia mais macas. Não havia mais leitos. Apenas gritos e doença. Tanta gente doente. Tantas almas enfurecidas. Rostos suados. Coceira. Febre. Nada fazia a coceira passar. O hospital estava à beira de uma revolta.

— A coisa está tão feia assim? — perguntou Ambrose, sentado na cadeira de rodas.

— Pior — respondeu Kate Reese. — Ela está por toda parte.

Lute ou seja a vítima, Kate.

Kate mandou o próprio medo para longe e se concentrou. Medo não ajudaria Christopher em nada. Fazer alguma coisa, sim. Respostas, sim. Ninguém havia morrido desde que encontraram a ossada de David Olson. Talvez houvesse uma resposta no diário. Talvez houvesse uma resposta no bosque onde ele tinha sido encontrado. E ninguém conhecia aquele bosque melhor que Christopher ou...

O delegado.

Ela não sabia se as palavras é que tinham conduzido seus olhos para o quarto dele ou o contrário. Mas Kate Reese se surpreendeu olhando para o delegado em seu quarto na UTI.

— O delegado — avisou Ambrose, como se sua mente estivesse operando num atraso de três segundos em relação à dela.

Kate Reese olhou para Ambrose. Ele podia ter ficado cego, mas isso não abalou sua sagacidade. Ela empurrou a cadeira dele até o quarto do delegado. O delegado estava muito pálido. Seus lábios tremiam. Mesmo enquanto ele dormia. Ela foi até a cabeceira da cama e pegou as mãos dele. As mesmas mãos que haviam transpirado no primeiro encontro dos dois. Agora estavam geladas. Não de frio. Mas pela perda de sangue.

— Como ele está? — perguntou Ambrose.

Ela olhou para as feridas no peito dele, suturadas por uma mão hábil, ainda que apressada. O delegado havia sido baleado no tórax, à queima-roupa. Uma das feridas de bala ficava logo acima do coração, que ainda batia.

— Vivo — respondeu ela.

Kate Reese olhou para o cateter que injetava morfina no braço do delegado. O mesmo braço que tinha sido lavado pela equipe cirúrgica enquanto sua vida estava por um fio. Mas ainda dava para ver pequenas marcas de palavras deixadas pela tinta permanente

— Tem uma mensagem no braço dele — avisou ela.

— O que diz? — perguntou Ambrose.

Ela passou as mãos pelas palavras como quem lê braile enquanto decifrava em voz alta para Ambrose.

David Olson — menino. Não dorme —. Liga para Carl — AGORA. As ferramentas — crianças. A pedra — madeira petrificada. A cidade inteira — gripada —. A última epidemia de gripe acabou — David ter desaparecido. — David — fez a gripe parar? Ele nos salvou?

De repente, ouviram gritos pelo corredor. Um homem estava com fome e não entendia por que as refeições eram apenas para pacientes. Ouviram gritos de "Calma, senhor" por parte das enfermeiras e de "Ajudem a minha esposa!", do homem. Por fim, ouviram um barulho metálico, algo caindo no chão, e o sujeito sendo arrastado pelos seguranças, berrando e se debatendo.

— Em breve, vai ser a gente — alertou Ambrose. — Continua lendo.

Kate Reese pegou o outro braço e decifrou as palavras desbotadas.

Liga para Ambrose —! Para de dar ouvidos à voz — está mentindo para você — fazendo você esquecer. Você sabe para que as ferramentas serviram! Corre para Kate agora. O que aconteceu com David — acontecendo com Christopher. Corre agora! Tarde demais, delegado. Eu bati neles com um carro.

— Você tem que sair daqui — sussurrou uma voz.

Kate Reese quase gritou. Mas era a voz do delegado. Ele estava se esforçando para acordar. Mal dava para ouvi-lo.

— Não é seguro aqui. Não sobrou policial nenhum.

O delegado tentou se sentar, mas estava fraco demais. Kate colocou uma mão afetuosa na testa dele e, com um leve shhh, fez com que voltasse a se deitar.

— O Christopher está aqui do lado. A gente não vai te abandonar — garantiu Kate.

O delegado relaxou e se permitiu repousar no leito. A morfina pingando como gotas de chuva num laguinho liso como vidro. Pinga. Pinga. Pinga.

— Bobby — sussurrou ela —, pra que as ferramentas serviam?

— Hein? — disse ele, a voz totalmente desorientada por causa da morfina.

— As ferramentas — repetiu Kate, desesperada. — Serviam pra quê?

Ele engoliu em seco com dificuldade e falou, colocando a dor de lado.

— Os operários encontraram ferramentas e madeira petrificada. O meu amigo Carl fez uns testes. Existem dezenas de casas na árvore por aí. As crianças têm construído elas há centenas de anos.

— O que isso quer dizer? — perguntou Ambrose.

— Isso quer dizer que o David e o Christopher não estão sozinhos lá — disse Kate Reese.

Kate refletiu. Havia outras crianças. Ela não sabia se isso era uma coisa boa ou ruim. A voz de Ambrose rompeu o silêncio.

— As casas na árvore estavam todas no mesmo lugar? — disse Ambrose.
— Não — respondeu o delegado. — Espalhadas pelo bosque. Por quê? O velho soldado franziu o cenho sob as ataduras.
— Talvez estejam todas conectadas — sugeriu Ambrose. — Talvez ela esteja usando as casas pra construir algo maior.

41,2º
bipE.

CAPÍTULO 89

Christopher percorreu o caminho na ponta dos pés, curvando-se para desviar de cada galho, de cada ramo. Ele não era invisível à noite. Não deveria fazer o menor ruído. A mulher sibilante estava por ali. Em algum lugar. Christopher avistou David uns cem metros trilha acima. As criancinhas o cercavam como se ele fosse um pau de fita. Pulando e batendo palmas. Christopher viu as pegadas que David deixou para trás. Lamacentas e ensanguentadas. Christopher se lembrou de quando, seguindo pegadas, entrou no bosque da Mission Street pela primeira vez. A nuvem tinha piscado para ele. Ele havia seguido a nuvem e as pegadas e passou seis dias desaparecido.

O que foi que eu fiz aqui durante seis dias?

O que foi que ela fez comigo?

CREC.

Um galho quebrou sob os pés de Christopher. As crianças olharam para trás. David usou o momento de distração para sair correndo. As crianças se viraram e o seguiram.

— Daaaavvvviiid — sussurravam elas.

David baixou a cabeça e correu mais rápido, tentando fugir das vozes.

— Vooocccêêê saaabbbeee qqqquuueee luuuuugggaaar éééé eeessseee? David corria a toda a velocidade. Duas meninas surgiram na frente dele.

— Ah, David! Você voltou! A gente tava só esperando por você! Já tá quase acabando!

David deu um grito e desviou para a direita. Foi difícil para Christopher manter o ritmo. David correu pela ponte dos três cabritinhos e pulou na água fria, tentando se livrar das meninas. Três pessoas caixa de correio emergiram da água. Seus olhos com zíperes estavam abertos. Elas gemiam e queriam agarrá-lo. David saltou sobre os dedos estendidos. Mofados e apodrecendo. E caiu perto do velho tronco oco. O homem dentro do tronco colocou a cabeça para fora.

— Oi, David! Já tá quase acabando!

David saltou por cima do homem ao mesmo tempo que dois cervos saíram do bosque. Mais três cervos entraram na trilha. David virou à esquerda de novo. Outros três. David foi para a direita. Mais cinco. David parou. Estava cercado.

— Você sabe que lugar é esse, David?

De repente, dezenas de pessoas caixa de correio saíram das sombras. Abriram a boca, lutando contra a costura. Os cervos se aproximaram, exibindo as presas. Christopher pegou uma pedra. Ele não ligava que fossem descobrir onde estava. Precisava ajudar David. Ele preparou o arremesso e estava prestes a atingir o líder quando um cervo pulou na garganta de David.

Foi então que aconteceu.

O momento durou um piscar de olhos, mas Christopher pôde ver cada passo com clareza. Ele viu David Olson fechar os olhos. E sentiu a mente do menino se acalmar. Então sentiu uma energia no ar, enquanto sua própria mente era tomada por pensamentos imaginários. De repente, os sons ao redor dele cessaram, como se a tranquilidade de sua mente tivesse absorvido os ruídos feito uma esponja. E não restava mais nada, a não ser a imaginação. Christopher não conseguia ouvir os pensamentos de David, mas, pelo resultado, deduziu quais seriam.

David Olson começou a voar.

Não era como Christopher esperava. David não saiu voando como o Superman. Ele não era um super-herói. Era apenas um menino que, quando percebeu, estava em pleno ar, como se flutuasse num pensamento. Uma nuvem invisível em vez de uma capa.

Os cervos bateram cabeça com cabeça, chocando as galhadas.

Você pode voar como o Homem de Ferro.

Christopher fechou os olhos e acalmou a mente. Ele não tinha o nível de treinamento de David, então achava que não seria capaz de voar sem o moço bonzinho por perto. Mas tentou se imaginar sem peso, de qualquer maneira. Tentou se ver pairando ao vento como uma folha. Ou uma pluma.

Ou uma sacola de plástico branca.

Christopher sentiu os pés deixarem o solo por um segundo. Tentou se equilibrar, como um equilibrista no circo. Mas aquela corda bamba não era horizontal.

Era vertical.

Com os olhos bem fechados, Christopher se imaginou passando por um galho. Então por outro. Subindo a árvore com a imaginação em vez de as mãos. Viu-se acima do bosque. As árvores abaixo dele pareciam nuvens verdes e macias. A lua cheia, reluzente e azul. O céu acima todo estrelado. O espaço se estendendo tão vasto e profundo quanto a infinitude do tempo. O espaço sideral era o oceano, e a terra, um bote salva-vidas. Nenhuma estrela cadente. Os astros imóveis.

As estrelas morrendo.

Em sua mente, Christopher olhou para a frente e viu David voando em direção à clareira. Christopher se imaginou colocando os pés nas copas das árvores. Correndo por elas como se estivesse caminhando sobre a água. Ganhando velocidade. As folhas caindo, como pétalas sob seus pés. A febre cobrindo seu corpo, com sussurros em sua pele.

O David Olson ta ..
O David Olson tá. apavorado

Christopher sentiu David começar a despencar à frente. Ele parecia um dos pássaros que Jerry abatia em pleno voo. Mas não foi uma bala que derrubou David.

Foi algo na clareira.

Christopher abriu os olhos e desceu entre a copa das árvores para se esconder. Avançou em silêncio, de galho em galho. Ouviu uma movimentação lá embaixo, na trilha. Correria. Sussurros. Christopher foi até o fim da clareira e parou. Seus olhos procuraram no solo qualquer sinal de David, mas não havia nada, exceto uma marca na terra no local onde ele tinha caído. Algumas pegadas. E, depois, nada. Christopher olhou para cima, tentando ver se David tinha voltado a voar.

E foi então que viu.

Por um segundo, Christopher não entendeu o que estava vendo. Ele tinha ido à clareira tantas vezes, que já sabia muito bem o que ia encontrar. Havia a trilha cheia de mato. O círculo perfeito. E a velha árvore, meio seca, que parecia uma mão artrítica.

A árvore ainda estava lá.

Mas estava gigantesca.

Da altura de dois arranha-céus, um em cima do outro.

Na base da árvore, Christopher viu que agora havia uma porta entalhada no tronco. Com uma grande maçaneta e um buraco de fechadura. Havia centenas de pessoas caixa de correio de cada lado da porta, montando guarda. Impedindo que algo saísse de lá. Ou que entrasse. Seria uma prisão? O que seria aquele lugar?

Christopher ficou sem ar. Ele encontrou a casa na árvore que havia construído com Ed Especial, Mike e Matt. Mas ela não estava sozinha. Havia centenas de outras, penduradas nos galhos gigantescos, balançando como corpos em uma forca. Casas de passarinhos. Uma imensa colmeia enfurecida.

Ele contemplou a cena, lembrando-se de que estivera ali antes. Estivera dentro de uma daquelas casas de passarinho durante seis dias. Sendo ferido. Ouvindo sussurros. Sendo aquecido como um bebê numa incubadora. Um ovo pronto para ser chocado.

Você sabe que lugar é esse?

CAPÍTULO 90

41,3°
bipE.

A mãe de Christopher se sentou ao lado do leito do delegado, olhando de longe para o filho inerte na cama. Seu cérebro prestes a fritar. Os seguranças e os auxiliares a impediam de entrar no quarto. Ou talvez estivessem mantendo Christopher preso lá dentro. Ela já não sabia.

O delegado e Ambrose aguardavam com ela naquele silêncio que significava muita coisa. A mente dos três estava a mil. As pessoas não estavam morrendo. Estavam enlouquecendo por todo lado por causa da gripe. Mas não havia gripe nenhuma. Era ela. Havia outras crianças no mundo imaginário. As crianças estavam construindo alguma coisa. Construindo havia centenas de anos. As casas na árvore estavam conectadas. Inclusive a de David. Inclusive a de Christopher. Tinha que haver uma resposta.

— O que o diário diz? — perguntou o delegado, debilmente.

A mãe de Christopher abriu o diário e correu os olhos pelas páginas.

— A gente já leu tudo, do início ao fim. Nada — respondeu ela.

— Nada sobre as pessoas pararem de morrer, delegado. Nada sobre outras crianças — reforçou Ambrose.

— Posso dar uma olhada? — perguntou o delegado.

A mãe de Christopher lhe entregou o diário. A encadernação de couro rangeu um pouco quando ele abriu as páginas frágeis e desbotadas. Ela ouviu o som da morfina pingando na bolsa de soro.

Pinga. Pinga. Pinga.

O delegado virou as páginas, seus olhos percorrendo as palavras como só um profissional treinado faria. Depois de alguns minutos, ele olhou para Ambrose.

— O David era um menino inteligente, né? — perguntou ele.

— Era, sim, senhor — disse Ambrose.

— Então por que a letra dele é tão ruim? Não faz sentido.

Ele devolveu o diário à mãe de Christopher, fechou os olhos e voltou a dormir. Ela olhou para ele. Seu corpo tão fraco e debilitado. Ela não fazia ideia de que forças estavam em ação naquele momento, mas sabia que o delegado estava ali por algum motivo. Assim como Ambrose. Assim como ela. A mãe de Christopher abriu o diário de David Olson mais uma vez.

Pinga. Pinga. Pinga.

Ela examinou o diário detidamente. Não lendo as palavras. Apenas observando a caligrafia. Aquela caligrafia perturbadora, sinistra.

aFinAL, eu sou deus.

Pinga. Pinga. Pinga.

— Sr. Olson, o David sempre teve essa letra ruim?

Ambrose pensou, depois franziu a testa e balançou a cabeça.

— Não. Só ficou assim quando ele começou a ficar desequilibrado.

— Mas ele não estava ficando desequilibrado — argumentou ela.

Ela virou para a próxima página e examinou a estranha combinação de letras maiúsculas, minúsculas, cursivas e de fôrma.

antEs de corrermos Para mAtaR A mulher sibilante, o soldado disse que é preciso fAzer uM Bom RecOnhecimento do terreno, como eleS fazEm naQueles filmes de gUErra que o ambrose É viciado, que não para de ver UM Atrás do outro.

— Como assim, sra. Reese? — perguntou Ambrose.

De repente, a mãe de Christopher sentiu um calafrio. Um sussurro roçando seu ouvido, como um inseto. Ela voltou à página anterior.

aFinAL, eu sou deus.

Foi à página seguinte.

antEs de corrermos Para mAtaR A mulher sibilante, o soldado disse que é preciso fAzer uM Bom RecOnhecimento do terreno...

Pinga. Pinga. Pinga.
A mãe de Christopher voltou e olhou apenas as letras maiúsculas.

aFinAL, eu sou deus. antEs de corrermos Para mAtaR A mulher sibilante, o soldado disse que é preciso fAzer uM Bom RecOnhecimento do terreno, como eleS fazEm naQueles filmes de gUErra que o ambrose É viciado, que não para de ver UM Atrás do outro.... a gente Conseguiu segui-la durante o dIa. Eu vi quando eLA foi para cima Das pessoAs.

Juntas, formavam uma frase: FALE PARA AMBROSE QUE É UMA CILADA

CAPÍTULO 91

Christopher se aproximou da árvore.
Em algum lugar, lá no fundo de sua alma, ele sabia que já tinha estado ali antes. Havia sido mantido numa daquelas casas durante seis dias, balançando como um enfeite de Natal num grande galho. O que ele teria feito ali? O que ela teria feito com ele?

Você sabe que lugar é esse?

Christopher examinou a árvore, procurando David. Seus olhos correram do chão aos galhos. De uma casa na árvore a outra. Uma era verde. Outra, azul. Várias cores. Vários estilos. Vários períodos históricos. Uma tenda ao lado de um bangalô ao lado de um celeiro em miniatura ao lado...

Daquela com a porta vermelha.

Parecia bastante familiar. Por quê? Teria sido a casa para onde ela o havia levado? Christopher enfim encontrou David Olson escondido nas sombras, empoleirado no telhado da casa na árvore com a porta vermelha. Parecia exausto. Seu nariz sangrava como se sua própria imaginação o espremesse como uma esponja. Christopher se lembrou de todas as vezes que tinha deixado o mundo imaginário. Como cada poder no lado de cá virava dor no de lá. O aviso do moço bonzinho voltou à sua mente.

O poder tem um preço.

Ele olhou para David Olson, tão sem energia quanto uma pilha velha. Para David, aquele era o lado real. Para David, aquele era o único lado. Em silêncio, David foi até a janela. Os cervos e as pessoas caixa de correio se agitavam lá embaixo. Christopher viu David abrir as cortinas.

O moço bonzinho estava dentro da casa na árvore.

Ele tinha sido espancado e jazia no chão, inconsciente. David se aproximou dele. De repente, um grito medonho atravessou a clareira. O bosque ganhou vida ao redor deles. Surgiram estrelas cadentes acima das nuvens. O céu cintilou quando começou a se abrir, e a lua iluminou a clareira com uma luz branca e penetrante. Foi então que Christopher a viu.

A mulher sibilante.

Ela entrou na clareira cercada pelas criancinhas, guinchando feito leitões implorando por leite. Ela as conduziu até a árvore gigantesca. Christopher olhou para a chave, reluzindo ao luar. Ainda enterrada no pescoço dela.

A gente tem que matar a mulher sibilante.

A gente tem que pegar a chave.

— Davvvviiiiiid! — gritou ela.

Christopher sentiu David Olson olhar para trás de seu poleiro, aterrorizado. Qualquer pensamento de ajudar o moço bonzinho a fugir foi logo abandonado. David se afastou da casa na árvore com a porta vermelha e correu para se esconder.

Christopher era o único que podia salvá-lo.

Você pode ser mais corajoso que o Capitão América.

Christopher fechou os olhos e se imaginou começando a correr. Seus pés batendo na copa das árvores, folhas caindo no chão. Jamais havia se deslocado com tanta velocidade na vida. Nem mesmo de carro numa rodovia. Ele se viu correndo para a árvore imensa. Os cervos e as pessoas caixa de correio formavam guarda em torno dela. Se ele fizesse o menor ruído, sua presença seria percebida. Mas, se saltasse com todas as suas forças, talvez conseguisse alcançar a árvore. Se falhasse e caísse na clareira, seria estraçalhado. Ganhou velocidade. A clareira estava bem à sua frente. Um passo. Dois passos. Três passos.

Pule.

Em sua mente, Christopher voou por cima da clareira, como se fosse um tiro de estilingue. Ele esticou o corpo o máximo que pôde. À frente, avistou um galho baixo da árvore imensa. Estendeu os dedos. Sentiu as articulações fazerem clique-clique-clique, estalando.

Christopher agarrou o galho com os dedos estendidos e abriu os olhos.

Ele deslocou um dos dedos. Quis dar um grito, mas engoliu a dor. Estendeu a outra mão e conseguiu se agarrar ao tronco com segurança. Colocou o dedo de volta no lugar.

Christopher olhou para baixo. A mulher sibilante estava lá, no chão. Ela viu as agulhas de pinheiro caírem ao seu redor. Olhou para cima, sorriu para Christopher, então se virou para as crianças que estavam atrás dela. Todas de cabeça baixa.

— Ele está ali. Subam — sussurrou ela.

As crianças começaram a escalar.

Christopher tinha que chegar ao moço bonzinho. Ele subiu o mais rápido que pôde, os dedos doendo. Agarrou-se ao galho seguinte. Ouviu gritos vindo da casa na árvore ao lado dele. Olhou pela janelinha na porta verde e viu uma mulher colocando um laço em volta do próprio pescoço. A mulher encarou Christopher. E correu diretamente para ele.

— Me ajuda! — gritou ela, no instante em que o laço deu um solavanco, puxando-a para trás. Em poucos segundos, ela recolocou o laço no pescoço para fazer tudo de novo.

Christopher olhou para baixo. Viu as crianças rindo e subindo. Estavam trinta galhos abaixo dele. Espalhando-se pela árvore como filhotes de aranha recém-nascidos. Christopher forçou os dedos doloridos e continuou subindo. Galho após galho. Casa na árvore após casa na árvore. Viu um homem por um olho mágico. O sujeito se esfaqueava continuamente.

— Quem está rindo agora, sua piranha?! — gritava ele consigo mesmo.

Na casa seguinte, ele viu outro homem, comendo uma grande fatia de bolo. O sujeito não conseguia parar. Ele mastigava e mastigava até que seu maxilar quebrava e não restava nenhum dente sequer em sua boca. Mas a fatia de bolo não acabava nunca.

— Faz isso parar! Por favor.

Você sabe que lugar é esse?

A mente de Christopher seguia a mil. Havia algo familiar naquilo tudo. O que seria aquele lugar? A casa da mulher sibilante? A prisão dela? O zoológico dela?

Christopher chegou à casa na árvore com a porta vermelha. O moço bonzinho estava inconsciente no chão. Christopher tentou abrir a porta, mas estava trancada. Ele correu até a janela lateral. Bloqueada com barras de ferro.

— Senhor! Acorda!

As crianças estavam vinte e cinco galhos abaixo.

O moço bonzinho se mexeu. Christopher enfiou o braço através das barras de ferro e tocou a mão dele. Sua mente começou a esquentar, e ele transmitiu ao moço bonzinho toda a energia que tinha, de uma vez. Foi um choque elétrico.

A dor foi instantânea.

E correu pelo corpo de Christopher, enquanto ele mantinha as mãos na mão do moço bonzinho, tentando revivê-lo.

Senhor! Por favor, acorda!

Christopher empurrou seus pensamentos para a mente do moço bonzinho. Tentando fazer com que ele "pegasse no tranco", como um carro velho.

A gente tem que matar a mulher sibilante!

Ele sentiu o coração do moço bonzinho. Batendo, lentamente. Então mais rápido. E mais rápido.

Eu não consigo matar ela sozinho! Por favor!

De repente, as pálpebras do moço bonzinho se mexeram. Ele se esforçou para abrir os olhos e se levantou num salto.

— É uma armadilha, Christopher. Corre!

— Não! Eu não vou deixar o senhor pra trás!

— Você tem que ir! Você tem que matar ela antes da meia-noite!

Christopher olhou para baixo. As crianças estavam a quinze galhos de distância.

— O senhor vai conseguir escapar? — sussurrou Christopher, sem fôlego.

O moço bonzinho correu até a porta. Estava trancada.

— Não. Você vai ter que acabar com ela sem mim! Pega a chave! — disse o moço bonzinho, empurrando-o. — Você não pode deixar que eles te peguem! Vai logo!

Christopher olhou para baixo. As crianças subiam pela árvore como se fossem ratos. Não havia escolha. Ele tinha que fugir. Então deixou o moço bonzinho e começou a escalar. Até o topo da árvore. Até não haver mais aonde ir.

A não ser sua própria casa na árvore.

Lá no alto, acima das outras. Bem no topo. Como o anjo na ponta de um pinheiro de Natal. Como ela teria ido parar ali? Será que ela se deslocou? Que lugar horrível era aquele?

Você sabe que lugar é esse?

As crianças se aproximaram. E começaram a puxá-lo pelos pés. Ele agarrou a maçaneta da casa na árvore. Escancarou a porta e olhou para o interior. Mas a casa estava irreconhecível.

Parecia o banheiro da casa antiga de Christopher.

Lentamente, se enchendo de vapor.

Uma figura estava sentada na banheira, perdida entre as nuvens.

— Oi, Christopher — disse a voz.

Era a voz de seu pai.

CAPÍTULO 92

QUERIDO AMBROSE,

ESPERO QUE VOCÊ ENCONTRE ESSA MENSAGEM. EU TENHO QUE ESCONDÊ-LA PORQUE ESTOU SENDO VIGIADO O TEMPO TODO. E VOCÊ TAMBÉM. E TODO MUNDO. MAS NÃO É O QUE VOCÊ ACHA QUE É. É MUITO PIOR. EU NÃO POSSO CONTAR O QUE A GENTE DESCORIU QUE ESTÁ ACONTECENDO AQUI, SENÃO VÃO ME DESCOBRIR E VOCÊ VAI SER TORTURADO PARA SEMPRE. EU FALEI O QUE VOCÊ PRECISA SABER, NO ÚNICO LUGAR QUE EU SEI QUE NÃO ESTÁ SENDO VIGIADO. SÓ VOCÊ SABE DESSE LUGAR. VOCÊ COSTUMAVA ESCONDER REVISTAS LÁ. POR FAVOR, VÁ ATÉ LÁ AGORA, AMBROSE. PORQUE, SE VOCÊ ENCONTROU ESSA MENSAGEM, É PORQUE O MUNDO VAI ACABAR. E, SE QUEM ENCONTROU ESSA MENSAGEM NÃO FOI AMBROSE OLSON, POR FAVOR, DIGA A ELE QUE VOCÊ ENCONTROU O IRMÃO CAÇULA DELE, DAVID. FALE PARA AMBROSE QUE É UMA CILADA. MAS A PRÓXIMA CRIANÇA NÃO TEM QUE MORRER. O MUNDO NÃO TEM QUE ACABAR. ENTÃO CORRE, AGORA. POR FAVOR. VOCÊ NÃO TEM MAIS TEMPO.

DAVID

A mãe de Christopher segurou o diário decifrado com a mão trêmula. Ela se virou para Ambrose e baixou a voz, com um sussurro desesperado.

— Sr. Olson, onde foi...

Mas o velho soldado já havia se antecipado.

— Eu escondia revistas embaixo da estante do David — avisou ele.

— E onde essa estante está agora?

Ele franziu a testa. Pensando. Ela olhou para o corredor. Os auxiliares os observavam com um olhar desconfiado. E entraram no quarto de Christopher para falar com o médico.

41,4º
bipE.

— Por favor, sr. Olson, onde está essa estante?
— Eu não sei. Eu vendi.
— Pra quem?!

Quando os auxiliares terminaram de falar, o médico se voltou para a mãe de Christopher. E cochichou algo para os seguranças. A iluminação fazia todos parecerem fantasmas. Pálidos e esverdeados. Olhando fixamente para Kate. Ela se sentiu tão paranoica naquele momento quanto seu marido antes de morrer.

Eu estou ouvindo vozes, Kate! Faz isso parar!

Os seguranças fizeram que sim com a cabeça, reagindo às palavras do médico, e saíram do quarto de Christopher, se aproximando dela.

— Loja de antiguidades — disse Ambrose, como uma lâmpada que acende.
— O David estragou a estante, mas a dona da loja era uma velha conhecida da minha mãe. Ela ficou com a estante só por gentileza.

— Como assim? Como foi que ele estragou a estante?

— Ele forrou a estante com um papel de parede cheio de patinhos.

A mãe de Christopher ficou muda. O único som no quarto era a morfina sendo injetada no delegado, gotejando na bolsa de soro, pinga-pinga-pinga.

— Sr. Olson — cochichou ela —, o senhor pode ficar aqui com Christopher por mim?

— Claro — disse ele, confuso. — Por quê?

— Eu sei onde a estante está.

A mãe de Christopher olhou para o filho, do outro lado do corredor. Seu corpinho sofrido. Sua pobre mente febril. No ritmo que a febre estava indo, seu cérebro logo atingiria 41,6° e começaria a fritar por volta de meia-noite. E a solução estava do outro lado da cidade.

— Você pode pedir a estante que quiser. Por que você quer essa, querido?
— Porque tem cheiro de luva de beisebol.

A estante estava no quarto do filho dela.

CAPÍTULO 93

A figura estava sentada dentro da banheira. Escondida em meio a nuvens de vapor.

Christopher ficou paralisado. Observou o banheiro ao seu redor. Era exatamente como ele se lembrava. O espelho embaçado. O cheiro de creme de barbear da Noxzema na pele dele. A camisa do pai sobre a bancada da pia. Adocicada com o aroma de tabaco.

— Você sabe que lugar é esse? — perguntou a voz.

Christopher não conseguia falar. Ele balançou a cabeça. Não.

— Gostaria de saber?

Christopher assentiu. Sim.

— Tá bom, mas é segredo. Eu posso me complicar. Por isso vem aqui. Eu vou sussurrar a resposta pra você.

Christopher não se mexeu.

— Não precisa ficar com medo, querido. Eu nunca te faria mal. Vem aqui.

A figura deu uns tapinhas na banheira. Filetes de sangue escorriam de seus pulsos pela porcelana, formando riozinhos vermelhos. Christopher queria fugir, mas seus pés se moviam sozinhos. Ele começou a andar. Através do vapor. Através de nuvens.

— Isso mesmo, querido. Vem pro papai. Tudo vai fazer sentido logo, logo.

Christopher deu um passinho. Um segundo. Um terceiro. A figura estendeu a mão para ele. A mão estava quente e lisa, com manchas de tabaco entre os dedos.

— Isso mesmo, Christopher. Vem aqui e me dá um abraço.

Christopher sentiu uma mão em seu ombro. A figura o envolveu como um cobertor.

— Onde eu estou, papai? — perguntou Christopher.

Christopher estava tão perto que pôde sentir o cheiro de tabaco no hálito dele.

— Você não está na rua.

Christopher olhou de novo para a banheira no momento que as nuvens de vapor dissiparam e revelaram a figura sorridente.

Era a mulher sibilante.

CAPÍTULO 94

41,5º
bipE.

A mãe de Christopher olhou pela janela para o filho, lutando pela vida, do outro lado do corredor. Precisava ajudá-lo. Tinha que salvá-lo. Tinha que ir até sua casa, pegar a mensagem que David Olson havia deixado na velha estante.

Mas Mary Katherine tinha destruído seu carro.

Os dois seguranças correram pelo corredor e abriram a porta do quarto do delegado. Eles coçavam seus rostos vermelhos, inchados e suados, bloqueando a porta. Uma enfermeira, que a mãe de Christopher nunca tinha visto, entrou no quarto atrás deles.

— Sra. Reese, está tudo bem? — perguntou a enfermeira.

— Sim. Tudo bem — mentiu a mãe de Christopher.

A enfermeira sorriu e tossiu com a gripe que não era gripe. Ela continuou olhando para a mãe de Christopher por mais tempo do que seria normal.

— O que a senhora está lendo? — perguntou ela.

O questionamento pairou no ar por um segundo de tensão. A enfermeira coçava o braço.

— Ah, agora eu fiquei um pouco tímido — interveio Ambrose. — Ela está lendo um álbum de cartas da minha falecida esposa. Algumas são um pouco picantes. A senhora pode ler um pouco pra mim, se quiser. A sra. Reese estava prestes a ir até o meu carro buscar uma coisa pra mim.

Então Ambrose enfiou a mão no bolso do casaco e retirou a chave.

— A senhora lembra onde eu costumo estacionar, certo? O velho Cadillac na esquina? Arranhado e amassado, assim como eu.

— Sim, sr. Olson — disse a mãe de Christopher.
— Ótimo. Eu fico aqui com o Christopher, enquanto a senhora estiver fora. Ele entregou a chave em troca do diário de seu irmão.
— Obrigada, sr. Olson.
— Não. Eu é que agradeço à senhora — respondeu o velho soldado.

A mãe de Christopher pegou a chave do carro e saiu do quarto, passando entre seguranças desconfiados. Ela seguiu diretamente para a porta da UTI, esperando para ser liberada. Uma pontada de dor nas costelas fez com que ela se contraísse. O efeito da medicação estava passando, mas ela não podia perder tempo com isso agora.

Vamos. Abram logo essa porta, caramba!

Ela se virou e viu a enfermeira conduzir Ambrose em sua cadeira de rodas de volta ao quarto de Christopher. Seu filho jazia na cama.

41,6º
bipE.

A porta se abriu, zumbindo feito um enxame de gafanhotos. A mãe de Christopher saiu correndo da UTI.

CAPÍTULO 95

A sra. Henderson sentiu um arrepio. Um sentimento desagradável e gelado que correu de dentro para fora. Como se fosse uma dor de dente. Ela sabia que estava atrasada. E isso era inaceitável. A voz lhe disse.

Inaceitável.

A sra. Henderson acelerou o passo. Correu pelos tratores e guindastes da Construtora Collins, inertes como seu marido no hospital. Grandes e inúteis montes de metal, como aquelas máquinas que mantinham aquele filho da mãe vivo. Os médicos não entendiam por que ele não tinha morrido, mas ela sabia. Sabia o que tudo aquilo significava. Sabia o que estava por vir. Para todo mundo. Especialmente para Christopher.

A sra. Henderson estacionou o carro do delegado e entrou no bosque da Mission Street.

Nunca tinha ido ali antes, mas sabia exatamente aonde ir. A voz indicava o local. À esquerda, naquela árvore. À direita, naquela pedra.

É só seguir a trilha, sra. Henderson.

Ela olhou para o chão. E viu pegadas de todos os tamanhos. Todas seguindo para um mesmo lugar. E a sra. Henderson também estava indo para lá.

Rápido. Você tem que se apressar.

A sra. Henderson usou suas pernas cansadas e começou a correr. Foi um pouco desconfortável, porque cada passo abria um pouco mais a ferida na lateral do corpo. Mas o sacrifício era necessário. O par de botas de caminhada cortava a neve e a lama. Ela correu pelo túnel da mina de carvão, passando por uma dezena de cervos que saíram saltando atrás dela, como se fossem filhotes de cachorro. A voz soava cada vez mais alta em sua mente.

Rápido agora. Você não tem muito tempo.
A sra. Henderson chegou à clareira e parou.
O lugar era lindo. Mais bonito que o marido de pé no altar. Mais bonito que seus votos de casamento. Ou que sua noite de núpcias. A sra. Henderson nunca tinha visto algo tão lindo em toda sua vida. Havia uma velha árvore magnífica e a mais linda casa na árvore apoiada nos galhos.
Havia centenas de pessoas ao redor da árvore.
Silenciosas como se estivessem numa igreja.
Ela reconheceu algumas pessoas da escola, como a srta. Lasko, Brady Collins e Jenny Hertzog. Alguns ex-alunos que haviam se transformado de meninos adoráveis em carecas de meia-idade num piscar de olhos. Mas havia outras pessoas que ela não conhecia. Rostos aleatórios que ela poderia ter visto uma vez no supermercado, ou no posto de gasolina, ou durante sua breve passagem pela prisão. Mas era como se conhecesse todos. De tão à vontade que se sentia.
De tão à vontade que todos se sentiam.
Ela atravessou a clareira, e a multidão se abriu como o mar Vermelho. Todos os rostos se voltaram para ela. Todos sorriam. Estavam todos muito felizes com aquele encontro. Era um dia glorioso. Não havia mais dor. Nem sofrimento. Em toda sua vida, a sra. Henderson nunca tinha visto um espírito natalino tão bonito.
A sra. Henderson foi até a srta. Lasko. As duas trocaram sorrisos e se cumprimentaram com um meneio de cabeça antes de rir da própria formalidade desnecessária. Então se abraçaram como se fossem irmãs havia muito afastadas. E, para falar a verdade... será que não seriam? Não seriam todos eles? A sra. Henderson e a srta. Lasko continuaram abraçadas. Em seguida, tocaram maternalmente os ombros dos jovens — Brady Collins e Jenny Hertzog. Todos se sentiam muito melhor. De repente, todos tiveram o mesmo pensamento.
Alguém enfim me entende.
A srta. Lasko sabia que não precisava mais se sentir sóbria, assim como Brady Collins sabia que não precisava dormir na casa do cachorro, assim como Jenny Hertzog sabia que não precisava se despir para o meio-irmão. E, se alguém dissesse o contrário, bem, a comunidade poderia bater o pé, não poderia? Se gente ruim, como a mãe ou os amigos de Christopher, ou o delegado, ou Ambrose Olson se intrometessem, poderiam ser esfaqueados

quantas vezes fosse necessário. O grupo se livraria de qualquer um que não entendesse. E, quando a guerra chegasse, a vitória seria certa.

Porque os mocinhos sempre vencem as guerras.

Todos se ajoelharam e, juntos, tocaram na árvore. A árvore estava quentinha como o bumbum de um bebê. A serenidade que sentiam era diferente de tudo o que haviam experimentado antes. Era o lado fresquinho do travesseiro combinado a um banho morno. Instantaneamente, a febre de todos passou. Todos os braços pararam de coçar. Estavam finalmente em paz. A calmaria depois da tempestade.

A paz antes da guerra.

— Já deu a hora — disse a sra. Henderson.

Ela pegou a mala. Sentiu o couro macio nas mãos. O zíper frio se abriu, como vértebras estalando. Ela abriu a mala e retirou a faca de açougueiro afiada.

— Posso ajudar? — indagou Brady Collins.

— Claro, Brady. Obrigada. Você é muito educado. A sua avó ficaria muito orgulhosa — disse ela. — Por que você não fica de guarda?

Brady Collins sorriu e sacou sua arma. Ele começou a andar de um lado para o outro para protegê-los de Ed Especial, que ele sabia que estava escondido em algum lugar no bosque.

— Eu também posso? — perguntou Jenny Hertzog, ansiosa.

— Claro, Jenny. É por isso que você está aqui, querida.

Jenny sorriu orgulhosa e enfiou a mão na mala. Ela retirou uma dezena de agulhas de costura e a maior quantidade de linha preta que seus pequenos braços podiam carregar. Em seguida, a sra. Henderson se virou para a congregação reunida e observou os semblantes ansiosos.

— Será que o meu meio-irmão pode ser o primeiro? — perguntou Jenny Hertzog, baixinho.

— Tem certeza de que não quer deixar ele por último? — indagou a sra. Henderson.

— Tenho, senhora.

— Muito bem. Scott... Adiante.

O meio-irmão de Jenny deu um passo à frente e sorriu.

— Sim, senhora? — disse ele avidamente. — O que eu posso fazer?

— Você pode sentir toda merda que você já fez com a Jenny por toda a eternidade e ninguém vai poder impedir. O que acha?

— Ótimo — respondeu ele.

Scott concordava em transe enquanto sua meia-irmã Jenny enfiava linha preta no buraco da agulha e a entregava à sra. Henderson. Delicadamente, a velha deu um tapinha na cabeça da menina e se dirigiu a Scott. Ela juntou os lábios dele com a mão esquerda e começou a lhe costurar a boca com a exímia mão direita que havia aperfeiçoado durante as aulas de economia doméstica.

Enquanto costurava os lábios de Scott, ela não conseguia ouvir os gritos lancinantes dele por causa da paz que havia se instalado em sua mente. A sra. Henderson sorria, bailando com uma lembrança. Antigamente, era tudo mais simples. No tempo em que as meninas estudavam economia doméstica e os meninos trabalhavam nas oficinas. No tempo em que os homens eram fiéis às esposas e não pensavam em divórcio. No tempo em que os velhos dias eram os bons dias. Era melhor naquela época. As coisas voltariam a ser daquele jeito. A voz assim lhe prometia. Dessa vez, o marido a respeitaria. Dessa vez, o marido saberia apreciá-la.

Ela só precisava fazer a parte dela.

E deixar todo mundo pronto para a próxima etapa.

Enquanto costurava, ela olhou para a casa na árvore. Uma linda casa na árvore. Seu marido estava do outro lado daquela porta. Ela quase conseguia ouvi-lo sussurrar.

— Querida, vamos sair da cidade, um belo fim de semana.

— O quê? — perguntou ela, surpresa.

— Eu quero passar um tempinho com a minha esposa. Eu só queria ter arrumado a mala.

— Eu arrumei. Eu tenho uma malinha pronta! Eu tinha escondido ela na biblioteca. Eu trouxe ela comigo! Está bem aqui!

— Você é a melhor esposa que um cara poderia ter.

Dessa vez, poderiam jogar a mala no porta-malas do carro e sair para um passeio. Não importava aonde fossem. Porque ela havia voltado a ser jovem. Seu cabelo estava ruivo de novo. Seu corpo estava lindo. E ela sabia que viveria aquele dia por toda a eternidade. Talvez nem precisasse esfaqueá-lo.

— Aonde a gente vai, querido? — perguntou ela por fim.

— Pra casa na árvore, é claro. É tão lindo aqui dentro!

A sra. Henderson estava tão mergulhada nos sonhos do novo futuro que não se deu conta de que já havia acabado de transformar Scott numa pessoa caixa de correio.

— Scott, é véspera de Natal. A árvore está tão vazia! Precisamos de enfeites — avisou ela.

Jenny entregou a Scott um pedaço de corda, que a srta. Lasko cortou com a faca de açougueiro. Scott pegou a corda e subiu na árvore, usando os degrauzinhos que pareciam dentes de leite. Ele alcançou o primeiro galho grosso e foi até a ponta. Então amarrou a corda no galho e enrolou a outra extremidade no próprio pescoço. Quando pulou, seu pescoço estalou, como se fosse um ossinho da sorte, mas ele não morreu. E a sra. Henderson sabia muito bem que ele não morreria. Ninguém nunca mais morreria.

— Quando é que eu posso afogar ele num dilúvio? — quis saber Jenny.

— Assim que a gente vencer a guerra, Jenny — disse a sra. Henderson, e sorriu. — Próximo!

A sra. Henderson se voltou para o segurança da Construtora Collins, que estava pensando nas horas extras que receberia por vigiar a propriedade até tão tarde da noite, na véspera de Natal. Os gritos do homem eram abafados pelos pensamentos eufóricos da sra. Henderson, enquanto ela costurava as pálpebras dele com a linha preta grossa. Se uma vida inteira dedicada à educação pública tinha ensinado alguma coisa a ela, era a improvisar com os recursos disponíveis. Ela olhou para as centenas de habitantes da cidade, aguardando para serem transformados em pessoas caixa de correio. Bem que gostaria de costurar todos à mão, como tinha feito com Scott, mas, infelizmente, estavam atrasados. A meia-noite estava chegando. Tinham que estar prontos para o sacrifício de Christopher. Então ela teria que abrir mão do controle da situação e permitir que as pessoas costurassem suas próprias bocas e seus próprios olhos, enquanto a srta. Lasko, Jenny e Brady distribuíam agulhas, zíperes e linhas.

Caso contrário eu nunca vou acabar toda essa costura a tempo.

— Próximo!

CAPÍTULO 96

A mulher sibilante se levantou da banheira. Estava nua. Coberta de buracos de bala, talhos de faca e queimaduras. Christopher deu um grito. E correu para a porta. A mulher sibilante avançou pelo piso molhado. Christopher alcançou a maçaneta. Trancada.

Era tudo uma armadilha.

A mulher sibilante agarrou Christopher por trás e o ergueu enquanto ele se debatia como um peixe. Ela abriu a porta com um chute e o jogou no galho. Ele tentou se arrastar para longe, mas suas mãos grudaram na árvore, como se fosse um adesivo mata-moscas.

Christopher olhou para trás enquanto a mulher sibilante saía da casa na árvore. Ela usava seu melhor vestido de domingo, todo manchado de sangue e esfarrapado. Ela fechou a porta da casa na árvore ao sair. Examinou Christopher com seus olhos mortos de boneca.

— Chrissstopppheerrrrr. Jáááá deeeeeuuuu aaa hoooraaaaaaa — disse ela.

Lentamente, a mulher sibilante caminhou pelo galho em direção a ele. Christopher gritou:

— NÃO! POR FAVOR!

A mulher sibilante sorriu e agarrou Christopher pelas orelhas. Ela o envolveu com os braços e deslizou pelo tronco da árvore como uma cobra.

S
 S
  S
   S
    S
     S
    S
   S
  S

Christopher olhou para baixo, para a clareira. O exército dela estava todo lá. Encarando-o em silêncio. A mulher sibilante continuou escorregando. Descendo. Passaram por dezenas de casas na árvore. As portas estavam fechadas. As cortinas cerradas. Christopher não conseguia ver o interior das casas, mas ouvia vozes. Crianças rindo. Uma maçaneta começou a girar.

— Ainda não. Vamos pegar ele de surpresa — sussurrou uma voz infantil.

A maçaneta parou. A mulher sibilante continuou a descer, rastejando. Passaram por outra casa na árvore. Com uma porta cor-de-rosa. Christopher ouviu o som de uma respiração do outro lado da porta.

— Ele vai ser um animalzinho de estimação tão bom! — sussurrou uma menina.

As unhas dela arranhavam a porta, como quem arranha um quadro-negro. Ele passou por outra casa na árvore. Cortinas azuis e brancas, como o vestido de Dorothy.

— Será que ele sabe que lugar é esse? — sussurrou uma voz masculina.

— Ele vai saber logo, logo — sussurrou em resposta a voz de uma mulher.

A mulher sibilante parou na base da árvore, bem diante da grande porta entalhada no tronco gigante. Com ar triunfal, ela contemplou seu exército. E ergueu os braços de Christopher. A multidão rugiu como se fosse a Times Square na véspera de Ano-Novo. Christopher ouviu tambores rufando ao longe. Quatro pessoas caixa de correio agarraram Christopher pelos braços e pelas pernas. E o prenderam à árvore, que já não era mais madeira. Era carne humana. Suada e quente. Christopher começou a gritar.

— Por favor! Não me mata! Por favor!

— Eu não vou te matar — avisou a mulher sibilante com a voz tranquila.

— O que você vai fazer? — perguntou Christopher, apavorado.

— Isso eu não posso te dizer. — Ela sorriu.

A mulher sibilante agarrou a própria carne com suas unhas compridas e sujas. E arrancou a chave do pescoço. Enfiou a mão na carne da árvore. A mão parecia estar espremendo o conteúdo de uma lixeira. Sangue. E carne. Ela achou a fechadura dentro da carne podre da árvore. Girou a chave e destrancou a porta com um...

Clique.

Subiu um coro de gritos emitido pelas pessoas que estavam acima, dentro das casas na árvore. As vozes explodiram na mente de Christopher. Os olhos dele percorreram a clareira. Ele buscava um jeito de fugir. As pessoas caixa de correio guardavam todas as trilhas.

— Já deu a hora! Já deu a hora! — berravam as vozes.

A mulher sibilante cravou a chave de volta no pescoço, como quem enfia a mão em cimento mole. Num instante, a carne cicatrizou. A chave estava protegida. A mulher sibilante abriu a porta. Uma luminosidade se projetou de dentro do tronco. Christopher olhou para a luz. Era ofuscante. Um calafrio percorreu seu corpo.

— Que lugar é esse?! Onde é que eu estou?! — gritou Christopher.

— Achei que você fosse se lembrar — disse a mulher sibilante.

Christopher sentiu a energia que emanava da árvore. A eletricidade estática de um milhão de balões. Lembrou-se de quando tinha seguido as pegadas. A árvore parecia ser de carne humana. Ele se lembrou. Tinha sido colocado naquela árvore e passado dias. Tinha cozinhado ali. Tinha sido incubado ali. Tinha ficado inteligente ali. Tinha sido deixado no topo daquela árvore para absorver tudo.

Mas nunca havia entrado na árvore.

— Christopher, isso é pro seu próprio bem.

A mulher sibilante o conduziu para a luz. A luminosidade era ofuscante. Um vapor exalava da árvore, como nuvens brancas e fofas. Christopher gritou, fincando os pés no chão. Arranhando. Agarrando. Ela o segurou pelas pernas. Ele se debatia. E sentia cheiros que vinham de dentro da luz. Uma cozinha. Facas enferrujadas. A água da banheira do pai. O cheiro do hospital.

— NÃO! NÃO! — gritou ele.

Christopher fincou as mãos na carne da árvore. Quente como uma pele febril. A mulher sibilante puxou as mãos dele. Ele se contorcia, tentando escapar das garras dela. Plantou um pé em cada lado da porta. As pessoas caixa de correio o cercavam. Christopher se agarrava, querendo sobreviver a todo custo. Empurrou as pessoas caixa de correio para trás. Ele era mais poderoso que elas. A mulher sibilante agarrou Christopher com suas mãos cheias de cicatrizes. As mãos eram ásperas como uma lixa. Ela o agarrou e forçou o rosto dele a se aproximar do dela até que seus narizes se tocaram. E olhou nos olhos dele. Enfurecida e insana.

— JÁ DEU A HORA!!!!!!!

Christopher olhou para a clareira. E viu dezenas de pegadas se materializarem. As pessoas em si invisíveis para ele. Mas estavam lá. Ele sentia a presença delas. Os habitantes da cidade, no lado real. Seus olhos sendo costurados. Sendo transformados em pessoas caixa de correio. O mundo gritando de dor. Era ofuscante. Os mundos estavam colidindo. O imaginário e o real. O espelho estava prestes a se despedaçar.

Christopher olhou para o céu. E viu estrelas se deslocando. Constelações se desintegrando, como um quebra-cabeça que cai no chão, desfazendo-se em milhões de pedaços. Faltavam seis minutos para a meia-noite. Seis minutos para o Natal. Christopher fechou os olhos. Deixou a mente se acalmar. E sussurrou:

— Por favor, Deus. Me ajuda.

De repente, Christopher viu uma nuvem surgir no horizonte. A nuvem em formato de rosto. Tão grande quanto o céu. No mesmo instante, Christopher sentiu seu corpo tomado por uma calma profunda. Era como se alguém apertasse a tecla MUDO ao redor dele e não houvesse mais gritos. Havia apenas o som de seu próprio batimento cardíaco. Os bipes de máquinas hospitalares. Uma voz ao vento.

— Christopherrrrrr — sussurrava o vento.

A mulher sibilante o empurrou. Christopher sentiu o pé esquerdo entrar na luz.

— Não entra nessa luz, Christopher. Luta com ela — disse o sussurro.

Eu não consigo. Ela é forte demais.

Os braços de Christopher pareciam extremamente pesados. Seu pé direito entrou na luz. Ele só queria dormir. Sentia tanto sono.

— Você tem que matar ela até a meia-noite! — gritou o vento.

Eu não consigo matar ela sozinho.

— Consegue, sim. Um pesadelo não é nada além de um sonho que ficou doente. Diz isso, Christopher!

— Um pesadelo não é nada além de um sonho que ficou doente — disse Christopher em voz alta.

Christopher viu o olhar da mulher sibilante se alterar.

— Com quem você está falando?! — perguntou ela.

— Diz isso de novo! — sussurrou o vento.

— Um pesadelo não é nada além de um sonho que ficou doente — gritou Christopher.

Christopher viu a mulher sibilante berrar "Com quem você está falando?!" várias e várias vezes, mas não conseguia ouvi-la. Os gritos dela estavam mudos.

Havia apenas silêncio. Havia apenas paz. O ar estava fresco e agradável. Ele ouvia apenas o sussurro do vento.

— E eu posso fazer qualquer coisa num sonho! — disse o vento.

— E eu posso fazer qualquer coisa num sonho — repetiu Christopher.

— Porque aqui... — disse o vento.

Christopher fechou os olhos. Em sua mente, ele se imaginou tateando na escuridão que ficava atrás das próprias pálpebras até enfim encontrar um interruptor. Ele ligou a luz e bem ali, diante dele, surgiu mais que sabedoria. Surgiu um poder. Em estado bruto e furioso. Christopher abriu os olhos e encarou a mulher sibilante. Christopher viu os olhos dela tremerem. Estava apavorada.

— ... eu sou Deus — declarou Christopher.

Christopher deu um empurrão com todo o seu poder, e a mulher sibilante saiu voando para trás no ar. Ela foi cair na beira da clareira a quase cem metros de distância. Os cervos e as pessoas caixa de correio ficaram olhando, atordoados. Christopher olhou para as próprias mãos, como se pertencessem a outra pessoa. Ele mal podia acreditar na própria força.

A mulher sibilante se sentou. Ensandecida de ódio. Ou era de surpresa? Os cervos e as pessoas caixa de correio se voltaram para Christopher. Mil olhos o encaravam. Furiosos com ele por ter atacado sua rainha. Mas Christopher não titubeou. E não correu. Não se escondeu. Apenas enfiou a mão no bolso com toda a calma, puxou a bainha de couro e a abriu, revelando a faca de prata.

— Você não tá na rua — disse ele calmamente.

E olhou para a chave enterrada no pescoço dela. Então Christopher ergueu a faca de prata acima da cabeça e partiu para cima da mulher sibilante.

CAPÍTULO 97

A mãe de Christopher dirigiu voando pela estrada. Ela levou quinze minutos para correr até Shady Pines, onde estava o velho Cadillac de Ambrose. Quinze minutos passando por lojas em chamas e se escondendo atrás de carros batidos e abandonados enquanto sujeitos mal-encarados saqueavam as lojas nas sombras. Não havia táxis. Nem polícia. Ela estava sozinha e cercada de violência por todos os lados. E com costelas fraturadas. O analgésico era agora apenas uma lembrança. A mãe de Christopher olhou para o relógio no painel.

Dez minutos para a meia-noite.

Ela saiu da rota 19 e desacelerou, seguindo em marcha lenta. Esperava encontrar seu bairro cheio de enfeites natalinos, luzes e famílias brindando a véspera de Natal. Crianças tendo de ser levadas de volta para a cama porque o Papai Noel não passaria se elas não estivessem dormindo.

Mas não foi isso que viu.

O lugar estava estranhamente silencioso. Os postes todos apagados. Ela olhou para os dois lados da rua. Cervos se enfileiravam como postes. Seus olhos pretos faiscavam ao luar. Vigiando-a. Esperando.

Ela entrou na Hays Road.

E olhou para o interior de todas as casas. Luzes piscavam nas árvores de Natal, refletindo nos enfeites. Mas não havia ninguém nas salas. Não havia ninguém assistindo aos especiais de Natal na TV. Ninguém em lugar nenhum.

Só os cervos.

Ela entrou no quarteirão onde ficava sua casa. A mãe de Christopher passou pela antiga casa da família Olson, na esquina. Não havia sinal de Jill e Clark. Passou diante da casa da família Hertzog. Não viu Jenny Hertzog nem seu meio-irmão. Não havia carros estacionados em frente às casas. Ela olhou para o fim da rua, para o bosque da Mission Street, e não viu nada.

Mas sentiu alguma coisa.

Nos pelos da nuca. Impossível ignorar. Havia algo horrível naquele bosque. Algo se espalhando pela cidade. Algo correndo por aí.

Ela desceu a rua.

Em direção à garagem de sua casa.

De repente, a velha que morava do outro lado da rua saiu correndo da cabana de madeira. Estava usando uma camisola branca. De algodão e renda. Corria sem sapatos. Pulou na frente do carro, e os faróis iluminaram seu rosto. Os olhos e a boca da idosa estavam costurados com linha preta. A mãe de Christopher deu um grito e afundou o pé no freio. A velha gemeu através dos pontos...

— Eeee eeeaaa uuummm eeeeiiinnnooo ãããããooo ooooiiittooo!

... e entrou correndo no bosque da Mission Street, como um cervo saltando com as patas traseiras. A mãe de Christopher olhou para o bosque para ver se havia mais alguma coisa vindo. Mas não tinha nada. Só aquela sensação. A morte está chegando. A morte está ali. Vamos morrer no Natal. A mãe de Christopher olhou para o relógio.

Faltavam seis minutos para a meia-noite.

Seis minutos para o Natal.

CAPÍTULO 98

A sra. Henderson costurava o mais rápido que podia. Olhou para a longa fila de pessoas caixa de correio esperando pacientemente que ela concluísse o trabalho. E olhou para o céu noturno através dos galhos das árvores. Os galhos arqueavam sob o peso de tantos enfeites pendurados. Eles se debatiam e torciam o pescoço, e as cordas deixavam marcas de queimadura na pele. Mas ninguém morria. Ninguém nunca mais morreria.

— Próximo — chamou a sra. Henderson.

Faltavam seis minutos para a meia-noite e restavam apenas algumas almas. Eles iam conseguir. Ficariam prontos a tempo! A sra. Henderson olhou para a srta. Lasko. A jovem professora costurava os olhos de Jill e Clark, um lindo casal jovem que pretendia encher a casa na árvore de crianças, como um útero. Eles teriam o que queriam naquela mesma noite. Todos teriam o que queriam naquela mesma noite.

23:54

A srta. Lasko podia sentir o gosto. Cada vez que passava a língua nos lábios ficava mais forte. Era gosto de álcool. Mas não era qualquer bebida. Era o uísque que a mãe dela colocava numa colher de metal quando a srta. Lasko era bebê e seus dentinhos estavam nascendo. O uísque fazia suas gengivas pararem de doer. A srta. Lasko passou a língua nos lábios. O uísque se transformou no vinho mais delicioso, de quando sua mãe a levou para receber a comunhão. A srta. Lasko tomou um gole do vinho tinto, mas, assim que engoliu, o vinho tinha se transformado em champanhe. Em sua formatura, a mãe havia feito um brinde em sua homenagem: "Você é a primeira a se formar na faculdade, querida", dissera ela. Sua mãe estava na casa na árvore, esperando por ela. Havia uma festança lá, em homenagem a ela. A srta. Lasko teria a oportunidade de ficar bêbada de novo. Poderia se sentir perdidamente anestesiada e feliz.

— Próximo — chamou a srta. Lasko, terminando o último ponto nos olhos de Jill.

23:55

Jenny Hertzog conduziu Jill e Clark para o fim da longa fila de pessoas que esperavam, ao pé da escada, a sra. Henderson terminar o trabalho. Jenny olhou para seu meio-irmão, Scott, pendurado em um galho mais baixo, as pernas se debatendo. Jenny olhou para a bela casa na árvore acima dele. E respirou fundo, pelo nariz, mas o cheiro já não era o do bosque. Era o cheiro da mãe dela. Perfume, loção e laquê, e aquela pele macia e quentinha. Ela conseguia ouvir sua mãe sussurrar: "Entra, Jenny. A gente vai fazer uma festinha do pijama juntas. A gente vai fazer pipoca e ver uns filmes no seu quarto. O Scott nunca mais vai te incomodar. Você vai estar pra sempre em segurança."

— Próximo — chamou a sra. Henderson.

23:56

Restavam apenas duas pessoas na fila. Debbie Dunham e Doug. Doug estava muito triste até chegar ao bosque. Muito triste até ver Debbie Dunham. Ela sorria para ele. Era o sorriso sacana mais delicioso que ele já havia visto na vida. "Qual é o problema, Doug?", perguntou ela. "A Mary Katherine me traiu", respondeu ele. Debbie Dunham assentiu, em solidariedade. "Eu já fui traída várias vezes", sussurrou ela. "Você quer trair também?"

Doug ficou em silêncio. Pensou em Mary Katherine, e a tristeza cresceu dentro dele, assim como o bebê de algum outro cara crescia dentro dela. "Você quer me ver pelada, Doug?", perguntou Debbie. Ele fez que sim na esperança de que ela pudesse fazê-lo pensar em outra coisa. O ar estava gelado, mas, devagarzinho, ela tirou o uniforme do Giant Eagle. Ele olhou para aquele corpo nu, fresco como uma fruta madura. Ela lhe deu um demorado beijo de língua. Sua língua era como uma cobra. "Doug, você não tá cansado de fazer a coisa certa pra garota errada?", perguntou ela. As palavras eram tão doces quanto seu hálito. E, quando ela estendeu o braço e passou a mão nele, qualquer vergonha que Doug sentisse foi deixada de lado, revelando o que aquele pudor todo escondia. Raiva.

Todos aqueles anos sendo um bom namorado. Todos aqueles anos respeitando a moral de Mary Katherine. Obedecendo aos desejos dela. Fingindo esbarrar em seus seios por cima do suéter em vez de fazer o que ele realmente queria. E, então, descobrir que era tudo uma farsa. A boa garota ajoelhada dentro de um carro. A boa garota dando para um estranho qualquer. "A gente tem que entrar na casa na árvore, e aí você vai ter cada centímetro de mim", disse Debbie. Em seguida, soltou a mão de Doug enquanto a sra. Henderson costurava sua boca.

Finalmente, pensou Debbie. Finalmente tinha encontrado um garoto bom, que a tratava direito. Finalmente, pensou Doug. Finalmente tinha encontrado uma garota má, que gostava de fazer coisas erradas com ele. À meia-noite, se entregariam um ao outro, e ele poderia esquecer Mary Katherine. Para sempre.

— Você é o próximo, Doug — avisou a sra. Henderson, terminando de costurar os olhos de Debbie.

23:57

Brady Collins levou Debbie Dunham até o fim da fila. Ele nunca tinha visto uma garota pelada antes, mas só conseguia pensar em como ela devia estar congelando. Ele tinha sentido frio na casinha de cachorro muitas vezes. Brady Collins tirou o casaco e entregou a ela. Não era muito comprido, mas ela conseguiu cobrir as pernas geladas. A linda garota pelada deu um tapinha no topo da cabeça dele e tentou sorrir, mas os pontos a impediram. Brady sentiu frio sem o casaco, mas não se preocupou. Sua mãe estava na casa na árvore. Ele conseguia ouvir a voz dela chamando: "Brady, pode sair da casa do cachorro. A mamãe está aqui na cozinha quentinha. Pode sair do frio. Sua mãe te ama."

23:58

A sra. Henderson deu o último ponto nos olhos de Doug. Em seguida, largou a agulha e a linha. Olhou ao redor da árvore e percebeu que o trabalho estava concluído.

Não havia mais ninguém além deles próprios.

Os quatro trocaram olhares e sorriram, cheios de orgulho. Haviam terminado antes da meia-noite. A sra. Henderson entregou uma agulha e uma linha à srta. Lasko. A jovem professora não gritou enquanto costurava a própria boca. Mas a sra. Henderson nem teria ouvido os gritos de qualquer jeito. Precisava ajudar Brady Collins e Jenny Hertzog com suas costuras.

Mãozinhas pequenas feitas para trabalhos malfeitos.

Rapidamente, as crianças estavam prontas, e não havia mais ninguém para a sra. Henderson costurar além de si mesma. A agulha cortou sua pele como a faca havia cortado a garganta de seu marido. Os gritos soaram como na noite de núpcias. Uma mistura de dor e prazer. Engraçado, sua mãe nunca lhe disse o quanto doeria e o quanto ela gostaria daquilo.

— Estou esperando por você, querida — chamou seu marido de dentro da casa na árvore. — Vamos fazer aquela viagem, agora.

Com os olhos e a boca costurados, a sra. Henderson segurou o primeiro degrauzinho da escada. O primeiro dentinho de leite.

E começou a subir até a casa na árvore.

Com sua congregação logo atrás.

Faltava um minuto para a meia-noite.

Um minuto para o Natal.

CAPÍTULO 99

bipE.

Ambrose se sentou na cadeira de rodas. Ele ouvia o som das máquinas que mantinham Christopher vivo.

bipE.

Tinha prometido a Kate Reese que não sairia do lado do filho dela, e era um homem obcecado em manter promessas.

Ajuda ele, David.

O pensamento foi calmo e solene. Ambrose não percebeu que a porta atrás dele tinha sido aberta.

bipE.

Mas sentiu uma mudança na temperatura.

— Olá? — cumprimentou ele.

Silêncio. Uma respiração.

— Enfermeira, é você?

bipE.

— Doutor? — perguntou ele. — A mão do menino está quente como uma frigideira. Qual é a temperatura dele?

Houve um longo silêncio. Então...

— Quarenta e um vírgula seis — sussurrou a voz. — Mas eu não sou o médico.

Ambrose cerrou o cenho. E tentou manter a calma.

— O cérebro dele está começando a fritar — comentou Ambrose. — Chama alguém.

— Já chamamos, sr. Olson — respondeu a voz.

Ambrose prestou atenção na voz. Não sabia de quem era. Um homem. Uma mulher.

— Quando é que o médico vem? — perguntou ele.

— Logo — respondeu a voz.

Ambrose ouvia a pessoa andando em volta dele. Um passinho para lá, um passinho para cá. E, então, um leve eco. Havia mais de uma pessoa no quarto.

— Daqui a quanto tempo? — perguntou Ambrose.

— Eu não tenho certeza. O hospital está com falta de pessoal. Está todo mundo gripado — explicou a voz.

A voz estava mais perto. Mais passos. Circulando.

bipE.

— Tudo bem — disse Ambrose, calmamente, segurando a lateral do leito de Christopher. — Eu entendo.

De repente, Ambrose ouviu risos debochados de meia dúzia de pessoas.

— Ele entende. Tudo bem. Ele entende — gargalharam as vozes.

— Pelo jeito, vocês não estão com tanta falta de pessoal assim — comentou Ambrose.

A risada parou, revelando um som familiar. Sssssssss.

Era gás.

— Sr. Olson — disse a voz.

O sangue de Ambrose gelou. Por fim, ele reconheceu a voz.

— Sim, sra. Keizer?

— A morte enfim está aqui, Ambrose. O senhor não pode dizer que eu não avisei.

De repente, ele sentiu várias mãos sobre seu corpo. Ambrose levantou os braços para se defender, mas a multidão o agarrou. Ele sentiu o plástico frio da máscara de gás cobrir sua boca. O gás sibilava, saindo de dentro do tanque, como uma serpente. Ssssss.

— Me larguem, porra! — gritou Ambrose.

O velho soldado se debateu, tentando resistir às cegas. Agarrou uma pessoa pelo cabelo. Arranhou os olhos de outra. O exército de mãos o imobilizou. A cadeira de rodas virou, e Ambrose caiu no chão. A multidão pulou sobre ele em questão de segundos. Ele lutou com todas as forças, mas eles eram muitos. Ambrose sentiu seus braços e suas pernas falharem. Era um velho. Cego. Indefeso. Precisou de todas as suas forças para arrancar aquela máscara de gás do rosto. Mas, em segundos, já estava com ela de novo. E tudo o que podia fazer era esperar que seus pulmões implorassem por misericórdia.

— Agora, respira fundo e faz uma contagem regressiva começando no dez — instruiu a voz.

Faltava um minuto para a meia-noite.

Enquanto ele respirava fundo.

E ouvia o monitor cardíaco de Christopher emitir um som contínuo.

piiiiiIIII

CAPÍTULO 100

Christopher atacou a mulher sibilante.
O exército dela o cercou, como uma teia de aranha. Os cervos investiam contra ele. As pessoas caixa de correio se enfileiravam, bloqueando seu caminho. Juntos, os corpos criaram um furacão, e Christopher estava no olho.
— AGARREM ELE! — gritou a mulher sibilante.
Christopher olhou para a chave enterrada no pescoço dela. Ele segurou a faca de prata e saltou. Caiu no lombo de um dos cervos, com os pés juntos. Depois, pulou nos ombros das pessoas caixa de correio que tentavam agarrá-lo. Seus movimentos eram ligeiros. Correndo cada vez mais rápido. E sentia seu corpo mudar a cada passo. De algum jeito, a luz que emanava da árvore tinha permanecido com ele. As dores de cabeça estavam diferentes. A febre agora era sabedoria. Ele mal podia acreditar na velocidade em que avançava.
— AGORA! A GENTE TEM QUE PEGAR ELE AGORA! — gritou a mulher sibilante.
Os cervos se aproximaram, vindo de todas as direções, mas eram lentos demais. Christopher escorregou entre as pernas dos animais. Saltou sobre as galhadas. Mal podia acreditar na rapidez com que passava pelas árvores. Parecia estar fora do próprio corpo.
Mas a dor continuava lá dentro.
A cada passo, ele sentia a dor aumentar. Como mãos apertando sua garganta. Sangue começou a escorrer de seu nariz. Ele pensou em David, tão sem energia quanto uma pilha velha. Quanto tempo ele teria até o poder se esgotar e só restar a dor? A meia-noite estava chegando. Ele ia matar ou morrer.
Christopher viu a mulher sibilante à frente, o olhar dela fitando a faca que ele empunhava. Por uma fração de segundo, pensou ter visto medo nos olhos

dela. A mulher sibilante cobriu a chave com a mão queimada. Em seguida, deu meia-volta e recuou para o interior do bosque. Christopher correu atrás dela. Olhou para baixo e viu seus rastros na trilha lamacenta e ensanguentada.

Christopher seguiu as pegadas, que entravam no riacho, perto da ponte dos três cabritinhos. A água deixou suas botas encharcadas e congelou seus pés. Por um instante, ele achou que estava com frio no hospital, no lado real. Com frio em uma camisola hospitalar.

Você sabe que lugar é esse?

Christopher correu pela água gelada. O frio logo se transformou numa sensação de dormência, e a dormência logo se transformou em calor. Suas pernas ficaram tão quentes quanto sua testa. Ele pulou fora do riacho e voltou para a trilha. Ao longe, havia um poste de luz. Christopher deparou com uma bifurcação. Olhou para o chão para ver em que direção seguiria.

Mas, de repente, as pegadas tinham sumido.

Christopher parou. Em pânico. Era um truque. Uma armadilha. Outro jeito de matá-lo, "matando" o tempo. Ele olhou em volta, para todos os lados. Só via árvores. A mulher sibilante podia estar em qualquer lugar. Ele era um peixe adormecido, esperando ser levado pela onda. Christopher parou para apurar os ouvidos, tentando detectar qualquer sinal dela. Não ouviu nada. Só o vento e a própria respiração.

Crec.

Christopher olhou para as árvores acima. Viu centenas de pessoas caixa de correio, esperando em silêncio, nas sombras. Penduradas nos galhos mais altos, como pingentes de gelo. Christopher se virou para correr, mas todas as pessoas caixa de correio pularam no meio do caminho ao mesmo tempo.

Christopher estava cercado.

O bosque estava infestado de pessoas caixa de correio. Os cervos avançavam sobre ele. Christopher se agarrou a um galho para escalá-lo e fugir dali. E subiu em outro, mais alto. E outro.

Mas a mulher sibilante estava na árvore, feito uma serpente.

Ela agarrou a mão dele. Deslizando.

Christopher gritou e caiu na trilha. Os cervos pularam em cima dele. Seus dentes furaram sua pele. Tinham cheiro de hospital. De antisséptico. Christopher estava cansado demais para gritar. Sabia que aquele era o momento de sua morte. Fechou os olhos para o inevitável, quando, de repente, ouviu cervos sendo apanhados e atirados longe. Christopher olhou para cima.

Era o moço bonzinho.

— SAIAM DE CIMA DELE! — gritou o moço bonzinho.

Os cervos atacaram o moço bonzinho. Arrancando pedaços de carne de seus ombros. O sangue escorria por sua camisa. Pelo braço. Ele agarrou a mão de Christopher.

— VEM COMIGO! — gritou ele.

— NÃO!!!!!!! — berrou a mulher sibilante. — PARA DE AJUDAR ELE!!!!!

A mulher sibilante desceu da árvore assim que o moço bonzinho e Christopher saíram correndo. Os cervos e as pessoas caixa de correio os perseguiram.

— Como foi que o senhor conseguiu fugir? — indagou Christopher, sem fôlego.

— O David.

— Cadê ele?

— Foi buscar ajuda. Tem outros que também querem ser libertados. Vamos!

Eles correram juntos, acompanhando a trilha. A luz dos postes estava bem na frente deles. Azuis como a lua. Eles saíram correndo do bosque e entraram no campo aberto. Correram em direção à rua. Christopher olhou para a frente e viu que sua vizinhança parecia um circo de horrores.

O mundo imaginário havia enlouquecido de vez.

Ele viu nuvens varrendo a cidade, como fumaça de um incêndio. Centenas de pessoas gritavam. O homem com uniforme de bandeirante se enfiou nos arbustos. Outro homem se enfiou dentro de uma van. O casal não conseguia parar de se beijar. Gente que ele nunca tinha visto antes. Todos gritavam a mesma coisa.

— Tira a gente daqui, Christopher. Por favor!

Christopher e o moço bonzinho correram para a rua. As pessoas caixa de correio se espalhavam pelos quintais fumegantes, cercando a rua. A mulher sibilante e os cervos surgiram dentre as árvores e partiram para cima deles em altíssima velocidade.

— DEVOLVE ELE PRA MIM! — gritou ela.

A mulher sibilante saltou sobre o moço bonzinho enquanto ele arremessava Christopher por cima das pessoas caixa de correio para que pudesse chegar à segurança da rua. Christopher caiu no balão de retorno com um baque surdo, ralando-se no asfalto. Ele se levantou imediatamente. E viu o moço bonzinho sendo despedaçado pela mulher sibilante. As mãos carbonizadas dela lhe rasgavam a carne, como se fossem garras.

— Para de ajudar ele! — gritou a mulher sibilante.

O moço bonzinho a empurrou para trás e a arrastou para a rua. A mulher sibilante escorregou para o asfalto. Seu pé começou a fumegar e queimar. Deixando pele líquida no concreto, que logo foi carregada pelo fluxo de sangue. Ela logo pulou de volta para uma garagem, gritando e xingando.

A mulher sibilante fez um sinal para os cervos. Eles colocaram seus corpos sobre o asfalto, como se fossem fichas sobre uma mesa de roleta. A mulher sibilante pulou em cima deles e avançou em direção ao moço bonzinho, que rastejava na rua. Ela levantou a cabeça dele e cravou os dentes em seu pescoço. A garganta se partiu feito um ossinho da sorte. Ela estava devorando o moço bonzinho vivo. Era agora ou nunca. Christopher sabia. Faltavam dez segundos para a meia-noite. Dez segundos para o Natal.

10

Os cervos pularam em cima do moço bonzinho. Abocanhando e mordendo. Christopher sabia que tinha que matar a mulher sibilante agora. Ele olhou para o corpo dela. Baleado. Esfaqueado. Queimado uma centena de vezes.

O corpo dela era praticamente só pele cicatrizada. Mas nada tinha sido capaz de matá-la. Ainda.

9

Christopher agarrou a faca de prata. Ele fechou os olhos para invocar seu poder, mas tudo o que ouvia eram os gritos. As vozes corriam soltas dentro de sua cabeça. As pessoas não paravam de se machucar. De novo e de novo e de novo.

8

Ele conseguia sentir os dois mundos se unindo por sangue. O espelho rachando entre o imaginário e o real. Sua mãe estava entrando correndo em seu quarto, em casa.

7

De repente, Christopher sentiu o vento soprar pela rua. "Christopher, olha pra mim." Christopher olhou nos olhos do moço bonzinho, que estava sendo estraçalhado, mas mantinha no rosto um sorriso sereno. Não havia palavras. Mas Christopher sentiu o sussurro formigar em sua pele, junto aos pensamentos do moço bonzinho.
A rua.

6

— Para de ajudar ele! — gritou a mulher sibilante enquanto arranhava os olhos do moço bonzinho.
Ela vai queimar na rua.

5

O céu se abriu, e Christopher viu a chave brilhando na carne do pescoço dela. Brilhando como um diamante sob o luar azul.

4

O moço bonzinho afastou a mulher sibilante com um chute. Mais pessoas caixa de correio rolaram para a rua para impedi-la de cair. A mão dela escorregou e tocou a rua. Fritou no asfalto.

3

Christopher olhou para a mão carbonizada da mulher sibilante. Então fechou os olhos e acalmou a mente. Um segundo, uma eternidade. Deus havia construído um rio de salvação naquele pesadelo. E ele iria batizá-la lá.

2

Em sua mente, ele avançou até a mulher sibilante, montada em cima do moço bonzinho. Christopher viu os cervos atacando-o, mas isso não importava mais. Para Christopher, era como se estivessem apenas rastejando de tão lenta que toda aquela ação lhe parecia agora.

Você pode ser mais inteligente que o Tony Stark.

Christopher pulou por cima dos cervos.

Você pode ser mais forte que o Hulk.

Christopher pulou por cima das pessoas caixa de correio.

Você pode ser mais poderoso que o martelo do Thor.

1

Christopher se jogou na mulher sibilante com todas as suas forças. E sentiu os ossos dela se quebrando com o impacto. Ela voou pelo ar e caiu na rua, como se fosse um saco.

— NÃÃÃÃÃOOOOO! — gritou ela.

Christopher viu a mulher sibilante começar a queimar.

CAPÍTULO 101

A casa estava silenciosa e parada.

A mãe de Christopher teria corrido pela casa, mas havia alguma coisa errada. Ela sentia algo errado ao seu redor.

Começou a subir a escada. Lentamente. Não faça barulho.

Aonde você vai, Kate?

A mãe de Christopher desconsiderou a voz. Ela podia sentir o filho. Lutando pela vida. O ar estava frio, como se o mundo tivesse deixado uma janela aberta. Havia alguma coisa dentro da casa. Estava por toda parte. Ela precisava ajudar o filho. Ele precisava dela.

Ela chegou ao quarto de Christopher.

O que você está fazendo, Kate?

Olhou para a velha estante de livros no canto. Forrada com papel de parede do jeito que uma criança embrulharia um presente de Natal. Muita fita adesiva e sem acabamento nos cantos.

Ela foi até a estante.

Você deixou o seu filho no hospital. Que tipo de mãe é você, Kate?

A mãe de Christopher olhou para a foto do falecido marido na última prateleira. A foto a encarava. Parada no tempo. Ela mal conseguia respirar. O perigo estava cercando seu filho. Ela sentia isso, como no dia em que ele engoliu uma bolinha de gude. Ela estava no quarto ao lado quando aconteceu, mas teve uma intuição. E correu para ajudá-lo. Ele teria sufocado até a morte. Ela salvou a vida do filho.

Christopher está morrendo, Kate. Você tem que voltar pro hospital!

A mãe de Christopher pegou a foto do falecido marido; em seguida, esvaziou a estante, jogando tudo no chão. Livros espalhados por todo lado.

Seus olhos localizaram o relógio na parede. Faltavam dez segundos para a meia-noite.

Com as unhas, a mãe de Christopher rasgou o papel de parede com estampa de patinhos. E arrancou a prateleira que servia de base para a estante. Ali encontrou duas palavras escritas na caligrafia de David. Não havia mistura de letra cursiva e letra de fôrma. Era a verdadeira caligrafia de David. Cada letra estava perfeitamente clara.

NÃO MATE

O que é isso, Kate?

A MULHER SIBILANTE

Para de ler, Kate.

ELA É A ÚNICA COISA QUE MANTÉM

Você precisa parar agora, Kate.

O DIABO NO INFERNO

CAPÍTULO 102

Você sabe que lugar é esse?

Christopher viu a mulher sibilante queimar, chorando e gritando, no que ele acreditava ser um ataque de fúria e loucura.

Mas de repente algo pareceu muito errado.

— Quem é ela? — perguntou Christopher.

Era uma pergunta tão simples que, por um instante, pegou o moço bonzinho de surpresa. Ele olhou para Christopher, enquanto a mulher sibilante gritava.

— Quem é ela? — repetiu Christopher.

— Ela é má — disse o moço bonzinho. — A gente tem que matar pessoas más.

O céu trovejou. As nuvens esbarraram umas nas outras, como carpas amontoadas num laguinho. As pessoas caixa de correio tentavam arrancar os pontos costurados em suas bocas, tentando dizer algo para ele, mas Christopher só ouvia seus gemidos.

— Agora, pega a chave, filho — pediu o moço bonzinho gentilmente.

Você sabe que lugar é esse?

Christopher segurou firme a faca de prata. Olhou para a mulher sibilante, que se debatia, tentando arrastar seus ossos despedaçados até o gramado. Viu as queimaduras provocadas por corda no pescoço dela. E as queimaduras químicas na pele.

— Mas ela já foi um bebê. De onde ela veio? — perguntou Christopher.

— Ela nasceu aqui.

— Eu acho que não. Olha pra ela.

Christopher apontou para a mulher sibilante. Seus olhos pareciam cheios de agonia. Não era fúria. Não era loucura. Ela se arrastava desesperadamente pela rua. Tentando chegar ao gramado. E, por algum motivo que Christopher não conseguia entender, ninguém a ajudava. Nenhuma pessoa caixa de correio. Nenhum cervo. Pareciam todos congelados à luz de uma fogueira.

— Christopher, eu sei que você está com pena dela, mas não se engane. Ela me torturou por séculos, assim como torturou o David. Assim como teria feito mal a você e sua mãe. Mas você deteve ela. Só você.

Christopher olhou para o moço bonzinho, sorrindo com seus dentes quebrados. Sua pele e suas roupas dilaceradas por séculos de tormento. Havia algo tão gentil nele. Algo que fazia Christopher se lembrar do próprio pai. Talvez fosse o cheiro de tabaco na camisa. Christopher não se lembrava de ter visto o moço bonzinho fumando, mas o cheiro estava sempre lá.

— A gente não pode deixar ela sair da rua até ela queimar por completo. Vamos, filho. Você precisa pegar aquela chave — disse o moço bonzinho, colocando a mão na cabeça de Christopher.

A mão do moço bonzinho provocava em Christopher uma sensação aconchegante. Como o lado fresquinho do travesseiro. Todos os gritos em volta deles desapareceram, e o ar ficou puro e limpo. Não tinha mais cheiro de pesadelo. Cheirava como o bosque no inverno. Cheirava como... como...

Como o Paraíso.

O moço bonzinho sorriu e levou Christopher para o outro lado da rua. A mulher sibilante esticava os dedos para o gramado. Christopher se ajoelhou, bloqueando o caminho. Ela tentou tocá-lo, em desespero, e seus dedos cheios de cicatrizes rasparam na pele dele.

— PARA DE AJUDAR ELE! — gritou a mulher sibilante para o moço bonzinho.

— Não deixa ela sair da rua, Christopher — disse o moço bonzinho, com calma.

— Ela ainda tá muito forte. Eu preciso da sua ajuda.

— Não, filho. Tem que ser você. Só você. Você é Deus aqui.

Christopher segurou a faca de prata. A mulher sibilante queimava, com olhos esbugalhados de pavor. Ela tentou rastejar ao redor dele, mas seu corpo se desfazia. Christopher sabia que ela jamais alcançaria o gramado.

A mulher sibilante ia morrer.

— Você salvou a gente, Christopher — disse o moço bonzinho. — O seu pai teria ficado muito orgulhoso de você. Agora, pega a chave, filho.

Christopher sentiu as mãos do moço bonzinho em seus ombros. Fazendo carinho. Christopher sorriu. Ele colocou a faca de prata perto da garganta da mulher sibilante. Estava prestes a extrair a chave da pele carbonizada e coberta por cicatrizes quando viu alguma coisa de canto de olho.

Um vulto nas sombras.

Saindo do bosque.

Ele arrastava os pés pela relva, com os olhos vidrados, delirante. Suas mãos e suas pernas tremiam. Christopher ficou olhando o vulto entrar na iluminação da rua.

Era David Olson.

Estava pálido. Christopher pôde ver os arranhões em seu pescoço. O corte na bochecha. O sangue escorrendo do nariz. Os hematomas nos braços.

— David! — gritou Christopher com ar triunfal. — Acabou! Você tá seguro! Você tá livre! Olha!

Christopher apontou para a mulher sibilante queimando na rua. David abriu a boca e desenrolou sua língua de serpente. O que se seguiu foi um grito tão angustiante que fez Christopher estremecer. David correu até a mulher sibilante. Pegou uma das mãos dela e, desesperadamente, com seu corpo maltratado, tentou arrastá-la para fora da rua.

— David? O que você tá fazendo? — perguntou Christopher.

David puxava com todas as suas forças, mas estava fraco demais. Christopher olhou nos olhos da mulher sibilante, iluminada pela luz da rua. Pela primeira vez, percebeu que os olhos dela estavam cheios de lágrimas.

— Para de ajudar ele — implorou ela.

Christopher, de repente, percebeu que a mulher sibilante não estava falando com o moço bonzinho.

Ela estava falando com ele próprio.

Christopher sentiu as mãos do moço bonzinho em seus ombros, fazendo carinho. Suas orelhas enrubesceram. Seu coração disparou. Ele se virou. O moço bonzinho usava um terno cinza. Com uma aparência impecável. Nenhuma marca na pele. Nenhuma cicatriz no corpo. Exibia um sorriso gentil, com dentes perfeitamente intactos. Usava gravata-borboleta. E tinha olhos verdes — às vezes.

— Oi, sou eU. Christopher.
Sua voz era muito agradável, como uma caneca de café quentinho.
— A sua mãe vai ficar em segurança, e tudo maiS vai ficar bem, filho.
Os pelos da nuca de Christopher se arrepiaram.
— Quem é você? — perguntou Christopher.
— Como assim? enFim. Sou seu amigo.
— Mas você tá estranho.
— Não se preocupe com a minha roupa. Você quebrou a maldição dela. Nada maiS. Conforme ela fica mais fraca, eu fico mais forte. Sempre foi assim.

O moço bonzinho se aproximou, e seus sapatos impecavelmente lustrados deixavam pegadas no sangue que escorria pela rua. Cada pegada de um tamanho diferente. Uma parecia ser de uma menininha. Outra, de um homem adulto.

Você sabe que lugar é esse?

Christopher começou a se afastar do moço bonzinho. Ele sentia o grito do mundo romper seus tímpanos. O homem com uniforme de bandeirante estava sendo puxado para dentro dos arbustos. O casal se beijando com tanta força que seus rostos começaram a sangrar. As pessoas caixa de correio conectadas por fios, como se fossem prisioneiros acorrentados. E aquela gritaria. Nunca tinha fim.

Esse não era o mundo imaginário, de jeito nenhum.

— Onde é que a gente tá? — perguntou Christopher, apavorado.
— É só um sonho sEu, christopher — disse o moço bonzinho tranquilamente.
— Não é, não.
— É um pesadelo. Um pesadelo é só um sonho que ficou doEnte.
— Isso aqui não é pesadelo coisa nenhuma.

Christopher sentiu a febre em sua pele. O calor da gripe dentro de todo mundo. Não era febre. Era fogo.

— Isso aqui é o Inferno. Eu tô no Inferno.

Christopher se lembrou dos seis dias que tinha passado no bosque. Dos seis dias que tinha ficado naquela árvore, ouvindo o moço bonzinho sussurrar. "Chrisssstopher. Chrisssstopher." Absorvendo o máximo de sabedoria que seu pequeno cérebro podia aguentar. Ficando poderoso. Virando Deus. Ou um soldado. Ou um assassino. Com um objetivo. Matar a mulher sibilante. Pegar a chave. Libertar o moço bonzinho. Pensou que estivesse dormindo. Pensou que estivesse sonhando.

Eu estive no Inferno por seis dias.

— Que abSurdo — disse o moço bonzinho, saindo da mente de Christopher. — Isso é só um pesadelo. Um pesadelo são só umas horinhas no Inferno. Por isso, a gente tem que tirar você daqui. Agora, pega logo essa chave.

O moço bonzinho sorriu, muito calmo e passando muita confiança. Mas seus olhos não estavam sorrindo. Christopher recuou em direção à mulher sibilante e a David Olson.

— Pra onde você está indo? — perguntou o moço bonzinho.

Ele caminhou em direção a Christopher, com passos curtos e tranquilos.

— A gente precisa da chave, filho. Você quer que o espelho entre os dois mundos se quebre? Você quer que a mulher Sibilante saia?

Christopher viu a verdade se escondendo entre as palavras do moço bonzinho. Não havia espelho entre os mundos. Não havia vidro que pudesse se quebrar. O moço bonzinho queria mesmo era fugir pela casa na árvore. Ele só precisava que a mulher sibilante morresse para poder pegar a chave que ficava enterrada no pescoço dela e abrir a porta.

— Ela não quer sair. Você é que quer.

O moço bonzinho deu mais um passo. O sorriso congelado no rosto. Christopher olhou para David Olson, puxando desesperadamente a mão da mulher sibilante. E olhou para os olhos dela, cheios de lágrimas, delirando de dor.

— Para de ajudar ele — pediu ela aos prantos.

Christopher pegou a mão direita dela, áspera por causa dos séculos de sofrimento. E sentiu a verdade se mover como um sussurro, da mão dela para a dele. Viu como o moço bonzinho a torturava. Como o moço bonzinho transformava todas as palavras dela em falas aterrorizantes. Durante todo aquele tempo, ela não estava tentando assustar Christopher. Estava tentando alertá-lo. A luz dentro da árvore não era a morte. Era a vida.

Ela estava tentando salvar a vida de Christopher.

Christopher tentou erguê-la, mas a mulher sibilante era tão pesada quanto o mundo que protegia. Não importava o quanto se esforçasse, ele jamais conseguiria levá-la de volta até o gramado sozinho. Então ficou lado a lado com David Olson, e os dois meninos começaram a arrastá-la da rua ardente.

— Solta a mão dEla, christopher. Por favoR.

O moço bonzinho exibiu um sorriso apreensivo e doentio.

— Atacar! — bradou a mulher sibilante.

Após o comando, centenas de cervos avançaram contra o moço bonzinho. Com as presas à mostra. Atacando feito um exército. Pronto para estraçalhá-lo.

O moço bonzinho não se mexeu. Apenas ergueu uma das mãos. Os cervos imediatamente pararam e passaram para o lado dele. Um por um. Arreganhando as presas. Mas dessa vez não estavam mordendo. Estavam se curvando diante dele. Roçando nas pernas dele, como se fossem gatos domésticos. Christopher viu a expressão da mulher sibilante mudar de esperança para horror.

— Eles não são o seu exército, meu amor. Eles são o meu, como você se lembraRá.

Com toda a calma, o moço bonzinho atravessou a rua. Os cervos se viraram e seguiram atrás dele, exibindo as presas. Christopher e David usavam todas as suas forças, tentando arrastar a mulher sibilante.

— Volta aqui, antes que eu me irrite, filhO.

Christopher arrastou a mulher sibilante através do rio de sangue que corria pela rua. Um rio de sangue escorria de seu nariz. As nuvens se chocaram. Um relâmpago rasgou o céu. O moço bonzinho avançou na direção deles.

— Volta aqui, antes que eu tenha que bater em você. EntendEu?

O coração de Christopher disparou. O moço bonzinho se aproximou. Christopher olhou para baixo. As pernas do soldado estavam erradas. Ele tinha patas de cervo.

— Eu não quero fazer isso. Não me obriguE.

Os pés de Christopher alcançaram o gramado. A mulher sibilante fechou os olhos. Estava a poucos segundos da morte.

— Se você tirar ela da rua, eu vou te machucaR.

Mais um passo.

— Se você salvar a vida dEla, eu mato a sua mãe.

Christopher e David Olson puxaram a mulher sibilante para o gramado. Imediatamente, a pele dela parou de queimar. Ela se levantou, com as pernas tremendo, o corpo ainda dilacerado. E se posicionou entre os dois meninos e o moço bonzinho. Uma leoa protegendo os filhotes. O moço bonzinho cami-

nhou em direção a eles, tremendo de raiva. Os cervos espreitavam atrás dele. Christopher viu a sombra dos animais ao luar. Já não eram cervos. Eram cães. Com olhos cintilantes. A mulher sibilante se virou para os meninos. Arrancou a chave da própria carne e a colocou na mão trêmula de David. Então gritou.
— Tira ele daqui!

CAPÍTULO 103

A sra. Henderson subiu a escada até a casa na árvore. Por causa do furo de bala na altura das costelas, a subida foi lenta. Cada passo era excruciante. Ela teria parado de subir, mas o marido a chamava de dentro da casa na árvore.

Vem, querida. Vamos fazer aquela viagenzinha de fim de semana. Eu quero te mostrar o quanto te amo.

A srta. Lasko levantou a mão para ajudar a velha a subir mais rápido. Precisavam se apressar. Tinha de ajudá-la a subir logo, porque sabia o que tinha lá dentro da casa na árvore. Ela conseguia sentir o gosto, frio e forte, ardendo em sua boca. Aquela sensação linda e inebriante, como se houvesse uma borboleta em seu estômago e em seu sangue. As faces ruborizadas.

Você vai poder ficar bêbada de novo. É só pegar o que está ali dentro.

Brady Collins se sentiu muito agradecido. A sra. Henderson tinha dito que ele tinha feito um ótimo trabalho, mantendo as pessoas caixa de correio devidamente enfileiradas. E agora era a vez dele de subir aqueles degraus até a casa na árvore. Ele ouvia sua mãe lá dentro. Estava na cozinha aquecida, cercada pelo cheiro de sopa quentinha e pão.

Pode sair da casa do cachorro, Brady. A mamãe te ama. Você nunca mais vai passar frio.

Através dos pontos em suas pálpebras, Jenny Hertzog viu Brady subir a escada. Ele passou pelo primeiro galho, onde Scott, o meio-irmão de Jenny, ainda se contorcia. Jenny estava feliz, mas ainda se perguntava por que Scott não tinha morrido. Jenny olhou para a casa na árvore e se deu conta de que ouvia a voz meiga de sua mãe chamando por ela. O bosque tinha o cheiro do antigo quarto de sua mãe. Um cheirinho doce e de pipoca amanteigada.

Entra, Jenny. A gente vai fazer uma festinha do pijama. Eu e você.
A gente vai fazer pipoca e matar o seu meio-irmão e ver filmes.
E ninguém mais vai entrar no seu quarto pra te fazer mal.
A gente afoga o Scott juntas num Dilúvio. Num Dilúvio.
Para todo o sempre.

As quatro almas passaram pelos galhos, que cediam sob o peso de tantos corpos pendurados, como se fossem enfeites de Natal. Eles só precisavam chegar à casa na árvore. Só precisavam adentrar a luz.

E, então, estariam livres.

CAPÍTULO 104

A mulher sibilante bloqueou o caminho do moço bonzinho, enquanto David e Christopher corriam em direção ao bosque da Mission Street. O moço bonzinho sorriu, e seus dentes eram pequenas adagas. A mulher sibilante se preparou para lutar, carbonizada e sangrando. Um animal acuado. Pronto para atacar.

— Eu não estou mais na rua — declarou ela, sorrindo com seus dentes quebrados.

— Ele me fez mais fortE — retrucou o moço bonzinho, sorrindo em resposta.

Os dois cercavam um ao outro. A mulher sibilante sentiu que os cervos rastejavam em sua direção. Ela sabia que a janela estava se fechando. E partiu para cima dele, gritando a plenos pulmões, com as unhas prontas para lhe arrancar os olhos.

O moço bonzinho não pestanejou. Apenas esperou pela mulher sibilante, como se ela fosse uma folha caindo em câmera lenta. Ele girou o corpo e a golpeou como quem golpeia uma mosca. Ela voou cerca de trinta metros e atravessou a porta da frente da casa de Christopher. Lascas voaram como estilhaços. Em poucos segundos, os cervos estavam em cima dela, mordendo e arranhando.

E o moço bonzinho foi atrás dos meninos bosque adentro.

*

Christopher correu pela trilha com David Olson. A chave na mão de David. A faca de prata na mão de Christopher. Passaram pela ponte dos três cabritinhos. Christopher sabia que a clareira ficava ali perto. Sentiu a mão de David na sua. Conduzindo-o para fora da trilha.

— Não! A gente tem que ir pra clareira! — gritou Christopher.

David meneou a cabeça. Ele apertou a mão de Christopher e virou à direita, através dos galhos mais grossos das árvores. Christopher olhou para trás, para a trilha, e viu que os cervos estavam saindo correndo da clareira, como se fossem formigas deixando um formigueiro. Era uma emboscada. David sabia disso. Ele conhecia cada esconderijo, cada atalho. Fazia cinquenta anos que David estava ali.

Os cervos se espalharam atrás deles, como cães perseguindo coelhos mecânicos.

Christopher seguiu David atravessando as árvores até a trilha ficar tão fechada que só crianças conseguiriam passar por ali. Os cervos desaceleraram. Eram grandes demais para seguir em frente. Mas não pararam; eles se embrenharam pelo bosque até os galhos começarem a arranhar suas peles.

De repente, o céu ficou escuro. Christopher ouviu galhos estalarem, feito gravetos, atrás deles. Ele se virou e viu olhos verdes assassinos ao longe. Era o moço bonzinho. Devastando as árvores, decidido a encontrá-los. Christopher sentiu a mão de David Olson segurando a dele. A coceira passou através da pele de David, contagiando Christopher. Junto com a febre. Christopher sentiu todos os pelos do corpo se eriçarem, como se fossem agulhas de pinheiro.

Os meninos fecharam os olhos e acalmaram as mentes. Imaginaram-se alçando voo. Os cervos gritavam atrás deles. O moço bonzinho devastava a trilha com as próprias mãos para alcançá-los. Eles se imaginaram voando cada vez mais alto. Cada vez mais longe e mais rápido. Através das nuvens. O vento em seus cabelos.

Dois foguetes a caminho da lua.

Até que David começou a engasgar. O sangue escorria de seu nariz como um avião vazando combustível. Ele mal conseguiu colocar a chave nas mãos de Christopher.

O poder tem um preço.

Christopher sentiu a dor na pele do menino. Os cortes e os lanhos no pescoço de David. Christopher sentiu tudo se desenrolar do ponto de vista de David. O moço bonzinho escapando da casa na árvore. O moço bonzinho atacando o menino para mantê-lo calado. As marcas no pescoço dele não eram cortes. Eram mordidas.

David começou a despencar.

Christopher usou toda a sua força, mas mal conseguia manter a si mesmo no ar, que dirá os dois. Ele abraçou o corpo de David para amortecer a queda, e os dois meninos caíram, feito crianças mergulhando numa piscina sem água.

Caíram das nuvens para o céu bem acima da clareira. Christopher olhou para baixo e viu o olho furioso formado bem no meio do bosque da Mission Street. A árvore gigantesca no meio como uma pupila desvairada. Encarando. Enfurecida. Os cervos invadiram a clareira. Eram pequenas veias transformando a neve branca num olho injetado.

Os meninos pousaram, o impacto fez com que perdessem o fôlego. Estavam a trinta metros da árvore. A trinta metros da porta. A trinta metros da vida. Christopher se levantou com um pulo, e ajudou David a se pôr de pé. Os dois atravessaram correndo a clareira, seguindo até a árvore. O moço bonzinho avançava pelo bosque, quebrando os ramos das árvores como se fossem ossos. E chegou à borda da clareira.

— Olá, meninos.

Os meninos se viraram. David Olson abriu a boca para gritar. Christopher ficou paralisado. O moço bonzinho sorriu. Tão gentil.

— Christopher, me desculpa, eu perdi a paciência. Não era essa a minha intenção. Eu só preciso sair daqui. Por favor.

A voz do moço bonzinho parecia desesperada. Era tão suave quanto um trovão.

— Eu estou aqui há milênios. E não consigo acordar desse pesadelo. Eu fico aqui. Todo dia. Toda noite. Eu nunca durmo. Então me dá a chave que eu prometo não fazer mal a ninguém. Eu só preciso sair.

Ele se moveu em direção a Christopher. Com passinhos minúsculos.

— Você me conhece. Eu já te salvei várias vezes, Christopher. Eu dei uma casa pra sua mãe. E eu fiz isso porque você é um bom menino, com um grande coração. Eu nunca vi nada como você. Você pode salvar o mundo dele mesmo. Por favor, Christopher.

A voz parecia bastante sincera. Tudo o que ele dizia parecia certo e verdadeiro. O moço bonzinho tinha salvado Christopher. E tinha dado uma casa para sua mãe. Ele foi o único homem que Christopher conheceu que não havia ido embora.

— Você é o meu melhor amigo — acrescentou o moço bonzinho.

Christopher sentiu como se estivesse fora do próprio corpo. Como nos sonhos que costumava ter, depois que seu pai morreu, sonhos em que ele caía na rua e não conseguia se mexer. Ele ergueu uma das mãos com a chave. E a outra com a faca de prata. O moço bonzinho deu mais um passo. Sorridente.

— Isso mesmo, Christopher. IsSo mesmo, filho.

Nesse instante, David Olson arrancou a faca de prata da mão de Christopher. Cortou um fio invisível e arremessou Christopher para a árvore. A casca parecia carne. A carne do mundo.

— Não! — gritou o moço bonzinho, e partiu para o ataque.

David pegou a chave com os dedos trêmulos. E aproximou a mão do tronco. A casca estava escorregadia, coberta de sangue. O sangue do mundo. Ele enfiou a mão na carne podre da árvore e encontrou o buraco da fechadura. Então enfiou a chave na fechadura e a girou com um CLIQUE. A porta começou a se abrir. A luz emanava do interior da árvore.

— A morte está chegando —

A sra. Henderson subiu a escada até a casa na árvore. As pessoas caixa de correio recém-fabricadas gemiam atrás dela, enquanto seu marido chamava de dentro da casa na árvore. "Sobe, querida! A gente vai fazer aquela viagenzinha de fim de semana! É só abrir a porta, querida. Eu estou esperando por você na cama. Chegou a hora."

— A morte está aqui —

Christopher olhou para a luz. E passou o pé pela soleira da porta. Sentiu algo correndo na sua direção, vindo do outro lado. Ele não conseguia ver, mas o som era ensurdecedor. Parecia o estouro da manada. Eles estavam vindo. As pessoas do lado real. Estavam correndo para entrar.

Os mundos começavam a se fundir.

Se ele não saísse, todos entrariam. A porta para os dois mundos estaria aberta. Os círculos do Inferno e da Terra sangrariam juntos e causariam "DILÚVIOS! DILÚVIOS!" de sangue.

— *A gente vai* —

A sra. Henderson colocou a mão na maçaneta da casa na árvore.

— Você não precisa me apunhalar, querida. É só entrar no quarto do hotel — disse o marido do outro lado da porta. — Eu te amo mais que nunca.

A sra. Henderson girou a maçaneta.

— *morrer* —

O moço bonzinho correu para a árvore. Seus olhos eram exatamente como o olho da clareira. Christopher sentia o frio que o cercava. A luz era vida.

— David, vem comigo! — gritou Christopher.

David balançou a cabeça com tristeza e tocou a mão de Christopher. Os meninos se olharam, olho no olho. No mesmo instante, Christopher compreendeu. David não podia sair. Ele não tinha um corpo ao qual retornar. David colocou a chave na mão de Christopher ao mesmo tempo que o moço bonzinho correu para a árvore, gritando a plenos pulmões.

— *no* —

A sra. Henderson girou a maçaneta e abriu a porta. Ela olhou para o interior da casa na árvore e viu Ed Especial, Mike e Matt agachados e esperando por ela.

— É nossa. A gente construiu — avisou Ed Especial.

Ele sacou a arma do pai e atirou nela, entre os olhos.

A sra. Henderson tombou de costas no chão, levando junto Jenny, Brady e a srta. Lasko.

— *Natal* —

David empurrou Christopher para a luz e fechou a porta no exato instante em que o moço bonzinho colidiu com a árvore. Do outro lado da porta, Christopher colocou a chave na fechadura, trancando-a.

Clique.

Christopher tinha escapado do Inferno.

CAPÍTULO 105

O mOço bonzInho encarou a árvore. esse momento durou um segundo na Terra, mas, para elE, foi apenas outra eternidade. elE estava certo. aquela criança era a criança. elE não havia encontrado nada parecido com aquele menino em dois mil anos. elE precisava dele. elE sabia que, depois que dobrasse o menino, poderia sair. e elE sabia como dobrar o menino. elE sabia como conseguir a chave. elE seria livre. finalmente.

elE se virou para o bosque enquanto os cervos atacavam david olson. seuS animaiS de estimação mordiam o menino e o arrastavam até elE, como se levassem um ratinho para o dono. elE pegou david pelo pescoço com suA mão e o ergueu no ar, vendo o menino se contorcer como um enforcado pendurado na corda. o mOço bonzInho pegou a faca de prata da mão de david e a enfiou em seU bolso.

— eu te disse o que ia acontecer se você me traísse, david — falou elE.

elE se deixou costurando os olhos e a boca de david. depois se aproximou da sra. henderson. a querida sra. henderson. ela estava no chão, no lado real, ainda atordoada por causa da bala que havia ricocheteado em sua testa. ela teve sorte por elE ter feito com que as pessoas parassem de morrer, senão jamais teria a oportunidade de rever o marido.

— levanta, querida — chamou elE com a voz do marido dela. — a gente ainda pode fazer aquela viagenzinha de fim de semana.

— pode? — perguntou ela, esperançosa.

— sim. eu quero provar pra você o quanto aprecio o lar que você me deu. o corpo que você compartilhou comigo. mas preciso que você faça uma coisa primeiro. tudo bem, querida?

elE se deixou com a sra. henderson e foi até brady collins. e elE se transformou no cheiro de uma cozinha quentinha.

— brady, levanta agora. vem pra cozinha. você nunca mais vai passar frio.
— nunca mais? — questionou o menino.
— claro que não. a mamãe te ama. eu só preciso que você faça uma coisa pra mim. tudo bem?
elE ficou com brady collins ao mesmo tempo que se transformou no cheiro de um quarto seguro para jenny hertzog...
— você quer afogar o scott num dilúvio? — perguntou elE, falando como a mãe de jenny.
... e ao mesmo tempo elE se transformou no cheiro do quarto de jenny para o meio-irmão dela, scott.
— você pode fazer o que quiser comigo, scott — disse elE com a voz de jenny. — eu só preciso que você faça uma coisa pra mim primeiro.
elE se enroscou e subiu pela árvore gigantesca até a casa na árvore de christopher — sua conquista mais recente e mais cobiçada. então olhou pela janela e viu os três menininhos, três porquinhos, agachados atrás da arma do pai de ed especial, que ainda fumegava na mãozinha dele. elE bem sabia que o amor de christopher protegia aqueles meninos. esse era o risco quando se transformava alguém em deus. mas, ainda assim, elE ficou surpreso com a reviravolta. elE tinha tido muito trabalho para conseguir balas para ed especial. elE havia transformado o menino num belo soldadinho, que tinha como missão manter a porta da casa na árvore aberta. não fechada. e agora elE tinha um problema. mas havia soluções. a proteção oferecida por christopher não duraria para sempre. aqueles que não pudessem ser convencidos poderiam ser enganados. era muito fácil enganar meninos com uma brincadeira de guerra. quase tão fácil quanto enganar homens adultos. a casa na árvore seria delE quando realmente importasse. era só continuar sussurrando. e esperando. sussurrando e esperando.
— os mocinhos vencem as guerras, eddie. escuta a vovó.
— eles vão matar o seu irmão, matt.
— você tem que proteger os vingadores, mike.
elE se deixou do lado de fora da casa na árvore e deslizou escada abaixo.
s
  s
    s
      s
        s

elE rastejou por toda a clareira, deixando marcas de si próprio, como tufos de nuvens. sussurrando para cada pessoa do mesmo jeito que tinha feito com mary katherine quando ela acertara christopher com o carro. sussurrando para que a sra. henderson sublinhasse o livro. sussurrando para christopher enquanto ele dormia na árvore durante seis dias. acariciando seu cabelo. sempre sorrindo. sempre calmo. sempre gentil. tocando os braços das pessoas. aquela leve coceira. as pessoas acham que é pele ressecada. não é. soU eU. elE era o gosto de álcool nos lábios da srta. lasko, um gosto tão puro que ela chorou quando elE a privou da sensação de embriaguez. elE era o êxtase que debbie dunham sempre sentia antes que a vergonha e a solidão voltassem. elE era o pensamento que ocupava a mente de doug.

ela traiu você, doug. ela é uma puta e traiu você.
você quer uma virgem? você pode ter uma virgem, doug.
você sabe o que deve fazer. você sabe pra onde tem que ir.
elE era a promessa de 72 mulheres e o hAhA na 73ª noite.
não mais virgens agora. só 72 mulheres infelizes. ja dEu a hora.
elE era as lembranças, os sonhos, os desejos e os pensamentos secretos deles. e elE os tem sido há séculos.
mas foi diferente com christopher.
foi melhor com christopher.
no começo, elE não percebeu por causa do longo tempo que havia se passado. mas, depois de alguns segundos, ficou evidente. elE voltou a sentir o cheiro. não era a lembrança do cheiro. era um cheiro de verdade. agulhas de pinheiro, vigorosas e molhadas como sexo. elE não se sentia tão vivo assim havia décadas. desde david olson. david podia tê-lo tirado daquele lugar. mas elE havia cometido erros, e david havia escapado através de seuS dedos, como areia. então elE teve de procurar outra criança. não na terra, mas no tempo. observando o mundo real através do espelho. aguardando. sussurrando. como elE esperou por aquele menino. décadaS, assim como crianças esperam pelo ônibus da escola. e o ônibus finalmente chegou. nesSE Único dia. nesSE Único menino.

o mOço bonzInho voltou pela clareira. elE sentia em seuS pés a relva molhada. a neve sendo esmigalhada a cada passo. era maravilhoso. elE passou pela ponte dos três cabritinhos. o homem que enterrou a prostituta no tronco oco gritava enquanto os cervos devoravam seu rosto. de novo.

— por favor! faz isso parar! me desculpa.

elE saiu do bosque.

elE contemplou a paisagem. iluminada pela lua azul. elE atravessou o campo liso e chegou à rua por elE criada para carbonizá-la. a rua esquentou seuS pés frios, como meias penduradas sobre uma lareira. o sujeito com uniforme de bandeirante se enfiou atrás dos arbustos e gritou. o casal parou de se beijar por tempo suficiente para olhar para elE através da loucura de seus olhos.

— por favor. a gente sente muito!

elE sussurrou em seus ouvidos. eles esqueceram. e continuaram em sua infidelidade. sentindo o desgosto que causavam aos seus cônjuges moribundos a cada beijo. assim como o homem que abriu a porta de casa para a polícia e recebeu a notícia de que seu filho havia sido assassinado. dez minutos de preocupação. dez minutos de desespero. trinta segundos de alegria quando a criança nasce. depois, dez minutos de preocupação. dez minutos de desespero. para sempre em trEvas. pelas contas delE, o homem que assassinou aquela criança tinha sentido a dor que causou àqueles pais 1.314.000 vezes até o presente momento. as pessoas achavam que acabariam se acostumando com a eternidade. será que não entendiam que é impossível se acostumar com algo que não se consegue lembrar de ter vivido? é claro que a resposta era não. mas elE achava que, àquela altura, alguém já teria percebido como a coisa funcionava.

todo dia era o primeiro dia aqui.

e, em breve, na Terra seria assim também.

elE olhou para as pessoas caixa de correio dos dois lados da rua. esperando sua hora de entrar na eternidade, sem saber o que veriam quando os zíperes que as mantinham cegas fossem enfim abertos. o topo de uma nuvem. ou esse lugar aqui. para sempre em trEvas.

então, elE viu.

ela.

ela se arrastava pelo gramado. desesperada para voltar à casa de david, na esquina. já havia começado a se curar. ela sempre conseguia. sempre se curava. elE podia levá-la à loucura. podia transformar todas as suas palavras de alerta em gritos horrorosos. elE podia pegar todos os gestos maternais e gritos de "foge daqui! ele é do mal. não ajuda ele" e transformá-los nos sibilos, nos pesadelos e na ira que aterrorizavam as crianças que ela tentava salvar.

elE podia transformar toda a bondade dela em terror, com a mesma facilidade com que elE conseguia transformar o amor dos homens em guerras. mas não importava quantas vezes elE a esfaqueasse. quantas vezes elE atirasse nela.

elE não conseguia matá-la.

e ela O mantinha ali.

para sempre em trEvas.

eles se equilibravam feito duas crianças numa gangorra. a energia entre os dois se entrelaçava, como o fluxo e o refluxo de um oceano. nenhum deles possuía o poder. eles simplesmente o canalizavam, como a gravidade da lua através das águas. em algumas décadas, ela. em outras, elE. a não ser nos raros momentos em que elE encontrava uma criança ainda mais rara. tão pura. tão bondosa. tão confiável. com inteligência suficiente para saber tudo exceto a única coisa que elE tinha de manter escondida, como um coelho se esforçando para respirar dentro de uma cartola.

qual dos dois estava de fato no controle da situação.

elE tinha experimentado muitas histórias ao longo dos séculos. e elE tinha aprendido com seuS erros. no fim, elE acabou achando irônico que a honestidade fosse o melhor negócio. christopher era esperto demais para não perceber as inconsistências na história se elE não fosse honesto. por isso a maior parte do que elE tinha dito ao menino era verdade. havia, de fato, algo como um espelho com uma face transparente e a outra espelhada entre os mundos. havia um jeito de sussurrar para pessoas do lado real. a casa na árvore era, de fato, um portal entre os mundos. havia quatro formas de entrar. e três de sair.

mas

o mundo imaginário não era exatamente imaginário. a terceira possibilidade de sair não dependia exatamente de algo além da chave. e a mulher sibilante não era exatamente quem deveria ser considerada má entre os dois.

exceto por elE.

elE a ergueu, ferida e sangrando. ela cuspiu nelE. e O amaldiçoou. olhou bem nos olhos delE. olho no olho. cara a cara. elE sacou a faca de prata. afiou a lâmina nos dentes, como quem afia uma navalha de barbeiro numa tira de couro. elE cravou a lâmina no peito dela. então arrancou a lâmina da carne. a ferida se curou instantaneamente. elE enfiou a lâmina de prata no corpo dela, de novo e de novo, furando como um pica-pau. conseguia sentir os ossos dela sendo lascados, cegando a lâmina, que já não reluzia mais. como sempre acontecia. todas as vezes. para sempre em trEvas.

— por que você não morre de uma vez, porra?! — elE suspirou.

então elE a beijou.

elE se deixou com a mulher sibilante enquanto se dividia, espalhando-se pela cidade como uma nuvem. caminhando pelos corredores do hospital. maravilhado com as peças no tabuleiro. não havia coincidências. todos estavam onde tinham de estar. todas aquelas pessoas doentes. tanta raiva. tanta gripe. todo aquele calor. os sapos se debatiam na água.

vocês sabem por que pararam de morrer?

elE caminhou pelo asilo de idosos e pela igreja.

vocês sabem o que isso quer dizer?

elE passou pelos curiosos na rota 19. elE se sentou no banco do carona de cada um dos carros. sussurrando. roçando nas pessoas, como dois gravetos fazendo fogo com o atrito.

todos vocês pararam de morrer.

vocês sabem o que isso quer dizer?

elE tinha ficado em confinamento solitário por dois mil anos. observando. esperando. estudando o terreno até encontrar essa noite. esse menino. por um instante, elE reuniu todas as partes de si próprio. do oriente médio, onde o próximo tiro da guerra sem fim havia acabado de ser disparado, da europa e da áfrica, até aquela cidadezinha isolada e que ninguém conhecia na pensilvânia. o lugar perfeito para esconder suA porta dos fundos. havia décadas que elE não fazia isso. elE olhou para o céu através de seU olho. além da lua azul, parada lá em cima, como um novelo de lã para um leão. elE viu seU Pai se escondendo dentro de cem bilhões de estrelas. as cem bilhões de pessoas que tinham vivido e morrido. elE sempre perdia gente para o Pai. elE sempre perdia gente para aquelas estrelas. as pessoas podiam ser tiradas delE quando morriam. porque deuS é um assassino, paPai.

mas todos vocês pararam de morrer.
vocês sabem o que isso realmente significa?
isso significa que os sapos vão viver.
fervendo.
para sempre em trEvas.

é isso a eternidade
apenas a ausência da morte
e, em breve, eu vou estar aí
para fazer vocês todos entenderem
que o Inferno chegou à Terra
e que agora só falta sEu rei

elE estava tão perto. sabia disso. elE conseguiria sair. do bosque. das sombras. dos arrepios na nuca das pessoas. essa era suA chance de finalmente olhar nos olhos dos filhos de deus e se apresentar a todos eles. elE assumiria o comando do planetinha azul de seU Pai. arrancaria o azul da porra dos olhos delE. aqueles olhos cheios de nuvens. e tudo o que elE precisava fazer era tornar possível que algumas poucas pessoas morressem.

christopher e todos os que ele amava.

elE andou por toda a cidade, espalhando suA palavra como uma gripe, de todos os jeitos possíveis. um sussurro. uma dica. um sonho esquecido. o toque de um ente querido, o medo que mantém os velhos acordados à noite. a raiva que assombra as pessoas de meia-idade. e aos poucos, nos últimos meses, até nas caixas de leite nas quais o pai de emily bertovich gastara uma fortuna para transformar na esperança do retorno da filha.

só elE sabia que ela jamais voltaria.

por toda a cidade, as pessoas tinham lembranças e ouviam sussurros de entes queridos mortos havia muito tempo. aqueles que eram tocados por christopher deixavam de ser vítimas. para eles, era só um sussurro estranho ou um alerta assustador. no entanto, para todos os outros, o sussurro cresceu e cresceu até se transformar num grito em seus ouvidos. numa coisa que podia ser culpada por tudo. o grito era a razão da infelicidade deles. o motivo de suas vidas não avançarem. era, finalmente, alguma coisa que fazia sentido. finalmente, alguma coisa que explicava todos os problemas do mundo. o grito era a resposta para todas as orações. as pessoas enfim admitiram em voz alta... elas não sabiam por quê... mas sabiam o que tinha de ser feito para enfim ter o Céu na Terra...

— A gente tem que matar aquele menininho, o Christopher, e qualquer um que ficar no nosso caminho. Porque ele é o inimigo. A gente está em guerra. E os mocinhos vencem as guerras.

elE abriu um sorriso tão largo que quase faltaram dentes de leite para preenchê-lo.

PARTE VI

Corra pelA sua vida

CAPÍTULO 106

BipE.
Christopher abriu os olhos.
Ele piscou diante da forte luz fluorescente. Tentou entender onde estava. Seus olhos encontraram uma máquina respirando por ele. Inspirando e expirando. Para cima e para baixo.
Bipe.
O som chegou aos seus ouvidos. E, com o som, a dor. Todo o poder que ele havia sentido no lado imaginário colidiu com seu corpo como uma onda se quebrando. Ele jamais havia sofrido tanto. Era como se tivesse sido atingido por um carro — e tinha mesmo. Seus olhos estavam doloridos, como se ele não os tivesse usado desde o acidente — e não tinha mesmo. Havia ficado de olhos fechados, deitado num leito de hospital, inconsciente. Tinha quase morrido, mas ainda estava vivo. Por enquanto.
Bipe.
Christopher engoliu em seco. Sua garganta parecia uma lixa. O tubo do respirador empurrava ar frio por sua garganta, como se fosse vômito de plástico. Ele precisava se livrar daquele tubo. Observou o quarto ao redor em busca de ajuda, mas não via nada além da cortina branca em volta do leito.
Viu o botão para chamar a enfermeira à direita. Quis estender a mão para pressioná-lo, mas algo o fez parar.
A chave da mulher sibilante ainda estava em sua mão.
Bipe. Bipe.
Christopher ouviu vozes abafadas no corredor. Ele sabia o que estava acontecendo. Conseguia sentir algo ao seu redor.

O moço bonzinho tá...
O moço bonzinho tá... começando a guerra.

Bipe. Bipe. Bipe.
O coração de Christopher disparou. Ele tinha que se acalmar, senão as enfermeiras saberiam que estava acordado. Com o braço direito, ainda machucado e cheio de hematomas por causa do acidente de carro, ele começou a cutucar o gel que fixava os sensores em seu peito.

A minha mãe tá... em casa.
A minha mãe tá... em perigo.

Ele segurou o tubo do respirador e o arrancou da boca. Imediatamente, se virou e soltou todo o ar que estava em seu estômago. Aquilo fedia a bile azeda. Ácido e nojento.
Bipe. Bipe. Bipe. Bipe.
Christopher manteve o monitor de batimentos e oxigenação preso no dedo e lançou as pernas para fora do leito. Seus pés descalços tocaram o piso gelado. Ele enfiou o travesseiro embaixo das cobertas para parecer que ainda estava dormindo. Em seguida, lentamente, abriu a cortina branca. Ele viu que outra pessoa havia sido transferida para seu quarto.
Era a sra. Collins.
Ela estava imóvel. De olhos fechados. O ventilador pulmonar subia e descia, trabalhando pelos seus pulmões, barulhento como uma bolinha dentro de uma lata de spray.
Ssssssss.
Christopher queria fugir. Chegar ao armário. Pegar suas roupas. Sair dali. Mas havia aquele monitor preso ao dedo. Se fosse removido, as enfermeiras viriam correndo. Só havia um jeito de enganá-las.
Ele tinha de colocar o monitor no dedo da sra. Collins.
Com todo cuidado, Christopher abriu a faixa de Velcro do medidor de pressão que apertava seu braço. Em seguida, foi na ponta dos pés até o leito da sra. Collins. Ouviu vozes do lado de fora. Tinha apenas alguns segundos. Abriu a palma da mão dela e separou o dedo indicador, inchado como uma cereja. Tudo o que ele precisava fazer era tirar o monitor de seu dedo e prendê-

-lo no dedo dela. Mas isso tinha de ser feito rápido. Ele respirou fundo. Era isso. Sua única chance. Ele tirou o monitor do dedo, com o coração batendo enlouquecidamente.

Bipe. Bipe. Bipe. Bipe. Bipe. Bipe. Bipe.

Christopher o prendeu no indicador da sra. Collins.

Bipe. Bipe.

Sssssss.

As vozes do lado de fora estavam ficando mais altas. Christopher fechou a cortina branca em volta de seu leito e foi até o armário. Mas não antes de pegar o celular da sra. Collins, que estava na mesa de cabeceira. A bateria pela metade. Mas sem sinal. Às pressas, ele tirou a camisola do hospital e vestiu suas roupas. Colocou o telefone no bolso junto com a chave.

A porta do quarto se abriu.

— Christopher? Você está acordado?

Christopher olhou pela fresta da porta do armário. Viu a enfermeira Tammy entrar no quarto com uma bandeja de comida. Ela foi até a cama dele e, sem fazer barulho, abriu a cortina branca. E viu o travesseiro embaixo das cobertas. Deve ter parecido bem convincente. Com cuidado, ela pôs a bandeja de comida em cima da mesa.

— Eu acabei de falar com o meu pai, Christopher. Um cervo assustou ele no quintal, e ele deixou a garrafa de merLOTE cair no chão. A garrafa quebrou, e a loja já está fechada. Agora, ele não vai beber o merLOTE de Natal. Ele fez horas extras à noite pra pagar os meus estudos, e você estragou tudo.

A enfermeira Tammy retirou do bolso um bisturi.

— Eu poderia ter comprado outra garrafa de merLOTE pra ele, mas tive que fazer um plantão dobrado. Você fez todo mundo ficar doente. Você me fez perder o Natal. Eu tenho que ficar aqui por sua causa.

A enfermeira Tammy baixou o bisturi e esfaqueou os lençóis com violência. Quando não viu sangue, os levantou. E encontrou o travesseiro no lugar do menino. Ela se virou e sussurrou.

— Christopherrrr, cadê vocêêê?

Bipe. Bipe. Bipe. Sssssss.

Christopher olhou para a sra. Collins no leito. Os olhos dela estavam bem abertos agora, e o encaravam através da fresta da porta do armário. A tinta fazendo barulho dentro de seus pulmões.

— Iiiiiiisssssss — gemeu ela, tentando expelir a palavra "Christopher" através do tubo do respirador.

— O que foi, sra. Collins? — indagou a enfermeira Tammy.

A enfermeira Tammy correu para o leito da mulher. Enquanto ela estava de costas, Christopher escapuliu do armário e, sem fazer nenhum barulho, dirigiu-se ao corredor.

Estava vazio.

Mas ele sabia que não ia continuar assim.

Ele sentia as pessoas nos leitos.

Despertando para a caçada.

As portas da UTI começaram a se abrir. Christopher viu o sr. Henderson se sentar no leito e apontar para ele. O sr. Henderson gritou para alertar os outros, mas nenhum som saiu. Ele levou as mãos à garganta. No ponto em que a esposa o havia esfaqueado. Ele começou a empurrar as máquinas e os equipamentos, tentando acordar todos os que estavam naquele andar.

Não havia tempo a perder. Christopher correu para o quartinho de suprimentos no fim do corredor. Fechou a porta ao entrar, ao mesmo tempo que as pessoas que estavam nos corredores começaram a entrar na UTI. Ele se virou e olhou para o interior do quartinho, esperando encontrá-lo vazio. Mas havia uma coisa grande e preta no chão. Levou um instante para perceber do que se tratava.

Um saco para cadáveres.

O saco inflava e desinflava, feito uma embalagem de pipoca dentro do micro-ondas. Havia alguém lá dentro. Respirando. Christopher estava preso. Não podia sair daquele armário. O corredor estava fervilhando de gente.

— Ele está por aqui, em algum lugar, doutor — avisou a enfermeira Tammy.

Christopher precisava se esconder. Ele sabia que eles iriam verificar o quartinho. Só restava um lugar. Ele foi até o saco de cadáver. Correu a mão sobre o plástico e abriu o zíper, bem devagar. Calor emanava da figura que estava lá dentro. Christopher viu pequenas manchas de sangue na camisola hospitalar e uma barba de cinco dias.

O delegado.

Estava pálido. Inconsciente. Mal respirava. Christopher tocou na mão dele. A coceira latejou em sua pele.

— Acorda — sussurrou Christopher.

O delegado não se mexeu.

— O que tem dentro desse quartinho? — perguntou a enfermeira Tammy.

Os passos se aproximaram. Estavam logo do outro lado da porta. Não havia outro lugar para se esconder. Christopher abriu o saco, entrou, deitou ao lado do delegado e fechou o zíper. Dava para sentir o batimento cardíaco dele. A respiração leve.

— Por favor, acorda, delegado — sussurrou ele.

A porta se abriu. Alguém entrou no quartinho.

— Ele está aqui? — perguntou uma voz.

— Não, doutor — respondeu a enfermeira Tammy.

— Certo. Vamos continuar procurando.

Os passos saíram do quartinho e fecharam a porta. Christopher estava prestes a abrir o saco quando percebeu que ainda ouvia alguém respirando.

Eles ainda estavam ali.

Depois de um longo tempo de silêncio, um homem gemeu através de sua garganta perfurada.

— O senhor tem razão, sr. Henderson. Esse saco de cadáver está se mexendo — comentou a enfermeira Tammy.

Os passos se aproximaram.

— Oi, Christopher. Você está aí dentro?

Christopher não respirou. Sentiu o saco sendo erguido.

— Que pesado. O delegado deve ter engordado uns vinte e cinco quilos na última hora.

Christopher sentiu o saco sendo colocado sobre uma mesa dura, que começou a se mover. Estavam numa maca. Sendo levados para Deus sabe onde.

Range. Range. Range.

— Vamos lá, todo mundo. Vamos levar o Christopher pra ficar com os outros — disse a enfermeira Tammy.

Christopher ouviu alguém apertar o botão na parede da UTI. A porta de segurança se abriu. Um burburinho percorreu o corredor. Christopher pegou na mão do delegado e se concentrou. A febre irrompeu em sua testa. Ele deixou que o calor de seu próprio corpo se transferisse para o delegado. Curando suas feridas. Devolvendo cor a sua pele pálida.

Acorda, delegado.

A maca entrou no elevador.

— O senhor pode apertar o botão pro subsolo, por favor, sr. Henderson?

O sr. Henderson gemeu através de suas cordas vocais cortadas. O elevador apitou e começou a descer.

Por favor! Eles vão matar a gente!

A maca parou com um rangido.

— Chegamos, pessoal! — anunciou a enfermeira Tammy.

Uma mão se adiantou e abriu o zíper do saco. O ar frio chegou aos pulmões de Christopher. Ele viu instrumentos. Mesas de metal. E gavetas tão grandes que a parede parecia um imenso arquivo.

Estava no necrotério.

CAPÍTULO 107

A mãe de Christopher estava no quarto do filho. Ela olhou para a estante de livros de David Olson e para os garranchos aterrorizados do menino.

NÃO MATE
A MULHER SIBILANTE
ELA É A ÚNICA COISA QUE MANTÉM
O DIABO NO INFERNO

Ela sentiu uma ardência no pescoço. Uma eletricidade correndo pela casa. Os pelos de seus braços se arrepiaram, como se alguém esfregasse um balão na lã de um suéter invisível.
oI, kate. Você se lembra dele?
Ela se virou para a foto do falecido marido. Sem vida no porta-retratos de prata. O marido estava olhando para ela. Aquele mesmo sorriso. A mesma pose. Congelada no tempo.
Mas algo havia mudado.
A camisa de flanela que ele usava estava ficando molhada.
Os pulsos estavam ficando vermelhos.
Ele começou a andar em direção a ela.
Eu estou com o seu marido, Kate.
O sorriso do marido não saía do rosto. Ele se moveu em direção ao vidro do porta-retratos. Ficando cada vez maior dentro da imagem. Estendendo

os braços para fora. Batendo no vidro. Desesperado. Me deixa sair! Me deixa sair!

E estou com o seu filho também.

A mãe de Christopher saiu correndo do quarto. Desceu a escada. Precisava resistir àquela voz. Precisava chegar a Christopher. Ela passou pelas fotos na escada.

Você deixa todos os seus homens morrerem.

Em todas as fotos, o marido caminhava diretamente para ela. Apoiando a mão no vidro do porta-retratos. Pronto para bater no vidro. Com os pulsos cortados. O sangue escorrendo do lado de dentro do vidro.

Toc. Toc. Toc.

A mãe de Christopher parou. Havia alguém na varanda da frente. Ela viu o marido nas fotos. Ele batia no vidro, coincidindo com as batidas na porta.

Toc. Toc. Toc.

Din-don.

A mãe de Christopher se afastou da porta na ponta dos pés. Precisava sair dali. Precisava chegar a Christopher. A maçaneta girou. Mas a porta estava trancada. Ela recuou para a sala de estar. Sem tirar os olhos da porta.

E, então, esbarrou num corpo.

Ela se virou. E o viu. De pé, empunhando uma arma.

— Oi, Kate — disse Jerry.

CAPÍTULO 108

Os meninos estavam cercados.
　Matt olhou para a clareira lá embaixo e viu a sra. Henderson no chão. Seu olho preguiçoso começou a arder, como se o oftalmologista tivesse acabado de pingar um colírio. Justamente o olho que Christopher tinha curado. Com aquele mesmo olho, Matt pôde ver o vulto de um homem se movendo pela clareira, indo de pessoa em pessoa. Sussurrando.
　Os movimentos aleatórios do bando começaram a se unificar. As pessoas penduradas nos galhos soltaram a corda do pescoço. Elas caíram no chão, feito bolotas, e se reuniram em torno da sra. Henderson, que estava caída com um buraco fundo no meio da testa deixado pela bala disparada por Ed Especial.
　— Jesus! Ela ainda tá viva — comentou Mike.
　— Isso é impossível — disse Ed Especial, indo até a janela.
　Os meninos ficaram observando em silêncio enquanto os habitantes da cidade a levantavam com todo cuidado. Com um meneio de cabeça, a sra. Henderson agradeceu às pessoas caixa de correio. Em seguida, com um toque carinhoso, ela colocou a mão no ombro da pessoa mais próxima e removeu a linha dos próprios lábios, como quem desfia um suéter.
　— Matem o Christopher e tragam ele de volta pra árvore — mandou ela.
　Metade do rebanho começou a correr pelo bosque silenciosamente. A outra metade ficou esperando a próxima ordem. A sra. Henderson cortou as linhas que costuravam os lábios de Doug e Debbie Dunham.
　— Procurem a Mary Katherine. Ela está rindo de vocês dois. Façam ela parar.
　Os dois adolescentes assentiram e correram de volta pelo bosque. A sra. Henderson largou a faca. E pegou agulha e linha em sua caixa de costura. Ergueu os olhos para a casa na árvore, encarando Ed Especial, enquanto

suturava a ferida de bala que ele havia deixado em sua testa, como se fosse a marca de cruz feita com um polegar numa Quarta-feira de Cinzas.

Então a sra. Henderson comandou o ataque escada acima.

— Ai, meu Deus! — exclamou Matt.

Ed Especial verificou a arma. Cinco balas no tambor. Duzentas na mochila. Ele abriu a porta e apontou para baixo. Como num jogo de videogame ensandecido, dezenas de pessoas subiam a escada enquanto centenas esperavam para subir logo atrás. Ed Especial disparou, retardando o avanço da maré. Corpos tombaram para trás. Mas ninguém morria. E ninguém parava.

Matt observou a loucura, seu olho preguiçoso ardendo. Ele conseguia ver o homem sombra por todo lado. Sussurrando para as pessoas. Sua sombra se transformando numa cozinha quentinha. Num quarto de hotel. Numa casa dos sonhos. No menino que finalmente sabia amar. Na menina que finalmente dizia sim. No pai há muito desaparecido. No filho pródigo. Sussurrando. Tudo o que eles precisavam fazer era abrir a porta. Invadir a casa na árvore. Ferir aquelas três crianças que bloqueavam seu caminho, e então poderiam ser felizes.

Para sempre.

— A gente não vai ter munição suficiente — comentou Ed Especial.

Matt olhou para baixo. Eddie estava certo. Eles podiam usar as duzentas balas, que os bandidos continuariam avançando. Mike pegou o martelo e começou a descer.

— Me dá cobertura — pediu ele, dirigindo-se a Ed Especial.

— Não, Mike! — gritou Matt.

— Eles não vão poder subir se não tiver escada. Eu não vou deixar que eles te machuquem.

Mike desceu rapidamente dez degraus. A clareira enlouqueceu abaixo dele. Mike bateu com o martelo e desprendeu o primeiro degrau. Matt pegou a arma da mão de Ed Especial. E esperou até a primeira pessoa caixa de correio se esticar, tentando agarrar a perna de Mike.

Então atirou.

A pessoa caixa de correio tombou, derrubando outras como dominós. Mike jogou o degrau na casa da árvore para Ed Especial. Então Mike foi subindo, desprendendo os outros degraus. Jogando as tábuas de madeira para dentro da casa na árvore. Levando a escada consigo.

— Derrubem ele da árvore! — berrou a sra. Henderson.

As pessoas que estavam na clareira começaram a atirar pedras ou qualquer coisa que encontrassem. Mike foi atingido, mas nada poderia detê-lo. Ele deu outro passo. E outro. E chegou ao último degrau. O último passo. Ele estava a quase quatro metros do chão. Ninguém poderia alcançar a casa na árvore. Poderiam esperar até que Christopher trouxesse ajuda. Poderiam esperar pelo delegado. Tinham vencido.

Mas, então, Brady sacou a arma.

Matt viu, apavorado, quando o homem sombra se enrolou em Brady, feito a raiz de uma árvore.

— Isso mesmo, Brady — sussurrou a voz. — Pode sair da casinha do cachorro.

Brady ergueu a arma enquanto Mike soltava o último degrau.

— Tira aquele menino da nossa cozinha.

Mike entregou o martelo ao irmão caçula.

— Você nunca mais vai precisar passar frio.

Brady Collins disparou.

*

o mOço bonzInho sorriu quando começou uma luta de vida ou morte pela casa na árvore na clareira. elE viu a bala atingir o ombro de mike. elE viu mike cair. e a sra. henderson ir para cima dele com agulha e linha. elE sussurrou para matt que seu irmão ainda poderia ser salvo. elE viu matt usar a escada de corda secreta e descer, entrando no nevoeiro. elE viu a expressão de matt ao perceber que seu irmão havia se transformado numa pessoa caixa de correio e que corria em sua direção, com agulha e linha. um minuto depois, elE viu ed especial ouvir gritos ao longe.

eddie.

— Matt? É você?

sim. joga a escada.

— Qual é a senha?

leite achocolatado.

elE viu ed especial jogar a escada, as cordas se esticarem, as mãos subindo, saindo da escuridão, e a expressão no rosto de ed especial quando viu que não era matt.

era brady collins.

o mOço bonzInho sorriu para os dois cães que rosnavam para o nada. em breve, elE faria um perseguir o outro pelo bosque. de armas em punho. dois menininhos simplesmente brincando de guerra. era muito fácil fazer os homens se matarem por territórios que só o tempo poderia, de fato, possuir. era tão fácil fazer todos pensarem que eram os mocinhos.

com isso, a casa na árvore ficou vazia e desguarnecida. do jeito que elE precisava. elE não poderia ir para a terra. nãO enquanto a mulher sibilante estivesse viva. mas o portal estava abertO.

agora elE só precisava de christopher.

e daquela chave em seu bolso.

elE precisava apenas cuidar de algumas outras pessoas primeiro.

CAPÍTULO 109

— Jesus, me ajuda.
Mary Katherine estava de joelhos, olhando para a única janela em sua cela acolchoada. A camisola branca de algodão deixava seus pés frios. Ela estava no hospital.
Não, você tá no manicômio.
Mary Katherine tentou se livrar da voz que estivera com ela como um vírus desde que seus pais deixaram os médicos a arrastarem para a ala psiquiátrica. Os médicos tinham lhe dado um sedativo, e, quando ela acordou, estava naquela cela acolchoada. Nove metros quadrados. Com uma única janela. E paredes brancas. Ela estava morrendo de fome.
Porque você tá grávida. Os seus pais não acreditaram em você.
Eles te deixaram aqui, Mary Katherine.
Mary Katherine chamou alguém para lhe dar comida e água. O bebê estava faminto dentro dela. Chutando as paredes do útero. Mas ninguém respondeu. Nenhuma enfermeira veio. Nenhum médico. Nem seus pais. Ela estava sozinha.
— Jesus, por favor, me ajuda.
Mary Katherine olhou para a lua azul que brilhava através da janela. Então ficou na ponta dos pés e contemplou a cidade. Havia incêndios no horizonte. Prédios em chamas.
Algo terrível estava acontecendo.
Sim, os seus pais te enfiaram num hospício e você nunca mais vai sair.
Mary Katherine tentou respirar em meio ao pânico. Lembrou-se de que "hospício" tinha outro significado. "Abrigo". Suas condições eram muito melhores que as da Virgem Maria naquele celeiro dois mil anos atrás, não

eram? Deveria se sentir grata por isso, né? Jesus a havia ajudado, não havia? Ele a amava, não amava? É só você se acalmar, Mary Katherine. Acalme-se. Você está num lugar seguro.

Você se sente segura?

Mary Katherine ouviu passos no corredor.

— Olá? — chamou ela.

Esperou por uma resposta. Não teve nenhuma. O som dos passos ficou mais alto.

— Olá? Quem tá aí? — gritou ela.

A pessoa parou do outro lado da porta acolchoada. Mary Katherine olhou para a maçaneta. Girando. Pensou que devia ser o médico. A enfermeira, com outra injeção para aplicar em seu braço. Ela queria gritar. A porta se abriu.

Era sua mãe.

Mary Katherine caiu em prantos. Correu para a mãe, abraçando-a. Em sua mente, achou que estivesse falando com total clareza.

— Eu preciso comer, mãe. O bebê tá com muita fome. Mas eu juro que nunca fiz sexo. Eu não sei como engravidei. Obrigada por ter vindo me visitar. Obrigada por me ajudar. Obrigada por me salvar. Obrigada por ainda me amar.

Mas as palavras saíram completamente ininteligíveis, entre os soluços e o catarro. Para a mãe, ela deve ter parecido maluca, porque ela a abraçou como quem abraça o lado frio do travesseiro.

— A gente tem que ir agora, Mary Katherine — disse ela, com tristeza.

Mary Katherine enfim conseguiu ter fôlego suficiente para falar com clareza.

— Pra onde a gente vai, mãe? — perguntou ela.

— Pra igreja. Já deu a hora.

CAPÍTULO 110

Jerry deu um passo e saiu da escuridão. Uma garrafa numa das mãos. Uma arma na outra.

— Por que você fugiu de mim? — perguntou ele.

Kate recuou. Jerry tomou o último gole do uísque e, com cuidado, colocou a garrafa sobre o balcão.

— Não precisa ficar com medo — continuou. — Eu estou sóbrio. E sinto muito pelo que aconteceu. Ei, cadê o Christopher? Eu quero trocar uns passes com ele.

A mente de Kate ficou a mil. Ela precisava fugir dali. Voltar para o lado de Christopher no hospital. Jerry tirou do bolso quatro pilhas de dinheiro vivo cada pilha meticulosamente envolvida por uma tira de papel branco.

— Eu sei que você não acredita em mim, mas eu juro... Eu não sou mais um zero à esquerda. Eu posso cuidar de vocês dois. Eu ganhei mais de 41 mil dólares. Ainda tenho a maior parte do dinheiro. Eu só comprei essa arma.

Toc. Toc. Toc.

Din-don.

— Kate, você está aí? — gritou uma voz do lado de fora. Era a mãe de Ed Especial.

— Betty! Eu estou aqui! — gritou ela.

Jerry deu um passo adiante.

— Não abre a porta, Kate — mandou Jerry, com a voz arrastada. — Não foge de novo. Me desculpa. Eu estava louco. Faz horas que estou sentado aqui. Eu vim até aqui com um monte de ideias na cabeça. Mas os balões me levaram até a escola. A sala do diretor estava destruída, mas eu encontrei o seu endereço.

Toc. Toc. Toc.
Din-don.
— Abre a porta! Tem alguma coisa errada acontecendo na cidade! — gritou Betty.
Jerry estendeu o braço com o dinheiro na mão.
— Por favor, Kate. Eu quero ser um homem melhor pra você. O seu filho é tão legal. Eu posso ser o pai dele. Posso ensinar coisas pra ele. E, quando ele se comportar mal, eu posso ser bem melhor pra ele do que o meu pai foi pra mim.
Jerry era quase cinquenta quilos mais pesado que ela. Mas Kate tinha uma vantagem. A mulher que Jerry havia conhecido em Michigan não existia mais.
Lute ou seja a vítima.
Ela enfiou a mão no bolso. Onde estava o spray de pimenta? Dentro da bolsa. Onde estava a bolsa? No carro. E ela estava com a chave do carro de Ambrose.
O botão de pânico.
Ele deu mais um passo. Ela apertou o botão de pânico dentro do bolso. O alarme ganhou vida e rugiu. Jerry se virou e olhou para fora. Ela passou correndo por ele e abriu a porta da frente.
A corrente prendeu a porta.
Não dava para sair! Ela viu a mãe de Ed Especial pela abertura de cinco centímetros. Tinha mais gente atrás dela. O pai de Ed Especial. As mães de Mike e Matt.
— Cadê os nossos filhos, Kate? — perguntou Betty.
— Isso mesmo. Quando a gente acordou, o Eddie tinha sumido.
— O Mike e o Matt também.
— Eu não sei. Me ajudem! — gritou ela.
— Ajudar <u>você</u>? O seu filho pegou os nossos filhos. Em que merda de lugar ele se meteu, Kate?
— Isso mesmo. Entrega logo o Christopher antes que ele acabe arrumando um jeito de matar os nossos meninos! — gritou Betty.
Os pais avançaram sobre a porta. Esmurrando e berrando. Forçando a corrente. Kate empurrava no sentido contrário para mantê-los do lado de fora.
Jerry ficou parado, olhando para ela.
Segurando a arma.
— Eu já te falei pra não fugir de novo, mas você não me escuta — disse ele, com frieza, esfregando os olhos vermelhos. — Você está com algum outro

cara? É isso? Ele é melhor que eu? Vocês dois riem de mim? É isso que você faz quando ele te fode? Você está rindo de mim agora mesmo? Para de rir de mim.

Kate Reese ouviu o vidro da porta de correr que dava para o quintal. Ela se virou. O quintal estava cheio de gente que vinha do bosque. A velha que morava no sótão estava lá, segurando um facão de açougueiro.

Tinc. Tinc. Tinc. Ela batia com o facão no vidro.

Jerry levantou a arma.

— Sai da minha cabeça, Kate. Para de rir de mim. Quem você pensa que é? Eu dirigi até aqui, de Michigan, só pra ficar com você, e você se acha boa demais pra mim?! Você quer um motivo pra rir, sua piranha?!

Jerry se preparou para atirar.

— Você está certo, Jerry! — gritou ela. — Eu agi feito uma piranha. Eu estava te testando. Eu me escondi pra você não me achar. Mas você me achou. Vamos pra Michigan, agora mesmo.

— O quê?

— Eu achava que você não se importava, mas você passou no teste. Você é um homem de verdade, Jerry. Eu quero que você me leve de volta pra Michigan, mas a gente tem que ir agora. Cadê a sua caminhonete?

Toc. Toc. Toc.

Tinc. Tinc. Tinc.

— A caminhonete está lá fora — respondeu ele, perplexo.

— Então vamos pegar o Christopher e voltar pra Michigan.

— Você está mentindo pra mim — acusou Jerry.

— Eu não estou mentindo. Eu fiquei irritada. Você bateu em mim. Eu tinha que te fazer pagar por isso.

A corrente começou a se partir.

O vidro da porta de correr começou a estilhaçar.

— É a sua última chance, Jerry. Se você não me levar agora, nunca mais vou ser sua.

As pessoas caixa de correio atravessaram a porta de correr. O vidro retalhou suas mãos. A velha entrou pelo meio dos cacos de vidro, empunhando o facão de açougueiro.

BANGUE!

Jerry atirou na perna da velha.

A corrente da porta cedeu. Betty caiu no hall de entrada, e os outros pais entraram correndo atrás dela. Kate pegou Jerry pela mão, levou-o até a garagem e trancou a porta. Ela apertou o botão que abria o portão da garagem. Encolhida como se estivesse pronta para dar o bote. Pronta para correr.

A corrente levantou o portão da garagem com um gemido penoso. Kate viu pernas na entrada. O sangue latejava em suas orelhas. Christopher estava sozinho no meio daquela loucura. Agora, a sobrevivência dela era a sobrevivência de Christopher. Ela precisava chegar ao filho.

— Jerry — disse ela —, me leva pra casa.

Jerry sorriu enquanto o portão da garagem se abria. E a conduziu atraves da multidão.

BANGUE! BANGUE! BANGUE!

Ele deu um tiro na mão de um sujeito. Dois outros no peito. Kate viu o Cadillac de Ambrose na entrada da garagem. Os pneus tinham sido cortados. O para-brisa estava estilhaçado. Ela correu para a caminhonete de Jerry, estacionada na rua, e abriu a porta. Jerry pulou no banco do motorista.

— Dá a partida na caminhonete, Jerry — pediu ela.

Ele pegou a chave. A chave escorregou em sua mão.

— Dá logo a partida nessa merda de caminhonete!

A srta. Lasko saiu correndo do bosque. Seus olhos exibiam uma sobriedade insana. A caminhonete ganhou vida e rugiu. Jerry engatou a primeira. E avançou para o balão de retorno. Não deu tempo de dar a ré. Dezenas de pessoas caixa de correio partiram para cima deles, comandadas pela srta. Lasko. Jerry deu a volta na rotatória a toda a velocidade. Os pneus da caminhonete derraparam, encontraram o asfalto, e ele conseguiu sair do balão de retorno, deixando a loucura para trás.

A adrenalina parou de correr por seus corpos, e os dois ex-amantes se entreolharam enquanto Jerry gargalhava sem parar. Kate manteve um sorriso falso no rosto, enquanto a dor em suas costelas voltava a incomodá-la. Seus olhos se fixaram na arma que Jerry empunhava.

O hospital estava a dez minutos de distância.

CAPÍTULO 111

Deitado na mesa de necropsia, Christopher olhava para cima.
Todas as pessoas no necrotério o encaravam. A enfermeira Tammy. O sr. Henderson. O médico com seu bisturi. Os seguranças com suas armas. Todos esperando, como se estivessem na fila de uma padaria, pela morte de Christopher, que seria cortado em mil pedacinhos.
Christopher olhou ao redor, à procura de ajuda. As mesas à sua esquerda estavam cheias de corpos. Eram os outros policiais que trabalhavam na delegacia. Alguns idosos de Shady Pines. Todos de olhos fechados. Todos respirando. Ainda vivos.
Os idosos começaram a se sentar. Gemendo.
Christopher se virou para a mesa ao lado. E viu a tatuagem de águia desbotada na pele envelhecida. As ataduras nos olhos. Era Ambrose Olson. O velho parecia ter sido esfaqueado.
— Sr. Olson! Acorda! — gritou Christopher.
Ele segurou a mão de Ambrose. Sangue verteu de seu nariz quando ele tentou curar o idoso. Mas Ambrose parecia perdido em algum lugar num sono profundo.
— Chrissstopppheerrrrr — sussurravam as vozes atrás dele.
Os velhos se levantaram nas mesas. Os olhos maltratados pelo câncer. E ficaram de pé. Um por um. Seus pés murchos pisando no chão frio. Os quadris estalando, como se fossem insetos.
— Por que você não deixa a gente morrer? A gente está sofrendo.
Os idosos avançaram sobre ele. Christopher sentia seus corpos. Suas articulações latejando. O melaço preto em seus pulmões. Sentia o hálito deles em sua testa. O cheiro azedo da idade. Dedos velhos cutucaram e ergueram

suas pálpebras, enquanto mãos murchas o levaram para longe de Ambrose. Eles o viraram para que ele encarasse o cômodo.

— Como devemos proceder, doutor? — perguntou a enfermeira Tammy.

— Vamos entregar o Christopher pra eles — disse o médico.

— Isso mesmo! Entreguem ele! — concordaram os velhos.

Os seguranças se aproximaram da parede forrada com gavetas de metal, onde os defuntos ficavam armazenados. E bateram nas gavetas com o cabo das armas.

— Acordem! Acordem!

Os velhos cercaram Christopher, levantando-o de cima da mesa.

— NÃO! — gritou ele.

Christopher lutou com todas as suas forças. Com a mão direita, segurou firme a mão do delegado. Com a esquerda, se agarrou na mão de Ambrose. Desesperado. Agarrado. Transmitiu seu sussurro mais enfático pelo braço dos dois. A eletricidade zumbiu dentro das lâmpadas fluorescentes. A sala foi tomada por um cheiro de ozônio. O cheiro de nuvens se chocando.

Delegado! O senhor tem que acordar!

Sr. Olson! A gente ainda pode salvar o seu irmão!

Os velhos levantaram os dedos dele, um por um, até ele se soltar, esperneando. As gavetas começaram a se abrir. Mãos se agarravam ao metal. Os cadáveres estavam lá dentro. Contorcendo-se, gritando: "Deixa a gente morrer!" Christopher viu um defunto na gaveta do meio. Estava embrulhado num lençol branco.

O grupo o empurrou para dentro da gaveta e a trancou. Lá dentro estava um breu. Os gritos de Christopher ecoavam pelas paredes frias de metal. Ele não enxergava nada, mas sentia um corpo dentro da gaveta. Será que tinha se mexido? Será que estava respirando? Christopher colocou a mão atrás de si e sentiu a pele das mãos do defunto que se projetavam para fora do lençol. Mãos geladas e sem vida. Sem eletricidade. E aquele cheiro. Ele se lembrava daquele cheiro no enterro do pai. Era como um talco de morte. Será que essa coisa estava viva? Ou morta? Christopher se concentrou. Ele tinha de encontrar uma saída. Esticou a mão e tateou o próprio corpo.

O celular.

Quase tinha esquecido. O celular da sra. Collins. Ainda estava no bolso, junto com a chave da mulher sibilante. Christopher ligou o aparelho. A luz refletiu no metal da gaveta, fazendo-o brilhar. Ele olhou para os lados. E viu mãos envelhecidas, murchas. Nada de sinal.

A luz se apagou.

Christopher acendeu o telefone de novo. Olhou para baixo mais uma vez. A palma das mãos voltada para cima agora. O defunto tinha se mexido na escuridão.

A tela do telefone ficou escura. Christopher o acendeu de novo. As mãos estavam se mexendo.

Contorcendo-se. Os dedos foram subindo. Roçando a nuca de Christopher.

— Chrisssstopher — sussurrou a voz.

Christopher gritou. O cadáver se sentou.

— Qual é o meu nome? Devolve o meu nome, Christopher.

As mãos da sra. Keizer se fecharam no pescoço dele. Christopher lutou, tentando se livrar da velha, mas a força dela era desumana. Ele sentiu o ar ir embora de seu corpo até que uma voz explodiu dentro do necrotério.

— NÃO! ELE É MEU!

O necrotério ficou em silêncio. Christopher sentiu as mãos da sra. Keizer soltarem seu pescoço. A gaveta destravou com um clique e, devagarinho, foi aberta. Christopher olhou para cima e viu os olhos que o encaravam do meio do necrotério. Vermelhos e escuros. Um semblante de pura maldade.

Era o delegado.

— Por que você matou ela, Christopher?

Christopher ficou atordoado. O delegado parecia medonho. Sua pele estava pálida e sebosa. O sussurro coçava em sua mão. Ele já havia ferido a pele. Iria coçar até chegar ao osso.

— Ela era só uma criança. Por que você matou ela?

— Eu não matei, senhor. Por favor.

— Por que você matou ele? Ele era só uma criança — disse uma voz.

Christopher se virou. E viu Ambrose Olson se levantar da maca. Com os olhos tomados pela raiva.

— Eu não matei o David, senhor. A gente ainda pode salvar ele! — implorou Christopher.

Com seus braços vigorosos e tentando se manter sãos, o delegado e Ambrose tiraram Christopher de dentro da gaveta.

— Você mata ela toda vez que eu pego no sono. Eu não posso ver aquela menininha morrer de novo. Eu tenho que impedir você de matar ela de novo! — gritou o delegado.

— Você mata o David toda vez que eu pego no sono. Eu não posso ver o meu irmão morrer de novo. A gente tem que impedir você de matar ele de novo! — disse Ambrose, entre os dentes.

O delegado estendeu a mão para o grupo.

— Alguém aí me dá uma arma — pediu ele.

O segurança entregou sua arma ao delegado. O sr. Henderson segurou a mão direita de Christopher. O médico e a enfermeira Tammy seguraram a esquerda. A sra. Keizer se levantou da gaveta, as vértebras da coluna se envergavam como as de um abutre. Ambrose recuou pela multidão e se juntou ao delegado. Eles ficaram com as costas coladas à porta de saída. Todos os demais ficaram atrás de Christopher. O delegado ergueu a arma.

— Você causou tudo isso — disse o delegado. — E isso tem que acabar agora.

Com essas palavras, o delegado disparou quatro vezes. Christopher sentiu as balas passarem perto de suas orelhas, atingindo o médico, a enfermeira Tammy, o sr. Henderson e a sra. Keizer. Os quatro tombaram diante da multidão, impedindo que ela avançasse. O delegado pegou Christopher e o levou pela porta de saída. Rapidamente, Ambrose trancou a multidão dentro do necrotério e se virou para Christopher, tocando em seu ombro com carinho.

— Vamos. A gente tem que tirar você daqui.

CAPÍTULO 112

Mary Katherine se sentou no banco de trás do Mercedes do pai, olhando pela janela. Fazia silêncio lá fora. As ruas estavam vazias. As luzes de Natal piscavam em cada casa e cada loja. Mas não parecia Natal. As coisas estavam estranhas. Não havia uma alma sequer à vista. Só o cheiro daqueles incêndios lá longe. Ela teria feito um comentário a respeito, mas seus pais não tinham pronunciado uma palavra desde que a buscaram no hospital, e ela não queria dizer algo errado que pudesse fazê-los voltar atrás.

— Chegamos — avisou seu pai, com calma.

O Mercedes entrou no estacionamento da igreja.

Mary Katherine olhou para a igreja. Estava especialmente bonita naquela noite. Um oásis no meio do estranho céu noturno. O Natal era sempre um momento especial para a família. Ao menos um dia no ano sua mãe e seu pai relaxavam. A mãe se permitia uma taça de vinho tinto. O pai tomava sua gemada com rum e ficava bêbado o suficiente para lhe dar um abraço.

O Mercedes estacionou na vaga de sempre.

— Vamos — chamou o pai.

— Mas... — disse Mary Katherine.

— Mas o quê? — questionou seu pai secamente.

Mary Katherine queria dizer que ainda estava de camisola hospitalar. Queria pedir um par de sapatos ou um casaco. Mas estava com tanto medo de criar problemas que não disse outra palavra, exceto:

— Nada.

Os três saíram do carro. Mary Katherine andou atrás dos pais. O estacionamento estava frio. O asfalto e a neve suja congelavam seus pés descalços.

Mary Katherine sabia que havia algo muito errado, mas não queria voltar para o hospital. Ela só queria que seus pais a amassem de novo. Por isso se concentrou na igreja. O silêncio reinava lá dentro, embora o estacionamento estivesse cheio de veículos. A decoração estava linda. Ela lembrou que, quando pequena, inventava histórias sobre as figuras retratadas nos vitrais. Eram seus amigos imaginários.

Eles chegaram à igreja.

E abriram a porta.

Mary Katherine olhou para dentro. A igreja brilhava com a luz suave e cálida das velas. Ela viu toda a congregação reunida, como que para a Missa do Galo. Mas as pessoas não conversavam. Não cantavam com o coro. Nem estavam ajoelhadas em oração.

Só olhavam para ela.

Mary Katherine correu os olhos pelo recinto em busca de algum rosto amigo. Reconheceu antigos colegas do grupo de jovens. Gente que ela conhecia desde o CIC, acompanhada dos pais. A única pessoa com quem ela ainda mantinha contato era Doug, sentado ao lado de Debbie Dunham. Doug segurava a mão de Debbie. Tinha algo errado com o rosto dele. Como se houvesse marcas de agulha no contorno da boca. Estava tudo errado. Instintivamente, Mary Katherine recuou para a porta.

Até que esbarrou em alguém atrás dela.

— Mary Katherine — disse a voz.

Ela se virou e viu a professora de CIC, a sra. Radcliffe, dando um sorriso simpático.

— Não tenha medo. A gente está aqui pra te ajudar. A gente até guardou um lugar pra você — disse a sra. Radcliffe, indicando a frente da igreja.

Mary Katherine assentiu e deu um sorriso forçado. Ela não sabia o que fazer. Então se dirigiu ao banco que sua família costumava ocupar, na segunda fila.

— Não. Não nos bancos, querida — corrigiu a sra. Radcliffe. — No altar.

Mary Katherine se virou para o pai e a mãe em busca de orientação. O pai estava sisudo. A mãe, nervosa, desviou o olhar. A sra. Radcliffe pegou Mary Katherine pela mão e, lentamente, levou-a até o altar. A pele da sra. Radcliffe estava cheia de bolhas e ela ardia em febre.

— Se ajoelhe, querida — pediu a sra. Radcliffe.

Mary Katherine se virou para a mãe, que não tinha coragem de olhar para ela.
— Por favor, se ajoelhe, Mary Katherine — reforçou sua mãe.
Mary Katherine se ajoelhou. O vazio em sua barriga ficou maior. Uma coceira se espalhou por sua pele.
— Obrigada, Mary Katherine. Agora... confesse — disse a sra. Radcliffe.
Mary Katherine começou a se levantar. A sra. Radcliffe colocou a mão febril no ombro dela, fazendo com que ela continuasse de joelhos.
— Aonde você pensa que vai? — indagou ela.
— Pro confessionário — respondeu Mary Katherine.
— Não. Você vai confessar aqui — afirmou a sra. Radcliffe.
— Hum... tudo bem, sra. Radcliffe... mas cadê... cadê o padre Tom? Ele precisa ouvir a minha confissão.
— Não se preocupe com o padre Tom. Você pode confessar pra gente.
Mary Katherine assentiu. Estava numa situação bastante delicada. Ela olhou para a bela imagem de Jesus crucificado, assim como havia feito todos os domingos de sua vida.
— Confessa — pediu a sra. Radcliffe docilmente.
Mary Katherine engoliu em seco. O vazio em sua barriga aumentava. De canto de olho, viu a sra. Radcliffe caminhar até a entrada lateral da igreja. Ela abriu a porta. Mary Katherine viu o padre Tom deitado na calçada, do lado de fora, no frio. Tinha sido esfaqueado várias vezes. Calor subia de cada corte como vapor de dentro de um bueiro.
— Quem é o pai, Mary Katherine? — perguntou a sra. Radcliffe, com calma.
A sra. Radcliffe arrancou a cesta de coleta das mãos do padre Tom. E voltou para dentro da igreja, passando a cesta e pedindo o dízimo.
— Eu não sei quem é o pai — respondeu Mary Katherine.
Mary Katherine olhou para a mãe, que parecia horrorizada.
— Por favor, diz pra eles, Mary Katherine — implorou ela.
— Eu não posso dizer o que eu não sei.
— Por favor! É só dizer pra eles quem é o pai!
— Eu não sei. Eu sou virgem.
Mary Katherine voltou a encarar o altar, enquanto a cesta de coleta percorria o recinto. Mas dessa vez a congregação não estava colocando dinheiro.
Dessa vez, as pessoas estavam retirando pedras da cesta.

— DIZ PRA ELES! POR FAVOR! — gritou a mãe de Mary Katherine.
— Mãe, eu sou virgem. Que nem Maria.
— Blasfêmia! — bradou a congregação. — Confesse!
— É só dizer o nome pra eles, Mary Katherine! — exclamou sua mãe, chorando.
— Mãe, não me faz mentir na igreja. Por favor.
— CONFESSA PRA GENTE! NÃO PRA ELA! — gritou a sra. Radcliffe.

A sra. Radcliffe virou a cabeça de Mary Katherine de volta para o altar. Mary Katherine se ajoelhou, ainda com a camisola hospitalar. Suas costas expostas à congregação. Congelando, como Maria no celeiro. Usando nada além da mais simples calcinha. Ela ouviu a congregação se levantar dos bancos e se posicionar atrás dela. A cesta sendo passada pelas fileiras. Pedras sendo retiradas, como se fossem maçãs.

— Ai, Jesus. Me ajuda — rezou ela.
— Confessa! — gritou a sra. Radcliffe, atirando a primeira pedra.

A pedra quebrou um vitral na frente dela.

— CONFESSA! — ecoou a congregação.

A palavra reverberou repetidamente. Confessa. Confessa. Confessa. Mary Katherine ergueu as mãos acima da cabeça, em sinal de rendição. E encarou a congregação. Com as pedras nas mãos. O padre Tom do lado de fora, coberto de sangue. O rebanho tinha assumido o controle. Os loucos estavam no controle do hospício. Prontos para apedrejá-la até a morte.

— TÁ BOM! EU CONFESSO! EU CONFESSO! — gritou Mary Katherine.

A congregação ficou em silêncio, aguardando. Mary Katherine se virou para a mãe.

— Mãe — começou ela, a voz trêmula —, eu ia chegar tarde naquela noite.

Quando a verdade saiu de sua boca, Mary Katherine caiu em prantos.

— O quê? — perguntou a mãe.
— Naquela noite que eu encontrei o Christopher. Eu não ia conseguir chegar em casa antes da meia-noite. Eu menti pra você e pro papai. Eu não queria ficar sem a minha carteira de motorista, por isso eu menti. Mas foi errado. E eu fui castigada por isso.
— Não é esse o seu pecado. Quem é o pai?! — gritou a sra. Radcliffe.

— Mãe, se eu não tivesse mentido sobre o motivo do meu atraso, vocês teriam ficado com a minha carteira de motorista. E eu não teria saído de novo. Eu não teria desviado daquele cervo e batido no carro com aquele menininho. Eu machuquei o menininho porque estava com medo de ir pro Inferno. Eu fui egoísta. ESSE é o meu pecado. Mas eu juro... Eu não sei quem é o pai. Eu juro pela minha alma que sou virgem. A senhora acredita em mim?

Ela olhou para a mãe através das lágrimas. O rosto de sua mãe se suavizou, como se ela se lembrasse da menininha que havia criado. Ela fez que sim.

— Eu acredito, querida.

— Papai? — disse ela.

— Eu acredito em você, Mary Katherine — respondeu o pai.

A represa dentro dela rompeu quando a congregação se aproximou com as pedras erguidas para a hora da morte.

— DAN! — gritou a mãe de Mary Katherine.

Os instintos do pai foram imediatamente acionados. Ele correu para proteger a filha, mas a congregação pulou em cima dele e o atacou, arrancando-lhe sangue.

— Deixem a minha família em paz! — gritou a mãe, enquanto a congregação a derrubava no chão.

Mary Katherine correu para ajudar os pais, mas a sra. Radcliffe e Debbie Dunham a agarraram e a colocaram diante da cruz.

— Doug — disseram elas, com os dentes cerrados —, já deu a hora.

Doug se levantou do banco. Seus olhos estavam sombrios e distantes. Ele segurava uma pedra em cada mão.

— Doug! Por favor, ajuda a gente!

Doug não disse nada. Apenas se aproximou dela. Mary Katherine, com lágrimas nos olhos, contemplou o namorado. Aquele rosto que ela amava desde que os dois tinham 11 anos. E viu as marcas no contorno da boca de Doug. Pedaços de linha pendurados na pele. Envergonhado, ele cobriu a boca até perceber que ela não olhava para ele como se ele fosse um monstro.

— O que foi que eles fizeram com você, Doug? — perguntou ela, preocupada.

— Não dá ouvidos a ela. Ela te fez de bobo, Doug — interveio Debbie Dunham.

— Apedreja ela, Doug — incentivou a sra. Radcliffe, entre os dentes. — Apedreja a puta!

A congregação falou em uníssono:
— Apedreja ela. Apedreja ela.
Todos os seus colegas do CIC e do grupo de jovens gritavam seu nome. Doug empunhou a pedra e olhou nos olhos de Mary Katherine.
— Eu te amo, Doug — disse ela. — Eu te perdoo.
Com lágrimas nos olhos sombrios, ele olhou para ela. Então ergueu a pedra acima da cabeça e a atirou com o máximo de força.
E acertou bem no meio da testa da sra. Radcliffe.
— CORRE! — gritou ele.
Doug jogou a chave do carro na mão dela e se virou para bloquear a multidão. Mary Katherine correu para o estacionamento pela saída lateral. Ele estava tão cheio que ela não conseguia encontrar o carro de Doug. Um grito aterrorizante ecoou vindo de dentro da igreja. Pedras estilhaçavam os vitrais. Ela apertou a trava elétrica. O carro de Doug piscou, dando sinal de vida nos fundos do estacionamento.

Mary Katherine correu para o carro cortando os pés descalços nas pedras e no cascalho. Ela abriu o carro e girou a chave na ignição. O motor havia congelado por causa do frio. A congregação atravessou as portas principais da igreja e entrou no estacionamento. Eles corriam na direção dela. Gritando. Mary Katherine girou a chave mais uma vez. O motor rugiu, voltando à vida. Ela engatou a primeira e avançou pelo estacionamento. A congregação atirou as pedras, quebrando o para-brisa do carro. Mary Katherine chegou à rua. E viu a congregação pelo espelho retrovisor. As portas dos carros se abrindo. Faróis sendo acesos, parecendo olhos doentes, ardentes.

— Por favor, Jesus — disse ela. — Ajuda a gente.

CAPÍTULO 113

Ambrose e o delegado seguiram voando pelo corredor. Christopher jazia inerte nos braços do delegado. Ambrose ouvia as pessoas trancadas dentro do necrotério atrás deles. Esmurrando as portas. Quebrando o vidro com as próprias mãos. O delegado segurou Christopher com mais força, enquanto eles corriam numa velocidade que Ambrose jamais conseguira alcançar na vida. Era mais que medo. Mais que adrenalina. Não era a primeira vez que Ambrose corria para salvar sua vida. Mas aquela velocidade não vinha dele.
  Vinha de Christopher.
  Uma hora antes, o delegado estava num leito de hospital com um ferimento à bala no peito. Ambrose jazia inválido e cego numa mesa do necrotério. Agora, Ambrose se movia como um homem com metade de sua idade, e o delegado corria como se nunca tivesse se sentido tão bem. A única coisa que havia entrado em contato com eles fora a mão de Christopher. Um toque e pareciam capazes de enfrentar um exército sozinhos.
  Mas Christopher parecia estar morrendo.
  — A gente precisa de um carro! Vem comigo! — gritou Ambrose.
  Ambrose correu à frente, abrindo a porta para Christopher e o delegado. Ele ainda não conseguia acreditar no que estava acontecendo. A última coisa de que ele se lembrava era de uma máscara de plástico sendo colocada sobre sua boca. No instante seguinte, sentiu o toque da mão de uma criança, gerando um calor que subiu pelo braço até o pescoço e, por fim, instalando-se.
  Em seus olhos.
  Sem cirurgia. Mas ele ainda via halos em lâmpadas acesas, tão brilhantes quanto um eclipse. Ambrose se sentiu mais uma vez como um soldado, esquadrinhando o hospital como se estivesse em um campo de batalha em

plena guerra. Nunca pensou que ficaria grato por todas aquelas idas ao oftalmologista, mas agora ele parecia até um espião de tão bem que conhecia os detalhes daquele lugar. As portas dos fundos. Os atalhos. Os corredores do porão que levavam à lavanderia. Eles estavam em menor número, mas ele tinha condições de encurralar o inimigo.

Já havia feito isso antes.

Ambrose os levou até a escada dos fundos. Subiram correndo, seguindo para a garagem.

Clique, fez a porta acima deles.

O sr. Collins estava lá, segurando uma pistola de pregos que ele tinha pegado no canteiro de obras de sua construtora. Pelo menos umas vinte pessoas estavam atrás dele.

Clique, fez a porta abaixo.

As pessoas do necrotério olharam para a escada. Suas mãos estavam cortadas por causa do vidro que havia quebrado.

Ambrose subiu junto ao delegado. Tinham de chegar à garagem antes deles. Um grito aterrorizante ecoou no momento em que o sr. Collins desceu correndo a escada enquanto as pessoas do necrotério subiam a toda a velocidade.

Ambrose chegou ao andar da garagem e escancarou a porta de emergência. O alarme uivou pelo hospital. Eles seguiram depressa pelo corredor vazio, com as duas multidões formando uma fila única atrás deles. Dois grupos agora transformados em um. O gargalo perfeito. Ambrose os conduziu pelo corredor até uma bifurcação. Ele estava prestes a virar à direita quando, de repente, Christopher sussurrou:

— Pela esquerda.

O delegado virou à esquerda, e Ambrose o seguiu. Ele olhou para trás, vendo os perseguidores se chocarem na parede do corredor atrás deles. De algum jeito, o menino adivinhou. Ambrose se virou para Christopher. Sangue escorria de seu nariz e dos olhos, como lágrimas. Chegaram diante de mais uma bifurcação.

— Pela direita — disse ele, fraco.

Ambrose virou à direita. Christopher os conduziu por um labirinto de corredores e portas laterais. Abrindo vantagem entre eles e a multidão. Finalmente alcançaram a entrada dos fundos da garagem. Entraram e fecharam a porta.

A garagem estava vazia.

O silêncio era estranho. Seus passos ecoavam nas paredes de concreto. Instintivamente, o delegado desceu correndo a rampa em direção à saída.

— Eles estão esperando pela gente lá embaixo — avisou Christopher.

— Então a gente vai pelo telhado — sugeriu Ambrose.

— Eles estão lá em cima também — disse Christopher.

— A gente precisa de alguma coisa que distraia eles — disse Ambrose. — Venham atrás de mim.

Ele começou a correr, forçando as pernas e os pulmões. Ambrose correu pela garagem, chutando carros, disparando alarmes. Quantas vezes ele já não tinha disparado munições para distrair o inimigo? Nunca pensou que faria isso de novo. Ele os guiou até a entrada da maternidade, deixando para trás meia dúzia de alarmes estridentes. Os três dispararam pelo corredor, passando pelo berçário. Todos os bebês estavam chorando. Chegaram à primeira bifurcação.

— Pra onde, Christopher? Esquerda ou direita?

*

Christopher fechou os olhos. Já não precisava mais ver. Tudo o que sentia era a fúria das pessoas, como uma febre queimando sua pele. A gritaria rasgou-lhe a mente quando a multidão à procura deles destruiu os carros que gritavam na garagem. A dor de cabeça latejava, como se o sangue quisesse romper suas veias. O mundo imaginário e o real eram o mesmo para ele agora. Ele não sabia onde estava.

— Pra onde, Christopher?! — gritou o delegado.

Christopher abriu os olhos e não viu nada além de um espaço escuro e repleto de fúria. Havia vozes demais agora. Corpos correndo pelo estacionamento. Outros espalhados pelo hospital. Multidões que nem tumores malignos pelos corredores ao redor deles. A escuridão era tanta que ele não sabia qual direção seguir.

— Ele está apagando. — Christopher ouviu Ambrose dizer

— Christopher, você consegue ouvir a gente? — perguntou o delegado.

Christopher não conseguiu dizer nada. A fúria era tanta que ele não conseguia mais guiá-los. Estavam cercados pela escuridão. Já não havia luz no mundo.

Exceto uma.

No meio de toda aquela fúria, ele sentiu uma luz. Quente e aconchegante. A luz corria para o hospital.

Era sua mãe.

Ele podia seguir a luz da mãe.

— A minha mãe tá vindo buscar a gente. Vamos até a emergência — sussurrou Christopher.

— Mas... — advertiu Ambrose.

— Confiem em mim — pediu Christopher.

Então eles confiaram. Deram meia-volta e confrontaram a fera. Christopher sentia a luz se aproximando. Sua mãe estava chegando. Ele conseguia sentir o sr. Collins se chocando na parede da maternidade atrás deles. Pegaram um corredor e entraram na emergência. Estava repleta de gente enfurecida por ter de esperar uma semana por um leito que jamais ficaria disponível. As máquinas de venda automática eram agora destroços no piso. As pessoas vasculhavam os escombros. Em busca de comida. Em busca de bebida. Em busca de vingança. Quando Christopher apareceu, a emergência inteira irrompeu numa gritaria e se juntou à perseguição.

Os três saíram correndo do hospital, seguindo para o estacionamento gelado. A tempestade rodopiava acima eles. Um céu imenso e furioso, cheio de nuvens. Rostos gigantes gemendo.

— Sr. Olson! Cuidado! — gritou Christopher quando a sra. Keizer avançou sobre eles.

— Ajudem a minha filha a esquecer o nome dela! — gritou ela.

A velha ergueu um bisturi. Ambrose estendeu a mão e segurou a mulher antes que ela atingisse Christopher. A sra. Keizer escorregou na fina camada de gelo, caindo sentada e batendo o quadril, que quebrou, como se fosse um ossinho da sorte. Veio um grito da direção oposta. Era a sra. Collins, ofegante e respirando com os pulmões cheio de tinta.

— Olha o que vocês fizeram com a minha mãe! Devolvam o nome dela!

O delegado se virou enquanto a sra. Collins avançava numa cadeira de rodas, chegando da direção oposta. Ela girava as rodas freneticamente, então parou, se levantou e correu. E ergueu um bisturi. O delegado se contorceu quando o bisturi perfurou suas costelas. Ele largou Christopher e caiu de joelhos. Sangrando muito. A sra. Collins partiu para cima de Christopher. Tossindo e escarrando. Nada poderia detê-la.

Exceto a mãe de Christopher.

Kate Reese agarrou o volante e mudou a direção da caminhonete de Jerry pelo asfalto coberto por uma fina camada de gelo. A caminhonete atropelou a sra. Collins, que voou para trás, caindo do outro lado do estacionamento gelado. A mãe de Christopher abriu a porta do carona e correu para o filho.

— Me ajuda, Jerry! — gritou ela.

Jerry deixou o motor ligado, pulou fora da caminhonete e correu atrás de Kate. Com a arma recarregada e apontada. Disparando contra tudo e todos para proteger Kate Reese, que corria para salvar o filho. Ela pegou Christopher e correu de volta para a caminhonete. Ambrose e o delegado atrás dela. Kate Reese colocou o filho no banco do carona e saltou para o do motorista ao mesmo tempo que o delegado e Ambrose subiram na carroceria, acompanhados de Jerry. O sr. Collins, à frente da multidão que saía do hospital, avançou sobre Christopher empunhando a pistola de pregos.

Bangue.

A última bala partiu da arma do delegado. O sr. Collins tombou para trás, ao lado da esposa e da sogra. A caminhonete arrancou pelo gelo, e a mãe de Christopher disparou com o filho para longe do hospital.

— Você está bem? — perguntou ela.

Christopher ergueu os olhos e sorriu para sua mãe, que não sabia que estava coberta pela luz de cem bilhões de estrelas.

CAPÍTULO 114

O delegado olhou para trás e viu o hospital se esvaziando e o estacionamento cada vez mais lotado de gente, feito uma cascavel preparando o bote. Ele se virou e viu Kate Reese segurar o volante com a mão esquerda e o filho com a direita. Ela olhou para o seu menino, doente e pálido.

— Aguenta firme — disse ela.

Kate enfiou a mão no porta-luvas e encontrou uma caixa de munição. Ela entregou a caixa ao delegado, na carroceria da caminhonete. E não disse nada. Apenas fez que sim com a cabeça pelo espelho retrovisor. O delegado mostrou que entendeu e viu quando ela voltou a atenção para a rua.

Ele prometeu a si mesmo que, se sobrevivessem, pediria aquela mulher em casamento.

De repente, o delegado sentiu Ambrose Olson apertar o curativo que cobria o ferimento causado pelo bisturi em suas costelas. O delegado tremia. Não parava de bater os dentes.

— Você está com frio? — perguntou Ambrose.

— Não. Na verdade, estou até com calor — respondeu o delegado.

— Você está entrando em choque.

Às pressas, Ambrose vasculhou a caminhonete de Jerry e encontrou uma coberta e um velho casaco de operário.

— E o senhor? — perguntou o delegado.

— Eu estou bem.

O delegado sabia que o velho não estava mentindo. Ambrose deveria estar congelando com aquelas roupas hospitalares, mas, por algum motivo, não sentia frio. Por algum motivo, enquanto o mundo enlouquecia ao redor deles, ele e Ambrose se mantinham imunes à loucura. Ele não sabia se essa proteção emanava de Christopher ou de David.

Ou talvez de ambos.

Fosse o que fosse, ele sentia o calor da roupa limpa e uma sensação de lealdade àquele menino que estava no banco do carona e à sua mãe no banco do motorista. Ambrose não falou do irmão que não pôde salvar. O delegado não disse nada sobre a menininha de unhas pintadas que o chamava de papai. Mas o delegado sabia que ele e Ambrose se entendiam.

Apesar de todos os seus fracassos, eles iriam salvar Christopher e sua mãe. Ou morreriam tentando.

— Oi, Christopher — disse a voz.

O delegado ficou observando quando Christopher olhou para Jerry agachado na carroceria da caminhonete. Com o queixo colado à janelinha traseira. E a arma na mão.

— O gato comeu a sua língua? — perguntou ele, rindo. — Não se preocupa. Eu já combinei tudo com a sua mãe. A gente vai viver em família. Eu, você e ela estamos indo pra Michigan agora. Não é, Kate?

O delegado viu Christopher engolir em seco.

— Isso, Jerry, a gente está indo pra Michigan — confirmou ela, o corpo enrijecendo.

Jerry sorriu. Olhou para trás e viu a multidão que os seguia em seus carros. Então se virou para o delegado tremendo embaixo da coberta, e para Ambrose, que ainda estava com a camisola hospitalar.

— Ei, Kate, quem é esse cara? — perguntou Jerry.

— É o sr. Olson — respondeu ela, absorta.

— Não. Não o velho. Quem é esse aqui? — disse ele, apontando com a arma para o delegado.

— É o delegado.

— Sei. Como foi que você conheceu ele? — perguntou Jerry.

— Ele ajudou a gente.

— Por quê?

— Porque é o trabalho dele.

— Hummm — disse Jerry com um sorriso contido. — Vocês se veem muito?

O delegado sentiu o silêncio, misterioso e sombrio.

— Não, Jerry — respondeu ela.
— Christopher, o delegado vai muito na casa de vocês?
— Deixa o Christopher fora disso — pediu ela.
Jerry assentiu. Sorridente. Calado. Então se virou para o delegado e para Ambrose.
— Bela família, né?
O delegado e Ambrose assentiram com a cabeça para o homem que viajava na carroceria da caminhonete com eles. O delegado reconheceu aquele rosto imediatamente. Ele se lembrou de ter investigado aquele homem, tratando-o como suspeito quando Christopher havia desaparecido em setembro. Ele se lembrou da violência doméstica. Aquele era o animal que tinha batido na mulher que ele amava. O delegado olhou para a arma na mão direita de Jerry. A arma do delegado ainda estava descarregada.
— A melhor de todas — comentou o delegado. — Quem é você?
— Jerry. Eu sou o noivo da Kate.
O delegado estendeu a mão. Jerry passou a arma da mão direita para a esquerda. Os dois homens não tiraram os olhos um do outro. Sequer pestanejaram.
— E qual é o seu nome? — perguntou Jerry, desconfiado.
— Ambrose Olson — disse Ambrose, intrometendo a própria mão no cumprimento, feito um vendedor que enfia o pé na porta para que não a fechem.
— Eu não estou falando com você, velho. Eu estou falando com ele.
— Eu sou o delegado Thompson — respondeu o delegado.
Então ele trocou um aperto de mão com Jerry, e os dois homens se cumprimentaram.
— Você está comendo ela, delegado? — indagou Jerry.
Antes que Jerry soubesse o que estava acontecendo, o delegado acertou a base da palma da mão na garganta dele. Jerry caiu de costas na carroceria. Contorcendo-se de dor. Furioso, ele pegou a arma e se levantou.
— Eu sabia que você estava dando pra ele! — gritou Jerry.
Então o delegado viu o reflexo dos olhos de Kate no espelho retrovisor.
— Adeus, Jerry — disse ela.
Kate afundou o pé no freio. A caminhonete parou, mas Jerry continuou. O corpo dele se chocou com a cabine. Ele se encolheu.
— Piranha do caralho! — exclamou ele.

Numa fração de segundo, Kate Reese pisou no acelerador, e o delegado viu Jerry ser cuspido para fora da carroceria. Ele caiu no asfalto e rolou pelo acostamento.

O comboio do hospital passou por ele enquanto dezenas de carros os perseguiam. A calmaria havia chegado ao fim.

A tempestade estava vindo.

CAPÍTULO 115

A mãe de Christopher olhou para cima, enquanto uma rajada de vento furiosa espalhava nuvens sobre a cidade. O vento derrubava árvores. Galhos caíam feito braços amputados, bloqueando a estrada à frente. Ela virou à esquerda e atravessou o jardim de uma casa. Carros ficavam emaranhados nas árvores tombadas, retardando o ataque. A mente dela corria a mil. Precisava chegar à estrada. Ela ligou o rádio, procurando desesperadamente informações sobre as condições do trânsito.

"... uma grande nevasca na área da tríplice fronteira..."

"... *O Gato Mau 3-D*, já disponível em DVD, é o miaaaulhor presente de Natal para quem deixou as compras para o último minuto..."

"... *blue moon I saw you standing alone*..."

"... o que está sendo chamado de Guerra de Refugiados, no Oriente Médio..."

"... as condições do trânsito local a cada quinze minutos..."

Ela parou de girar o dial e aumentou o volume.

"O trânsito pelo túnel Fort Pitt está congestionado. Ótimo trabalho. A gente não pode deixar eles escaparem. Eles estão tentando chegar à rodovia 79. Por isso, olho vivo nos arredores da escola de ensino médio."

A mãe de Christopher imediatamente deu meia-volta e seguiu na direção oposta à da escola. Tinha de haver um caminho livre. Ela precisava encontrá-lo.

"Eles deram meia-volta", disse a voz transmitida pelo rádio. "Eles estão se afastando da escola."

A mãe de Christopher olhou pelo para-brisa e viu os carros novamente logo atrás. Avançavam a toda a velocidade em direção à caminhonete. Jamais conseguiria fugir deles.

— Desliga os faróis, mãe — recomendou Christopher, fraco.

— O quê? — perguntou ela.

— Não se preocupa. Eu digo por onde a gente tem que ir.

Sem hesitar, a mãe de Christopher desligou os faróis. A voz do DJ estalou no rádio.

— A gente perdeu eles de vista. Pode ser que eles estejam ouvindo. Sintonizem a estação alternativa.

O rádio ficou mudo. Christopher fechou os olhos e começou a descrever o que via. A mãe de Christopher conseguia visualizar quase tudo. Um labirinto enorme de ruas cheias de carros procurando por eles, como os fantasmas no *Pac-Man*. Jerry limpando o sangue dos ferimentos sofridos depois da queda. Pegando carona na caravana. Decidido a encontrá-la. E matá-la na frente do delegado.

— Pra esquerda — indicou Christopher, tossindo sangue na mão.

A mãe de Christopher virou à esquerda. Em seguida, à direita. Tudo o que ele dizia, ela atendia, sem questionar. Ela olhou pelo espelho retrovisor. Estavam começando a se afastar da multidão do hospital. Estava dando certo. Eles iam conseguir. Ela voltou a atenção para o para-brisa dianteiro. Seus olhos se ajustaram à luminosidade azulada do luar. Pisou fundo no acelerador, quando cervos começaram a surgir nos jardins e nas calçadas. Por trás de arbustos e árvores. Aguardando a ordem para atacar.

Um cervo correu para a frente do carro.

Ela pisou no freio, e a caminhonete derrapou na neve. A mãe de Christopher manobrou e conseguiu neutralizar a derrapagem. Ela corrigiu o curso do carro e acelerou em direção à rota 19. E viu a rampa de acesso logo adiante. Ainda tinha uma chance.

— Segue em frente, mãe. Mais rápido — disse Christopher.

Os cervos corriam pelos jardins à frente deles. A mãe de Christopher pisou fundo no acelerador, tentando alcançar a rampa antes que os cervos chegassem lá. A velocidade aumentava. O vento uivava. A rua inteira começou a se encher de carros, todos convergindo para aquele único entroncamento.

A mãe de Christopher pisou tão fundo no acelerador que pensou que seu pé fosse atravessar o piso do carro. Eles aceleravam em direção à rampa de acesso, mas os outros carros foram mais rápidos. E bateram numa explosão de vidro, metal e carne humana.

A rota de fuga deles estava bloqueada.

— Pra onde a gente vai agora, Christopher?! — perguntou ela.

Christopher ficou calado.

— A gente precisa chegar à estrada. Por onde a gente vai?!

— A estrada já era — comentou ele.

A notícia foi um baque para todos eles. Sem a estrada, era como se a cidade fosse uma ilha. Estavam presos em Mill Grove. A mente de Kate Reese não parava. Tinha de haver uma saída pelas estradas secundárias. Talvez pudessem chegar a um povoado vizinho. As coisas estariam melhores em Peters Township, ou Bethel Park, ou Canonsburg.

eu nunca vou deixar elE escapar, kate.

Ela ignorou a voz e continuou dirigindo. A neve caía, deixando as ruas escorregadias, como se fossem de vidro. Não importava para onde ela fosse, não havia saída. Um carro abandonado. Uma árvore caída. Ruas transformadas em estacionamentos. Por onde quer que ela seguisse, o carro simplesmente retornava às ruas que ela conhecia muito bem.

Estavam voltando para seu bairro.

Estavam seguindo para o bosque da Mission Street.

eu vou matar elE, kate.

— Pra onde a gente vai, Christopher?

— Não tem mais pra onde ir, mãe — respondeu ele, fraco.

— Tem, sim!

Christopher tocou a perna dela, ardendo com o que parecia ser uma febre de 42º.

— Ele nunca vai me deixar escapar, mãe — avisou Christopher.

Os cervos galopavam feito cavalos montados por cavaleiros invisíveis. Dezenas deles surgiam pelos gramados. Eram cervos demais. A mãe de Christopher se recusava a aceitar o inevitável.

Os cervos iam ultrapassar a caminhonete.

eu vou matar o seu filho agora, katE.

A mãe de Christopher acelerou seguindo para o cruzamento. Um estouro de cervos surgiu à frente deles. E dezenas apareceram atrás.

Não havia escapatória. Tinha acabado.

Eles jamais sobreviveriam.

CAPÍTULO 116

Mary Katherine pisou fundo no acelerador. O motor atingiu a potência máxima. Não havia outra marcha a ser engatada. Nem velocidade a ser aumentada. Ela olhou pelo retrovisor. A congregação a perseguia. Buzinando sem parar. Com pedras nas mãos.

— Jesus, por favor, salva a gente — choramingou ela.

Um cervo surgiu correndo de dentro do bosque. Mary Katherine deu um grito. E desviou para a esquerda, quase não conseguindo escapar dele. Quase não conseguindo escapar do Inferno. O terror tomava conta de seu coração.

— Meu Deus! Por que isso tá acontecendo?

As vozes ao vento gemiam, enquanto a neve caía do céu. O mundo estava chegando ao fim. Ela sabia disso. Aquilo era o fim. Mary Katherine deu uma guinada brusca em direção à rota 19. A estrada em que não tinha autorização para dirigir. Outro cervo correu na frente dela. Mary Katherine derrapou à direita, quase atropelando o animal.

— Meu Deus! Por que o Senhor tá deixando isso acontecer?

Mais dois cervos surgiram na estrada, bloqueando o caminho da rota 19. Deus não deixaria que ela escapasse dessa vez. O pecado tinha sido grave demais. Ele ia forçá-la a atropelar um cervo. Ele ia mandá-la para o Inferno. Mary Katherine acelerou o carro ladeira acima. A lua azul pendia no horizonte parecendo um olho irritado.

— O que foi que eu fiz pra merecer isso?

Começou como uma sementinha escura em seu coração. Cada pergunta que ela jamais se atrevera a formular. Cada dúvida que ela tivera na vida.

— Eu falei a verdade pra minha mãe. O que mais eu fiz? Eu não fiz nada. Eu sei que pensei em fazer aquilo, mas pensar não é fazer. Não é justo. Por que o Senhor nos dá corpos que não podemos usar? E não deixa a gente nem pensar nessas coisas? Eu não entendo. Eu já confessei todos os meus pecados. E ainda não é suficiente?

Os carros voavam atrás dela. As buzinas tocavam. Ela via cervos surgindo por trás das casas, dos dois lados da estrada. Seus lábios se contraíram com raiva.

— Cacete, que merda é essa? Me desculpa, mas por que o Senhor inventou essas regras que ninguém consegue seguir? Por que o Senhor dá esses testes em que a gente só consegue ser reprovado?! Quer saber o que eu acho?! Eu acho que, quando Eva mordeu a maçã, ela não cometeu o pecado original. Foi O SENHOR que cometeu!

Mary Katherine estava com tanta raiva que não sabia como parar. Sentia-se pior a cada palavra. Ao mesmo tempo que aquilo era inebriante.

— O Senhor não precisava ter expulsado Eva! Ela Te amava! O Senhor era o Pai dela! Quando se ama alguém, não se testa essa pessoa. Confia-se na pessoa. Conversa-se com a pessoa. E o Senhor nunca conversa comigo! O Senhor fica aí sentado, em silêncio, e só eu falo. Eu faço todo o trabalho, e o Senhor não faz nada! E eu devo me sentir mal por ter ofendido o Senhor?!

Mary Katherine olhou para o céu. As nuvens pareciam rostos com raiva.

— Eu fiz tudo o que o Senhor mandou! Eu acreditei em tudo o que o Senhor disse! Rezei todos os dias e, em troca, o Senhor fez os meus pais me levarem para um apedrejamento?! O Senhor me obrigou a me ajoelhar?! Por que o Senhor me quer de joelhos?! Por que o Senhor não quer me ver de pé?! Do que diabos o Senhor tem medo?

Mary Katherine chegou à rua seguinte.

— Meu Deus! Por favor, me faz entender, porque eu tô começando a Te odiar, e eu não quero Te odiar! Eu preciso que o Senhor fale comigo dessa vez! Eu não vou conseguir passar por isso sozinha! Eu sei que o Senhor fica em silêncio por causa do livre-arbítrio, mas dessa vez o Senhor não pode fazer isso! Eu perdi tudo. A minha mãe. O meu pai. O meu namorado. O meu padre. Igreja. Casa. Cidade. Liberdade. E eu mereço uma resposta. FALA COMIGO, MERDA! POR QUE O SENHOR FEZ ISSO COMIGO?!

Porque eu não te amo, Mary Katherine.

A voz estava tão calma. Tão segura. Tão dócil.

— O quê? — questionou Mary Katherine.

Eu não te amo.

Mary Katherine sentiu um calafrio percorrer sua espinha. Viu cervos saindo correndo do bosque. Prontos para se atirar na frente do carro.

— Você não é Deus — acusou ela.

Eu sou Deus, Mary KatherIne.

— Deus ama a todos, então você não pode ser Deus. Você é o diabo.

Mary Katherine pensou na própria situação e, de repente, percebeu.

— E eu não sou a Virgem Maria — disse ela simplesmente. — Eu sou Jó.

Mary Katherine olhou para a frente. Viu uma caminhonete vindo por uma rua lateral. Dezenas de cervos perseguiam a caminhonete. Seu carro seguia para o cruzamento, formando um ângulo de noventa graus. De algum modo, ela sabia quem estava naquela caminhonete.

Era o menininho.

Christopher.

Mary Katherine percebeu que era tudo um teste. Três vezes ela havia dirigido perto de Christopher. Três vezes tinha sido levada até um cruzamento. Na primeira vez, ela havia respeitado a placa de PARE. Na segunda vez, havia batido no carro em que o menininho estava. E aquele era a terceira. A Santíssima Trindade.

Pai. Filho. Espírito Santo.

Gelo. Água. Nuvens.

Ela não sabia por que Deus precisava testá-la, mas sabia que o mundo estava acabando, e Ele já não dispunha mais de muitos soldados. Ela era apenas um pontinho de tinta na tela gigantesca de Deus.

Ela não era o foco de tudo, era?

Mary Katherine não havia sido mantida viva por si mesma, mas por Christopher. No momento em que entendeu isso, a voz desapareceu. O impostor foi embora.

E uma grande paz desceu sobre ela.

Ela entendeu que estava vivendo tudo o que sempre havia temido. Estava grávida. Abandonada. Sendo perseguida. O Inferno havia chegado à Terra. Ela se encontrava no vale da sombra da morte.

Mas não temia mal algum porque o Senhor estava com ela.

O carro correu para o cruzamento. Não havia saída. Se não atropelasse os cervos, eles iam estraçalhar Christopher. Mary Katherine baixou a cabeça.

— Jesus, eu sou uma pecadora. Sou vaidosa. Sou narcisista. E o meu maior pecado foi ter sentido tanto medo do Senhor que nunca pude realmente amar o Senhor até agora. Mas eu não tenho mais medo, porque o Céu e o Inferno não são apenas lugares para onde vamos. São escolhas.

A caminhonete em que Christopher viajava atravessou o cruzamento. O carro dela voou pela estrada.

— Eu Te amo, Jesus — declarou ela.

Mary Katherine virou o volante e atravessou o rebanho de cervos que corriam enlouquecidos. O carro foi detido pelo peso dos animais. Galhadas rasgaram o para-brisa e as janelas. Então rasgaram a carne dela. O carro capotou umas dez vezes e, finalmente, parou sobre os quatro pneus danificados. Através do sangue que escorria por seus olhos, Mary Katherine viu Christopher e sua mãe seguindo em frente. Por enquanto, estavam sãos e salvos.

Mary Katherine sorriu.

— Cuida deles, Jesus — pediu ela.

Antes de perder a consciência, ela sentiu a presença d'Ele ao seu lado. A mão d'Ele era tão morna quanto o sangue que escorria por seu braço. Ela estava em paz, porque iria acreditar n'Ele pelo resto da vida. Não por medo. Mas por amor.

Mary Katherine estava livre.

CAPÍTULO 117

A mãe de Christopher olhou pelo retrovisor quando o carro de Mary Katherine capotou na estrada. A jovem os havia salvado dos cervos.

Eles ainda tinham uma chance de escapar.

Kate pisou no acelerador da caminhonete. O bosque da Mission Street surgiu ao longe. Ela viu portas se abrirem e dezenas de pessoas caixa de correio saírem correndo de dentro das casas e seguirem para a rua. Gritando.

— Entreeega ele praaaa geeeeente...

Ela olhou pelo espelho retrovisor. As pessoas caixa de correio começavam a surgir no topo da ladeira. Apareciam de todos os lados. Entupindo todas as ruas, como as artérias de uma pessoa minutos antes de um infarto fulminante. Só restava uma rua livre.

Monterey Drive.

Por um instante, ela se lembrou de ter entrado naquela rua com a corretora de imóveis setembro passado. Pela primeira vez, ela teria uma casa própria. Finalmente poderia dar ao filho um lar seguro, com uma boa escola e bons amigos na vizinhança. Ela olhou para Christopher. Ele estava pálido como um fantasma. E escorria sangue de seu nariz.

— Eu nunca vou deixar eles te pegarem — disse ela.

Ela olhou adiante, para o bosque da Mission Street, enquanto as nuvens se alastravam como um câncer pelo céu. O nevoeiro surgia para retomar a Terra e afogá-la num dilúvio. O mundo inteiro estava sendo trocado pela própria sombra. Todo e qualquer medo que ela sentia era por causa do filho. Viveria por ele, morreria por ele e mataria por ele. Faria qualquer coisa para mantê-lo vivo.

Chegaram ao balão de retorno. Ela pisou no freio e pegou o corpinho doente do filho, como se fosse uma boneca de pano.

Dá pra escapar a pé.
A gente ainda tem uma chance.

A mãe de Christopher o levou para fora da caminhonete. Ambrose saltou da carroceria. E ajudou o delegado a ficar de pé. O delegado estremeceu, o ferimento machucando suas costelas. Os quatro ficaram no balão de retorno enquanto as nuvens pairavam na direção deles, como se fossem navios de guerra. O nevoeiro mais espesso que ela já havia visto. Carros apareceram ao longe, com faróis que iluminavam a rua como se fossem lanternas fantasmagóricas. Portas de garagens se abriam. Pessoas caixa de correio surgiam no horizonte. Seus gritos atravessavam a rua como numa brincadeira de telefone sem fio. Elas corriam para eles a toda a velocidade. Estavam cercados. Encurralados.

Não tinham aonde ir, a não ser para o bosque da Mission Street.

Eles saíram correndo do balão de retorno. Através do campo. As nuvens formavam um nevoeiro denso, brilhando no luar azul. Não dava para ver nada. A mãe de Christopher ouviu as vozes ficando mais próximas. Pessoas entrando no bosque, vindas de todos os lados.

— Por onde a gente vai, Christopher? — perguntou ela.

O filho a abraçou com mais força, apavorado.

— A família Collins estacionou perto do canteiro de obras — avisou ele num sussurro rouco. — O sr. Henderson entrou no bosque pelo norte com o médico e a enfermeira Tammy. O carro que pegou Jerry parou. Jerry acabou de entrar correndo no bosque com uma arma, mãe.

A mãe de Christopher correu com o filho nos braços. Ambrose e o delegado a acompanharam. As árvores pareciam passar por eles num ritmo alucinante. Ela não conseguia ver aonde estavam indo. Mas sabia que Christopher, sim. Todos os olhos. Aquela gente toda. As criaturas do bosque. Os pássaros. O moço bonzinho tinha olhos em toda parte.

Seria preciso um milagre para eles escaparem.

CAPÍTULO 118

Ambrose olhou através da névoa que encobria sua visão. E viu o caminho congelado à frente. Seus pés esmagavam a neve a cada passo. Algo lhe dizia que corresse. Mais rápido. O cheiro de luva de beisebol. A voz em sua mente.
O meu irmão entrou nesse bosque cinquenta anos atrás.
Eu ainda posso salvar ele.
O nevoeiro não era coisa desse mundo. Ele mal enxergava um palmo diante do nariz. Mas o velho soldado sabia que a camuflagem funciona nos dois sentidos. Se ele não podia vê-los, eles também não o viam. Enfim ele avistou a silhueta de uma criança correndo mais à frente. Ambrose olhou para trás.

— Delegado, você viu isso? — perguntou ele.

Mas o delegado havia desaparecido.

— Delegado? — repetiu.

Ambrose parou. Não ouvia nada além das batidas do próprio coração. Ele tentou vasculhar as nuvens que encobriam sua visão, mas não conseguia ver nada além do nevoeiro que o cercava.

— Sra. Reese? Christopher?

Silêncio sepulcral. Ele não via a sra. Reese nem o filho dela. De algum jeito, Ambrose tinha corrido longe demais. Rápido demais. Ele os havia perdido. Estava sozinho. De repente, sentiu o vento no pescoço.

— Ammmbrrroooseeee — sussurrou o vento. — ééééé ooo daaaavvviiiddddd.

Ambrose escutou o vento, o coração tomado de pavor e esperança em medidas iguais.

— David? — disse ele.

— ssSsiiiiimmmm — sussurrou o vento.

— Cadê você?

— aaaaqqqqquuuiiiiiii — respondeu o vento.

Ambrose sentiu um calafrio. A névoa das nuvens dançava pela trilha, e o nevoeiro pairava feito a fumaça do velho cachimbo de seu pai.

— mmeee aaaaajjjjjuuudddaaa, ammbrrosseee — implorou a névoa.

Ambrose seguiu a voz. Ele só conseguia enxergar a neblina, em todas as direções. Dava para ouvir sussurros à sua volta. Tinha alguma coisa ali. Não dava para identificar o quê, mas dava para sentir. Um leve sussurro nos pelos da nuca.

Ele ouviu um passo.

— elllessss eeessstttããããooo chegannddddooo, ammmbrrrosssse — ofegou o vento através dos galhos.

Outro passo.

Ambrose começou a andar mais rápido. Avançou através da neblina, enquanto o barulho do vento ficava mais alto. O bosque parecia respirar fundo, com seus pulmões encharcados de tinta.

Outro passo.

Algo estava correndo em sua direção.

De repente, os galhos sumiram. Já não havia árvores acima dele. Apenas a lua azul iluminando a neblina, uma lamparina iluminando a clareira de cima. Ambrose viu um vulto. O contorno de um corpo. Podia ser um cervo. Uma daquelas pessoas. Ele semicerrou os olhos, tentando se valer de sua visão embaçada, e finalmente identificou o que era.

Um menininho passou correndo por ele.

— David! — gritou ele.

Mas o menininho não parou. Não era David. Outro menino passou por ele, perseguindo o primeiro e gritando.

— É nossa! A gente que construiu!

Os meninos correram pela clareira. E passaram por uma sombra gigantesca no meio da neblina. A princípio, Ambrose não conseguiu distinguir a forma. Parecia absurdamente grande. Ele se aproximou mais alguns passos e por fim reconheceu o que era.

Uma árvore.

Todos os instintos no corpo de Ambrose lhe diziam que fugisse daquela árvore. Mas seus pés continuaram avançando até ela. Até aquela voz.

— David?

— eeeuuu eeessstttooouuu aqqquuuiii eeemmm ciiimmmaaa — uivou o vento.

Ele sabia que podia estar caindo numa armadilha. Sabia que provavelmente não era verdade. A voz não era David. Mas algo o impelia a dar mais um passo. O pensamento que Christopher tinha plantado em sua mente.

Eu ainda posso salvar o meu irmão.

O vento açoitava os galhos. Ambrose pôde distinguir o tênue contorno de uma escada de corda que levava ao que parecia ser uma casinha na árvore.

— soocccccoooorrrroooo! soocccccoooorrrroooo! — sussurrou a voz lá de cima.

Ambrose começou a subir. Ele contemplou o alçapão acima. Uma luz brilhava dentro da casa na árvore. David poderia estar do outro lado daquele alçapão. Em algum lugar. Poderia estar dentro daquela casa na árvore. Ambrose poderia enfim saber o que tinha acontecido com seu irmão caçula.

— mmee aaaaajjjjjuuudddaaa, ammbrrosseee! mmee aaaaajjjjjuuudddaaa! — sussurrou a vozinha.

Ambrose chegou à casa na árvore. E atravessou o alçapão. Alguma coisa puxava a escada de corda abaixo dele. Rindo. Subindo. Ambrose fechou o alçapão. A casa na árvore ficou totalmente às escuras. Ele não conseguia enxergar nada. Suas mãos tatearam a parede na esperança de encontrar uma lamparina ou uma lanterna. Ele ouviu uma respiração.

— ambbbbbrossse... — sussurrou uma voz em meio à escuridão.

— David?

A voz se calou. A mão de Ambrose correu, tremendo, pela parede. Por fim, ele encontrou algo. De plástico. Era um interruptor. Os pelos em sua nuca se arrepiaram. Aquilo não fazia o menor sentido. Por que haveria um interruptor numa casa na árvore?

— ambbbbbrossssse... — sussurrou a voz. — **v**oooccêêê quueeer saaaabbeeer????

Ambrose procurou na escuridão. O vento parou de uivar. E começou a sussurrar.

— voooccêêê quueeer saaaabbeeer onddeee elleee essstttááá?

Ambrose engoliu o nó seco na garganta.

— ééé sóóó acender a luzzzzz.
Ambrose contraiu o corpo, o rosto vermelho de pavor.
— aceeennnddeee a luzzzzz, ammbrossssSeeee.
Ambrose acendeu a luz. Ele já não estava na casa na árvore.

CAPÍTULO 119

Christopher se segurava na mãe, que, arrastando os pés na lama, o carregava através do nevoeiro. O delegado corria ao lado deles, contorcendo-se de dor nas costelas.

— Christopher, pra onde a gente vai? — perguntou ela.

Christopher fechou os olhos e procurou uma saída. Não via nada, a não ser escuridão. Ambrose estava perdido. Eles estavam encurralados. Feito ratos num labirinto. A luz de sua mãe era tudo o que restava.

— Corre pela ponte, mãe — sussurrou ele.

Christopher sentiu que a ponte dos três cabritinhos estava à frente deles. Mesmo sem conseguir ver nada, ele sabia que, passando por ali, havia uma saída do bosque. Eles iam conseguir. Ele ia salvar a mãe. Passaram pela ponte. Christopher olhou para a luz dela. Havia um caminho de volta para a casa deles. Enquanto tivessem a casa na árvore, ele seria capaz de encontrar o caminho para sair do bosque.

mas eu tenho a casa na árvore agora.

A voz bateu no espelho dentro de sua mente. De repente, o mundo ficou em silêncio. As passadas de sua mãe desapareceram.

eu estou esperando por você.

Christopher olhou para a trilha no momento em que estavam atravessando a ponte de novo.

— A gente acabou de passar por essa ponte — disse sua mãe, confusa.

— Onde a gente está?! — indagou o delegado.

— Pode dar meia-volta, mãe — indicou Christopher.

Rapidamente, ela atravessou a ponte de novo. E correu a toda a velocidade pela trilha em direção à casa deles.

Até que passaram pela ponte mais uma vez.

você nunca vai sair daqui, christopher.

Por onde quer que seguissem, acabavam voltando para o bosque. Cada vez mais se embrenhando no bosque. A sombra ao redor deles. As vozes no nevoeiro. Caçando-os. Ele se lembrou de como a nuvem o havia atraído para o bosque naquela primeira vez. Lembrou-se de quando a criança tinha chorado e depois rido. A criança que corria engatinhando.

Feito um cervo.

Havia duas crianças na trilha à frente deles. Elas não se mexiam. Apenas ficavam paradas.

— Mike! Matt! Sou eu! — gritou Christopher.

Os meninos se viraram. Seus olhos e bocas estavam costurados. Eles apontaram e gritaram através da linha.

— ... HISTOPHER!

Os M&M's avançaram diretamente para eles. A mãe de Christopher saiu da trilha. Ele ouvia o ruído de passos se aproximando. Centenas de moradores da cidade os caçavam como quem caça coelhos. Jenny Hertzog e seu meio-irmão Scott surgiram empunhando facas. A srta. Lasko corria logo atrás, com uma garrafa quebrada, se coçando como uma viciada. A mãe de Christopher correu, mas não havia por onde escapar. Havia apenas o instinto de sobrevivência. As pessoas estavam espalhadas pela neblina. Christopher sentia a fúria generalizada. O bosque ardia de raiva. As vozes estavam se aproximando. O vento transportava o canto.

— A morte está chegando. A morte está aqui. Vocês vão morrer no Natal.

Ele sentiu Jerry correndo pelo bosque com uma arma. A família Collins portando serras e marretas do canteiro de obras. A voz do moço bonzinho retorcia a mente das pessoas como se fosse uma faca fincada nelas. Sangue escorria do nariz e dos olhos de Christopher. Seu corpo ficava mais quente a cada nova voz que ouvia, a cada nova pessoa que surgia correndo pelo bosque.

— Mãe — chamou ele, muito fraco —, você tem que se salvar.

— Não! — gritou ela, e suas pernas encontraram novas forças. — Me diz pra onde ir!

— Não tem pra onde ir, mãe.

Mas ela continuou correndo. Não ia desistir. Procurou uma árvore para se esconder ou para subir, mas de repente não havia árvores. Havia apenas luz e neblina. Christopher olhou para cima e viu a lua. Brilhante e azul.

Gravetos estalavam em volta deles. Vozes vinham de todas as direções. Cantando.

— A morte está chegando. A morte está aqui. Vocês vão morrer no Natal.

Um corpo surgiu do nada e pulou em cima do delegado. A mãe de Christopher se virou. O delegado havia desaparecido. Ela chorou por ele.

— A morte está chegando. A morte está aqui. Vocês vão morrer no Natal — cantavam as vozes. Cada vez mais próximas.

Christopher procurou a luz da mãe, mas não conseguia ver nada, apenas nuvens. Nada, apenas escuridão. A cantoria se transformou numa única voz ao vento.

a morte está chegando. a morte está aqui. vocês vão morrer no natal.

A voz soprou o vento pelo bosque e levou consigo a neblina. Tornados gigantes levavam as nuvens de volta ao céu como se alguém expirasse muito intensamente. Já não havia galhos. Já não havia árvores. Exceto uma.

Eles estavam na clareira.

Estavam cercados por toda a cidade. O delegado havia sido jogado no chão ao lado da árvore. Cada centímetro da clareira estava ocupado por um habitante da cidade.

A casa na árvore estava perdida.

Não havia escapatória.

As pessoas caixa de correio sacavam facas e empunhavam pedras. Armas apontavam para Christopher de todos os ângulos. A mãe de Christopher ficou na frente dele.

— Pra trás! — gritou ela.

A multidão continuou se aproximando. A sra. Henderson vinha à frente do bando. A sra. Collins caminhava ao lado do marido, com os pulmões encharcados e ofegantes. A sra. Keizer mancava com seu quadril fraturado. Christopher começou a tremer nos braços da mãe.

— Mãe! Eles não querem você! Eles só me querem! Por favor, corre!

Ela o abraçou com mais força e bateu o pé. A multidão se aproximou. Ela recuou em direção à árvore. Cambaleando, o delegado se levantou.

— Todo mundo pra trás! — gritou o delegado. — Eu ainda sou a lei!

A multidão se aproximou. Avançando como se fosse um só organismo. Respirando como se fosse um só organismo. Christopher contemplou o semblante das pessoas que se afogavam nos próprios medo e ódio. Tanto sofrimento. Ele tropeçou na árvore e caiu para trás quando deparou com a visão mais aterrorizante de todas.

Ed Especial e Brady Collins.

Os meninos correram para o meio da clareira com as armas em punho. Seus olhos estavam lívidos, olhos de assassinos. Cada um falou com a voz de sua respectiva avó.

— O Brady vai matar a sua mãe, Eddie! Atira nele! — disse Ed Especial.

— O Ed Especial vai matar a sua mãe, Brady! Atira nele! — disse Brady Collins.

Por fim, eles ergueram as armas e apontaram para o que pensaram ser o outro.

Mas as armas apontavam para Christopher.

— Escuta a vovó! — disseram eles, em uníssono.

E os dois puxaram o gatilho.

Christopher fechou os olhos, esperando o impacto das balas.

Mas as balas não o atingiram.

Alguém se colocou na trajetória dos tiros.

Foi o delegado.

Ele se jogou na frente de Christopher e sua mãe, sendo alvejado no ombro e nas costas. E caiu no chão. O delegado estendeu a mão para a mãe de Christopher. Seus olhos pareciam perdidos, como os de uma criança abandonada. Ele tentou pronunciar o nome dela, mas as palavras ficaram presas no sangue que enchia sua boca. Ele se esforçou para se manter consciente, para se manter vivo. Por causa dela. Por causa do filho dela. Ela gritou seu nome no momento em que ele tombou, sangrando e inconsciente. A multidão gritou em uníssono, e Jerry correu para a frente. Jerry olhou para Christopher, e seu rosto se contorcia de tanta raiva e ciúme.

— Você roubou ela de mim — disse ele. — Ela só pode amar um de nós.

Jerry levantou a arma para atirar em Christopher.

A mãe de Christopher agarrou o filho e o jogou no chão. Christopher sentiu a mãe envolver seu corpo como um cobertor, assim que Jerry abriu fogo. A bala atravessou o corpo dela.

Mas nada tocou seu filho.

Nada, apenas a luz que emanava dela própria.

Christopher viu essa mesma luz brilhar diante dele. Cem bilhões de fotos de uma menininha jogadas fora pelo mundo. A menina se tornou mulher por pura força de vontade. A mulher conheceu um homem que foi gentil com ela. A mulher viu o homem desistir da vida dentro de uma banheira. Mas ele tinha lhe dado um filho.

O filho era sua luz.

Christopher olhou nos olhos da mãe. Com a luz que emanava dela, ele conseguiu enxergar. Conseguiu enxergar a resposta. Enquanto ela tivesse aquela luz, sempre haveria uma chance.

A luz começou a diminuir.

— Não, mãe! — gritou ele.

O corpo dela começou a ceder. Sangue escorria de seu nariz.

— Por favor, não vai embora!

A vela tremulou ao vento do furacão.

— Eu te amo, Christopher — sussurrou ela.

Então a luz de cem bilhões de estrelas se apagou.

CAPÍTULO 120

Christopher fechou os olhos. O único som era o de suas lágrimas.
— Acorda, mãe. Por favor, acorda.
Ele segurou o corpo dela, rezando para que sua febre fosse quente o suficiente para curá-la. A multidão continuava avançando. Christopher ouvia a multidão carregando suas armas, bala por bala.
— Não vai embora. — Ele soluçou. — Por favor, não vai.
De repente, a multidão a arrancou dos braços dele e o colocou de pé encostado na árvore. Já não eram pessoas. Eram uma colmeia. A raiva fazia os dedos pressionarem os gatilhos. Mas não apontaram as armas para Christopher. Apontaram-nas para sua mãe. Christopher levantou a mão e gritou:
— DEIXEM A MINHA MÃE EM PAZ!
A voz de Christopher ecoou pela clareira. A multidão congelou, aterrorizada. Seus dedos, já sobre os gatilhos, pararam por um instante. Então Christopher sentiu uma leve comichão no cabelo, como a estática de um balão. Apavorado, ele ouviu a sra. Henderson falar com uma calma estranha, como se fosse um boneco de ventríloquo.
— Como assim "deixar ela em paz", Christopher? — perguntou a sra. Henderson.
Mas não era a voz da sra. Henderson.
Era a voz do moço bonzinho.
— Você não entende? Isso nunca vai parar — disse o moço bonzinho através de Jenny Hertzog.
— A eternidade é isso — acrescentou Brady Collins. — Eles fazem tudo o que eu mandar.
Brady avançou sobre a mãe de Christopher, engatilhando a arma. Brady estava prestes a puxar o gatilho, mas ficou paralisado. A multidão inteira falou

ao mesmo tempo. Todas as vozes pertenciam ao moço bonzinho. A cidade era seu canal de voz. Mil alto-falantes.

— Eu vou mantê-los para sempre nas trEvas. Eu vou matar a sua mãe de novo e de novo e a munição do mundo nunca vai acabar.

Christopher sentiu sua febre aumentar. Ele finalmente entendeu do que se tratava. Era o Inferno borbulhando sob sua pele. Ele viu Ed Especial andar pela multidão, junto com Mike e Matt. Os três abriram a boca ao mesmo tempo.

— Seus amigos são meus. A sua casa na árvore é minha. Olha só do que eu sou capaz agora que é tudo meu — disse o moço bonzinho.

Ed Especial foi até o delegado e o ajudou a ficar de pé. Os olhos do delegado não se abriam. Mas ele dirigiu o olhar a Christopher, tentando abrir os olhos em total desespero.

— Por favor, não me deixa mais dormir, Christopher. Todas as vezes que eu pego no sono ela está esperando por mim, e eu não salvo ela. Eu chego atrasado... sempre. Por favor, faz isso parar. Eu não aguento mais ouvir ela me chamar de papai.

O delegado lutou contra o próprio corpo, mas foi em vão. Ele subiu na árvore contra a própria vontade. Os degrauzinhos todos irregulares, feito um sorriso torto.

— Não! Eu não quero ir! — gritou o delegado.

Christopher tentou ajudá-lo, mas foi cercado pela multidão.

— Não! Parem! — gritou Christopher.

Mãos invisíveis moviam os membros do delegado, como se ele fosse uma marionete. Ele subiu a escada e abriu a porta da casa na árvore.

— Por favor! Eu não quero ver ela morrer de novo!

— Deixem ele em paz! Acorda, delegado! — gritou Christopher.

Mas o delegado estava perdido. A casa na árvore brilhava. O delegado entrou e fechou a porta. Imediatamente, seus gritos começaram.

E, então, silêncio.

O moço bonzinho falou em seguida. A voz dele zumbia tanto na mente de Christopher que ele a sentia em suas obturações.

quem vai Ser o próximo?

Christopher viu a cidade ir até o corpo de sua mãe. Levantaram-na como quem levanta um defunto e a carregaram até a árvore.

— NÃO! — berrou Christopher.

Ele lutou através da multidão, tentando chegar à sua mãe. O sr. e a sra. Collins seguraram cada um uma das mãos dele. E disseram, entre os dentes:

— Você sabe o que a Sua mãe vai ver quando acordar?

— NÃO! VOCÊS NÃO PODEM FAZER ISSO! POR FAVOR! — gritou Christopher.

Christopher soltou as mãos e correu para a mãe. Jerry derrubou Christopher no chão.

— Ela vai acordar do ladinho do Jerry. Adivinha Só o que vai acontecer depois?

Christopher se levantou de novo. E se debateu, tentando chegar à mãe. Sua febre aumentava.

— Ela vai perceber que alguém eStá olhando pra ela de dentro da banheira. É o seu pai. Ele vai se levantar da banheira com a faca.

— VOCÊS NÃO PODEM FAZER ISSO. NÃO COM A MINHA MÃE. POR FAVOR!

— Mas ele não vai matar a Sua mãe com a faca. Ele vai matar você.

A multidão arrastou a mãe dele, escada acima, pelos cabelos. Ela pendia feito um relógio de bolso.

— Ela vai ver você morrer e, na manhã seguinte, vai acordar do ladinho do Jerry. Ela vai perceber que alguém está olhando pra ela de dentro da banheira. É o seu pai. Ele vai Se levantar da banheira com a faca. Mas ele não vai matar a Sua mãe com a faca. Ele vai matar você. Ela vai ver você morrer e, na manhã seguinte...

— NÃO!

Christopher correu até a árvore e agarrou as pernas da mãe, tentando puxá-la para baixo. Christopher caiu de joelhos, cedendo à dor. Não conseguiu mais segurá-la. Mike e Matt se aproximaram. Eles tocaram o ombro de Christopher afetuosamente e abriram a boca, como se fossem uma única pessoa.

— christopheR, eU nãO voU maiS tE perseguiR. faZ doiS miL anoS quE eU estoU esperandO prA saiR dessA prisãO. oU vocÊ mE traZ aquelA chavE e matA a mulheR sibilantE, oU eU voU prendeR a suA mãE aquI, comO meU bichinhO dE estimaçãO prA semprE. nãO restA escolhA. alguéM vaI morreR nO nataL. sE nãO foR a mulheR sibilantE, vaI seR a suA mãE. agorA...

"escolhE!"

O sr. e a sra. Collins abriram a porta da casa na árvore, prontos para atirar a mãe de Christopher lá dentro

— Tá bom! Parem! Eu faço o que você tá me pedindo! Mas solta a minha mãe! — disse Christopher, choramingando.

Houve um momento de silêncio, então um sussurro veio de mil bocas.

— obrigadO, christopheR...

Delicadamente, a cidade desceu a mãe de Christopher pela escada até o chão. Christopher olhou para ela deitada ao lado da árvore. Parecia estar em paz. Depois de tudo o que tinha sofrido, de tudo o que a vida tinha feito com ela.

Ele se ajoelhou ao lado do corpo da mãe e fez carinho na testa dela, do jeito que ela sempre fazia quando ele estava com febre. Pegou a mão dela. Se havia alguma pulsação, ele não foi capaz de sentir.

— Mãe, eu tenho que ir agora — avisou ele, baixinho.

A febre começou. Era diferente de tudo o que ele já havia sentido. Os pelos em sua nuca ficaram arrepiados. Seu estômago ficou quente e crepitante com eletricidade. Um sussurro que arranhava esquentou todo o seu corpo, mas era pelo bem de sua mãe. Não tinha surgido na mente nem nas mãos.

Tudo começou no coração.

Ele fechou os olhos e a segurou junto ao peito. O sussurro que arranhava avançou por seu corpo, como as nuvens avançavam lá em cima. Ele sentiu o cheiro do Vick VapoRub que ela aplicava em seu peito quando ele estava doente. A cerveja *on the rocks* que ele preparava e o vinho de missa no altar de Mary Katherine e o sangue que escorria de seu nariz.

Já não havia diferença.

Christopher sentia como se não tivesse mais sangue, mas não desistiria. Não importava o quanto doesse. Tudo o que ainda lhe restasse, ele daria a ela. O sussurro que arranhava fez Christopher sentir a bala alojada no corpo dela. Cada esperança e cada medo que tinha puxado aqueles gatilhos. Cada promessa não cumprida e vida frustrada.

A febre aumentava. A cabeça de Christopher gritava. Seu crânio parecia prestes a rachar ao meio. Ele sabia de tudo agora. De tudo o que sua mãe havia passado. Tudo o que sua mãe tinha feito por ele. Christopher olhou para a vida dela e finalmente entendeu a sensação que havia dentro dele.

A sensação não era de dor.

Era de poder.

Ele havia se tornado onisciente, onipotente. Estava tão perto de Deus quanto um mortal poderia estar. Ele curou as costelas fraturadas dela. Cada corte. Cada escoriação. Cada dor, por menor que fosse. Tudo correu através dele e desapareceu nas nuvens.

A mãe de Christopher abriu os olhos. Estava viva.

— Christopher? — sussurrou ela. — O que está acontecendo?

— Nada, mãe. Tá tudo bem com você agora.

Ele continuou tocando o tórax da mãe, dando-lhe mais e mais vida. E viu todas as lembranças dela. Não apenas os fatos. Mas os sentimentos. As lágrimas. A raiva. A autodepreciação. As cicatrizes invisíveis.

— Mãe, eu posso tirar toda a sua dor. Você vai me deixar fazer isso?

— O quê? — perguntou ela, baixinho.

— Você não precisa mais sofrer. Você vai me deixar fazer isso por você?

— Sim, querido. Pode fazer o que quiser.

Ele passou uma das mãos por cima do ombro dela e tocou a pele, entre o peito e a clavícula. Por um instante, ela não sentiu nenhuma diferença.

E, então, começou.

Ela olhou para o filho, que sangrava pelo nariz.

— Qual é o problema, meu amor? — perguntou ela a Christopher. — Seu nariz está sangrando?

— Eu vou ficar bem, mãe. Olha isso.

Instintivamente, ela estendeu a mão e limpou o sangue do rosto dele. Christopher pegou a mão dela e sorriu. O calor que emanava dele se espalhou por toda a pele da mãe, e ela viu sua vida passar diante dos próprios olhos. Todas as vezes que havia escondido as lágrimas, porque não queria ensinar o filho a ter medo. Todas as vezes que tinha sorrido para fazê-lo se sentir seguro e depois ido até o quarto e contado os 31 dólares que ainda lhes restavam. Todos os golpes que tinha recebido por ele. Todas as coisas que havia deixado para trás por ele. Todas as vezes que o colocara na cama à noite. Todas as vezes que havia se arrastado para fora da cama, porque jamais abandonaria Christopher, ao contrário de todas as pessoas que ela conhecia, que a abandonaram. Ela sentiu cada momento que tinha passado com o filho, tudo de novo.

Mas não do jeito como ela via.

Do jeito como ele via.

De início, ela não reconheceu o sentimento, mas, quando percebeu do que se tratava, seus olhos começaram a verter lágrimas. Ela sentiu o que era ser colocada em primeiro lugar. O que era ser amada incondicionalmente por alguém maior que pudesse protegê-la e fazer as coisas direito. Ela era sua própria mãe. Estava em segurança. Nunca havia se sentido tão feliz em toda sua vida. No entanto, era mais que felicidade. Era mais que segurança. Não era o que ela sentia. Era o que ela não sentia mais.

Já não havia mais dor.

A dor tinha ido embora. Toda a culpa. O medo. A forma como se culpava pela dislexia do filho. Pela pobreza dos dois. Pela situação dos dois. Tudo havia desaparecido. Nenhum fracasso havia acontecido. Ela se viu apenas como ele a via. Uma heroína. Todo-poderosa. Onisciente. A pessoa mais incrível que já havia pisado na face da Terra.

Ela olhou para o filho, que sorria como costumava fazer naquelas noites de sexta, quando viam filmes juntos. Todas as vezes que ele pegava um livro por causa dela. Todas as vezes que fingia gostar de um filme por causa dela. Todas as vezes que lhe servia cerveja com gelo. Ela sentiu o próprio sorriso. Seus abraços. Sua comida. Sua beleza. Uma eternidade de momentos se estendeu diante deles enquanto contemplavam a luz de cem bilhões de estrelas.

— Mãe, essa é quem você é de verdade.

Naquele momento, Christopher fechou os olhos e devolveu à mãe todo o amor que ela já havia lhe dado na vida.

Ela se sentia no céu.

O nariz de Christopher parou de sangrar. Ele colocou sua mão carinhosa na testa da mãe e ela se encolheu toda, feito uma menininha pronta para voltar a dormir.

— Pode dormir, mãe — disse ele. — É só um pesadelo. De manhã, tudo vai estar bem.

— Tá bom, querido. Boa noite.

— Boa noite.

Christopher se inclinou e beijou a testa quente dela. A mãe estava sonhando agora.

— Eu nunca vou deixar que eles te façam mal — disse ele.

Em seguida, Christopher se levantou. Ele havia absorvido toda a dor da mãe. As articulações estavam inchadas. Os joelhos estalavam. Os braços pareciam magros e fracos. Ele olhou para trás, através da clareira. A cidade olhava para ele com olhos mortos. O moço bonzinho tinha levado todos. Menos sua mãe. Não tinha sobrado ninguém. Christopher estava completamente sozinho.

Com o corpo doído, ele foi mancando para a árvore.

A cidade abriu caminho, como se fosse o mar Vermelho. Centenas de sapos que não entendiam por que começavam a se sentir tão mal. Christopher sabia que caminhava para a própria morte, mas não tinha escolha senão prosseguir. Por causa dela. Por causa deles. Por causa de todos. Ele chegou ao pé da árvore. Ergueu os braços magricelas e subiu os degrauzinhos que pareciam dentes de leite.

Christopher chegou à casa na árvore.

Abriu a porta e olhou o interior. Era apenas um pequeno espaço vazio e frio. Com nada além do delegado e Ambrose no chão, contraindo-se inconscientemente, murmurando horrores em seu sono. Tinha um cheiro estranho. A luz estava forte demais. Algo havia mudado. Agora, o moço bonzinho controlava o portal. Christopher não sabia o que seria diferente depois que fechasse aquela porta. Tudo o que sabia com certeza era que o moço bonzinho não podia matar a mulher sibilante sem ele.

E que Christopher era o único empecilho para que o Inferno dominasse a Terra.

Christopher entrou na casa na árvore segurando no bolso, como um pé de coelho, a chave da mulher sibilante. Ele se virou e olhou para a mãe, dormindo no chão, em paz. A única luz que restava no mundo.

— Eu te amo, mãe.

Então Christopher fechou a porta e entrou no Inferno.

PARTE VII

A sombra dA morte

CAPÍTULO 121

Christopher abriu os olhos.
Ainda estava na casa na árvore. Viu seu corpo físico deitado perto de Ambrose e do delegado, perdidos e se contorcendo no chão. Mas alguma coisa estava diferente. Alguma coisa havia mudado. Christopher foi até a porta. Encostou o ouvido nela. Ficou atento a qualquer sinal do moço bonzinho. Mas só ouvia sussurros. Vozes que ele nunca tinha ouvido antes. Sibilando seu nome.
— Chrisssstopher.
— A gente sssabe que você esssstá nosss esssscutando.
Ele se virou para as janelas para ver quem estava sussurrando, mas elas estavam tão embaçadas que ele não conseguia enxergar nada. As nuvens estavam ao redor deles. Cobrindo ambos os lados do mundo, como uma venda nos olhos.
— Chrissstopher... você essstá ficando sssem ar.
As vozes estavam certas. O ar dentro da casa na árvore tinha ficado quente e pesado, como quando se respira embaixo de uma coberta. Os sussurros arranhavam a casa na árvore.
— É isso que acontece com as pessoas dentro dos caixões.
— Elas ficam sem ar.
— Elas ficam vivas lá embaixo, Christopher.
— Ficam se contorcendo.
— Se você não sair, vai morrer como elas — sussurraram as vozes.
Christopher não teve escolha. Ele alcançou a maçaneta. Abriu apenas o suficiente para deixar entrar ar fresco no ambiente. A brisa lá fora exalava uma doçura defumada, como algodão-doce assado numa churrasqueira.

Com um olho, Christopher espiou pela fresta da porta. O que ele viu o deixou horrorizado.

O mundo imaginário estava lindo.

A grama estava verde. O céu estava azul. E preto. E estrelado. E sem nuvens. Tudo ao mesmo tempo. O sol brilhava tanto quanto a lua ao seu lado. Uma brisa roçava as folhas das árvores, verdes e maduras, como se fossem frutas. O clima era uma mistura perfeita de calor e frio. Ameno e seco. Um lindo dia de primavera misturado com uma agradável noite de outono. A melhor de todas as estações. O melhor de todos os tempos. Não era dia. Nem era noite. Era o melhor dos dois, sem o pior de ambos.

O bosque da Mission Street parecia celestial.

Christopher contemplou aquele belo mundo e viu

Centenas de cervos.

Na clareira.

Olhando para ele.

Vozes escondidas no vento.

— Oi, Christopher.

— Olá, amigo.

— Pode descer. A gente não vai te comer. Não dessa vez.

Christopher sentiu os sussurros em sua nuca. Ele se virou e viu um galho de árvore se mexendo feito uma cobra no cabelo da Medusa. O galho ofereceu a mão a ele e o ajudou a descer a escada. Leve feito uma pluma.

— Por aqui, Christopher — indicou a voz amiga.

A voz estava em todo lugar. A voz não estava em lugar nenhum. Ele olhou para a lua azul ao lado do sol cor de laranja. O sol e a lua iluminavam as nuvens acima da clareira, como se fossem uma lamparina. As estrelas acima cintilavam como luzes de Natal.

Christopher segurou a escada. Parecia molhada e escorregadia. Branca e reluzente. Os degrauzinhos eram agora dentes de leite. Ele desceu a escada.

Descendo pela árvore gigantesca.

A cada passo, seu corpo doía. Sentia-se fraco depois de ter curado a mãe. A única coisa que lhe restava era a mente. Ele sabia que o delegado estava perdido em algum lugar ali dentro. Ambrose também. O tempo estava se esgotando. Ele olhou para a clareira e viu os cervos lá embaixo, parados. Fazendo o máximo para não demonstrar que dava para ver suas costelas sob a pele, porque eles passavam fome. Lambiam o focinho, com línguas compridas e ásperas.

— Isso mesmo, Christopher. Agora, cuidado — disse a voz.

Christopher continuou descendo. Por sua mãe. Por seus amigos. Por sua cidade. Chegou ao chão e encarou os cervos, que se aproximavam. Curvando-se para ele. Mordiscando o solo ao redor de seus pés. Enfiando os focinhos nas mãos dele.

Christopher estava fraco demais para correr. Fraco demais para fugir. Mas se forçou a continuar andando. Eles o cercaram, como se fossem uma escolta. Para mantê-lo em segurança. Para mantê-lo andando. Ele olhou adiante, para o bosque. Agora, os galhos das árvores sorriam, balançando feito rabos de gato.

A brisa fazia o máximo para abafar os sons, mas ele ainda conseguia ouvir a gritaria ao longe. Os gritos de "Faz isso parar!" no lado imaginário misturados com gritos de "Lá vamos nós!" no lado real. Os mundos sangravam juntos. Os sapos começavam a inchar.

A srta. Lasko acabou de abrir uma garrafa de uísque. Ela levou a garrafa ao nariz. O cheiro era delicioso. Ela levou a garrafa à boca. Mas sua boca tava costurada.

Christopher sentia a srta. Lasko chorar através dos pontos. Ele não tinha muito tempo. Christopher caminhou pelo belo bosque. Os galhos roçavam seus ombros. Despenteavam seu cabelo. Cutucavam-no, docilmente, pelo caminho.

"Mãe?!", ele sentia a sra. Collins gritar. "Mãe?! Por que a senhora não me deixa entrar na cozinha agora?! A senhora prometeu! Por favor! Eu tô com muito frio!"

Christopher mancou pelo caminho. Olhou para baixo e viu pegadas. Cada pé era diferente. Homens. Mulheres. Meninos. Meninas. Os pés estavam ficando menores. Seres humanos que desapareciam.

"Mãe?!", ele sentia Brady Collins gritar. "Mãe?! Por que a senhora não me deixa entrar na cozinha agora?! A senhora prometeu! Por favor! Eu tô com muito frio!"

Christopher passou pela ponte dos três cabritinhos. E sentiu algo espalhar água no riacho do lado real.

Jenny Hertzog acabou de empurrar seu meio-irmão dentro do riacho para afogar ele num dilúvio. Ela não entendeu por que o riacho se transformou na cama dele. "Mãe! Por favor! Faz isso parar!"

Christopher olhou para a ponte. Tudo dependia dele. Precisava salvar Jenny. Precisava salvar todo mundo. O barulho de algo espalhando água no riacho ficou mais alto.

A velha que morava do outro lado da rua acabou de cair na água para nadar com o marido, mas ela não tá entendendo por que ele sempre fica tão cansado. "Você tem que nadar, querido! Por favor! Ai, meu Deus! Ele está se afogando!"

Christopher sabia que tinha de derrotar o moço bonzinho, senão aquilo seria a eternidade do mundo. As pessoas que estavam na clareira culpariam umas às outras. Umas se voltariam contra as outras. O moço bonzinho tinha reunido todos aqueles indivíduos para dividir facções e brincar de guerra. Os de camisa contra os sem camisa. Tribos podem começar a partir de algo tão pequeno quanto um time de futebol. Começaria naquela clareira. Um vizinho atacaria outro. E esse vizinho teria um primo em algum lugar que iria se unir a ele. Então outro. E outro. Até que todos soubessem de uma mãe ou um pai ou um irmão ou uma irmã ou um cônjuge ou um filho ou uma filha que tinha sofrido alguma injustiça por uma mãe ou um pai ou um irmão ou uma irmã ou um cônjuge ou um filho ou uma filha. E os dois lados começariam a lutar e nunca mais iriam parar. E jamais morreriam. Jamais escutariam o outro. Só sangrariam. O Inferno chegaria à Terra.

Christopher olhou para a frente e viu flores que enfeitavam o caminho que levava à saída do bosque da Mission Street.

Christopher chegou à rua.

Ele parou assim que viu onde estava. Seu bairro. Sua casa. A cabana de madeira. O balão de retorno com uma bela neblina noturna mesclada com o orvalho da madrugada. Tudo tentava desesperadamente parecer feliz, apesar de estar pegando fogo. Ele ouviu gritos abafados vindo de dentro das casas. Milhares de gritos presos pelos pontos que costuravam as bocas. Tentando soar alegres.

— Ele voltou! Ele voltou! Olá, Christopher — diziam eles.

Ele viu o homem com uniforme de bandeirante inclinar sua viseira de *softball*. O casal murmurava com prazer, beijando-se sem parar, até que seus dentes caíram na rua, como se fossem pedrinhas. As pessoas caixa de correio se enfileiravam, lado a lado, feito passageiros de um trem superlotado. Sem portas. Sem assentos. Sem esperança. A rua se estendia infinitamente, com as pessoas caixa de correio posicionadas dos dois lados, todas em seu devido lugar, enquanto os amaldiçoados gritavam a mesma coisa, sorrindo.

— Faz isso parar! Por favor, meu Deus!

Havia apenas uma pessoa que não estava sorrindo. Ela estava deitada no gramado ao lado da rua. Com os pés e as mãos amarrados. Cercada por cervos. Era a mulher sibilante.

— Você não está na rua — disse ela, derrotada.

Christopher entrou no balão de retorno. Cervos começaram a andar em volta de alguma coisa, como uma cobra protegendo os filhotes. Uma figura coberta por uma mortalha foi até Christopher. E estendeu uma das mãos. Então, lentamente, despiu a própria sombra, como quem tira a roupa ao fim de um longo dia.

Era o moço bonzinho.

Ele estava tão bonito. Parecia tão limpo. Um homem charmoso, de terno cinza. E deu um sorriso muito simpático. A boca cheia de dentes de leite.

— Olá — cumprimentou ele. — Eu sinto muito, mas ela precisa morrer agora. já dEu a hora.

Christopher olhou para ele. O moço bonzinho não tinha arma nenhuma. Apenas uma expressão agradável. E meneou a cabeça, num gesto paternal.

— porque deus é um aSSaSSino.

CAPÍTULO 122

Papai.
O delegado abriu a porta.
Ele olhou pelo corredor de um velho prédio residencial. Por um instante, o delegado se perguntou por que não estava na casa na árvore. Tinha certeza de que havia aberto a porta da casa na árvore, mas, sem dúvida nenhuma, estava num velho prédio residencial. A porta se fechou atrás dele com um clique pesado.
Plim.
O elevador abriu no fim do corredor. Um casal de adolescentes saiu dele. O rapaz tinha uns 16 anos. A moça tinha 17. Ele era negro. Ela era branca. Ela carregava o bebê deles nos braços.
E ele estava chorando.
— Papai!
O delegado parou por um instante e sentiu como se já tivesse estado ali antes. Como se aquilo já tivesse acontecido. Mas logo descartou essa sensação.
Ele tinha um trabalho a fazer.
— Com licença. Eu recebi uma queixa sobre um cheiro vindo do 217. Vocês sabem quem mora...
O casal desviou o olhar e entrou no apartamento sem uma palavra. O delegado ouviu quando trancaram a porta com um clique. Clique. Clique. O delegado estava habituado a pessoas que não queriam falar com a polícia, mas não ouvia três travas desde que havia se mudado para o subúrbio. Isso o fez sentir um aperto no estômago.
Ele seguiu pelo corredor até o elevador. Era um daqueles elevadores antigos com um mostrador mecânico feito de metal dourado. Parecia a metade superior de um relógio, com uma seta que girava do 9 ao 3.

Mas aquele mostrador estava apontando para baixo, para o 6.

Devia estar quebrado.

O delegado apertou o botão. E observou a seta dourada percorrer o semicírculo, na direção errada.

Plim.

A porta se abriu. Ele viu um casal de meia-idade dentro do elevador. O homem era negro. A mulher era branca. Estavam com sua filhinha, que usava um lindo vestido branco, a caminho da igreja. A menina estava chorando porque tinha derramado alguma coisa na roupa. Parecia suco de uva. Ou sangue.

— Papai! — chamou ela, choramingando.

— Com licença. Eu recebi uma queixa sobre um cheiro vindo do 217. Vocês sabem quem mora lá?

— Não — respondeu a mãe. — Mas o senhor sabE.

A mãe sorriu. Não tinha dentes. O marido pousou a mão gentil sobre a esposa e a filha e, mais que depressa, conduziu as duas para o apartamento onde moravam e trancou a porta.

Clique. Clique. Clique.

O delegado entrou no elevador e apertou o botão 21. As portas se fecharam e a música ambiente começou a tocar. "Blue Moon". O som quase o distraiu do cheiro de urina e fezes. O delegado estava acostumado a prédios que cheiravam a mijo e merda, mas aquele tinha cheiro de fralda suja de bebê. O bebê estava chorando.

As portas do elevador se abriram no 21º andar.

O delegado saiu do elevador e entrou na escuridão. As luzes piscaram. O carpete estava desgastado. Ele se virou e viu o 217 no fim do longo corredor.

A porta estava entreaberta.

O delegado caminhou até a porta. Ele ouviu algo arranhando do outro lado da porta de todos os apartamentos. Prestou mais atenção para identificar a existência de cães ou gatos, mas não havia o menor ruído. Apenas algo arranhando. E respirando.

E, então, chegou ao 217.

O delegado tentou ver o que havia lá dentro, mas o recinto estava um breu.

— Olá. Aqui é o delegado. A gente recebeu uma reclamação sobre o cheiro.

Silêncio. O delegado abriu a porta e sentiu um cheiro que o deixou com saudade do elevador. Fumaça adocicada e carne podre misturada com leite azedo. O delegado sentiu ânsia de vômito e cobriu o rosto. Seus olhos lacrimejaram tanto que ele sentiu como se estivesse no meio de um nevoeiro. E ele não tinha ficado, agora mesmo, no meio de um nevoeiro? Achava que sim. Mas não se lembrava muito bem.

Acendeu a luz.

E olhou para a cozinha fria. Uma caixa de leite em cima da mesa. Ele viu algumas baratas. Uma caixa de cereal matinal e uma tigela.

Foi então que viu a mulher.

Com o rosto dentro da tigela de cereal. O corpo inchado e em decomposição. Uma agulha espetada no braço. O cinto ainda pendia frouxo na parte superior do braço. Pelo jeito, ela estava ali havia vários dias, sem que ninguém percebesse.

Exceto o cachorro da família.

O delegado correu até a mulher. Empurrou o cachorro, que estava só pele e osso, afastando-o do lanchinho que ele estava fazendo das pernas da mulher. Em seguida, retirou o rosto dela de dentro da tigela de cereal. Prontamente, verificou o pulso para confirmar que a mulher estava morta.

Houve um barulho no quarto. Nhec. Nhec. Nhec.

O delegado se levantou. Um calafrio percorreu seu corpo inteiro.

— Olá? — chamou ele.

O delegado foi até a porta do quarto.

Nhec. Nhec. Nhec.

— Olá?! — chamou ele.

O delegado abriu a porta devagar. Ele olhou para dentro do quarto e a viu. Com as mãos e os pés amarrados com gravatas a um estrado velho e enferrujado. Estava imunda e esfomeada. Não pesava mais de 25 quilos. Tinha se debatido tanto que seus pulsos e tornozelos estavam cheios de sangue. Mas, de alguma forma, as mãos e os pés ainda estavam limpos.

Era a menininha de unhas pintadas.

De início, ele pensou que ela havia sido sequestrada, mas uma foto antiga deixou evidente que se tratava da filha da viciada que estava morta na cozinha. O delegado não precisou realizar uma investigação para deduzir que a menina tinha sido vendida para um bando de pervertidos em troca da agulha fincada no braço da mãe.

O delegado correu até a menina. Sua pulsação estava fraca. Mas ela ainda estava viva! Dessa vez, ele poderia salvá-la! Será que já estivera ali antes? Ele procurou seu rádio, mas o aparelho tinha sumido. Procurou um telefone, mas não havia nenhum. Não havia como chamar uma ambulância. Ele desamarrou as mãos da menina e se abaixou para desamarrar os pés. De repente, ele sentiu a mãozinha dela em seu braço.

— Papai? — sussurrou ela.

O delegado ergueu os olhos. Em seguida, olhou pela janela do quarto e avistou a arvorezinha de Natal que parecia a do Charlie Brown, a mesma que tinha visto da janela do quarto da menina, no Hospital Mercy. Alguma coisa estava errada. Eles estavam no quarto dela agora mesmo. Ou aquilo era um quarto de hospital? Onde é que eles estavam?

— Papai? — sussurrou ela.

— Não, querida. Eu sou um policial. Aquele que te encontrou.

— Você não me engana. Eu sempre soube que você ia me salvar, papai — retrucou ela.

Ele desamarrou os pés da menina e a pegou no colo. Parecia uma boneca de pano em seus braços. Ele a devolveu ao leito do hospital e a acomodou debaixo das cobertas. A menina tinha um cheirinho tão morno e limpo.

— Você pode ler uma história pra mim? Ninguém nunca leu uma história pra mim — pediu ela.

O delegado pegou um velho exemplar de *Chapeuzinho Vermelho* que tinha sido deixado no quarto do hospital. Quando começou a ler, a menina olhou para cima, para a TV, que estava no "mudo". Ela perguntou por que a imagem estava tão nítida. Ela nunca tinha saído do apartamento. Nunca tinha ido à escola. Nunca tinha sequer aprendido a escrever o próprio nome.

Ele ouviu a morfina penetrando no braço dela.

Pinga. Pinga. Pinga.

Ele chegou à última página da história. Que dentes grandes a senhora tem.

— Papai, você pode me dar um pouco de leite?

— Não, querida. Eu não posso.

— Por que não?

— Porque foi nessa hora que você morreu — disse o delegado.

— Eu não vou morrer dessa vez. Eu prometo.

— Mas você tem que ouvir o fim da história. Você tem que saber que o lobo não vence.

— Por favor, me dá um pouco de leite, papai.

O delegado olhou para aqueles olhos grandes e lindos. Ele ouviu a morfina pingar, como gotas de chuva.

Pinga. Pinga. Pinga.

O delegado entregou o livro à menina e foi até o corredor. Sem demora, encontrou uma enfermeira e pediu uma caixa de leite. Enquanto esperava, decidiu o que faria. O delegado foi o primeiro homem adulto que a menina conheceu e que não lhe fizera mal, por isso ela achou que fosse seu pai. E por que ele não poderia ser o pai dela, afinal? Não era um homem muito religioso, mas dessa vez poderia fazer uma boa ação. Poderia levá-la para sua casa a tempo do Natal. Poderia dar presentes para ela. Poderia adotá-la. Mesmo depois de tudo pelo que havia passado, ela ainda era inocente. Era a melhor criança que ele tinha conhecido na vida.

— Aqui está o leite, sEu delegado — disse a enfermeira.

O delegado olhou para a caixinha de leite. Lá estava Emily Bertovich, sorrindo em sua foto do segundo ano.

O delegado voltou para o quarto.

— Certo. Vamos terminar essa história agora, querida — disse ele. — Querida?

A menina jazia sem vida no leito.

— NÃO!

Ele correu e a tomou nos braços. E gritou pela enfermeira, mas ninguém apareceu.

— POR FAVOR!

Ele começou a soluçar de tanto chorar. De repente, o delegado se lembrou de tudo. Já havia estado ali. Já havia feito isso. Já havia visto aquela menina morrer cinquenta vezes naquela noite.

— FAZ ISSO PARAR!

O delegado correu até a porta. E sabia o que viria. Ele sairia pelo corredor em busca de um médico para salvar a menina. Mas, em vez disso, abriria a porta do prédio residencial. Já fizera isso cinquenta vezes. Mas, dessa vez, prometeu a si mesmo que se lembraria. Christopher corria um enorme perigo.

A mãe dele também. E Ambrose. Ele tinha de ajudá-los. Tinha de chegar mais rápido até ela. Tinha de salvá-la dessa vez. Para sair dali. Não suportaria vê-la morrer de novo.
mas deus é um aSSaSSino
Papai.
O delegado abriu a porta.
Ele olhou pelo corredor de um velho prédio residencial. Por um instante, o delegado se perguntou por que não estava na casa na árvore. Tinha certeza de que havia aberto a porta da casa na árvore, mas, sem dúvida nenhuma, estava num velho prédio residencial. A porta fechou atrás dele, com um clique pesado.
O delegado se virou para sair do prédio, mas a porta estava trancada.
Plim.

CAPÍTULO 123

Ambrose acendeu a luz. Olhou em volta, esperando ver a casa na árvore. Mas ele já não estava mais lá.

Estava em sua antiga casa.

No porão.

Havia algo muito errado. Ambrose sabia disso, por instinto. Ele estava atrás das linhas inimigas. Olhou o porão ao redor. Havia algo ali dentro. Ele não conseguia enxergar por causa da vista embaçada, mas podia sentir. Havia algo bastante familiar por ali. Os pelos de sua nuca se eriçaram, como se fossem antenas.

Ambrose foi até a escada.

E subiu, os degraus de madeira rangendo a cada passo. Ele sentia algo no porão, logo atrás. Olhou para trás de repente, mas não viu nada. Apenas os lambris de madeira que ele havia instalado com a ajuda do pai num verão. O irmão caçula tinha implorado aos dois que o deixassem ajudar. O pai tinha dito que não. Ambrose, que sim.

Ambrose abriu a porta de acesso ao porão.

Entrou na cozinha da mãe. Viu o batente da porta onde sua mãe costumava medir sua altura com marcas de lápis. Ambrose tinha exatamente um e oitenta. David tinha parado na marca de um metro. Algo fervia dentro de uma panela no fogão. Alguma coisa que cheirava a... a... carne de cervo.

Din-don.

Havia alguém à porta. No mesmo instante, o sangue de Ambrose gelou. Lentamente, foi até a porta. Ele estava na sala de estar da mãe. A antiga vitrola estava no canto, ao lado da máquina de costura.

— Quem é? — sussurrou ele.

Foi então que o bebê começou a chorar.

Mais que depressa, Ambrose foi até a janela e puxou as velhas cortinas da mãe, que, ao abrir, rangeram na vara de latão. Ele esticou o pescoço para ver quem estava à porta, mas só conseguiu ver o carrinho de bebê. O coração de Ambrose parou quando ele percebeu o que estava acontecendo. Ele não sabia onde estava. Mas sabia em que momento estava.

Era a noite em que David desaparecia.

— David? — chamou Ambrose. — David, você está aí em cima?

Não houve resposta a não ser um...

Tum. Tum. Tum.

Enquanto uma bola de beisebol caia lentamente pela escada.

Ambrose pegou a bola. Tinha o cheiro da luva de beisebol de David. Ambrose subiu a escada correndo, o mais rápido que suas pernas conseguiram. Passou pelos retratos de família e pelas fotos de casamento. Cem anos da história da família Olson se deterioravam nas paredes, feito cartazes desbotados de pessoas desaparecidas. Não restava ninguém que lembrasse. Ninguém a não ser ele. Chegou ao topo da escada e foi até o quarto de David. Ambrose abriu a porta e correu os olhos pelo quarto escuro.

— David? Você está aí? — perguntou ele.

E acendeu a luz. O quarto estava vazio. As paredes estavam cobertas de arranhões causados por um acesso de loucura quando o pai deles havia trancado David naquele quarto com nada além do medo como companhia. Ambrose viu um calombo embaixo do cobertor que forrava a cama. Parecia do tamanho de uma criança.

— David? É você? — sussurrou ele.

Ambrose observou o calombo na cama. Estava se mexendo? Estava respirando? Ele se aproximou da cama e levantou o cobertor antes que o medo pudesse convencê-lo do contrário. Não havia ninguém na cama. Só dois travesseiros deixados sob o cobertor para enganar um adulto.

E o livro do bebê de David.

Ambrose pegou o livro lentamente. A capa de couro tinha cheiro de luva de beisebol velha. Ainda cheirava ao seu irmão. Ele abriu o livro e correu os dedos pela pulseirinha do hospital. D. Olson. Então viu os carimbos dos pezinhos e as fotos que toda família costuma tirar.

David rindo nu dentro da banheira.

David de cara fechada boiando numa piscina.

David abrindo presentes na manhã de Natal.

Ambrose tinha visto aquelas fotos tantas vezes que nem precisava mais olhar para elas. Já sabia qual era a última foto do livro. David com a luva de beisebol do irmão mais velho. Ambrose olhou para a foto e virou a página.

Mas, dessa vez, o álbum continuou. Havia mais fotos.

David saindo pela janela.

David correndo pelo bosque.

David gritando dentro da cova.

Ambrose se virou para a janela. Viu as impressões digitais do irmão no vidro. O vento usava um velho galho de árvore para arranhar o vidro. Ambrose abriu a janela e olhou para a hera que escalava as paredes. Seu irmão caçula tinha descido por ali na noite em que desapareceu. E essa era a noite.

Eu ainda posso salvar o meu irmão.

Ele saiu pela janela e desceu pelas paredes cobertas de hera. Seus pés tocaram a grama que parecia musgo. Ambrose viu as pegadas do caçula no gramado. Ele sabia que podia ser uma armadilha, mas não tinha escolha. Seguiu pela trilha. Precisava encontrar o irmão. Precisava salvá-lo dessa vez.

Alguém enterrou o meu irmão vivo.

Ambrose apertou o passo. Não conseguia ver nada além das pegadas do irmão no asfalto molhado. Achou que estivesse ouvindo a voz de David ao longe, no vento. David estava chorando. Ambrose correu atrás das pegadas do irmão até avistar o balão de retorno ao longe.

E o bosque da Mission Street.

O velho soldado se preparou para o pior e atravessou o campo. Ele sentia o bosque ganhando vida à frente. O vento entrando e saindo de uma boca invisível. Formando nuvens.

Ambrose seguiu as pegadas e entrou no bosque.

Imediatamente, o caminho ficou escuro. Ambrose não teria conseguido enxergar nada não fossem as nuvens nos olhos. Seu coração estava na garganta. Seu irmão havia sido morto ali. Foi para esse lugar que o haviam trazido. David estava aqui em algum lugar.

Eu ainda posso salvar o meu irmão.

Ambrose procurou qualquer sinal de cativeiro. Um buraco no chão. Um alçapão. Mas tudo o que ele via eram as pegadas do irmão. Seguindo para a antiga mina de carvão. Ambrose adentrou a escuridão, confiando nas lembranças, como uma criança confia numa luzinha noturna. Já havia escutado histórias sobre aquela mina. O avô de seu avô tinha trabalhado lá quando criança. Trabalho árduo destinado a homens duros na queda. Sem falar nas famílias. Ambrose seria o último Olson. A menos que conseguisse salvar o irmão.

— David! Você está aí?

Sua voz resvalou pelas paredes. Ele sentia algo na escuridão. Uma presença silenciosa. Observando. Esperando. Se arrastando. Ambrose enfrentou a escuridão e caminhou até alcançar a luz do outro lado. O caminho levava a uma pequena passarela. Uma clareira escondida. Ambrose seguiu as pegadas e entrou num pequeno jardim. Ele olhou para cima e ficou paralisado quando finalmente a viu.

A casa na árvore de David.

Ambrose olhou através do denso nevoeiro e viu o vulto de um menino carregando algo e seguindo para a casa na árvore.

— DAVID?! — gritou Ambrose.

A palavra estava na mente de Ambrose. Mas, quando saiu de sua boca, não houve som nenhum.

O menininho não se virou.

Ambrose tentou correr até ele, mas suas pernas estavam tão pesadas, que ele não conseguia se mover. Nem falar. Foi obrigado a observar a cena, paralisado no solo. O menininho se virou e, por fim, Ambrose viu seu rosto. Seu lindo rosto. E aquela cabeleira perfeita. Era David. Meu Deus. Era ele mesmo. Ainda estava vivo.

E estava chorando.

Ambrose tentou gritar, mas a voz ficou presa em sua garganta, feito uma bola de gude. David não podia ouvi-lo. Ele pensou que estivesse sozinho. David limpou o sangue do nariz com uma das mãos, e, com a outra, pegou um martelo de uma pilha de ferramentas perto da casa na árvore. Ambrose viu o irmão caçula desmontar a casa na árvore. Tábua por tábua. Jogando a madeira numa pilha, feito um cachorro empilhando ossos.

Até não sobrar nada além da escada.

O menino tentou subir a escada, mas estava fraco demais. Ele ergueu o martelo com a mão enfraquecida e tentou arrancar um dos degraus da escadinha de acesso à casa, mas o martelo havia ficado pesado demais. Por fim, ele se desequilibrou e caiu no chão com um baque surdo. Em seguida, se levantou e levou as mãos à cabeça latejante.

— Socorro. Tem alguém aí? — gritou ele. — Eu tenho que destruir tudo.

— DAVID! — gritou Ambrose. — EU ESTOU AQUI!

Ambrose gritou até a garganta arder, mas tudo o que saía de sua boca era silêncio. Ele tentou se levantar, mas tudo o que conseguia fazer era ver, impotente, um homem entrar no jardim. O homem tinha ótima aparência. Era limpo. Com seu terno cinza e seu sorriso. A única coisa que parecia estranha a respeito do homem era o fato de ele se manter sempre à sombra. Com sua voz ao vento.

— Olá, David — cumprimentou ele. — O que você está fazendo?

David recuou para a árvore. Apavorado.

— Eu... Eu... — gaguejou David.

— Não tenha medo. Ainda somos melhoreS amigos.

Lentamente, o homem foi até David, que escondeu o martelo às costas.

— O que tem atrás do sEu corpo, david? É um martelo? Você está destruindo a casa na árvore?

— Tô — respondeu David, enfim encontrando coragem para falar.

— Mas a gente construiu essa casa juntos — disse o homem. Ele parecia magoado. — A caSa na árvore é a nossa caSa. Você não lembra?

Rapidamente, David enxugou as lágrimas e fingiu que não tinha chorado.

— Ninguém no lado real vai saber que a casa esteve aqui — avisou David, em tom desafiador.

O homem andava como uma serpente com patas traseiras, engolindo o sorriso.

— Mas por que você vai destruir essa caSa? Ela te fez deuS. Eu te dei poderes pra matar a mulher sibilante — disse o homem com uma voz amigável.

— Eu não vou matar a mulher sibilante pra você — declarou David. — Eu não vou deixar você escapar.

Então David foi até a árvore e arrancou a escada, como um dentista arranca um dente. E jogou os degrauzinhos na pilha de madeira. O sorriso do homem desapareceu. Ele seguiu David. Calmo e perigoso.

— Você conhece as regraS, david. Alguém vai morrer. Se não for a mulher sibilante, vai ser o seu irmão. Você não tem eScolha.

— Tenho, sim — retrucou David. — Tem outra pessoa que pode morrer.

Ambrose viu o irmão caçula jogar o último degrau na pilha de madeira. Em seguida, ele pegou uma pá.

— Você está no sEu lado real — disse o homem, com uma risada. — Você não consegue nem me ver, agora. Eu estou só na sua mente. Como é que você vai mE matar com uma pá?

— Eu não vou te matar — explicou David.

Então David apontou a pá para baixo e a cravou no solo. O homem parou de rir imediatamente. A calma em sua voz começou a fraquejar.

— O quE você está fazendO?

David não disse nada. Apenas continuou cavando. O homem partiu para cima dele.

— parA com issO!

Mas David não parava. Os ossos em seus braços finos pareciam prestes a quebrar com o peso da pá.

— Se você não parar, eu vou matar o seu irmão.

— Não vai, não. Se eu morrer, o poder que você tira de mim morre também. Ela vai voltar a ser mais forte que você. E não vai deixar você pegar o Ambrose.

Ambrose assistia à cena, impotente. Ainda sentia o cheiro de luva de beisebol. O odor estava ficando mais fraco. O homem se aproximou e colocou a mão delicadamente no ombro de David.

— Por favor, David — pediu o homem com a voz de Ambrose. — Eu nunca vou te encontrar. Isso vai me destruir. Como você pode fazer isso com o seu próprio irmão?

— Você não é o meu irmão — acusou David. — Você não é nada.

A palavra caiu como um pássaro do céu. Enfurecido, o homem fechou os olhos. Luzes, como vaga-lumes, dançavam em sua pele. Constelações rastejavam nele, e ele enfiou um dedo em David, como se fosse uma agulha.

— É assim que a eternidade tem sido para a mulher sibilante, e, se você não acabar com ela, é asSim que vai ser pra você também.

O nariz de David começou a sangrar. Os olhos. Os ouvidos. Ele gritou como se estivesse sendo queimado vivo, mas não parou de cavar. Não até o buraco estar pronto. Então ele atirou a pá no topo da pilha de madeira e puxou algo do bolso de trás.

Fluido de isqueiro.

Ele abriu a tampa e despejou uma parte do líquido nos ossos da casa na árvore. Depois, fez um rastro até o buraco. O homem berrou nos ouvidos de David, e David caiu de joelhos, em agonia. O menino só conseguia engatinhar, arrastando o corpo alquebrado para dentro da cova.

Em seguida, David pegou uma caixa de fósforos do irmão. E acendeu um palito, com um

Sssss.

O homem olhou para o fósforo. A chama era da cor de sEus olhos. Ele falou como um policial conversando com alguém prestes a pular da janela.

— David, se você se matar, vai acordar aqui e nunca mais vai conseguir sair. Você vai reviver essa noite pra sempre.

— E você também — acrescentou David, e jogou o fósforo no chão.

O rastro atravessou o jardim até chegar à casa na árvore. O fogo rugiu, brilhando e fazendo seu irmãozinho parecer iluminado pelo nascer do sol.

Ambrose ficou observando, paralisado, quando David entrou na cova e puxou a terra que estava ao redor. Sacrificando-se. Pela família que o ignorou. Pela cidade que ia se esquecer dele. O homem de terno cinza assistiu incrédulo ao menino abrir mão de si mesmo pelo mundo.

— Por que você fez isso, David? — perguntou elE.

— Porque eu amo o meu irmão.

Então David pegou um último punhado de terra e cobriu a boca e os olhos, afogando-se na terra e no sangue do mundo. Ambrose procurou o cheiro, mas o odor de luva de beisebol havia desaparecido para sempre.

David tinha se enterrado vivo.

— Não!!! — gritou Ambrose, mas sua voz foi abafada pelo homem, que urrava para o céu.

— nãO!!!

O homem de terno cinza destruiu a árvore de David, transformando-a em gravetos. Grandes pedaços de madeira rasgaram a carne do homem até não sobrar nada da árvore. Apenas um espaço vazio que deixava a clareira ainda maior.

Quando a casa na árvore virou carvão e a madeira virou pó, o homem arrastou o corpo combalido pelo jardim. Sua bela aparência havia desaparecido. Ele estava todo velho e abatido. E, de repente, aos olhos de Ambrose, o terno cinza parecia um uniforme de presidiário.

Quando o homem se foi, Ambrose enfim retomou o controle do próprio corpo. Ele correu para a cova do irmão caçula e enfiou as mãos na terra recém--revirada. Cavou freneticamente. Seu irmão estava ali. Não seria tarde demais.

Eu ainda posso salvar o meu irmão.

Ambrose cavou a terra. Centímetro por centímetro. Procurando o corpo do irmão. Mas não conseguia encontrar nada. Continuou cavando. Cada vez mais rápido. Sentia terra na boca. Nos olhos. Vermes rastejavam em seu corpo. Seus pulmões gritavam por ar. Foi isso que seu irmão sentiu. Isso era a eternidade.

para sempre em trEvas. em treVas. em trevAs.

De repente, uma escuridão. Ele apalpou a terra e encontrou algo duro e frio. De plástico. Um interruptor. Ambrose acendeu a luz. Olhou ao redor, esperando ver a casa na árvore. Mas já não estava na casa na árvore.

Estava em sua antiga casa.

No porão.

CAPÍTULO 124

A mãe de Christopher abriu os olhos.

Estava numa cama confortável e quentinha. Lençóis limpos, saídos da secadora. Ela olhou para o teto branco, com as rachaduras que a saudavam toda manhã. Espreguiçou-se e bocejou, sentindo as pequenas dores e o desconforto se derreterem feito manteiga numa panela.

— Jerry? — chamou ela.

Não houve resposta. Era melhor assim, considerando a noite anterior. Se ele estivesse lá, ela veria aquele mesmo sorrisinho acanhado que a cumprimentou pela manhã depois da primeira vez que aconteceu. A mãe de Christopher pensou em deixá-lo na primeira noite em que ele bateu nela. Mas refletiu bem e se acalmou. Homens podiam ser mudados. Homens podiam ser salvos. A mãe dela não dizia isso sempre?

A mãe de Christopher saiu da cama.

Olhou para o travesseiro, branco e macio como as nuvens. Por algum motivo, aquela primeira noite não saía de sua cabeça, como o refrão de uma musiquinha irritante. Por que ela não o deixou na primeira vez? Por que não fez as malas, não pegou o cartão que ele nem sabia que existia, o dinheiro escondido na gaveta e caiu fora?

Porque.

Essa palavra isolada jazia inerte como o carro dele sem rodas sobre blocos de madeira na entrada da garagem. O que teria acontecido se tivesse ido embora na primeira vez que Jerry bateu nela? Quem poderia saber? A mãe dela sempre dizia que, quando algo ruim acontecia, era sempre bom pensar em algo ainda pior. Se um pneu fura, isso é Deus nos salvando de um acidente fatal vinte segundos depois. Essa máxima ajudou sua mãe a tolerar (ou permitir) duas décadas de homens entrando e saindo de sua vida tão rápido que ela brincava dizendo que devia ter instalado uma porta giratória para facilitar o acesso. A mãe de Christopher não sabia qual teria sido o acidente se ela tivesse deixado Jerry, mas há coisas piores no mundo que um olho roxo. Ou dois.

Certo?

Certo. Não era mesmo o fim do mundo. Além do mais, ela se lembrava de que sua própria mãe havia conhecido homens bem piores que Jerry. Em diversas ocasiões, a pequena Kate tinha ouvido sons de beijos misturados com socos do outro lado da parede do banheiro da quitinete em que moravam. Quando menina, ela odiava aqueles homens. Sobretudo quando era deixada sozinha na companhia deles. Mas, quando mulher, havia passado a odiar ainda mais a mãe. Talvez Kate não tivesse muito critério para homens. Mas ninguém tocava no seu filho. Ninguém ousaria fazer uma merda dessas.

Se ao menos Christopher pudesse lhe dar algum crédito por isso.

A mãe de Christopher foi até a janela. Olhou o próprio reflexo no vidro. Estava ligeiramente embaçado. Apenas o suficiente para suavizar as rugas que indicavam a passagem do tempo. Obrigada, meu Deus, pelas pequenas bênçãos. Ela pegou o corretivo que guardava na mesa de cabeceira.

Então cobriu mais um olho roxo com a mão treinada.

Não estava tão ruim, disse a si mesma. Não no reflexo opaco da janela, pelo menos. E ela nem sairia de casa naquele dia. Ele havia chorado na noite anterior depois do que aconteceu. Lágrimas sinceras. Jerry não era um mau sujeito. A infância dele tinha sido quase tão ruim quanto a dela. Talvez isso fizesse com que entendessem um ao outro. Talvez por isso eles tenham se casado tantos anos antes.

Quando terminou, ela olhou para o quintal e viu os balanços que havia implorado a Jerry que comprasse. Os balanços estavam enferrujados, mas se moviam com o vento, como faziam quando Christopher e seu grande amigo Lenny Cordisco brincavam ali.

Quando o filho ainda falava com ela.

A mãe de Christopher vestiu sua roupa de ficar em casa favorita e saiu do quarto. No corredor, olhou para o antigo quarto do filho. Fazia quanto tempo que Jerry havia insistido que ela retirasse os pertences de Christopher do quarto? Ela havia batido o pé. Assim como ele. Fora uma noite ruim. A mãe de Christopher não gostava dessa lembrança.

Ela desceu a escada. Contemplou as fotos de uma vida juntos, ficando cinzentas como seu cabelo. A foto do casamento. A lua de mel em West Virginia naquele cassino. Qual era mesmo o nome do cassino? Não conseguia se lembrar direito. Já não conseguia se lembrar de quase nada fora daquela casa. Afastou esse sentimento olhando mais fotos. A formatura de Christopher. O ensino médio. Depois, a academia militar. Depois, o casamento. Depois, o primeiro e único neto. E, em algum momento, ele ou a esposa decidiram que seria melhor se Jerry não fizesse mais parte de suas vidas.

— Sou eu ou ele, mãe — dissera Christopher com duas décadas de atraso.

Ela chegou ao pé da escada, onde os pertences de Christopher tinham ido parar depois que ela enfim levou a pior na discussão.

Não é uma discussão! É uma briga, mãe! Acorda!

De repente, ela teve uma sensação terrível. Um calafrio percorreu suas costas, como se ela estivesse deitada no chão, no auge do inverno. Isso é que dava ficar remoendo lembranças. Esqueça tudo.

A mãe de Christopher afastou o passado e passou um café para enfrentar a manhã. Jerry havia feito uma bagunça na sala de estar. De novo. Ela já tinha dito a ele um milhão de vezes que não tinha vindo à Terra para arrumar a zona dele, ao contrário da infeliz da mãe de Jerry, que havia passado os melhores anos da vida arrumando a bagunça que ele fazia. Mas casamentos são assim. Roupas só são novas uma vez. Assim como os votos. Assim como os beijos. A mãe dela não dizia isso sempre?

A mãe de Christopher começou pela sala de estar. Depois, a mesa de jantar, que o cheque da aposentadoria dele sempre enchia de garrafas de cerveja vazias e cinzeiros transbordando. Ela preparou ovos e comeu. E assistiu à novela na TV. Por algum motivo, jamais conseguia se lembrar do que tinha acontecido no episódio anterior. Mas ainda era melhor que o silêncio. Ela acabou de comer os ovos e, durante o intervalo comercial, jogou o prato de papel na lixeira.

A que ficava ao lado da gaveta.

Ela havia prometido a si mesma que não faria mais isso. Não abre essa gaveta. Isso só vai te fazer chorar. Mas não conseguiu evitar. Era a coisa mais próxima que havia lhe restado dele. Ela abriu a gaveta da cozinha e olhou para a pilha de cartas. A primeira ela escreveu com raiva. A segunda, em desespero. A terceira, ofendida.

Toda a gama de emoções, de A a Z, mas com uma mensagem em comum. "Por favor, nos aceite de volta na sua vida, Christopher."

Nenhum dos envelopes — do amarelo já desbotado ao branco novinho — tinha sido aberto, todos exibiam o mesmo selo indiferente:

DEVOLVER AO REMETENTE.

A mãe de Christopher fechou a gaveta com um estalo. Não se permitiria cair no choro. Não hoje. Tinha muito a fazer. Ficar sentada na cozinha aquecida, olhando para o frio lá fora, por exemplo. Lembrando-se do filho que, quando menino, a idolatrava. Não do adulto que olhava para ela com o mesmo desdém com que ela olhava para a própria mãe.

Todas aquelas vidas ficavam em sua mente como o fim de um disco de vinil que não para de girar. Indo a lugar nenhum. Ela não tinha estado ali antes? Não tinha se sentado naquela cozinha aquecida, sozinha, olhando pela janela, esperando que ele voltasse para casa, saindo do frio? Contentando-se com a expectativa de o carteiro aparecer com uma notícia. Esperando. Rezando. Uma única vez que fosse para que recebesse um envelope que não estivesse marcado como DEVOLVER AO REMETENTE. Uma carta de próprio punho do filho adulto. Mãe, me desculpa. Mãe, eu sei que foi difícil para você. Mãe, você desistiu da sua vida por mim, e eu já não te odeio por causa disso. Eu te entendo. E você ainda é a heroína de um menininho.

A mãe de Christopher apoiou a cabeça nas mãos e chorou. Sua voz ecoou pelas paredes da cozinha, e, por um momento, ela pensou em suas lágrimas como árvores tombando no meio de uma floresta sem ninguém para ouvi--las caindo.

Toc. Toc.

A mãe de Christopher ergueu os olhos. Seu coração bateu mais forte. Ela correu até a porta. Havia instalado uma portinhola para cartas na porta, porque não aguentava mais andar até a caixa de correio que ficava na frente da casa. Ou será que tinha sido porque Jerry não permitia que ela saísse de casa sem ele? Já não conseguia se lembrar.

— Quem é? — gritou ela.

Mas o carteiro não disse nada. Nunca dizia. Ele simplesmente enfiava a correspondência pela portinhola, como um colegial passando um bilhete, e se afastava. Ela nunca tinha visto o rosto dele.

A mãe de Christopher caiu de joelhos e pegou a pilha de correspondência espalhada pelo piso. Examinou folhetos de cupons e catálogos de produtos até encontrar o que procurava. Suas esperanças e seus sonhos ocuparam o lugar de sempre em sua garganta. Ela virou o envelope da carta e viu.

DEVOLVER AO REMETENTE.

O envelope ficou embaçado através das lágrimas, feito catarata nos olhos de um velho. Por que ela sempre pensava num velho quando isso acontecia? A mãe de Christopher se levantou com o pouco de dignidade que lhe restava. Foi até a cozinha e abriu a gaveta. Estava prestes a lançar outra tora de lenha no fogo de sua vida de decepções e subir para o cochilo da tarde, esperando não ter aquele pesadelo terrível de novo, do pai de Christopher esfaqueando-o outra vez.

Então parou.

Olhou para fora mais uma vez. O quintal frio. Os balanços se agitando na brisa. Fazendo com que ela se lembrasse de Christopher. Fazendo com que se lembrasse de algo importante. A mão dele no peito dela. Quando isso aconteceu? Ela olhou para a luz atrás dos balanços. O sol havia surgido. Por algum motivo, isso fez com que ela se lembrasse da manhã de Natal. Christopher perguntando: se existe "raio do sol", por que não existe "raio da lua"? E, nesse caso, por que não queima igual?

A mãe de Christopher segurou o envelope contra o sol e olhou para a sombra dentro dele, igual uma criança que procura um cheque dentro de um cartão de Natal. Lembrou-se do que tinha escrito. Lembrou-se de Jerry dizendo que a carta não valia o preço do selo antes de deixá-la com um olho roxo na discussão mais recente.

Não é uma discussão! É uma briga, mãe! Acorda!

Lembrou-se de ter colocado uma carta de apenas uma folha no envelope. Mas havia duas folhas lá dentro.

Então a mãe de Christopher fez a única coisa que nunca tinha pensado em fazer durante todos aqueles anos de decepção.

Ela abriu o envelope.

E retirou a própria carta. Então retirou uma segunda e chorou ao ver a letra do filho. A letra antiga. Da época em que ele era criança. Quando tinha dificuldade para ler. Quando precisava dela. Quando ela ainda era a heroína do seu menino.

Mãe. Eu te amo. Agora, abre todos os envelopes. Tudo que você precisa saber está aí dentro.

CAPÍTULO 125

Christopher estava no meio do balão de retorno, a chave no bolso, olhando para o moço bonzinho. Tão calmo. Tão gentil. Tão paciente e educado. Nada de rosto aterrorizante. Apenas um sorriso confiante, com fileiras de dentes de leite brancos, perfeitamente alinhados.

— Tudo que você tem que fazer é matar a mulher sibilante, e eu prometo pra você que vai ficar tudo bem.

Christopher olhou para a rua. O homem que usava uniforme de bandeirante parecia feliz e inocente.

— Eu não quero fazer mal a ninguém, Christopher — explicou-se o moço bonzinho. — Eu só quero a minha liberdade. É só o que eu quero.

O homem com uniforme de bandeirante se enfiou no meio dos arbustos.

— Eu só quero sair dessa prisão pra poder fazer o bem. Você viu aquele homem no meio dos arbustos? Você sabe o que ele fez com uma menininha?

— Faz isso parar! — gritou o homem com uniforme de bandeirante.

— Foi terrível. E ele sabe disso. Eu só quero que pessoas ruins parem de fazer mal a pessoas boas. É só isso que eu estou tentando fazer.

As pessoas caixa de correio gemeram e puxaram os pontos que costuravam as bocas. A barulheira na rua era tamanha que Christopher não conseguia ouvir ninguém no bosque, mas sabia que eles estavam lá. Ele sentia a presença da sra. Henderson no lado real. Ela viu o marido sentado na cozinha. E chorou de alegria. Ele estava em casa! Enfim seu marido havia voltado para casa! Ela correu pela cozinha para abraçá-lo. Mas, por algum motivo, não conseguiu não pegar uma faca e esfaqueá-lo.

— NÃO! Eu não quero que ele morra agora! Ele finalmente voltou pra casa!

Christopher olhou para cima. A rua ficou em silêncio enquanto os olhos do moço bonzinho adquiriam um belo tom de verde. Ele tinha cheiro de cachimbo. Aquele era o moço de quem Christopher se lembrava. O homem que havia conseguido uma casa para sua mãe.

— E as pessoas da cidade? — indagou Christopher.

— Você quer salvar as pessoas que fizeram mal a você e à sua mãe? — perguntou o moço bonzinho.

— Quero, sim, senhor — respondeu Christopher.

— Nunca vai ter outro como você — comentou o moço bonzinho, sorrindo. Então olhou para o menininho e assentiu. — Depois que você me libertar, vai poder libertar toda aquela gente.

Christopher olhou nos olhos do moço bonzinho, sofridos e sábios.

— Como é que eu posso confiar no senhor? — questionou Christopher.

— Você não precisa confiar em mim. Você é todo-poderoso. Onisciente. Você é Deus aqui. Pode salvar quem quiser. Mas alguém tem que morrer pra que os outros sobrevivam. É a mulher sibilante ou a sua mãe. Não há alternativa. Eu sinto muito.

Ele pronunciou essas palavras e depois se calou. Seu rosto permaneceu calmo e solene. Mas Christopher conseguia ver a verdade se escondendo entre as palavras dele. O moço bonzinho não deixaria Christopher se matar, como David. Não havia alternativa.

A mulher sibilante ou sua mãe.

Christopher olhou para o moço bonzinho e depois para a mulher sibilante, caída no quintal perto da rua. Ela ofegava, como um cervo atingido por um carro.

— Eu sinto muito — disse Christopher a ela.

Ele começou a andar até a mulher sibilante. Contida, ela gritou. Apavorada Contorcendo-se de dor.

— NÃO! NÃO! PARA! — implorou ela.

Christopher foi até o gramado e agarrou a mulher sibilante.

— VOCÊ NÃO ESTÁ NA RUA! — gritou ela.

Christopher sentiu o destino do mundo enquanto a segurava, e ela lutou. Ele sentiu o tormento dela. O tormento do mundo. Todos os momentos em que a mulher sibilante tentou fazer com que ele se afastasse. Ela estivera ali desde sempre. Estava exausta. Torturada a ponto de ficar irreconhecível. Christopher começou a arrastá-la para a rua.

— NÃO! NÃO! — gritou ela.

A rua ficou incandescente como uma frigideira quente. O homem com uniforme de bandeirante se embrenhou nos arbustos, em desespero. O casal se beijou com mais intensidade, até que começaram a se devorar. Os sapos não conseguiam sair da panela. O asfalto ficou quente, feito cem bilhões de sóis. Cem bilhões de filhos. Queimando.

— PARA DE AJUDAR ELE! — implorou ela.

Christopher baixou o olhar e viu uma imagem no olho dela. Ela corria pelo bosque, procurando algo desesperadamente. Ela encontrou David Olson enterrado. Ela o desenterrou com as próprias mãos e o abraçou. David estava apavorado. Ela o protegeu. Ofereceu-lhe comida. Mostrou-lhe onde se esconder. Onde dormir. Onde tomar banho. Ao longo de cinquenta anos, eles estiveram sempre juntos. Ela era a guardiã dele. Ali, David era seu filho.

— Quem é você? — perguntou Christopher.

— VOCÊ NÃO ESTÁ NA RUA! — gritou ela.

— Por favor, me diz quem é você — implorou ele.

— PARA DE AJUDAR ELE! — gritou ela, as palavras já quase incompreensíveis.

Christopher a levou até a beira do gramado. A rua estava a poucos centímetros de distância.

— Você tem que me dizer! — falou Christopher.

Ela estendeu uma das mãos e delicadamente tocou a dele. A mulher sibilante não tinha mais palavras. Ela foi torturada até perdê-las. Mas ele sentiu alguma coisa. Ele se virou e viu a rua pelos olhos dela. Não como era agora. Mas como era dois mil anos antes, quando não havia gente ali. Nem casas. Nada além de silêncio e estrelas cintilando num céu aberto, intocado pelas pessoas. As nuvens eram puras. Num piscar de olhos, Christopher viu o mundo crescer e as pessoas se espalharem pelos continentes, como se fossem árvores.

Deus teve um filho que serviu na Terra.

A mulher sibilante olhou para ele. Uma faísca de reconhecimento tomou conta de seus olhos.

Mas Ele também teve uma filha.

Christopher segurou a mão dela e sentiu a verdade fluir através de sua pele como eletricidade.

E ela se ofereceu para servir aqui.

Christopher sentiu o restante da dor que ela sentia com o que ainda tinha de forças. O que não era muito. O calor de seu corpo se esvaía. Então ele se posicionou, exausto e vazio, e encarou o moço bonzinho.

— Não — disse Christopher.

O moço bonzinho se virou para ele.

— O quE foi qUe você disse? — perguntou ele calmamente.

Christopher não respondeu nada. O moço bonzinho se aproximou dele.

— A casa na árvore fez de você Deus. Eu te dei esse poder pra matar elA. Você vai me decepcionar?

Ele sorriu. Os dentes de leite tentando não parecer presas.

— Eu não faria isso, Christopher — disse ele gentilmente. — Eu posso fazer as coisas piorarem muito.

Ele pegou Christopher num caloroso abraço paternal.

— Não! — gritou a mulher sibilante, impotente.

Ele sorriu e estudou Christopher como se o menino fosse um sapo dissecado.

— Você acha que conhece esse lugar, filho, mas não conhece, não. Você sabE como é o Mundo imaginário sem a minha proteção?

As rugas do moço bonzinho começaram a se espalhar a partir dos olhos, como a terra rachando numa seca, enquanto a raiva percorria suas veias.

— nA verdadE, elE é assiM!

Christopher olhou para cima, horrorizado, enquanto as nuvens brancas ardiam em chamas, com as almas clamando por morte e sangue. As nuvens se contorciam, formando o rosto dos condenados. As pessoas lá não gritavam: "Faz isso parar!" As pessoas gritavam: "Mais! Eu quero mais!"

— eU voU tE ofereceR àS pioreS pessoaS e dizeR quE vocÊ é uM presentE dO céU, e voU deixaR a suA mãE assistindO a tudO. eU voU deixaR aquelA gentE tE torturaR atÉ deuS nãO conseguiR reconheceR vocÊ.

O moço bonzinho comprimiu os lábios e se virou para Christopher. O menininho olhou nos olhos do moço bonzinho e viu que seus olhos ardiam em cores diferentes. Montanhas se derretiam. Uma eternidade de guerra. O caos se espalharia e a fúria se alastraria, e ninguém conseguiria morrer. Eles apenas se matariam e, impotentes, iriam perceber que cada centímetro quadrado da Terra estava coberto de gente apinhada feito gado num trem. Com a porta trancada. A febre ardendo na pele. Para sempre.

— eU tE deI o podeR dE deuS prA mataR elA. usA o podeR e mE tirA daquI!

— Mas eu não posso matar a mulher sibilante, senhor. Eu não tenho mais o poder.

— o quE vocÊ feZ?! ondE foI quE vocÊ colocoU o podeR?!

— Eu me livrei dele pra que o senhor não pudesse usar — respondeu Christopher, em tom desafiador.

— cadÊ?!?!?! ondE vocÊ escondeU?

— Eu não escondi. Eu usei o poder pra fazer algo muito mais poderoso que o senhor.

O moço bonzinho riu.

— maiS poderosO quE eU. queM seriA? deuS?!

— Não, senhor — respondeu Christopher. — A mãe de Deus.

Christopher viu o moço bonzinho parar, sentindo a presença atrás dele. Ele se virou e a viu.

Era a mãe de Christopher.

Seus olhos cintilavam com a luz de cem bilhões de estrelas. Sua voz ribombou.

— **FICA LONGE DO MEU FILHO!**

CAPÍTULO 126

Q*uando eu era pequena, ficava tão brava que pensava que podia fechar os olhos e destruir o mundo.*

Kate se lançou sobre elE.

Seus instintos estavam no comando, feito aquelas mulheres que ela ouviu falar que tiravam carros de cima dos filhos. Mas o que ela sentia era mais que adrenalina.

Era onipotência.

Ela se lançou pelo ar. Os dois corpos colidiram. O moço bonzinho caiu para trás, derrubando Christopher.

— Mãe! — gritou ele.

— Corre! — mandou ela.

O moço bonzinho a derrubou na rua. Eles rolaram pelo rio de sangue. Arranhando-se. Unhando-se. Toda a fúria de uma leoa com filhotes surgiu dentro dela. Uma vida de cafajestes. Batendo nela. Abandonando-a. Todos os indivíduos que já a humilharam. Todos os que a deixaram para trás. Todos estavam agora reunidos no mesmo rosto.

— Vamos lá, seu filho da puta — incitou ela. — Encara alguém que SABE quem você é.

Ela se atirou sobre ele. Já não havia mais palavras. Só instinto. Ela abriu as mãos, com unhas afiadas como facas, e rasgou seu rosto, feito um agricultor arando um campo. O moço bonzinho gritou, com sangue escorrendo pelo pescoço. Ele partiu para cima dela, desferindo socos ensandecidos. E acertou o maxilar dela, arrancando alguns dentes. Mas ela havia aprendido a aguentar um soco muito tempo atrás.

Agora estava aprendendo a socar.

*

Christopher se adiantou para ajudar a mulher sibilante no momento em que um sussurro medonho correu pelas ruas, como uma folha sendo levada pela brisa. Era o moço bonzinho. Seu corpo estava lutando com a mãe de Christopher. Mas um fragmento de suA voz sussurrava ao vento.

acordeM...

Christopher viu o homem com uniforme de bandeirante parar de se esfaquear.

acordeM, todoS...

O casal parou de se beijar. As crianças largaram os sorvetes e as coxas de cervo. O homem estava diante de sua porta acabando de tomar conhecimento da morte do filho. Uma mulher olhou para o relógio, esperando por seu encontro com um sujeito desconhecido. O relógio tinha avançado apenas um segundo em setenta e cinco anos.

vocêS quereM quE issO parE?

— SIM! — gritaram eles.

Christopher começou a arrancar as cordas que amarravam as mãos da mulher sibilante. Ela estava apavorada.

— Você está na rua! — advertiu ela.

vocêS quereM quE essE tormentO parE?!

— SIM! POR FAVOR! — imploraram eles.

vocêS estãO vendO aquelE meninO alI?

Todos os olhos se voltaram para Christopher. A mulher sibilante gritou, puxando as cordas freneticamente.

— Sai da rua! — ordenou ela.

é elE quE estÁ torturandO vocêS.

— Corre, Christopher! — gritou sua mãe.

A mãe de Christopher pulou sobre o moço bonzinho. E tapou a boca dele, querendo silenciá-lo. Ele mordeu a mão dela.

é elE quE nãO vaI deixaR vocêS ireM emborA daquI.

Christopher viu o casal adúltero se virando para ele.

— oI, christopheR — disseram eles.

A mãe de Christopher aplicou uma chave de pernas no moço bonzinho e apertou. O moço bonzinho gritou, sangue vertendo de sua boca. Mas o sussurro continuou.

porquE deuS é uM assassinO!

O homem com uniforme de bandeirante saiu do meio dos arbustos, apontando uma faca.

— oI, christopheR — disse ele.

entãO vocêS têM quE mataR elE agorA!

Christopher afrouxou o nó que prendia as mãos da mulher sibilante. Ela livrou as mãos e passou a arrancar as cordas que amarravam seus pés.

o primeirO quE mataR deuS serÁ libertadO!

O homem com uniforme de bandeirante empurrou o casal adúltero.

— veM cÁ, christopheR. eU querO tE mostraR umA coisA.

O moço bonzinho olhou nos olhos da mãe de Christopher. O sussurro havia desaparecido. Ele abriu a boca e uivou tão alto que o chão tremeu.

— queM mataR deuS serÁ libertadO!

Com um aceno, o moço bonzinho transformou a lua azul num fogo vermelho. A rua fervia com sangue. Os sapos saltaram da panela e se voltaram contra Christopher com olhos furiosos. Gritos vinham de dentro das casas. Mãos quebravam janelas. As portas das casas se abriram. Todos os condenados correram para fora.

— oI, christopheR — disseram as vozes. — a gentE podE falaR coM vocÊ?

E começaram a correr até ele. Tentando ver quem chegava primeiro.

A mãe de Christopher disparou para salvar o filho. O moço bonzinho a derrubou no chão. Ela se virou e, com uma mordida, arrancou um pedaço de carne do ombro dele. O moço bonzinho berrou de dor e êxtase. Os cervos corriam de dentro do bosque. Os condenados avançavam sobre Christopher. Só um grupo não se mexia.

As pessoas caixa de correio.

Elas permaneciam imóveis como uma cerca, isolando a rua. Com os olhos costurados. As bocas congeladas. Cada uma segurando o fio que mantinha a outra no devido lugar. A rua estava completamente bloqueada.

Christopher estava cercado.

A mulher sibilante finalmente arrancou as cordas que prendiam seu corpo. Ela se posicionou diante de Christopher, enquanto o exército do moço bonzinho avançava sobre ele. Os olhos dela cintilavam, procurando qualquer rota de fuga.

Não havia para onde ir.

A não ser para baixo.

A mulher sibilante se abaixou e segurou a grade do bueiro. Ela plantou o pé no canto da rua; os músculos do ombro se esgarçaram até se tornarem fibras minúsculas enquanto seu pé fritava. Mas a grade do bueiro cedeu. Ela abriu o bueiro, a tampa de metal raspando no asfalto. O ar escapou lá de dentro. Um ar podre. Christopher olhou para o esgoto. Estava escuro como breu.

— Sai da rua! — disse ela, empurrando-o para a escuridão.

Os pés de Christopher pisaram com tudo numa poça de sangue. Imediatamente, ele se deu conta de que não estava no esgoto, na verdade. Estava na mina de carvão, que corria embaixo da rua, como as veias de um cadáver. Ele olhou para cima e viu quando a mulher sibilante se virou e o exército do moço bonzinho a agarrou. Ele viu os cervos e os condenados atacando. Mordendo. Arranhando. Ela lutou como pôde. Não deixaria que se aproximassem de Christopher. Mas havia muitos deles. E a pegaram. Christopher viu a mulher sibilante com as últimas forças que tinha arrastar a grade de volta, produzindo um ruído metálico. Uma fração de segundo antes de mãos surgirem na escuridão e a arrastarem para longe, aos gritos.

Christopher desceu correndo pela mina de carvão. Suas pernas quase falhavam sob seu peso. Ele ficou atento a qualquer som, mas só ouvia um ruído de pés se arrastando. Estava na completa escuridão. O que será que havia ali embaixo? Ele tateava pela escuridão como um cego sem bengala.

Ele parou quando tocou numa mão.

Christopher deu um grito. Sua voz ecoou nas paredes de cimento.

— elE estÁ lÁ embaixO! — gritaram as vozes acima. — eScutem.

Christopher tateava na escuridão. E sentiu outro braço. Outra mão. Então deu meia-volta. Uns trinta metros atrás dele, ele viu uma nuvem de poeira bem onde os condenados estavam cavando uma entrada. Um raio de luar iluminou o túnel. Ele viu sombras de condenados correndo pela mina de carvão.

— rápidO! elE estÁ aquI eM alguM lugaR!

Christopher correu mais fundo no túnel, mantendo as mãos diante do corpo. E ouviu corpos se mexendo. Uma perna nua se esfregando na parede. Um dedo surgiu e tocou seu cabelo. Outro segurou sua mão.

Mais barulho de gente cavando atrás dele. Mais gente cavando abaixo. O túnel estava se enchendo de condenados. Acima, cascos de cervos estalavam e pisavam nas ruas cobertas de sangue. Christopher sentiu o toque de mais mãos. Gemendo. Seus olhos se ajustaram ao breu. E enfim ele viu quem estava tentando agarrá-lo.

As pessoas caixa de correio.

Estavam posicionadas lado a lado, feito morcegos pendurados de cabeça para baixo dentro de uma caverna. E usavam o fio extenso para se manterem alinhadas umas às outras.

O fio.

O pensamento surgiu do nada. Talvez ele pudesse seguir o fio e sair daquele lugar. Christopher viu o fio descendo pelo túnel em várias direções. Túneis que entravam em outros túneis. Estava em um labirinto.

— christopheR? — disseram as vozes atrás dele. — a gentE estÁ tE vendO! a gentE estÁ sentindO o sEu cheirO!

Ele olhou para trás e viu o homem com uniforme de bandeirante comandando o ataque. Christopher seguiu o fio e se aprofundou na escuridão. Correu pelos cheiros. Pela podridão. Pela terra, pelo carvão e pela madeira, que se misturavam como cimento. Ele olhou para cima, através das rachaduras do túnel, e viu a parte de baixo da casa das pessoas. Encanamentos e porões. Esconderijos perfeitos para ratos e olhos que brilham na noite. Depois, as casas foram substituídas por raízes de árvores que pendiam como estalactites em tetos de cavernas. Ele agora estava embaixo do bosque da Mission Street, correndo para o fundo do labirinto. E viu o que parecia ser uma abertura à frente. Ele correu pela tal abertura e viu um quarto esculpido no túnel subterrâneo. Estava imundo. Horrível. Fotos de mulheres e homens nus com queimaduras de cigarro na genitália.

Um homem dormia num colchão.

Ao lado de um abajur de luz noturna de criança.

Christopher viu uma porta do outro lado do quarto. Aquele homem devia ser um guarda. Havia alguma coisa atrás daquela porta. Ele precisava chegar até lá. Era a única saída. Na ponta dos pés, passou pelo colchão. Passou diante de um espelho e olhou o próprio reflexo. Mas não conseguiu ver seu rosto. Viu a própria nuca. O homem na cama começou a se mexer.

— eU estoU caçandO o delegadO agorA, christopheR — disse o homem, dormindo. — o ambrosE estÁ sE enterrandO vivO de novO. e de novO. adivinhA sÓ o quE vAi aconteceR coM vocÊ! aquI voU eUUUUUUUUU!

Christopher se virou e viu o vulto dos condenados, correndo para ver quem seria o primeiro a matá-lo.

Precisaria de um exército para escapar.

Christopher alcançou a porta do outro lado do quartinho do guarda. Abriu-a, e o metal pesado rangeu nas dobradiças. Em seguida, bateu a porta e a trancou com força.

Então entrou no lugar mais escuro em que esteve na vida.

De repente, o ar ao redor dele mudou. Parecia que estava dentro de um forno. Ele prendeu a respiração por um momento, escutando. Ouviu algo farfalhando, como insetos numa porta de tela. Ele deu um grito para tentar ter alguma noção do espaço, mas só ouviu o próprio grito reverberando pelas paredes num eco gigantesco. Christopher se lembrou dos velhos filmes de guerra, quando os soldados ficavam longe do confronto. A quilômetros de distância, as pessoas sofriam. Mas ali, para ele, o mundo estava calmo.

Até que seus olhos se ajustaram à escuridão.

Ele olhou para cima e viu a coisa mais medonha que já tinha visto na vida.

Uma colmeia imensa formada por pessoas caixa de correio.

A colmeia era do tamanho da clareira. Christopher olhou para cima e percebeu que estavam embaixo da árvore enorme. Essas pessoas eram as raízes. Elas guardavam a única porta de acesso à superfície. Ele estava preso. Os olhos de Christopher seguiram o fio que mantinha as pessoas caixa de correio enfileiradas. Ele precisava encontrar a primeira pessoa caixa de correio que segurava o fio. Onde é que tudo começava? Se descobrisse, talvez pudesse escapar dali.

Christopher foi acompanhando a fileira. Cada pessoa segurava o fio. Os corpos balançavam como árvores, os braços eram galhos que dançavam numa brisa doentia. Pareciam marionetes. Elas estavam todas interligadas. Christopher correu e viu a próxima mão que segurava o fio. E a seguinte. E a seguinte. Adultos. Crianças. Gente de todas as idades. De todos os gêneros. Ele precisava encontrar o mestre. Aquele que manipulava todas as marionetes. Christopher continuou correndo. Cada vez mais rápido. Desesperado em busca da saída. Ouviu batidas na porta trancada atrás dele e percebeu que estava de volta à entrada.

Era um círculo.

Uma corrente.

Não havia mestre.

Todas as pessoas caixa de correio seguravam o fio.

Christopher encarou a escuridão. Não havia vida ali. Nem morte. Apenas a eternidade. Uma prisão perpétua depois que todos parassem de morrer.

Ele estava no vale da sombra da morte.

Christopher fechou os olhos e caiu de joelhos. Juntou as mãos e pediu por livramento. Por sua mãe. E pela mulher sibilante. E por David Olson. E pelo delegado. E por Ambrose. A lista de nomes foi ficando tão grande quanto a fileira de pessoas caixa de correio. A sra. Keizer. A sra. Collins. O sr. Collins. Brady. Jenny. Eddie. Mike. Matt. Até Jerry. Especialmente Jerry.

— Por favor, meu Deus. O Senhor pode ficar comigo se precisar de mim. Mas salva essas pessoas.

De repente, uma mão surgiu na escuridão e segurou o braço de Christopher. Ele deu um grito e se virou rapidamente. A mão não soltava, por isso demorou um instante para perceber que havia algo diferente. A mão não o arranhava nem o apertava. Era apenas um leve toque. Christopher viu a mão e os pulsos com cicatrizes. Ele correu o olhar para cima, pelo corpo, até ver o rosto da última pessoa caixa de correio da colmeia.

Era seu pai.

CAPÍTULO 127

Os olhos dele tinham sido costurados.
 O pai de Christopher estava dentro de uma banheira de porcelana. Ele usava roupa de hospital. A calça do pijama estava encharcada. Não de água. Mas de sangue.
 o sEu paI é loucO
 Christopher deu um passo à frente. As cicatrizes no pulso do pai ainda estavam molhadas. Ainda pingavam. Enchendo a banheira para sempre.
 PLEIN. PLEIN.
 Batidas na porta de metal atrás deles. Os condenados estavam chegando.
 — Pai? — chamou Christopher.
 Christopher estendeu o braço e pegou a mão do pai. Ele se lembrou do enterro. Do velório. A sala com os cinzeiros. Tinha beijado a testa do pai morto. Não havia nada lá. Nenhum sinal de vida. A mão dele estava tão gelada.
 Mas agora a mão estava morna.
 — Pai, é você mesmo? — perguntou Christopher.
 Seu pai se contorceu. Gemendo através dos pontos que costuravam seus lábios. Christopher sentiu os avisos do moço bonzinho queimando seus ouvidos.
 Eu cortei a linha que costurava a boca de uma menininha e da irmã dela. Elas tentaram me comer vivo.
 Christopher enfiou a mão no bolso, procurando algo para cortar a linha. E achou uma coisa áspera e pontiaguda.
 A chave da mulher sibilante.
 Christopher ficou na ponta dos pés e levou a chave até a boca do pai. Ele cortou a linha que costurava seus lábios. Seu pai moveu o maxilar, paralisado e rígido por causa dos anos de escravidão.

— Christopher? — indagou ele, com a voz fraca. — É você?
— Sim, pai.
— Você está vivo?
— Tô.
O homem começou a chorar.
— Eu te vi morrer mil vezes — disse ele. — Você continua se afogando na banheira.
— Não, pai. Não fui eu.
Seu pai pensou por um instante. Seu rosto se contraiu até ele encontrar a lembrança.
— Fui eu que morri na banheira?
— Foi, sim, pai.
— Eu sinto muito por ter te abandonado.
— Eu sei.
— Deixa eu olhar pra você, meu querido.
Christopher levou a chave até os olhos do pai e cortou a linha grossa que o mantinha cego. Ele puxou a linha pelas pálpebras do pai e a jogou no chão. Seu pai abriu os olhos, perplexo, como se aquela caverna escura fosse o sol mais brilhante que já tinha visto. Ele piscou, como um recém-nascido, até que seus olhos se ajustaram à luz. E olhou para o filho. Depois sorriu.
— Você está tão grande!
O pai quis abraçá-lo, mas um fio mantinha seu braço imóvel. Christopher foi tentar ajudá-lo. Quando por fim tocou no fio que estava na mão do pai, teve uma surpresa. O fio não tinha nada de especial. Não era feito de aço. Christopher se lembrou de quando viu com a mãe um filme antigo sobre um circo. Havia um filhote de elefante amarrado com uma corrente de aço a um poste. O filhote puxava, arranhava e tentava se soltar, mas a corrente não quebrava. E havia um elefante adulto amarrado a um poste com nada além de um pedaço de corda. Ele perguntou à mãe como era possível aquela cordinha segurar o elefante adulto. Ela explicou que os filhotes eram mantidos acorrentados até que desistissem de escapar.
Os animais achavam que aquela cordinha ainda era uma corrente.
Christopher pensou. Ele não sabia se funcionaria ou não, mas tinha de tentar.
— Pai, eu acho que agora você pode soltar esse fio.

— Posso?

Com ternura, Christopher segurou a mão do pai. E sentiu o momento da morte dele. O último segundo, quando o pai havia mudado de ideia. Ele queria viver. Não queria ficar longe da família. Mas era tarde demais. Mas não era tarde demais. Nunca era tarde demais.

O pai de Christopher soltou o fio.

Ele ficou parado por um instante, esperando que o céu desabasse. Mas isso não aconteceu. Ele saiu da banheira ensanguentada. Ajoelhou-se e abraçou o filho. Sua camisa cheirava a tabaco. Christopher abraçou o pai, enquanto observava a colmeia ao redor, contemplando centenas de pessoas caixa de correio. Estavam todas interligadas. A cidade e os túneis. Tudo interligado por um fio invisível. Ninguém mantinha as pessoas caixa de correio no lugar. Elas se enfileiravam sozinhas. As pessoas caixa de correio não eram soldados do moço bonzinho.

Eram seus escravos.

Christopher ouviu um gemido. Na verdade, todas as pessoas caixa de correio clamavam por livramento. Christopher finalmente entendeu os gritos. A raiva. A loucura. Tudo o que ele conseguia ouvir era a palavra "Socorro". Ele sentiu o calor aumentando. Os sapos presos dentro de uma panela fervente, sem perceber que o calor era uma febre que os consumia. Estavam dentro do vale da sombra da morte, mas o vale não era um lugar físico fora deles. Estava dentro deles

O vale somos nos.

Christopher pegou o fio do pai e o segurou com força. Então levou o fio aos lábios, respirou fundo e soprou as palavras, feito uma criança brincando de telefone com duas latas e um barbante.

— Você está livre agora.

CAPÍTULO 128

O delegado sentiu o sangue escorrer pela têmpora. Ele viu a menininha de unhas pintadas morta no leito do hospital. Ele se virou para correr porta afora à procura de um médico, como já tinha feito uma centena de vezes. Parecia um hamster numa roda, tentando fugir de um passado que estava sempre à sua frente. Jamais havia lhe ocorrido que ele não precisava correr.

Até agora.

— Você está livre agora.

Ele não sabia de onde vinha a voz. Mas ela estava lá, em sua cabeça, como uma semente na terra. O delegado parou de correr. Ele se virou e voltou para o lado do leito. E a encarou. Com o coração na garganta. E se ajoelhou. Um homem grande como um urso que, de repente, sentia-se tão pequeno. O delegado fechou os olhos e a abraçou como um pai. E viu uma luz dançar por trás das próprias pálpebras.

Quando abriu os olhos, o delegado olhou para a menininha de unhas pintadas. Mas ela já não era uma menininha. Era uma mulher adulta. Talvez 30 anos. Com olhos brilhantes e um sorriso animado. Usava uma camisola branca de hospital. Segurava um bebê nos braços. O bebezinho dormia.

— Onde a gente está? — perguntou o delegado.

— No Hospital Mercy. Você virou vovô.

— Virei mesmo?

Ela exibiu um sorriso paciente. Ele viu a cor em seus olhos azuis. Pequenas manchas de luz se espalhando em seu próprio universo.

— Você não se lembra? — perguntou ela. — Você voltou pro meu quarto com o meu leite e acabou de ler aquela história. Você me levou pra sua casa pro meu primeiro Natal. Você me afastou da cidade pra garantir a minha segurança. Eu cresci naquela casinha, lá em Mill Grove. E fui pra uma escola de verdade. Participei de peças de teatro. Eu até fiz o papel de Annie uma noite, quando a Mary Kosko ficou doente. Eu terminei o ensino médio. E fui pra Universidade de Pittsburgh. Você chorou em todas as minhas formaturas. Você entrou na igreja comigo. A gente dançou na minha festa de casamento. Você não se lembra?

Ela ofereceu o braço a ele. O braço dela era cálido e leve. Como um anjo.

— Agora eu me lembro — confirmou ele. — Eu me lembro de tudo.

— Então você lembra quando eu disse que você seria avô. E lembra quando eu disse que era um menino. E que eu e o meu marido decidimos chamar ele de Bobby... em homenagem ao homem que salvou a minha vida.

O delegado olhou para o neto, que dormia tranquilamente. Foi inundado por uma vida inteira de lembranças. Toda a vida que ela teria. Ela a viveria todos os dias. Para sempre. O delegado olhou para a filha, que sorriu para ele. Ela colocou a mão sobre a dele. Delicadamente, fez carinho na mão dele, no ponto em que havia se coçado até o osso. Num instante, a coceira se foi. A pele estava curada.

— Deus não é um assassino, papai — comentou ela.

O delegado fez que sim e sentiu lágrimas molhando seu rosto. Não percebeu que estava chorando.

— Eu posso ficar aqui com você? — perguntou ele.

— Ainda não, papai. Você tem que viver a vida antes de poder viver o seu paraíso.

O delegado a abraçou e chorou aos soluços.

— A gente precisa da sua ajuda, papai. Isso é uma guerra. E os mocinhos têm que vencer dessa vez. Você tem que acordar agora. Você tem que ajudar ela. Ela está bem do seu lado. Você tem que abrir os olhos.

— Eles estão abertos.

— Não, papai. Eu estou dentro das suas pálpebras. Você tem que abrir os olhos.

O delegado estendeu a mão lentamente e tocou a linha que costurava suas pálpebras. E sentiu a linha que costurava a boca, ainda segurando o fio.

— Larga o fio, papai. Ela está bem do seu lado. Você tem que salvar ela.

O delegado fez que sim para a filha adotiva e sorriu. Largou o fio e puxou a linha que costurava os olhos.

— Você está livre agora.

O delegado abriu os olhos. Os de verdade. Ele observou o bosque ao redor e viu milhares de pessoas caixa de correio se estendendo até o horizonte. Todas gemiam e se contorciam. Tentando encontrar o caminho para se libertar. Ele largou o fio e se virou para a direita, esperando encontrar Kate Reese.

Em vez disso, viu uma menininha com olhos e boca costurados. Ele se ajoelhou e, delicadamente, retirou o fio da mão dela. Puxou os pontos que lhe costuravam a boca e removeu a linha dos olhos.

— Eu sou policial, querida. Eu estou aqui pra te ajudar.

A menina abriu os olhos e caiu em seus braços, chorando. O delegado a amparou. Ele reconheceria aquela menina em qualquer lugar.

O nome dela era Emily Bertovich.

Ela o abraçou, e o calor de suas mãos o inundou. Num instante, ele viu as cenas se desenrolarem. O sujeito que a havia levado da entrada da garagem. O medo que ela tinha sentido. A dor. O local onde seu corpo fora enterrado. E, enfim, a paz.

— Você vai contar tudo isso pros meus pais? — perguntou ela.

O delegado fez que sim, com os olhos marejados de lágrimas.

— Vou, Emily. Você está livre agora.

CAPÍTULO 129

As mãos de Ambrose rasgavam a terra do túmulo do irmão caçula. Ele tinha a sensação de estar se perdendo no solo frio. Tinha terra na boca. Nos olhos. Minhocas rastejavam em seu corpo. Ele estava se enterrando vivo, mas não conseguia parar. Precisava encontrar o corpo do irmão. Poderia salvar David dessa vez. Poderia finalmente voltar a abraçar o irmão.

— Você está livre agora.

Ambrose não sabia de onde vinha a voz. Vinha do bosque, acima dele? Da terra, abaixo? Vinha de dentro de sua mente? Ele não sabia, então a desconsiderou. Suas mãos continuavam cavando a terra. Não podia deixar o irmão morrer de novo. Não podia deixar...

— Você está livre agora.

Dessa vez, era inconfundível. A voz surgia com clareza, soprando através dos galhos. A voz de uma criança. Meiga e inocente. Obrigando-o a fazer a única coisa que não havia conseguido fazer nos últimos cinquenta anos.

Deixar o passado para trás.

Ambrose parou de cavar. Ele se ajoelhou em silêncio dentro do túmulo e, em vez de usar as mãos para rasgar a terra, levou-as à cabeça e chorou. O pesar e a culpa inundaram seu corpo à medida que as lembranças voltavam. O bebê que sua mãe, ao sair da maternidade, havia trazido para casa. "O nome dele é David." Seu irmão engatinhando, depois andando, depois correndo, depois descendo pela parede coberta de trepadeiras. Indo para o bosque para salvar um mundo que havia falhado com ele.

— David, me desculpa por não ter te salvado.

O velho se levantou, e a terra caiu de seus ombros. Seu rosto encontrou a superfície, e ele encheu os pulmões de ar puro. Olhou através das nuvens em seus olhos e viu alguma coisa saindo das sombras.

Uma luz.

A luz parou diante dele e pairou, como uma nuvem cheia de raios presos em seu interior. Ambrose levou os dedos trêmulos até a boca e puxou um pedaço de linha preso no canto. Ele sentiu os lábios se contraírem com uma pequena pontada de dor. Então seu maxilar relaxou e ele percebeu que sua boca havia sido costurada. Ambrose ergueu a mão e tocou os olhos. Tinham sido costurados com a mesma linha maléfica.

Ambrose puxou a linha e, por fim, libertou os olhos. Viu onde realmente estava. Não havia jardim. Nem casa na árvore. Nem cova. Havia apenas o bosque e milhares de outras pessoas. Estavam todas se libertando daquele fio. Uma grande colcha de retalhos que se descosturava. E a luz que estava diante dele não era uma luz, na verdade.

Era David.

Ele ainda era pequeno. Magricela. Sem os dois dentes da frente. Mas sua língua havia sido substituída pela de uma serpente. Ambrose viu o irmão cobrir a boca, envergonhado. Assim como os homens com quem ele servira na guerra que tinham perdido membros ou mais para o fogo ou estilhaços e que se tornavam estranhos ao próprio reflexo no espelho. Ambrose balançou a cabeça e delicadamente afastou a mão do irmão.

— Não tem por que ter vergonha. Você é um herói.

David sorriu. Ambrose abriu os braços, e seu irmãozinho se entregou ao abraço. Ele cheirava a luva de beisebol. E ainda tinha aquela cabeleira linda.

— Me desculpa, David. Me desculpa.

David se afastou e balançou a cabeça. Não. Em seguida se ajoelhou e arrastou o dedo pela terra. Ambrose viu quatro palavras. Ele reconheceria a letra verdadeira do irmão em qualquer lugar.

VOCÊ ESTÁ LIVRE AGORA

CAPÍTULO 130

As palavras eram levadas pelo vento. Avançaram através das nuvens e da clareira, indo do mundo imaginário para o real.

A sra. Keizer ficou no meio da clareira. Ela achava que estava vendo o marido no meio do nevoeiro.

— Por favor — implorou ela —, qual era o meu nome antes de te conhecer? Eu não posso viver sem saber o meu nome.

— Tem certeza de que não quer mais ser a sra. KeiZer? — perguntou a voz.

— Tenho! — gritou ela.

O marido parou e sorriu, então estalou os dedos.

— Certo. Você não é a sra. KeiZer.

Num instante, ele retirou o nome Keizer, deixando-a sem nome. Ela não tinha se casado. Não tinha tido a bela filha Kathy. Seu corpo começou a murchar. As mãos artríticas e o quadril fraturado. Ela sentiu como se tivesse envelhecido 50 anos em 50 segundos. Sua audição começou a falhar. A mente também. A memória também. A sra. Keizer ficou no meio da clareira. Achava que estava enxergando o marido no meio do nevoeiro.

— Por favor — implorou ela —, qual era o meu nome antes de te conhecer? Eu não posso viver sem saber o meu nome.

— Tem certeza de que não quer mais ser a sra. KeiZer? — perguntou a voz.

Mas, dessa vez, a sra. Keizer não ouviu essas palavras. Ouviu outras. Palavras ao vento. Ou será que estavam dentro de sua própria mente?

— Você está livre agora.

A sra. Keizer parou. Algo parecia muito familiar em relação àquele momento. Tinha certeza de que fizera aquilo havia apenas cinco minutos. Tinha dito que sim, e seu marido havia retirado o nome Keizer. Ela não tinha se casado. E não tinha tido sua bela filha Kathy.

— Tem certeza de que não quer mais ser a sra. KeiZer? — repetiu o marido.

A sra. Keizer se virou. Olhou para a clareira e viu sua filha passando frio no quintal.

— Não. Eu quero ser a sra. Keizer — respondeu ela. — A minha filha está com frio.

Ela se levantou em seguida para ir até Kathy.

— o quÊ?! sE vocÊ deixaR elA entraR nA cozinhA, eU voU quebraR a porrA dO sEu pescoçO, lynN!

A sra. Keizer não deu ouvidos ao marido. Ele poderia espancá-la o dia todo dessa vez. Ela não ligava mais. Sua filha estava congelando no quintal. Sua filha nunca mais passaria frio.

— sE deixaR elA entraR nA cozinhA, vocÊ vaI seR expulsA dessA casA. vocÊ vaI voltaR a seR aquelA piranhA ignorantE e inútiL, lynN...

— Wilkinson — disse ela em voz alta. — O meu nome era Lynn Wilkinson.

Ela abriu a porta e chamou a filha de volta ao calor da cozinha.

— Kathy — chamou ela —, você está livre agora.

A sra. Collins olhou para a mãe. De repente, sentiu-se como uma menininha outra vez. Lembrou-se da sensação de sua mãe envolvendo-a numa toalha depois de um banho. O vapor do chuveiro cobrindo o espelho, feito uma névoa. A sra. Collins já não sentia mais frio. Mas alguém ainda sentia. Alguém que estava no quintal da própria sra. Collins.

Ela se virou e viu o filho Brady na casinha do cachorro, tremendo de frio. Ela abriu a porta e chamou o filho de volta para o calor da cozinha. O marido se juntou a ela. Eram de novo uma família.

— Brady, me desculpa. Você está livre agora.

A palavra se espalhou pela clareira. A sra. Henderson largou a faca e abraçou o marido. A srta. Lasko parou de beber. Jerry deixou de se debater e de se autoflagelar.

Jenny Hertzog ouviu a voz dócil da mãe.

— Para, Jenny! Não afoga ele!

Jenny parou de empurrar o meio-irmão e usou as mãos para arrancar a linha que costurava a própria boca. Num instante, a verdade transbordou de sua boca para o pai num dilúvio. O pai dela removeu a linha que costurava os próprios olhos. O silêncio acabou. A cura começou.

As palavras percorreram a clareira, de Ed Especial a Matt e Mike, aos seus pais e à cidade. Libertando todas as mentes. Os corpos também. A febre cedeu. A coceira parou. O medo foi embora, assim como a loucura. Os sapos estavam em segurança e distantes das panelas de água fervente que cada um carregava sob a pele. Já não havia gripe.

— Você está livre agora.

CAPÍTULO 131

A mãe de Christopher e o moço bonzinho caíram na rua. As mãos dela arranhavam os olhos dele. Os dedos dele dilaceravam a pele dela. Ela revidava, mas estava ficando sem forças. A advertência feita por Christopher ecoou em sua mente.

O poder tem um preço.

Ela cambaleou para trás e o moço bonzinho se enroscou nela, como uma serpente. A pele dele se esticou sobre a boca da mãe de Christopher, enquanto ele preparava a agulha e a linha para deixá-la pronta para a eternidade. Ele sussurrou ao ouvido dela. Ela sentiu a loucura do mundo. A maldade que fazia Deus chorar à noite. A cada palavra ela ficava mais fraca.

— Kate, o sEu filho está prestes a ser devorado vivo. Só teM um jeito de salvar ele agora.

Ela viu a mulher sibilante. Os cervos andavam ao redor dela como tubarões mortos de fome. Os condenados pularam nas costas dela. Um após o outro. Mordendo. Arranhando. Unhando.

— O Christopher deu a você o podeR dele. Se você matar elA usando esse poder, eu te deixo ir.

A mãe de Christopher sentia a parte interna das pálpebras umedecendo seus olhos, que ardiam com a febre, com as visões. Ela era onipotente, mas aquele era o mundo dele. Ela podia vê-lo. Ele estava aterrorizado. E era aterrorizante. Ardendo com uma fúria gélida.

— Eu já conheci muitos homens como você — comentou ela.

— Não conheceu, não, katE.

Então ele costurou a boca da mãe de Christopher.

— Você nunca conhecEu alguém como eU.

Em seguida, com uma mordida, o moço bonzinho arrancou um pedaço do pescoço da mãe de Christopher. Ele estava em todo lugar e em lugar nenhum. Era todos os homens e homem nenhum.

— Então, se você não matar ela, vai virar elA.

Ela lutou com todas as forças que ainda tinha. Com ossos quebrados e sangrando. Até ele espremer o sangue dela feito água de uma esponja, e a atirar na rua, como se ela fosse lixo. Sua pele ralou na calçada e ela foi parar ao lado da mulher sibilante no gramado. Os cervos e os condenados começaram a rodear as duas mulheres. Elas não conseguiriam combater todo o Inferno sozinhas. Precisavam de um exército. Mas, pelo menos, o filho tinha escapado. Era só o que importava.

— Mãe.

A mãe de Christopher se virou e viu o filho.

Saindo do bosque.

Sozinho.

— NÃO! — gritou ela, arrancando a linha da boca. — VAI EMBORA! CORRE! CORRE!

Os cervos partiram para cima dele.

— Tá tudo bem, mãe — disse Christopher.

— SAI DA RUA! — berrou a mulher sibilante.

— Não se preocupa — disse ele. — Eu tô aqui.

A mãe de Christopher tentou se mexer enquanto o homem com uniforme de bandeirante saía do túnel, junto com os outros condenados, e avançava sobre seu filho.

*

Christopher não deu atenção a eles. Apenas saiu do bosque. Destemido. Sentiu as vozes voltarem para ele através do fio. As vozes já não enchiam mais sua cabeça. Já não havia dores de cabeça. Já não havia febre. Ele apenas ouvia as vozes através do fio. O passado de todos. Os segredos. A inocência perdida. O sofrimento. Identificação. Decepção. Raiva. Confusão. O arrependimento. A culpa. O amor. A perda. De toda a humanidade. Não era sofrimento. Era poder. Medo não é medo. É emoção que teme a própria luz. O mundo inteiro se estendia diante dele. Todas as pessoas da Terra. Christopher jamais havia sentido tanto amor. Tanta esperança. Tanta gratidão. Cada alma ao longo daquele fio. Ele sabia seus nomes e conhecia seus amores, suas esperanças e seus sonhos. Ele as conhecia e era aquelas almas. Assim como elas eram ele.

— Você está livre agora.

Christopher sentiu as pessoas caixa de correio rasgarem os fios, como elefantes que, de repente, percebem que uma corda não é uma corrente. Elas abriram os olhos como mineradores que encaram o sol depois de cem anos debaixo da terra. E arrancaram as linhas que costuravam as bocas. As palavras transbordaram pelo vale. Pelo bosque. Pela clareira. Aquela luta não tinha acabado. O moço bonzinho não tinha vencido. A guerra ainda não havia chegado ao fim, e os mocinhos continuariam lutando até não sobrar mais ninguém. Eles não precisavam de um exército.

Eles <u>eram</u> o exército.

CAPÍTULO 132

Christopher emergiu do bosque com Ambrose, David, o delegado e mais mil pessoas caixa de correio atrás deles. Eles olharam para a rua, onde outras pessoas caixa de correio se enfileiravam até onde os olhos podiam ver. Agora, as linhas que antes pendiam de suas bocas estavam caídas no chão, inertes, em torno de seus pés. E os olhos estavam descosturados.

Enfim abertos.

Em silêncio, elas encararam o moço bonzinho. E estavam incandescentes com a raiva acumulada de séculos e causada pelo enorme sofrimento, pelos milhões de vezes que o moço bonzinho as obrigara a ver um ente querido morrer, uma mãe sofrer, uma criança ser maltratada. Christopher pegou o fio, e uma energia percorreu seu corpo enquanto ele falava.

— Estamos livres agora — avisou ele.

O fio caiu.

E as pessoas caixa de correio investiram contra o moço bonzinho.

Começando pelo pai de Christopher.

Kate ficou sem palavras. Por um instante, ela esqueceu onde estava. Mesmo com tudo o que tinha visto, ainda não sabia se ele era real. Até que seus olhares se encontraram e ela sentiu os sussurros viajarem do olhar dele para o dela. Kate sabia que ele estava arrependido por ter esquecido tudo o que um dia tiveram. E sabia que ele achava que o delegado era um bom sujeito. E sabia que ele estava se despedindo. Por enquanto.

— Espera. Pra onde você vai? — indagou ela.

— Dessa vez, eu vou proteger a minha família. Eu te amo, Katie.

Com isso, ele deu um beijo na esposa. Toda a amargura e todo o sentimento de perda que ela sentia desapareceram naquele instante de paz. Então ele se virou e avançou sobre o moço bonzinho, gritando para o restante das pessoas caixa de correio:

— ME SIGAM PRA LUZ!

Ele se lançou sobre o moço bonzinho. No momento em que tocou a pele dele, o pai de Christopher foi transformado em luz. Ardendo feito o sol. O filho. A estrela. A alma. Subindo ao Céu.

O moço bonzinho gritou, a pele queimando.

Os dominós tombaram. As pessoas caixa de correio seguiram o pai de Christopher, correndo a toda a velocidade em direção ao moço bonzinho. Pularam nas costas dele, feito pulgas num cachorro, e irromperam em luz. Subindo para o céu, como fagulhas que se desprendem de uma fogueira. A mensagem se espalhando entre todos.

— A gente está livre!

As pessoas caixa de correio continuavam chegando. Pisoteando os condenados, como se fossem uma manada enfurecida. O moço bonzinho revidava. Com cada golpe de seus braços poderosos, dezenas de pessoas explodiam em faíscas. Mas elas continuavam vindo. Cada vez mais rápido. Uma luz interior as rachava ao meio e as impelia para o céu. Eternamente livres. Ele brandia os punhos, mas eram pessoas demais. E pulavam sobre o corpo dele, incinerando-o com luz. Enchendo o céu de estrelas cadentes.

O moço bonzinho ficava mais fraco com cada alma, com cada sol. Filho. Filha. Pai. Mãe. Emily Bertovich sorriu para o delegado, depois atacou diretamente o coração do moço bonzinho, transformando-se em um milhão de fragmentos de luz. O céu ardia com tanto brilho, que os cervos ficaram hipnotizados, olhando para aquele imenso farol. Os corpos se empilhavam, cada vez mais rápido, até que eles já não conseguiam mais ver o moço bonzinho. Ele gritava de dor, enterrado numa pilha de luz.

Christopher olhou para o céu. E viu uma nuvem começando se formar.

— Mãe? — disse ele, aterrorizado.

O delegado viu os cervos piscarem e ajustarem a visão à luz. E começaram a emitir um som sibilante, enquanto os condenados se levantavam. Ambrose sentiu o irmão caçula puxá-lo pela manga.

— David, o que foi?

David apontou para o céu. Ambrose olhou através da névoa que cobria seus olhos e viu que as nuvens estavam formando um rosto. O rosto parecia estar sorrindo. Com dentes grandes. O homem de terno cinza.

— MÃE! A GENTE TEM QUE SAIR DAQUI AGORA! — gritou Christopher. Antes que ele pudesse terminar a frase, a mãe de Christopher pegou o filho e saiu correndo de volta para o bosque. O delegado a seguiu. David e Ambrose correram junto à mulher sibilante, enquanto nuvens escuras e furiosas começavam a girar atrás deles.

— chrisSstopheR! — retumbou uma voz.

Christopher olhou por cima do ombro da mãe e viu tornados de fogo girando numa velocidade impressionante. Cada tornado parecia uma presa na boca do moço bonzinho.

— vocÊ nuncA vaI conseguiR escapaR dE miM!

Uma parede de fogo surgiu, avançando feito um tsunami. Queimando a vizinhança como se fosse uma casa feita de palha. Algo rangeu, depois veio um BUM fantástico quando o moço bonzinho se ergueu, espalhando os corpos das pessoas caixa de correio como se fossem vaga-lumes no crepúsculo. Ele viu Christopher, sua mãe, o delegado, David, Ambrose e a mulher sibilante correndo para o bosque. Ele colocou os pés em sua bela rua e entrou em seu túnel.

Na passagem que só ele conhecia.

CAPÍTULO 133

A mãe de Christopher correu com o filho nos braços. Os cervos e os condenados corriam atrás deles. Christopher sentiu o pânico da mulher sibilante, seus olhos examinando cada possível caminho. Tinha alguma coisa errada. Ela sabia disso. O bosque estava diferente.

Cadê a porta?

Christopher sentiu o pavor de David. Em cinquenta anos, ele nunca tinha visto o bosque daquele jeito. As árvores acordaram. Os galhos se contorciam. Braços violentos, presos por séculos. Ele sentiu David tentando acalmar a mente e voar com Ambrose acima da copa das árvores, mas os galhos fechavam os braços acima deles, criando um túnel. Estavam sendo conduzidos feito gado num abatedouro.

Christopher olhou para trás. As nuvens já não eram apenas nuvens. Eram a fumaça de um incêndio terrível. Ele sentiu o calor vindo em sua direção. Desamparado nos braços da mãe, Christopher tentou focar a mente, mas o fio e as pessoas caixa de correio o deixaram exausto. Sentiu sua mãe enfraquecida por causa da batalha contra o moço bonzinho. Somente os instintos maternos mantinham suas pernas se movendo na maior velocidade possível.

— CADÊ A PORTA?! — gritou sua mãe.

Christopher olhou para o caminho e avistou uma parede de árvores à frente. O bosque havia se fechado sobre eles. Estavam correndo para um beco sem saída. Ele sentiu o chão tremer.

— vocÊ sabE poR quE oS corpoS sãO enterradoS a sete palmoS dO chãO? — perguntou a voz.

Christopher viu a terra se mexendo embaixo dos pés de sua mãe.

— prA gentE nãO ouviR quAndo eleS acordaMmm, chIrstopheR. eleS estãO toDos aCordAaAaAaAndoOoOoO aGoraaaa. eleS estãO vinnnndO!

Ele sentia toda aquela gente embaixo da terra. Raízes revirando o solo.

— CADÊ A PORTA? — repetiu a mãe dele.

Christopher acalmou a mente. E encontrou a própria memória. Ele já havia estado ali. Havia passado seis dias ali. Conhecia aquele lugar.

— Continuem correndo.

O grupo olhou para a parede de árvores à frente. Os galhos eram como lanças gigantescas, prontas para empalá-los.

— É um beco sem saída! — avisou sua mãe.

— Não, é uma ilusão. Confia em mim.

Sem hesitar, a mãe de Christopher confiou nele. Correu diretamente para a parede de árvores, pronta para ser despedaçada pelos galhos.

Mas as árvores não estavam ali.

Eram apenas reflexos numa névoa úmida. Uma ilusão dentro do labirinto do moço bonzinho. O grupo correu através do nevoeiro, que parecia uma cachoeira, e chegou à clareira do outro lado. O local reluzia sob um luar vermelho como fogo. Eles olharam para cima e a viram.

A árvore gigantesca.

A árvore da sabedoria. Quebrada e torturada. Os galhos se movendo feito marionetes. Cada galho com uma casa na árvore. As sombras lá dentro arranhando as portas. Pequenas sementes se contorcendo. Prontas para brotar.

— A CHAVE! — gritou a mulher sibilante.

Christopher retirou a chave do bolso. Ela segurou a chave e os conduziu até a porta esculpida no tronco da árvore. As nuvens desceram. Os rostos se moviam dentro delas, como se fossem fantasmas.

O vento soprou a chave da mão dela.

— NÃO! — gritou a mulher sibilante.

A chave foi levada pelo vento, girando em torno da árvore. Christopher viu quando David Olson fechou os olhos. Ele sentiu David se esforçar para superar a dor e focar a mente, imaginando-se voando em busca da chave. Saltando de galho em galho. A porta das casas na árvore abrindo-se atrás dele. As sombras saindo das casas na árvore e subindo, perseguindo-o.

— davvvvvviiddddddd...

Mais portas de casas na árvore se abriram. Sombras escorregavam pelos galhos. Algumas subindo em direção a David. Outras descendo.

— chrisstttopppherrrr...

Surgiu uma neblina densa vindo de todos os lados do bosque, como uma camuflagem. Os cervos e os condenados brincavam de esconde-esconde na névoa. Os derradeiros integrantes do exército do moço bonzinho. O homem que morava no tronco oco. O casal. O homem com uniforme de bandeirante. Todos com olhos brilhando feito brasa numa fogueira. Christopher os sentiu descer de todos os lados da clareira.

Eles estavam cercados.

Os adultos formaram um círculo em volta de Christopher, quando os cervos e os condenados atacaram. As duas mulheres se posicionaram uma de costas para a outra. Com Christopher no meio. Os cervos investiram, dilacerando a carne da mulher sibilante com suas presas afiadas. O homem com uniforme de bandeirante pulou nas costas de Kate. Lambendo sua nuca. Ambrose olhou através da névoa em seus olhos, enquanto as sombras pingavam da árvore para o chão, feito seiva. Rastejando até eles.

— Delegado! — gritou ele.

O delegado se virou enquanto o chão se abria. Mãos pequeninas de esqueletos saíam da terra. Eram as almas desaparecidas que haviam construído as casas na árvore ao longo dos séculos. Os ossos das crianças se aproximaram do delegado.

— delegaaaaaado... — diziam as crianças dando risadinhas.

E se atiraram sobre ele, mordendo, deixando seus dentes esqueléticos presos na pele dele. O delegado caiu no chão, enquanto mais mãos surgiam da terra e o puxavam para baixo.

Christopher. Socorro!

Christopher sentiu o apelo de David sendo transmitido pelo vento. Ele olhou para cima e viu a chave voando pelo ar numa velocidade que David não conseguia alcançar. Christopher precisava pegar a chave para ele, mas estava fraco demais para acompanhá-la. Ele precisava de um braço que alcançasse o céu. Precisava de mãos.

Precisava da árvore.

Christopher tinha dado toda sua força à mãe.

Mas ainda tinha sua mente. Christopher fechou os olhos e deixou o sussurro tomar conta de seu corpo. Ele tocou a árvore, que pulsava como um batimento cardíaco. Não parecia casca. Parecia carne humana.

Eu passei seis dias aqui.

Christopher empurrou o sussurro de sua mente para o interior da carne da árvore. Abriu os dedos, fazendo mover os galhos superiores, como dedos numa luva. Christopher viu a chave voando através dos galhos. Seguida por David Olson. Com as sombras atrás dele. Tudo diminuiu de velocidade. O vento. O ar. Os galhos das árvores acima deles. A chave corria ao vento. Estava quase no topo. Era agora ou nunca. Christopher estendeu a mão, valendo-se do galho mais alto, como se fosse uma linha de pesca.

E segurou a chave em pleno ar.

Ele a estendeu a David, que, seguido de perto pelas sombras, arrancou-a do galho. Christopher abriu os olhos e viu David subir ao topo da árvore.

Onde o moço bonzinho pairava.

— oI, daviD.

Ele baixou a mão com uma trovoada, atingindo David Olson, que despencou do céu feito um pombo de barro numa competição de tiro. David caiu no chão, aos pés de Ambrose, com sangue escorrendo da boca e dos olhos.

— NÃO! — gritou a mulher sibilante de angústia quando David largou a chave.

CAPÍTULO 134

A chave ficou no chão. Ambrose observou horrorizado as nuvens descerem. Ele viu o moço bonzinho através das nuvens em seus olhos, escondido na neblina. O moço bonzinho pulou pelo ar e caiu no chão sem fazer nenhum barulho. E estendeu o braço para pegar a chave. Com toda sua raiva, Ambrose atacou o homem que tinha levado seu irmão. O homem que o torturava havia cinquenta anos.

Mas ele não era páreo.

O moço bonzinho bloqueou seus braços e enfiou os polegares nos olhos do velho. Ambrose sentiu o corpo desfalecer. Os dedos atrofiados pela artrite. As costas. Os joelhos. Os pés enrijecidos pelas trincheiras. O que quer que Christopher tivesse curado se foi. Ele havia voltado a ser um homem velho, cego e desamparado.

O moço bonzinho tentou pegar a chave.

Ambrose ouviu a mulher sibilante se desvencilhar dos cervos e derrubar o moço bonzinho no chão. Os dois lutaram, e os gritos dela encheram a noite de vermelho. Impotente, ele escutava os condenados atacando Christopher e sua mãe. Os esqueletos das crianças arrastavam o delegado para a cova enquanto riam.

Às cegas, Ambrose procurou a chave. Suas mãos cavaram a terra até que ele encontrou a chave enterrada em sangue. Ele pegou o corpo do irmão caçula e se dirigiu à porta com seus joelhos enfraquecidos. Então segurou a chave com a mão artrítica e, com a visão nublada, procurou a fechadura.

— vocÊ nuncA vaI encontraR a fechadurA, velhotE — desafiou o vento.

— Eu sei ser cego, seu filho da puta — disse Ambrose.

As mãos de Ambrose encontraram a fechadura. Ele inseriu a chave e a girou com um clique. Ambrose abriu a porta para...

A luz.

— Vamos, David! — gritou ele.

Ambrose pegou o caçula e correu para a luz. A cada passo, as nuvens em seus olhos retornavam. Junto à alegria. Ele tinha encontrado o irmão. Conseguiria resgatá-lo. Conseguiria tirá-lo daquele lugar horrendo. De repente, Ambrose sentiu que tinham se chocado com uma parede invisível. Uma cerca invisível. O irmão caiu de seus braços. Ele se virou e viu David cambaleando, tentando se levantar. Desesperado.

— Vamos lá, David!

David balançou a cabeça. Não.

— Você não pode ir embora? — perguntou Ambrose.

David fez que sim. E empurrou o irmão. Empurrou-o para a luz, tentando salvá-lo.

— Eu levei cinquenta anos pra te encontrar. Não vou te abandonar — declarou Ambrose.

David começou a chorar. Ele empurrou o irmão, mas Ambrose não se mexia; ele estava firme como um carvalho.

— David, para. Eu nunca mais vou te abandonar.

Com delicadeza, o velho baixou as mãos de David até o menino parar de empurrar. Ambrose se ajoelhou e colocou a mão no ombro de David. Ele sentiu a luz dentro do menino. E olhou através de sua visão embaçada.

— David... você pode ir pro Paraíso? — indagou Ambrose.

David assentiu. Sim.

— Então por que você ainda não está lá?

David olhou para Ambrose.

— Você ficou aqui por mim? — perguntou Ambrose.

David assentiu. Sim.

— Você estava me protegendo?

David assentiu mais uma vez. Ambrose olhou para a clareira. Viu a mulher sibilante sendo estraçalhada pelo moço bonzinho. As sombras e os esqueletos rastejando por cima do delegado. Os condenados arrancando Christopher dos braços da mãe enquanto os cervos atacavam. Tudo estava perdido.

— David, você quer ver a mamãe e o papai?

David parou. Ele soube o que Ambrose estava querendo saber. O menino assentiu. Sim.

— Vamos, David — chamou Ambrose. — Vamos pra casa.

Ele pegou a mão de David e, juntos, investiram contra o moço bonzinho. A cada passo, o corpo de Ambrose ficava mais parecido com o que ele tinha naquela noite, aos 17 anos. Os joelhos doentes. A artrite. As cicatrizes das guerras. Todas as dores e todo o sofrimento. Tudo se desfez. Já não havia dor, porque já não havia carne para contê-la.

Os dois irmãos Olson correram pela clareira.

E, então... o impacto.

Eles atingiram o moço bonzinho, que tombou no chão em agonia. A luz deles se espalhou feito uma saraivada de chumbinhos em sua pele. A luz era tão brilhante que as sombras foram vaporizadas. Os cervos que atacavam a mãe de Christopher ficaram cegos. Os esqueletos e os condenados foram arremessados para longe do delegado e de Christopher, como um castelo de cartas.

O tempo parecia ter desacelerado. Ambrose abriu os olhos. Não havia mais nuvens. Tudo era nuvens. Todo o sofrimento. Toda a preocupação. Cinquenta anos de um quarto vazio. Tudo tinha ido embora. Por fim, ele havia encontrado o irmão caçula. E agora podia parar de se perder. Num piscar de olhos, ele viu David se voltar para a mulher sibilante. Sua protetora. Sua guardiã. A mulher que o mantivera em segurança durante o meio século em que Ambrose não pôde fazê-lo. Ele se despediu dela e sorriu, com os dentes da frente faltando. Ela chorou de alegria, vendo-o deixar aquele lugar para sempre. Enfim seu querido David voltaria para casa. Os dois irmãos Olson se levantaram. Dois filhos. Dois sóis. A luz era mais brilhante que qualquer coisa que Ambrose tinha visto na vida, mas não machucava os olhos. As luzes se acenderam em seu quarto. Deitado na cama, Ambrose olhou e viu seu irmãozinho perto do interruptor.

— Ei, Ambrose. Quer trocar uns passes? — perguntou David.

CAPÍTULO 135

Christopher viu a última luz tremular ao vento, e então a escuridão veio ao chão. O bosque estava voltando à vida. Christopher correu para a mãe, que sangrava no chão. Ele a ajudou a se levantar. Ela apoiou o peso em uma das pernas, cujos ligamentos estavam expostos por causa das mordidas dos cervos. Christopher ajudou a mãe a passar por cima das covas abertas deixadas pelos esqueletos, e a mulher sibilante levantou o delegado e apoiou o braço dele por cima dos ombros, carregando-o como se ele fosse um soldado ferido.

Os quatro foram mancando até a árvore.

A porta se abriu para a luz. A mulher sibilante jogou o delegado dentro do tronco da árvore. De volta à vida. De volta ao lado real. Em seguida, virou-se para a mãe de Christopher. Um olhar equivaleu a toda uma vida.

— Vai! — disse ela.

A mãe de Christopher levou o filho para a luz. Christopher olhou para trás, para a mulher sibilante, e, de repente, viu o moço bonzinho investindo contra eles. Christopher sabia que os dois não conseguiriam sair. Era ele ou sua mãe. Ele jogou a mãe na luz.

— Não! — gritou ela.

O moço bonzinho agarrou Christopher e o puxou de volta para a clareira. A mulher sibilante o atacou. Em sua fúria, ele a atirou no chão, como se ela fosse um brinquedinho de mastigar para os cervos.

— chrisssStopherrrrr — disse elE —, sE eU nãO saiO, vocÊ nãO saI.

O moço bonzinho empurrou Christopher de encontro à árvore.

— vocÊ rouboU todoS oS mEus bichinhoS dE estimaçãO.

O moço bonzinho trancou a porta e segurou a chave diante do rosto de Christopher.

— eU voU recomeçaR coM vocÊ.

Ele enfiou a chave na boca e engoliu. Christopher viu a marca do metal descendo pela garganta do moço bonzinho. A porta estava trancada. A chave já não estava mais disponível. Christopher estava preso.

— vocÊ nuncA vaI saiR dO mEu ladO.

Christopher procurou um jeito de escapar, mas não havia para onde fugir. Ele tinha dado todo o poder à mãe. David se fora. A mulher sibilante tinha sido jogada dos cervos para os condenados. O homem com uniforme de bandeirante sacou uma faca. Os dentes do casal que se beijava voltaram a crescer, atingindo o dobro do tamanho normal. O homem no tronco oco ria feito uma criança. Cada um esperava sua vez.

Christopher olhou para o horizonte e viu uma luz suave irromper acima das árvores. O sol estava nascendo. Algo iria mudar ao amanhecer. Ele sentia ao seu redor. Vozes cantando.

A morte chegou.
A morte está aqui.
Você morre no Natal.

Christopher viu o sol raiar no horizonte. De repente, ouviu uma voz. Uma voz fraca, mas que cortava todas as outras. Ele reconheceria aquela voz em qualquer lugar.

Era sua própria voz.

— Eu te perdoo — disse ele.

— o quÊ? — perguntou o moço bonzinho.

Christopher olhou para o moço bonzinho à luz do amanhecer e percebeu que ele era um ilusionista. O moço bonzinho sempre fazia as pessoas olharem para uma de suas mãos enquanto manipulava objetos com a outra. Esse era seu único e verdadeiro poder.

Christopher olhou para a própria mão. E viu um fio. Invisível. Tinha carregado aquele fio a vida inteira sem nem perceber. Ele não tinha dado todo seu poder à mãe, porque o poder de Deus não era a onisciência. O poder de Deus não era a onipotência.

O poder de Deus era o amor.

— Eu te perdoo — repetiu ele.

Christopher se ajoelhou diante do moço bonzinho. Ele amava todo mundo. Todas as pessoas acima. Todas as pessoas abaixo. Ele sabia que era seu destino morrer naquele bosque para impedir que o moço bonzinho descobrisse que, para sair daqui, bastava olhar para dentro. Porque dentro era fora. Para manter o poder, basta abrir mão dele. Não é preciso violência para matar o mal. É preciso o bem.

— Eu te perdoo — repetiu Christopher.

O moço bonzinho partiu para cima dele como um cão uivando.

— parA dE dizeR issO! — sibilou ele.

— Pode me matar — disse Christopher. — Eu me entrego no lugar de todos eles.

Christopher baixou a cabeça, pronto para a morte.

— eU nãO voU tE deixaR morreR! vocÊ nuncA vaI escapaR! eU tranqueI a portA.

— Você não pode trancar a porta — retrucou Christopher.

— poR quÊ?! — O moço bonzinho riu.

Christopher olhou para a mulher sibilante e sorriu. Tudo estava quieto e calmo.

— Porque não existe porta.

Christopher ergueu a mão e tateou os próprios olhos. Era tão fácil ver nos outros e tão difícil perceber em si mesmo. Seus olhos estavam costurados. Christopher arrancou os pontos dos olhos. E contemplou tudo na luz resplandecente do dia. A clareira, que agora parecia muito pequena. Era como voltar à sua antiga escola e perceber como os armários eram pequenos. As sombras não eram assustadoras. Eram a prova de que a luz existia. O fogo e o enxofre eram uma miragem. As nuvens não passavam de vapor dentro de um banheiro. Tudo o que ele precisava fazer era limpar o espelho.

Ele não precisava de chave.

Ele _era_ a chave.

Christopher encarou o moço bonzinho com seus olhos verdadeiros. Pela primeira vez, ele viu...

O diabo.

Calmo. Sereno. Pronto para atacar. Abandonado. Louco. Preso em uma armadilha que elE próprio não era capaz de enxergar. elE estava totalmente só. seuS olhos estavam costurados. suA boca estava fechada. elE segurava o fio em volta do própriO pescoço. elE não fazia nada além de olhar para o resultado de sEu próprio show de mágica e chamá-lo de nuvens. elE não era um Deus. erA um covarde.

Christopher ergueu a mão e abriu o zíper que fechava sua boca. Então relaxou o maxilar e falou, pela primeira vez, em voz alta.

— Eu tô livre agora.

Christopher largou o fio. A porta dentro da árvore se abriu.

— nãããOOOO! — gritou o diabo.

A árvore inteira se abriu. A luz escapou pelas rachaduras em sua pele, descendo em cascata pelo tronco gigantesco. Os cervos e os condenados fugiram. Com os olhos ensandecidos de pânico. Tudo o que Christopher ouviu foram duas palavras no meio de toda aquela loucura, no meio de toda aquela gritaria.

— Me ajuda.

A luz absorveu todos e os levou embora num dilúvio. Alguns choravam. Outros gritavam. E num instante todos se foram. Deixando a mulher sibilante no chão, em segurança, já sendo curada pela luz.

Christopher olhou para o moço bonzinho.

— Eu te amo.

Então se virou e voltou para a luz.

*

O moçO bonzinhO investiu contra ele, pronto para matar.

— vocÊ nãO vaI a lugaR nenhUm...

Às cegas, elE entrou correndo na luz e estendeu a mão para puxar Christopher de volta. A pele delE queimou quando elE se chocou com a cerca invisível. elE seguiu em frente, com toda suA raiva.

— cadÊ a portA?!

A luz O queimava, mas isso não O deteve. Christopher tinha deixado uma entrada. Em algum lugar. elE sentia isso. Onde estavA?! elE ia conseguir escapar! arrancou a chave da garganta. continuou apalpando a cerca, queimando sEu corpo. Procurando a porta. Cadê?! Cadê?!

— mE tirA daquI!

elE viu Christopher voltando à terra. Christopher estava em sua casa na árvore, no lado real. elE sentiu o cheiro do ar fresco do inverno, dos pinheiros. Christopher saiu da casa na árvore. elE viu.

A porta da casa na árvore estava aberta!

— mE deixA saiR!

elE sentiu uma onda de energia lá fora. A grama molhada e o inverno. elE ia conseguir saiR! espremeu o corpo através de uma abertura na cerca, queimando A pele. estava dentro da casa na árvore, no lado real. Christopher bateu a porta. elE olhou para o mundo real através das janelas. Com olhos esbugalhados e insanos. A liberdade estava do outro lado da porta. elE correu para a porta da casa na árvore. ia escapar!

— eU estoU livrE agorA! — gritou elE.

Christopher jogou seu peso na porta. O moçO bonzinhO empurrou do outro lado. Quebrando a madeira. Arranhando com suas garras. Preso como um animal enjaulado.

— mE deixA saiR! mE deixA saiR!

O delegado se uniu a Christopher. A cidade inteira empurrou junto. O moçO bonzinhO gemia e arranhava as janelas de vidro.

— vocêS vãO todoS ardeR nO fogOOO!

De repente, elE viu água escorrendo torrencialmente pelas janelas. pensou que fosse chuva, mas elE não havia trazido nuvens. elE não sabia o que era, até que respirou fundo pelo nariz. Os pinheiros cobertos de musgo e o ar invernal foram substituídos por outro cheiro.

Gasolina.

elE viu a mãe de Christopher descer do telhado até a escada, segurando um galão de gasolina. Havia duas palavras escritas com estêncil na lateral. CONSTRUTORA COLLINS. A mãe de Christopher segurava um fósforo aceso. Desesperado, o moçO bonzinhO arranhou a janela, querendo apagar a chama. Christopher encostou a palma da mão no vidro, e o sussurro que arranhava tocou a mão do moçO bonzinhO.

— Você tá livre agora — disse ele.

A mãe de Christopher atirou o fósforo na casa na árvore.

O diabo gritou.

Christopher olhou para o moçO bonzinhO sem maldade, sem ódio. Com apenas piedade e perdão. Christopher pegou as mãos delE e devolveu ao diabo tudo o que elE tinha dado ao mundo. elE era a sra. Henderson sozinha e mal-amada na cozinha. elE era Mike costurando os olhos do própriO irmão. elE era Scott e Jenny se afogando no dilúvio. elE não conseguia beber o suficiente pela srta. Lasko. elE não conseguia se aquecer no quintal gelado com Brady Collins ou sua mãe. elE era o primeiro pai que maltratou o filho e todos os filhos desde então.

— faZ issO paraR!

O fogo devorou as janelas. A porta. elE corria sem parar, tentando fugir do que estava sentindo. elE gritou pelas janelas da casa na árvore. Cada palavra com uma voz diferente.

— apagA o fogO! oS mocinhoS venceM aS guerraS. escutA a vovÓ!

E uma voz calma, de séculos atrás.

— Matar em nome de Deus é servir ao diabo.

A luz se derramou nos olhos delE. Cegando-O. O moçO bonzinhO sentiu que a luz O cercava. A casa na árvore era uma camisa de força de madeira. O fogo era muito intenso. A mulher sibilante O puxou de volta através da luz. De volta à árvore gigantesca, na clareira ensopada de sangue.

O diabo estava de volta ao Inferno.

elE olhou para a mulher sibilante, que se abaixou e retirou a chave da mão delE, toda chamuscada. Ela trancou a porta com um clique. Então colocou a chave de volta no pescoço. Não havia mais portas. Não havia mais por onde fugir. Não havia mais cervos. Nem condenados. Nem sombras.

Havia apenas ele e ela.

— Você não está na rua — disse ela, sorrindo.

elE olhou para ela. Derrotado. Alquebrado. seuS olhos embaçados com uma raiva batizada em lágrimas. elE investiu contra ela, com todo o ódio que havia em sEu coração. A mulher sibilante permaneceu em silêncio e imóvel. Ela estava em paz.

— morrE! — berrou elE.

E bateu nela com toda a força do Inferno.

*

Ela não sentiu dor. Apenas ouviu uma voz. Uma voz doce, gentil.

— Venha para casa. Eu sinto muito. Seu Pai te ama.

O irmão dela morreu na Terra. Ela havia escolhido morrer ali. A mulher sibilante se partiu em um milhão de fragmentos de luz. O moçO bonzinhO viu a mulher sibilante ascender ao Paraíso. Estrelas riscavam o céu. Todos nós nos tornamos oceano. Todos nós nos tornamos estrelas.

— Por favor, volte para casa. Você já fez o suficiente. Seu Pai sente muita saudade de você.

A mulher sibilante se aproximou da casa do Pai. Uma mulher adulta passando frio no quintal. Ela bateu à porta e esperou até que Ele abrisse. Ela sentiu o ar quente da cozinha. A mulher sibilante olhou para o Pai. Ele abriu os braços e a amparou.

— Me desculpe pelo que eu fiz — disse ela.

— Tudo bem. Eu também peço desculpas — respondeu Ele.

— Eu te amo, Pai.

— Eu também te amo, Eva — disse Ele, dando-lhe um beijo na testa. — Bem-vinda de volta à sua casa.

EPÍLOGO

No quintal gelado, o moçO bonzinhO olhou pela janela da cozinha. elE sentia tanto ódio naquele momento que pensou que poderia arrombar a porta e matar os dois. Então correu até a porta e a esmurrou.

— mE deixeM entraR! mE deixeM entraR!

Silêncio. elE esmurrou a porta várias vezes até suas mãos ficarem ensanguentadas e quebradas. Mas ninguém O ouviu. elE era a árvore no meio do bosque. Tudo o que elE podia fazer era contemplar as estrelas cadentes. Cada estrela um sol. Cada sol uma alma. Numa fração de segundo, todas as estrelas desapareceram. Os planetas ao redor da Terra não tinham mais luz.

E elE estava sozinho.

De repente, o moçO bonzinhO ficou apavorado.

elE percebeu que tinha estado ali cem bilhões de vezes.

Os rostos sempre mudavam, mas o fim não. Deus O abandonara naquela armadilha. elE tinha de encontrar um jeito de sair daquele tormento. elE olhou através da vastidão do universo e não viu nada além de uma cela minúscula. Olhou para suaS paredes brancas sem perceber que apenas elE segurava um fio. elE jamais ergueria as mãos para sentir a linha que costurava seuS olhos. Jamais sentiria o zíper que fechava suA boca.

— Você está livre agora — disse a voz.

Mas elE não conseguia ouvi-la. Tudo o que conseguia fazer era ficar sentado em sEu confinamento solitário. Observando a cidade. Procurando a próxima criança.

elE atravessou a clareira, encarando todo mundo. Os sapos ainda estavam despertando, trôpegos, ficando sóbrios. E olhavam para a casa na árvore, que queimava, virando uma fumaça que desaparecia e formava

Nuvens.

elE sabia que alguns descartariam aquela experiência como se fosse um pesadelo. Alguns até se forçariam a esquecê-la. Mas elE estaria sempre ali. Nos ouvidos deles. Nos sonhos deles.

— srA. hendersoN... psiu... srA. hendersoN...

elE sussurrou ao ouvido da idosa, tão de perto que ela confundiu sEu sopro com a brisa. E coçou a orelha, mas não conseguiu ouvi-lO. Estava muito concentrada no marido que, por sua vez, olhou para a árvore e se viu segurando a mão da esposa. Agora que o pesadelo tinha acabado, tudo o que ele queria era levá-la para uma viagenzinha de fim de semana. Felizmente, ela já havia arrumado uma mala.

— jennY, queridA. o scotT aindA estÁ lÁ. vamoS afogaR elE nuM dilúviO.

Mas Jenny não conseguia ouvi-lO. Ela estava em segurança nos braços do pai, sendo levada para longe do meio-irmão. Prometeu a si mesma que denunciaria Scott para a polícia, porque ela merecia mais justiça que silêncio. O que ela não sabia era que Scott confessaria ao delegado, mais tarde, naquela mesma noite. Era o único jeito de fazer com que ele parasse de se afogar de propósito naquele riacho, naquele dilúvio.

— bradY... matA aquelE meninO... escutA a vovÓ.

Brady Collins estava ocupado demais ouvindo sua avó de verdade para prestar atenção àquela voz. Lynn Wilkinson pediu desculpas à filha por não ter impedido as ações do falecido marido, e a sra. Collins prometeu ao filho que nunca mais o abandonaria no quintal.

— eddiE... psiu... eddiE... escutA a vovÓ...

Ed Especial coçou a orelha e continuou recebendo a chuva de beijos e promessas de bolos e tortas, e HBO e Showtime no quarto para sempre. Naquela noite, ele devolveria a arma do pai ao estojo. Ia se enfiar embaixo das cobertas e olharia para a árvore, lá fora, com os galhos que pareciam um sorriso que ficou doente. A árvore o assustaria, e ele iria para o quarto da mãe, mas perceberia que sua mãe havia voltado a dormir na cama com seu pai. Ed Especial dormiria entre os dois naquela noite, e, quando fechasse os olhos, sonharia com sua avó. Sua avó verdadeira.

— Eu estou tão orgulhosa de você, Eddie. Você venceu a guerra.

O moçO bonzinhO atravessou a clareira, cada vez mais irritado conforme outras crianças eram recolhidas por suas respectivas famílias. elE viu as mães de Mike e Matt abraçarem os filhos. elE sabia que Matt e Mike cresceriam juntos. Seriam parceiros para sempre. Matt sempre manteria seu olho encantado no irmão. Ninguém jamais voltaria a separar os M&M's.

— *mE escutA...*

elE sussurrou para a srta. Lasko, referindo-se à agradável sensação de entorpecimento em sua pele, mas ela não precisava mais disso. O que deixaria mais merLOTE para a enfermeira Tammy, que tinha vagas lembranças de ter cochilado no trabalho antes de acordar no meio do nada, ao lado do médico, que achou que ela tivesse delirado por causa de uma febre causada pela gripe. Ela ligou para o pai e disse que estaria em casa a tempo do Natal assim que ela e o médico fizessem sua parte ajudando na recuperação da cidade. O pai dela brincou: "É aquele médico fofinho que você sempre comenta?" "Cala a boca, pai."

— *mE escutA!*

elE gritava no ouvido de cada um, mas todos apenas O afastavam, coçando-se, e faziam as pazes que precisavam fazer. Jill e Clark voltaram para casa. A velha voltou para a cabana de madeira. Naquela noite, ela se sentaria em seu quarto e contemplaria as belas estrelas, cintilando feito a luz do sol no rio Ohio. Ela veria o marido chamando-a para entrar na água com ele para que pudessem ficar juntos para sempre. Em breve se juntaria a ele. Era um rapaz tão bonito.

— *jerrY! elA vaI fodeR coM o delegadO, jerrY. a piranhA estÁ rindO dE vocÊ.*

Mas até Jerry estava além do alcance delE. Depois de ter movido céus e infernos para atraí-lo até ali, tudo o que elE pôde fazer foi assistir a Jerry proferir duas simples palavras acanhadas...

— Adeus, Kate.

Jerry dirigiu a Christopher um aceno de cabeça. Então levou seus ganhos do cassino de volta para Michigan, de volta para casa e para Sally Mustang.

— *maS deuS aindA é uM assassinO, delegadO. deuS vaI mataR a mulhEr quE vocÊ amA...*

O delegado olhou para Kate Reese, coberta de lama e sangue. Nunca tinha visto uma pessoa tão linda na vida. Ele sabia que não tinham mais todo o tempo no mundo, por isso não queria perder um minuto sequer. Queria construir lembranças com ela. Queria ter um filho com ela. Queria passar com ela e Christopher todos os Natais e todas as férias, pelo resto da vida.

— elE vaI tE abandonaR, katE. quE neM o sEu marıaO jeZ.

Kate Reese se virou para o delegado e fez um gesto para ele vir e se juntar à família. Por um instante, ela pensou no falecido marido. As lembranças de sua vida retornaram, mas não o sofrimento. Ela olhou para Christopher, bem e presente. A febre dele havia cedido por enquanto. Assim como a dela. As crianças não choram nos finais felizes, e ele jamais aprenderia isso com ela. Ela beijou o delegado. Tinha certeza de que se casaria com aquele homem. Tinha certeza de que teriam filhos. Todos têm um final. Se vai ser feliz ou não, depende só deles mesmos.

— eU estoU dE olhO eM vocÊ.

elE viu o delegado dar um beijo de despedida em Kate Reese e voltar ao trabalho para ajudar a cidade a retornar para casa sem mais incidentes. O delegado prometeu a si mesmo que, na manhã seguinte, faria o trajeto até Erie, na Pensilvânia, para levar à família de Emily Bertovich um pouco de paz. Mas, por enquanto, ele era necessário bem ali. O moçO bonzinhO viu o delegado ajudar a multidão a se dispersar e voltar para casa em segurança. elE ficou impressionado com as pessoas, que sempre se comportam assim. Não importava a dimensão da guerra. Nem o sangue derramado no campo de batalha. No fim, os sapos sempre seguem adiante. Como sementes que brotam do solo de uma floresta queimada. Eles sempre voltam para casa.

Curiosos mórbidos que contemplam um acidente.

— eU estoU dE olhO eM vocÊ.

elE viu a cidade saindo da clareira e caminhando de volta pelo bosque da Mission Street. E olhou para sEu mundo ao redor. Vazio. Silencioso. A árvore havia tombado no meio do bosque e já não havia quem pudesse ouvir o barulho da queda.

Exceto Christopher.

Christopher olhava diretamente pa. elE.

— eU estoU dE olhO eM vocÊ, chrisStopher — disse elE.

Christopher olhou através delE. Para a nuvem. O rosto. A lua azul. O eclipse. O fim dos tempos. As estrelas cadentes no céu quebradiço. Mais uma. E outra. Cada estrela uma filha. Um filho. Um sol. Uma alma. Um pontinho de cor nos olhos de Deus.

— Eu também tô de olho em você — disse Christopher.

elE viu a mãe de Christopher se virar e encará-lO com toda a fúria do Céu.

— E eu também — disse ela.

Em seguida, ela pegou a mão do filho, e os dois saíram do bosque da Mission Street. O moçO bonzinhO ficou na árvore por um instante. Os vestígios da casa na árvore eram agora carvão sobre o solo. A fumaça subia, e elE a seguiu.

elE pairou na nuvem, subindo acima do bosque. Mais alto e mais alto. Até avistar a clareira e a árvore, encarando-O com sEu enorme olho irritado.

elE avistou o horizonte. O único sol. A Terra era a cabeça no corpo do gigante. Os seres humanos eram os insetos rastejando em sEu rosto. elE contemplou o mundo. Espreitando. Esperando. Procurando a próxima alma.

elE pairou sobre a cidade. Atento às sirenes. Viu uma ambulância descer por uma rua. Seguiu-a de volta até o hospital e viu os paramédicos apressando-se com a maca, pelo corredor, até o centro cirúrgico.

Enquanto os médicos faziam o possível para brincar de Deus, elE pairava pelo corredor. Viu o padre Tom descansando num leito. A sra. Radcliffe, à cabeceira da cama, segurava sua mão. Graças a Deus ele ainda está vivo, elE ouviu a mulher rezar. Graças a Deus eles ainda estão todos vivos. A mãe. O pai. A adolescente. Era um milagre de Natal.

Quando a cirurgia da jovem terminou, ele pairou sem fazer barulho até o quarto do hospital e se deitou no teto. E a observou, enquanto ela dormia. Um sono profundo e tranquilo. Durante todo o dia e toda a noite, enquanto o mundo se ocupava girando.

Quando Mary Katherine acordou, olhou para a luz branca e brilhante acima de seu leito. Olhou para as ataduras e a gaze que cobriam suas pernas e seus braços. De repente, lembrou-se do acidente. A galhada do cervo rasgando seu corpo. Mas ela havia salvado a vida de Christopher. De algum modo, no fundo do coração, ela sabia que Christopher ainda estava vivo.

A porta se abriu.

Mary Katherine viu um médico e uma enfermeira entrarem no quarto. A visão de Mary Katherine ainda estava um pouco embaçada, mas ela viu que o crachá da enfermeira dizia TAMMY. Atrás da enfermeira Tammy, sua mãe e seu pai entraram no quarto com Doug. Eles haviam fugido da igreja. O pesadelo tinha chegado ao fim.

— Isso aqui é o Paraíso? — indagou ela.

Todos no quarto riram.

— Não, querida — respondeu sua mãe com ternura. — A gente está no hospital.

— Você quase morreu, querida — completou o pai. — Todos nós quase morremos.

O pai conteve as lágrimas e segurou a mão da filha. De repente, Mary Katherine se sentiu tão bem que parecia até que estava na cozinha da mãe. O médico se aproximou e começou a explicar a cirurgia para ela, mas a mente de Mary Katherine vagava na nuvem de analgésicos. Ela ouviu uma palavra aqui, outra ali, mas estava focada demais em sua família *"perda de sangue"* para prestar atenção *"rompimento"* em qualquer outra coisa. Só conseguia se sentir extremamente grata por estar viva. Por estar ali com a família e Doug. O lindo Doug. Talvez ela conseguisse entrar para a Notre Dame, no fim das contas. De repente, as possibilidades da vida pareciam *"recuperação total"* não ter fim. Mary Katherine fechou os olhos e voltou a vagar, quando sentiu a mão amorosa da mãe.

— A gente vai te ajudar, Mary Katherine — declarou a mãe.

— Isso mesmo — concordou o pai. — A gente está junto nessa, como uma família.

— Eu também vou estar aqui, Mary Katherine. Você não tá sozinha — acrescentou Doug.

Mary Katherine ficou confusa. Abriu os olhos e olhou para a mãe.

— Sozinha com o quê, mãe? — perguntou ela.

A mãe verteu lágrimas de alegria.

— Eles conseguiram salvar o bebê. Você ainda está grávida.

elE viu o efeito da notícia se espalhar pelo rosto da jovem. E viu quando ela se amparou na mãe. E viu quando o rapaz declarou seu amor e prometeu criar a criança como sua. E viu o avô se perguntar o que a criança seria.

Uma menina

Um menino

Um sol

Uma alma

Depois de alguns minutos, o médico conduziu a família para fora do quarto para deixar Mary Katherine enfim ter seu repouso tão necessário. Afinal, ela agora dormia por dois. Recostada no travesseiro, ela sentiu um leve arrepio

na nuca que acreditou ser causado pelo ar-condicionado. Ela coçou o pescoço e se enrolou nas cobertas. Em seguida, fechou os olhos e, pouco antes de adormecer, pôde jurar que ouviu um doce sussurro em seu ouvido.
— Mary Katherine... — disse a voz doce.

— Você vai ter um Menino.

Este livro foi composto na tipografia Minion
Pro, em corpo 11/15, e impresso em
papel off-white no Sistema Cameron da
Divisão Gráfica da Distribuidora Record.